文學研究叢書・古典文學叢刊

# 物我交會
## ——古典文學的物質性與主體性

李瑞騰、卓清芬　主編

本書與各單篇論文，皆通過雙向匿名審查出版

# 目次

# 我心與彼物的對應

## 李瑞騰

　　上世紀的八、九〇年代，臺灣曾有過一個非常活躍的學術社團——中國古典文學研究會，成立於一九七九年，最先幾任理事長黃永武、王熙元、張夢機三位先生都是我的老師，所以我從一開始就入會，年年參加，第三屆就發表論文。九〇年代之初，我繼龔鵬程之後任理事長，雖只一任，但我從秘書到副秘書長、秘書長，前後近十年，介入很深，對於臺灣的中國古典文學研究，頗有一些了解。

　　我原想經由社團力量在中文學界推動兩個計畫：一個是從文學越界其他領域，一個是打通古典與現代，前者譬如「文學與佛學」、「文學與傳播」，後者像「二十世紀中國文學」、「五四文學與文化變遷」等議題，都辦過研討會。一九九一年，我來到中壢的中央大學，建議文學院蔡信發院長以「近代」為範疇，展開持續多年「中國近代文學與思想」研討。可惜主客觀條件無法搭配，大約九〇年代中期以後，除了晚清，我漸次脫離古典文學圈。

　　我自己的興趣原先是文學理論和詩歌，碩士論文研究六朝詩學，博士論文作晚清文學思想研究，這兩方面後來雖有一些計畫，譬如文心雕龍作家論、晚清的詩和小說，但除了《老殘遊記》的意象研究著有專書，其他都是散篇；詩歌方面則前後寫成幾本小書：白居易詩的賞析、絕句賞析、詩心與國魂、古典情詩論等，從先秦到晚清，思接千載，都是主題性和普及化的計畫寫作。

　　想來我不會回到古典的領域再探索，但對古典文學仍保持基本的關心，

在臺灣文學領域，對明鄭以降的古典文學，我努力了解宦遊和本土文人如何回應臺灣的風土民情；在東南亞華文文學的探索過程中，也不忘賞讀今人以舊體創作的詩文。我始終認為，就創作的本質而言，所有一切的文學形式都指向書寫者的心靈結構及其對應的客觀現象。

具體有形的物，當然是客觀現象，這樣的物我關係，「物色之動，心亦搖焉」（文心雕龍‧物色），我心與彼物的對應關係恆是書寫的大課題，因為寫物常是為了抒情詠志，敘事的時候也無法不面對物的存在，寫作是從文字到文本的發展過程，閱讀則是披文以入情，要看清物之象，體會象之意，則物就不只是名詞而已，在文理脈絡間，其形狀聲色，常別有所指，有時更具有象徵意義。

現今的古典文學研究，在觀念和方法上都有很多改變，相當多元，純文獻學的探討被視為預備作業，通論式、賞析式的文章都難通過學術期刊的匿名審查，如果說上世紀的七、八○年代曾受比較文學的衝擊，九○年代以降則受到文化研究明顯的影響，其後則更有新科技、新媒體，讓古典文學研究在操作上和過去的差距更大，如何有新的作法，有待新一代的研究者有新的突破。

中央大學於一九六二年在苗栗復校，一九六八遷校桃園中壢，中文系成立於一九六九，迄今已近半世紀，學制完整，師資陣容堅強，學科發展均衡，培養無數中文人材。過去，中文系教師比較習慣於單打獨鬥，但近幾年在邁頂計畫特色領域的執行中，本院中文系卓清芬教授和她的同道，一直努力探討古典文學中的物我關係，等於是回到文學的根本地帶，進行跨領域的整合性研究，現在她把兩次研討會的論文編成一本極有價值的專書，我很高興看到這樣的成果，也覺得這樣的古典文學研究極有意義，盼能持續，且進一步往更廣更深處努力開發。

# 物我交會的瞬間

## 卓清芬

　　中央大學中文系自二〇一一年起執行教育部「邁向頂尖大學計畫」，幾位研究古典文學的同仁，在主持人康來新教授的建議下，組成了「古典文學的『物』與『我』」研究團隊。透過「物」（物質性）、「我」（主體性）的反思與觀照，體現、反映或重構個人與社會文化的互動，涵蓋了詩、詞、文、戲曲，以及文學與文化的跨域考察，為古典文學的研究領域開展新的學術視野。

　　「古典文學的『物』與『我』」研究團隊舉辦過多場國際學術研討會，和海內外學者交流新思維和新方法，以期提昇研究的深廣度。二〇一二年十月與中文系其他研究團隊合辦「中國經典與文化國際學術研討會」、二〇一三年十月康來新教授主辦三天的「海上真真：二〇一三紅樓夢暨明清文學文化國際研討會」，研究成果已結集成書。康來新教授退休之後，由我接任主持人，二〇一四年十一月主辦「物我相契──明清文學學術研討會」、二〇一五年十二月與中央大學明清研究中心合辦「再現明清風華國際學術研討會」、二〇一六年十一月與中央大學明清研究中心合辦「回眸‧凝視──二〇一六年明清文學與文化國際學術研討會」，邀請海內外學者共襄盛舉，提供學界同好一個國際學術交流的平台，深入探索論題的各種面向與可能性，激勵學生作深度思考，並成功帶動研究生跨國際跨領域的問學風氣。幾場會議皆獲得學界肯定，中央研究院明清研究推動委員會和國家圖書館漢學研究中心皆對會議過程有大篇幅的報導。

　　為了呈現「邁向頂尖大學計畫」的研究成果和中央大學明清研究中心的年度成效，本書以古典文學的物質性與主體性為主題，將二〇一四年「物我相契──明清文學學術研討會」、二〇一五年「再現明清風華國際學術研討會」

宣讀的部分論文，經過大幅度改寫、修訂、審查之後，以企劃專書的形式出版。有部分篇章雖已於期刊發表，為呈現「物」、「我」專題企劃的完整性，仍商請作者同意將論文收入專書之中。

《物我交會──古典文學的物質性與主體性》全書共分為五輯：

## 輯一　物質文化與文學的映射：

中央大學李宜學老師〈論西域物質文化在中晚唐詩中的投影──以瑪瑙器皿為例〉，透過物質文化的視角，重新解讀涉及西域器皿的詩歌文本，觀察西域物質文化如何與中原文化產生交流。

中央大學龔亞珍老師〈張岱與石的物我關係探索〉，解析張岱視「石」為知音的物我關係，認為張岱以「石公」為字號，有標幟文士品操的意義，而張岱對所居園林各類園石的描寫，也暗喻著張氏家風的變遷。

中研院文哲所廖肇亨老師〈千里鏡、鹿毛筆、寄生螺：徐葆光使琉詞中的航海經驗與異國見聞〉，由康熙五十五年琉球冊封副使徐葆光的詠物詞中對於自鳴鐘、望遠鏡、鹿毛筆等外國事物的書寫，具體展現物質文化與文化交流史交融互攝的實例。

## 輯二　戲曲的傳播與觀看：

中央大學黃思超老師〈明清之際曲牌俗唱初探──以《南詞新譜》、《九宮正始》為例〉，藉著兩部曲譜互見其中曲牌俗唱記述的細節，歸納明清之際的曲譜被訂正的各種曲牌創作與演唱習慣，顯示曲牌從產生開始便不斷的變動，曲律的規範制定也是一連串不斷相互影響與妥協的過程。

中央大學李元皓老師〈從《洛水悲》到《洛神》〉，探討〈洛神賦〉註文進入明雜劇《洛水悲》、清雜劇《瀟湘影》與京劇《洛神》之後的發展軌跡，探討當代戲曲與古代戲曲不同的側重點，檢視當代「新京劇」所標榜的層層剖析、向內凝視的新美學所展現的時代意義。

　　政治大學侯雲舒老師〈千古梨園未有之奇——晚清汪笑儂《瓜種蘭因》對京劇的新實驗〉，剖析 1904 年老生演員汪笑儂發表的《瓜種蘭因》新劇在傳統戲曲上的重大跨越。此劇以波蘭史事為題材，為當時京劇舞台上演的第一部「洋裝京劇」，在編寫方面有諸多前所未見的創新實驗。

## 輯三　圖像的凝視與再現：

　　臺灣師範大學楊晉綺老師〈石濤山水畫中的圖文關係與主觀經驗——以《山水人物》冊頁、《黃山八勝圖》與《廬山觀瀑圖》為例之說明〉，從繪畫與文學的跨領域視角探討清初畫家石濤山水圖繪與畫作題詩／跋文之間的圖文對應關係，闡明石濤畫作中主觀經驗的具體內蘊以及詩圖互文的幾種意義類型。

　　中正大學毛文芳老師〈語花芳情・散花禪情：明清畫像文本的兩個抒情向度〉，清代文人畫像中「郎與多麗」圖式，為清代文士表彰自我的一種鮮明特徵。從符號性觀看及詩歌抒情演繹的繫聯關係，拈出「語花」及「散花」類型，分別探討知音芳情與解悟禪情兩個文人畫像文本的抒情向度，呈現畫像文本的衍異與新變。

　　中央大學卓清芬老師〈左錫嘉〈孤舟入蜀圖〉題辭探析〉，透過晚清女作家左錫嘉〈孤舟入蜀圖〉題辭的「自題」與「他題」，剖析清代女性的自我觀看/自我型塑和他人觀看/他人型塑的形象異同，具有個人生命史、家族史、記錄時代巨變滄桑社會史的晚清「詩史」意義。

## 輯四　主體自我與世變的激盪：

　　中山大學林芷瑩老師〈文情、詩韻與史筆—論《桃花扇》中孔尚任對侯方域詩文的借拈與改作〉，以侯方域的作品作為理解《桃花扇》的鑰匙，分析孔尚任如何在去、取與改作之間，寄寓其在文字之外的深意。

　　臺灣師範大學林宜蓉老師〈妖異、魑魅與鼠孽——明清易代攸關家國之

疾病隱語與身分認同〉，考察自晚明以降的文人疾病書寫與末世論述，從易代遺民的家國隱語，追溯隱藏在醫事典籍、史傳五行志中的文化詮釋網絡，探討明清易代的遺民書寫。

韓國梨花女子大學金鮮老師〈張珍懷《清代女詞人選集》中的苦難與死別〉，認為張珍懷編選《清代女詞人選集》時，融合自身的創傷與死別經歷，所選的女詞人多具有同質性。

中興大學林淑貞老師〈世變中的賡續與新創：梁啟超《飲冰室詩話》在詩話史中的定位與文化意義兼論「精神性／物質性」的對應態度〉，考察在世變之中，梁啟超何以選擇詩話作為發聲利器，探討其以「舊風格新理想」創建新標竿的文化意義。

## 輯五　主體自我與經典的重構：

南京大學鞏本棟老師〈茅坤《唐宋八大家文鈔》與「唐宋八大家」文學史地位的確立〉，認為明代茅坤《唐宋八大家文鈔》強調才性氣質，深受王陽明心學的影響。茅坤的文章評點，從「本色論」出發，充分肯定了八家文的文學史地位，影響相當深遠。

臺灣師範大學李志宏老師〈齊家之思──《金瓶梅詞話》的淑世意識〉，將研究視角聚焦於《金瓶梅》寫定者通過取喻的敘述方式回應歷史的話語表現，深入闡論小說敘述本身所寄寓的以「家國新生」為念的淑世意識。

暨南國際大學曾守仁老師〈天眼所觀迄於悲歡零星：論王國維的現代斷零體驗〉，考察王國維的文、哲活動，探討他因遭遇現代而產生的中西調適與理論建構之努力。作為一個終其一生都在追尋的現代主體，王國維對於「觀看」特別側重，說明了新的感知模式與全新世界觀的開展。

專書各篇論文從不同時代的「物」、「我」關係切入多元的古典文學文本，試圖破譯古典文學作品中的物質文化意涵，梳理盤根錯結的主體思維與社會文化互動的脈絡。物我交會的瞬間，總是召喚出更豐富的心靈圖景，鉤掘出更厚實的文學底蘊。輯一至輯二以「物」為主軸，探索物質文化/物質

文明和文學文本碰撞之後所產生的火花；輯三以「物我交會」為主軸，演繹「我」（主體）和「物」（圖像）交會之後所引發的文化思考；輯四至輯五以「我」為主軸，分別觀察主體自我在易代世變之際的自處之道以及對文化經典的重構與反思。

這本專書能夠順利出版，要特別感謝前任主持人康來新教授訂定的研究主軸，感謝賜稿的海內外學者、審查專書的諸位委員，還有辛苦的萬卷樓編輯工作人員。也要向歷屆學術研討會總助理徐秀菁、陳米德、林晏鋒、李苑鳳，現任明清研究中心助理謝佳穎致上最誠摯的謝意。這本專書不是中央大學古典文學「物」、「我」關係研究的完結，而是一個起始。期盼能獲得各位方家的指正。

卓清芬　　謹識於中央大學明清研究中心

二〇一七年十一月二十二日

# 輯一
## 物質文化與文學的映射

# 論西域物質文化在中晚唐詩中的投影
## —— 以瑪瑙器皿為例[*]

### 李宜學
國立中央大學中國文學系

## 摘要

　　西域文化對中原影響深遠；尤其李唐一朝，胡風特熾。這似乎已是中國文學史、文化史、文明交流史上的常識。向達（1900-1966）〈唐代長安與西域文明〉、〔美〕Edward Schafer (1913-1991) *The Golden Peaches of Samarkand: A Study of T'Ang Exotics*，更從學術的角度證實了上述印象。準此，唐人「胡化」之廣之劇，幾可定讞。然而，葛曉音〈論唐前期文明華化的主導傾向——從各族文化的交流對初盛唐詩的影響談起〉一文卻對此成說提出異議：初盛唐詩中罕見胡俗描寫，能進入詩人視野的西域新奇事物並不多，這反映了唐人對自身文化的信心：以中華禮教化成天下，所以，彼時的文化主導力量是「華化」，而非「胡化」。至其消長之機，則為安史之亂，士人懲於胡人叛變，深戒胡風，因此，詩歌中反映胡俗遂亦浸多。所論發人深省，也引起了本文的研究興趣，乃欲考察西域物質文化在中晚唐詩中的投影，並以「新史學」（New History）中「新文化史」（New Cultural History）之「物質文化研究」（material culture studies）為進路，尤借鏡其「物品的文化傳記」（cultural biography of things）與「物質藏品中的文化再現」（the representation of culture

---

* 本文發表於「中國經典與文化國際學術研討會」（2012年10月25日至26日）時，承講評人陳珏教授、與會學者提供寶貴意見，又承兩位匿名審查委員惠賜卓見，謹此一併致謝。

in matcrial objects）此二觀點，討論西域器皿：一方面，藉中晚唐詩歌文本作為西域物質文化滲入中原的例證；二方面，透過物質文化的視角，重新解讀這些涉及西域器皿的詩歌文本，期能勾掘出前人較少留意的詮釋層面。惟限於篇幅，茲先以瑪瑙器皿為例，進行個案研究。

**關鍵詞**：西域、物質文化、中晚唐詩、瑪瑙器皿

# 一 前言

　　自〔漢〕武帝（劉徹，前156-前87）建元二年（前139）遣張騫（？-前114）鑿空西域[1]，中西交通便日趨頻繁[2]，而西域文化對中原的影響，亦日漸深遠；洎至李唐一朝，寖明寖昌，上起朝廷，下迄市井，靡不為胡風所被。這似乎已是中國文學史、文化史、文明交流史上的常識。另自學術角度言之，向達（1900-1966）〈唐代長安與西域文明〉（1933）一文[3]，詳考唐代長安、洛陽[4]之宮室、服飾、飲食、繪畫、舞樂、打球、宗教各層面，證實了其莫不習染西域風俗，並言：「有唐之西京，亦可謂極光怪陸離之致矣。」[5]；〔美〕Edward Schafer（1913-1991）所著 *The Golden Peaches of Samarkand: A Study of T'Ang Exotics*（1963）[6]，竭澤而漁網羅了唐代舶來品一百七十餘種，析為十八類，就中來自西域者，所在多有，佔了極大份量。

---

1　〔漢〕司馬遷著，〔日〕瀧川龜太郎注：〈大宛列傳〉，《史記會注考證》（臺北市：大安出版社，1998年），卷一百二十三，頁2，總頁1273：「大宛之跡，見自張騫。」〔漢〕班固著，〔唐〕顏師古注：〈西域傳〉，《漢書》（一二）（北京：中華書局，1987年），卷九十六上，頁3871-3873：「西域以孝武時始通，……而張騫始開西域之迹。」但這只是史有明文的記載，晚近考古學界的研究成果則顯示，遠自公元前六世紀起，中西交通便已然展開。參方豪：〈先秦時代中國與西方之關係〉，《中西交通史》（一）（臺北市：中華史典編印會，1974年），第四章，頁51-70；葛承雍：〈絲綢之路與古今中亞〉，《唐韵胡音與外來文明》（北京市：中華書局，2006年），頁28。

2　〔漢〕司馬遷前揭書，頁22，總頁1278：「烏孫使既見漢人眾富厚，歸報其國。其國乃益重漢。其後歲餘騫所遣使通大夏之屬者，皆頗與其人俱來。於是西北國始通於漢矣。」

3　向達：〈唐代長安與西域文明〉，《唐代長安與西域文明》（重慶市：重慶出版社，2009年），頁1-97。

4　向達〈唐代長安與西域文明〉，《唐代長安與西域文明》，頁2云：「本篇以長安為限，有關洛陽之新材料亦偶爾述及。其所以如此，非敢故亂其例，以為或可以稍省覽者翻檢之勞云爾，……。」

5　向達〈唐代長安與西域文明〉，《唐代長安與西域文明》，頁67。

6　〔美〕薛愛華（Schafer, E.H.）著，吳玉貴譯：《撒馬爾罕的金桃：唐代舶來品研究》（北京市：社會科學文獻出版社，2016年）。該書一度譯為《唐代的外來文明》，作者名則譯為愛德華・謝弗。

中西學者，異口同聲，所見略同，總此，唐人「胡化」之廣之劇，差無疑義，幾可定讞。

然而，葛曉音卻對此成說提出異議。其〈論唐前期文明華化的主導傾向──從各族文化的交流對初盛唐詩的影響談起〉（1997）一文，持向達所述「胡化」諸現象與初、盛唐詩歌內容相對照，發現：「宮室、服飾、飲食等在詩裡基本上沒有反映，唯樂舞、游樂、繪畫有所涉及」，但後者在「全部初盛唐詩中所佔數量的比例很小」，且其雜染胡風，並不始於初、盛唐，南北朝時期已然如此；進一步言，此之所謂受胡風影響，實僅屬表層、外部形式的「化」，而非深層、內在精神的「化」，故不得為真正的「胡化」。與此相反的是，「唐朝政府對於『入唐蕃夷』，既有以禮教改造異族的明確意識，又能輔以強有力的行政手段」，例如：令胡人改習農耕、透過禮樂詩書宣揚中華文化、藉由公主和蕃等管道傳播中原先進文明。所以，「入唐以後接受此教育的胡人漢化速度極快，僅過一兩代人即完全成為華人。」據此，唐代前期文明乃是以「華化」為主導，而這也「正是初盛唐詩人描寫境內胡俗的作品很少的基本原因。」至於面對「胡化」問題，時人則採取既開放又抵制的態度，在兩者間求其均衡。這樣的立場，反映了唐人「對本土文化力量的充分自信」：欲以中華禮教化成天下。但安史之亂後，「兩京屢遭胡兵掃蕩，國勢衰落，開放和抵制間的均勢被打破。對社會風俗胡化的憂慮也隨之產生。」中唐人於是開始批判胡風，且已不祇是文化上的、更是政治上的批判。文末，葛曉音認為：「對於『胡化』的政治警覺性大大提高，是中唐詩歌反映『胡俗』多於初盛唐的主要原因。」[7]

葛氏此論，別具隻眼，發人深省，也引起了本文的研究興趣：究竟中唐以降所受西域文化之影響如何？時人又如何理解、接受、詮釋這些外來文化？茲仍以唐詩為樣本，試加考察。

---

7  葛曉音：〈論唐前期文明華化的主導傾向──從各族文化的交流對初盛唐詩的影響談起〉，《詩國高潮與盛唐文化》（北京市：北京大學出版社，1998年），頁301-323。

中唐的時間上限，文學史上各有不同提法。[8]細繹葛曉音文，所稱唐前期、後期，雖未有明確定義，但略以安史之亂為分界，而所舉詩作，似未詳於杜詩。故本文所述，以安史之亂前後為起點，而仍將杜詩納入討論。

古人概念中的「西域」，有廣、狹二義，前者指「包括蔥嶺以西的中亞、西亞和南亞的部份，乃至東歐、北非地區，是中當時對西方的統稱」；後者指「玉門關（今甘肅敦煌西北）、陽關（今甘肅敦煌西南）以西、蔥嶺以東，即今巴爾喀什湖東、南和新疆廣大地區」。[9]隨論題不同，認定亦殊。為更確切掌握唐代語境下的「西域」，本文合參《舊唐書・西戎列傳》、《新唐書・西域列傳》[10]所述，去其重，共得二十五國，分別為：泥婆羅、黨項（《舊唐書》稱黨項羌）、東女、高昌、吐谷渾、焉耆、龜茲、疏勒、于闐、天竺、摩揭陀、罽賓、康（《舊唐書》稱康國）、寧遠、大勃律、吐火羅、謝䫻、識匿、箇失蜜、骨咄、蘇毗、師子、波斯、拂菻、大食。下文論及「西

---

8　如：傅璇琮「天寶十五載也就是肅宗至德元載（756）」之說（見傅璇琮主編，陶敏、傅璇琮著：〈自序〉，《唐五代文學編年史》〔瀋陽：遼海出版社，1998年〕，初盛唐卷，頁6-7）、葛曉音「唐代宗大曆元年（766）」之說（見氏著：《唐詩宋詞十五講》〔北京市：北京大學出版社，2003年〕，頁119）、蔣寅「唐代宗寶應元年（762）」之說（見氏編：《中國古代文學通論・隋唐五代卷》〔瀋陽市：遼寧人民出版社，2005年〕，頁6）……等。

9　何芳川、萬明：〈兩漢時期中西交通與文化交流的勃興〉，《古代中西文化交流史話》（北京市：商務印書館，1998年），頁14。余太山有較簡潔的敘述，所論近似。見氏著：《兩漢魏晉南北朝與西域關係史研究》（北京市：商務印書館，2011年），「緒說」，頁1：「『西域』……在多數情況下泛指玉門關、陽關以西的廣大地區，有時也用來稱呼塔里木盆地及其周臨地區，就是說有廣、狹二義。」又，其中狹義「西域」之說，大約出自《漢書・西域傳》裡的這段話：「西域……皆在匈奴之西，烏孫之南。南北有大山，中央有河，東西六千餘里，南北千餘里。東則接漢，阨以玉門、陽關，西則限以蔥嶺。其南山，東出金城，與漢南山屬焉。其河有兩原：一出蔥嶺山，一出于闐。于闐在南山下，其河北流，與蔥嶺河合，東注蒲昌海。蒲昌海，一名鹽澤者也，去玉門、陽關三百餘里，廣袤三百里。其水亭居，冬夏不增減，皆以為潛行地下，南出於積石，為中國河云。」

10　〔五代〕劉昫等著：〈西戎列傳〉，《舊唐書》（一六）（北京市：中華書局，1997年），卷一百九十八，頁5289-5318。〔宋〕歐陽修、宋祁著：〈西域列傳〉，《新唐書》（二十）（北京市：中華書局，2011年），卷二百二十一上、卷二百二十一下，頁6213-6266。

域」物質文化之所來自,即以此諸國為範圍。

　　本文論述進路,將取徑二十世紀「新史學」(New History)中「新文化史」(New Cultural History)之「物質文化研究」(material culture studies),尤借鏡其「物品的文化傳記」(cultural biography of things)與「物質藏品中的文化再現」(the representation of culture in material objects)此二觀點。[11] 據考,「物質文化」最早的概念,「依據的證物並不是語言文字,而是墨西哥和祕魯的印第安人和本土人的古老文明器皿和藝術品上的造型和條紋。」[12] 緣此,器皿便一直是日後該研究中不可或缺的一環──儘管其最初是用以指稱「第三世界的文明和藝術,以及非西方、非現代的部落生活的器皿用具藝術品」。[13] 職是之故,本文亦將先論器皿:一方面,藉中晚唐詩歌文本作為

---

11 「物質文化研究」中的這兩個觀點,參陳玨:〈高羅佩與「物質文化」──從「新文化史」視野之比較研究〉,《漢學研究》第27卷第3期(2009年9月),頁317-346。前一觀點,出自〔德〕伊戈爾・科普托夫(Igor Kopytoff)著,杜宇譯,丁泓校:〈物的文化傳記:商品化過程〉(收入羅鋼、王中忱編:《消費文化讀本》〔北京市:中國社會科學出版社,2003年〕,頁397-427)一文,其意據巫仁恕《品味奢華:晚明的消費社會與士大夫》(臺北市:聯經出版公司,2007年,頁17-18)之說,可概括如下:「視物的一生為傳記,有純商品化的過程,也有非商品的象徵化過程。Igor Kopytoff指出物的商品化過程也會遭遇文化力量的對抗,亦即使物品特殊化(singularization),來抵制其他物品的商品化,或把商品化的物品再特殊化,限制於狹隘的交換領域。社會內部群體對某物品的特殊化,使該物具有集體共識的烙印,引導個體對特殊化的慾望,並背負文化神聖化的重擔。」後一觀點,出自George W. and Stocking,Jr. ed., *OBJECTS AND OTHERS: Essays on Museums and Material Culture* (Madison, Wis.:University of Wisconsin Press, 1985)之說,其意據陳玨前揭文所述,為:「透過『物質藏品』(material objects),看到『文化再現』(the representation of culture)。」
承匿名審查委員對「理論的適切性」提供建議,認為本文「應該比較適合以布迪厄的場域觀與象徵意涵來檢視瑪瑙表達社會價值的工具性,透過場合及文化脈絡如何將價值銘刻在物之上,並帶來品味的區隔。」為筆者開啟另一視野,獲益良多。惟囿於時間、學力,未能大幅修改,後續研究將會納入思考,謹此致謝。

12 孟悅、羅鋼編:〈什麼是「物」及其文化?──關於物質文化的斷想〉,《物質文化讀本》(北京市:北京大學出版社,2008年),前言,頁5。按,該「前言」由孟悅所撰。

13 孟悅、羅鋼編:〈什麼是「物」及其文化?──關於物質文化的斷想〉,《物質文化讀本》,前言,頁5。

西域物質文化滲入中原的例證；二方面，透過物質文化的視角，重新解讀這些涉及西域器皿的詩歌文本，期能勾掘出前人較少留意的詮釋向度。惟限於篇幅，茲先以瑪瑙器皿為例（理由詳下文），進行個案研究。

## 二　中唐前的瑪瑙身世

### （一）物理身世

　　「瑪瑙」是一種天然礦物，屬微晶（Microcrystalline）石英類，多出產於火山岩的裂隙及空洞中，主要成份為二氧化硅（$SiO_2$），硬度7，比重（SG，即：密度）2.61，折射率（RI）1.53-1.54，雙折射（DR）0.004，呈半透明狀，具光澤。[14]瑪瑙的材質與「玉髓」極其相近，為同一家族[15]，兩者異同，歷來說法分歧，〔美〕Edward Schafer 為之辨析如下：

> 英文字「carnelian」（光玉髓），一般是指淡紅色的玉髓，即一種呈半
> 透明狀的隱晶質硅。在現代漢文中，大多都將這個字譯作「瑪瑙」
> （這個詞來源於「馬腦」），而「瑪瑙」這個詞在英文中則更多地是指
> 「agate」。在一般情況下，我們將條帶構造的玉髓叫作「agate」，但
> 是「瑪瑙」通常都帶有一些紅暈——至少在唐朝說的「瑪瑙」是如
> 此——所以，如果我們說「瑪瑙」就是「agate」的話，那麼就有必要
> 講清楚，我們所說的瑪瑙是一種色彩很鮮豔的瑪瑙。而更直接的做法

---

14　〔英〕卡莉·霍爾（Cally Hall）著，哈里·泰勒攝影，貓頭鷹出版社編輯小組翻譯：
　　〈切磨寶石〉，《寶石圖鑒》（臺北市：貓頭鷹出版社，1996年），頁87-93、頁150。正
　　文中述及的專有名詞，該書均有簡要定義，可參看。

15　〔英〕卡莉·霍爾（Cally Hall）著，哈里·泰勒攝影，貓頭鷹出版社編輯小組翻譯：
　　〈切磨寶石〉，《寶石圖鑒》，頁87-93、頁150。又參傳世文化編：《古玩圖鑒雜項篇》
　　（北京市：文物出版社，2007年），頁26。按，該書係據〔清〕趙汝珍《古玩指南》一
　　書改編。

則是將漢文史料中的「瑪瑙」譯作「carnelian」（光玉髓）。[16]

究言之，更簡要的區別是：瑪瑙具有紋帶結構，玉髓則無。此紋帶結構「是瑪瑙所含微量元素（如鐵、錳、鎳等）發生韻律變化造成的」[17]，故其原石或經拋光加工後的寶石，常呈現出「紅、白、灰各種顏色相間呈平行層狀環形排列」[18]，燦爛奪目，更因而使人聯想到馬腦的形象，招來一場為期甚久的美麗錯誤。（詳下文）。

總結前文，可將瑪瑙的物理特徵歸納如下：

1‧堅硬：硬度達7，僅次於少數玉石，如：鑽石（硬度10）、紅寶石（硬度9）、藍寶石（硬度9）等[19]，而硬度越高，價格亦越高，故知瑪瑙極為貴重。

2‧晶瑩：「寶石越硬，亮度越高」，由於瑪瑙的硬度高，故使其呈現出「玻璃般的」[20]光澤，有剔透之感。

3‧顏色繽紛，以紅為貴：瑪瑙的顏色眾多，有：紅、藍、紫、綠、黑、白等，曾贏得「千種瑪瑙萬種玉」的美稱，但終究以紅色為上品；且紅色瑪瑙的品類尚可再分為：火瑪瑙、縞瑪瑙、紅玉瑪瑙、紅縞瑪瑙等[21]，〔明〕曹昭（元末明初人）《格古要論》因而有「瑪瑙無紅一世窮」之說。[22]

4‧紋理斑斕：特殊的紋帶結構，彷若層層漣漪擴散，溢彩流光，令人

---

16 〔美〕薛愛華（Schafer, E.H.）著，吳玉貴譯：〈寶石〉，《撒馬爾罕的金桃：唐代舶來品研究》，第十五章，頁558。

17 吳聿立：〈無紅一世窮——說瑪瑙〉，《21世紀》2010年第1期，頁40-41。

18 傳世文化編：《古玩圖鑒雜項篇》，頁26。

19 〔英〕卡莉‧霍爾（Cally Hall）著，哈里‧泰勒攝影，貓頭鷹出版社編輯小組翻譯：〈特性表〉，《寶石圖鑒》，頁150-155。

20 〔英〕卡莉‧霍爾（Cally Hall）著，哈里‧泰勒攝影，貓頭鷹出版社編輯小組翻譯：〈切磨寶石〉，《寶石圖鑒》，頁22。此為描述寶石光澤的專門術語。

21 〔英〕卡莉‧霍爾（Cally Hall）著，哈里‧泰勒攝影，貓頭鷹出版社編輯小組翻譯：〈切磨寶石〉，《寶石圖鑒》，頁90。

22 〔明〕曹昭：《格古要論》，收入《景印文淵閣四庫全書》（八七一）（臺北市：臺灣商務印書館，1983年），卷中，頁9a，總頁101。

讚嘆，而依紋帶之寬、細，又可分為帶狀瑪瑙、纏絲瑪瑙等。[23]

而此四點，便是詩人想像瑪瑙、書寫瑪瑙，進而建構文學世界中瑪瑙知識體系的憑藉與起點。

## （二）在中國流傳的身世

據地質學家章鴻釗（1877-1951）之說，「瑪瑙」在中國本稱「瓊」、「赤玉」、「赤瓊」、「玉赤首瓊」等，東漢以後，因佛教流傳中土，始改稱「馬腦」，而首見於〔東漢〕安世高（生卒年不詳）所譯《阿那邠邸七子經》，對譯的是梵語中「阿濕縛揭波」（Asmargarbha）一詞。[24]〔唐〕釋慧琳（737-820）《一切經音義》曰：

> 馬腦，梵音謂之阿濕嚩揭波。言阿濕嚩者，此云馬也。……揭波者，腦也，藏也。若言阿濕摩揭波，此云石藏。按此實出白石中，故應名石來。以馬聲濫石，藏聲濫腦，故謬云馬腦。[25]

清楚說明將「阿濕縛揭波」譯為「馬腦」的理由，也駁斥了或人對此望文生義所衍生的謬論。〔唐〕窺基（632-682）《妙法蓮華經玄贊》則曰：

> 馬腦，梵云遏濕摩揭婆，此云杵藏，或言胎藏者，堅實故也。色如馬腦，故從彼名，作馬腦字。以是寶類，故字從玉，或如石類，字或從石。[26]

---

23 劉道榮、劉婧編著：〈美麗華貴的有機寶石篇〉，《珠寶玉石鑑賞常識》（天津市：百花文藝出版社，2011年），頁248。

24 章鴻釗：〈玉石〉，《石雅》（天津市：百花文藝出版社，2010年），上編，頁29-32。

25 徐時儀校注：《一切經音義：三校本合刊》（中）（上海市：上海古籍出版社，2008年），卷第二十一，頁870。

26 〔唐〕窺基：《妙法蓮華經玄贊》，收入《大藏經》（三十四）（臺北市：新文豐出版公司，1983-1988年），卷二，頁685。

為意譯之「馬腦」一詞正名，正可與上引釋慧琳的解釋相印證。文末則說明後世輾轉寫成「瑪瑙」、「瑪腦」、「碼瑙」、「碼磁」等不同字形的緣故，而這便涉及瑪瑙的屬性問題了。

按，〔魏〕張揖（生卒年不詳）《廣雅》云：

> 馬瑙，石次玉。[27]

將其界定為石類：一種等級次於玉的石頭。另，〔魏〕文帝（曹丕，187-226）曾得一方瑪瑙，遂製成有嚼口的馬駱頭[28]，並撰〈馬瑙勒賦〉以誌之，賦前有序，曰：

> 馬瑙，玉屬也，出自西域，文理交錯，有似馬腦，故其方人因以名之。……。[29]

在此，曹丕指出了瑪瑙的四項重點：其一，屬性：玉類；其二，產地：西域；其三：特徵，紋路綺靡；其四，得名之由：彼時西域人[30]認為其紋路「有似」馬腦。

第一點，與張揖的界定不同。瑪瑙究係屬石？屬玉？字形究竟從「石」部？抑或「玉」部？自此成了爭論未休的話題。

第三點，完全符合瑪瑙的物理身世。

---

27 引自〔唐〕歐陽詢撰，汪紹楹校：《藝文類聚》（下）（上海市：上海古籍出版社，2007年），卷八十四，頁1441。按，該句不見於今本《廣雅》。又，〔清〕陳夢雷原編，楊家駱編：〈食貨典〉，《古今圖書集成》（臺北市：鼎文書局，1977年），頁3188，引《廣雅・釋器》云：「瑪瑙，石次玉，鬼血所化，南方者為勝。」此數句亦未見於今本《廣雅》。

28 〔漢〕鄭玄注、〔唐〕賈公彥疏：〈既夕禮〉，《儀禮注疏》（臺北市：藝文印書館，1993年），卷第三十八，頁8a，總頁451：「纓轡、貝勒縣于衡。」

29 〔魏〕曹丕：〈瑪瑙賦勒〉，見〔唐〕歐陽詢撰，汪紹楹校：《藝文類聚》，卷八十四，頁1441。

30 黃懷信、張懋鎔、田旭東著，黃懷信修訂，李學勤審定：〈王會解〉，《逸周書彙校集注（修訂本）》（下）（上海市：上海古籍出版社，2007年），卷七，頁863：「方人以孔鳥」句，孔晁注：「亦戎別名。」

　　第四點，顯示自《阿那邠邸七子經》譯出「馬腦」一詞後，便開啟漢、魏人從動物「馬」的角度理解「阿濕縛揭波」之權輿。曹丕所述，尚語帶保留，僅言「『有似』馬腦」；其後，〔晉〕王嘉（？-390）《拾遺記》則逐予落實，發揮如下：

> 碼磻，石類也，南方者為之勝。今善別馬者，死則破其腦視之，其色如血者，則日行萬里，能騰空飛；腦色黃者，日行千里；腦色青者，嘶聞數百里；腦色黑者，入水毛鬣不濡，日行五百里；腦色白者，多力而怒。今為器多用赤色，若是人工所製者，多不成器，亦殊樸拙。其國人聽馬鳴則別其腦色。……。[31]

繪聲繪影，煞有介事，將碼磻、馬的腦色、馬的鳴叫聲，一一對應起來。此應即前引釋慧琳批評「馬聲濫石，藏聲濫腦」謬論的其中之一。不惟如此，王嘉更在承襲前人舊說之餘，提出新解，其言曰：

> 丹丘之地，有夜叉駒跋之鬼，能以赤馬腦為瓶、盂及樂器，皆精妙輕麗。中國人有用者，則魑魅不能逢之。一說云：馬腦者，言是惡鬼之血，凝成此物。昔黃帝除蚩尤及四方群兇，并諸妖魅，填川滿谷，積血成淵，聚骨如岳。數年中，血凝如石，骨白如灰，膏流成泉。故南方有肥泉之水，有白堊之山，望之峨峨，如霜雪矣。又有丹丘千年一燒，黃河千年一清，至聖之君，以為大瑞。丹丘之野多鬼血，化為丹石，則碼瑙也。不可斫削雕琢，乃可鑄以為器也。……。[32]

為瑪瑙一物添上詭異魅影，染上血腥意象。但，這看似荒誕不經的謬悠之辭，卻可能正體現了王嘉及其同時代某些人的焦慮：如何解釋此一不產自中國、卻又瑰奇美麗的玉石？其策略是：將它本土化，納入中國的神話傳說、

---

31 〔晉〕王嘉著，石磊注譯：〈高辛〉，《新譯拾遺記》（臺北市：三民書局，2012年），卷一，頁24-25。

32 〔晉〕王嘉著，石磊注譯：〈高辛〉，《新譯拾遺記》，卷一，頁24-25。

文化版圖。如此一來，也就解除了自身匱乏的警報，確保中國無奇不有、包羅萬象的博物想像。細繹其辭，實亦不乏合理的「誤解」，如云瑪瑙為鬼血所化丹石，寧非試圖回答何以此物多呈紅色？王嘉畢竟還是說中了瑪瑙的幾分真相。

　　儘管時人有上述焦慮，但「瑪瑙出自西域」已漸成共識，除前引曹丕〈馬瑙勒賦〉序的第二要點之外，相同的見解還可再攝舉數條如下：

> 大秦多金、銀、銅、……馬瑙、……。（〔魏〕魚豢《魏略》）[33]
> 馬瑙出西南諸國。（〔晉〕郭義恭《廣志》）[34]
> 馬瑙出月氏國。（〔晉〕郭璞《玄中記》）[35]

按，大秦：中國古代對羅馬帝國的稱呼[36]，地屬南歐；西南諸國：約當指今西南亞；月氏：原居今甘肅蘭州以西至敦煌河西走廊一帶，為匈奴所破後，西遷至伊犁河流域[37]，地屬中亞。總此三者，均包含在廣義的西域範圍內，併皆瑪瑙的故鄉。準此，魏、晉人已能正確掌握瑪瑙的產地，知其為外國貨。

　　至於瑪瑙的製成品，最初多為馬勒，曹丕的〈瑪瑙勒賦〉即是一例。此外，〔晉〕葛洪（284-363）《西京雜記》亦載：

> （按，漢）武帝時，身毒國獻連環羈，皆以白玉作之，馬瑙石為勒，
> 白光琉璃為鞍。鞍在闇室中常照十餘丈，如晝日。自是，長安始盛飾
> 鞍馬，競加雕鏤，或一馬之飾直百金。皆以南海白蜃為珂，紫金為

---

33　〔清〕張鵬編：《魏略輯本》，收入楊家駱主編：《三國志附編》（臺北市：鼎文書局，1979年），卷二十二，頁6a-b，總頁85。

34　引自〔唐〕歐陽詢撰，汪紹楹校：《藝文類聚》，卷八十四，頁1441。

35　引自〔唐〕歐陽詢撰，汪紹楹校：《藝文類聚》，卷八十四，頁14417。按，唐以後因避諱故，改名《元中記》。

36　正史中，《後漢書》始稱羅馬為「大秦」；前此，如《史記》、《漢書》，則稱為「黎軒」、「犁軒」等。

37　〔漢〕司馬遷著，〔日〕瀧川龜太郎注：〈大宛列傳〉，《史記會注考證》，頁2-5，總頁1273-1274。余太山：〈西漢與西域〉、〈張騫西使新說〉，《兩漢魏晉南北朝與西域關係史研究》，頁7-93、頁285-298。

華，以飾其上。猶以不鳴為患，或加以鈴鑷，飾以流蘇，走則如撞鐘磬，若飛幡葆。……。[38]

漢之身毒國，即今印度，其所進獻的豪華馬車，曾在漢武帝朝長安城的上層社會中，掀起一股競相爭逐奢侈的風氣，展開一場「類似」晚近學者所提「炫耀性消費」（conspicuous consumption）[39]的行為：一種「看似毫無實際用處卻所費不貲的消費」[40]，而瑪瑙，正是其表現奢侈、進行「炫耀性消費」的媒介之一。

其後，瑪瑙多製為酒器，如：

琛（按，元琛）常會宗室，陳諸寶器。……自餘酒器，有水晶鉢、瑪瑙盃、琉璃碗、赤玉卮數十枚。作工奇妙，中土所無，皆從西域而來。（〔北魏〕楊衒之《洛陽伽藍記》）[41]

呂纂咸和二年盜發張駿陵，得馬腦鍾榼。（〔北涼〕段龜龍《涼州記》）[42]

武平六年，（按：傅伏）除東雍州刺史，……周克并州，遣韋孝寬與其子世寬來招伏曰：「……」授上大將軍、武鄉郡開國公，即給告

---

38 〔晉〕葛洪編，成林、程章燦譯注：《西京雜記》（臺北市：地球出版社，1994年），卷二，頁69。

39 〔美〕索爾斯坦・維布倫（Thorstein Veblen）著，蕭莎譯：〈誇示性消費〉，收入羅鋼、王中忱編：《消費文化讀本》，頁3-24。惟此種消費行為，係以高度「商業化」帶來的「消費革命」與「消費社會」（consuming society）為前提，盱衡彼時漢朝，自尚無此條件，故本文未敢遽下斷言，但稱「類似」。相關討論，可參汪榮祖：〈晚明消費革命之迷：巫仁恕，《品味奢華：晚明的消費社會與士大夫》〉，《中央研究院近代史研究所集刊》第58期（2007年12月），頁194-195。

40 巫仁恕：〈導論：從生產的研究到消費的研究〉，《品味奢華：晚明的消費社會與士大夫》，頁18。

41 〔北魏〕楊衒之著，楊勇校箋：〈法雲寺〉，《洛陽伽藍記校箋》（北京市：中華書局，2006年），卷四，頁179。

42 引自〔唐〕歐陽詢撰，汪紹楹校：《藝文類聚》，卷八十四，頁1441。

身，以金馬磠二酒鍾為信。（〔唐〕李百藥《北齊書‧傅伏傳》）[43]

梁主蕭詧曾獻馬瑙鍾，周文帝執之顧丞郎曰：「能擲擈搏頭得盧者，便與鍾。」已經數人不得。頃至端（按：薛端），乃執擈搏頭而言曰：「非為此鍾可貴，但思露其誠耳。」便擲之，五子皆黑。文帝大悅，即以賜之。（〔唐〕李延壽《北史‧薛辯傳》）[44]

銜雲酒杯赤瑪瑙，照日食螺紫琉璃。……（〔北周〕庾信〈楊柳歌〉）[45]

翠羽流霞之杯，諒無聞於瑋麗，豈匹此之奇瓌。……（〔隋〕江總〈馬腦盌賦〉）[46]

從南北朝至隋朝，皆可見瑪瑙酒器（鉢、杯、碗、卮、鍾、榼）的身影，且形製多樣：或圓形，或方形；或敞口，或斂口；或長頸，或短頸……，不一而足。需特別說明的是「榼」。據孫機之論，「漢代將繭形壺、蒜頭壺、橫箭形壺、扁壺等盛酒之器統稱為榼」，此類盛酒器，外觀與壺近似，但上孔可以草塞住，故其開口不大。[47]總此，毋論何種造型，瑪瑙均能切磋砥礪，從而成為製作各式酒器的常用材質。

降至唐代，時人對於瑪瑙的認知，可以開元年間陳藏器（681-757）《本草拾遺》所載內容為代表，其言曰：

燙目赤爛，紅色似馬之腦，亦美石之類，重寶也。生西國玉石間，來中國者，皆以為器，……。[48]

---

43 〔唐〕李百藥：〈傅伏傳〉，《北齊書》（二）（北京市：中華書局，1972年），卷四十一，頁546。

44 〔唐〕李延壽：〈薛辯傳〉，《北史》（五）（北京市：中華書局，1974年），卷三十六，頁1328。

45 〔北周〕庾信著，〔清〕倪璠注，許逸民校點：〈楊柳歌〉，《庾子山集校》（二）（北京市：中華書局，2000年），卷五，頁411。

46 引自〔唐〕歐陽詢撰，汪紹楹校：《藝文類聚》，卷七十三，頁1263。

47 孫機：〈飲食器Ⅵ〉，《漢代物質文化資料圖說（增訂本）》（上海市：上海古籍出版社，2008年），頁370-372。

48 〔唐〕陳藏器著，尚志鈞輯釋：〈玉石部〉，《本草拾遺輯釋》（合肥市：安徽科學技

描述了瑪瑙的幾項特徵：紅色、似馬之腦、石類、貴重、產自西方⋯⋯等，所論不出前人，大抵也都符合瑪瑙自身的物理。值得注意的是引文最後一句話，指出西域人多將瑪瑙製成器皿[49]，再銷往中國。可見，以瑪瑙製成器皿，相較於其他玉石而言，有其優先性與優越性：或者彼時唐朝人喜歡瑪瑙器皿，或者彼時西域人所想像的唐朝人喜歡瑪瑙器皿。本文論西域器皿，之所以獨舉瑪瑙為例，其故一也；其二，從考古資料來看，未見唐代以前任何瑪瑙器皿，而出土的唐代瑪瑙器皿，數量又非常有限[50]，因此，研究該器皿誠有其獨特性。

徵之史料，瑪瑙及其製品確是西域諸國極常進獻唐朝的貢品。茲整理相關文獻，製表如下：

**表一　唐朝西域諸國入貢年表**

| 貢期 | 貢國 | 瑪瑙貢品 | 原文 |
|---|---|---|---|
| 高宗麟德二年（665） | 吐火羅 | 瑪瑙燈樹兩具 | 〔五代〕王溥《唐會要》卷九十九：麟德二年，遣其弟祖紇多獻瑪瑙燈樹兩具，高三尺餘。 |
| | | | 〔宋〕歐陽修、宋祁《新唐書》卷二百二十一〈西域列傳下〉：後二年，遣子來朝，俄又獻碼磁鐙樹，高三尺。 |
| 玄宗開元五年（717） | 康安國突騎施 | 瑪瑙 | 〔宋〕王欽若《冊府元龜》卷一百六十八：玄宗開元五年，以康安國、突騎施等貢獻多是珍異，謂之曰：「朕所重惟 |

---

術，2004年），卷第二，頁25。

49 〔漢〕許慎：《說文解字》，第三篇上：「器，皿也。象器之口，從犬，犬所以守之。」〔清〕段玉裁注：《說文解字注》（臺北市：藝文印書館，1997年），頁1b，總頁87：「皿，專謂食器。」

50 董潔：〈淺析唐代瑪瑙器皿〉，《文博》2010年第5期，頁71。

| 貢期 | 貢國 | 瑪瑙貢品 | 原文 |
|------|------|----------|------|
| | | | 穀；所寶惟賢，不作無益之費；不貴遠方之物。故錦繡、珠玉焚於殿庭；車渠、瑪瑙總賜蕃國。今之進獻，未識朕懷，宜收其情，百中留一，計價酬答，務從優厚，餘竝卻還。」 |
| 玄宗開元六年（718） | 康國 | 瑪瑙瓶 | 〔五代〕劉昫等著《舊唐書》卷一百九十八〈西戎列傳〉：<br>康國，……開元六年，遣使貢獻鎖子甲、水精杯、馬腦瓶、鴕鳥卵及越諾之類。 |
| | | | 〔宋〕歐陽修、宋祁《新唐書》卷二百二十一〈西域列傳下〉：<br>康者，……開元初，貢鎖子鎧、水精杯、碼磲瓶、鴕鳥卵及越諾、侏儒、胡旋女子。 |
| | | | 〔宋〕王欽若《冊府元龜》卷九百七十一：<br>唐玄宗……開元……六年……是年，康國遣使貢獻鎖子甲、水精盃、瑪瑙瓶、鴕鳥卵及越諾之類，史不書月。 |
| 玄宗開元二十八年（740）十月 | 康國 | 瑪瑙 | 〔宋〕王欽若《冊府元龜》卷九百七十一：<br>康國遣使獻寶香爐及白玉環、瑪瑙、水精眼藥瓶子。 |
| 玄宗開元二十九年（741）三月 | 吐火羅 | 生瑪瑙 | 〔宋〕王欽若《冊府元龜》卷九百七十一：<br>吐火羅遣使獻紅頗梨、碧頗梨、生瑪瑙、生金精及質汗等藥 |
| 玄宗天寶六載（747）四月 | 波斯 | 瑪瑙床 | 〔五代〕劉昫等著：《舊唐書》卷一百九十八〈西戎列傳〉： |

| 貢期 | 貢國 | 瑪瑙貢品 | 原文 |
|---|---|---|---|
| | | | 自開元十年至天寶六載，凡十遣使來朝，并獻方物。四月，遣使獻瑪瑙床。 |
| | | | 〔五代〕王溥《唐會要》卷一百：自開元十年至天寶六載，凡十遣使朝貢，獻方物。夏四月，遣使獻瑪瑙牀。 |
| | | | 〔宋〕歐陽修、宋祁《新唐書》卷二百二十一〈西域列傳下〉：波斯，……開元、天寶間，遣使者十輩獻碼磀牀、火毛繡舞筵。 |
| | | | 〔宋〕王欽若《冊府元龜》卷九百七十一：天寶……六載……四月，突厥九姓獻馬一百五十匹，堅昆獻馬九十八匹，波斯遣使獻瑪瑙床。 |
| 玄宗開元、天寶年間 | 龜茲 | 疑似瑪瑙枕 | 〔五代〕王仁裕《開元天寶遺事》卷一：龜茲國進一枕，色如瑪瑙，枕之則十洲、三島、四海、五湖盡入夢中，帝名遊仙枕。 |

透過上表可知，西域胡商之貢瑪瑙，始於〔唐〕高宗（李治，628-683）麟德二年（665），終於〔唐〕玄宗（李隆基，685-762）天寶六載（747）四月，計進貢七次，時間跨度長達八十三年，比率雖不甚高，但這應該只是見存史料所載的訊息，其他湮沒在歷史塵埃底下的瑪瑙蹤跡，諒必更多。

此外，進貢的瑪瑙種類，有瑪瑙、生瑪瑙、瑪瑙燈樹、瑪瑙瓶、瑪瑙床、瑪瑙枕……等，再次顯示瑪瑙可塑性強，能摶塑成各種器物，胡商因而樂於推陳出新，變換花樣，以滿足唐朝皇帝好奇的眼光，同時也獲得相應的利益與好處。

　　至於進貢國，則有：康國、吐火羅、突騎施、龜茲；其中，康國的次數最頻繁，態度也最積極。蓋康國人「善商賈，爭分銖之利」，「利之所在，無所不往」[51]，乃天生的商人，兼以「機巧之伎，特工諸國」[52]，後天高超的手工技藝，更讓他輕易從昭武九姓胡商中，脫穎而出。觀其玄宗開元六年（718）所貢「瑪瑙瓶」，令人連想到前述王嘉《拾遺記》所載「丹丘之地，有夜叉、駒跋之鬼，能以赤馬腦為瓶、盂及樂器」諸句，則此瑪瑙瓶，當亦是「精妙輕麗」了。猶有進者，康國所處位置，向東，遙接唐朝；向西，遠挹波斯、拂菻，扼絲綢之路[53]要衝，居東、西幾大國之中，有地理上的優勢，掌控著國際往來貿易的關鍵樞紐，因此，唐朝的瑪瑙及其製品除產自康國之外，也可能產自波斯、拂菻，透過康國中介轉販而來。蓋此二國固亦盛產瑪瑙，《舊唐書・西戎列傳》即載：

> 波斯國……出騾及大驢、師子、白象、珊瑚樹高一二尺，琥珀、車渠、瑪瑙、火珠、玻瓈、琉璃……。
> 拂菻國……土多金銀奇寶，有夜光璧、明月珠、駭雞犀、大貝、車渠、瑪瑙、孔翠、珊瑚、琥珀，凡西域諸珍異多出其國。[54]

拂菻尤其受到重視，為西域珍奇異寶的淵藪、發源地，這對當時有意獵奇、追求時髦的人來說，無疑具有強大的吸引力，難以抗拒；位於東方的唐朝人，諒亦如是，樂於收購、賞玩。

　　這些遠自西域來的瑪瑙製品進入唐朝宮殿後，身世又如何呢？一者，成了皇家御用品；二者，成了皇帝賜與有功大臣、無功寵倖的恩賞；三者，成

---

51　〔五代〕劉昫等著：〈西戎列傳〉，《舊唐書》，頁5310。
52　〔唐〕釋玄奘著，陳飛、凡評注釋：《新譯大唐西域記》（臺北：三民書局股份有限公司，1998年），卷一，頁24。
53　「絲綢之路」一詞，相當晚出。十九世紀末，〔德〕地理學家Ferdinand von Richthofen在其所著*China, Ergebnisse eigener Reisen*（《中國：我的旅行成果》）書中，把連接歐、亞、非的道路網命名為SILK ROAD（絲綢之路），此詞始漸流行。
54　〔五代〕劉昫等著：〈西戎列傳〉，《舊唐書》，頁5312、頁5314。

了皇家工匠模擬仿製的樣本。前二者不難理解，請申述其三。

　　唐百官中有「少府監」（武后改稱「尚方監」），屬「五監」之一，執「掌百工技巧之政」，具體工作為「供天子器御、后妃服飾及郊廟圭玉、百官儀物。」為此，該監還需負責培訓各類工匠，訂下教學期限，定時考課，如：

> 鈿鏤之工，教以四年；車路樂器之工，三年；平漫刀槊之工，二年；
> 矢鏃竹漆屈柳之工半焉；冠冕弁幘之工，九月。教作者傳家技，四季
> 以令丞試之，歲終以監試之，皆物勒工名。[55]

據《唐六典》，彼時工匠數量高達一萬九千八百五十人。[56]「少府監」底下，再分諸署，其中之一為「中尚署」，「掌供郊祀圭璧及天子器玩、后妃服飾雕文錯綵之制。凡金木齒革羽毛，任土以時而供。」底下又設專為皇家打造金銀器的機構「金銀作坊院」。[57]〔唐〕宣宗大中八年（854），更增設「文思院」[58]，仍負責鍛金鍊銀。[59]由此可見，皇室貴族恆需大量精美器物，既彰顯身分，也刺激感官，而珍貴的西域貢品，往往便成了他們追新逐好的首選。惟貢品數量有限，異常稀有，皇家工匠遂得仿作，以滿足貴族的物慾需求；仿作過程中，不免有意無意添入自己所熟悉的中原本土元素，對西域器物進行微調、改造，間接促成了東、西文化的融合與交流。

　　從出土的唐代金銀器來看，帶有相當濃厚的西方文化色彩，齊東方將其歸納為三大系統：粟特系統、薩珊系統、羅馬－拜占廷系統；每一系統，又

---

55　〔宋〕歐陽修、宋祁著：〈百官〉三，《新唐書》（四），卷四十八，頁1268-1269。

56　〔唐〕李林甫等撰，陳仲夫點校：〈尚書工部〉，《唐六典》（北京市：中華書局，2005年），卷第七，頁222。

57　〔宋〕歐陽修、宋祁著：〈百官〉三，《新唐書》（四），卷四十八，頁1269-1270。

58　〔唐〕裴庭裕撰，田廷柱點校：《東觀奏記》（北京市：中華書局，2006年），上卷，頁93。

59　這從法門寺出土的八件金銀器均刻有「文思院造」銘文，即可知之。詳細討論，可參王顏、杜文玉：〈論唐宋時期的文思院與文思院使〉，《江漢論壇》2009年第4期，頁89-96。

分「輸入品」與「仿製品」。[60]瑪瑙器皿的地下實物雖不多,卻也呈現著與
金銀器皿相同的現象,如:一九七〇年秋,西安何家村(唐長安城興化坊)
窖藏出土的兩件瑪瑙長杯,其「材質、造型都來自西域,而且器物本身也應
來自西域。」[61]另一件瑪瑙獸首杯,孫機認為「應出自在工藝品中不習用羚
羊形象的唐人之手。」[62]這類金銀器、瑪瑙器「仿製品」的仿製者,當即皇
家工匠;仿製的樣本,可能便是胡商進貢的「輸入品」。「仿製品」加速、擴
大「輸入品」的流傳,使其更具普遍性,更有能見度;循此,充滿西域情調
的器皿對唐朝人而言,當不陌生,縱無財力購買、擁有,應也有機會目擊耳
聞,遠觀近玩。詩人之所以能將上層社會圈的西域瑪瑙器皿寫入詩中,其前
提在此。

　　今存《全唐詩》,瑪瑙一詞首見於〔唐〕孟浩然(689-740)〈襄陽公宅
飲〉,且正是以器皿的形象出場。詩曰:

> 窈窕夕陽佳,豐茸春色好。欲覓淹留處,無過狹斜道。綺席卷龍鬚,
> 香杯浮瑪瑙。北林積修樹,南池生別島。手撥金翠花,心迷玉紅草。
> 談笑光六義,發論明三倒。座非陳子驚,門還魏公掃。榮辱應無間,
> 歡娛當共保。[63]

襄陽公,指的是〔東漢〕習郁(文通,生卒年不詳),有宅位於襄陽城南十里
鳳凰山南麓下,以池著稱,原屬私家園林,日後輒成仕宦名流燕飲盤桓之所。

　　此詩即孟浩然參加襄陽公宅中宴會的所見、所聞、所感。首四句點出宴

---

60 齊東方、張靜:〈唐代金銀器皿與西方文化的關係〉,《考古學報》1994年第2期,頁
　　173-189。

61 董潔:〈淺析唐代瑪瑙器皿〉,頁73。

62 孫機:〈瑪瑙獸首杯〉,《中國聖火》(瀋陽市:遼寧教育出版社,1996年),頁192。齊
　　東方對此有不同意見,認為這件瑪瑙獸首杯是道地的輸入品。見齊東方、申秦雁:〈鑲
　　金獸首瑪瑙杯〉,《花舞大唐春:何家村遺寶精粹》(北京市:文物出版社,2003年),
　　頁40。

63 〔唐〕孟浩然著,徐鵬校注:〈襄陽公宅飲〉,《孟浩然集校注》(北京市:人民文學出
　　版社,1998年),卷一,頁57。

飲的時地：春天、傍晚，幽僻的巷弄內；次四句，寫宴飲場所的室內、室外，近景、遠景；再次四句，寫宴飲場合中衣香鬢影、杯觥交錯的歡樂氣氛；末四句，自謙且推崇主人，並抒發窮達無常，當及時行樂的感觸。

　　詩中第五、第六句，與本文論題相關，惟此聯頗多異文：上句，一作「倚席卷龍鬚」；下句，一作「香極浮瑪瑙」或「香床浮瑪瑙」。肝衡全詩，通篇對仗，須作「綺席卷龍鬚，香杯浮瑪瑙」，較符規範，所以本文採用此版本。歷來箋注這兩句，往往但云「言室內器物名貴」，不免失之籠統。究竟為何名貴？如何名貴？猶待發覆。

　　上句「龍鬚」，草名，據《爾雅》「蒤，鼠莞」〈注〉：「纖細似龍鬚，可以為席，蜀中出好者。」[64]又據《初學記》：「晉《東宮舊事》曰：『太子有獨坐龍鬚席、赤皮席、花席、經席。』」[65]知龍鬚席的物質性材料較為高級，故多身分尊貴者所用，今竟又「卷」「綺」，亦即織成美麗的花紋，遂使這領席子於優越的天然質地之外，兼具傑出的人為技術，因而顯得工巧精緻，身價不菲。下句詩意，或有學者解為「酒色如瑪瑙」[66]，恐非，其故有二：一、詩句寫的是「香」，非「（酒）色」。二、唐前或唐代詩人使用瑪瑙一詞，泰半指涉具體器皿（詳下），鮮少用來形容酒色；若真要形容，更常選用的是「琥珀」。[67]因此，該句要表達的，當是「瑪瑙杯浮盪著酒香」。又，慮及瑪瑙器皿在唐代多屬西域貢品，只在貴族階層流通，則此設宴主人極可能是朝中現任或致仕的官員，非僅僅是一般富貴人家。合此上、下二句，見主、客雙方身分皆不凡，宴會排場豪奢闊綽，更有意味的是，呈現出一幅東、西合璧的宴飲圖：地上鋪著中原本土的精美龍鬚席；席上擺著源自

---

64　〔晉〕郭璞注，〔宋〕邢昺疏：〈釋草〉，《爾雅注疏》（臺北市：臺灣商務印書館，1993年），卷第八，頁2b，總頁134。

65　〔唐〕徐堅等著：《初學記》（下）（北京市：中華書局，2005年），卷二十五，頁603-604。按，《舊唐書》始錄《東宮舊事》一書，題為張敞所撰。

66　〔唐〕孟浩然著，徐鵬校注：〈襄陽公宅飲〉，《孟浩然集校注》，卷第一，頁57。

67　〔美〕薛愛華（Schafer, E.H.）著，吳玉貴譯〈寶石〉，《撒馬爾罕的金桃：唐代舶來品研究》，第十五章，頁604，云：「唐朝詩人發現，『琥珀』是一個很有用的顏色詞，他們用琥珀來形容一種半透明的紅黃色，尤其是用來作『酒』的性質定語。」

西域的貴重瑪瑙杯。瑪瑙杯和諧地融入唐人的生活，成為日常的一部分，絲毫不覺突兀。

　　一只原屬西域的瑪瑙酒杯，靜靜沐浴在唐朝的豐茸春色、窈窕夕陽中。這也是瑪瑙器皿在初盛唐詩中，唯一一次的現身。

## 三　中晚唐詩中的瑪瑙器皿

　　盛唐之後，詩中出現瑪瑙器皿的次數增繁，樣貌、形制也漸趨多樣。茲分述如下：

### （一）瑪瑙碗

　　〔唐〕玄宗天寶五載（746），杜甫（712-770）結束「快意八九年」的漫遊生涯，「西歸到咸陽」（〈壯遊〉），一腳踏進了大唐帝國的首都長安，信心滿滿，躍躍欲試，準備一展身手，「立登要路津」。期間，杜甫廣結京城權貴，也參加是輩所舉辦的宴會，〈鄭駙馬宅宴洞中〉便反映了當時的生活情景，詩云：

> 主家陰洞細煙霧，留客夏簟青琅玕。春酒杯濃琥珀薄，冰漿碗碧瑪瑙寒。誤疑茅堂過江麓，已入風磴霾雲端。自是秦樓壓鄭谷，時聞雜佩聲珊珊。[68]

「鄭駙馬」，名明，字潛曜（生卒年不詳）。家世顯赫，自漢、魏以來，便是高門大族。[69]其父鄭萬鈞（生卒年不詳），娶唐睿宗（李旦，662-716）第四

---

68　〔唐〕杜甫著，〔清〕仇兆鰲注：〈鄭駙馬宅宴洞中〉，《杜詩詳注》（一）（臺北市：里仁書局，1980年），卷之一，頁46-47。

69　鄭潛曜叔父，即被唐玄宗譽為詩書畫「三絕」的廣文先生：鄭虔。而據陳尚君〈鄭虔墓誌考釋〉（《傳統中國研究集刊》第三輯〔2007年11月〕，頁315-334）所考：「鄭虔是北齊名臣鄭述祖的五世孫」，且「其家族譜系可以追溯到西漢的大司農鄭當時。」

女代國公主[70]；鄭潛曜自己，則娶唐玄宗第十二女臨晉公主（？-773）。[71]一門兩世駙馬，其家世之尊貴可知。據載，鄭潛曜在長安城南「神禾原」有宅，名「蓮花洞」[72]。杜甫詩所寫宴飲場地，即在此洞中。[73]

首聯綰題，正寫「蓮花洞」：上句洞口；下句洞內。「陰」字捕捉甫至洞口迎面而來的一股涼意，「細煙霧」三字，則藉輕煙軟霧裊裊的視覺，進一步「狀洞口之幽陰」；洞內，地面上盡鋪「青琅玕」般的「夏簟」，這除了暗寫鄭駙馬家之富麗，主意仍是「陰」字，蓋「琅玕」質感亦屬冰涼。領聯寫題中「宴」字，藉兩件西域器皿：琥珀杯、瑪瑙碗，「言主家器物之瑰麗」，並搭配刻意錘鍊的字句，「將杯、碗倒拈在上，而以濃、薄、碧、寒四字互映生姿，得化腐為新之法。」[74]頸聯寫洞中宴飲感受：時而恍如行於江底，沁脾生涼；時而疑似搏扶雲端，習習生風。再次呼應首句「陰」字。尾聯，巧妙運用同為鄭姓人：鄭樸典故，以略帶戲謔的口吻恭維主人，斯宅斯洞一定遠勝鄭樸所耕巖下，蓋有女子儷影穿梭，時時發出玉佩相擊的清脆聲響，極視、聽之享受。

該詩難躋杜甫傑作之列，歷代杜詩選本、唐詩選本亦罕收錄。但從物質文化的角度觀之，訊息卻頗豐富，試說如下：

本詩充滿濃厚的西域色彩，這固與領聯的「琥珀杯」、「瑪瑙碗」有關。先說後者。從「冰漿碗碧瑪瑙寒」句可知，杜甫形容瑪瑙碗的重點，在一「寒」字，既是觸覺，也是視覺，兩種感官雜揉交錯，體現出瑪瑙玉石本身

---

70 〔宋〕歐陽修、宋祁：〈諸帝公主〉，《新唐書》（一二），卷八十三，頁3656。

71 〔宋〕歐陽修、宋祁：〈諸帝公主〉，《新唐書》（一二），卷八十三，頁3658。

72 〔元〕李好文：《長安志圖》（臺北市：臺灣商務印書館，1979年），卷中，頁16b：「蓮花洞在神禾原，即鄭駙馬之居，所謂『主家陰洞』者也。」

73 施蟄存：〈曹唐：游仙詩〉，《唐詩百話》（上海市：華東師範大學出版社，2001年），頁636曾云：「古人用『洞』字，意義和現在不同。……並不是指山的巖穴，而是指四山環繞的一片平地，就是西南各省所謂『壩子』。道家所謂『洞天福地』，也就是與世隔絕的一塊山中平原。」可備一說。

74 正文引號中所述，出自仇注。詳〔唐〕杜甫著，〔清〕仇兆鰲注：〈鄭駙馬宅宴洞中〉，《杜詩詳注》（一），卷之一，頁47。

具備的質感：冰寒、光滑、細膩。鄭駙馬即用此冰寒、光滑、細膩的西域瑪瑙碗，盛著碧綠色的冰漿饗客，冰上增冰，更可消暑；而碗呈暗紅，漿則偏綠，二色相互輝映，啜飲之際，同時又滿足了視覺美感。

再說前者：「春酒杯濃琥珀薄」。琥珀（Amber）也是一種礦物，白堊紀（Cretaceous Period）的地質年代中，松柏科樹木流出的樹脂，因地殼變動深埋地底，石化之後，即成此物，多呈「金黃色至金橙色」，「透明至半透明」。[75]據傳，公元前九世紀，地中海東岸的腓尼基人已曾在波羅的海沿岸採集到琥珀[76]，因此，琥珀亦出自西域，是西域諸國常見的貢品之一。

中國最早談及的琥珀資料，來自罽賓，接著是大秦、薩珊王朝波斯[77]，常寫成「虎魄」，以其一度被視為猛虎的魂魄幻化而成之故；而虎為百獸之王，故琥珀在古人心目中，具有崇高地位，相信它可以降妖除魔、鎮邪避凶。入唐後，為避開國始祖李虎（？-551）諱，《隋書》便以「獸」字代「虎」，改名「獸魄」。[78]〔美〕Edward Schafer 云：

> 據唐人所知，琥珀是拂林的出產之一，而唐朝的琥珀則是從波斯輸入的。唐朝輸入的琥珀，很可能是從波羅的海沿岸地區得到的。[79]

琥珀不但輸入唐朝，也進入唐詩，且多與酒相關，最為人所熟知者，厥為〔唐〕李白（701-762）的〈客中作〉，詩云：

---

75 〔英〕卡莉・霍爾（Cally Hall）著，哈里・泰勒攝影，貓頭鷹出版社編譯小組翻譯：〈有機寶石〉，《寶石圖鑑》，頁148。

76 劉道榮、劉婧編著：〈美麗華貴的有機寶石篇〉，《珠寶玉石鑑賞常識》（天津市：百花文藝出版社，2011年），頁164。

77 〔美〕Berthold Laufer（勞佛）著，杜正勝譯，劉崇鋐校訂：《中國與伊朗──古代伊朗與中國之文化交流》（臺北市：國立編譯館，1975年），頁396。

78 〔美〕Berthold Laufer（勞佛）著，杜正勝譯，劉崇鋐校訂：《中國與伊朗──古代伊朗與中國之文化交流》，頁411，註145。又，王彥坤：《歷代避諱字彙典》（北京市：中華書局，2009年），頁108-112。

79 〔美〕薛愛華（Schafer, E.H.）著，吳玉貴譯：〈寶石〉，《撒馬爾罕的金桃：唐代舶來品研究》，第十五章，頁603。

> 蘭陵美酒鬱金香，玉椀盛來琥珀光。但使主人能醉客，不知何處是他
> 鄉。[80]

首二句描寫玉碗盛著鬱金香調過味的美酒，蕩漾著宛如琥珀色的光澤。色香味俱全。在這兩句詩中，不但琥珀出自西域，鬱金香亦是，乃波斯附近、印度西北地區的名貴花種，很早便為中國人所知。《說文解字》曰：

> 鬱，芳艸也。十葉為貫，百廿貫築以煑之為鬱。……。一曰鬱鬯，百
> 艸之華，遠方鬱人所貢方艸，合釀之以降神。鬱，今鬱林郡也。[81]

《魏略》曰：

> 大秦多……白附子、薰陸、鬱金……，十二種香。[82]

《梁書‧諸夷列傳》曰：

> 鬱金獨出罽賓國，華色正黃而細，與芙蓉華裏被蓮者相似。國人先取
> 以上佛寺，積日香槁，乃糞去之，賈人從寺中徵雇，以轉賣與佗國
> 也。[83]

唐人陳藏器《本草拾遺》則綜合《說文》、《魏略》而言曰：

> 生大秦國，花如紅藍花，即是香也。《說文》鬱香，芳草也。十二葉
> 為貫，捋以煮之，用為鬯，為百草之英，合而釀酒，以降神也。[84]

一致指出鬱金香產自國外。李白詩中寫到的「蘭陵」，位於山東；循此，盛

80 〔唐〕李白著，瞿蜕園校注：〈客中行〉，《李白集校注》（二）（臺北市：里仁書局，1981年），卷二十二，頁1269。

81 〔漢〕許慎著、〔清〕段玉裁注：《說文解字注》，第五篇注下，頁4a-b，總頁219-220。

82 〔清〕張鵬編：《魏略輯本》，收入楊家駱主編：《三國志附編》，卷二十二，頁6b，總頁85。

83 〔唐〕姚思廉撰：《梁書》（三）（北京市：中華書局，1973年），卷五十四，頁798。

84 〔唐〕陳藏器著，尚志鈞輯釋：〈木部〉，《本草拾遺輯釋》，卷第四，頁162。

唐時東海郡的某次高級宴會中，出現過一只盛著鬱金香酒的琥珀玉碗，酒與酒器，併皆西域物質，都被李白寫入詩中，成為一幅永恆的文化場景。

李白此詩，極易使人聯想起〔唐〕王翰（？-735以後[85]）的〈涼州詞〉，詩云：

> 葡萄美酒夜光杯，欲飲琵琶馬上催。醉臥沙場君莫笑，古來征戰幾人回。[86]

詩中盛著葡萄酒的「夜光杯」，如眾所知，係用和闐或祁連山美玉製成，自古即負盛名，幾已成為甘肅酒泉的土產。但徐波卻認為，夜光杯真正的起源，可能來自更遙遠的西方：羅馬帝國。徐氏根據《後漢書・西域》「大秦國……有夜光璧、明月珠、駭雞犀、珊瑚、琥珀、琉璃……」諸句而言曰：

> 古人有云：「玉碗盛來琥珀光」，加之中國古代玻璃製作技術的缺失，使夜光璧、琥珀、琉璃等作為夜光杯原材料的可能性有所增加。[87]

故知琥珀亦夜光杯的材質之一，唐朝富貴人家的筵席中，常見此酒器。「春酒杯濃琥珀薄」的琥珀杯，或許便是一只夜光杯，以其極佳的透光性，給予杜甫強烈的視覺印象，所以特別強調其杯壁之「薄」。

除此之外，本詩首聯下句用以比喻「夏簟」的喻依：「青琅玕」，也從西域而來。請先看以下數則資料：

> 西北之美者，有崑崙虛之璆琳、琅玕焉。（《爾雅・釋地》）[88]

---

85 據傅璇琮：〈王翰考〉，《唐代詩人叢考》（北京市：中華書局，2003年），頁40-52。

86 〔唐〕王翰：〈涼州詞〉，收入〔清〕聖祖御製：《全唐詩》（北京市：中華書局，1996年）。

87 胡孝文、徐波主編，徐波主講：〈漢唐中國的「西域」情結：與中亞西亞的政治文化互動〉，《永遠的「西域」：古代中國與世界的互動》（合肥市：黃山書社，2011年），第一講，頁33。

88 〔晉〕郭璞注，〔宋〕邢昺疏：〈釋地〉，《爾雅注疏》，卷第一，頁11b，總頁77。

　　　崑崙之墟不朝，請以璆琳、琅玕為幣乎。（《管子·輕重甲》第八十）<sup>89</sup>
　　　大秦國多……琉璃、璆琳、琅玕、……。（〔魏〕魚豢《魏略》）<sup>90</sup>

「大秦」，指羅馬帝國；「崑崙之墟」，據章鴻釗《石雅》稱：「今巴達克山，亦古崑崙之墟也。」而巴達克山，據其所引〔美〕洛烏弗爾（Berthold Laufer）〈東方綠松石〉一文之說：當在「康居波斯于闐之間，興都庫施山脈之北」。<sup>91</sup>如是，則琅玕產地在西域，誠無疑義。

　　至於琅玕所指為何？歷代眾說紛紜，如：

　　　琅玕，石之似玉者。（〔漢〕許慎《說文解字》）<sup>92</sup>
　　　說者皆云：球琳，美玉名，琅玕，石而似珠者。必相傳驗，實有此言也。（〔唐〕孔穎達注疏《尚書·禹貢》）<sup>93</sup>

對此，章鴻釗即說：「或曰石，或曰玉，或曰樹，或曰珠，或曰石似玉，或曰石似珠，或以為琉璃類，或更以為珊瑚類，箋釋各出，是非淆亂，非一日矣。」王炳華〈也釋「琅玕」〉據百年前〔英〕斯坦因（Marc Aurel Stein，1862-1943）在新疆尼雅遺址 N14、漢晉時期精絕王國故址出土的八枚漢簡，首先確定：

　　　「琅玕」是當年精絕王室成員們持以互贈、聯絡感情的瑰寶。<sup>94</sup>

又據一九九五年尼雅一號墓地出土文物，判定：

---

89　馬非百：〈管子輕重〉十三，《管子輕重篇新詮》（下）（北京市：中華書局，1979年），頁560。
90　〔清〕張鵬編：《魏略輯本》，收入楊家駱主編：《三國志附編》，卷二十二，頁6a-b，總頁85。
91　章鴻釗：〈玉石〉，《石雅》，頁24。
92　〔漢〕許慎著、〔清〕段玉裁注：《說文解字注》，第一篇上，頁36b，總頁18。
93　〔魏〕王肅偽孔安國傳，〔唐〕孔穎達等正義：〈禹貢〉，《尚書正義》（臺北市：臺灣商務印書館，1993年），卷六，頁21a，總頁87。
94　王炳華：〈也釋「琅玕」〉，《西域考古歷史論集》（北京市：中國人民大學出版社，2008年），頁726。

> 「琅玕」，就是精絕王墓中出土的「蜻蜓眼料珠」，一種早期玻璃製
> 品。[95]

這種料珠，當時的精絕王室貴族認為可以驅邪，具巫術功能，因而特別珍視，即連死去，亦懸掛胸前，深藏於貼身內衣裡。總此，「琅玕」其實就是玻璃。

中國固然也產玻璃，卻屬鉛鋇玻璃一系：「成色不美、成品不精、易褪色」，不同於西方的鈉鈣玻璃：清亮透明，色彩鮮豔。[96]因此，春秋晚期的貴族對於來自西域、品質極佳的玻璃，趨之若鶩，視若珍寶，遂「給了它一個十分美好、令人聯想到美玉的名字：『琅玕』。」[97]

再回到杜甫詩。「留客夏簟青琅玕」句，用了源自西域的琅玕來形容、譬喻中原本土的常用物：簟，比喻可謂貼切。一方面，兩者均身分尊貴者所用之物。《禮記》云：

> 君以簟席，大夫以蒲席，士以葦席。[98]

不同身分，所用「席」子亦有分別；而「簟席」，乃君主所用。至於「琅玕」，進入中原以後，也只有上層統治階級才配使用，這從春秋晚期太原晉國趙卿墓、春秋晚期長子牛家波 M7墓、河南固始侯古堆 M1等墓主人身上，可以得到證明。[99]二方面，兩者清亮光潤的色澤，有共通處。據《嘉靖蘄州志》載：

---

95 王炳華：〈也釋「琅玕」〉，《西域考古歷史論集》，頁729。

96 許進雄：〈工藝〉，《中國古代社會──文字與人類學的透視（修訂本）》（臺北市：臺灣商務印書館，年2008年），第八章，頁208-211。又，氏著：〈玻璃飾珠──古代玻璃的使用〉，《文物小講》（北京市：中國人民大學出版社，2007年），頁167-168。

97 王炳華：〈也釋「琅玕」〉，《西域考古歷史論集》，頁737。

98 〔漢〕鄭玄注，〔唐〕孔穎達等正義：〈喪大祭〉，《禮記正義》（臺北市：臺灣商務印書館，1993年），卷第四十四，頁24a，總頁772。

99 王炳華：〈也釋「琅玕」〉，《西域考古歷史論集》，頁733。

> 蘄竹，一名笛竹，以色潤者為簟，節疏者為笛，帶須者為杖。[100]

竹要能製成「簟」，先決條件是「色潤」，而「琅玕」，其色亦潤，故能「比竹簟之蒼翠」。[101]

總上所述，本文所以稱此詩帶有濃厚的西域情調。

## （二）瑪瑙盤

〔唐〕代宗廣德二年（764），杜甫流寓成都，於〔唐〕韋諷（生卒年不詳）宅中偶然得見〔唐〕曹霸（約704-約770）所繪〈九馬圖〉，感慨系之，遂作〈韋諷錄事宅觀曹將軍畫馬圖歌〉，曰：

> 國初已來畫鞍馬，神妙獨數江都王。將軍得名三十載，人間又見真乘黃。曾貌先帝照夜白，龍池十日飛霹靂。內府殷紅瑪瑙盤，婕妤傳詔才人索。……。[102]

曹將軍，即曹霸，魏武王曹操（155-220）曾孫曹髦（241-260）後人，唐開元年間，以善畫御馬、功臣著稱，官至左武衛將軍；安始亂後，流徙成都，與杜甫相識，同為天涯淪落人。

首四句，先以同樣擅長畫馬的江都王李緒（生卒年不詳）陪起，藉賓顯主，凸顯曹霸畫功之「神妙」，足以踵繼前賢，獨步當代。次四句追憶曹霸當年嘗為玄宗御馬「照夜白」寫真，所畫出神入化，栩栩如生，贏得皇帝歡欣，御賜紅瑪瑙盤。其後，「記〈九馬〉之圖，正寫本題」，並讚許韋諷具備相馬之才。詩末，「就馬之盛衰，想國之盛衰」，以「君不見金粟堆前松柏

---

100 〔明〕甘澤纂輯，趙士讓編次，王舜卿校正：《嘉靖蘄州志》，收入《天一閣藏明代方志選刊》（一六）（臺北市：新文豐出版公司，1985年），卷之二，頁33a，總頁537。

101 〔唐〕杜甫著，〔清〕仇兆鰲注：〈鄭駙馬宅宴洞中〉，《杜詩詳注》（一），卷之一，頁47。

102 〔唐〕杜甫著，〔清〕仇兆鰲注：〈韋諷錄事宅觀曹將軍畫馬圖歌〉，《杜詩詳注》（二），卷之十三，頁1152。

裏，龍媒去盡鳥呼風」作結，「不勝其痛」。[103]

此詩常見於杜詩、唐詩選本，或著眼於詠畫之難，或著眼於詩中流露的身世之感，闡釋已極精彩，不勞贅述；惟詩中的瑪瑙盤，尚有可說：

從杜甫特別強調其色澤「殷紅」來看，此盤或由紅玉瑪瑙、紅縞瑪瑙甚至是火瑪瑙製成，前文曾引〔美〕Edward Schafer 之說，認為唐朝人所說瑪瑙，通常帶有紅暈，於此可得到印證。總之，這方瑪瑙本身，自屬上品、珍品；循此，曹霸所獲贈之此一殷紅瑪瑙盤，其貴重也就不言而喻了。再由「內府殷紅馬腦盤」句之「內府」可知，此盤當出自「中尚署」，或其轄下的某一作坊，許是內府所藏，也許是內府所製；換言之，可能是「輸入品」，也可能是「仿製品」。但毋論如何，應該都帶有西域胡風。又，此瑪瑙盤是皇上賞賜有功大臣的獎勵品，其政治性、象徵性顯然大過實用性，毋怪乎「盤賜將軍拜舞歸」後，「清紈細綺相追飛。貴戚權門得筆跡，始覺屏障生光輝。」為曹霸帶來不少附加效益。

另有一點是杜甫詩中沒有涉及的：此瑪瑙盤的面積可能不小。《新唐書·裴行儉列傳》云：

> （按，裴行儉）初，平都支、遮匐，獲瑰寶不貲，藩酋將士願觀焉，行儉因宴，遍出示坐者。有瑪瑙盤廣二尺，文彩粲然，軍吏趨跌盤碎，惶怖，叩頭流血。[104]

於平定西突厥後所獲眾多戰利品的「瑰寶」中，獨標「瑪瑙盤」，已見出其獨特性；又強調「廣二尺」，則面積大小必與一般食用的盤器不同。《唐六典》載：

> 凡度以北方秬黍中者一黍之廣為分，十分為寸，十寸為尺，一尺二寸為大尺，十尺為丈。[105]

---

103 正文引號中所述，出自仇注。詳〔唐〕杜甫著，〔清〕仇兆鰲注：〈韋諷錄事宅觀曹將軍畫馬圖歌〉，《杜詩詳注》（二），卷之十三，頁1154。

104 〔宋〕歐陽修、宋祁著：〈裴行儉列傳〉，《新唐書》（一三），卷一百八，頁4089。

105 〔唐〕李林甫等撰，陳仲夫點校：〈尚書戶部〉，《唐六典》，卷第三，頁81。

萬國鼎〈唐尺考〉為之考證如下：

> 唐大尺的標準長度在0.2949米與0.2959米之間，……後期漸有放長，
> 有長到0.31米左右的……。[106]

則「廣二尺」的瑪瑙盤，寬約六十餘公分。依此類推，唐玄宗恩賜給曹霸的
「殷紅瑪瑙盤」，庶幾亦如此規模？

還可附論的是，瑪瑙盤似乎是唐玄宗慣以賞賜大臣的禮物之一。天寶十
載（751）正月一日，安祿山（703-757）生日，玄宗有賞，計以下諸項：

> 先日賜諸器物衣服，太真亦厚加賞遺。元宗賜金花大銀盆二，金花銀
> 雙絲瓶二，金鍍銀蓋椀二，金平脫酒海一，并蓋金平脫杓一，小瑪瑙
> 盤二，金平脫大盞四，次盞四，金平脫大瑪瑙盤一，玉腰帶一，并金
> 魚袋一，及平脫匣一，紫紬綾衣十副，內三副錦袄子并半臂，每副四
> 事，熟錦紬綾三十六具。太真賜金平脫裝一具，內漆半花鏡一，玉合
> 子一二，玳瑁刮舌篦耳各一，銅鑷子各一，犀角刷子梳篦一，骨骰合
> 子三，金鍍銀合子二，金平脫合子四，碧羅帕子一，紅羅繡帕子二。
> 紫羅枕一。氈一。金平脫鐵面枕一。并平脫鏁子一。紅羅繡帕子二，
> 銀沙羅一，銀沙枕一，紫衣二副，內一副錦。
> 其日，又賜陸海諸物，皆盛以金銀器竝賜焉。所賜祿山食物，香藥，
> 皆以金銀器盛之，其器竝賜，前後又不可勝數也。[107]

在這份洋洋灑灑的生日賀禮清單中，瑪瑙盤一律製成盤狀，且有三件：兩
小、一大；其大者，還是一件「金平脫瑪瑙盤」。所謂「平脫」，係指一項特
殊的器物裝飾工藝，其內涵與技法大約如下：

> 利用金銀延展性能好的特點，於極薄的金銀箔片上雕鏤出多姿多彩的

---

106 萬國鼎：〈唐尺考〉，收入中國農業科學院南京農學院中國農業遺產研究室編：《農史
    研究集刊》（第一冊）（北京市：中華書局，1959年）。
107 〔唐〕姚汝能：《安祿山事迹》（北京市：中華書局，2006年），卷上，頁81-82。

複雜圖案,剪裁成一定形狀,將它們按照設計用大漆黏合於器物表面,然後在其表面多次髹漆,待乾透後打磨推光,於漆地上顯露出金銀花紋。因紋樣與漆地平齊,故而得名金銀平脫。這是一種將髹漆與金屬鑲嵌相結合的工藝技術。[108]

可見要完成一件金銀平脫器,非常費工。而「金平脫瑪瑙大盤」,便是將金平脫的技法,施之於大型的瑪瑙盤上;完成後,赭紅的瑪瑙盤面,點綴、閃爍著若隱若現的金漆花紋,格外有種沈穩、大器的低調奢華感,符合皇家氣象。此外,平脫術係由「商代的金銀箔貼花技術發展而來」,乃根源於中國本土的工藝,而瑪瑙則屬道地的舶來品;換言之,「金平脫瑪瑙大盤」實為東、西文化相碰撞,攜手完成的一件內府仿製品。

透過上述裴行儉二尺寬的瑪瑙盤、唐玄宗賜與安祿山的金平脫瑪瑙大盤,均有助於想像「內府殷紅馬腦盤」的形貌與文化意蘊,進而豐富對杜甫〈韋諷錄事宅觀曹將軍畫馬圖歌〉的理解。

## (三)瑪瑙杯

瑪瑙杯是初、盛唐詩中唯一出現過的瑪瑙器皿,且僅出現一次;中唐以降,增為三次,是所有瑪瑙器皿中,數量最多的一種。

第一首,錢起(718~719-約780[109])〈瑪瑙杯歌〉,詩云:

瑤溪碧岸生奇寶,剖質披心出文藻。良工雕飾明且鮮,得成珍器入芳筵。含華炳麗金尊側,翠罌瓊觴忽無色。繁弦急管催獻酬,倏若飛空

---

108 劉中偉、吳磊:〈唐代金銀平脫工藝探討〉,《內江科技》2008年6期,頁14-15。

109 生年據蔣寅:〈錢起生平繫年補正〉,《大歷詩人研究》(北京市:中華書局,1995年),下編,頁732-748;卒年據傅璇琮:〈錢起考〉,《唐代詩人叢考》(北京市:中華書局,2003年),頁445-468。又傅氏書,頁446:「從現存他的詩作看來,可以確定寫於開元、天寶年間的只寥寥幾篇,而他的大部分作品還是寫作於肅宗、代宗時期,因此說他是中唐前期的詩人,是可以的。」

生羽翼。湛湛蘭英照豹斑，滿堂詞客盡朱顏。花光來去傳香袖，霞影高低傍玉山。王孫彩筆題新詠，碎錦連珠復輝映。世情貴耳不貴奇，謾說海底珊瑚枝。寧及琢磨當妙用，燕歌楚舞長相隨。[110]

這是一首詠物詩，故有較多「物質性」的描寫，反映了錢起所認知的瑪瑙。要言之，約有以下幾點：

## 1 產自西域

首句點明瑪瑙出產於「瑤池」邊；而瑤池，即《穆天子傳》中周穆王與西王母相會處[111]，據余太山之說，西王母應是一部落首領，兩人會晤之所，當即今哈薩克斯坦的齋桑泊，[112]地處西亞，屬西域範圍。

## 2 「奇寶」

首句即拈出此二字，結尾處感嘆世人「貴耳不貴奇」，重出「奇」字，兩處所指，均為瑪瑙。首尾呼應。又稱讚瑪瑙較珊瑚有更多「妙用」，一旦製成「珍器」，可於「芳筵」中常伴「詞客」與歌舞。

## 3 外樸而內華

次句描寫瑪瑙其貌不揚（「質」），須後天加工，抉其內在（「心」），始能見其美。詩中用了許多動詞：「剖」、「披」、「雕飾」、「琢磨」，既強調切磋之必要，也見出瑪瑙的硬度；至於「文藻」、「明且鮮」等形容，則是力圖捕捉其紋帶結構與「玻璃般的」光澤。

---

110 阮廷瑜校注：《錢起詩集校注》（上）（臺北市：新文豐出版公司，1996年），卷一，頁5-9。

111 〔晉〕郭璞注：《穆天子傳》，收入羅愛萍主編：《百子全書》（三十一）（臺北市：黎明文化公司，1996年），卷三，頁9583。

112 余太山：〈《穆天子傳》所見東西交通路線〉，《傳統中國研究集刊》第三輯（2007年11月），頁192-206。又，胡孝文、徐波主編，徐波主講：〈漢與羅馬：失之交臂的千年遺憾〉，《永遠的「西域」：古代中國與世界的互動》，第二講，頁56。

## 4 紋理燦然

第五句起描寫瑪瑙杯:「含華炳麗」,強調其色澤斑斕,渾然天成,足使「翡翠」、「瓊瑤」所製酒器相形失色。「湛湛蘭英」,指香酒清澈,一至於「照豹斑」:映照出杯壁豹紋般的條理,間接暗示了瑪瑙杯晶瑩剔透的質地。

透過〈瑪瑙杯歌〉,除了能探測錢起對瑪瑙的掌握程度,亦可由此窺見彼時中土人士接受瑪瑙、詮釋瑪瑙的角度,從而挖掘出其背後更複雜的「文化再現」問題。

第二首,元稹(779-831)〈春六十韵〉,寫於〔唐〕憲宗元和九年(814),時任江陵士曹參軍。在「春生返照」,積雪未融的早春時節,元稹的思緒飛度關山,回到北方長安,揣想著京城貴冑公子正恣意遊春,追逐飲、食、聲、色各方面的極致享受;其中,「飲」這一項目,詩曰:

> 酒愛油衣淺,盃誇馬腦烘。[113]

上句寫酒色。「油衣」,指舊時雨衣,「油衣淺」,即淺色油衣,「酒愛油衣淺」,意謂:酒,以呈淺油衣色的為最愛。下句寫酒器。「馬腦烘」,楊軍箋注:

> 即瑪瑙烘。……烘,火紅色。[114]

意謂:杯,以紅瑪瑙製成的最堪誇。

乍看之下,上述解釋符合瑪瑙特徵,似無問題。但王繼如〈詞語的潛在及其運動〉透過排比資料發現,唐詩中的「烘」字,實為「光線透出」之意,並據此認為,〔唐〕劉禹錫(夢得,772-842)〈劉駙馬水亭避暑〉的第三句異文,當作「琥珀瓈『烘』疑漏酒」,而非「琥珀瓈『紅』疑漏酒」,意指「琥珀瓈透光竟至於疑其漏酒。」[115]其說亦切合瑪瑙的特徵。準此,則

---

113 楊軍箋注:〈春六十韻〉,《元稹集編年箋注》(西安市:三秦出版社,2002年),頁584。

114 楊軍箋注:〈春六十韻〉,《元稹集編年箋注》,頁588。

115 參王繼如:〈詞語的潛在及其運動〉(3),網址:http://webcache.googleusercontent.com/

「盃誇馬腦烘」應理解為：杯，以有光線透出的瑪瑙最堪誇。上、下兩對仗句，「淺」對「烘」，「淺淡」對「透明」，形容詞相對，堪稱工穩。本文從之。

檢索元稹全部詩作，「烘」字共出現五次，都用在器皿上，也都可解為「光線透出」。除上例之外，餘者如下：

> 素液傳烘盞，鳴琴薦碧徽。（〈月三十韵〉）
>
> 雕鐫荆玉盞，烘透內丘餅。（〈飲致用神麴酒三十韵〉）
>
> 琥珀烘梳碎，燕支懶頰塗。（〈感石榴二十韵〉）
>
> 鈢傳烘瑪瑙，石長翠芙蓉。（〈度門寺〉）

故知「烘」是元稹形容器皿時，偏愛使用的字眼、形容詞，而「透光」便是瑪瑙與其它器皿最引人注目的的物質特性。

第三首，李商隱（812-858）〈小園獨酌〉，詩中極陳「年年春不定」的寂寥心緒，只能藉「獨酌」以排遣，其言曰：

> 半展龍鬚席，輕斟瑪瑙杯。[116]

場景與前引孟浩然〈襄陽公宅飲〉的「綺席卷龍鬚，香杯浮瑪瑙」，幾乎如出一轍，而詩句表達方式更為直接明白。「龍鬚席」搭配「瑪瑙杯」，大約便是唐人炫耀豪華宴會，或想像豪華宴會，絕佳的組合、呈現方式。

此詩無確切的寫作年代線索，舊注多繫於〔唐〕武宗會昌五年（845）或六年春，李商隱守母喪後，移家永樂（今山西芮城）時作[117]，以其詩中景物相似之故，如劉學鍇〈居母喪和永樂閑居〉便曰：

---

search?q=cache:Ls6gZs2me4AJ:www.confucianism.com.cn/html/hanyu/15517802.html+&cd=6&hl=zh-TW&ct=clnk&gl=tw

116 〔唐〕李商隱：〈小園獨酌〉，收入劉學鍇、余恕城：《李商隱詩歌集解》（上）（臺北市：洪葉文化公司，1992年），頁500。

117 〔清〕馮浩《玉谿生詩集箋注》（臺北市：里仁書局，1981年，頁864）繫於會昌六年，但也說：「五年六年之詩，亦有不可細分者，仍當統玩。」（頁863）劉學鍇〈居母喪和永樂閑居〉（《李商隱傳論》〔上〕，合肥市：安徽大學出版社，2002年，上編，第八章，頁178）則大約繫於會昌五年。

商隱所居，當在永樂縣城交接處。……離街巷不會太遠。但小縣本就清簡，商隱所居之地又較偏僻，故永樂詩中每提及「丘園」、「郊園」、「小園」、「小桃園」。[118]

遂因此將〈永樂縣所居一草一木無非自栽今春悉已芳茂因書即事一章〉、〈小園獨酌〉、〈小桃園〉等詩排比羅列，俱視為一時一地之作。推論固有其理，然而，偏僻小縣、清寂詩境，竟出現這麼一組最能展現奢華風的器物，毋論其為寫實還是虛構，總有突兀之感。進一步言，李商隱當時尚在守喪，官職為秘書省正字，官階不過正九品下，家境向來又不富裕，嘗自稱「樊南窮凍人」，此次搬家，還「可能是由於長安米珠薪桂，生活費用太高，居大不易。」[119]如許處境、位階、經濟狀況，李商隱適合、夠資格、有能力使用「龍鬚席」與「瑪瑙杯」？不能無疑。

或許可以換個角度重新閱讀此詩。與李商隱關係密切的令狐楚（766-837）、王茂元（？-843），擔任過宰相、節度使等高級官員，於長安城中又俱有宅第，相較於李商隱，更有條件擁有「龍鬚席」、「瑪瑙杯」。職是，若將〈小園獨酌〉的時空背景抽離母喪、永樂，改置於京城中的令狐家或王家，將其理解為李商隱於某一春日過府，於其園中坐「龍鬚席」、持「瑪瑙杯」，觸景獨飲，從而抒發了根觸無端的苦悶，似乎更順理成章，詩意也較融通寬泛，不受特定事件所侷限。

中國出現瑪瑙、使用瑪瑙器皿的歷史悠遠，次數也相當頻繁，但誠如前文所述，迄今為止，尚未見唐以前的出土瑪瑙實物；唐以後，數量亦寥若星辰，頗不能與進貢史、文獻記載的實況相稱。在為數不多的幾件瑪瑙器皿中，恰有三件杯具適足以與錢起、元稹、李商隱筆下的瑪瑙杯相參照，以收圖文對讀、圖文互證之效果。[120]

---

118 劉學鍇：〈居母喪和永樂閒居〉，《李商隱傳論》（上）（合肥市：安徽大學出版社，2002年），上編，第八章，頁178。

119 劉學鍇：〈居母喪和永樂閒居〉，《李商隱傳論》（上），上編，第八章，頁213。

120 承匿名審查委員提醒，「物質文化研究強調可觸摸的實體性」，當「擇要參照」「瑪瑙器皿的文物圖錄」。謹此致謝。

　　這三件杯具是：西安何家村遺寶的獸首瑪瑙杯一件、瑪瑙長杯兩件。其中，獸首瑪瑙杯的屬性爭議較大，造型又絕無僅有，乃一特例，與唐詩對讀的意義不大，故可不論；兩件瑪瑙長杯，今均藏於陝西歷史博物館（見書後彩圖一、彩圖二），據董潔〈淺析唐代瑪瑙器皿〉所述，其體製特徵分別如下：

> 通高3.7、長徑13.5、短徑6.6釐米，以深褐色夾乳白縞帶及纏絲等多種文理的瑪瑙雕琢，長橢圓形杯體，口沿微斂，腹部外鼓，下端內收，杯腔內底光滑，外底附一矮圈足。[121]
> 高4.2、長徑11.2、短徑7釐米，以紅褐色瑪瑙琢製，俯視杯口為橢圓形，但兩頭上翹，中間下凹，圓底，形似一彎新月。光素的杯身上散布著黃、白色的天然文理，為飲酒器。[122]

「長杯」，顧名思義，即杯面呈長條狀（或長橢圓狀），與圓形的中國杯不同，且不帶雙耳。這樣的造型，經學者討論，已確定源自西域；今僅見的兩只瑪瑙杯都作長形，若謂中、晚唐詩中的瑪瑙杯形狀近似於此，諒也不無可能。又，此二瑪瑙長杯均以醬紅為底色，而雜乳白縞帶、纏絲，流光溢彩，豪華感十足；循此，則三位中、晚唐詩人眼中的瑪瑙杯，當亦近是。此外，西安何家村遺寶的埋藏年代，雖有「德宗建中四年（783）涇源兵變爆發」[123]與「代宗廣德元年（763），吐蕃人入長安」之不同見解[124]，但毋論如何，都屬中唐，正是本文所論瑪瑙器皿的時間範圍，故以這兩件瑪瑙長杯為基礎，設想中、晚唐東、西物質文化交流，確實有效。

---

121 董潔：〈淺析唐代瑪瑙器皿〉，頁72。
122 董潔：〈淺析唐代瑪瑙器皿〉，頁71。
123 齊東方、申秦雁：〈鑲金獸首瑪瑙杯〉，《花舞大唐春：何家村遺寶精粹》，頁40。
124 杭志宏：〈對何家村遺寶的一些新認識〉，《文物天地》2016年第6期，頁42。

## （四）瑪瑙鉢

　　〔唐〕憲宗元和九年，元積於江陵士曹參軍任上，除〈春六十韻〉言及瑪瑙杯，又有〈度門寺〉一詩寫到瑪瑙器皿：鉢，詩云：

> ……寶界留遺事，金棺滅去蹤。鉢傳烘瑪瑙，石長翠芙蓉。影帳紗全落，繩床土半壅。[125]

描述其遊覽湖北當陽山度門寺，寺中所見。「繩床土半壅」句下，元積自注：「金棺已下，並寺中所有。」換言之，引文後四句俱為寫實，而句中「烘瑪瑙」、「翠芙蓉」、「影帳」、「繩床」，俱有實物。

　　按，鉢是中國本土器皿之一，早在新石器時代即已屢見，圓形，多為陶製，用以飲、食或洗滌什物。後亦成為梵語 patra（鉢多羅）的省稱，指的是僧人的食器、法器，多為瓦製或鐵製，容量普遍不大，以符合佛教戒律。

　　元積「鉢傳烘瑪瑙」句，寫的應該是佛鉢，且從其「傳」字可知，這只「烘瑪瑙」鉢是度門寺世代相傳的佛門器物，有一定的年份；除此之外，元積對於瑪瑙鉢的描寫，一如其〈春六十韻〉「盃誇馬腦烘」句，僅著一「烘」字，強調透光特質，而餘者闕如，所幸地下出土的唯一一只瑪瑙鉢[126]，提供了讀者可茲想像的空間。

　　這只瑪瑙鉢，今藏西安博物院（見書後彩圖三），據楊伯達《中國玉器全集5 隋・唐──明》，其規格具如下：

---

125 楊軍箋注：〈度門寺〉，《元積集編年箋注》，頁595。

126 毛陽光、石濤、李婉婷著〈外來文明與唐代黃河流域的社會〉（《唐宋時期黃河流域的外來文明》，頁161）云：「西安博物院還藏有一件1968年在西安東郊唐墓中出土的瑪瑙鉢」，又云：「1955年西安南郊沙坡磚廠也出土了瑪瑙鉢」。前者，所據為李炳武主編，王長啟分冊主編：《中華國寶：陝西珍貴文物集成・玉器卷》；後者，所據為楊伯達：《中國玉器全集5 隋・唐──明》。據其說，傳世當有兩件出土瑪瑙鉢。但細讀這兩部書所記瑪瑙鉢資料，形制、特色完全相同，故本文判斷，應只是所載有異，實屬同一件器皿，。

高七點五厘米，口徑十三點五厘米。敞口，深腹，圓底。

是一小缽，造型簡單大方，無繁複雕琢修飾，「色澤鮮潤」，有明顯透光性，清楚呈現瑪瑙「深紅褐色與白色相間，呈纏絲狀」[127]的美麗紋路。

此缽身分，楊伯達從其「質地和色澤與西安市南郊何家村的唐代瑪瑙羚羊首杯為同料所製」判斷，「應屬外來品」[128]；李炳武主編，王長啟分冊主編的《中華國寶：陝西珍貴文物集成・玉器卷》，所見雷同，認為應是從「西亞、中亞一帶傳入」[129]。董潔〈淺析唐代瑪瑙器皿〉則從缽口特徵進一步證成此說，其言曰：

> 瑪瑙缽的造型跟中國常見缽的形狀還有所區別，唐代陶瓷缽都是斂口，而瑪瑙缽是敞口，所以它有可能是西域傳入的。[130]

要之，這是一件「輸入品」。又從其出土地點在長安，則還可能是一件貢品。

至其用途，據推測應是「研藥用器」，李炳武、王長啟即云：

> 在西安南郊何家村同時出土大量珍貴的文物中，還出土很多銀藥盒和藥具，盒內還裝有藥品，並以筆墨書寫藥名及重量，反映了當時皇家醫藥的一個側面。
>
> 這件瑪瑙缽，不但是一件可供觀賞的藝術實用醫療用品，同時為研究當時西域各國醫學提供了實物資料。[131]

換言之，此為「藥缽」，用來研磨藥物——而且主要可能是來自西域的藥物，以供唐朝上層貴族、官員平日養生或病中治療。

透過這只西域藥缽回觀元稹〈度門寺〉的瑪瑙缽，可為其形象略事補

---

127 楊伯達：《中國玉器全集5　隋・唐—明》（臺北市：錦繡出版事業公司，1994年），頁235。

128 楊伯達：《中國玉器全集5　隋・唐—明》，頁235

129 李炳武主編，王長啟分冊主編：《中華國寶：陝西珍貴文物集成・玉器卷》，頁268。

130 董潔：〈淺析唐代瑪瑙器皿〉，頁73。

131 李炳武主編，王長啟分冊主編：《中華國寶：陝西珍貴文物集成・玉器卷》，頁268。

充：除陳年舊物、透光之外，色澤應該偏紅，紋路諒必流麗，雖屬佛缽，非
用以研藥，但因材質同為瑪瑙，故其造型可能是敞口，與中國本土形製的斂
口有別。一言以蔽之，猶帶西域風格。

## （五）瑪瑙罍

〔唐〕開成三年（838），白居易（772-846）六十七歲，居洛陽，收到
牛僧孺（779-848）寄來一首長詩，寫太湖石之奇，遂有〈奉和思黯相公以
李蘇州所寄太湖石奇狀絕倫因題二十韻見示兼呈夢得〉，詩中描摹太湖石形
貌，有如下兩句：

尖削琅玕筍，窪剜瑪瑙罍。[132]

以削尖的筍、剜窪的罍形容太湖石之凸、凹有致，神態畢肖，歷然在目。

從物質文化的角度出發，值得留意的是白居易此二詩句所選用的詞組：
琅玕筍、瑪瑙罍。中心語為：「筍」、「罍」，修飾限定此中心語的定語，分別
為：「琅玕」、「瑪瑙」，而此二定語恰好都是西域玉石。前文已述，琅玕呈青
色，瑪瑙多呈紅色，青、紅相間，捕捉太湖石向光、背光下的明暗光影，可
謂傳神。這除了見出白居易高超的文學技巧之外，也可知「琅玕」、「瑪瑙」
這兩個辭彙，已融入中唐文人的日常生活，其意象亦已深入文人的創作活動
中，以致於當白居易試圖描摹中原本土物質文化：太湖石，自覺或不自覺地
拈出西域物質以形容之。

又，「罍」是一種中原本土酒器、禮器，殷商、西周時期便已出現，原
型為口小、肩廣、腹深，圈足、有蓋；逮至春秋、戰國，器型發生變化：頸
部縮短、腹部鼓起，顯得較為矮胖；漢代襲之，仍維持此造型，河北保定滿

---

132 〔唐〕白居易著，謝思煒校注：〈奉和思黯相公以李蘇州所寄太湖石奇狀絕倫因題二
十韻見示兼呈夢得〉，《白居易詩集校注》（六）（北京市：中華書局，2009年），卷第
三十四，頁2594。

城一號墓出土的一件土銅罍，即此造型。[133]古代文獻中的記載，可見《詩經・小雅・蓼莪》，詩云：

　　蓼蓼者莪，匪莪伊蔚。哀哀父母，生我勞瘁。缾之罄矣，維罍之恥。[134]

「缾」、「罍」對舉，兩者皆為酒器，而形體有別：一小、一大。毛《傳》云：

　　缾小而罍大。[135]

〔宋〕邢昺疏《爾雅・釋器》亦云：

　　罍者，尊之大者也。[136]

此所以白居易能用罍擬寫太湖石，蓋兩者體積相當。而這一大型酒器，當時乃上層貴族所用之物，〔唐〕孔穎達（衝遠，574-648）疏《詩經・卷耳》「我姑酌彼金罍，維以不永懷」句云：

　　《異議・罍製》：「《韓詩》說：『金罍，大夫器也，天子以玉，諸侯、大夫皆以金，士以梓。』」[137]

不同位階者所使用的罍，材質尚有區別：其上者，用玉；其下者，用金；等而下之者，用梓。在此，材質非僅是不同物類，同時還具備了身分等級的象徵意涵，有高下尊卑之義。白居易形容的瑪瑙材質罍，固不在傳統體制規範內，而係想像下的產物，卻正好為東、西文化在文學場域中的交融，提供了又一例證。

---

133 孫機：〈飲食器Ⅴ〉，《漢代物質文化資料圖說（增訂本）》，頁367。
134 〔漢〕毛亨傳、鄭玄箋，〔唐〕孔穎達等正義：〈蓼莪〉，《毛詩注疏》（臺北市：臺灣商務印書館，1993年），卷第十三之一，頁4a-b 總頁436。
135 〔漢〕毛亨傳、鄭玄箋，〔唐〕孔穎達等正義：〈蓼莪〉，《毛詩注疏》，卷第十三之一，頁4a-b 總頁436。
136 〔晉〕郭璞注，〔宋〕邢昺疏：〈釋器〉，《爾雅注疏》（臺北市：臺灣商務印書館，1993年），卷第一，頁11b，總頁77。
137 〔漢〕毛亨傳、鄭玄箋，〔唐〕孔穎達等正義：〈卷耳〉，《毛詩正義》，卷第一之二，頁9a，總頁34。

# 四 結語

瑪瑙器皿的物理身世、流傳中國身世、胡華貿易或進貢的交流中所生發的意義，及其在中晚唐詩中出沒的身影，已如上述；下文則試圖勾勒其「商品化」的過程，並結束本文。

欲勾勒瑪瑙器皿「商品化」的過程，須先確立一項前提，即：來自西域的瑪瑙器皿能否視為「商品」？之所以可能有此疑慮，蓋因從前引文獻資料可知，瑪瑙多屬西域人的貢物，似不涉及交易、商業行為。但這樣的認知，並沒有真正了解漢唐西域商胡的動機、行為，有一間未達。謝海平《唐代蕃胡生活及其對文化之影響》一書云：

> 唐代推動國際貿易甚力，設「互市」之制，以誘致蕃商。外人之來，亦多以「朝貢」為名，貿易為實。[138]

「互市」即顯示了交易、商業行為，「朝貢」與貿易，實為一體的兩面。蔡鴻生〈唐代九姓胡的貢表和貢品〉一文有更仔細的說明，其言曰：

> 商胡販客的貢使化，是漢唐時期習以為常的歷史現象。九姓胡與唐帝國的交往，基本上也是通過「貢」與「賜」實現的。在借「貢」行「賈」的條件下，供品具有二重性，是以禮品為形式的特殊商品。因而，貢品結構曲折地反映了商品結構，經濟內涵十分豐富。……輸入唐帝國的西胡貢品，也曾由內府向外廷擴散，若干品種被民間仿製和吸收，從貢品轉化為日用品（如葡萄酒、石蜜之類），豐富了唐代的物質生活。從實質上看，貢品史就是物質文化交流史。[139]

據此，瑪瑙器皿其為商品，可以無疑，而其諒必有一「商品化」的過程，亦

---

138 謝海平：〈蕃胡在唐生活情形〉，《唐代蕃胡生活及其對文化之影響》（臺北市：國立政治大學中國文學研究所博士論文，1975年），第二編，第三章，頁158。

139 蔡鴻生：〈唐代九姓胡的貢表和貢品〉，《中外交流史事考述》（鄭州市：大象出版社，2007年），頁3。

可以勉力從事矣！

　　透過前文討論，西域物質文化在中晚唐詩中的投影，確如葛曉音所論，較初盛唐為深，但整體而言，影像仍頗模糊。以瑪瑙器皿為例，對照正史或出土文物中琳瑯滿目的名目、品類，其於詩中的表現，顯得單調寂寥許多。〔美〕Edward Schafer 亦曾云：

> 外來事物傳入的歷史在唐代詩歌中並沒有得到充分的反映，關於外國題材的傳奇文學比反映外來事物的詩歌要有名氣得多，反映外來事物的傳奇故事構成了唐代傳奇的一個重要流派。[140]

許多見諸文獻的西域器皿，並未在詩中出現──這固然牽涉到文體表現的問題，亦與當時的政治社會環境息息相關。

　　中國歷朝歷代對於不同身分階級者所使用的舍宅、車服、器物，均有嚴格規定；唐朝亦不例外。《唐律疏議》即明言：

> 器物者，一品以下，食器不得用純金、純玉。[141]

如有違令者，仗一百。《唐會要》卷三十一〈輿服〉「雜錄」條亦載：

> 神龍二年九月，〈儀制令〉：「諸一品已下，食器不得用渾金玉，六品已下，不得用渾銀」。[142]

按，「渾金玉」即「純金、純玉」。兩條律法相互對照，所論差近，「由此可見，純玉（包括瑪瑙、水晶）容器的使用者，至少是一品官員。」[143]這便使得瑪瑙器皿的消費圈、使用者，只能侷限在極少數的範圍、對象內。董潔

---

140 〔美〕薛愛華（Schafer, E.H.）著，吳玉貴譯：〈大唐盛世〉，《撒馬爾罕的金桃：唐代舶來品研究》，第一章，頁107-108。

141 劉俊文：〈雜律〉，《唐律疏議箋解》（下）（北京市：中華書局，1996年），卷第二十六，頁1818。

142 〔宋〕王溥：《唐會要》（上），卷三十一，頁668。

143 董潔：〈淺析唐代瑪瑙器皿〉，頁74。

〈淺析唐代瑪瑙器皿〉稱:「唐瑪瑙器皿都發現於京城,而其它地區則不見,這說明它的稀少和尊貴。」[144]其實,這也說明了瑪瑙器皿的傳播圈極其狹隘。

然而,正因如此,保證了唐代瑪瑙器皿不至於「商品化」,而有了「特殊化」的可能。

巫仁恕撮述〔德〕Igor Kopytoff〈物的文化傳記:商品化的過程〉一文觀點而言曰:

> 遭遇文化力量的對抗,亦即使物品特殊化(singularization),來抵制其他物品的商品化,或把商品化的物品再特殊化,限制於狹隘的交換領域。社會內部群體對某物品的特殊化,使該物具有集體共識的烙印,引導個體對特殊化的慾望,並背負文化神聖化的重擔。[145]

持此說以觀本文,當瑪瑙、瑪瑙器皿被西域商賈千里迢迢從絲路彼端帶到中原,預備待價而沽,或進行一場有利的談判,就脫離了「物」(things)此一單純的身分,而具備了「商品」的性格;因為成了一件「商品」,故有機會進入長安城,進入長安城的市場,甚至進入皇宮,呈於唐朝天子、滿朝文武眼前,最後藏入內府。〔德〕Igor Kopytoff 論道:

> 是什麼使某物成為商品?商品是一種具有使用價值、能在獨立的交易中交換成等價物的物品,交換的事實本身表示,等價物在直接的語境中具有相等的價值。同樣,等價物在交換發生的時刻也是商品。[146]

西域胡商、使者,正是透過進獻各種珍貴的玉石、玉石製品,如瑪瑙器皿,用以「交換」唐朝的政治保護、軍事支援或商業利益,也就在這一刻,這些

---

144 董潔:〈淺析唐代瑪瑙器皿〉,頁72。

145 巫仁恕:〈導論:從生產的研究到消費的研究〉,《品味奢華:晚明的消費社會與士大夫》,頁17-18。

146 〔德〕伊戈爾・科普托夫(Igor Kopytoff)著,杜宇譯,丁泓校:〈物的文化傳記:商品化過程〉,頁402。

玉石都成了一件「商品」。

但是，由於唐朝的法律規定，使用瑪瑙器皿者只能限於少數一品官員，遂讓瑪瑙更具備了「特殊化」。〔德〕Igor Kopytoff 續論道：

> 文化是商品化這一潛在的突進趨勢的對抗力量。商品化使價值同值化，而文化的本質在於區別，在這個意義上說，過度的商品化是反文化的，……如果社會必須從它們的環境中分出一部份設置成「神聖」的東西，那麼特殊化（singularization）就是一種達成此目的的手段。文化確保一些物品明顯是特殊的，並抵制其他物品的商品化；有時也會把已商品化的物品再特殊化。[147]

把物品排除於商品化之外的手段可以有：國家的法律、文化禁令，把某些物品限定在一個非常狹小的交換領域……等，準此，瑪瑙、瑪瑙器皿因「交換」行為從「物」變成「商品」，進而流入市場機制中，不可避免地「商品化」；又由於中國自身相對缺乏瑪瑙，物以稀為貴，因而寶愛瑪瑙器皿、收藏瑪瑙器皿，將它限制在極小的階層領域中流傳，如：有功的大臣、寵愛的妃嬪，從而讓瑪瑙避免流於「商品化」的危險，並透過文化、法令，使其「特殊化」，終至達到「神聖化」。

這便是瑪瑙器皿在中晚唐時期的一部文化傳記。

---

147 〔德〕伊戈爾·科普托夫（Igor Kopytoff）著，杜宇譯，丁泓校：〈物的文化傳記：商品化過程〉，頁407-408。

# 張岱與石的物我關係探索

## 龍亞珍

國立中央大學中國文學系

## 摘要

　　張岱言「人無癖不可與交，以其無深情也。」他有眾多癖好，且一往情深。[1] 而眾多一往情深的癖好中，「石」是其中極為特別且重要的一項。他以石為號，並用石、藏石、寫石，以石興寄，「石」對張岱而言，具有非比尋常的意義和象徵。本文是筆者探索人與玉石的物我關係系列論文之一，[2] 主要以張岱二夢和其詩文集為觀察文本，爬梳張岱與「石」之間，多面又多重糾結的「物我關係」內涵。以為張岱以「石公」為字號，有標幟文士品操

---

1　「一往情深」或「一往深情」是張岱與某些明代文人的習用語，此語反映的是在陽明心性之學流為空疏的時代，對真性情與深情的心性、人格追求，筆者將另為文討論。

2　筆者近年聚焦於「人與玉石」物我關係的探索研究，前此曾發表過的相關論文有：〈天地之寶——《山海經》中的玉石〉（「第五屆兩岸三地人文社會科學論壇」論文集（初稿本），2010年11月6日）、〈物我相契——詩經中的玉石描寫〉（「中國經典與文化國際學術研討會」，2012年10月26日）、〈張岱與石——以《陶庵夢憶》為主的探索〉（「海上真真：2013紅樓夢暨明清文學文化國際研討會」，2013年10月20日）、〈張岱藏物與藏物詩文探析〉（「物我相契——明清文學學術研討會」，103年11月7日）、〈《陶庵夢憶》中的名物與其比興〉（「再現明清風華」國際學術研討會，2015年12月4日），亦嘗於101年－102年中央大學「邁向頂尖大學」計畫的「古典文學的『物』與『我』」研究計畫中，以〈屈辭中的玉石研究〉為題，探索屈辭中「人與玉石」的物我關係。本文為前此未出版的〈張岱與石——以《陶庵夢憶》為主的探索〉一文的後續修正與改寫，旨在探索張岱以石為號，及用石、藏石、寫石，以石興寄等等物我關係面向的內涵。而為與前此一系列物我關係研究相續，故以「張岱與石的物我關係探索」為題。然此題涉及的面向較廣，論文所可發表的篇幅卻有限，因此擬據所探論之石的面向，將此主題，以一-三篇的篇幅論述，此為第一篇。

的意義。其對所居園林各類園石的描寫，暗喻著張氏家風的變遷。其對明末江浙友朋園林的記敘品評，則每以石喻人，以園觀人。物我關係中，他視「石」為心友、知音，石是他坐對孤寂天宇時的靜默之侶。他夢想與營造的生壙─瑯嬛福地也為一石厂，是他一生最後埋骨與寄託的所在。而其人如石，與石同具「龍性難馴」的傲骨。

**關鍵詞：**張岱　張岱二夢　張岱詩文　石　石文化　園林

# 一 前言：張岱石公之號與文人石癖的關係

　　石之為物，和張岱（1597-1689？）之間的物我關係，最直接的關聯，便是張岱的字號：「石公」。張岱〈自為墓誌銘〉自言：「初字宗子，人稱石公，即字石公。」[3] 似「石公」之號來自時人對張岱的稱呼。《粵雅堂叢書》本《陶庵夢憶》序則說：「間策杖入市，人有不識其姓氏者，老人輒自喜，遂更名曰蝶庵，又曰石公。其所著《石匱書》，埋之瑯嬛山中。」[4] 序中未明說張岱以「石公」為字號的緣由，但推斷文義，該序似認為張岱不欲人識其名姓，故更名自號。[5] 而與張岱時代相接，又為張岱欽仰和學習對象的袁宏道（1568-1610），[6] 也自號自號「石公」、「石公山人」、「石頭道人」、「石頭居士」。張岱之喜號石公，首要緣由，可推知當有袁宏道的因素在內。而二人既皆好石，並以石為名，其興寄之由，亦必有相似之處；故欲探求張岱以「石公」為號的原因，及其以石為名的心態、動機，其與石之間的名實交互關係，不妨借探究袁宏道以石公為號的原因來投石問路。

　　據袁宏道的夫子自道，他以「石公山人」為號，起因於登石公山。他在〈石公解嘲詩〉詩序中說：「石公不知何許人，嘗吏吳，登石公山而樂之，

---

3　見《張岱詩文集》（增訂本，夏咸淳輯校，上海市：上海古籍出版社，2014年），卷5，頁374。為省篇幅，下文引文出自《張岱詩文集》者，不另加註。出處頁碼，直接附於引文後。已見於前文之篇目，則不再加註出處頁碼。

4　《陶庵夢憶》（馬興榮點校《陶庵夢憶／西湖夢尋》，臺北市：漢京文化有限公司，1984年），卷4，頁39。本文參考之《陶庵夢憶》、《西湖夢尋》原典，除部分文字與篇目參校其他版本更正外，皆以此版本為主，下文出現的《陶庵夢憶》、《西湖夢尋》引文，無須說明者，不再加注出版項與說明。為省篇幅，再次引用原典時，除有必要註明外，其卷、頁皆直接附於正文引文之後，不再加注。引用張氏其他著作原典時亦然。

5　張岱以石公為字號的原因，蔣金德〈張岱的祖籍及其字號考略〉以為是「因《石匱書》之作，於是人稱之為石公，他亦因之自承，故以為字」，《文獻》，期1（1998年），頁218。章芳〈張岱尚真寫實創作思想成因探討〉則以為是張岱欽慕亦字石公的袁宏道，《長江大學學報（社會科學版）》，卷29，期1（2006年），頁42。

6　張岱詩初學徐渭，繼學袁宏道（見張岱〈瑯嬛詩集自序〉，《張岱詩文集·文集補遺》，頁474），對袁氏山水遊記尤為推崇，其〈跋寓山注二則〉其二便云：「古人記山水，太上酈道元，其次柳子厚，近時則袁中郎。」《張岱詩文集》，文集卷5，頁386。

因自命曰石公山人。」[7]「石公山」即西洞庭山,此山景緻在袁氏眼中以怪
石為勝,山上怪石也各有姿態:

> 西洞庭之山,高為縹緲,怪為石公,巉為大小龍,幽為林屋,此山之
> 勝也。石公之石,丹梯翠屏;林屋之石,怒虎伏群;龍山之石,吞波
> 吐浪;此石之勝也。《袁中郎隨筆・西洞庭篇》[8]

袁宏道以審美眼光描寫了石公山山石千姿百態的偉構和壯麗,其「登石公山
而樂之」者,應是對大自然鬼斧神工傑作的嘆賞,觀石賦形,進而領悟亙古
造化之奇與天地之心,豈不樂與同名,故石可謂其與天地精神交通往來的中
介與渠道。

　　對石情有獨衷,袁宏道記遊之作便常以石為描寫對象,遇奇石更常發狂
大叫:

> 湖上諸峰,當以飛來峰為第一。峰石逾數十丈,而蒼翠玉立。渴虎奔
> 蛻不足為其怒也;神呼鬼立,不足為其怪也;秋水暮煙,不足為其色
> 也;顛書吳畫,不足為其變幻詰曲也。石上多異木,不假土壤,根生
> 石外……每遇一石,無不發狂大叫。(〈飛來峰小記〉[9])

發狂大叫的舉動,十足展現了袁氏心靈深處對發現飛來峰石變幻莫測之奇的
的喜悅;從「蒼翠玉立」的審美視覺出發,在「隨物以宛轉」,為石賦形中,
心與之徘徊,似了悟石之怒、怪、變幻,而有心物相應、物我相契之感,故
發狂大叫,且一往情深,好石成癖,並以之為號。以性靈派主腦袁宏道為學
習對象的張岱,其同號石公的因素中,當亦含有類此的物我關係內涵。

　　但古人癖於石,其實由來已久。自古中原文化即以玉石器物為吉貴美善

---

7　《梨雲館類定袁中郎全集》二(哈佛燕京圖書館藏本,http://ctext.org/library.pl?if=gb&
　　file=130152&page=89),卷1,頁20。

8　《梨雲館類定袁中郎全集》十六(哈佛燕京圖書館藏本,http://ctext.org/library.pl?if=gb
　　&file=130166&page=27),卷14,頁13。

9　《西湖夢尋・飛來峰》附錄,卷2,頁21-22。

的象徵，玉石更是體現華人獨特思維意識、審美心理，和品德象徵的載體。[10]
在此文化土壤的薰習之下，後代文士愛石成癖，以石為字號，更是士流樂於
傳述的佳話，故袁氏的石癖實亦踵武前賢。如陶淵明（約365-427）便有坐
臥於「醒石」之上賞菊、飲酒、賦詩的美談。[11] 唐代文人所作的愛石詩文
則甚多，例白居易（772-846）曾作〈太湖石記〉，謂太湖石之奇：「百仞一
拳，千里一瞬，坐而得之。」柳宗元（773-819）的永州、柳州諸記，則以
他被貶之地的永州、柳州山石，象徵他遭貶斥的各種不平心境。[12]《縐雲石
記》即云：

> 子厚謫居永州，歎其地少人而多石。夫石，亦物也。子厚遭時放廢，
> 有淪落之感，思得奇士而結納之，卒不可得，乃寓賞於石，石不由子
> 厚顯耶？[13]

牛李黨爭中的核心人物—牛僧儒（779-848）、李德裕（787-850），兩人政治
立場不同，卻無害兩人共同的好石之癖。李德裕每獲一奇石，更必鐫上「有
道」二字。此外，唐代文人以愛奇石聞名者還有劉禹錫（772-842）、杜牧
（803-852）等。五代嗜石最著者，為南唐後主李煜（937-978），他著名的
靈璧研（硯）山硯石，是歷代文士、藏石家爭相收藏的珍寶。宋代士大夫好
石、玩石成風，文人學士也多有石癖，而尤好硯石。最知名者，有蘇軾
（1037-1101）、米芾（1051-1107）、蘇仲恭（生卒年不詳）、葉夢得（1077-
1148）等人。受晚明文人推崇的蘇東坡喜好賞石、玩石，有「百金歸買小玲

---

10 拙著〈物我相契——詩經中的玉石描寫〉對此已有所論述，「中國經典與文化國際學術
研討會」論文，頁1-12，2012年10月26日。

11 關於古人對石的癖好，主要參閱：宋·杜綰等著，《雲林石譜：外七種》（王云、朱學
博、廖蓮婷整理校點，上海市：上海書店，2015年7月），張岱《夜航船》（北京市：中
華書局，2012年）等書，為節約篇幅，不一一附註。

12 拙著〈苦悶的象徵——永州八記〉已對此有所論述，《中華學苑》期35，1987年），頁
171-192。

13 清·馬汶〈縐雲石記〉，《雲林石譜＋縐雲石圖記》（知不足齋叢書本，http://ctext.org/
library.pl?if=gb&file=86901&page=104）第28集，《雲林石譜》卷下，附錄，頁1。

瓏」之句,並留有以糖塊易石的趣事。畫作則喜為枯木怪石,用以抒其胸中意氣。米芾更是愛硯、嗜石成癖,一生覓石、賞石、鑑石、藏石,曾得一座硯山,抱眠三日。尊石為兄、為丈,袍笏拜之,並自畫〈拜石圖〉,被稱為米癲,後人則尊他為「石聖」,是晚明文士津津樂道的欽敬對象。他的名居寶晉齋蓄石甚富,他提出的相石「四要」:瘦、漏、透、皺,明清以下雅士文人皆奉為賞石的審美原則,[14] 至今不衰。他還有另一類藏石─硯石,並著有《硯史》,尤其他的寶晉齋舊藏有李後主的研山,他因之作〈研山銘〉並書之,硯、銘、書三璧,〈研山銘〉也成為米芾大字真跡書帖中重要的法書。米芾這兩類石癖,成為後代文人雅士追隨的雅癖和名士標記。[15] 蘇仲恭則是藏石名家,其弟曾以宅第與米芾換回李後主的研山。蘇仲恭所藏之石大多見載於賞石譜錄裡的名著──《雲林石譜》。葉夢得(1077-1148),亦愛石成癖,晚年卜居湖州卞山石林谷,自號石林居士、石林山人,與米芾同樣抱石而眠,著有〈石林記〉,記載他眠石而病癒的故事。賞石專著也在宋代出現,如杜綰(生卒年不詳)《雲林石譜》、范成大(1126-1193),《太湖石志》、漁陽公《漁陽石譜》、宋末蜀僧祖秀的《宣和石譜》等,宋代也有數種硯譜著作。[16]

---

14 宋・漁陽公著《漁陽石譜》殘本載:「元章相石之法有四語焉:曰秀,曰瘦,曰皺,曰透」,《雲林石譜:外七種》,頁43。《說郛》本《漁陽石譜》(欽定四庫全書,子部十,雜家類,http://ctext.org/library.pl?if=gb&file=66703&page=198)則作「曰秀,曰瘦,曰雅,曰透」,卷96下,頁1。然明代諸書所錄,多作「秀、瘦、皺、透」,以為評石圭臬。例袁宏道〈天目(二)〉:「米南宮所謂秀、瘦、皺、透,大約其體石之變幻奇詭者也。」又其〈宿千像寺東鍾剌史〉詩:「詰曲欹崛路,皺秀透瘦石。」自注:「『詰曲欹崛』出李群玉,『皺秀透瘦』出米元章。」見其《瓶花齋集》,(袁叔度書種堂本,http://ctext.org/library.pl?if=gb&file=39046&page=80)卷4,頁10。明末清初李漁(1611-1680)《閒情偶記》(臺北市:長安出版社發行,1978年)則言:「言山石之美者,但在透、漏、瘦三字。」(卷9,居室部・山石第五,頁213。)「秀」、「雅」的標準,又易為「漏」;清乾隆年間,鄭板橋因謂「米元章論石,曰瘦,曰縐,曰漏,曰透,可謂盡石之妙矣。」(雷瑨註釋《詳註鄭板橋全集》(臺南市:臺南新世紀出版社發行,1970年)五編,題畫,頁12。)

15 米芾事跡見《米芾《研山銘》研究》附錄「歷代諸家評米芾」所錄:《宋史・米芾傳》(頁127)、《石林燕語》卷10(頁131)、《梁谿漫志》卷6(頁132)。

16 諸書多收入《說郛》(欽定四庫全書,子部十,雜家類,(http://ctext.org/library.pl?if=gb

　　元代嗜石名家有趙孟頫（1254-1322），曾藏有靈璧石「五老峰」、「靈璧香山」。愛石、畫石名家則有倪瓚（1301-1374）。倪瓚有潔癖，所居有雲林堂、清閣。雲林堂外設奇石，藏玉器書畫等，清閣前有梧石，《雲林遺事》載有他「閣前置梧石，日令人洗拭，及苔蘚盈庭，不留水跡，綠褥可坐。每遇墜葉，輒令童子以針綴杖頭刺出之，不使點壞。」[17] 的風雅傳聞。他還寫有〈題米南宮拜石圖〉詩：「元章愛硯復愛石，探瑰抉奇久為癖。石兄足拜自寫圖，乃知顛名傳不虛。」明代承繼前人，收藏、研究各類奇石，愛石、藏石、論石之風更加勃興。藏石家最著者，則首推與米芾同宗，與董其昌齊名，有「南董北米」之譽的米萬鍾（1570-1628），其人心清澹薄，卻好石成癖。游宦四方，袖袍所攜，唯石而已，人稱「友石先生」。明亡後，抗清被俘殉國的黃道周（1585-1646年）也有石齋之號。明人石譜、論石等著作之量更逾越前代。而石之為物，不僅是遊觀把玩的對象，在歷代喜石好石文化的積澱下，石對文士而言，除了是一種具有身分認同性質的共同癖好，更是一種區分雅俗品味的標誌。李漁（1610-1680），甚至勸人立石，認為石與竹是令人去俗的良藥：

　　　　王子猷勸人種竹，予復勸人立石。有此君不可無此丈，同一不急之
　　　　物，而好為是諄諄者，以人之一生，他病可有，俗不可有。得此二
　　　　物，便可當醫。與施藥餌濟人，同一婆心之自發也。[18]

　　嗜古而少即博覽群書的張岱，既霑蓋浸淫於唐宋以下文人癖石的風氣，繼受明代袁宏道等人的影響，不論以石公為號緣於自命或人稱，由上述背景皆可知，對其而言，石公之稱所象徵的名實意涵，都是張岱心領而神受的；

---

&file=66703&page）卷96。《雲林石譜：外七種》亦收此所述石譜、石志四種。《宣和石譜》涵芬樓《說郛》本題蜀僧祖秀撰，明末陶珽重輯百二十卷本《說郛》則題常懋撰，此據《雲林石譜：外七種》之考證（頁56），以祖秀撰為是。

17 見明・顧元慶《雲林遺事》高逸第一、潔癖第三，顧元慶《四十家小說》一（http://ctext.
　　org/library.pl?if=gb&file=132232&page=49），頁1、3。

18 《閒情偶記・居室部・山石第五》，卷9，頁213。

何況，從張岱著作觀察，石之於張岱，具有多重含意，不僅以之為號，以之為友，也是他標幟品操而一往情深的品項之一，他在詩文中所賦予石的比興、象徵意涵，及其與石的物我關係，亦較前賢更為多元複雜，值得吾人探討。

## 二　張氏園林之石與其家風的關係

張岱所居住的浙江山陰，為泉石之鄉，其〈絲社〉一文曰：「幸生崑壑之鄉」，吳越一帶是他一生主要的生活空間，他在〈芙蓉石〉詩中也說：「吳山為石窟，是石必玲瓏。」[19] 張氏卜居山陰的第一代先人張遠猷，便葬在山陰雲門石人山。[20] 因此，以住籍的地理特質來說，「石」對張氏而言，是家之所在，具有母體本源的意義。張岱對自幼及長所居住的宅邸、園林，每以文記敘之，以詩歌詠之，充滿深情，無限留戀。這些宅邸、園林，在張岱的記憶與記敘中，多栽有松、竹、梅、牡丹、秋海棠等花木，但相對於顯眼的花草喬木，園中素樸的石基、石臺、石階、石床、石几、石磴等，才是張岱筆下必然關注而出現的角色。它們是構成園林雅逸品味的關鍵基底，也是園林主人生活恆常流連的所在。而其他園林中的觀賞石：立石、臥石等，張岱更每以其與具有文化象徵意義的老松、疏竹、古梅等人文植株相襯，令其相得益彰，形成具有興象意義的象外旨趣和寄託。

如《陶庵夢憶》卷一的「筠芝亭」，為張岱高祖父張天復（1513-1573）所造。[21] 張天復為嘉靖丁未年（1547）進士，官雲南臬副任上，曾嚴詞拒絕雲南沐氏的賄賂。[22] 張天復是越中園林的開創者，張岱認為張氏後來所營

---

19　分見：《陶庵夢憶・絲社》，卷3，頁20、《西胡夢尋・芙蓉石》附錄，卷5，頁95。

20　參閱：蔣金德〈張岱的祖籍及其字號考略〉所錄康熙二十二年《紹興府志》，頁214。

21　據祁彪佳《越中園亭記》對筠芝亭的描述，亭主為張懋之。林邦鈞《陶庵夢憶注評》（上海市：上海古籍出版社，2014年）言「不知何故」（頁19-20）。筆者以為筠芝亭為張氏園林，張岱所記當較可信。

22　《張岱文集・家傳》卷4，《張岱詩文集》，頁329-330。

造的諸亭、樓、閣、齋等皆不及此亭：「吾家後此亭而亭者，不及筠芝亭。後此亭而樓者、閣者、齋者，亦不及。」此亭的特出之處，在於「亭之外更不增一椽一瓦，亭之內亦不設一檻一扉」，張岱認為「此其意有在也。」但亭前有石臺，臺下則有石磴：

> 筠芝亭……亭前後，太僕公手植樹皆合抱，清樾輕嵐，滃滃翳翳，如在秋水。亭前石臺，躐取亭中之景物而先得之，升高眺遠，眼界光明。敬亭諸山，箕踞麓下；谿壑瀠迴，水出松葉之上。臺下右旋曲磴三折，老松僂背而立，頂垂一幹，倒下如小幢，小枝盤鬱，曲出輔之，旋蓋如曲柄葆羽。癸丑以前，不垣不臺，松意尤暢。（卷1，頁5）

亭前石臺不僅可先得觀亭中景物，而且「升高眺遠，眼界光明」。臺下石磴則老松僂背而立，小枝盤鬱，蓋如葆羽，松石合一的形象，與張岱高祖太僕公張天復在張氏家族中的德望，所肇造的張氏家風宛然相符。而文中「癸丑以前，不垣不臺，松意尤暢」的「癸丑」（神宗萬曆41年，1613），或許就是張氏家風的生變的開始。

張氏園林中的「表勝庵」（卷1，頁5），是張岱祖父張汝霖（1561？-1625）興建的，用以迎一金和尚住茆，[23] 該庵本身就是石屋。張汝霖也有石癖，他曾從瀟江江口神祠中得到被土著用來割牲饗神的松木化石，不僅將其舁入官署，親自祓濯石上血漬，效米芾呼松花石為「石丈」，著《松花石紀》，更在石上摹寫銘文：「爾昔鬣而鼓兮，松也；爾今脫而骨兮，石也；爾形可使代兮，貞勿易也；爾視余笑兮，莫余逆也。」（卷7頁67）頗有以石為知己之意。而張汝霖所築，以用水得宜，又「安頓之若無水」著名的「砎園」（卷1，頁5），便以石旁的「砎」字為名。張岱雖未提及「砎園」命名之由，然《廣韻》云：「砎，硬也」、「砎，礣砎小石」，「礣砎、硬也」。[24]以「砎」字命園，蓋有意以石之質堅，寄寓園主對耿介品格嚮往之意。

---

23 《陶庵夢憶》，卷1，頁15。

24 《校正宋本廣韻》（宋・陳彭年等重修，臺北縣板橋市：藝文印書館，1976年），頁385、489、490。

視園林與園名為主人品操格調的寄託或符號，張岱與先人似有一致的認識。濫觴於張氏祖墓陽和嶺上的玉帶泉，《陶庵夢憶》稱之為陽和泉。該泉之清冽超過當地另一名泉—禊泉，當地土著懼怕日後泉名被張氏家族所奪而欲更名，張岱即堅定的說：

> 陽和嶺實為余家祖墓，誕生我文恭（珍案：張岱曾祖元忭諡號），遺風餘烈，與山水俱長。昔孤山泉出，東坡名之「六一」，今此泉名之「陽和」，至當不易；……銘曰：「有山如礪，有泉如砥。太史遺烈，落落磊磊。……。」（卷3頁24）

陽和嶺是張岱曾祖張元汴的出生地，「陽和」也是張元汴的號。張元汴是隆慶五年（1571）的狀元，為救父親張天復遭誣的受賄案奔走萬里，鬚鬢盡白。父子倆因修《紹興府志》、《會稽縣志》、《山陰志》，有「談遷父子」之譽。張岱稱曾祖「一生以忠孝為事」。[25] 故此文不僅以切磋攻錯的礪石、清泉之砥石自勵，也以太史遺烈的磊落家風，自我肯定。

而張岱幼時跟隨父親讀書的「懸杪亭」，是張岱「兒時怡寄，常夢寐尋往」的園宅，此亭甚至就建築在由木石撐距的峭壁之下：「余六歲隨先君子讀書於懸杪亭，記在一峭壁之下，木石撐距，不藉尺土，飛閣虛堂，延駢如櫛。」（卷7，頁65）張岱也住過的另一張氏園林「山艇子」，《陶庵夢憶》全篇盡力描述山艇子石上的大樟樹、竹叢周折生於其上的情形：

> 龍山自巘花閣而西皆骨立，得其一節，亦盡名家。山艇子石，意尤孤孑，壁立霞剝，義不受土。大樟徙其上，石不容也，然不恨石屈而下，與石相親疏。石方廣三丈，右坳而凹，非竹則盡矣，何以淺深乎石。然竹怪甚，能孤行，實不藉石。竹節促而虬葉毿毿，如蝟毛、如松狗尾，離離矗矗，捎捩攢擠，若有所驚者。竹不可一世，不敢以竹二之。或曰：古今錯刀也。或曰：竹生石上，土膚淺，蝕其根，故輪

25 《張岱文集．家傳》卷4，《張岱詩文集》，頁330-334。

困盤鬱，如黃山上松。山艇子樟，始之石，中之竹，終之樓，意長樓不得竟其長，故艇之。然傷於貪，特特向石，石意反不之屬，使去丈而樓，壁出樟出，竹亦盡出。竹石間意，在以淡遠取之。（卷7，頁64）

文中，擬人化的山艇子石，色霞壁立，孤子不受土；以香氣為著的大樟樹，親於石而綿長似艇；促節而茂葉的竹，生於石，卻孤行不藉石如黃山松；寫物如寫人，意趣橫生，賦物寓理。

這些讀書、藏書之所，是張岱悠然為悅的人生寄居之地，而「石」每每是其寓目的焦點。天然山石之外，張氏庭園中也多立有奇石。如張岱自築的「梅花書屋」，是張岱「坐臥其中」的愜意藏書處。因慕倪瓚（字元鎮，號雲林）的清閟閣，又稱「雲林秘閣」。書屋種植梅、竹、牡丹、西番蓮、秋海棠等植物，空地上則砌石臺，臺上插有太湖石數峰，此處是張岱與高流雅客的作詩論藝之所，非其人不得入：

> 陔萼樓後，老屋傾圮，余築基四尺，造書屋一大間。……前四壁稍高，對面砌石臺，插太湖石數峯。西溪梅骨古勁，滇茶數莖嫵媚，其傍梅根種西番蓮，纏繞如纓絡。窗外竹棚，密寶襄蓋之。階下翠草深三尺，秋海棠疏疏雜入。前後明窗，寶襄西府，漸作綠暗。余坐臥其中，非高流佳客，不得輒入。慕倪迂清閟，又以「雲林秘閣」名之。（卷2，頁16）

明代另一位以「梅花屋」住所知名的人是王冕（1287或1310-1359）。[26] 王冕善畫梅，與米芾同樣字元章，自號煮石山農、梅花屋主，種梅千株。隱居於會稽九里山，結有茅廬三間，自題為梅花屋，是王冕嘯歌讀書之處，則張岱「梅書屋」所慕之人，不僅是有潔癖，「不能為王門畫師」[27] 但卻愛石

---

26 《明史·王冕傳》（《新校本明史并附編六種十》，臺北市：鼎文書局），文苑傳一，卷285，頁7311。清·陳衍輯《元詩紀事》（http://zh.wikisource.org/wiki/%E5%85%83%E8%A9%A9%E7%B4%80%E4%BA%8B），卷21。

27 明·顧元慶《雲林遺事》（《欽定四庫全書·清閟閣全集》卷十一，外紀上，https://

的畫石名家倪雲林，還包括「不會奔趨，不能諂佞，不會詭詐，不能幹祿仕」[28] 與張岱情性相彷彿的畫梅名家王冕。則「梅花屋」一名，又豈只緣於是屋所植之西溪梅。

「不二齋」也是張氏藏書、讀書的書齋，齋中同樣梧桐、梅、竹、建蘭、茉莉、山蘭、芍藥等花木滿園。齋中休憩之所設的是石牀竹几，階阰則以名石「崑山石」種上水仙，此處也是令張岱解衣盤礡，寒暑未嘗輕出的地方：

> 不二齋，高梧三丈，翠樾千重，牆西稍空，臘梅補之，……圖書四壁，充棟連牀，鼎彝尊罍，不移而具。余於左設石牀竹几，……以崑山石種水仙列堦趾。……余解衣盤礡，寒暑未嘗輕出，思之如在隔世。（卷2，頁16）

然而張岱祖父張汝霖之後，張氏子孫奢華成風，張岱在回憶追悔之作的《陶庵夢憶》中，似借「筠芝亭」之記，以暗喻象徵先世所建立的自然素樸家風逐漸變調走味：張岱述其先人事蹟的〈家傳〉亦言：「張岱家發祥於高祖，而高祖之祥正以不盡發，為後人發，高祖之所未盡發者，未免褻越太甚。」[29] 故《陶庵夢憶》的園林記述中，也似有意若無意的以對「石」的描述反映此中的變化。此由置於《陶庵夢憶》卷末所載兩篇張氏園林內容，便可窺知。

「𤏳花閣」（卷8，頁74）是張岱五雪叔（張五泄）所建，位在「筠芝亭」的松峽下，其地原本「石碚棱棱，與水相距」，「意政不盡也」，但經五雪叔不同於「筠芝亭」的「亭之外更不增一椽一瓦，亭之內亦不設一檻一扉」，

---

www.kanripo.org/text/KR4d0576/011#1a），高逸第一：「張士誠弟士信聞元鎮善畫，使人持絹縑，侑以幣，求其筆。元鎮怒曰：『予生不能為王門畫師。』即裂其絹而卻其幣。」，頁2a。

28 《元詩紀事》（浙江大學圖書館藏，http://ctext.org/library.pl?if=gb&file=47216&page），卷21，王冕，「梅花屋」條。

29 《張岱文集·家傳》卷4，《張岱詩文集》，頁331。夏咸淳先生輯校引張岱《文秕》作：「正以不盡發為厚，後之人發高祖之所未盡發者。」頁341。

反而「臺之、亭之、廊之、棧道之，照面樓之，側又堂之、閣之、梅花纏折旋之」，之後，蠟花閣的整體外觀，「若石窟書硯」，「未免傷板、傷實、傷排擠，意反跼蹐」，張岱並為之作聯曰：「身在襄陽袖石裏，家來輞口扇圖中。」以「袖石」諷其格局之小。又說：「隔水看山、看閣、看石麓、看松峽上松，廬山面目，反於山外得之。」對五雪叔點金成鐵，人工隔天然，大失先人遺風的作為，顯然非常不以為然。

「瑞草谿亭」（卷8，頁78）位在張氏族居的龍山支麓，是張岱二叔張聯芳（1575?-1643）獨子張萼（1575?-1643）營建的。張萼有土木之癖，性情暴躁而奢豪，人稱「窮極秦始皇」。他得知龍山支麓下有奇石，即「鳩工數千指」，經十七次又拆又建的過程才蓋成谿亭。營建過程中，對樹、石的恣意改造，較五雪叔有過之而無不及。張岱〈瑞草谿亭〉文中，淋漓盡致地記述張萼整治奇石、栽松的經過：

> 瑞草谿亭為龍山支麓，高與屋等。燕客相其下有奇石，身執薰枲，為匠石先發掘之。……乃就其上建屋。屋今日成，明日拆，後日又成，再後日又拆，凡十七變而谿亭始出。……無水，挑水貯之，中留一石如案，迴瀦浮巒，頗亦有致。燕客以山石新開，意不蒼古，乃用馬糞塗之，使長苔蘚，苔蘚不得即出，又呼畫工以石青、石綠皴之。一日左右視，謂此石案，焉可無天目松數棵盤鬱其上，遂以重價購天目松五六棵，鑿石種之。石不受鍤，石崩裂，不石不樹，亦不復案，燕客怒，連夜鑿成硯山形，缺一角，又華一礨石補之。燕客性下急，種樹不得大，移大樹種之，移種而死，又尋大樹補之。種不死不已，死亦種不已，以故樹不得不死，然亦不得即死。……一敞之室，滄桑忽變。見其一室成，必多坐看之，至隔宿或即無有矣。故谿亭雖渺小，所費至巨萬焉。……谿亭住宅，一頭造，一頭改，一頭賣，翻山倒水無虛日。

張萼整治松、石的拆鑿移種隨心，對屋宅的造改無度，恣意、霸氣、耗費程度，令人歎為觀止，反映了明末士紳的奢靡風氣，而谿亭樹、石所遭到的摧

殘、崩裂，似乎也呼應了明末張氏家族與明朝滄桑忽變的巨大變遷。

## 三　其他園林之石與園主人品的關係

　　《陶庵夢憶》所追憶的友朋園林，一如張岱所記載的自家園林，也多穿插著對石的描寫，蘊含著以石喻人，以園觀人的比興之意；寫石亦即寫人，石之風姿，猶如主人風格、風範。例如曾與岱之祖父張汝霖共組「讀史社」的黃寓庸（一名汝亨，字貞父，1558-1639），張岱曾隨其學習科舉時藝，稱他為「時藝知己」[30]。寓庸在他讀書的南屏小蓬萊築有「寓園」，寓庸去世後，張岱曾在其中讀書，《陶庵夢憶》特別記述寓園中的「奔雲石」：

> 南屏石無出「奔雲」右者。「奔雲」得其情，未得其理。石如滇茶一朵，風雨落之，半入泥土，花瓣棱棱三四層摺。人走其中，如蝶入花心，無鬚不綴也。黃寓庸先生讀書其中，四方弟子千餘人，門如市。余幼從大父訪先生，先生面黧黑，多髭鬚，毛頰，河目海口，眉棱鼻樑，張口多笑。交際酬酢，八面應之。耳聆客言，目觀來牘，手書回剳，口囑傒奴，雜遝於前，未嘗少錯。客至，無貴賤，便肉、便飯食之，夜即與同榻。余一書記往，頗穢惡，先生寢食之不異也，余深服之。……[31]

張岱對奔雲石外觀風情的繪寫，與對主人外貌丰采的追述，互為表裏。石之外觀「黝潤」，[32] 主人則「面黧黑」。石之風情：「如滇茶一朵，風雨落之，

---

30　張岱〈祭周戩伯文〉：「余好舉業，則有黃貞父⋯⋯為時藝知己。」，《瑯嬛文集》，卷6，《張岱詩文集》，頁444。

31　《陶庵夢憶》，卷1，頁7。《西湖夢尋‧小蓬萊》亦載奔雲石，內容大抵相同，部分文字稍作修改、增添。並附錄張岱〈小蓬萊奔雲詩〉，卷4，頁64-65。

32　「黝潤」，《西湖夢尋‧小蓬萊》改為：「色黝黑如英石，而苔蘚之古，如商彝周鼎入土千年，青綠徹骨也。」卷4，頁64。〈小蓬萊奔雲詩〉則云：「色同黑漆古」，卷4，頁65。

半入泥土，花瓣棱棱三四層摺。人走其中，如蝶入花心，無蕊不綴也。」大有化做春泥更護花，無不受其露漑之姿；主人則有「多髭鬚，毛頰，眉棱鼻樑，張口多笑。交際酬酢，八面應之。⋯⋯客至，無貴賤，便肉、便飯食之，夜即與同榻。」也如春風化雨，有人無不受其照應的丰采。文末記述寓庸卒後張岱再至寓園的情形，同樣假石為人，以願坐臥於寓園的奔雲石十年不出，表達他對老師深深的孺慕、眷戀：

> 丙寅至武林，亭樹傾圮，堂中寯先生遺蛻，不勝人琴之感。余見「奔雲」勠潤，色澤不減，謂客曰：「願假此一室，以石磈門，坐臥其下，可十年不出也。」

又如位於惠山的「愚公谷」，是交遊遍天下，用錢如水的鄒迪光（號愚谷，1550-1626）故園。鄒迪光晚年奉佛，但工詩善畫，與文士清客詠觴其中，人求其詩畫無不應。其園林則一如其人之能文、工詩、善畫，布置有思緻文理，物象自然有序：

> 愚公谷在惠山右，屋半傾圮，惟存木石。⋯⋯愚公文人，其園亭實有思緻文理者為之，磈石為垣，編柴為戶，堂不層不廡，樹不配不行。堂之南，高槐古樸，樹皆合抱，茂葉繁柯，陰森滿院。藕花一塘，隔岸數石，亂而臥。土牆生苔，如山腳到潤邊，不記在人間。園東逼牆一臺，外瞰寺，老柳臥牆角而不讓臺，臺遂不盡瞰，與他園花樹故故為亭、臺意特特為園者不同。（卷7，頁68）

雖然張岱至愚公谷時，愚公谷宅邸已傾圮，只存木石，但「土牆生苔，如山腳到潤邊」，恰如「桃李不言，下自成蹊」的自然形像，與主人「名士清客至則留，留則款，款則餞，餞則贐⋯⋯天下人至今稱之不少衰」的人格風範，正相呼應。而以「文理」的謀篇佈局，比擬園林的佈置，也是張岱融各門藝術於一爐的獨特視角。石仍是張岱文中似有意若無意的興象符碼，從愚公谷「磈石為垣」，因之推想興築的堆磊過程；到「隔岸數石，亂而臥」，具守護意態的自然悠閒；到「惟存木石」所發出的滄桑感慨；石既曾是愚公谷

的一部分，也是物是人非後，經過時光之手洗刷，留與後人如張岱，驀然回首時的繁華見證者。

再如記述長相奇醜的書畫家范允臨（號長白，1558-1641）在蘇州太平山下的園林——〈范長白園〉（卷5，頁41）。張岱開篇就描寫該園之石：「范長白園在天平山下，萬石都焉。龍性難馴，石皆笏起。」然後寫出記憶中范園故做低小的隱匿之態：「園外有長堤，桃柳曲橋，蟠屈湖面，橋盡抵園。園門故作低小，進門則長廊複壁，直達山麓。其繪樓、幔閣、秘室、曲房，故故匿之，不使人見也。」再寫其園林佈置的仿古學問：

> 山之左為桃源，峭壁迴湍，桃花片片流出。右孤山，種梅千樹。渡澗為小蘭亭，茂林修竹，曲水流觴，件件有之。竹大如椽，明靜娟潔，打磨滑澤如扇骨，是則蘭亭所無也。地必古跡，名必古人，此是主人學問。（卷5，頁41）

然而對如此掉書袋有學問的園林，張岱以為：「但桃則谿之，梅則嶼之，竹則林之，儘可自名其家，不必寄人籬下也。」接著張岱言：「余至，主人出見。主人與大父同籍，以奇醜著。」「奇醜」一語雙關著園林與主人，意在言外。下文敘述主人固留客人看月，因《赤壁賦》有「少焉月出於東山之上」句，因以「少焉」為月之字，故主人邀曰：「寬坐，請看『少焉』。」張岱賞月後無他言，但當夜他「步月而出，至元墓，[33] 宿葆生叔書畫舫中。」留下一幅寂靜自然、悠然的畫面為結，餘韻無窮。對照開篇的「萬石都焉。龍性難馴，石皆笏起」的怒張，與故做低小的隱匿之態的刻意，請看「少焉」的矯揉做作，言外之意，亦不言自喻。

又如記述與袁宗道同科的福建副使包應登（字涵所）的南北二園園林，[34]

---

33　馬興榮點校本《陶庵夢憶》「玄墓」作「元墓」，林邦鈞《陶庵夢憶注評》（上海市：上海古籍出版社，2014年。）作「玄墓」（頁127）。案「玄墓」為山名，位於今江蘇蘇州光福鎮西南。《光福志》、《鄧尉山聖恩寺志》(本志，卷一，頁5，浙江大學圖書館藏，https://ctext.org/library.pl?if=gb&file=26867&page47#%E9%83%81%E6%B3%B0%E7%8E%84)記載，東晉青州刺史郁泰玄，晚年隱居並葬於此山故名。

34　《陶庵夢憶‧包涵所》，卷3，頁27。同文亦見《西湖夢尋‧包衙莊》，文字幾全同，卷4，頁66。

也用園林之石作為該篇畫龍點睛之筆。該篇張岱先寫包涵所始創的西湖三船之樓：「大小三號：頭號置歌筵，儲歌童；次載書畫；再次佚美人。……客至則歌童演劇，隊舞鼓吹，無不絕倫。」樓船所載，類別區分，似井然有序，下文始寫園林：

> 南園在雷峯塔下，北園在飛來峯下。兩地皆石藪，積牒礌砢，無非奇峭。但亦借作溪澗橋梁，不於山上疊山，大有文理。……北園作八卦房，園亭如規，分作八格，形如扇面。當其狹處，橫互一牀，帳前後開闔，下裏帳則牀向外，下外帳則牀向內。涵老據其中，扃上開明窗，焚香倚枕，則八牀面面皆出。（卷3，頁27。）

文中「但亦借作溪澗橋梁，不於山上疊山，大有文理。」的園石，正是全篇點睛文眼。蓋若溪澗橋梁之石「不於山上疊山」是「大有文理」，則兩園「皆石藪，積牒礌砢」，「三船之樓」、「八卦房」如布陣列棋的疊床架屋的「繁華到底」、「窮奢極欲」，看似有文理，卻實不外疊床架屋的複製便可知矣。包氏有泉石之癖，其造園皆以精思巧構、金碧輝煌著稱，《西湖夢尋》也記其「青蓮山房」別墅的冠絕一時，陳繼儒（1558-1639）〈青蓮山房詩〉亦讚其「主人無俗態，築圃見文心」。[35] 但此種「繁華到底」，穠妝豔抹的精美，卻非張岱喜自然、淡遠、空靈的審美觀所欣賞的。

類此山上疊山，礧石唯恐不高的園林，也見於富人于五位於瓜州的「于園」。全篇皆以于園之石為描述核心：

> 園中無他奇，奇在礧石。前堂石坡高二丈，上植果子松數棵，緣坡植牡丹、芍藥，人不得上，以實奇。後廳臨大池，池中奇峯絕壑，陡上陡下，人走池底，仰視蓮花，反在天上，以空奇。臥房檻外一壑，旋下如螺螄纏，以幽陰深邃奇。（卷5，頁42）

具三奇：「實奇」、「空奇」、「幽陰深邃奇」的于園，張岱給予看似嘆賞的評

---

價：「瓜州諸園亭，俱以假山顯，胎於石，娠於礧石之手，男女於琢磨搜剔之主人，至于園可無憾矣。」但自然之石經礧石工匠之手的「娠」孕，經主人「琢磨搜剔」的用心構形湊合，雖可因主人費盡心機的利用之而無憾，但胎於石的「假山」，自然龍性已失，則張岱標奇之賞，豈真「無憾」？此由張岱詩：「奇情在瓦礫，何必藉人工」[36] 的詩句當可推知。同篇附記的儀真「汪園」，用石也同樣闊綽不惜：

> 華石費至四五萬，其所最如意者為飛來一峯，陰翳泥濘，供人唾罵。余見其棄地下一白石，高一丈、闊二丈而癡，癡妙；一黑石，闊八尺、高丈五而瘦，瘦妙。得此二石足矣，省下二三萬收其子母，以世守此二石何如？（〈于園〉，卷5，頁42）

這段文字恰似于園的注腳，所謂正言若反，主人最如意者，反「供人唾罵」；主人所棄者，反而癡妙、瘦妙。在張岱具審美意識的輕淡文字風格下，也再度印證石如其人的物我相喻關係。

## 四　張岱以石為知音的物我關係

　　山石與園林中的插石、奇石，相對於人世的滄桑，是永恆的象徵。尤其在明清鼎革之際，輿圖易幟，繁華倏去，親朋物故，興亡一瞬，所感尤深。老松林石的默然兀存，與人世園林易主，庭院荒蕪的變色、變調相較，猶如白頭宮女閒坐說玄宗，為知己的觀者默述往事，自幼靈雋心敏，一往情深的張岱，豈能不感慨係之，揪心悲痛？但他以如石的淡然，率以平淡之筆，輕點即止，無限興慨寄於言外。如位於寧波「日月湖」中的「雪浪石」：

> ……月湖一泓汪洋，明瑟可愛，直抵南城。城下密密植桃柳，四圍湖岸，亦間植名花果木以縈帶之。湖中櫛比皆士夫園亭，臺榭傾圮，而松石蒼老。石上凌霄藤有斗大者，率百年以上物也。四明縉紳，田宅

---

36　《西湖夢尋》附錄張岱〈西湖十景詩〉其八，卷1，頁4。

及其子，園亭及其身，平泉木石，多暮楚朝秦，故園亭亦聊且為之，
如傳舍衙署焉。屠赤水娑羅館亦僅存娑羅而已。所稱「雪浪」等石，
在某氏園久矣。清明日，二湖遊船甚盛，但橋小船不能大。城牆下址
稍廣，桃柳爛漫，遊人席地坐，亦飲亦歌，聲存西湖一曲。（〈日月
湖〉，卷1，頁4）

篇中用數個木石與縉紳大夫兩相對照的段落，積醞出明末縉紳凋零，繁華落
盡，暮景淒涼，人事皆非的失落感。如以「湖中櫛比皆士夫園亭，臺榭傾
圮」的衰敗，對照「松石蒼老……率百年以上物也」的堅勁；以「四明縉
紳，田宅及其子，園亭及其身……如傳舍衙署焉」的遷易無定，對照「平泉
（珍案：唐·李德裕（787-850）「平泉莊」）木石，多暮楚朝秦」仍可流轉
的無常；以佛學精深的「屠赤水（珍案：屠隆，1543-1605）娑羅館亦僅存
娑羅（珍案：梵語，柳安木）而已」的人去樹在，對照「『雪浪』等石，在
某氏園久矣」的人故石存。物是人非，自然無限悵惘，但張岱只留下不帶情
緒波濤的「桃柳爛漫，遊人席地坐，亦飲亦歌，聲存西湖一曲」，一切如
常，若無所改的悠然畫面，舉重若輕，如風雨後的一聲輕嘆。

　　癖於石固然被明人視為離俗近雅的良方，但癖石而進於道，物我相契，
且一往情深，生死以之，始堪稱知音。張岱對石處處留心、嘆賞，癡情之
深，堪稱石之知音。若他所作明史《石匱書》可與宋人鄭思肖的《心史》相
比擬，[37] 則石於張岱而言堪稱為他的「心友」。他的〈小蓬萊奔雲詩〉即
云：「此石是寒山，吾語爾能諾。」[38] 便直接將奔雲石當作可與交談悟心的

---

[37] 清·邵廷采（1648-1710）《思復堂文集》謂張岱：「沉淫於有明一代紀傳，名曰《石匱
書》，以擬鄭思肖之鐵函心史也。」張岱詩文中多次談到鄭所南的《心史》。例：《張岱
詩文集》中的〈毅儒弟作《石匱書》歌答之〉：「曾見心史意周密，藏之眢井錮以錫。」
（卷3，頁47。）《快園十章》其八：「何以娛之，佛書心史」（卷1，頁4。）〈讀鄭所
南心史〉：「余與三外老（珍案：鄭思肖字所南，號三外野老），抱痛同在腹。余今著明
書，手到不為縮。」（《張岱詩文集》補編，詩，頁329）、〈謝周戩伯校讎石匱書二首〉
其一：「九九藏心史，三三秘禹疇」（卷4，頁91。）等。詩文中常將所作《石匱書》與
《心史》相比擬，筆者將另為文論述。

[38] 《西湖夢尋·小蓬萊》附錄〈小蓬萊奔雲詩〉，卷4，頁65。

知己。若奔雲石是寒山，則與寒山相諾的張岱，當是寒山的知己拾得。推估張岱以石為寒山的物我關係，蓋於張岱心中，石乃山之骨，渾樸天然不造作，直契天心；比之為人，大約與造語同樣自然渾樸，「不煩鄭氏箋，豈用毛公解」（寒山詩），而詩旨卻每直契天心的寒山拾得相似。拾得詩云：「別無親眷屬，寒山是我兄。兩人心相似，誰能徇俗情。」[39] 張岱〈小蓬萊奔雲詩〉稱「此石是寒山，吾語爾能諾」，大約也認為其與奔雲石的關係，猶如兩心相契的寒山與拾得，心聲相通，得默契於天地之間。

張岱作為石之知己，常冀諸石皆能得其所哉，自由舒展自性。[40] 在他心中，石具人性，故常引用生公說法，頑石點頭的掌故。[41] 因此見奇石受屈，張岱便為之憾恨不已。如較「奔雲石」更為茁壯的「芙蓉石」，原為張氏寄園之物，但後來被新安典當鋪富賈吳氏購去，置於吳氏書屋中，惜主人愛石卻不識石性，以書屋樓榭逼阨之，令其不得舒展，張岱便為之嘆恨不已：

芙蓉石，今為新安吳氏書屋。山多怪石危巒，綴以松柏，大皆合抱。階前一石，狀若芙蓉，為風雨所墜，半入泥沙。較之寓林奔雲，尤為茁壯。但恨主人深愛此石，置之懷抱，半步不離，樓榭逼之，反多阨塞。若得礎柱相讓，脫離丈許，松石閒意，以淡遠取之，則妙不可言矣。……而今至吳園，見此怪石奇峰，古松茂柏，在懷之璧，得而復失，真一回相見，一回懷悔也。（《西湖夢尋·芙蓉石》，卷5，頁95）

---

39 寒山詩見《寒山子詩集·有人笑我詩》（《嘉興大藏經》，冊20，No. B103，臺北版電子佛典集成：http://taipei.ddbc.edu.tw/sutra/JB103_001.php, J20nB103_p0664c11）。拾得詩見《寒山子詩集·從來是拾得》（同前，J20nB103_p0668b16）附《拾得詩》。

40 張岱對「物性自遂」的自由十分堅持，且他觸物有情，總能感同身受萬物被幽閉的痛苦。因此見雞、鳧、魚、豚等動物被鎖禁，便為之請命，令其得脫樊籠。如西湖「放生池」，魚被佛舍僧重樓所禁，他說：「魚若能言，其苦萬狀。以理揆之，孰若縱壑開樊，聽其游泳，則物性自遂，深恨俗僧難與解釋耳。」《西湖夢尋·放生池》，卷3，頁55。

41 「生公（珍案：東晉·竺道生，355-434）說法，頑石點頭」的故事，是張岱常引用的典故。例：〈表勝庵啟〉「一片石政堪對語，聽生公說到點頭。」《陶庵夢憶·表勝庵》，卷2，頁15。〈呼猿洞聯〉：「生公說法，雨墮僧難；莫論飛去飛來，頑皮石也會點頭。」《西湖夢尋·呼猿洞》，卷2，頁31。

其所作〈芙蓉石〉詩亦云：「主人過珍惜，周護以牆墉。恨無舒展地，支鶴閉韜籠。僅堪留几席，聊為怪石供。」[42]

《陶庵夢憶》所記憶的園石偉構中，花石綱遺石是極為特出的。「花石綱」是宋徽宗（1082-1135）聽信道士劉混康風水之說，欲在汴京修建「艮嶽」，以利王室香火延續而有的採辦運輸船隊。由善於堆石造園的朱勔（1075-1126）主持，搜求天下奇花異石。張岱所記〈花石綱遺石〉，便是因各種意外因素被留下來而未北送的宋代遺石。〈花石綱遺石〉開篇，張岱先言：「越中無佳石」，而後記錄兩處花石綱的遺石。一處是董文簡（珍案：明·董玘，1487-1546）齋中一石：

> 磊塊正骨，窐竅數孔，疏爽明易，不作靈譎波詭，朱勔花石綱所遺，陸放翁家物也。文簡豎之庭除，石後種剔牙松一株，辟咡負劍，與石意相得。文簡軒其北，名「獨石軒」，石之軒獨之無異也。石簀先生（珍案：明·陶望齡，1562-1609）讀書其中，勒銘志之。（卷2，頁14。）

一處是徐清之家中的「石祖」，高一丈五，為太湖石。朱勔移舟載運時，石盤沉入太湖底，因此留下。後世朵水取石，輾轉為徐家所有：

> 以三百金豎之。石連底高二丈許，變幻百出，無可名狀，大約如吳無奇（珍案：明·吳士奇，無奇為士奇之字，生卒年不詳）遊黃山，見一怪石輒瞋目叫曰：「豈有此理！豈有此理！」[43]

此二石都是數百年的花石綱太湖石遺物。太湖石產於平江府洞庭水中，經長年風水衝刷，具有獨特的紋理、孔竅和聲音，最符合米芾「皺、瘦、漏、透」的奇石審美觀。對江蘇吳石的玲瓏剔透，張岱〈芙蓉石〉詩已有「吳山為石窟，是石必玲瓏。」的讚嘆。但花石綱太湖石的「皺、瘦、漏、透」是時間與自然聯手雕塑的結果，「皺、瘦、漏、透」的玲瓏剔透，不是以百年

---

42 〈芙蓉石〉詩文皆見《西湖夢尋·芙蓉石》，卷5，頁95。
43 《陶庵夢憶·花石綱遺石》，卷2，頁14。珍案：徐清之家花石綱遺石，俗名「小謝姑」，後徐清之更名「瑞雲峰」。今存蘇州市第十中學，為該校鎮校之寶。

為長壽的人類所能企及的境界，故米芾輩呼石為石丈。而此二石歷宋經元至明，又添數百年風霜，故張岱見此二石「變幻百出，無可名狀」，竟興起「越中無佳石」之嘆，並引吳無奇「豈有此理！豈有此理！」的不服嗔叫為結，對該二石的歡賞之情，溢於言表。

園林、書齋朝夕相伴的奇石、雅石，在張岱筆下正如他跋祁彪佳《寓山注》所言：「意隨景到，筆借目傳，如數家物，如寫家書，如殷殷詔語家之兒女僮婢」。[44] 而遊蹤所至，賞山玩水，飽覽江山勝概時，靜默無言之石，也總寓其目中而留下身影。因此，行旅所止，觸目所及之山石、奇石、怪石、名石、石碑、石室等，必效《石譜》之作，竭力載錄之。以《西湖夢尋》為例，下文表格皆《西湖夢尋》[45] 所載之石，除去已復見於《陶庵夢憶》的〈小蓬萊〉奔雲石、〈包衙莊〉石藪，及上文〈芙蓉石〉外，其遊蹤所錄之「石友」，仍然可觀。

| 篇　名 | 石　名 | 內　　　容 | 卷-頁 |
|---|---|---|---|
| 〈哇哇宕〉 | 哇哇石 | 在棋盤山上。昭慶寺後，有石池深不可測，峭壁橫空，方圓可三四畝，空谷相傳，聲喚聲應，如小兒啼焉。 | 1-8 |
| | 棋盤石 | 上有棋盤石，聳立山頂。 | 1-8 |
| 〈瑪瑙寺〉 | 瑪瑙 | 瑪瑙坡在保俶塔西，碎石文瑩，質若瑪瑙，土人采之，以鐫圖篆，晉時遂建瑪瑙寶勝院。 | 1-11 |
| 〈紫雲洞〉 | 怪石 | 其地怪石蒼翠，劈空開裂，山頂層層，如廈屋天構。……雙石相倚為門……洞旁一 | 1-17、18 |

---

44　此為張岱為祁彪佳編《寓山注》所作之跋語，《張岱文集·跋寓山注二則》其一，卷5，《張岱詩文集》，頁385。

45　《西湖夢尋》體例仿傚劉侗《帝京景物略》，內容則間有採錄田汝成《西湖遊覽志》之處，關於《西湖夢尋》與上二書關係的考證，參閱：顧勤，〈張岱《西湖夢尋》的文化解讀〉，《大理學院學報》，卷10，期7（2011年），頁53。張則桐〈《西湖夢尋》的體例淵源和創作旨趣〉，《文史知識》，期2（2012年），頁31、36。

| 篇　名 | 石　名 | 內　　　　　容 | 卷－頁 |
|---|---|---|---|
| | | 鑿幽深，昔人鑿石，聞金鼓聲而止，遂名金鼓洞。 | |
| 〈飛來峰〉 | 奇石 | 飛來峰，稜層剔透，嵌空玲瓏，是米顛袖中一塊奇石。使有石癖者見之，必具袍笏下拜，不敢以稱謂簡褻，只以石丈呼之也。 | 2-21 |
| 〈靈隱寺〉 | 拜石 | 殿中有拜石，長丈餘，有花卉鱗甲之文，工巧如畫。 | 2-24 |
| 〈三生石〉 | 三生石 | 三生石在天築寺後。東坡《圓澤傳》曰……聞葛洪川畔有牧童扣角而歌之曰：「三生石上舊精魂，賞月吟風不要論。慚愧情人遠相訪，此身雖異性長存。」 | 2-31 |
| 〈片石居〉 | 石函橋 | 其上為石函橋，唐刺史李鄴侯所建，有水閘泄湖水以入古蕩。沿東西馬塍、羊角埂，至歸錦橋，凡四派焉。白樂天記云：「北有石函南有筧，決湖水一寸，可溉田五十餘頃。」閘下皆石骨磷磷，出水甚急。 | 3-37 |
| 〈關王廟〉 | 石壁 | 有僧刻法華於石壁，會元微之以守越州，道出杭，而杭守白樂天未作記。 | 3-44 |
| 〈六一泉〉 | 石屋 | 六一泉在孤山之南……宋元祐六年，東坡先生與惠勤上人同哭歐陽公處也。勤上人講堂初構，掘地得泉，東坡為作泉銘。以兩人皆列歐公門下，此泉方出，適哭公訃，名以六一，猶見公也。其徒作石屋覆泉，且刻銘其上。 | 3-48 |
| 〈葛嶺〉 | 石匣石瓶 | 葛嶺者，葛仙翁稚川修仙地也。……宣德間大旱，馬氏甃井得石匣一，石瓶四。匣固不可啟。瓶中有丸藥若芡實者，啖之， | 3-50 |

| 篇 名 | 石 名 | 內　　　容 | 卷-頁 |
|---|---|---|---|
| | | 絕無氣味，乃棄之。施漁翁獨啖一枚，後年百有六歲。浚井後，水遂淤惡不可食，以石匣投之，清洌如故。 | |
| 〈南高峰〉 | 怪石 | 西接巖寶，怪石翔舞，洞穴邃密。 | 4-67 |
| | 山椒巨石 | 山椒巨石，屹如峨冠，名先照壇，相傳道者鎮魔處。 | 4-67 |
| 〈煙霞石屋〉 | 石屋 無名石 | 寺左為煙霞石屋……見石如飛來峰，初經洗出，潔不去膚，雋不傷骨，一洗楊髡鑿佛之慘。峭壁奇峰，忽露生面，為之大快。 | 4-67 |
| 〈法相寺〉 | 水盆活石 | 此法相名著一時。寺後有錫杖泉，水盆活石。僧廚香潔，齋供精良。 | 4-70 |
| 〈一片雲〉 | 神運石 | 神運石在龍井寺中，高六尺許，奇怪突兀，特立簷下。有木香一架，穿繞竅寶，蟠若龍蛇。 | 4-75 |
| | 一片雲石 石洞 石棋枰 | 風篁嶺上有一片雲石，高可丈許，青潤玲瓏，巧若鏤刻，松磴盤屈，草莽間有石洞，堆砌工緻巉巖。石後又片雲亭，為司禮孫公所構，設石棋枰於前，上鐫「興來臨水敲殘月，談罷吟風倚片雲」之句，遊人倚徙，不忍遽去。 | 4-76 |
| 〈西谿〉 | 石人嶺 | 粟山……山下有石人嶺，峭拔凝立，形如人狀，雙髻聳然。 | 5-78 |
| 〈勝果寺〉 | 羅剎石 | 其地松徑盤紆，潤淙潺潺，羅剎石在其前，鳳凰山列其後，江景之勝無過此。 | 5-84 |
| 〈五雲山〉 | 石磴 石城 | 有七十二灣，石磴千級。山中有伏虎亭，梯以石城，以便往來。 | 5-85 |
| 〈六和塔〉 | 石刻觀音大士像 | 中有湯思退等彙寫《佛說二十四章》，李伯時石刻觀音大士像 | 5-88 |

| 篇　名 | 石　名 | 內　　　容 | 卷-頁 |
|---|---|---|---|
| 〈鎮海樓〉 | 規石<br>壘石<br>石級 | 規石為門，上架危樓。樓基壘石，高四丈四尺，東西五十六步，南北半之。左右石級登樓，樓連基高十有一丈。 | 5-89 |
| 〈紫陽庵〉 | 秀石 | 其山秀石玲瓏，巖竇窈窕。 | 5-99 |

　　愛石如知己的張岱，對於天地間造型奇譎，或龐然偉岸，或剔透玲瓏，鬼斧神功般不可思議、豈有此理的奇石，不只憐愛，更多敬重。如上表中的「飛來鋒」，張岱云：「使有石癖者見之，必具袍笏下拜，不敢以稱謂簡褻，只以石丈呼之也。」其心境與米芾拜石稱「石丈」，其祖張汝霖呼松花石為「石丈」一脈相通。皆從觀石、賞石、讀石中，領悟「石語」，直會「天心」，感觸到造化之神奇，感受到大美不言之境，油然而生敬畏。

　　張岱視石如人，寫石猶作傳；他記紹興城中五山遭棄的《越山五佚記》，五山而稱「五佚」，命篇之名便與人稱無別。[46]他記石如傳的原因，除緣於史癖好為傳的性格，視石若人外，或許也如他所作《古今義烈傳》，欲將義烈事跡永留世間一樣；也有用遺後世愛石人之意。這些「石傳」、「石譜」、「石文」、「石銘」等詩文，多散見於他《張岱文集》、《夜航船》等著作中。[47] 以具百科全書或類書性質，可作為談資或為文之用的《夜航船》為例，該書卷二「泉石」一節，專記石之詞條即有：熱石、夜合石、熱石、松化石、望夫石、醒酒石、赤心石、一指石、魚石、金雞石、仁義石、畫山石、山雞石等。[48] 不以石名篇的詞條中，也有不少關於石的記載，如「石鏡山」之圓石、「宛委山」之「石匱」、「爛柯山」之石室，「江郎山」之人化石等。[49] 其內容或說明石名的由來，例「夜合石」：「新昌東北洞山寺水

---

46 關於《越山五佚記》之「石」的物我關係，筆者擬於另篇張岱與石的物我關係論文中討論。

47 張岱其他藏石、寫石、以石興寄、或與石有關著作中的物我關係，筆者亦擬於另篇張岱與石的物我關係論文中討論。

48 《夜航船》，卷2，地理部，泉石，頁50-51。

49 《夜航船》，卷2，地理部，山川，頁45-46。

口,有二石,高丈餘,土人言:二石夜間常合為一。」或搜羅某石饒富趣味的地方傳說故事,如:

> 松化石:「松樹至五百年,一夜風雷化為石質,其樹皮松節,毫忽不
> 爽。唐道士馬自然指延真觀松當化為石,一夕果化。」
> 望夫石:武昌山有石,狀如人。俗傳貞婦之夫從役遠征,婦攜子送至
> 此,立望其夫而死,屍化為石。
> 醒酒石:唐李文饒(珍案:李德裕字文饒)于平泉莊,聚天下珍木怪石,
> 有醒酒石,尤所鍾愛。其屬子孫曰:「以平泉莊一木一石與人者,非
> 吾子孫也。」後其孫延古守祖訓,與張全義爭此石,卒為所殺。

這些石、松、人之間共感,甚至互化的奇聞,常底趣盎然,為爭醒酒石竟遭殺害的歷史故事與地方傳說,想必靈雋穎悟如張岱,亦心有戚戚焉。尤其是李德裕平泉莊的醒酒石,因李氏子孫恪守不得與人的祖訓,而遭爭石者殺害的故事,常為張岱引用。例《越山五佚記・吼山》文中,記述了張岱外祖陶蘭庵(珍案:陶允嘉,1556-1622)的書屋之後,張岱云:「昔李文饒〈平泉草木記〉……平泉勝地,亦遂鞠為茂草。……故古人住宅多舍為佛剎……人苟愛惜平泉,亦當贈以此法。」(《張岱詩文集》,頁259)對愛石者因固執所愛而遭殺身之禍的遭遇,提出物我之間該如何取捨的智慧。另,記其晚年居住二十餘年的快園之〈快園記〉,張岱亦云:「平泉木石,亦止可僅存其意也已矣。」(《張岱詩文集》,頁267)尤其經過國破家亡的人生閱歷,「從前景物,十去八九」,張岱記平泉莊醒酒石故事的警醒之意是很深沉的。

張岱既視石為心友、為知音,賞玩美景時,石便常成為張岱「癡對」佳境的無言同伴:

> 山頂怪石巉岏,灌木蒼鬱,有顛僧住之。……日晡,上攝山頂觀霞,
> 非復霞理,余坐石上癡對。(《陶庵夢憶・栖霞》,卷3,頁28)
> 爐峯絕頂,複岫迴巒,斗聳相亂,千丈巖陬牙橫梧,兩石不相接者丈
> 許,俯身下視,足震懾不得前。……丁卯四月,余讀書天瓦庵,午後

同二三友人登絕頂看落照。……四人踞坐金簡石上。（《陶庵夢憶·爐峯
月》，卷5，頁43-44。）

山、石、霞、落照、人，在天地間互融，靜對無語，無聲勝有聲。

## 五　張岱〈瑯嬛福地〉藏身之石的物我關係

　　對石一往情深，遇到奇石，張岱更常情不自已的願與其廝守、同隱。例
張岱業師黃寓庸仙逝後，他見奔雲石黝潤，色澤不減，便對客曰：「願假此
一室，以石礨門，坐臥其下，可十年不出也。」至燕子磯，見觀音閣傍僧院
「有峭壁千尋，砠礴如鐵；大楓數株，蓊以他樹，森森冷綠」；他也說「小
樓癡對，便可十年面壁。」對觀音閣、僧院的背對石壁，他還說：「今僧寮
佛閣，故故背之，其心何忍？」（《陶庵夢憶·燕子磯》，卷2，頁12。）奉祖父命寫
爐峰石屋的「表勝庵啟」他也說：「一片石政堪對語，聽生公說到點頭。敬
藉山靈，願同石隱」（《陶庵夢憶·表勝庵》，卷2，頁15。）。見「于園」一胖一瘦
如黑白無常的「瘦妙」、「癡妙」黑白二石，他則願「世守此二石」。（《陶庵夢
憶·表勝庵》，卷2，頁15。）因此，號岣嶁山人，與徐渭（1521-1593）相善，住
在杭州靈隱寺韜光庵下的李芝，造有山房數楹，張岱曾與陳洪綬（1598-
1652）等友朋住在其中七個月，對李芝「笑詠竟日」，「園蔬山蕨，淡薄淒
清」，「以山石自礨生壙，死即埋之。」的超拔，張岱自言：「但恨名利之心
未淨，未免唐突山靈，至今猶有愧色。」[50] 然效法李芝，礨石以為生壙的
念頭，可能深植已久。《陶庵夢憶》最後一篇〈瑯嬛福地〉[51]，內容即載其
因夢而造生壙的經過。

---

50 張岱記岣嶁山房的作品，有《陶庵夢憶·岣嶁山房》（卷2，頁18）、《西湖夢尋·岣嶁
　山房》，（卷2，頁29），該篇並附《陶庵夢憶·岣嶁山房》一文，稱〈岣嶁山房小記〉，
　又附徐渭〈李岣嶁山人詩〉、王思任〈岣嶁僧舍詩〉，足見張岱對其之景仰。
51 張岱以瑯嬛福地為名之作有兩篇，一為《陶庵夢憶·瑯嬛福地》（卷8，頁75）。一為
　《張岱文集·瑯嬛福地記》（《張岱詩文集》，卷2，頁235-236），兩篇內容不同。

　　瑯嬛福地之名，源於原題元・伊士珍所作的《瑯嬛記》。《瑯嬛記》卷上第一篇載晉・張華（232-300）遊洞宮，遇一人引其至陳書滿架之室，而得睹「歷代史」、「萬國誌」、道門秘笈、《三墳》、《九丘》、《檮杌》、《春秋》等古籍的故事，該處即名「瑯嬛福地」[52]。但張華甫出，門忽自閉，「但見雜草藤蘿繞石而生」，華「撫石徘徊久之，望石下拜而去」。張岱對此故事應當深為著迷，除以「瑯嬛福地」為生壙，也仿擬《瑯嬛記》所記「瑯嬛福地」，將之改寫為〈瑯嬛福地記〉，[53] 二文內容相同，但文字略有更動。而最顯著的改動之處，都寄寓著張岱心中嚮往的事物或價值。下表比較《瑯嬛記》與〈瑯嬛福地記〉二文相似段落，以□框出的文字，為其改動或原文所無之處：

| 《瑯嬛記》 | 〈瑯嬛福地記〉 |
|---|---|
| 遊於洞宮 | 遊於洞山 |
| 遇一人於途 | 有老人枕書石上臥，茂仙坐與論說，視其所枕書皆蝌蚪文，莫能辨。 |
| 因共至一處，大石中忽然有門 | 把茂先臂走石壁下，忽有門入 |
| 引入一室中，陳書滿架 | 至一精舍，藏書萬卷 |
| 惟一室屋宇頗高，封識甚嚴，有二犬守之 | 後至一密室，局鑰甚固，有二黑犬守之，上有署篆，曰：瑯嬛福地。 |
| 指二犬曰：「此龍也。」 | 指二犬曰：「此癡龍也，守此二千年矣。」 |
| 華心樂之 | 茂先爽然自失。老人乃出酒果飼之。鮮潔非人世所有。 |
| 欲賃住數十日 | 茂先為停信宿而出，謂老人曰：異日裹糧再訪，縱觀群書， |

---

52　元・伊士珍《瑯嬛記》，津逮秘書120冊，博古齋，1922，http://ctext.org/library.pl?if=gb&file=102687&page=1577-1579。

53　《張岱文集・瑯嬛福地記》，卷2，《張岱詩文集》，頁235-236。

| 其人笑曰：「君癡矣。此豈可賃地耶？」 | 老人笑不答 |
|---|---|
| 華甫出，門忽然自閉 | 甫出，門石忽然自閉。 |
| 華回視之，但見雜草藤蘿，繞石而生，石上苔蘚亦合，初無縫隙。撫石徘徊久之，望石下拜而去。 | 茂先回視之，但見雜草藤蘿，繞石而生，石上苔蘚亦合，初無縫隙。茂先癡痿佇視，望石再拜而去。 |

由表中框出的修改文字可以看出，張岱〈瑯嬛福地記〉特別突出了「瑯嬛福地」與「石」的關係。包括「瑯嬛福地」的環境：洞山、石壁、門石，還包括內部空間：有老人枕書石上臥。可知他心目中的仙境，是一個全被石所包覆的所在。另一凸出之處是藏書數量，將「陳書滿架」，改為有「藏書萬卷」。因對藏書的珍惜，將原文陳書的「室中」，改為「貯於精舍」。而如此改寫，可能是張岱以張氏三代藏書三萬卷為背景的心理投射，[54] 並寄託著他對圖書的珍視，與沉浸書海的夢想。再者是守門之犬，將原文「此龍也」，改為「此癡龍也，守此二千年矣。」若此藏有各類亙古奇書的「瑯嬛福地」為張氏藏書齋邸的投射，則「癡龍」大約是他一往情深的癡情，聯類及之的物我合一化身；因張家三世藏書三萬餘卷，傳至張岱，明亡之際，竟一日皆盡，嗜書如癡的張岱其痛可知；故亟得一千年忠守的癡龍，護守瑯嬛洞府的珍貴藏書，這大概是張岱內心渴望的追夢之想吧？

《陶庵夢憶》記張岱生壙的〈瑯嬛福地〉一文，開篇先載張岱常做的夢。夢中所至之處是一石厂，「松石奇古，雜以名花，……積書滿架，開卷讀之，多蝌蚪、鳥跡、霹靂篆文」。對照他改寫的〈瑯嬛福地記〉，可知「瑯嬛福地」可謂他一生的夢想家園，[55] 於是他尋到與夢境仿佛的郊外小山，

---

54 張岱自言其家三代藏書不下三萬卷，見《陶庵夢憶‧三世藏書》，卷8，頁18-19。

55 黃玲〈「桃源異境」、「瑯嬛福地」的聯姻與變異——從空間結構理論淺析張岱《瑯嬛福地》的文化構想〉一文，以現代空間理論，比較張岱《陶庵夢憶‧瑯嬛福地》與〈桃花源記〉、伊士珍《瑯嬛記》，認為張岱《瑯嬛福地》打破了傳統異境符號的封閉性，是「桃源異境」與「瑯嬛福地」異境空間的聯姻與變異。其變異主要體現在張岱文本

修造為生壙，匾曰「瑯嬛福地」，將其夢想的園林，在現世人生中營造出來，成為精神上永恆的寄託之地。[56] 文中記下他營造此夢想園林的佈置：

> 郊外有一小山，石骨棱礪，上多筠篁，偃伏園內。余欲造廠，堂東西向，前後軒之，後磥一石坪，植黃山松數棵，奇石峽之。堂前樹娑羅二，資其清樾。左附虛室，坐對山麓，磳磳齒齒，劃裂如試劍，匾曰「一邱」。右踞廠閣三間，前臨大沼，秋水明瑟，深柳讀書，匾曰「一壑」。緣山以北，精舍小房，紬屈蜿蜒，有古木，有層崖，有小澗，有幽篁，節節有緻。山盡有佳穴，造生壙，俟陶庵蛻焉，碑曰「有明陶庵張長公之壙」……樓下門之，匾曰「瑯嬛福地」。緣河北走，有石橋極古樸，上有灌木，可坐、可風、可月。

這處園林與生壙，一如李茇的生壙，都是以山巖磥石為居所，只是規模較大。若根據張岱借園石喻人的思維，則文中「石骨棱礪，上多筠篁」，「後磥一石坪，植黃山松數棵，奇石峽之」等的佈置中，石骨、筠篁、黃山松、奇石等，亦可視為他物我相喻的具象修辭，是他所追求的文士品操象徵符號與形象語碼。而對於石，張岱至此可謂生死以之，終生未改。即令已歸丘壑，亦不忘閒坐石橋，迎風、賞月。

## 結語：龍性難馴：石我相契關係下的共性

張岱以「石公」為字號，生於泉之鄉，視「石」為知音，他所記述的明代園林之石，和他一起見證了家風的變調，士大夫的豪奢，明朝的興亡；他

---

中的園林書寫，表達了生活在都市文化空間中的明末文人，追求物性自遂的個性體現和戲遊於世的心態，也是其精神重建的現世樂土。其對異境建構與精神樂土關係的論述，頗值參考，見《大眾文藝》，期13（2012年），頁113-114。

56 張岱晚年所居的「快園」，原為御史大夫韓氏別業，張岱幼年常隨祖父至其地，便有「如入瑯嬛福地」、「別有天地非人間也」的描述。可見他對「瑯嬛福地」的嚮往早已深植，而他建構的「瑯嬛福地」或者便以快園為藍本。參閱：《張岱文集・快園記》，卷2，《張岱詩文集》，266-267。

將埋骨的所在──「瑯嬛福地」的石厂，一丘一壑，藏書盈室，則是他一生
最後的寄託；考察張岱如此認同於石，真情如癡的緣由，除前述前輩文人的
影響與歷代石文化的型塑外，另一個潛藏於張岱認知與內心深處的原因，是
他與石皆具有龍性難馴的特性。

　　宋・孔傳為杜綰《雲林石譜》作序云：「天地至精之氣，結而為石，負
土而出，狀為奇怪。」[57] 將石視為天地至精之氣聚結所生，而張岱將此藏
於物之形軀的天地至精之氣，另以具象的「龍」或「龍性」稱呼之。

　　探察張岱習用語彙，「龍」有兩種含義。一者為皇明王朝、王室的象
徵。如《陶庵夢憶・鍾山》記述明朝王陵選址之事，有「鍾山上有雲氣，浮
浮冉冉，紅紫間之，人言王氣，龍蛻藏焉。」（卷1，頁1）此「龍」是歷代帝
王相沿的慣用符碼。一者為萬物受之於天地，渾藏於形跡下，凜然不可侵
犯，內隱的超自然氣質或靈氣，此即上文所說的「龍」、或「龍性」。例：《張
岱文集・岱志》云：「大小龍口……走其下者，陰闃冷腥，時有龍氣。」（卷
2，頁240）這是藏於山川之「龍」。張氏所藏的「木猶龍」或「木寓龍」，[58]
磨刻於其尺木上的銘文，有「夜壑風雷，騫槎化石；海立山崩，煙雲滅沒；
謂有龍焉，呼之或出」之語（《陶庵夢憶・木猶龍》，卷1，頁8）。這是藏於木石之
「龍」。《張子詩集・延津劍》謂：「（水怪無支祈）汆水深潭見睡龍，頷下腥
臊吐涎沫。……吾思龍性不易馴，鱗爪一動波濤驚。有時目開如閃電，黃河
倒注昆侖崩。是劍是龍無二物，出匣仍是干將形。」（卷3，頁73）這是藏於深
潭的劍「龍」。《一卷冰雪文序》云：「冰雪之在人，如魚之于水，龍之于石，
日夜沐浴其中，特魚與龍不之覺耳。」（卷1，頁185）這是藏於石之「龍」。而
石「龍」之氣性，尤為張岱所強調。《陶庵夢憶・仲叔古董》一文中，張岱

---

57　《雲林石譜：外七種》，頁35。

58　「木猶龍」或「木寓龍」本是明朝開國功臣開平王常遇春開平府第的松木化石，為張
　　岱之父張耀芳購入，張岱請當時名公賜名，周默農名「木猶龍」，倪鴻寶（倪元璐號）
　　名「木寓龍」，見《陶《陶庵夢憶・木猶龍》，卷1，頁7-8。張岱另有〈木寓龍〉詩，
　　見《張岱詩集・七言古詩》，卷3，《張岱詩文集》，頁57。〈木猶龍二首〉（缺一）見
　　《張岱詩集・五言律詩》卷4，《張岱詩文集》，頁90。

二叔張葆生（名聯芳）偶得一璞石，募玉工仿祖父舅家朱氏的收藏，作成龍尾觥和合卺杯。二叔殯天後，遺歸堂弟燕客，燕客揮霍，致使二叔一生所蓄竟「一日失之」，張岱便云：「或是龍藏收去。」（《陶庵夢憶‧木猶龍》，卷6，頁57）又如《張子詩集‧瑞草蹊亭》詠堂弟燕客見奇石而修築「瑞草蹊亭」，但個性急躁，致奇石被折騰鑿裂之事，其詩云：「記昔巖上土，彷彿與簷齊。……刳龍取尺木，敲骨碎玻璃。」便徑以「刳龍取尺木」比喻奇石遭毀裂的事。（卷2，頁20）故龍與石，都是張岱修辭中具有象徵意涵的辭彙。

石既有「龍」，石遭摧殘，卻依然難改的天然質性，張岱便稱之為「龍性難馴」。《陶庵夢憶》中，天平山下范長白園林費心礧石，張岱即云：「萬石都焉。龍性難馴，石皆笏起。」而另一「龍性難馴」的是張岱自己。明亡後寄居快園二十四年的張岱，詩集中有〈快園十章〉十首詩，吟詠當日的生活，其二云：「園亭非昔，尚有山川。山川何有？蒼蒼淵淵。烟雲滅沒，礨砢蜿蜒。呼之或出，謂有龍焉。」（卷1，頁2）與張岱交誼深厚，為其詩學知己的王雨謙[59]評云：「臥龍卻自寫照。中有陶庵老人。」（卷1，頁2）以為該詩為張岱自詠，詩中所詠之龍，即陶庵老人張岱。而該組詩第四首云：「有松斯髡，有梅斯剒。昔則薈蒼，今則苴蕘。龍性難馴，鸞翮易鎩。傲骨尚存，忍霜耐雪。」（卷1，頁2）詠讚的對象是松梅，謂其雖遭髡剒，而猶苴蕘，忍霜耐雪，傲骨尚存，然如王雨謙所評，此詩亦是張岱的夫子自道。詩中如范氏園林「石皆笏起」的「龍性難馴」，也正是張岱如心堅如石，一往情深，一生守護，難以動搖的傲骨。由此可推敲張岱〈瑯嬛福地記〉中忠守瑯嬛福地二千年的黑犬，張岱所以稱其為「癡龍」者，蓋即因其也具有一往情深「龍性難馴」的癡性。故「龍性難馴」是張岱以石為知音，賞石、讀石，從感悟中融物入己，物我相契的共性。

---

59 張岱〈祭周戩伯文〉：「余好詩詞，則有王予庵、王白嶽、張毅儒為詩學知己。」《張岱詩文集》，頁444。王雨謙號白嶽山人。

# 千里鏡、鹿毛筆、寄生螺

## ——徐葆光使琉詞中的航海經驗與異國見聞

廖肇亨

中央研究院中國文哲研究所

## 摘要

　　清代康熙五十五年出任琉球冊封副使徐葆光所著《中山傳信錄》一書公推為歷代使琉球錄的白眉之作，甚且譯成多種歐洲語文，是西方認識琉球最重要的典據之一，徐葆光詩文集過去僅知有《舶前集》存世，近年發現徐葆光《舶中集》、《舶後集》（三種合稱《海舶三集》，或慣稱《奉使琉球詩》）等著作。其中《舶後集》一書後附一組詞作，就自鳴鐘、望遠鏡、鹿毛筆等事物加以吟詠，從中可以看出徐葆光的航海時光與琉球經驗，可謂文化交流史與物質文化交融互攝的絕佳範例，饒富趣味。雖然目前琉球冊封使的研究已經汗牛充棟，以詞為中心的研究似仍不多見。以此觀之，徐葆光此組詞作也有文學史的特殊意義。本文擬以東亞交流史的觀點切入，就徐葆光此組詠物詞作的文化意涵加以探析。

**關鍵詞：**徐葆光　《奉使琉球詩》　琉球王國　冊封使　詠物詞

# 一　前言：問題之所在

　　現存明清十餘種使琉球錄當中，康熙五十八年（1719）出使琉球的徐葆光所著《中山傳信錄》一書例被公推為當中的白眉之作，甚且譯成多種歐洲語文，成為西方認識琉球最重要的典據之一。

　　徐葆光，字亮直，號澂齋、澄齋，蘇州府長洲縣人。康熙五十一年（1712）進士，授官翰林院編修。康熙五十八年，奉旨為琉球冊封副使（正使為鑲白旗滿人海寶），前往琉球冊封尚敬王。徐葆光自琉球歸國後，於康熙六十年（1721）出版《中山傳信錄》，此書夙被推為使琉球錄系列著作的最高傑作，為明清時期中外文化交流史相關著作的一時之選。徐葆光此次琉球冊封之行，創下多項記錄：包括人數最多、滯留時間最久、且有測量官隨行，以當時世界先進的觀測技術對琉球王國的自然山川進行實測觀察，又因《中山傳信錄》一書的崇高聲譽，故歷來備受史家與學界重視。[1]徐葆光此行因攜過多貨物來琉球，船員無法順利銷貨，而與琉球方面有所齟齬，所幸後來琉球儒者蔡溫（1682-1761）為之協調折衝，[2]此事方才平穩落幕，琉球

---

1　關於徐葆光的研究，可參見方豪：〈康熙五十八年清廷派員測繪琉球地圖之研究〉，《方豪六十自定稿》（方豪自印本，1969年），頁522-555；曾煥棋：〈清代使琉球冊封使徐葆光について〉，《千里山文學論集》67（2002年3月），頁39-68；〔日〕豐見山和行：〈冊封使・徐葆光の記錄《中山傳信錄》と琉球〉，《国文学──解釈と鑑賞》71.10（2006年10月），頁153-159；李源：〈康熙年間徐葆光使琉球及其著述考〉（福州市：福建師範大學專門史碩士論文，2006年）；〔日〕島尻勝太郎：〈歷代琉球冊封使錄中の白眉──徐葆光《中山傳信錄》〉，《近世沖繩社會の宗教》（東京：三一書房，1980年），頁127-135；童宏民：〈徐葆光眼中的琉球風俗與女性──以《球陽竹枝詞》、《子夜歌》為中心〉，收入陳碩炫、余斌、謝必震主編：《順風相送：中琉歷史與文化──第十三屆中琉歷史關係國際學術會議論文集》（北京市：海洋出版社，2013年），頁349-373。不過方豪先生對於徐葆光的評價似乎不高，在眾多研究者之中是為異數。

2　蔡溫為琉球王國重要的儒者、政治家；關於蔡溫的研究史，參見〔日〕真境名安興：〈琉球の五偉人〉，《真境名安興全集》（沖繩：琉球新報社，1993），第4卷，頁3-13；〔美〕Gregory Smits：〈蔡溫の學統と思想：特に佛教・釋迦論を中心として〉，《沖繩文化研究》23（1997年3月），頁2-5。另，值得參考的資料有〔日〕真榮田義見：《蔡溫・傳記と思想》（那霸：文教圖書，1976）；〔日〕糸數兼治，〈天の思想──向象賢

史稱此為「評價（ハンガ）事件」，[3]不免略有遺憾。不過總體而言，徐葆光此次琉球之行及其見聞書寫仍是近世中國文化交流史上光輝燦爛的一頁。

　　徐葆光的著作除了膾炙人口的《中山傳信錄》一書之外，尚有《奉使琉球詩》。從文獻記錄上看，當有《舶前集》、《舶中集》、《舶後集》三種（合稱《海舶三集》）等著作。透過《海舶三集》，當可對徐葆光其人其學有更進一步的認識。[4]其中《舶後集》一書後附一組詞作，就自鳴鐘、望遠鏡、鹿毛筆等事物加以吟詠，從中可以看出徐葆光的航海經驗與琉球見聞，可謂文化交流史與物質文化交融互攝的絕佳範例，饒富趣味，也為清詞別開生面。雖然周煌《琉球國志略》對此組詞作多所援用，歷代琉球冊封使曾多所經眼，亦偶一言及，故部分作品為世所知，然就筆者耳目所及，前賢於此組作品仍然罕所措意，遑論深入探析箇中奧秘，[5]故筆者不揣淺陋，擬就此組詞作相關的社會文化脈絡加以釐清，希冀從詠物書寫的角度出發，重新認識東亞海域之間的文化交流與形象建構。

---

から蔡溫へ〉，《史料編集室紀要》13（1988年3月）頁73-95；〔日〕系數兼治，〈蔡溫の權思想——その特質と限界〉，收入琉球方言研究三十週年紀念會編，《琉球方言論叢》（那霸：琉球方言論叢刊行委員會，1987），頁29-41。〔日〕伊波普猷：〈蔡溫と國民道德〉，《伊波普猷全集》（東京：平凡社，1974年），第10卷，頁357；〔美〕Gregory Smits 著，〔日〕渡邊美季譯：《琉球王國の自畫像：近世沖繩思想史》 *Visions of Ryukyu: identity and ideology in early-modern thought and politics*（東京：ぺりかん社，2011年）。

3 關於「評價事件」此一風波始末，雖然不見諸中國方面史料，但甚受史家重視，詳參楊仲揆：〈從天使在琉之供奉及貿易看徐葆光與蔡溫之關係〉，收入琉球中國關係國際學術會議編集：《第四回琉中歷史關係國際學術會議：琉中歷史關係論文集》（沖繩：琉球中國關係國際學術會議，1993年），頁501-515。

4 國立臺灣大學圖書館善本特藏室藏有徐葆光完整的《海舶三集》。

5 就筆者有限的聞見所及，言及徐葆光此組詞作者，目前僅知南京大學中文系張宏生教授，見張宏生，〈日常化與女性詞境的拓展——從高景芳說到清代女性詞的空間〉，《清華大學學報（哲學社會科學版）》2008年第5期，頁80-86。張宏生教授此文主題是高景芳的詞，並不是徐葆光，只是順勢帶到而已，其將徐葆光此組詞作視之為「清代初年，特別是康熙朝，頗有開放的氣象，從明代以來就已經開始的引進西洋先進器物的風氣，延續了下來，當時的詞壇也就突然大量出現了相關的作品」，此一風氣的反映，並未深入分析徐葆光此組作品的寫作背景與相關社會文化脈絡。

## 二　徐葆光奉使琉球詞相關問題

　　徐葆光《舶後集》後附一組詞作，並未有統一之題名，而是在各詞牌下注明所詠何物。計有一〈玉漏遲‧自鳴鐘〉、二〈應天長‧千里鏡〉、三〈一寸金‧針盤〉、四〈望海潮‧沙漏〉、五〈滿庭芳‧龍涎香〉、六〈念奴嬌‧鹿毛筆〉、七〈後庭宴‧寄生螺〉、八〈鵲踏花翻‧板舞〉、九〈望江南‧波上箏席〉九闋合成一組，今合此九首，強名之「奉使琉球詞」。原作後又附其友人杜詔〈望海潮〉一首，[6]觀其文意，此作乃承徐葆光之意為之，又非屬杜詔親身見聞，權且存而不論。雖不詳創作之具體時地，然謂其成於琉球冊封之行以後則大體不失。[7]此九首作品中，前四首所詠之自鳴鐘、千里鏡（望遠鏡）、針盤、沙漏大抵可歸為一組，皆與其航海經驗有關；後四首之龍涎香、鹿毛筆、寄生螺、板舞應自成一體，視之為徐葆光於琉球的親身見聞當無不可，而最後一首〈波上箏席〉雖然也是琉球見聞，但從結構上來說，恐近於曲終奏雅。徐葆光的詞作與修辭傳統固然不無淵源，或許也受到當時文藝思潮趨勢的影響，寄託或諷諭容或有之，然而綜觀全作意旨，主要著眼點仍側重在徐葆光個人特殊生命經驗的呈現與異地風土人情的模寫。除周煌《琉球國志略》等使琉書寫系譜之作以外，傳統批評家對此組作品多未留心，故本文將另闢蹊徑，以航海經驗與琉球見聞為兩大主軸，參照徐葆光《中山傳信錄》與其他琉球冊封使的相關著作，重新省思徐葆光此組奉使琉球詞作詠物書寫的文化意涵與時代意義。

---

6　杜詔，字紫綸，江蘇無錫人。生於清康熙五年（1666），諸生。康熙四十四年（1701）聖祖南巡，獻迎鑾詞，試列高等，命供職內廷，纂修《歷代詩餘》及《詞譜》。五十一年（1712）賜進士及第，改翰林院庶吉士。以終養告歸。雍正十三年（1735）大學士稽曾筠薦舉博學鴻儒，辭不就。乾隆元年（1736）病卒。有《雲川閣集詞》。小傳引自張宏生主編，《全清詞‧順康卷》（北京市：中華書局，2002年），頁11142。此條資料承成大中文系陳益源見告，特此致謝。

7　杜詔〈望海潮‧書徐澂齊奉使琉球詩後〉詞序云：「比余方裒次數年來紀遊之作，適徐編修澂齊以往時《奉使琉球詩》三卷，屬余為序。」同上註，頁11200。

## 三 「波濤裡，萬金不換」：徐葆光的航海經驗

徐葆光《奉使琉球詞》中前四首，分別就自鳴鐘、千里鏡、沙漏、針盤等四類分別吟詠。自鳴鐘與千里鏡二者乃晚明清初最具異國風味之物，又徐葆光此行赴琉乃徵用民間商船，特別採用西洋舵法，[8]徐葆光詩云：「此船造自西洋工。」[9]然除舵法之外，似乎尚有其他西洋事物，特別是隨行的測量官當必攜有千里鏡。晚明以來，西洋傳教士將自鳴鐘與千里鏡帶入中國後，一時成為風尚之所趨。清初清聖祖康熙帝、[10]果親王允禮、[11]納蘭容若等王公貴族皆有詩詠自鳴鐘，[12]儘管清初自鳴鐘在北京已經頗為流行，[13]徐葆光在赴琉以前是否有機會親見自鳴鐘無由得知，但至少此次赴琉之旅，讓徐葆光真正體驗到西洋自鳴鐘的精巧便利。其於自鳴鐘如是刻畫云：

---

8  〔清〕徐葆光：《中山傳信錄》，收入黃潤華、薛英編：《國家圖書館藏琉球資料匯編（中冊）》（北京市：北京圖書館出版社，2000年），卷1，「封舟」條，頁21。

9  〔清〕徐葆光：《舶中集・封舟行》，《奉使琉球詩》，收入王菡選編：《國家圖書館藏琉球資料三編（上冊）》（北京市：北京圖書館出版社，2006年），卷2，頁183-184。

10 康熙〈詠自鳴鐘〉：「法自西洋始，巧心授受知。輪行隨刻轉，表指按分移。絳幘休催曉，金鐘預報時。清晨勤政務，數問奏章遲。」〔清〕聖祖御製，張玉書等奉敕編：《聖祖仁皇帝御製文集》，收入《景印文淵閣四庫全書》（臺北市：臺灣商務印書館，1983年），第1299冊，第4集，卷32，頁2，總頁606。

11 允禮〈咏自鳴鐘應制〉：「由來有刻漏，西法最稱奇。未擊能流響，相推自按時。宸居堪雅玩，妙理見精思。仰識宵衣意，欣傳聖製詩。」見《壬辰詩集》。又〈自鳴鐘〉：「珠斗光芒玉燭平，銅渾運轉靜無聲。製由亀氏雖人巧，響應鯨魚只自鳴。二曜盈虛虯鼓籥，三分損益擅權衡。宵衣不用聽雞唱，傾耳蓮花漏刻清。」見《癸巳詩集》。又〈咏自鳴鐘西洋美人〉：「嬌粧新樣更多神，玉手擎香滿面顰。將轉輕喉聲細細，卻來傳漏代難人。」見《辛丑詩集》。見〔清〕允禮：《靜遠齋詩集》，收入國家清史編纂委員會編：《清代詩文集彙編》（上海市：上海古籍出版社，2010年），頁742、722、715。

12 〔清〕納蘭性德：《通志堂集・自鳴鐘賦》，《續修四庫全書》第1419冊（上海市：上海古籍出版社，1995），卷1，頁6-8，總頁307-308。

13 關於鐘錶傳入中國的過程，李侑儒曾有詳細的分疏，參見李侑儒：《鐘錶、鐘樓與標準時間：西式計時儀器及其中國社會的互動（1582-1949）》（臺北市：政治大學史學叢書，2012年）。

左旋三百六。彈丸內度,數何曾少。橐籥沉沉,只在掌中輕報。番字
六時環列,寸杓指、不差分秒。休道小,僬僥國裏,渾天儀表。坐看
孤舶東西。磨盤轉雙丸,應時昏曉。九道誰分?斡動懸空機巧。四望
無邊海屋,是何處,添籌聲杳。愁不了,茫茫筒中人老。[14]

從「只在掌中輕報」等說法看來,徐葆光所見之自鳴鐘體積應該不大,
或近乎懷錶之類。「不差分秒」、「懸空機巧」讚嘆工藝精巧與製法先進,「番
字六時環列」(錶面)、「磨盤轉雙丸」(齒輪)二句實寫其形。在無邊大海,
耳聞錶針行走之聲,令人感嘆年華老去。「休道小,僬僥國裏,渾天儀表」
則感嘆從自鳴鐘一物可以看出西洋智慧亦有中土不及到處。徐葆光的說法不
難看出當時民用商船大量採用西洋技術,除了船舵之外,自鳴鐘似乎是船上
理所當然的計時器,除此之外,千里鏡(望遠鏡)更是航海過程中不可或缺
的重要工具。徐葆光對千里鏡亦深致賞嘆之情,其云:

滄波天外遠,人極目茫茫,寸圍千里。毫末呈形,一鏡攝來眼底。問
通中赤瑠,著幾節、玻璃如紙。四照處,洞徹裨瀛,不留纖翳。恨煞
東流水,每劃斷蓬洲,望洋無際。方丈何遙,試向管中微睇。黃金銀
宮闕,隔一膜、分明如咫。笑往日,徐市(福)求仙,不曾攜此。[15]

自從西洋傳教士鄧玉函攜入千里鏡後,對中國科學產生了巨大的衝擊,
特別是天文曆法以及戰爭型態。[16]康熙帝也曾經題詠過千里鏡,丁耀亢
(1599-1669)、徐乾學(1631-1694)、薀端等文人亦皆有詩詠其物,[17]李漁

---

14 〔清〕徐葆光:〈玉漏遲・自鳴鐘〉,《奉使琉球詩・詞附》,頁305。

15 同上註,〈應天長・千里鏡〉,頁305-306。

16 關於望遠鏡傳入中國的過程,相關著作甚夥,近年余三樂《望遠鏡與西風東漸》(北京
   市:社會科學文獻出版社,2013年)一書就此敘之詳密,參考資歷收羅齊備,頗利於
   研究參考。

17 丁耀亢〈同張尚書過天主堂訪西儒湯道未太常〉一詩中有「璇璣法歷轉銅輪,西洋之
   鏡移我神,十里照見宮中樹,毫髮遠近歸瞳人」句,見〔清〕丁耀亢撰,李增坡主
   編,張清吉點:《丁耀亢全集》(鄭州市:中州古籍出版社,1999年),頁169;徐乾學
   有〈西洋鏡箱〉六首:「移將仙鏡入玻璃,萬疊雲山一筒攜。共說靈蹤探未得,武陵煙

於其名作〈十二樓〉之〈夏宜樓〉一篇中，大量運用千里鏡作為全文穿針引線的重要道具，意味觀看方式的重大改變，已是眾人耳熟能詳的故實。[18]徐葆光詞作之價值不僅止於多添一筆而已，其與康熙帝或他人諸作最大的差異是：此詞是說明千里鏡在航海過程中扮演的重要角色。「笑往日，徐市（福）求仙，不曾攜此」之意實則與「休道小，僬僥國裏，渾天儀表。」無以異也，意即西洋事物的便利與先進有勝於中華本土之處。這組詞作相當程度的運用中國海洋修辭傳統的海外仙山（「方丈」、「蓬洲」、「徐福」）之意象，千里鏡成為探求渺茫難尋的海外仙山過程中最得力的工具，透過千里鏡，原本海上渺茫難尋的仙鄉亦清晰可視。琉球王國雖是孤懸海外的蕞爾小邦，對中國文人而言，卻有樂園仙山的投影，[19]徐葆光當然是王命在身，不過其心態上，仍可將出使琉球王國視同為探求仙鄉之旅，兩者亦不衝突。

有了良好的視力，還需要具體規劃可行的路程，特別是正確的方向，在四顧無岸的海洋當中，羅盤定位幾乎是唯一的準據。其就針盤如是說道：

> 三吋羅經，一線中央準天半。把東西、南朔平分，兩戒艮乾，坤巽斜

霭正迷離。」「橫簫本是出璠璣，一隙斜窺貫蚃微。髣髴洞天微有徑，翠屏雲綻起雙扉。」「交光上下兩青銅，丹碧微茫望若空。遮莫海樓雲際結，珊瑚枝上現蛟宮。」「玉軸雙旋動綺紋，斷紅霏翠轉氤氳。分明香草衡湘路，百折帆廻九面雲。」「隙駒中有大羅天，光影交時態倍妍，鶴正梳翎松奮鬣，美人翹袖忽褕襜。」「乾坤萬古一冰壺，水影天光總畫圖。今夜休疑雙鏡裡，從來春色在虛無。」見〔清〕徐乾學：《憺園文集》（臺北市：漢華文化公司，1971年），卷8，頁454-455；〔清〕蘊端有〈西洋四鏡詩〉，其中〈千里鏡〉一首曰：「數片玻璃珍重裁，攜來放眼雲煙開。遠山逼近近山來，近山遠山何巉巉。州言九點亦不止，海豈一泓而已哉。君不見，昔日壺公與市吏，壺中邂逅相嬉戲。自從神術一相傳，而後市吏能縮地。斯言是真非是偽，今設此鏡蓋此意。君若不信從中視。」轉引錢仲聯主編：《清詩紀事》（南京市：江蘇古籍出版社，1987年），頁3660。另相關討論可參余三樂：《望遠鏡與西風東漸》第十五章〈阮元和清代文人詩詞中的望遠鏡〉，頁186-199。

18 余三樂於《望遠鏡與西風東漸》第十章〈李漁小說《夏宜樓》中的望遠鏡〉已有深入討論，可供參酌，頁99-106。

19 關於這點，詳參拙著〈知海則知聖人：明代琉球冊封使海洋書寫義蘊探詮〉《臺灣古典文學研究集刊》第2期（2009年12月），頁1-33。

交四面。海道誰能算，挨柁正、一針歸線。始知是，戀北心堅，活潑
回旋終不變。鐵性北向，其尾指南。自歎浮踪，風萍浪梗，四顧皆無
岸。每曉迎、朱旭桑津，莫問夜看銀漢，斗杓難貫。認定盤心路，波
濤裏，萬金不換。須防他，千里毫釐，指掌環瀛徧。[20]

　　這首作品上闋以羅盤的用法為發端，繼之以磁石南北定向不變的特質。
下闋則以磁石自喻，儘管人世風濤險惡，善惡無準，內心若能堅定志向，則
行遍四海，無愧無悔。略近於明代琉球冊封使郭汝霖（1501-1580）「以學為
舟，以志為舵」的講法。[21]歷代琉球冊封使在使錄中都詳細說明針路，徐葆
光在《中山傳信錄》一書當中於針法拳拳致意雖是其來有自，但徐葆光書中
多對琉球程順則（1663-1735）《指南廣義》一書多所是正，似乎於研究針法
頗有會心，《指南廣義》原出自汪楫使琉球時的福建舵工，經程順則重新整
理出版，徐葆光《中山傳信錄》中取資於《指南廣義》亦所在多有。[22]嚴格
來說，針法包括方位與時間兩部分，方位取決於羅盤，計時則需借助沙漏之
力。在羅盤之後，徐葆光亦就沙漏有所題詠，其曰：

　　冰壺長項，一雙顛倒，兩頭空腹如瓜。暗漏無聲，中通一線，玲瓏徐
過輕沙。沙盡不須加。看恆河影轉，倒逐羲車。廿四輪番，六時分晝
夜無差。行行，海國程賒。聽蛟宮鐘杳，鼉鼓誰撾。香篆風銷，魚燈
兩暗，候更人擁枯查。炷香候更，更燥溼，不能刻定遲速。糝玉細如
麻。覷兩瓶起落，掣電奔蛇。小小壺天包藏，卻歷劫年華。[23]

　　前已言之，羅針盤定方位的同時，亦需計算時間，謂之「更」，船上往

---

20　〔清〕徐葆光〈一寸金・針盤〉，《奉使琉球詩・詞附》，頁306-307。

21　這是胡直引述郭汝霖自身的說法，參見〔明〕胡直：〈嘉議大夫南京太常寺卿一厓郭公
　　墓誌銘〉，《衡廬續稿》，《景印文淵閣四庫全書》，第1287冊，卷8，頁11-12，總頁
　　739。

22　關於程順則與《指南廣義》一書，可以參見曹永和：〈關於琉球程順則與其所刊刻《指
　　南廣義》〉，《中國海洋史論集》（臺北市：聯經出版社，2000年），頁273-324。

23　〔清〕徐葆光：〈望海潮・沙漏〉，《奉使琉球詩・詞附》，頁307。

往以沙漏計時。徐葆光曾就沙漏之形製說道:「今西洋舶用玻璃漏定更,簡而易曉。細口大腹玻璃瓶兩枚,一枚盛沙滿之;兩口上下對合,通一線以過沙。懸針盤上,沙過盡為一漏,即倒轉懸之,計一晝一夜,約二十四漏。每更船六十里,約二漏半有零。人行先木杭為『不及更』者,風慢船行緩,雖及漏刻,尚無六十里,為『不及更』也;人行後於杭為『過更』者,風疾船行速,當及漏刻,已踰六十里,為『過更』也。」[24]據此,不難看出,此首詞前半實寫其形,後半則寫內中摻沙漏注之狀,可見沙漏在航海過程中扮演計時測速的角色。另一方面,沙漏一物雖然中國早已有之,此處又特別說明來自西洋。

這四首詠物詞都是以航海過程中不可或缺的器物為主題,從用途上來看,自鳴鐘、沙漏重在測量時間;千里鏡則是觀察遠方,羅針盤則以方向定位為最主要的功能,兩者側重於空間關係。四首當中,西洋事物若自鳴鐘、千里鏡、沙漏,竟居其三,說明當時中國航海技術也具有相當程度的全球化色彩。雖然有清一代,自君王以下,寫作自鳴鐘、千里鏡相關詠物詩的作者不知凡幾,但從航海經驗此一角度出發者寥寥可數,而其詠羅盤、沙漏二物合觀,庶幾近於航海針法,箇中親切滋味,非親到者不能言。這四首作品固然不是全無寄託,但更重要的是它們反映了徐葆光豐富嚴謹的世界觀與知識結構,但仍然饒富趣味,也與傳統的修辭故實有所聯繫,並未流於獺祭學問或憑空臆想,更非僅止於「反映新時代」一語可以完全概括。其以親身經歷為基調,融入相關的知識視野,並在模寫事物質性的過程,嘗試勾勒世界觀、道德觀的基本圖像,這樣的基本風格在其模寫琉球見聞也得到充分的發揮。

## 四 「一遊波上一心驚」:徐葆光的琉球見聞

徐葆光使琉詞中前四首的器物皆是輔助航海的重要工具,缺一不可。後五首則是以徐葆光在琉球的見聞為主。其中龍涎香、鹿毛筆為具有琉球當地

---

24 〔清〕徐葆光:《中山傳信錄》,卷1,「更」條,頁32。

特色的貨物，寄生螺（寄居蟹）為動物，板舞與波上箏席則是以人物為主的風俗習慣，五者交織構成琉球風土人情的素描。

琉球王國以商立國，以經營東亞海域諸國的貨物轉口貿易致富。徐葆光選擇龍涎香作為琉球王國代表的貨物，其云：

> 冰腦難收，麝臍易散，海南客貢奇方。驪龍窟裡，有沫可留香。日暖垂髯癡睡，誰偷得？頷下珠旁。刀圭劑，海沉蘇合，百和去呼萬金良。雲翔，銀葉上，蟠螭噓氣，星火中藏。如得水潛蚪，一勺飛揚。舶上曾經悵望，惺渦卷，糁碧金黃。暑月舶行，見海面龍涎橫亘，碧瀾正如泥金色。仙洲畔，鮫人慣採，一笑解羅囊。[25]

龍涎香為抹香鯨的分泌物，帶有強烈的氣味，中世紀由阿拉伯人傳入中國。有宋一代，香藥貿易極其興盛。[26]周去非曾說道：「大食西海多龍，枕石一睡，涎沫浮水，積而能堅。鮫人採之，以為至寶。新者色白，稍久則紫，甚久則黑。因至番禺嘗見之，不薰不蕕，似浮石而輕也。人云：『龍涎有異香』，或云：『龍涎氣腥，能發眾香』，皆非也。龍涎於香，本無損益，但能聚煙耳。和香而用真龍涎，焚之一銖，翠煙浮空，結而不散，座客可用一翦分煙縷。此其所以然者，蜃氣樓台之餘烈也。」[27]足見其於當日珍貴之情狀。即使到了徐葆光的年代，龍涎香為世所重的情形依舊不變。

時代略後於徐葆光的朱仕玠，曾任鳳山教諭，亦曾就在臺所見之龍涎香如是說道：「上淡水出龍涎香，每一粒價兼金；云可為房術用，甚為難得。聞欲辨真偽，取香細搓，入冷水，香氣盈室；去水而香輕重毫忽不耗，乃為真者。《赤嵌集》云：『海翁魚口中噴涎，常自為吞吐，有遺於海邊者，黑色、淡黃色不等；或云即龍涎。番每取以賈利，真偽亦莫辨也。』《臺灣風

---

25 〔清〕徐葆光：〈滿庭芳·龍涎香〉，《奉使琉球詩·附錄》，頁308。

26 關於這點，參見林天蔚：《宋代香藥貿易史》（臺北市：中國文化大學出版部，1986年）。

27 〔宋〕周去非著，楊武泉校注：《嶺外代答校注》（北京市：中華書局，1999年），卷7，「寶貨門」條，頁266。

土記》云：『以淡黃色嚼而不化者為佳，價昂十倍。』」[28]朱仕玠雖是模寫臺灣風物，想琉球亦相去不遠。由於此物產自大海，中國必須自外國進口。據駐紮在平戶的英國商人的記錄，十七世紀的琉球龍涎香具有當時世界最高水準。[29]龍涎香或恐非琉球所獨有，但琉球王國從龍涎香應該獲利頗豐。

從詞學史的角度看，從宋代開始，作為強烈異國情調的物品，龍涎香一直是詞人最愛的題材之一，相關題詠的作品不知凡幾。清代汪楫友人朱彝尊（1629-1709）亦有一首詞作，專詠龍涎香。其云：

> 泓下吟殘，波中焰後，珠宮不鎖癡睡。沫卷盤渦，腥垂尺木，采入蜃船鮫市。南蕃新譜，和六一、丹泥分製。裏向羅囊未許，攜歸金匣先試。炎天最饒涼思。井華澆、帛鋪澄水。百沸瓊膏，噓作半窗雲氣。麝火溫黁欲陷，又折入犀帷裊難起。螺甲重挑，茶煙較細。[30]

將徐葆光與朱彝尊之詞兩者比並而觀，可以看出徐葆光側重在龍涎香的質性、製作過程以及海洋元素；朱彝尊的作品則藉此物之珍貴、香氣之裊繞，暗寫美人閨思。從修辭來說，朱彝尊自更近於詞家正宗，然徐葆光此作卻更深得體物書寫之旨，雖然鮮少寄託，用典平實，不多渲染，特別說明其於海上親見龍涎的經驗，更加深讀者此乃琉球方物的印象。

相對於高價的龍涎香，文房清供的鹿毛筆似乎更近於一般人的生活。徐葆光就鹿毛筆如是云：

> 一支蘆管，比中華舊樣，短來盈寸。海外蒙恬新製巧，攎取斑龍圓印。茸長豪輕，塵揮穎脫，突過中山兔。筆談外乘，大小毛君休論。

---

28 〔清〕朱仕玠：《小琉球漫誌》（南投縣：臺灣省文獻委員會，1996年），頁65。

29 《イギリス商館長日記》於1915年8月、1916年3月4月的日記提到リケア諸嶋（即琉球）上等的龍涎香品質良好，投資買賣能有極高的獲利。見〔日〕東京大學史料編纂所編，《日本關係海外史料・イギリス商館長日記》（東京：東京大學，1979年），譯文編之上，頁95、308、344。

30 〔清〕朱彝尊：《茶煙閣體物集》，收於《朱彝尊詞集》（杭州市：浙江古籍出版社，2011年），頁204。

箇箇黃白勻齊，想懷瓊素，質千年將近。樂性深山同霧伏，養就文章誰問。偶謂中書，鼠鬚承乏，翦束寧辭困。願修仙籙，盡心老禿無恨。[31]

徐葆光曾介紹琉球鹿毛筆云：「筆，用鹿毛為之，短管。比中國筆較短，僅長四寸餘。竹管似蘆，取其輕細；管之末有番字小帖，筆帽皆有小開處。」[32]《筆史》中記載中國各地亦有鹿毛筆，[33]非琉球所獨有，然琉球筆其管短小則中土所罕見。稍後的周煌、[34]李鼎元亦曾親見琉球鹿毛筆，[35]但謂其不堪用，已多從福州進口。汪楫自琉球回國以後，亦曾贈與朱彝尊琉球鹿毛筆，朱彝尊亦有詞專詠其物。[36]

從修辭傳統的觀點來看，自韓愈〈毛穎傳〉以後，詠筆之作率難更出手眼。南宋吳文英有〈一寸金・贈筆工劉衍〉之作，檃括退之，開拓「詠筆詞」的書寫源流。[37]不過徐葆光此作別出心裁，上闋強調琉球鹿毛筆的輕巧

---

31 〔清〕徐葆光：〈念奴嬌・鹿毛筆〉，《奉使琉球詩・詞附》，頁308-309。

32 〔清〕徐葆光：《中山傳信錄》，卷6，「筆」條，頁502。

33 〔清〕梁同書：《筆史》，收入《續修四庫全書》（上海市：上海古籍出版社，1997年），第1115冊，頁3，總頁14。書中有關於鹿毛筆的紀錄。

34 〔清〕周煌：《琉球國志略・物產》，收入黃潤華、薛英編：《國家圖書館藏琉球資料匯編（中冊）》，卷14，「紙」條，頁1137。

35 〔清〕李鼎元：《使琉球記》，收入殷夢霞、賈貴榮、王冠編：《國家圖書館藏琉球資料續編（上冊）》（北京市：北京圖書館出版社，2002年），卷35，「嘉慶五年九月二十八日（丁未）」條，頁793。

36 朱彝尊〈一枝春・汪舟次貽流求筆，筠管、蘆管各一，同查客賦之〉：「海外青羊也中書，偶被星查攜到。明窗脫帽，搯破麻姑纖爪。黃蘆墨竹，慣斜鑱、一枝花裊。持比似、諸葛宣城，樣變棗心翻巧。遙憐水雲孤島。想銀光硯紙，留題多少。小扇香奩，愛染夕陽芳草。層波萬里，付吳下、阿儂誰料。端可惜、老去章臺，畫眉嬾了。筆帽裂其一面，活脫下上。」見〔清〕朱彝尊：《茶煙閣體物集》，收於《朱彝尊詞集》，頁203。

37 吳文英〈一寸金・贈筆工劉衍〉：「秋入中山，臂隼牽盧縱長獵。見駭毛飛雪，章台獻穎，矑腰束纐，湯沐疏邑。筬管刊瓊牒。蒼梧恨、帝娥暗泣。陶郎老、憔悴玄香，禁苑猶催夜俱入。自歎江湖，雕龍心盡，相攜蠹魚篋。念醉魂悠颺，折釵錦字，點鬒掀舞，流觴春帖。還倚荊溪楫。金氏刀、尚傳舊業。勞君為、脫帽蓬窗，寓情題水

便利，形製精妙，頗能欣賞異邦文物之妙，讚許發明者為「海外蒙恬」，絕無後世文人驕慢托大惡習（例如費錫章謂「筆硬鹿毛僵」）。[38]下闋則從鹿為仙獸此一角度立言，且以鹿喻人，霧伏深山，修仙無恨，一則喻筆窺造化，一則喻遯世無悶之心情。琉球王國畢竟是海外仙鄉，筆管毫端竟以仙獸鹿毛為之，徐葆光在有意無意之間，一再將仙山樂園的形象投影在琉球王國之上。

鹿毛筆雖然在中土不甚流行，鹿卻是隨處可見，不足以代表琉球王國特有的草木蟲魚。徐葆光此組使琉詞中特意挑選一種琉球王國常見的生物，作為異國經驗的見證。行為舉措極為特殊的寄生螺（寄居蟹）遂在琉球冊封副使徐葆光的筆下呈現一種特殊的趣味，令人發噱。徐葆光對寄生螺如是形容曰：

> 小小螺房，寄居介族，一螯拒戶身蜷局。橫行無著借空廬，雖稱擁劍非蠻觸。
>
> 看他堅閉深藏，郭索暫時跧伏。火攻幸免，又羨金為屋。以火炙螺殼，蟲乃出走，或云以金為螺房，又遷居之。莫道客無腸，躁心常不足。[39]

寄生螺（寄居蟹）一物雖是濱海常見生物，但中土文人於此物頗覺新奇。琉球冊封使周煌、[40]趙文楷、[41]李鼎元諸人皆對寄生螺情有獨鍾，[42]此物

---

葉。」見宋・吳文英撰，孫虹、譚學純校箋，《夢窗詞集校箋》（北京市：中華書局，2014年），頁148-149。

38 〔清〕費錫章：《一品集・琉球記事一百韻》，收入王菡選編，《國家圖書館藏琉球資料三編（下冊）》，頁477。

39 〔清〕徐葆光：〈後庭宴・寄生螺〉，《奉使琉球詩・詞附》，頁309。

40 清・周煌，《琉球國志略・物產》，卷14，「介之屬」條，頁1151。

41 趙文楷〈寄生螺〉一詩曰：「天地本蘧廬，乃為眾生竊；百年亦寄耳，過眼電光瞥。海螺有遺蛻，潮汐盪逾潔；有蟲入其中，偶爾相聯綴。日久形亦化，契合猶居楔；六足藏盤礴，一螯當戶闌。緣壁如懸珠，爬沙類跋；有時復驚人，退縮影倏滅。偉哉造化功，生理亦何別。鳩既奪鵲巢，蟹亦居蛇穴。入室任他人，千古同一轍。太息謂微蟲，保身要明哲。」見〔清〕趙文楷：《石柏山房詩存（選輯）・槎上存稿》，收入王菡選編：《國家圖書館藏琉球資料三編（下冊）》，卷5，頁84-85。

亦於臺灣海濱隨處可見，其身影亦偶於臺灣早期詩文出沒。[43]寄生螺換殼居住的特殊生態行為令冊封副使徐葆光深感好奇，此物罕載諸典籍，遂以此象徵琉球鳥獸蟲魚。但此物於中土既不常見，幾無故實可用，綜觀此作所用「無腸公子」、「郭索將軍」皆古來詠蟹套句，又套用《莊子》「蝸角蠻觸」之語，可知徐葆光視此物為螃蟹與蝸牛之綜合體。在徐葆光此組使琉詞中，寄居蟹成為琉球王國自然世界的唯一代表，對徐葆光等琉球冊封使而言，寄居蟹不僅充分帶有琉球風味的異國情調，也意味著中土固有自然知識亦有不足。此作語氣頗為詼諧，然謔而不虐，在幾為婉約豪放二分的詞風之外另闢蹊徑，近於俳諧，俳諧詞風其來有自，[44]清初詞家亦有此一路，例如今釋澹歸，[45]徐葆光此作別有風味，以寄居蟹為海外見聞之代表，又非今日喜將「新事物」視同「現代性」呈現之學者所能想見。

　　相對於自然世界的代表寄生螺，徐葆光選擇板舞作為琉球王國具有代表性的人文風俗，徐葆光就其所見之板舞如是云：

> 一板橫橋，兩頭起落，雙雙瞥見飛仙駕。翩反如燕身輕，借勢低昂，春風撅袖爭高下。一邊乍踏鵲翻枝，一邊已打烏飛柘。那霸沿海村名，史館所在。正月，彩虹齊跨，驚鴻不著鞦韆架。掀動六尺輕槎，縱然平地，歸客猶經詫。羨他纖趾會騰空，凌波可學真無價。[46]

　　關於板舞一事，徐葆光在《中山傳信錄》一書中有較詳細的記錄，其曰：「橫巨板於木椿上，兩頭下空二、三尺許，二女對立板上，一起一落，

---

42　〔清〕李鼎元：《使琉球記》，卷19，「嘉慶五年六月初十（辛酉）」條，頁761。

43　〔清〕朱仕玠：《小琉球漫誌》，頁44。

44　俳諧詞風的發展，可以參見王毅：《中國古代俳諧詞史論》（上海市：上海古籍出版社，2013年）。此書從諧趣嘲諷等遊戲文字的現象，來梳理唐五代詞到明代詞的俳諧體，清詞部分則未見討論。

45　拙著：〈今釋澹歸之文藝觀與詩詞創作析論〉，《武漢大學學報》第63卷第6期（2010年11月），頁697-704。

46　〔清〕徐葆光：〈鵲踏花翻・板舞〉，《奉使琉球詩・詞附》，頁310。

就勢躍起五、六尺許，不傾跌欹側也。」<sup>47</sup>今則謂之蹺蹺板。徐葆光之後，周煌、<sup>48</sup>李鼎元<sup>49</sup>都曾於此有所記錄。雖然琉球冊封使於琉球國板舞一事拳拳致意，但板舞一事其實非琉球所獨有，朝鮮亦有之。是故朝鮮文人李圭景在讀到琉球冊封使關於板舞一事的記述時，反顧自家亦有之，可謂千里同風。李圭景曰：

> 凡所謂風俗，隨土各異。故有「百里不同風，十里不同俗」之語。而況隔大瀛幾萬里，詎能同其俗者乎？同其俗者，君臣、父子、兄弟、夫婦，食其食，服其服，哀樂生死而已矣。其所游戲之具，則未必同也，偶閱清周煌尚書《琉球國志略》。其女兒所戲，有版舞者，與我俗戲甚相似，故略記之（中略），可知其妍妙之狀矣。我東女子。亦自正月元日至上元後。靚粧豔服，競作此戲，名曰『跳版』。今琉球，隔海屢萬里，風馬牛不相及之地，其女郎之戲，酷相類焉，甚可異也。柳冷齋得恭《京都雜誌》亦載此戲更詳。而冷齋之前，有誰及此耶？<sup>50</sup>

李圭景明言其之所以對板舞一事有感而發，實因閱讀周煌《琉球國志略》一書所致，而《琉球國志略》則將徐葆光此首詞作通篇錄入。李圭景明言此風在朝鮮稱之為「跳版」（或作「跳板」），<sup>51</sup>時至今日，此風尚存於韓國鄉間。對徐葆光而言，琉球女性在新年期間透過板舞遊戲，其輕巧靈活的絕佳身手展露無遺。

---

47　〔清〕徐葆光：《中山傳信錄》，卷6，頁471。

48　〔清〕周煌：《琉球國志略・風俗》，卷4下，「節令」條，頁876。

49　〔清〕李鼎元，《使琉球記》，卷35，「嘉慶五年九月三十日（己酉）」條，頁793。

50　〔韓〕李圭景：〈經史篇・論史類・風俗〉，「板舞辨證說」條，《五洲衍文長箋散稿》，見「韓国古典總和DB」網站。http://db.itkc.or.kr/index.jsp?bizName=KO&url=/itkcdb/text/bookListIframe.jsp?bizName=KO&seojiId=kc_ko_h010&gunchaId=&NodeId=&setid=1422901。（2015/9/30上網）

51　同前註。

在徐葆光之後，李鼎元也曾以琉球女性的板舞為題，另外製詩一首，其曰：

> 片板高橫三尺梁，兩端力均虛且長。二女結束初對望，直躍而上稍徜徉。一頭忽低一頭昂，昂者激起數丈強。翩如孤鳥空中翔，失勢陡落天為忙。前之低者倏鷹颭，尺寸不許易其方，仙姝月姊相扶將。雲生雨袖霞飛裳，或時整暇燕頡頏。瞥眼歷亂蜂猖狂，徐徐殺勢風平洋。振衣從容善刀藏，公孫劍器無輝光。緪杠繩戲皆尋常，中山絕技茲擅場，歌以傳之譜宮商。[52]

兩者對照之下，不難看出李鼎元《蹋板戲歌》的女主角身形近於女俠，而徐葆光此首詞作則近於女仙。兩者雖然都在強調此起彼落的輕巧之狀，李鼎元也用「仙姝月姐」一詞，形容其空中飛舞之狀，但徐葆光全詩意象更為空靈。亦與其他作品中神仙意象的旨趣一脈相通。

以上八首大抵為徐葆光赴琉之際海上時光與異國見聞的總結。雖然從結構來看，已經十分完整。不過徐葆光似乎意猶未盡，以一場三人箏席的風雅宴會作為總結。其作云：

> 江南客，忽作海南行。眼界寬來天亦小，一遊波上一心驚，何物斷愁生。
> 中山客，為我拍瑤箏。義甲輕攏斜柱促，十三小鴈一齊鳴，哀怨不堪聽。
> 逃禪客，笑我太多情。紅裏琵琶喧醉舞，嘈嘈切切一般聲，何似海潮音。[53]

這是一場三人集會（或許也有其他演奏音樂歌舞的人，但不是談話的主體），江南客為徐葆光自稱殆無疑義，中山客與逃禪客不詳誰人，今考徐葆

---

52　〔清〕李鼎元：《師竹齋集（選輯）》，收入王菡選編：《國家圖書館藏琉球資料三編（下冊）》，卷14，頁248-249。

53　〔清〕徐葆光：〈望江南・波上箏席〉，《奉使琉球詩・詞附》，頁310-311。

光於琉球王國時，頗刻意尋訪詩僧蹤跡，今考其《舶中集》，雖收有「遊辨
嶽贈翁法司自道時際外和尚在坐」一首，但亦難必謂即為此詞主角。琉球冊
封使與琉球國王例有七宴，但此處似乎並非公式場合，而是友朋間真摯交心
的聚會。更重要的是這首詞呈現徐葆光在琉球王國異文化的衝擊，使得徐葆
光隨時保持眼界大開的狀態，其固有的知識系統似乎處在不停重組建構的過
程當中。徐葆光雖然刻意保持情緒的安定，但聽聞琉球文人撫弄琴箏，挑動
徐葆光的情緒而低回不已，但隨即在精通佛理的逃禪客開導之下，將歌舞樂
音都視為入流無所的海潮音，這段話似乎可以說明徐葆光此組詞作的基調，
其似乎刻意避免流於傷感抒情的境地，嘗試盡可能從客觀理性的觀察視角出
發，如此一來，庶幾得其情實，而不徒流於無意義的傷感與想像。值得注意
的是：這段彼此溝通情志的宴席背景充滿音樂，而徐葆光也是將古琴傳入琉
球的幕後功臣之一（更具體的說：是其從客陳利州）。徐葆光曾就其事說
道：「前使張學禮『記』云：『國王遣子婿於從客某所學琴，今已失傳。國中
無琴，但有琴譜。國王遣那霸官毛光弼於從客福州陳利州處學琴，三、四月
習數曲；並請留琴一具，從之。』」[54]徐葆光所述張學禮從客傳琴曲一事，
見諸清初琉球冊封使張學禮《中山紀略》，其曰：「封舟過海，例有從客偕
行。蘇州陳翼，字友石，多才藝。王請授世子彌多羅、王婿亞弗蘇、三法司
子喀難敏達羅三人琴，寓天界寺，習一月；移至中山王府，又月餘。授世子
『思賢操』、『平沙落雁』、『關雎』三曲，授王婿『秋鴻』、『漁樵』、『高山』
三曲，法司子『流水』、『洞天』、『塗山』三曲。」[55]陳翼、陳利州等琴客之
名，實託此以傳世。真境名安興雖然特別說明琉球另有本土琴派，非盡屬中
國一派，[56]不過琉球冊封使所傳琴學亦當屬文人雅士一脈，與俗箏畢竟仍有
一徑之別。在這首詞作中，中山客「義甲輕攏斜柱促」的瑤箏哀怨深情，又
與「紅裏琵琶喧醉舞」的嘈嘈切切交織成多重聲調的圖景。不同的樂音，傳

---

54　〔清〕徐葆光：《中山傳信錄》，卷6，「樂器」條，頁505。

55　〔清〕張學禮：《中山紀略》，收入殷夢霞、賈貴榮、王冠編：《國家圖書館藏琉球資
　　料續編（上冊）》，頁709。

56　〔日〕真境名安興：《沖繩教育史要》，《真境名安興全集》，第2卷，頁382-386。

達出不同的感情，似乎也暗示徐葆光《奉使琉球詞》本身多重音聲的複衍、變奏與抑揚頓挫。從文化背景來看，江南客代表中華文化，中山客為琉球文化，逃禪客則為佛教文化的代表。江南客在琉球拓寬心胸視野，中山客則接受中華文化，如同音樂家演奏樂譜，雖有所本，卻演繹出自己的特色。而逃禪客則意味在具體的文化形式的基礎之上，進一步精鍊與轉化。透過交融的樂音，三者水乳無間，並且傳唱久遠。

# 五 結論

綜上所述，徐葆光《奉使琉球詞》大體可以概分為兩類四組：（一）西洋物事：自鳴鐘（度量時間）與千里鏡（觀測空間）；（二）航海工具：羅針盤（方向定位）與沙漏（計算時程），此四首大約為航海經驗相關之器物；（三）琉球貨物：龍涎香（高價商品）與鹿毛筆（日常用品）；（四）琉球風物：寄生螺（自然風物）與板舞（人文風俗），此四首或可名為琉球見聞，而貫串兩大類作品之基調則是對海外仙山的憧憬追慕。徐葆光雖是天朝上國銜命冊封而來的使臣，但其視琉球王國為海外仙山的心態則與一般文人無以異，至少，其作之中大量運用仙鄉意象的語彙來觀看琉球王國的種種社會與文化現象。

從詠物詞的角度看，宋代詠物詞的發展已臻極盛，[57]歷經波瀾曲折之後，清初朱彝尊復以《茶煙閣體物詞》之類的作品獨占鼇頭，學者對朱彝尊詠物詞風大體歸納為從「寄託遙深」到「描摹形神」的過程。徐葆光《奉使琉球詞》此組詠物詞作雖然不無寄託的可能，但基本上以「描摹形神」為主，不論家國之思或言志抒情，於此作中往往闕如。清代中葉的批評家李重華曾歸納詠物詩的詩法說：「詠物詩有兩法，一是將自身放頓在裡面，一是

---

57 關於宋代詠物詞的發展，參見路成文：《宋代咏物詞史論》（北京市：商務印書館，2005年）。

將自身站立在旁邊。」[58]徐葆光《奉使琉球詞》基本上屬於後者，作者於此所欲呈現的圖像主要是航海經驗與異國（琉球王國）見聞。其間固然也體現了某種程度的現代性或異國情調，但更重要的是：透過人物、貨物、動物、器物不同層次的物質文化，勾勒了一幅底蘊深厚、富庶祥和，樂業安居的海外桃源圖像。

在使琉文化書寫中，琉球冊封使及其從客往往以《竹枝詞》之類的體作為采風擷俗的優先選擇，[59]徐葆光雖然也有《竹枝詞》一類的作品，但《奉使琉球詞》卻是為數不多的詞作，幾乎可以說是徐葆光的獨創之舉。一般來說，《竹枝詞》側重在記錄歲時風俗，就《奉使琉球詞》此組作品側重的物質文化書寫恐怕不盡相容，故而徐葆光選擇清初開始流行的詠物詞一類的文體就其心目中的琉球王國文化形象加以模寫。徐葆光《奉使琉球詞》這組作品，不論從選題、結構、意象或風格體裁都不難感受到作者構思之精與剪裁之密，其篇幅雖然不長，但牽涉的層面極廣，不論是從詞學史、物質文化、琉球文化書寫、東亞海域交通、甚至是神仙意象的演變等各種不同的角度出發，都能獲得相當程度的啟發，充分說明其豐富的文化意涵。徐葆光傳世之作雖然不多，但《中山傳信錄》一書已然在東亞文化交流史上留下巨大的足跡，聲名遠播寰宇，謂之為使琉球錄的最高峰傑作當不為過。《奉使琉球詞》則代表徐葆光另一個層面的文化成就，其特殊的詠物書寫，對認識琉球王國文化形象的建構與東亞使節文化書寫開創另外一種全新的可能性。

——本文原刊於《政大中文學報》第24期（2016年2月），頁65-88。

---

58　〔清〕李重華：《貞一齋詩說》，《續修四庫全書》（上海市：上海古籍出版社，2002），第1701冊，頁15b-16a，總頁182。

59　關於竹枝詞在琉球書寫的特質，可以參閱拙著：〈歸來壓扁翠雲鬟：琉球竹枝詞的女性圖像與社會生活〉，《海洋文化學刊》第18期（2015年6月），頁35-64。

# 輯二
## 戲曲的傳播與觀看

# 明清之際*曲牌俗唱**初探
## ——以《南詞新譜》、《九宮正始》為例

黃思超

中央大學中國文學系

## 摘要

明清兩代，大量編纂的曲譜，除了格律參考功能外，也錄下大量的例曲與曲論，時至當代，這些資料，成為一窺當時曲唱的途徑。曲牌考訂的說明，涵蓋大量與音樂有關的訊息，除了解釋文詞格律與音樂腔句外（包括句

---

* 本文宣讀於2015年「再現明清風華學術研討會」，蒙新竹教育大學中國語文學系林佳儀副教授講評，在此致謝。本文根據講評意見修改刊登。本文所言「明清之際」，乃是參考郭英德《明清文人傳奇研究》（北京：北京師範大學出版社，1992.05）對明清傳奇創作之分期。郭英德參酌劇作特徵、創作方法、作品質量、舞台實踐與理論發展，將明清文人傳奇的創作分為四期：崛起、勃興、發展、餘勢，勃興期為明萬曆十五年至清順治八年（頁13-21），相較於發展期轉而重視戲劇結構，本期的理論特色，即為文人傳奇音樂體制的格律化，大量曲譜、曲學著作在此一時期完成。本文認為，參酌周維培《曲譜研究》（南京：江蘇古籍出版社，1999.09）對曲譜成書年代的考證，明清之際曲學觀念與曲學著作的嬗變，大約可以沈璟《增訂南九宮曲譜》為始，而以成書於順治五年的《南詞新譜》、順治八年的《南曲九宮正始》為總結，此一分期大致與郭英德分期中的「勃興期」重疊，為使行文簡潔，本文以「明清之際」概稱萬曆十五年前後至順治八年前後的這段期間。

** 本文以《南詞新譜》、《南曲九宮正始》兩部成書於順治年間的曲譜為研究對象，探討譜中訂正的曲牌錯誤，從中試圖梳理明清之際曲牌創作與演唱的實際狀況。由於討論的概念包含了當時普遍的「演唱習慣」與「填詞創作習慣」，曲譜中常見為「俗作」或「俗唱」，因文詞創作之格律便千，往往是因為傳唱的靈活通變，為使行文簡潔，本文以「俗唱」二字，統括曲牌的填詞創作與傳唱。

法、四聲、格律變化等），也記錄曲牌在當時有哪些創作、演唱的習慣，在這些記錄中，曲譜編纂者雖用「矯正」的觀點，糾正當時曲牌寫作或演唱的「錯誤」，並詳加說明填詞度曲要點，但所謂的「正確」與「錯誤」，通常涉及了「編譜觀點」與「俗唱習慣」的矛盾，這層矛盾，反映了三個問題：一、編纂者用什麼標準來判定格律的「正確」或「錯誤」；二、被曲譜訂正的「錯誤」，是否行之於當時，甚至影響後世，成為慣用的新格律；三、「錯誤」的習慣，是否反映了曲牌音樂與文字格律間某種鬆動可變的關係？

　　本文探討《南詞新譜》,《南曲九宮正始》這兩部觀點有異的曲譜，互見其中曲牌俗唱記述的細節，試圖歸納並探討明清之際曲譜中，被訂正的各種曲牌創作與演唱習慣。二譜對俗唱的描述，顯示曲牌這種文體，從產生的便是不斷變動，俗唱的鬆動可變與曲律的規範制定，是一連串不斷相互影響與妥協的過程，這是「內在」（曲腔本身的可變空間等）與「外在」（傳抄或演唱誤植等）兩種因素的交互影響，對此，曲譜編纂者所持的立場與方法，成為觀照曲牌俗唱的重要材料。

**關鍵詞**：格律譜　《南詞新譜》　《南曲九宮正始》　俗唱、格律　又一體

明清兩代，大量編纂的曲譜，除了格律參考功能外，也錄下大量的例曲與曲論，時至當代，這些資料，成為一窺當時曲唱的途徑。周維培《曲譜研究》認為曲譜有三種功能：「古曲舊劇輯佚鉤沉」、「音樂工作者破譯解讀宋詞、南戲、元劇、散曲音樂語彙的主要途徑與材料」、「戲曲校勘學上也有著不可替代的作用」，其中第一、三項功能，便是把曲譜作為「文獻」，從中蒐集古代佚曲，第二項功能，認為音樂研究者，可藉此「破譯」曲牌音樂，然而，曲譜的哪些「途徑與材料」可「破譯解讀音樂語彙」？又「音樂語彙」包含了那些解讀的可能？元明清三代曲譜形式逐漸改變，反映出曲譜功能的變化[1]，其中變化最著者，乃在於「音樂符號」的愈趨詳盡。工尺，毋庸置疑的，是音樂最明確的指示，在工尺被標註以前，音樂符號，則為「點板」、「板數標註」，而這僅是「節奏」，並無音樂旋律；「平仄四聲」的標示可視為旁證，曲唱講究文字聲調與音樂旋律的對應關係，藉由平仄四聲規範的講究，可推論並解釋曲牌音樂的某些現象。

除此之外，曲譜對每個曲牌的說明，除了解釋文詞格律與音樂腔句外（包括句法、四聲、格律變化等），也包含大量音樂訊息，記錄曲牌在當時有哪些創作、演唱的習慣。在這些說明文字中，曲譜編纂者雖用「矯正」的觀點，糾正當時曲牌寫作或演唱的「錯誤」，並詳加說明填詞度曲要點，但所謂的「正確」與「錯誤」，通常涉及了「編譜觀點」與「俗唱習慣」的矛盾，這層矛盾，反映了三個問題：一、編纂者用什麼標準來判定格律的「正確」或「錯誤」；二、被曲譜訂正的「錯誤」，是否行之於當時，甚至影響後世，成為慣用的新格律；三、「錯誤」的習慣，是否反映了曲牌音樂與文字格律間某種鬆動可變的關係？曲譜相關的俗唱記述，往往冠以「今」、「時」、「俗」等字樣，換言之，即是當時流行的填曲、演唱與刊刻等，種種違背曲譜所揭櫫的正確格律：包括作者誤填、歌者誤唱、刊者誤刻，導致後

---

1 許莉莉：〈論元明以來曲譜的轉型〉，收入《南大戲劇論叢（肆）》（北京市：中華書局，2008年12月），頁299-309。該文認為，音樂符號逐漸完備，原因在於曲牌音樂是被熟知的，看到牌名即可知該曲如何演唱，因此無須工尺，康熙以後曲譜之所以標明工尺，乃是因為音樂逐漸小眾化，以及曲譜功能的改變。

人「錯誤」模仿。曲律固然因曲譜編纂者主觀判定，而有不同的「標準」，但如前述，與曲律牴觸的「錯誤」，則可藉由曲譜的各項記載，勾勒出一個客觀存在於當時的曲牌俗唱樣貌。

明清之際的俗唱，近年漸為學界注意，然關注的角度各有不同[2]，本文在這些基礎上，探討《南詞新譜》，《南曲九宮正始》這兩部觀點有異的曲譜[3]，互見其中曲牌俗唱記述的細節，試圖歸納並探討這些被訂正的各種創

---

2 如李佳蓮：《清初蘇州崑腔曲律研究——以《寒》、《廣》二譜與傳奇作品為論述範疇》，第二章〈從《寒山堂曲譜》觀察清初蘇州崑腔曲律之發展與變化〉，提出「然曲牌沿用既久，往往因時移事異，使得部分曲牌格式之既有束縛力減低而日趨鬆散」（臺北市：花木蘭出版社，2012年3月，頁78-79）顯然已注意到曲牌俗唱相較於格律規範的變異，隨後提出《寒山堂曲譜》所反映的曲律鬆散現象，亦是從曲譜收曲的變化，得到曲律漸趨鬆散的結論。程芸：《湯顯祖與晚明戲曲的嬗變》（北京市：中華書局，2006年），頁153-165，討論明代中後期的曲律觀念變化；林佳儀：〈南、北曲交化下曲牌變遷之考察〉，討論如唱北曲南化的【清江引】與南曲北化的【撲燈蛾】，見《戲曲學報》第四期，頁153-192。

3 本文以此二譜為本的原因有二：一、二譜皆從詞隱先生《增定南九宮曲譜》而發，《南詞新譜》克紹箕裘，不敢妄自刪改，以增錄時曲為主，《九宮正始》則為糾正此譜謬所作，於曲律多有不同的考論，同一曲牌，二譜常有相異的見解，可茲比較；二、這兩部曲譜成書時間相近，皆在清順治年間，相關研究見周維培：《曲譜研究》（南京市：江蘇古籍出版社，1999年9月），頁133-135、頁149-154。此時正是傳奇創作的鼎盛期，大量新曲被創作，曲律的規範也成為曲學家的關注重點，二譜的編纂，正好反映了同一現象的兩種觀點，若僅研究《新譜》，將由於《新譜》對俗唱接受度較高，某些現象可能被視為正確而忽略俗唱的描述，亦有可能誤判俗唱之錯誤，而實為古本原文；而若僅研究《正始》，可能因該譜直接列出古曲格律，未說明時人所作習慣而有所遺漏。二譜所述不同而互見的例子，如商調過曲【梧葉兒】，《正始》註云：「此係古本之原文，何以沈譜以其末句云『拚死在黃泉做鬼』下註曰：『此【梧葉兒】本調也，今人唱此曲者多在「做」字下增一「怨」字，即如唱《綠樓記》【梧葉兒】亦於「香肩」下增一「且」字，《琵琶記》【三換頭】後二句即犯此曲，後二句因今人不知「做」字下本不當有怨字，故於【三換頭】「無如」之「如」字下亦增出一「之」字。舊譜【三換頭】不用「之」字，【梧葉兒】亦不用「怨」字，誠為有見矣。』若此蔣沈二先生所收譜中之詞調，多至不宗古本原文，而從時本者居多，按古本《王十朋》之【梧葉兒】末句，何嘗無此怨字？按古本《蔡伯喈》之【三換頭】末句，亦未嘗無此之字，況此【梧葉兒】本調句句有變，種種不一，今皆置之不收，僅載《王十朋》之一格，且又

作與演唱習慣。二譜所記錄的俗唱，顯示曲牌這種文體，在明末至清初是不斷變動的，俗唱的鬆動可變與曲律的規範制定，是一連串不斷相互影響與妥協的過程，這是「內在」（曲腔本身的可變空間等）與「外在」（傳抄或演唱誤植等）兩種因素的交互影響，對此，曲譜編纂者所持的立場與方法，成為觀照曲牌俗唱的重要材料。

# 一 《南詞新譜》、《九宮正始》觀點差異
## ── 「律」與「俗唱」判定的兩種思考

曲譜編纂的目的，在於「律」的判定。「律」即「曲律」，曲律判定，影響例曲的選擇，而例曲的選擇，也反映了編纂者心中「合律」與「不合律」的辯證。綜觀曲譜的敘述，「律」包括了「文字」與「音樂」兩個不同的層面，編纂者為了填詞和唱演的正確，在譜中逐一詳辨曲牌格律與曲腔的正誤，然而如何詳辨？利用哪些材料來建立曲律的標準？綜觀曲譜建立曲律的過程與結果，實可發現不同的曲譜，採取的標準，並不存在客觀定一準則，在年代相近的曲譜中，《南詞新譜》與《九宮正始》觀點互異，依據的例曲材料也有所不同，形成了「從俗」與「返古」兩種觀點的對比[4]，但觀點的差異，並不影響曲譜的定律目的，如果從「基本原則」與「判定方法」兩個層面來看，更可從中看出曲譜定律的過程，採取何種態度來訂正當時曲唱，基本原則即「崇尚源流」，二譜相同；「判定方法」則是二譜運用各自觀點，對俗唱採取的處理態度，曲譜的差異，便反映在這個層面的具體作法。

---

獨爭此怨字之有無，又【三換頭】之末犯，亦何嘗為【梧葉兒】？其義已皆詳置於仙呂入雙調本調下，但今此【梧葉兒】之變異，亦試備幾格於下，願學者審之。」若僅以《新譜》為例，則可能因此誤判古曲為俗唱，故本文以此二譜為研究對象，參酌二譜不同的曲牌考訂，以為俗唱建立較為完整的面貌。本文採用的版本，《南詞新譜》收於王秋桂主編：《善本戲曲叢刊》第三輯（臺北市：臺灣學生書局，1984年8月），《九宮正始》收於王秋桂主編：《善本戲曲叢刊》第三輯（臺北市：臺灣學生書局，1984年8月），為求行文簡潔，此二譜之引文，皆不另外加註，僅於引文後標註頁碼。

4 參見黃思超博士論文。

　　「崇尚源流」的觀念，蔣孝《舊編南九宮譜》就已提出。蔣孝〈南小令宮調譜序〉提到，南曲雖不乏詞美之作，「然崇尚源流，不如北詞之盛，故人各以其耳目所見，妄有述作。[5]」南曲不尚源流，因此缺少了創作的規範，隨著傳鈔（唱）訛以傳訛，是南曲格律混亂、而曲譜有其必要性的原因之一。

　　明代中葉開始，藉由源流追索，建構曲律規範，成為曲界的普遍共識，如王驥德《曲律》自序感嘆：「俾太古之典刑，斬於一旦；舊法之漸滅，悵在千秋。[6]」凌濛初《南音三籟》序亦云：「今之傳者置此道於不講，作者襲其失步，率臆廓填；謳者沿其師承，隨口揣藝，即有周郎之顧，誰肯信其誤而正之耶。」這些曲論雖提到源流的重要性，然而，作為「源流」的古曲，往往是徐渭《南詞敘錄》所提到「村坊小曲而為之，本無宮調，亦罕節奏，徒取其畸農市女，順口可歌而已。[7]」的早期戲文？由「村坊小曲」變成「古曲典範」，明顯可見曲律觀念的扭轉，這也是南曲創作「規範化」的重要過程。換言之，以古曲為典範，應視為一種「典律制定的方法假設」，而非「曲牌本有絕對標準曲律」，各譜假設曲律規範即是古人著作，以此考訂俗唱，則產生了各種乖違古人作法的情況，這也正是曲譜認為應該訂正的錯誤，然而也因為各譜的假設，有著極大的觀點差異，因此同一俗唱現象，有此譜是而彼譜非的出入：願意從俗的曲譜（如《新譜》）可接受的某些俗唱習慣，在標準嚴格的曲譜（如《正始》）中，自然是無法接受。但何以曲學家如此擔心曲牌的任意妄作？任意妄作會產生什麼後果？蔣譜謂之「宮徵乖誤，不能比諸管弦」，即字格乖誤產生入樂演唱的困難，亦有腔板錯誤使得曲牌產生變異，這在本文次節描述俗唱各種現象時將有具體描述。

　　基本原則，即與編譜目的有關，雖然《南詞新譜》與《九宮正始》編纂

---

5　〔明〕蔣孝：《舊編南九宮譜》，收於王秋桂主編：《善本戲曲叢刊》第三輯（臺北市：臺灣學生書局，1984年8月），頁3-4。

6　〔明〕王驥德《曲律》，《中國古典戲曲論著集成》（四）（北京市：中國戲劇出版社，1959年），頁4。

7　〔明〕凌濛初：《南音三籟》（臺北市：臺灣學生書局，1987年11月），頁9。

理由不盡相同，二譜仍存在此一共識，《新譜》凡例「採新聲」首條謂：

> 先生定譜以來，又經四十餘載，而新詞日繁矣。搦管從事，安得不肆
> 情搜討哉？然恐一涉濫觴，便成躑冶，寢失先進遺矩，擇棄置非苟
> 也。夫是以取舍各求其當，而寬嚴適得其中。（頁33）

《正始》臆論「正字句的當」謂：

> 大凡章句幾何，句字幾何，長短多寡，原有定額，豈容出入？自作者
> 信心信口，而字句厄矣。自優人冥趨冥行，而字句益厄矣。……不當
> 家而戾家，不作者而歌者，越矩矱，而亂步趨，此等吾將據律以問
> 也。（頁19）

即便如引文所述，《新譜》因應「新詞日繁」，《正始》針對「信心信口、冥
趨冥行」，二者都關注到曲牌創作的亂象，也都提出了相同的觀念：《新譜》
所謂「先進遺矩」，與《正始》所謂「越矩矱而亂步趨」，皆提到規矩尺度的
重要，進一步來看，為建立曲律規範，二譜同樣提倡「崇尚源流」：相對於
曲牌的隨俗變化，以「變化前的原貌」為典範，進而具體比較其區別，並說
明譜中對於正確與錯誤的判斷，由此提出曲牌格律的標準。然而，由於各譜
假設的曲牌原貌不同，能夠接受的「從俗」底限亦有別，使得同一曲牌，在
不同的曲譜中，有不同的說法與界定。

　　例如：黃鐘過曲【黃龍袞】，《正始》所收正格，例曲出自《王十朋》，
句式如下[8]：

> 休將別淚彈◎謾把愁眉斂◎奪利爭名○進取須當漸◎路途迢遞○不無
> 危險◎纔日暮○問路程○尋宿店◎（頁100）

例曲後註云：

> 此格【黃龍袞】正體，與元傳奇《拜月亭》『不肯負情薄』同體，今

---

8　全文格律符號標註說明：●表逗號，○表不協韻之句，◎表協韻之句。

人何以『不肯負情薄』一曲添字改句,而亂此古律原文耶?今試列原
文於下為證:「不肯負情薄,隨順教人笑,空使我沉吟沒亂羞難,道
喜時模樣、愁時容貌,燈兒下越看著越俊俏」。今推其義,蓋因此
「沒」字之惑也,凡曲中所唱之「沒」字,即與「目」字同音,致歌
者錯謂「沒亂」為「目亂」,遂與其上妄加「眉留」二字,且又欲合
次調此曲「恩情心事休忘了」七字,殊不知此調此句倣元傳奇鄭信之
體,此一調二體之例,元詞每每有之,何必穿鑿附會整整同一。(頁
100、101)

從本文來看,當時的俗唱,有「添字改句」的情況。第二格收《拜月亭》,
句式如下:

才郎意堅牢◎賤妾難推調◎(祇恐)容易間○恩情心事休忘了◎海誓
山盟○神天須表◎辦志誠○圖久遠○同偕老◎(頁101)

《新譜》【黃龍袞】亦收二種格式,《正始》所收第二格,在《新譜》被
列為正格,但句式、增句、襯字有所差異:

才郎意堅牢◎才郎意堅牢◎賤妾難推調◎祇恐容易間○(把)恩情心
事都忘了◎海誓山盟○神天須表◎辦志誠○圖久遠○同偕老◎(頁
558)

此曲後註云:「今人只作【袞遍】。馮云『意堅』二字,用去平聲,古曲
皆然,如《荊釵》句法,終似落調。」其後所收《荊釵》一曲,則是《正
始》正格例曲,然格式與《正始》略有不同,牌名下注云「今人多用此
體」,應是通行的俗唱格式:

休將珠淚彈◎休將珠淚彈◎莫把愁眉歛◎背井離鄉○誰敢胡○○○路
途迢遞○不無危險◎纔日暮○問路程○尋宿店◎(頁559)

據《正始》所言,當時人唱《拜月亭》此曲,由於誤唱,第四句唱作

「眉留目亂休難道」，與第二曲句式相合，因此《正始》據舊本《王十朋》、《拜月亭》訂正之。《新譜》收曲出自當時通行的版本，因此詞句、格式皆與《正始》所收《王十朋》不同，曲後註明「今人多用此體」，並云：「可惜彈字借韻，若改此字押廉纖，則盡善矣。」《新譜》所收，不僅與《正始》正、變格相反，且接受了俗唱格式，唯一指出的問題，在於首句四五字聲調不可作「平去」，應作「去平」，且不得借韻，如此即為「盡善」，而《正始》所指出第四句不可妄作七字的俗唱錯誤，反而被《新譜》列為正格，這除了說明二譜例曲版本不同外，也由於從俗底限不同，導致了曲律判定的差異。

這樣的討論，並不涉及正確或錯誤，僅是觀點的不同。如仙呂過曲【光光乍】，二譜所收格式，差異在於末句。《新譜》根據沈璟《增訂南九宮曲譜》，定末句為七字，並認為「末句用仄仄平平平平仄亦可。（頁124）」，提出了兩種可行的字格，《正始》則據舊本《殺狗記》，指出「末句蔣沈二譜作『特與婆婆錢一貫』，文理未嘗不可，句法未嘗不合，但非原文古調，且抹卻五字一格矣。（頁277）」查【光光乍】一曲，蔣孝、沈璟所收例曲出自《殺狗記》，沈自晉改換例曲，末句皆七字，《南詞定律》所收三格末句亦七字，可見末句七字是明代中葉以來的通行做法，《正始》則有不同說法，俞為民認為，這乃是因為《正始》依據元本《殺狗記》，故有五字古調，餘譜則據當時通行的汲古閣改本，故為七字句[9]。現存曲譜中，此曲有乾念與曲唱兩種譜例，乾念為：《繪圖精選崑曲大全》所收《繡襦記・收留》、《遏雲閣曲譜》所收《繡襦記・樂驛、收留》、《六也曲譜》所收《金印記・逼釵》。這幾個例子格式較多變，點板較密，節奏感較明確。曲唱則有《吟香堂牡丹亭全譜》與《納書楹牡丹亭曲譜》所收〈謁遇〉；《納書楹曲譜》、《遏雲閣曲譜》與《集成曲譜》所收《琵琶記・別丈》；《六也曲譜》、《集成曲譜》所收《釵釧記・相約》、《集成曲譜》所收《金印記・逼釵》，這幾個例子末句亦作七字（見附錄一【光光乍】譜例），可見明代以來通行為七字

9　俞為民《宋元南戲考論》之〈《殺狗記》的版本及其流變〉（臺北市：臺灣商務印書館，1994年9月），頁150-158。

格，由此看來《新譜》顯然採取了「從俗」的作法，而《正始》則存在著兩難：所收四格例曲皆從俗唱七字，曲牌附註則提醒該格「非原文古調」，可見《正始》採取兩個衡量格律是否從俗的標準：一、文理句法是否合理；二、該曲是否合古格，前一項標準，考量文詞與曲牌腔板配合的合理性，在訂律過程中，此標準又往往被第二項《正始》講究的古本古格所影響，因此，康熙末年編纂的《南詞定律》多次對《正始》提出批評[10]，認為《正始》往往有過於拘泥古本，亟欲扭轉俗唱，卻有可能使曲律陷入更多混亂。

　　《新譜》雖強調不可「失先進遺矩」，其整體概念仍是「從俗」，唯曲譜編纂目的在於建立曲律標準，因此對俗唱亦非全然接受，只是在可接受與不接受之間，《新譜》所採取的原則，即為「曲牌原有的腔板」，也就是曲牌腔板是不是該曲牌，而非失了原來應該有的樣子，這個觀念承繼自沈璟[11]，如

---

10 如《南詞定律》對仙呂過曲【急三鎗】有一段很長的討論，提出了此牌應如何判定的問題，對《正始》認為【風入松】所附數句應作【犯滾】、【犯朝】提出質疑，認為：「惟少雅挺然有出塵之想、拔俗之才，以偶觀一面之元譜即以為是，遂謂諸譜皆非，評以大謬，高則高矣，然亦為免有牽強處。如【急三鎗】之名，各宮調俱無，即如犯調再加一名，若別曲之又名云云，一名云云者之類，亦何妨也，而必云大謬，又云向為【急三鎗】冐之，夫曲牌名者乃詩餘之體，實操觚家遊戲三昧之事耳，何必卓卓然，如曲懸繁纓之不可以假人深惜之甚也，且如第一曲【犯滾】內首句云犯【黃龍滾】，竟以【黃龍滾】之末，而為【犯滾】之首，豈不覺冠履倒著；第二曲【犯朝】內首句云犯【四朝元】，亦非【四朝元】之首句，係第六句也，少雅於後，惟註四朝元而合本傳之漫羅襟淚漬一句固然矣，以至你拜別人之一句亦云犯【四朝元】，遍覓【四朝元】中并無此一句相配，即少雅亦無可引例，即置而不較，何龍其首而蛇其尾耶，再一人永占等二十四本乃李元玉之作也，《四奇觀》、《五代榮》等二十八本乃朱良卿之筆也，其間皆有【急三鎗】之曲名，而未聞有【犯滾】、【犯朝】等怪名，況通行已久，不便從少雅而遂破諸調，故依張譚二譜，仍以【急三鎗】為正體，其【犯滾】、【犯朝】之名不必收錄，以炫人之目、惑人之心，庶後之學者不入於好奇好怪而墜于異端也。」又如南呂過曲【竹馬兒】一曲針對《正始》據元本《殺狗記》而刪改的情況，註云：「此曲已被少雅任意改削增刪，以致與前曲字句板式皆差，及查坊本則二曲俱同，故依坊本收錄，庶前後不致乖離也。」

11 《新譜》曲牌說明多沿用《增訂南九宮曲譜》文字，於其後增補說明，如此符合《新譜》「稟先程」的主張。沈璟重視音律，平仄應合腔板作是其主張，如李惠綿《戲曲批評概念史考論【增訂本】》所論：「沈璟也試圖在文字格律譜中強調文字與音樂的關

《新譜》對【刷子帶芙蓉】的考訂[12]，屢次提到「本調」、「本腔」、「腔板」等用詞，從其行文可知，這些用詞表示《新譜》判定字格乃是為了符合原曲腔版，因俗唱失了曲牌原有的「腔板」，使「句法」不合於「本腔」，故需訂正。然而，曲牌的「本腔」是什麼？曲譜中並未有進一步的說明，從譜中敘述來看，所謂「本腔」或許是「相對」的概念，是當時人出現錯誤妄改前，該曲牌的某一較固定的普遍唱法，這個唱法並非如《正始》明確揭示以古本戲文為據，如南呂過曲【紅衲襖】註云：

> 此調及【青衲襖】今人皆以其句法、長短不定，遂妄改句法，多至不成音律，不知襯字只可用在每句上及句中間，至於每句末後三箇字，其平仄斷不可易，不然即不諧矣。（頁545）

這段引文提及兩項重點：一、「妄改句法」是導致「不成音律」原因；二、每句句末三字「平仄不可易」，否則「不諧」，此處的「音律」，指的顯然是有別於句式、句法、平仄等「文辭格律」以外的另一項因素，與句法、平仄扞格而有「不諧」，此即《新譜》所重視的「腔板」，也就是音樂旋律與節奏的規範，由於曲牌應有的「腔板」不可易動，妄改句法、妄增襯字、隨意改動平仄，將使新詞無法順利套入「原曲腔板」。

《新譜》假設的曲律標準，在於「曲牌腔板原貌」，也就是以曲牌音樂衡量字格是否有衝突。然而，《新譜》似乎並不認為一個曲牌只有單一腔板，而是提出了曲牌腔板可變的可能性，文字聲調與曲腔的結合，基本正確組合以外，尚有更為美聽的組合方式，因此除了訂正應修改的聲調外，《新

---

係……就是在說明字之平仄、陰陽必須與腔格旋律搭配」（臺北市：國家出版社，2009年11月，頁194），由此論述，可知沈璟一派以曲腔為本位曲律觀念。

12 《新譜》【刷子帶芙蓉】註云：「此調後二句雖帶【玉芙蓉】，然第一句不似【刷子序】，恐又犯他調者，今人則又將黛眉句唱差矣，自此曲盛行，而世人遂不知【刷子序】本調，惡鄭聲之亂，雅樂有以哉。按此曲黛眉懶畫四字，馮猶龍欲將眉字當一襯字，作三字一句，而仍作【刷子序】本腔，然與歙古今三字句法亦未合。不若從先詞隱原作【玉芙蓉】腔板為妥。」

譜》有「改某聲尤妙[13]」等標註，或有用某聲更「發調[14]」的說法，與「改某聲乃協[15]」有別，從句中陳述的意思來看，「尤妙」表示「雖然原聲調可，但改為另一聲調更佳」，至於「發調」，則表示字聲與曲腔的配合有更為美聽的作法，相對而言，譜中尚有「落調」一詞[16]，指文字聲調與曲腔無法搭配，影響了曲牌腔板的情況。由此可發現《新譜》格律訂正主要有兩個考量：一、文理句法與曲腔的配合；二、在原曲腔板不致無法分辨的前提下，聲調與曲腔的配合是否能夠更為美聽。第一項標準是曲譜的重要功能，與《正始》原則相同。第二項標準則可看出《新譜》的格律判定帶有「創作」意圖，換言之，某種層面上，《新譜》是帶著「創作」的眼光來考編纂曲譜，與《正始》以古曲為格律典範不同。

即便二譜採取的標準不同，從「律」的建立過程，可發現曲譜意欲建立的「律」，即為「曲牌名」──「字格」──「腔板」的明確關係，一個曲牌名，對應一組（正格）乃至數組（又一體）文詞格式與音樂框架，然而，曲譜面對的俗唱，往往就是踰越了這個標準，打破了曲譜所欲確立的「曲牌名」──「字格」──「腔板」關係，因此，牌名誤標、字格錯誤、腔板錯誤，是屢為曲譜提出的俗唱問題，這些問題，除了曲譜觀點的不同，導致面對某些現象的態度有所差異外，由曲譜抽絲剝繭，可找出俗唱的共同現象，甚至今日存在於崑曲折子戲曲牌的現象，早在明清之際的俗唱記述中，便已有跡可循。

---

13 此處舉二例，說明《新譜》如何使用「尤妙」一詞。如商調過曲【琥珀貓兒墜】註云：「絮字或改上聲，未字或改平聲，尤妙。」仙呂入雙調【水金令】註云：「『娘子志誠』二句，用仄仄平平、平仄平仄尤妙。」

14 此處舉二例，說明《新譜》如何使用「發調」一詞。如正宮過曲【玉芙蓉】註云：「此曲用韻甚嚴，句法甚古，且求官奈何四字，今人皆用仄仄平平，此獨用平平去去，更發調，故取之。」越調過曲【下山虎】註云：「大字去聲發調，妙甚。」

15 此處舉二例，說明《新譜》如何使用「乃協」一詞。如仙呂過曲【桂子著羅袍】註云：「柳字、粉字皆用平聲，乃協。」中呂過曲【瓦盆兒】註云：「纏字改平乃協。」

16 此處舉二例，說明《新譜》如何使用「落調」或「不發調」。如黃鐘過曲【黃龍袞】註云：「馮云意堅二字，用去平聲，古曲皆然，如《荊釵》句法，終似落調。」商調過曲【黃鶯兒】註云：「已字若用平聲，即不發調矣。」

## 二 明清之際曲牌俗唱的五種情況

《北詞廣正譜》卷末「附南戲北詞正謬」，提出了當時北曲俗唱錯誤有三種情況：「謬在譔人體格」、「謬在唱人句讀」、「牌名訛」（一曲而標二題、一題而貫數曲）[17]。俗唱的「錯誤」，不只存在於元末明初南戲中的北曲，明清之際的南曲俗唱亦然。俗唱變動複雜多樣，有些可以曲理解釋，有些則為傳鈔謬誤。

從《新譜》、《正始》的敘述，亦可發現南曲除了這三種情況，俗唱尚有「引子、過曲與尾聲的混用」、「南北曲混淆」的現象，顯示了當時曲牌的多樣變化。何以俗唱存在如此多樣的變動？本文認為，與「字格—曲牌—腔板」間的鬆動有關，理論上，「曲牌」這一概念，涵括一首樂曲的腔板，及與其相應的唱詞格式，南曲「死板活腔」，板位板數原則上不可變，曲腔則有依字行腔的空間，然而，逾越曲譜假設的「合理範圍」（即前節所言之曲律標準），是俗唱的常見現象，沈璟以降，曲律規範化的觀念愈趨嚴謹，過去未被提出的問題開始被糾正，因此，俗唱的紛亂被視為錯誤，並在曲譜中記錄下來。

本文將明清之際的俗唱分為五種情況，並認為在「字格—曲牌名—腔板」的相互關聯下，每種「錯誤」皆可能由其他因素引發，並導致另一類的「錯誤」：「曲牌名」表示一套字格與腔板，牌名錯誤，可能導致曲腔與字格

---

17 〔清〕李玉：《北詞廣正譜》，收入《善本戲曲叢刊》第六輯（臺北市：臺灣學生書局，1987年11月），頁727-748。關於「南戲北詞正謬」討論的對象，參見李佳蓮：《李玉《北詞廣正譜》研究（外二篇）》（臺北市：國家出版社，2012年12月），頁241-243。本文於此引用這樣的分類，原因在於《北詞廣正譜》所「正」之「謬」，乃是「部分元明南戲中運用北曲的謬誤」（李佳蓮，頁244）。但實際上，明清之際，同樣的錯誤習慣也存在於南曲，這包括屬於「譔人體格」的「填詞格律錯誤」（周維培對「譔人體格」的解釋，見《曲譜研究》頁78）、屬於「唱人句讀」的「隨意斷句，造成文理不通」（周維培，頁78），以及牌名訛誤的現象。然而在南曲中，發生這些錯誤的情況更為複雜，本文引用這三種分類為大類，並將實際存在於南曲俗唱的現象分為數種細類，同時亦有存在於南曲俗唱、未見於此類的兩種類型，於正文中一併論述。

的誤植，字格變化，亦可能使腔板產生改變，而腔板也會反過來影響句法與四聲的判斷，以下分別敘述。

## （一）謀人體格：俗唱字格的改易

曲譜中常見的訂正，在於字聲、句式與字句增減的種種變動，這說明字格變化是普遍存在於俗唱的現象。由於曲牌字格的變化多樣而複雜，曲譜編纂者依自身曲律的標準，視其是否合律，對俗唱字格採取三種處理方式：

一、正格從俗，曲牌附註說明俗唱的變化，如前節所舉《正始》【光光乍】，即為曲譜判定正格從俗的作法；

二、定為「又一體」，如《新譜》所收中呂過曲【越恁好】又一體註云：「此調創見於此曲，後人又衍為『乍晴還乍雨』一曲，此後《江東白苧》及《玉合記》皆用此體，而今人皆不知有前一曲之古調矣，然此調畢竟無來歷，又恐犯別調，難查明耳。（頁334）」換言之，《新譜》所收的又一體是俗唱慣作的格式，與古調不同，然因時人慣用，故收錄為又一體，而於附註說明格律源流；

三、俗唱與曲律牴觸，應做修正，如《新譜》南呂過曲【紅衲襖】註云：「今人皆以其句法、長短不定，遂妄改句法，多至不成音律，不知襯字只可用在每句上及句中間。（頁413）」其中的「不成音律」，乃是字格被時人妄改後，產生音律的謬誤。

前二種作法，承認了俗唱的正當性，第三種則被認為有違曲律，應作修正，在曲譜中相當常見，這當中尚可分為聲調、正襯判定與句法變化、字句增減等三種情況，並同時牽涉曲腔與點板的情況，以下分別舉例說明。

## 1 格律應作某聲調，時人習慣作某聲調

聲調本具有旋律性，若與曲腔無法配合，則被視為應修正的錯誤[18]，曲

---

[18] 聲調與曲腔關係密切，明代以來文獻多有述及，東山釣史〈九宮譜定總論〉云：凡諸

譜或糾正聲調以就曲腔，或重訂曲腔以配合原詞聲調，視編纂者觀點有所取捨，但無論如何取捨，講究聲調的目的，就在於使唱詞聲調所具有的「語言旋律」，與曲牌之「音樂旋律」不相違背。

曲譜訂正俗唱聲調之謬誤，多是因為聲調與曲腔扞格，需改聲調以就曲腔，如《新譜》仙呂過曲【甘州歌】：「按【甘州歌】中聯上句，如首曲丐字，及下三曲中貴字、漸字、暫字俱去聲發調，乃妙，【八聲甘州】此句亦然，不知音者每用平聲，大誤。（頁160）」商調過曲【集賢賓】謂：「此調作者甚多，合調甚少，如子字或用平聲，幽字或用上聲，烏字、守字或用平聲，更字或用去聲，皆不協律之甚者。（頁676、677）」《正始》仙呂過曲【月兒高】云：「又據【月兒高】末句之煞字，按元傳奇《拜月亭》遭字煞，又舊傳奇《周子隆》張字煞，皆平聲，疑落調矣，殊不知遭與張字仍去平二聲，古人用字之嚴若此也。（頁313）」這兩個例子中，聲調訂正的說明，皆與曲腔有關：正確謂之「合調」、「發調」，不正確則謂之「落調」。顯然，在這三段敘述中，有一不可變的「調」，因此必須講究字聲。然而何以俗唱有聲調運用的錯誤？曲譜提到的關鍵詞為「知音」、「協律」，由曲譜推論，可能的原因有三：（1）作者不知音律，未有正確的字聲與音樂配合觀念；（2）即便作者熟悉音律，亦可能因佳詞而忽略音樂的考量；（3）用字觀念的寬嚴改變。由此可以看出，俗唱中字聲與音樂的組合關係，往往因不甚講究，而為曲譜以嚴格的標準糾正。

## 2 正襯判定與句法變化

凌濛初《南音三籟‧凡例》云：

> 曲每誤於襯字。蓋曲限於調而文義有不屬不暢者，不得不用一、二字

---

曲之協處，平而可以使仄者不多，必能自謳，而或任意用之，無礙也。至每句所定四聲，或於上去入桶用一仄字代之，此平仄斷不可淆。且有數曲，上去亦不可易。蓋上聲之腔，自下而上；去聲之腔，自上而下，大見不同。若入聲作協，借北音為腔，不得已也。其或一曲而譜彼此平仄異，則從其當者，毋以愛文字而強置之，致不協調。

襯之,然大抵虛字耳。如「這、那、怎、著、的、個」之類。不知者
以為句當如此,遂有用實字者,唱者不能搶過而腔戾矣。又有認襯字
為實字,而襯外加襯者,唱者又不能搶多字而腔戾矣。固由度曲者懵
於律,亦從來刻曲無分別者,遂使後學誤認,徒按舊曲句之長短、字
之多寡而倣以填詞;意謂可以不差,而不知虛實音節之實非也。相沿
之誤,反見有本調正格,疑其不合者。其弊難以悉數。[19]

此處論曲牌句法,乃是以單一句子為單位,探討襯字如何影響句式判
定。俗唱妄加襯字、或將襯字誤判為正字,導致曲律混亂,已被曲家嚴正指
出[20],可見襯字妄加的情況已屬常見,曲譜也多有這樣的記述。襯字誤判,
點板與句法亦將隨之改變,如《新譜》越調過曲【蠻牌令】云:「此【蠻牌
令】本調也,自《琵琶記》『窮酸秀才直恁喬』及『匆匆的聊附寸箋』稍變
其體,後人時曲又云:『他道是風流汗濕主腰』本皆六字,可分作二句,而
略襯兩三字者,今人認作八九字一長句,遂于才字的字汗字下不點截板,而
【蠻牌令】之腔失矣。(頁583)」引文討論的所舉《琵琶記》二曲,分別是

---

19 〔明〕凌濛初:《南音三籟》(臺北市:臺灣學生書局,1987年11月),頁9。
20 如王驥德《曲律》卷二〈論襯字第十九〉云:「南曲取按拍板,板眼慢慢有數,襯字太
多,搶帶不及,則調中正字,反不分明。……今人不解,將襯字多處,亦下實板,致
主客不分,如古《荊釵記》【錦纏道】『說甚麼晉陶潛認作阮郎』,『說甚麼』三字,襯
字也,《紅拂記》卻作『我有屠龍劍釣鰲鉤射鵰寶弓』,增了『屠龍刀』三字,是以
『說甚麼』三字作實字也;《拜月亭》【玉芙蓉】末句『望當今聖明天子詔賢書』,本七
字句,『望當今』三字係襯字,後人連襯字入句,如『我為你數歸期畫損掠兒梢』,遂
成十一字句。……又如散套【越恁好】「鬧花深處」一曲,純是襯字,無異纏令,今皆
著板,至不可句讀。凡此類,皆襯字太多之故,訛以傳訛,無所底止」(收入《中國古
典戲曲論著集成》第四冊,北京市:中國戲劇出版社,1959年,頁125-126)。又如凌
濛初《南音三籟》凡例云:「曲每誤於襯字,蓋曲限於調,而文義有不屬不暢者,不得
不用一二字襯之,然大抵虛字耳,如這、那、怎、著、的、個之類,不知者以為句當
如此,遂有用實字者,唱者不能搶過而腔戾矣,又有認襯字為實字,而襯外加襯者,
唱者又不能搶多字而腔戾矣。固由杜曲者懵於律,亦從來刻曲者無分別者。(收入《善
本戲曲叢刊》,臺北市:臺灣學生書局,1986年,頁9-10)。

第十七出與第廿五出第七句[21]，二曲皆作七字句，根據《新譜》，分別點板於「才」字與「的」字上，而【蠻牌令】該句「雕欄畔曲檻西」，則為三三句法的六字句，第三、第六字點一截板。這段敘述中，《琵琶記》二曲雖先改作七字句，然分別作四三與三四句法的七字句，在俗唱音樂時有通變處理的情況，此法仍不失原六字句架構，僅分別將前後四字處訂一襯字，點板仍不變原本六字句點法，後人作此曲亦然，「他道是風流汗濕主腰」一句，若將「他道是」作襯，點板在汗字、腰字下，亦不失本調六字句法之格，然而句法的誤判，就在於後人將此句全作正字，使得本句成為八、九字的長句，點板因此有變，點板一變，音樂隨之產生變化，因此才有「【蠻牌令】之腔失矣」的說法。這個例子說明了三個問題：一、句法的變化，與正襯判定有關，而正襯判定又影響點板，三者連帶影響，使得曲牌產生更為繁複的變動；二、俗唱的正襯與句法判定，顯然未有一定的準則，在刊刻本未有明確指示的情況下，為使演唱更為流暢，可能改變曲腔與點板，遷就原曲詞，如此則失了曲牌原貌，成為曲譜編纂者訂正的謬誤；三、曲律變化的連帶關係，當原曲牌樣貌改變了，新作者可能就新律製新詞，使得文詞格式產生變化。

## 3 增減字句

一般認為，「增字」為襯字被轉化為正字，「增句」則為襯字加多成句，或由滾唱演變而成，二者被視為曲牌格律變化的方法[22]。此處所論俗唱的字句增減，與此有所不同，俗唱的增減字句，是在傳鈔或傳唱過程，刊刻或唱演的錯誤，其增減往往未必有章法可言。字句增減的原因，可能為文義的補充，如《新譜》黃鐘過曲【鬧樊樓】：「但今人于『瓶墜』下，增出『响丁當，寶釵墜折』一句，似贅，且與舊譜不協，故刪去。（頁530）」此例「瓶墜」一句原為「撲通的瓶墜簪折」，增句則為「撲通的瓶墜，响丁當，寶釵

---

21  錢南揚：《元本琵琶記校注・南柯夢記校注》（北京市：中華書局，2009年11月），頁110、頁149。

22  曾永義：《中國古典戲劇的認識與欣賞》（臺北市：正中書局，1996年1月），頁149、152。

墜折」，從句式來看，此處的增句結構完整，非如南曲襯字偶於句間加上數字，亦非滾唱之重複句法，而從文義來看，所增之句為前句之補充說明，或為使曲文更為生動，增加此句以補充之。《正始》商調過曲【字字錦】亦屬此例，註云：「此係古調原文，何今人皆於此合頭上妄添『空麼破兩眉尖』一句，又於『奈山遙水遠』下添『知他在那裏』一句，又於『和誰兩箇』下添『瀟瀟灑灑』一句，不知何所本也，竟不思【字字錦】之調規章法有限，何得任意增改而壞此古調耶？（頁752）」《正始》既謂「不知何所本也」，顯然亦不知增此數句有何依據，而從全文來看，增句處補充了原句文義，使情感表達更為完足。

增減字句，有時還與念白的誤判有關，俗唱將白口誤作曲詞，或把曲詞當作白口，使得曲詞較原格律有所增減。如《正始》黃鐘過曲【神杖兒】第三格註云：「此調按高東嘉古本，於此第四句下猶有此三字一句、四字二句者也，況元譜亦然。後至崑山顧本，以此三句雖不刊列於曲內，亦設備於卷顛，但在此三字句上又添一有字，後坊本皆以此三句作為賓白，甚至今之《香囊》、《四節》二記，不惟削去三字一句，連下之四字二句亦減之，致今人不識此調之全章矣。（頁55、56）」這個例子中，俗唱刊刻時，將第四句以下的三句作為賓白，導致此曲少了三句，因此有「不識此調全章」之憾。《正始》越調過曲【黑蠻牌】則是將念白作為唱詞，註云：「按此《劉智遠》古本，其第二句之下有「怪哉怪哉」四字，及第六句下之『莫不是妖精把他纏定』句，皆係賓白，今人皆以其列在白中唱之，獨不思量【蠻牌令】調中何有此二句之句法乎？（頁799、800）」白口作為唱詞，使得此曲多出二句，被後人錯誤沿用，可見俗唱有如此錯誤，顯然是演唱或刊刻謬誤的影響所致。

## （二）唱人句讀：曲腔與點板的變異

曲唱問題，包括「曲腔」與「點板」，本文根據曲譜的敘述，將俗唱曲唱分為三種情況，這些敘述，為我們理解明清之際曲牌如何被演唱，勾勒了一

個的雛型：不僅曲牌有其定腔、點板，特定作品的曲牌，也有固定唱法[23]，這樣的概念，提供近代以來「主腔」與「依字行腔」兩種說法[24]一些不同的思考，此非本文論述主題，在此不擬展開論述，以下分述曲腔點板的俗唱情況。

## 1 字格相近，導致腔板錯誤：唱之不似該曲，或作他曲曲腔唱

某些曲牌，字格、曲腔並未存在明顯的區別，如《新譜》商調過曲【貓兒逐黃鶯】便云：「凡曲中二調幾句相同者甚多。（頁697）」曲牌本存在字格或曲腔幾句相同的情況，或又因字格的俗唱變化，變得與他曲相近，故俗唱偶見因句式相近，導致誤唱為他曲腔板的例子。有時這樣的誤唱訛以傳訛，反成為習慣唱法。如《正始》正宮【普天樂】第二格：「此係古本原文，因今時本皆以首句上之『我』字削去之，遂如七字句法矣，況今歌者又不審其詳，竟以【步步嬌】腔板唱之，甚至又有今傳奇《金貂記》之『孩兒中道歸泉世』句法可笑，且又有《繡襦記》之『想玉人』及《連環記》之『意孜孜』」，今人亦不辨其中間皆多襯字，然皆統直唱下，亦成【步步嬌】腔板，此誤實在唱者，非干撰者也，學者不可不慎。（頁161）」此格《正始》收《蔡伯喈》「我兒夫，一向留都下」，與正格所收《拜月亭》首句格律相同，《新譜》所收亦為《拜月亭》同曲，二譜看法相同，首句均為「三●三◎」兩句。據《正始》所述，這個例子中，有兩次字格與曲腔的相互影響：首先是俗唱省略了首句的「我」字，將此句唱作七字句「兒夫一向留都下」以致唱者誤會，將之套入【步步嬌】。《新譜》、《正始》【步步嬌】俱收《唐柏亭》「為半紙功名把青春誤」，首句為七字句，俗唱將之套入【步步嬌】後，

---

23 如《新譜》正宮過曲【三字令過十二橋】：「每三字句重唱處，皆依今人唱《綵樓記》腔也。」黃鐘過曲【獅子序】又一體：「今人多改此曲以從《琵琶記》之腔，然未必《琵琶》皆是而此曲獨非。」

24 關於「主腔」與「依字行腔」兩種論點，參見洪惟助，〈從北【喜遷鶯】的初探主腔說及崑曲訂譜〉，《名家論崑曲》（臺北市：國家出版社，2010年1月），頁959-1010。本文除了細考「主腔」說的源流，以及運用不同方法驗證主腔說的論述外，亦梳理了「依字行腔」之論點。

又反過來把後句的襯字唱為實字,使字格誤作七字句。從另一個角度來看,在這個例子中,曲腔與字格存在一個模糊可變的空間:三三句法的兩句,在俗唱的變動中,可被改為七字一句,這不只是正襯判定,其中更與點板、字位安排有關,換言之,曲腔與字格存在的模糊可變空間,正在於俗唱中字位與點板是可能為歌者誤判且隨意安排,而這樣的隨意性,同時影響曲腔,從而使得【普天樂】首句被唱為【步步嬌】。再如《新譜》與《正始》皆指出俗唱黃鐘【太平歌】誤作南呂【東甌令】的情況[25],也是因為正襯判斷錯誤、字格誤判,誤作他曲腔板的例子。

　　字格未見錯誤的情況下,俗唱亦偶見將曲詞套入不合的曲腔,如《正始》中呂過曲【泣顏回】:「按【泣顏回】換頭,除卻起處之二字,餘皆與始調無不同者,今人何至不察,妄以其首二句統為七字一句唱之。」可見字格與曲腔有其搭配的鬆動,其鬆動包括:一、南曲字格多有相近的句子,唱者可能因字格誤判,隨意套入字格相近的曲牌腔板,而與原曲定腔有所出入;二、所謂「字格相近」,有時涉及了正襯的判斷,將襯字誤作正字,句法因而產生改變,同時影響點板與曲腔,詳見前段所述;三、所套之曲,僅是因句法相近,而有誤入他曲曲腔的情況,因此亦不限同宮調或有聯套關係的曲牌,如《正始》黃鐘過曲【歸朝歡】註云:「按此調之末三句句法,實與中呂宮【三句兒煞】相似,故今人或有尾聲唱之者。(頁51)」、南呂過曲【三學士】云:「今清唱者唱此曲第三句,皆與【解三酲】第三句同。(頁628)」

---

25　《新譜》黃鐘過曲【太平歌】註云:「此調本屬黃鐘,【東甌令】本屬南呂,舊譜初未嘗言二調相同,近日唱曲者,或將此調唱作【東甌令】,或謂此調即【東甌令】,此予所未解也。縱使說「指望」二字是襯字,獨不思此調那些簡一句是八簡字,千字一板,能字一掣板,會字一板,而【東甌令】第五句云:(他)那裡胡行徑,他字作襯,只五字也,況又難下掣板,只好點兩簡實板,如何可捏做一調唱耶?後學辨之。」《正始》黃鐘過曲【太平歌】註云:「此【太平歌】一調,按《古今詞譜》及新舊傳奇然,皆未及見有此調此式,即今之蔣、沈二譜及坊本《琵琶記》,皆以「他媳婦」套內之「求科舉」一曲當之,及檢其章句,直是南呂宮之【東甌令】也,所爭止幾襯字耳,今歌此曲者,妄以其之襯字強作實文,又以其之腔板強為改易,勉別【東甌令】之唱法,可笑。」

《新譜》越調過曲【章臺柳】云：「今人唱「情既○」一曲，起處三句似【不是路】，非也。（頁592）」例中的前後二曲皆屬不同宮調，且無聯套關係，僅因句法相似即有誤作的情況。如此例子，反映了歌者對於曲牌腔板的掌握，有時亦見混淆的現象，甚至即便格律不合，仍將某些曲牌的曲詞扭入他曲腔者，這在曲譜記述中並不少見，某些竟成為固定唱法，為後人沿用[26]。

## 2 字格無誤，俗唱增減曲腔

此處所謂曲腔的增減，與前段之增減句不同，在字格未受影響的情況下，增減曲腔的對照在於原曲牌腔板，特別是已有固定唱法的熟戲，在原有的固定唱法之外，增減不帶唱詞的曲腔，或較原熟悉的曲腔多加變化，這樣的例子，反映了當時曲腔自由變動的可能，如黃鐘過曲【降黃龍】註云：「今人唱此調，于『望若』下，亦如『君去』下，及『怎生』下拖一長腔，所謂板斷腔不斷者，謬甚矣。（頁556、557）」此說早見於沈璟《增訂南九宮曲譜》，並為《新譜》、《正始》引述，可見如此唱法行之有年，而二譜保留此說，乃為訂正曲唱之誤。此處所引例曲為《拜月亭》「宦室門楣」，觀二譜點板，幾處俗唱拖長腔的字位皆點腰板，而所謂「板斷腔不斷」，即「望若」等三組句子第二字，曲腔跨到下一板，俗唱延長此字曲腔，點板暫停，待轉入次一曲腔時再計入次板。另外，此處的拖腔為陰平與去聲字，在崑曲的行腔之中，這是曲腔較高昂的聲調，如此既不增一板，又在情緒、曲腔較為高昂時延長高腔，以渲染曲情，引發觀眾情緒。

## 3 點板變動

板式即句法，曲家論之甚詳[27]，南曲更有「死板活腔」之說，原則上板

---

26 如沈璟《增訂南九宮曲譜》【孝順兒】云：「向因坊本刻作【孝順歌】，人皆擻其腔以湊之，殊覺苦澀，今見近刻本改作【孝順兒】，乃暢然矣。」〔明〕沈璟：《增定南九宮曲譜》（臺北市：臺灣學生書局，1984年8月），頁636。可見曲腔的誤植已成為俗唱習慣，通行於當時。

27 汪經昌《曲學釋例》（臺北市：臺灣中華書局，1977年）云：「夫一曲之板式，即詞章上之句法，北詞固可挪移板式，然亦有一定之通例；南詞則板式固定，不可紊亂。」

位、板數俱不可騰挪,然而實際上,南曲的點板變動甚是常見。俗唱的板位
變動有以下二種情況:一、曲詞不變,流傳過程中產生句法與點板變異;
二、增減字詞,不同於原有句法,點板亦隨之變動。

第一種例子,未見於《新譜》,這是由於《新譜》採取從俗的觀點,若
與《正始》的記述參照,則可發現其中的俗唱擅變。如黃鐘過曲【水仙子】
註云:「按此調之第六一句,今人皆以『生來這苦』為句,然此文理句律兩
失矣,且又加一實板於「這」字上,益謬也。按調必以「生來」二字為句,
「來」字一板必不可無,「這苦」二字必應屬下,「這」字之板必不可有,學
者不可不審。(頁104)」這個例子所以被訂正,原因在於「文理句律兩失」,
而造成這個問題的原因,便在於格律判斷與點板。據《正始》所述,南曲
【水仙子】末二句,應作「二●六◎」兩句,而非當時流行的「四●四◎」
兩句,其根據乃是元傳奇《牆頭馬上》同曲三例,此三例末二句句法皆作
「二●六◎」,故《正始》有此推論,而當時通行的做法則點板在「這」字
上,「來」字無板,成為「四●四◎」句法,《新譜》延續《增訂南九宮曲
譜》,所訂格律從俗而作。可以推知,《正始》乃是因句法的訂正,進而訂正
點板。

第二種情況,如係正襯判定使句法變異,導致點板有變者,見於前文論
述,然而亦有唱時加字(非原曲詞加襯),使點板產生改變的情況,如《新
譜》中呂過曲【剔銀燈】云:「此曲極佳,古本元自如此,今人於『一點』
下又增『點』字,且增一截板,『一陣』下又增『陣』字,且增一截板,『兀
自』下又增『尚』字,此皆俗師之誤,而士人亦有仍其誤。(頁339)」在這
個例子中,唱者於原曲詞上加字且加一截板,節奏上多增一板,曲情上則強
調了「一點點」、「一陣陣」風雨的悲戚之情,故可知俗師之誤,或由舞台實
踐出發,為渲染曲情而增字增板。

## (三)牌名訛誤與因此導致的曲腔誤植

牌名不只是曲牌名稱,亦是對作者與歌者「指示」曲牌的格律腔板,因

此牌名標註的錯誤，對實際創作與演唱有直接的影響。常見的是集曲所犯曲牌考訂與標名問題，這在本人博士論文已有論述[28]，一般過曲亦時見牌名誤判的狀況，這些誤判或可能是格律相近[29]，或可能是刊刻的謬誤[30]，然而除非曲譜具體說明，今人難以據現有材料，推論俗唱牌名誤傳的原因。俗唱牌名的訛誤，反映了牌名與曲詞、腔板的鬆動關係，具體而言，存在以下兩種狀況：一、曲牌名稱的混淆，導致某些曲牌在流傳的過程中亡佚，然而從相異觀點的曲譜收錄中，可發現幾個混淆曲牌的變化關係；二、曲牌名稱與格律、腔板互為影響：標名的錯誤源於誤作，誤作亦可能隨著標名的錯誤，使得格律向誤名曲牌更為靠攏。

第一種狀況如《正始》載黃鐘過曲【鬥雙雞】註云：「此調今人錯以【滴溜子】誣其名。（頁58）」此例牌名混淆的過程，涉及了四個曲牌：【鬥雙雞】、【滴溜子】、【雙聲子】與【雙聲疊韻】，四曲《正始》皆收，為說明方便，以下列出各曲格式：

---

28 見黃思超博士論文《集曲研究──以萬曆至康熙曲譜的集曲為論述範疇》第二章（桃園縣：中央大學博士論文，2011年1月）。

29 如《正始》黃鐘過曲【耍鮑老】註云「按此【耍鮑老】一調，與黃鐘調之【玉翼蟬】相似，止爭末句句法，餘無不同者也，但今蔣沈二譜但置之不載，致今歌者皆未識此二調也。」中呂引子【四圍春】註云：「按此調之章規句律，直與中呂調【沁園春】無二，不識元譜何以題作【四圍春】，置屬中呂宮，致蔣沈二譜亦皆然之。後至丘瓊山先生之《伍倫全備》，此調亦承其名，且又減去第四句，益非也。」

30 如《新譜》雙調引子【胡擣練】註云：「此曲與《琵琶》之「辭別去」俱刻作【胡擣練】，然俱與詩餘不差一字，恐二曲總是一調，但當名曰【擣練子】，或誤刻【胡擣練】耳。」雙調過曲【孝順兒】亦名：「向因坊本刻作【孝順歌】，人皆搊其腔以湊之，殊覺苦澀，近見刻本，改作【孝順兒】，乃暢然矣。」《正始》雙調引子【夜遊湖】註云：「按元譜及古本《蔡伯喈》皆題作【夜遊湖】，何嘗曰【夜遊朝】耶？此必湖字與朝字書法近似，則書人之筆悮耳。」

| 曲牌名 | 出處 | 例曲格律 |
|---|---|---|
| 滴溜子 | 趙氏孤兒<br>（元傳奇） | 鰲山上●鰲山上○鳳燭萬點◎綵樓內●彩樓內○士女笑喧◎（見）番郎胡女○搽灰弄鬼臉◎燈燦爛◎引得遊人挨拶盡觀◎ |
| 滴溜子<br>（第二格） | 蔡伯喈<br>（元傳奇） | 臣邕的●臣邕的○荷蒙聖朝◎臣邕的●臣邕的○拜還紫詔◎念邕的○非嫌官小◎（奈）家鄉萬里遙◎雙親又老◎干瀆天威●萬乞恕饒◎ |
| 滴溜子<br>（第三格） | 瑞靄五雲樓<br>（明散套） | 吹龍笛●擊鼉鼓○醉倒未休◎桃源洞●蓬萊山○眼前是否◎（下同不錄） |
| 滴溜子<br>（第四格） | 蔡伯喈<br>（元傳奇） | 謾說道●姻緣○果諧鳳卜◎細思之●此事○豈容意欲◎有人○（在）高堂孤獨◎（可惜）新人笑語喧○（不知）舊人哭◎兀的東床難教（我）坦腹◎ |
| 滴溜子<br>（第五格） | 許盼盼<br>（元傳奇） | （向）龍燭光中○仰瞻鳳輦◎絳綃樓上○鼓樂笑喧◎水晶●蓬萊宮殿◎琉璃影裡○五色光燦爛◎（似）洞天一境○移來世間◎ |
| 滴溜子<br>（第六格） | 孤嶂一點<br>（明散套） | 芙蓉面●芙蓉面○淚痕暗盈◎楊花性●楊花性○別離太輕◎自是●東君薄倖◎一樹紅芳誰管領◎浪蝶狂蜂●休得（要）鬥爭◎ |
| 滴溜子<br>（第七格） | 房櫳悄悄<br>（明散套） | （全章皆同，不錄，止錄末句云）教他斷絃再調◎ |
| 滴溜子<br>（第八格） | 紫香囊 | （全章皆同，不錄，止錄末句云）期取功名勒鼎鐘◎ |
| 雙聲子 | 趙氏孤兒<br>（元傳奇） | 福非淺◎福非淺◎前世曾為伴◎今幸然◎今幸然◎生在王宮苑◎你貌鮮◎你貌鮮我少年◎我少年◎（似）雲裡吹簫○並頭鳳鸞◎ |
| 雙聲子<br>（第二格） | 鮑宣少君<br>（元傳奇） | 人踴躍◎人踴躍◎歡聲沸相謔◎須痛酌◎須痛酌◎銀海中酒未涸◎鸕鷀杓◎鸕鷀杓◎重澡淪◎重澡淪◎（看）杯盤狼藉○觥籌交錯◎ |
| 雙聲子<br>（第三格） | 薄日乍烘晴<br>（元散套） | 觸處笙歌競◎笙歌競◎家家宴賞相邀命◎教我側耳聽◎側耳聽◎聽得歡笑聲相映◎花街柳市行◎柳市 |

| 曲牌名 | 出處 | 例曲格律 |
|---|---|---|
| | | 行◎秦樓楚館燈◎楚館燈◎（見）銀燭光中○綺羅叢裡○許多娉婷◎ |
| 雙聲子（第四格） | 寶劍記（明傳奇） | 夜將闌◎夜將闌◎聽漏轉佳人頻報◎花枝動◎花枝動◎宿鳥踏胭脂零落◎（下皆同不錄） |
| 雙聲疊韻 | 孟月梅（元傳奇） | 花開早◎人不老◎拍拍春多少◎然此宵◎相見了◎剩把銀缸照◎掛子袍◎現聖表◎姓字香○度量高◎（要）百年契合○萬家歡笑◎ |
| 鬥雙雞 | 鰲山聳雲高（元散套） | 綺羅叢裏樂聲喧◎鬧蛾兒人喜歡◎抹土搽灰○恣舞盤旋◎仕女（兒）雙雙鬥嬌面◎（向）天街上相並肩◎（向）天街上相並肩◎ |
| 鬥雙雞（第二格） | 元夜撒珠璣（元散套） | 亂撒瓊瑤墜光粉◎想滕神直恁狠◎剪水裁冰◎下得越緊◎轉覺寒威透重門◎怎不教人怨恁◎怎不教人怨恁◎ |
| 鬥雙雞（第三格） | 許盼盼（元傳奇） | 幸遇良宵美景時◎算人生能有幾◎你不歡愉是愚痴◎一派（價）紅裙捧金卮◎拚通宵沉醉歸◎拚通宵沉醉歸◎ |
| 鬥雙雞（第四格） | 孟月梅（元傳奇） | 奴身本待事英豪◎非是為貪金花誥◎何須殿士空懷抱◎誰教猛風吹別調◎喜昇平樂聖朝◎喜昇平樂聖朝◎ |

《正始》從古，既然譜中分列為四曲，可見《正始》根據舊本南戲，認為這是四個不同的曲牌，因此可以推論，這四個曲牌在舊本南戲是有別的。從文字格律來看，【滴溜子】收錄八格，除了第四、五格押韻處略有不同，其餘各體首六句句法、平仄相近，唯後半有明顯分別，句數、句法、平仄出入甚大，然除【雙聲子】第三、四格，其餘字數皆落在廿至廿五字之間，明清之際，俗唱不乏因字數句法相近，套入他曲演唱的例子，何況此三曲首六句近似，因此三曲在明代有時亦被混淆，如《正始》【雙聲疊韻】註云：「按此【雙聲疊韻】一調，自董解元北西廂始，後南詞亦效之。蔣沈二譜何至遺

之不收，止收【雙聲子】一調，殊不知【雙聲子】迺後人所變者也。（頁49）」可見《正始》注意到蔣、沈譜混淆了【雙聲子】與【雙聲疊韻】之別，以下表格亦說明【雙聲疊韻】與【滴溜子】在當時被混淆的狀況：

| 曲譜名稱 | 十三調南曲音節譜 | 《舊編南九宮譜》 | 《增訂南九宮曲譜》 | 《南詞新譜》 |
|---|---|---|---|---|
| 滴溜子 | 入黃鐘，註：商調名【鬥雙雞】 | 天憐念○天憐念○蔡邕拜導◎ | 聽別院○聽別院○漏聲見杳◎ | 聽別院○聽別院○漏聲見杳◎ |
| 滴溜子(又一體) | | | 天憐念○天憐念○蔡邕拜導◎ | 天憐念○天憐念○蔡邕拜導◎ |
| 滴溜子(又一體) | | | 謾說道○姻緣事○果諧鳳卜◎ | 謾說道○姻緣事○果諧鳳卜◎ |
| 雙聲子 | | 郎多福◎郎多福◎著紫綬黃金束◎ | 郎多福◎郎多福◎著紫綬黃金束◎ | 郎多福◎郎多福◎著紫綬黃金束◎ |
| 雙聲疊韻 | | 聽別院○聽別院○漏聲見杳◎ | | |
| 鬥雙雞 | 入商調，註：即【滴溜子】，亦在黃鐘 | | | |
| 附註 | | 【雙聲疊韻】註：又名【鬥雙雞】 | 【滴溜子】註：又名【雙聲疊韻】，又名【鬥雙雞】 | 【滴溜子】註：又名【雙聲疊韻】，又名【鬥雙雞】 |

表格中，〈十三調南曲音節譜〉雖與九宮系統有別，然曲名變化的標註仍值得注意，此譜商調有【鬥雙雞】之名，收入商調，卻云「即【滴溜子】」，而譜中商調並無【滴溜子】一曲，至於黃鐘【滴溜子】則註「商調名

【鬥雙雞】」，據此譜所標黃鐘、商調可「出入[31]」，可以推測二牌名，實為可通用於商調與黃鐘的一曲二名。另外，蔣譜所收「聽別院」一曲名為【雙聲疊韻】，標註「又名【鬥雙雞】」，此曲被沈譜視為【滴溜子】正格，於是沈譜中【滴溜子】又名兩種，據此，可推論幾個曲名的演變痕跡：【鬥雙雞】在元代確有此曲，然而至少在蔣譜成書的明隆慶年間，其名雖存，其實卻亡，時人已認為【鬥雙雞】即【雙聲疊韻】，至沈璟曲譜成書的萬曆年間，連【雙聲疊韻】都被認為是【滴溜子】了，雖然【滴溜子】、【雙聲子】、【雙聲疊韻】可能因字格相近而有混淆，【鬥雙雞】與其餘三曲卻無相似之處，何以在明代會被誤為【雙聲疊韻】，以致成為【滴溜子】的別名，在證據不足的情況下，難以曲理推論其原因。

　　第二種狀況，則如《正始》越調過曲【憶多嬌】第三格，註云：「後不識何人任意改篡，且又易題為【江神子】，及【江神子】本調覆之，仍無一句相合者，可笑。況時譜亦失，究其源，悞置於【江神子】下，作又一體，益謬矣。（頁790）」這個例子可以看到一個演變過程：【憶多嬌】第三格被俗唱任意改篡後，又將牌名誤題為【江神子】，被時譜收為又一體，然與正格全然不合。《正始》所言時譜往往是沈譜，觀沈譜所收【江神子】又一體，雖與《正始》所收【憶多嬌】第三格相較多有更動，然與【江神子】正格全然不似[32]，此或可視為【憶多嬌】第三格被俗唱改動曲詞與標註曲名的痕跡，而何以如此改動的曲詞，會冠上【江神子】一名？雖然沒有充分證據可供論述，但現存折子戲曲譜所收【江神子】一曲，如《長生殿‧雨夢》、《水

---

31 關於〈十三調南曲音節譜〉的「出入」所指，周維培認為「指在聯套過程中，某些允許出入的宮調內的特定曲牌，可以變通使用。」（《曲譜研究》，頁106）。本文贊同此說，即調名下標註「出入」者，調中可出入之特定牌名下有補充說明其出入之宮調。

32 據《正始》所收越調過曲【憶多嬌】第三格例曲為：「花又好◎月又皎◎惜花愛月○眠遲趁早◎暮暮朝朝◎不離花表◎賞足花前○（怎教）殘英墜子◎」《新譜》所收【江神子】例曲為：「且莫教◎兒童掃◎滿斛一任玉山倒◎醉來花下眠芳草◎贏得滿身蘭麝異香飄◎風韻好◎」又一體為：「（莫不是）咱無福分消◎莫不是命蹇難招◎（莫不是）老天斷續鸞膠◎天還知道恁寂寥◎（敢只是）和天瘦了◎」

潛記·後誘》、《療妒羹·澆墓》、《金錢緣·奪錢》,皆為俗唱改動之又一體,可知俗唱改動後,又一體取代了正格,成為創作慣用格律。

## (四)引子、過曲與尾聲混淆

引子、過曲與尾聲,是依曲牌功能所作的分類,蔣孝《舊編南九宮譜》將各宮曲牌分為「引子」與「過曲」,後代曲譜亦依循這個分類;至於「尾聲」,沈璟《增訂南九宮曲譜》於各宮過曲之後,錄有該宮調「尾聲總論」,詳辨各種聯套的尾聲格式。引子與過曲除了功能差異外[33],還有「體格」與「唱法」的區別。所謂體格,如《正始》所言,引子多用詩餘體,過曲則為曲體,二者多有牌名相同,但後人不察,往往會因此而混淆引子與過曲[34]。而所謂唱法,引子、尾聲多做散唱,點截板於每句句末,過曲則有固定的板位板數,沿至康熙末年《南詞定律》,引子皆未附工尺,每句句末點截板,過曲則工尺、板眼明確。

明清曲譜中,記錄了俗唱將引子、過曲與尾聲混淆的情況,《新譜》共收十例[35];《正始》共收十二例[36]。例子雖然不多,由曲牌說明,可看出大部

---

33 引子的功能,據《南詞定律》謂:「凡諸曲之引,各分宮調,賴以起合字句,奚可混雜?或係近詞,或係詩餘,今悉對清校正。」《南詞定律》認為引子是套曲的起唱,不可與過曲混雜;盧元駿《曲學》亦謂:「引子的作用,是正角出場,不可能立即說出劇中的情節,於是假借眼中所見到的景物,或心內所蘊藏的情緒,先作一個籠統概括的陳述,以便引起下文。」(盧元駿:《曲學》臺北市:國立編譯館,1970年11月,頁303)此說則是從內容上說明引子的功能。

34 見《九宮正始》商調引子【二郎神慢】說明,王秋桂主編:《善本戲曲叢刊》第三輯(臺北市:臺灣學生書局,1984年8月),頁696。

35 此十例為:中呂引【剔銀燈引】、黃鐘過曲【歸朝歡】、越調過曲【丞相賢】、商調引【鳳凰閣】、商調引【二郎神慢】、商調引【十二時】、雙調引【風入松慢】、雙調引【四國朝】、雙調過曲【五供養】、仙呂入雙調過曲【曉行序】。

36 此十二例為:黃鐘引【翫仙燈】第二格、黃鐘引【絳都春】、黃鐘過曲【歸朝歡】地二格、黃鐘過曲【絳都春序】、商調引【二郎神慢】、商調引【鳳凰閣】、越調過曲【丞相賢】、雙調引【五供養】、仙呂入雙調過曲【打逑場】、仙呂入雙調過曲【五供養】第三格、仙呂入雙調過曲【花心動序】、越調慢詞【四國朝】。

分混淆，在於牌名、字格相同或近似，而混淆的結果，往往表現在歌者唱曲上，如《正始》黃鐘過曲【歸朝歡】云：「按此調之末三句句法，實與中呂宮【三句兒煞】相似，故今人或有尾聲唱之者。」【歸朝歡】第二格例曲末三句為：

故違帝勅非作耍◎絲鞭早早收留下◎（便）意轉心回成就麼◎（頁53）

【三句兒煞】例曲為：

欲憑妙手良工筆◎仔細端詳仔細題◎做箇丹青扇面兒◎（頁500）

可見二者句法近似，導致【歸朝歡】過曲被誤唱為尾聲。再如《正始》黃鐘引【翫仙燈】亦然，此曲收錄二格，正格謂：「此格與過曲相懸，人所習知。」第二格謂：「此曲與過曲相似，人所罕知。」從字格觀察，二者差異甚多：

正格：元夕風光〇香車馬往來相亞◎御樹前笙歌韻雅◎見這迓鼓咳來●（盡）般般呈罷◎欲賞花燈●（想）乾明相將近也◎（頁35）
第二格：薄情負我◎負得我忒瀟索◎為你來（的）都撐籬箔◎尖擔兩頭脫◎這幾時說得（我）霍鐸◎說道迷著別箇◎尋思起●這冤家（敢）真箇怎麼◎（頁35）

【翫仙燈】過曲例曲如下：

無限俏勤◎買市的都爭勝◎酒肆歌樓相招請◎格範盡學京城◎人如在廣寒宮殿●風味勝蓬萊仙境◎火樹銀花爛暗塵◎飄蘭麝噴馨◎（頁115）

在例曲中，即便仍有不少差異，特別是第三句以下，差異尤為明顯，然與正格相較，第二格仍與過曲較為近似，首二句字數、句法、韻處、平仄幾乎相同，可見字格的相似，是影響引子、過曲與尾聲混淆的原因之一。

　　亦有未見近似格律而混淆，如《新譜》越調過曲【丞相賢】云：「今人將此曲唱作引子，謬甚。」【丞相賢】一曲《新譜》、《正始》乃至日後的《南詞定律》、《九宮大成》，皆收於越調過曲，並引《拜月亭》第十折〈奉命和番〉「彎弓馳騎射雙雕」為例曲，此曲為本折首曲，王尚書沖場所唱，或因如此，後人將此曲唱為引子，至於引子唱法與過曲有何差別，因現存工尺譜未見此曲，難以進一步論述。

　　商調引【鳳凰閣】則是因混淆，對後代曲譜收曲產生了影響。【鳳凰閣】於《舊編南九宮譜》、《增訂》、《新譜》、《正始》皆收於商調引子，自《增訂》始註云：「按此調本引子，今人妄作過曲唱。即如【打毬場】本過曲，而唱作引子也。」《新譜》、《正始》皆引用此說，例曲如下：

　　　尋鴻覓雁◎寄箇音書無便◎漫勞回首望家山◎和那白雲不見◎淚痕如線◎想鏡裡孤鸞影單◎（《新譜》頁635，《正始》頁700）

　　此曲出自《琵琶記》〈拐兒貽誤〉，本折首曲，即為前段引文中，過曲誤作引子唱的【打毬場】，次曲為【鳳凰閣】，聯套順序，使得搬演時混淆了引子與過曲，故可知商調引子【鳳凰閣】，至少在萬曆年間，已被作為過曲來唱，直到順治、康熙初年的幾部曲譜，都註明了這個現象。到了康熙末《南詞定律》，【鳳凰閣】除了商調引子外，又增錄了中呂過曲一體，例曲出自《周羽教子尋親記》卷三第十八齣：

　　　家鄉何處●回首重重烟水迷◎駕悼幾度夢空歸◎他那裏應疑（我）是鬼◎音書難寄◎淚頻滴烟嵐瘴雨◎

　　《九宮大成》亦收此曲，謂此曲又名【數花風】，但查此前曲譜，並未收錄【數花風】這個曲牌名，未知《九宮大成》的依據。此曲為本齣首曲，周羽上場所唱，容與堂本《周羽教子尋親記》此曲牌名闕漏，不知原作牌名，但置於首曲，或原作引子唱，但這個曲子卻在《南詞定律》、《九宮大成》收入中呂過曲，可推測，此曲或為誤作過曲唱後，後人慣將此曲作過曲唱，使得晚出的曲譜將此曲收為過曲。比較此曲與商調引「尋鴻覓雁」，二

曲字格頗為相近,首句四字,中呂過曲雖不用韻,然《九宮大成》所收正格
的《月令承應》「園林勘眺」一曲,卻是韻句,或可相互參照;第二句,商
調引曲為二二二句法的六字句,中呂過曲為二二三的七字句,多了一字,但
句法、平仄相近;第三句句法、平仄亦相近;第四句商調引曲為二二二句法
六字句,中呂過曲為三二二句法七字句,除首字「他」外,其餘平仄相近;
第五、六句句法、平仄相近。除第二、四句外,其餘各句字格幾乎相同,而
二、四句的句法與平仄又頗有相似之處,二曲從文字格律來看,極為近似。
引子、過曲與尾聲的混淆,主要原因在於字格的相似,而聯套順序,有時亦
影響歌者,有誤將引子與過曲混淆的情況。

## (五)南北曲的混淆

南曲北唱與北曲南唱,已見於學者討論[37],這種現象發生的原因,如李
佳蓮認為:「從明中葉直到清初,對於部分曲牌的南北曲劃分似乎漸漸的混
淆難辨。」(頁94),林佳儀則認為,南北交化曲牌的發生,與這些曲牌習於
聯入南北合套有關,且認為「南、北曲傳播過程中,原屬兩個系統的牌調,
不斷交融之際,實有創發,曲樂的發展並未停滯。」(頁186)南、北曲雖原
屬不同系統的曲牌,在交融過程中,某些曲牌逐漸產生了變化,而俗唱中南
曲作北唱的例子,在譜中雖不多見,卻頗能反映南曲北化的各種複雜原因,
《新譜》所記有以下六曲:

---

37 如程芸:《湯顯祖與晚明戲曲的嬗變》(北京市:中華書局,2006年)頁153-165,討論
　　【二犯江兒水】的南北曲變化;李佳蓮:《清初蘇州崑腔曲律研究——以《寒》、《廣》
　　二譜與傳奇作品為論述範疇》,第二章〈從《寒山堂曲譜》觀察清初蘇州崑腔曲律之發
　　展與變化〉,三〈南北曲界線產生混淆〉(臺北市:花木蘭出版社,2012年3月),頁93-
　　95;林佳儀:〈南、北曲交化下曲牌變遷之考察〉,討論北曲南化的【清江引】與南曲
　　北化的【撲燈蛾】,見《戲曲學報》第四期,頁153-192

| 宮調 | 曲牌分類 | 牌名 | 曲牌註解節錄 |
|---|---|---|---|
| 中呂 | 過曲 | 耍孩兒 | 與北曲【耍孩兒】絕不同。 |
| 黃鐘 | 引子 | 點絳唇 | 與詩餘同。此調乃南引子，不可作北調唱。北調第四句平仄平平，南曲第四句仄平平仄。北無換頭，南有換頭。北第一第二句皆用韻，南直至第三句方用韻。今人凡唱此調，及【粉蝶兒】，俱作北腔，竟不知有南【點絳唇】及南【粉蝶兒】也，可笑。況北【點絳唇】《琵琶記》就用在此調之前，有何難辨也。 |
| 越調 | 近詞 | 入破 | 此調或作北調唱，謬矣。 |
| 雙調 | 引子 | 新水令 | 與北曲不同。末二句須從此句法，不可作五字六字二句。末句妙甚，猶俗語云：但是愁都做了枕前淚也」，南曲中有此等句法，安得不稱獨步哉？ |
| 仙呂入雙調 | 過曲 | 二犯江兒水 | 此曲本系南調，前輩陳大聲諸公作此調者甚多，今《銀瓶記》亦作南曲唱可證也。不知始何人，將《寶劍記》諸曲唱作北腔，此後《紅拂》、《浣紗》而下，皆被人作北腔唱矣。然作者元末嘗以北調提之也，予不自量，敢力正之，斷以為前五句皆【五馬江兒】水，中二句似【朝元令】，又三句似【柳搖金】，後三句仍是【五馬江兒水】。今人強以北曲唱之，益不知北曲止有【清江引】別名【江兒水】，與此調絕不相同，況若欲知今作北調唱，則起處當先唱「圍屏來靠」四字，後面又重唱云「心兒裡焦，想起來心兒裡焦，青春年少，誤了我青春年少」，何其贅也。今既知其為南曲，則唱之者，必不可用此重疊之句矣，予舊有《南詞韻選》，以此調後三句犯【朝元歌】及【一機錦】，亦予之誤也。今按此曲「捱過今宵」三句，原不似【柳搖金】，而末段亦不似 |

| 宮調 | 曲牌分類 | 牌名 | 曲牌註解節錄 |
|------|---------|------|-------------|
| | | | 【五馬江兒水】，乃從馮改明，庶幾合調耳。 |
| 仙呂入雙調 | 過曲 | 松下樂 | 此係北曲【水仙子】，今人稍增減一二字，以南調唱之，強立名色耳。 |

《正始》所收有以下五曲：

| 宮調 | 曲牌分類 | 牌名 | 曲牌註解節錄 |
|------|---------|------|-------------|
| 黃鐘 | 引子 | 點絳唇（前腔換頭） | 沈譜曰此調乃引子也，不可作北調唱之，北調第四句平仄平平，南曲第四句仄平平仄，北無換頭，南有換頭，北第一、第二句皆用韻，南直至第三句方用韻，又曰《琵琶記》用南北【點絳唇】在一處，有何難辨，而世皆隨人附和也。 |
| 正宮 | 過曲 | 花郎兒 | 俗謂【二犯朝天子】謬。此調按《凍蘇秦》原本，每曲之下半截尚有北調【紅衫兒】一闋，古人所謂南北合調者也，向被改本《金印記》直削去之致，今人皆不識其全調，今附備於下以備好學者識之。 |
| 正宮 | 過曲 | 紅衫兒 | 據今時譜，想不知其下截有此北調，且上截之南詞猶疑為【二犯朝天子】，又不明註屬何宮調，而附於「不知宮調」，內文註曰：按南曲未聞有【朝天子】，惟北調有之，此曲不知何所本也。此曲末後五句似【紅衫兒】，但前五句不知何者是本調，何者是犯調耳。今人作此調皆無「雖然皓月」二句，恐是誤也。斯言或忘卻元傳奇《吳舜英》之「南北合調」耳。按此調上截南詞正與《凍蘇秦》上截無異，其題亦曰【花郎兒】，但其下半截雖似北調，不曰【紅衫兒】而犯【上小樓】也。然今李日華之《西廂記》之「側耳聽琴」三曲，即倣此體而作者，今人不究其源，妄以此三曲誣作【罵玉郎帶上小樓】，全章皆為北 |

| 宮調 | 曲牌分類 | 牌名 | 曲牌註解節錄 |
|---|---|---|---|
| | | | 調，及至心中雖懷北調，唱起仍以南腔，余試備吳舜英一調於下，辨證「萬里長空」及「側耳聽琴」是非。 |
| 越調 | 過曲 | 道和（前腔第五換頭） | 按元傳《瓦窯記》及今時本《綵樓記》此底折皆係全套南詞，後不知何人改為南北合調，載於《雍熙樂府》，此必效永樂朝《傳心要訣》本之套式耳。且今之梨園多有譁作北調唱之者，況又反譏南詞之謬，殊不知南【道和】而屬九宮越調，北【道和】而屬中呂宮；又南【梅花酒】亦在越調，北【梅花酒】而于雙調，且此二調之章句體式皆與南調有天淵之隔，何不審之？余今試於此二北調各備一二於下辨証其非，但此二北調之變異增損甚多，不及廣載。今每調僅錄一二可也。 |
| 仙呂入雙調 | 過曲 | 二犯江兒水 | 沈譜曰：「按此曲本係南調，前輩陳大聲諸公作此調者甚多，今《銀瓶記》亦作南曲唱可証也，不知始自何人，將《寶劍記》諸曲唱作北腔，此後《紅拂》、《浣紗》而下皆被人作北腔唱矣，益不知北曲止有【清江引】，別名【江兒水】，與此音調絕不同，況若欲如今作北調唱，則起處當唱『圍屏來靠』四字，後而又重唱云『心兒裏焦，想起來心兒裏焦，青春年少，慪了我青春年少』，何其贅也？今既知其為南曲，則唱者必不可用此重疊句矣。」 |

其中，二譜所收的【二犯江兒水】，已見前文所引學者討論，【道和】一曲，據林佳儀所論，先為南曲套曲增入【調笑令】、【禿廝兒】、【聖藥王】三支北曲，後全套被視為北套，演變過程反映了南、北曲與弦索、崑唱的交互

影響[38]；【耍孩兒】、【點絳唇】、【新水令】則是常見於北曲聯套的曲牌，南曲此牌與北曲格式略有不同，行文中特別強調，當是時人有將這些曲牌作為北曲演唱的情況，如王驥德《曲律》便云「世多以南之【點絳唇】、【粉蝶兒】、【二犯江兒水】作北調唱者，詞隱辨之甚詳。[39]」可見這些南、北曲同名的曲牌，俗唱多有混淆的情況。

【松下樂】與【花郎兒】二曲，則分屬不同的情況。

【花郎兒】一曲，即【二犯朝天子】，此曲於沈璟《增訂南九宮譜》便提出：「按北曲有【朝天子】，南曲無之，此曲不知何所本也。此曲末後五句似【紅衫兒】，但前五句不知何是本調，何是犯別調耳。」《南詞新譜》引用此說，認為此曲難以考訂由那些曲牌組成。《正始》提出了「南北合調」的說法，所謂的「南北合調」，應是由南、北曲摘句組成的新曲牌，由於流傳過程中被刪去部分詞句，曲子不全，以致難以查考。然這樣的集曲組成十分罕見，遍翻曲譜僅見此例，這也說明了南、北曲交化的過程中，除了南、北合套以外，尚存在一個曲牌兼唱南北的現象。

《新譜》謂【松下樂】即北曲【水仙子】增減一二字，並改作南唱。南、北曲本皆有【水仙子】，首先從北曲來看，鄭騫《北曲新譜》所收黃鐘宮【古水仙子】即【水仙子】，另有【商調水仙子】與雙調【水仙子】二曲，格式皆不同[40]。黃鐘宮【古水仙子】例曲如下：

> 挹金波，泛綠醑◎（直喫得）斗柄欄杆轉綺疏◎畫燭高燒，玉山低
> 趄，（拚著個）爛醉花前紅袖扶◎問嫦娥今夜何如◎（願）天長地久
> 為眷屬◎（這的是）人間天上團圓處◎（儘平生）歡愛永無虞◎

---

38 林佳儀：〈論《破窯記》【合笙】「喜得功名遂」套曲在明清時期之流播及變遷〉，《彰化師大國文學誌》第29期（2014年12月），頁93-132。

39 〔明〕王驥德《曲律》，《中國古典戲曲論著集成》（四）（北京市：中國戲劇出版社，1959年）頁61。

40 鄭騫：《北曲新譜》（臺北市：藝文印書館，1973年4月），頁7-8。【商調水仙子】，頁237；雙調【水仙子】，頁301。

《新譜》所收南曲黃鐘【水仙子】例曲出自《拜月亭》：

眼又昏，天將暝◎趁聲兒向前打認◎渾身上雨水淋漓，盡皆泥濘◎生
來這苦，何曾慣經◎（頁553）

眉批注云：「原云北調，最不可解。」【松下樂】則出自沈伯英散曲，例曲
如下：

佳人玉腕枕香腮◎（似）一朵蓮花偶上開◎（怕）等閒睡損多嬌態◎
故高聲驚覺他來◎（他）溜秋波倚玉臺◎忙繫著攔胸帶◎再簇著金鳳
釵◎笑吟吟（問）甚日歸來◎（頁852）

南、北曲【水仙子】的混淆，有兩個情況：一、南黃鐘【水仙子】被誤
作北曲唱，從字格來看，首二句與第三句以後七、四字句的組合，與北曲略
有近似，加之同屬黃鐘、南北曲同名，故有混淆的情況；二、北曲【水仙
子】增減一、二字，改作南調唱，二曲句數相當，改動痕跡明顯，然而此曲
是套入南黃鐘【水仙子】的腔句？或者直接改作南唱、則需從音樂的角度做
詳盡的論述，本文限於篇幅，將另闢文論述。

## 三 結語

本文認為，曲律規範愈趨嚴格，俗唱混亂的觀念才愈受到注意，唯有講
究曲律，才會有「不符合曲律」的情況被訂正。俗唱本是作者、歌者或刊
刻，不嚴謹的曲牌處理，並非發生在一時一地，也難以追溯其來源，因此，
被曲譜訂正的每個俗唱例子，往往有其偶然性，除了靈活通變的共同點，彼
此間未必能歸納出共同的準則。在本文的論述中，無論是字格、腔板、曲牌
使用等，種種違背曲譜規範的曲律，都反映了曲牌俗唱的自由，這種存在於
作者、歌者的潛在共識，有時也推動著曲律的變化，在不同編纂觀點的曲譜
中，可以看出部分曲牌演化的痕跡，如《正始》正宮【錦纏道】註云：「此
係古本，原詞據其第六句之『鞋至上』以對下截『冠兒至底』，今不知何人

改作『直上』，且又於末句之『四時』下添一『端』字，而效王十朋句法，豈知【錦纏道】末句原有七字六字五字者，人自不究。（頁179、180）」《正始》所收例曲出自《拜月亭》：

> 髻雲堆◎珠翠簇蘭姿蕙質◎香肌襯羅衣◎黛眉長○盈盈眼橫秋水◎鞋至上冠兒至底◎諸餘沒半星（兒）不美◎針指暫閒時◎（向）花朝月夕○丫環侍俾隨◎好景須歡會◎四時不負佳致◎（頁179）

然而，被《正始》所訂正的例曲，在《新譜》中被列為正格：

> 髻雲堆◎珠翠簇蘭姿蕙質◎香肌襯羅綺◎黛眉長○盈盈照一泓秋水◎鞋直上冠兒至底◎諸餘沒半星（兒）不美◎針指暫閒時◎花朝月夕○丫環侍俾隨◎好景須歡會◎四時端不負佳致◎（頁224~225）

　　《正始》根據古本，指出當時不知為誰所改的俗唱變異，卻是《新譜》的正格，而《新譜》的正格，則是傳唱過程中，逐漸定型的結果，非單一作者的影響，可見俗唱對曲譜定律，有直接的影響，這顯示了曲牌是「活著」的文體／曲體，創作者了解曲牌的內在規律，才存在靈活通變的可能性，若僅是照格律譜填詞，就不會出現這種大量且紛雜的「錯誤」了。

　　除了刊刻、傳鈔的謬誤，歸納這些俗唱例子，可以看出明清之際的曲唱、創作存在著以下現象：

## （一）字格與腔板的鬆動關係

　　曲譜雖然為每個曲牌，訂定了正確的格律，諸多「又一體」，為定格以外，曲牌變化的可能性，俗唱，則是這些可能性的具體反映，這裡除了涉及曲牌定腔與依字行腔的思考外，俗唱的變動，表示曲牌的字格與腔板，存在著可以騰挪的有限空間，腔板允許字格有限度變化，平仄`字數可作部分調整、增減，字格變化若超出原腔板的容許範圍，歌者亦可能改變腔板以遷就新詞，曲譜明定曲牌格律規範，自然也考量了俗唱的騰挪變化，是否與曲律

標準有所衝突，在本文所舉的例子中，如平仄、字數、句法、正襯字的問題，多涉及了這方面的討論。這裡值得思考的問題是：俗唱的作法，有時打破曲牌應有樣貌的限制，反而失了曲牌的樣子，這在俗唱的例子中並不少見，但鬆動的限度為何？從曲譜的角度來看，字格與腔板鬆動的限度，自然取決於曲譜的標準，但對創作者與歌者而言，是否也存在著限制其更動的衡量準則？這個問題，涉及了明清曲樂變化的的脈絡，並凸顯了明清曲律建立的過程中，影響曲譜編纂的可能變因。

## （二）歌者判斷腔板的依據，在於牌名與字格，因此牌名誤標、字格相似，都有可能使歌者混淆

對歌者而言，牌名的標註，在於指示歌者應用何腔板來唱，換言之，曲本上標註的曲牌名，在歌者的腦中，便猶如一首完整的樂曲，如許莉莉提出，早期曲譜之所以未標工尺，乃是當時歌者能夠從牌名知道如何唱[41]，即便不同曲牌有字句相同的句子，原則上，腔板也不可混淆，如《新譜》【繡帶兒】便註：「【繡帶引】一曲，雖半犯【太師引】而句字與【繡帶兒】全曲一般，為漫無分別，不知其句數雖合，而腔板則分，自不相混也。」即使【太師引】與【繡帶兒】後半句字相似，腔板仍有顯著的區別。由此可知，集曲定名，或流傳、刊刻過程中的牌名訛誤、乃至曲牌中的幾句相近，均可能影響歌者的判斷，這同時說明了，曲牌的音樂旋律與節奏，至少有一個概略的旋律框架，誤註牌名或字格相似的混淆，使得框架隨之重組，導致字格與腔板的不合，這種情況下，俗唱可能產生兩種狀況：

1、將不合的文詞，套入另一牌名的腔板，如《正始》【太平歌】云：「此【太平歌】一調，按《古今詞譜》及新舊傳奇然，皆未及見有此調此式，即今之蔣、沈二譜及坊本《琵琶記》，皆以「他媳婦」套內之「求科

---

41 許莉莉：〈論元明以來曲譜的轉型〉，收入《南大戲劇論叢（肆）》（北京市：中華書局，2008年12月），頁299-309。

舉」一曲當之，及檢其章句，直是南呂宮之【東甌令】也，所爭止幾襯字耳，今歌此曲者，妄以其之襯字強作實文，又以其之腔板強為改易，勉別【東甌令】之唱法，可笑。」（頁121）原【太平歌】字句更動後，與【東甌令】相似，後勉強套入【東甌令】的腔板。

2、字格與腔板相互遷就，如斷句、正襯判定、點板騰挪等，使曲子不致窒礙難唱，如此，則改變了曲牌體格，如前文所引《新譜》【蠻牌令】的例子，由於【蠻牌令】字格的變化，導致後人將原三字兩句加襯的句法，視為八九字的句子，於是更改腔板以遷就新詞。

曲詞字格不斷變動的原因，與傳唱過程某些較為流行的作品有關，傳唱較盛的曲子成為新的創作規範，曲牌因而產生新的體格，此外，歌者的曲牌處理，也是本文思考的重點，在例子中可以發現，牌名固然是歌者判斷腔版的依據，但字格對歌者判斷，是更為直接的，曲牌的腔板有其框架，文詞套入腔板，句法與點板二者相互影響，這些文詞與音樂的關係，或許是歌者演唱時，更重要的考量。

## （三）曲牌聯套影響歌者唱法判斷

曲牌聯套的規則與形式，已多見於學者的討論[42]，唯聯套影響俗唱，則是較為特殊的課題，從本文所舉的例子可以發現，南北合套的套曲，可能影響歌者誤判其中曲牌作南唱或北唱；聯套順序，也可能影響歌者將引子唱作過曲，或者將過曲唱作引子。這也引起本文思考，相對於聯套規律，場上的

---

42 如吳梅：《曲學通論》（《吳梅全集・理論卷上》，石家莊市：河北教育出版社，2002年）頁197，云述南曲套數謂：「大句則全套曲牌，各有定次，前後連串，不能倒置。（若用集曲，則亦可不拘，如〈獨占〉之【十二紅】、散曲之【巫山十二峰】、〈思鄉〉之【雁魚錦】是也。）作者順其次序，按譜填之，不可自作聰明，致有冠履倒易之誚。」由此可知，吳梅認為一般過曲聯套有一定的次序，集曲則不在此限。張敬：〈南曲聯套述例〉（收於《中國古典文學論文精選叢刊・戲劇類一》（臺北市：幼獅文化公司，1984年11月），亦提出了南曲聯套的幾種不同的類型。

實踐有另一套順序與習慣，習慣或許來自於長期以來取牌聯套的順序與規則，但劇作家創作時，偶而有其排場設計的巧思，但場上演出有時未必能夠顧及，實際搬演與案頭創作的差異，也是值得進一步探討的課題。

曲譜所欲建立「曲牌名」──「字格」──「腔板」的明確對應關係，對俗唱而言，並非牢不可破，在律的規範下，俗唱自有一套靈活變化的原則，雖然有些變化只是傳唱、刊刻的謬誤，未必能夠合理解釋，但俗唱反映的，是曲牌音樂與文詞組合的變因，與曲律相對，曲律強調曲牌的個性，俗唱則強調曲牌變化的可能性，二者的交融與衝突，成為曲牌不斷演進的動力。本文目前雖就俗唱的種種現象，進行梳理與歸納，但每種俗唱現象，衍伸的問題實為複雜，而俗唱是否更反映了某些曲唱的習慣或規則，更是值得進一步開展的課題，透過這些問題中，對曲牌在明、清兩代的實際演唱，有初步的認識。

# 從《洛水悲》到《洛神》<sup>*</sup>

## 李元皓

國立中央大學中國文學系

## 摘要

　　以「洛神」為題的古典戲曲，最早見於明雜劇《洛水悲》，後有清雜劇《瀟湘影》與京劇《洛神》，本文的主旨即在於探討從一條二百多字的〈洛神賦〉註文，如何進入戲曲，進入戲曲之後，經歷何種演變，而成今日所見的京劇《洛神》。從《洛水悲》到《洛神》，劇中涉及的情節，可說越來越簡。《洛水悲》的主題是求而不得的愛情，《瀟湘影》的主題是「事雖不正，情卻不淫」，《洛神》的主題是製作出「脫去一切人間事物」的神話戲曲。另一方面，表演設計卻踵事增華。所討論的脈絡，是以感甄故事裡的抒情線索為主。當代戲曲所注意的重心，跟古典完全不同，必定敘述曹氏兄弟爭嫡的權力鬥爭，跟甄后的愛情的通俗劇、情節劇走向。值此當代「新京劇」所標榜文學筆法，層層剖析，向內凝視的新美學，重新檢視《洛神》所承載的文人劇、抒情劇理念，尤具時代性的意義。

**關鍵詞：**汪道昆、黃燮清、梅蘭芳、《洛水悲》、《凌波影》、《洛神》

---

* 本文為國立中央大學「邁向頂尖大學計畫」中的「古典文學的『物』與『我』分項計畫四：京劇唱片研究：流派與經典的形成」一〇四年度執行成果。關於文選學及李善注的討論，感謝郭永吉教授的協助。

# 一　前言

　　以「洛神」為題的劇目最早見於明雜劇《洛水悲》，而從《洛水悲》到京劇《洛神》，筆者以為從文體的賦到戲曲，以及在文人劇、抒情劇發展的脈絡當中，頗有可究之處。本文的主旨即在於探討「洛神」題材如何進入戲曲，進入戲曲之後，經歷何種演變，而成今日所見的京劇《洛神》。主要討論的劇目有三：在古典戲曲方面，現存唯二的明雜劇《洛水悲》、清雜劇《凌波影》還有京劇《洛神》。首先討論《洛水悲》的作者為何選用了洛神題材，與獨幕劇形式。其次討論〈洛神賦〉當中份量很小的「感甄」情節，為何成為《洛水悲》的核心。接著討論《凌波影》的同而不犯構想，與增益首尾的格局；《洛神》參考前人作品，是否有吸收二十世紀初歐洲劇場創意的可能。最後，跟今日相關題材──必定敘述曹氏兄弟爭嫡的權力鬥爭，跟甄后的愛情的通俗劇、情節劇走向──相比，本文所討論的三劇特色更為明顯，值此當代「新京劇」所標榜文學筆法，層層剖析，向內凝視的新美學，重新檢視《洛神》所承載的文人劇、抒情劇理念，尤具時代性的意義。

# 二　汪道昆雜劇創作之綜合評價

　　梅蘭芳的自傳《舞台生活四十年》提到京劇《洛神》「根據《洛神賦》，又參考汪南溟的《洛水悲》雜劇編的。」[1]《洛水悲》全名為《陳思王悲生洛水》，與《楚襄王陽台入夢》、《陶朱公五湖泛舟》、《張京兆戲作遠山》一起收入《大雅堂雜劇》（1560），「大雅堂」是汪道昆（1525-1593）出任襄陽知府時期的書齋名稱。汪道昆，字伯玉，號南溟，歙縣人，與王世貞同時，在明代萬歷年間頗著文名。他的祖父以鹽商起家，父祖都熱中戲曲，[2]汪道

---

1　梅蘭芳：《舞臺生活四十年》（北京市：中國戲劇出版社，1987年），頁702。

2　韓結根：〈明代的新安商人與戲劇〉，《中國典籍與文化》1期（北京市：教育部全國高等院校古籍整理研究工作委員會，1997年），頁30。

昆亦是徽州地區最早的劇作家，[3] 皖南劇作家當中，汪道昆社會地位最高，創作很早，僅晚於鄭之珍《目連救母勸善戲文》。[4] 他對於戲曲雖不是率爾操觚，但是在《中國近世戲曲史》裡的評價很有限：

> 四種曲辭雖皆典雅，然少本色。《顧曲雜言》曰：「都非當行。」體例毫不守雜劇規矩，各折之首，有末誦之開場詞，登場乃先唱後白，且用複唱法，又有下場詩，與其稱之為雜劇，毋寧可視為戲文之一齣也。[5]

《中國近世戲曲史》站在「雜劇本色論」的立場，認為汪道昆的劇作文字太典雅，體制又不合於元雜劇。徐朔方也認為汪道昆雜劇文字尚佳，「都以常見的風流韻事為題材，用來奉獻給親王的作品。沒有令人不快的諛詞，顯得和一般的應酬之作有所區別」，但是立意內容上「無可取」。[6] 但亦有論者認為汪道昆的雜劇具有形式上的開創特色，一本《大雅堂雜劇》共有四折，一折寫一事，開頭模仿南戲的副末開場，說明作者旨趣與劇情。除《五湖遊》用南北合套之外，其他三折概用南曲，交替使用獨唱、對唱、輪唱、合唱等形式，在雜劇「南戲化」的過程中，具有突出的成就。[7] 今日對汪道昆的評價，似有逐漸提高的趨勢。

《插圖本中國文學史》認為他是同時代第一個著意於寫作雜劇的人，透過「文人／民眾」、「案頭／場上」的光譜進行討論：

---

3　錢曉紅：〈明代中後期皖籍戲曲家的交遊〉，《戲劇文學》369期（長春市：吉林省藝術研究院，2014年），頁114。

4　朱萬曙：〈晚明皖南戲曲家群體綜論〉，《江淮論壇》4期（合肥市：安徽省社會科學院，1998年）頁104。

5　青木正兒：《中國近世戲曲史》（臺北市：臺灣商務印書館，1982年），頁194。文中所舉副末開場、登場先唱、下場詩、打破一腳獨唱等都是南戲（戲文）習用的手法。

6　徐朔方：〈論汪道昆──湯顯祖同時代的曲家論之一〉，《杭州大學學報（哲學社會科學版）》1期（杭州市：杭州大學，1988年），頁64。

7　趙克生：〈《明史·汪道昆傳》補正〉，《安徽史學》3期（合肥市：安徽省社會科學院，1997年），頁33。

在故事上，在文辭上，在在都可見其為文人之劇而非民眾的腳本。是案上的讀本，而非場上的戲劇。說白是整飭雅潔的，曲文更是深奧富麗，多用典實。離「本色」日益遠，而離文人的抒情劇則日益近了。[8]

《中國近世戲曲史》與《插圖本中國文學史》這兩部文學史討論汪道昆的觀點，基本上構成兩大面向，引發了更多的後續討論，主要在於汪道昆劇作「體制不合元雜劇」以及「語言非本色」。如金寧芬同意《大雅堂雜劇》是案頭之劇而非場上之劇，倘若真的硬要演出，「只怕未終場而席空」。[9]朱萬曙指出汪道昆同代之人肯定其作品之雅，後代之人抨擊其劇作情節簡單，是案頭之作。此論並不公允，汪氏並非純粹抒情，並有意在劇中曹植、甄后的抒情間隔，插入淨丑科諢，進行戲劇性的調節。[10]汪超宏引用《鸞嘯小品》、《少室山房集》、《群音類選》等書說明萬曆年間，汪道昆雜劇不但有演出，而且很流行。[11]江巨榮引用《石園全集》卷十七〈迎春日宴席宗伯年嫂命女伎演雜劇四首〉，是清順治十五年（1658）立春的演出紀錄，「真實地反映了演出的氛圍和觀演的感想。」其中一首名為〈江干解珮〉：「新春重蹋杏花春，又見波光漾洛神。自古憐才應擬賦，至今遺恨隔仙塵。」[12]揆其文意，幾乎可以斷定台上演出的就是就是《洛水悲》。看來《大雅堂雜劇》從明代萬歷年間直到清代順治年間都在場上傳唱，而非靜靜地躺在案頭。

由上述研究可知，雖然鄭振鐸「案上的讀本」的斷言是錯誤的，但是不掩另一個判斷「為文人之劇」的正確，「場上的戲劇」可以預設平民為觀眾，當然也可以預設文人為觀眾。汪道昆雜劇應該是以「文人的抒情劇」而存於舞台上的，他抒發了一代士人共同的情思，獲得了士人社群的歡迎。論

8  鄭振鐸：《插圖本中國文學史》（臺北市：莊嚴文化公司，1991年），頁894。
9  金寧芬：〈關於汪道昆的幾個問題〉，《文學遺產》4期（北京市：社會科學院文學研究所，1985年），頁100、101。
10 朱萬曙：《明清戲曲論稿》（合肥市：安徽大學出版社，2008年），頁94。
11 汪超宏：《明清曲家考》（北京市：中國社會科學出版社，2006年），頁147。
12 江巨榮：《明清戲曲：劇目、文本與演出研究》（上海市：上海古籍出版社，2014年），頁388。

者以為《大雅堂雜劇》主旨就是愛情故事，闡述「繁華總是浮漚」的感傷情懷；[13]汪氏風格「總瀰漫著某種追求而不得的憂傷，顯現著想要脫離世俗官場的消沉。體制上突破元雜劇固有一本四折結構，單折戲具備了早期獨幕劇的特點，開啟了中國乃至世界獨幕劇的先河。」[14]《中國近世戲曲史》所指責的「體制不合」則被視為形式上的創新，汪道昆的作品同時兼具嚴謹的套劇、典型的南雜劇及一折的短劇，極具開創性。[15]而在語言上，他「將傳統詩文含蓄醞籍的手法引入雜劇創作，總體上可歸入『劇詩』的範疇，是『劇體詩』而非『劇中詩』，更非純粹的案頭之曲。『淡雅醞籍，簡潔凝練』是汪氏作品情感內容和藝術風格的歸納。」[16]可以說是情緒的詩化、意念化，雜劇創作至此別開生面，不尋求以傳奇的情節之奇，排場之奇，轉而驅使文字，挖掘情感，航向戲曲迄未抵達的陌生彼岸。只有從這個角度，才能解釋呂天成《曲品》為何將他的作品評為「上品」。汪道昆不是孤立的存在，他的方向（一本四折，四折各為不同故事，或言一個套曲一個故事，每個劇目都是獨幕劇）影響後來程士廉《小雅堂樂府》（收有《帝妃春遊》、《蘇秦賞夏》、《韓陶夜宴》、《戴王訪雪》）、許潮雜劇《武陵春》、《蘭亭會》、《寫風情》、《午日吟》、《南樓月》等戲曲創作。[17]清代洪昇雜劇《四嬋娟》、舒位《瓶笙管修簫譜》所收四種雜劇皆是依此形式。[18]足見汪道昆在明代戲曲中，是個不應忽略的存在。他對於雜劇〈洛水悲〉的創作，成功結合文學的

13 楊瑾：〈再論《大雅堂雜劇》的思想內涵——抒寫文人的時代困惑〉，《黃山學院學報》13卷2期（黃山市：黃山學院，2011年），頁65。

14 徐子方：〈文人劇與南雜劇——明代雜劇藝術論系列之一〉，《東南大學學報（哲學社會科學版）》5卷1期（南京市：東南大學，2003年），頁100、101。

15 李惠綿：〈汪道昆《大雅堂樂府》在明雜劇史上的意義〉，《幼獅學誌》20卷4期（臺北市：幼獅文化公司，1989年），頁74。

16 徐子方：〈汪道昆及其雜劇創作〉，《學術界》103期（合肥市：安徽省社會科學界聯合會，2003年），頁194。

17 徐子方：〈試論明代文人劇的內容特點與表現手法〉，《藝術百家》1期（南京市：江蘇省文化藝術研究院，2000年），頁12。

18 徐朔方：〈論汪道昆——湯顯祖同時代的曲家論之一〉，《杭州大學學報（哲學社會科學版）》1期（杭州市：杭州大學，1988年），頁64。

形式與愛情的主題，開啟了後世洛神題材戲曲的先河。

## 三　雜劇《洛水悲》與《洛神賦》

　　「感甄」是戲曲中洛神題材的核心，體現了甄后與曹植超越生死的情感，然檢視〈洛神賦〉全文，通篇卻不及「感甄」一字，「感甄」的出處是唐玄宗時期李善於《文選・洛神賦》題下的註：

> 《記》曰：魏東阿王，漢末求甄逸女，既不遂。太祖回與五官中郎將。植殊不平，畫思夜想，廢寢與食。黃初中入朝，帝示植甄后玉鏤金帶枕，植見之，不覺泣。時已為郭后讒死。帝意亦尋悟，因令太子留宴飲，仍以枕賚植。植還，度轘轅，少許時，將息洛水上，思甄后。忽見女來，自云：我本託心君王，其心不遂。此枕是我在家時從嫁前與五官中郎將，今與君王。遂用薦枕席，懽情交集，豈常辭能具。為郭后以糠塞口，今被髮，羞將此形貌重覿君王爾！言訖，遂不復見所在。遣人獻珠於王，王答以玉珮，悲喜不能自勝，遂作〈感甄賦〉。後明帝見之，改為〈洛神賦〉。[19]

李善此註的真假引發後世不斷的討論。清代《樵香小記》、《文選考異》都捻出開頭的「《記》曰」沒有標舉書名，不合於李善註的格式。[20]《義門讀書記》根據《魏志》考證這條註文不合於史實、禮俗，「遂用薦枕席，懽情交集，豈常辭能具。」與下文「為郭后以糠塞口」的文義也錯落不貫串。[21]《曹集銓評》直指〈洛神賦・序〉明說是擬宋玉《神女》為賦，主旨寄心

---

19　〔梁〕蕭統編、〔唐〕李善注：《文選》（上海市：上海古籍出版社，1986年），卷19，頁896。東阿王即曹植，甄逸女即甄后，太祖即曹操，五官中郎將即曹丕，也是下文的魏文帝

20　〔清〕何琇：《樵香小記》，《文淵閣四庫全書》（臺北市：臺灣商務印書館，1983年），卷上，頁859-787。《文選考異》見蕭統編、李善注《文選》卷19，頁901。

21　〔清〕何焯：《義門讀書記》（北京市：中華書局，1987年），卷45，頁883、884。

君王，譬喻托之宓妃、洛神，是屈原、宋玉之志也。「注引『《記》曰』云云，蓋當時記事媒蘖之詞，如郭頒《魏晉世語》、劉延明《三國略記》之類小說短書」。[22]認為這條註腳符合《漢書・藝文志》對小說家流的原始定義，真的就是街談巷語，道聽途說者之所造也。還有一點，註文說甄后被髮塞口，以形貌為羞，與賦文所鋪陳「彼何人斯，若此之豔也」的神女形象顯然嚴重矛盾。儘管被學者抨擊為杜撰牽合，割裂拼湊，俚俗不復有文義，這一條不到三百字的註腳卻擁有強大的生命力，最後附庸蔚為大國，沒有事實根據的「感甄」情節，竟成為後世通俗文化對〈洛神賦〉的唯一印象。

關於「《記》曰」的註腳，《曹集銓評》認為是唐代李善原註，《文選考異》認為是南宋尤延之刻本摻入，二說孰是孰非，不是本文關心的問題。筆者關心的是此條註文的爭議，註腳源於唐代也好，南宋也好，都反映了感甄主題在唐宋兩代的流行，甚至可以上溯六朝，如《文選・洛神賦》於「恨人神之道殊兮，怨盛年之莫當。」一句有註：「此言微感甄后之情。」另一句「悼良會之永絕兮，哀一逝而異鄉。」註：「良會，夫婦之道。」[23]這兩條註腳雖如題名下的「《記》曰」一樣不著出處，卻有越說距「感甄註腳」越真，越說離「寄心帝王主旨」越遠的傾向，疑亦是根據「《記》曰」生發出來的解讀。甚至衍生新故事，如《太平廣記》的〈蕭曠〉：

> 太和處士蕭曠。自洛東遊。至孝義館。夜憩于雙美亭。時夜朗風清。曠善琴。遂取彈之。夜半，調甚苦。俄聞洛水之上。有長歎者。漸相逼。乃一美人。曠因捨琴而揖之曰。彼何人斯。女曰。洛浦神女也。昔陳思王有賦。子不憶耶。曠曰。然。曠又問曰。或聞洛神即甄皇后。謝世。陳思王遇其魄於洛濱。遂為感甄賦。後覺事之不正。改為洛神賦。託意於宓妃。有之乎。女曰。妾即甄后也。為慕陳思王之才調。文帝怒而幽死。後精魄遇王於洛水之上。敘其冤抑。因感而賦

22 〔清〕丁晏：《曹集銓評》（臺北市：臺灣商務印書館，1978年），頁11、12。

23 〔梁〕蕭統編、〔唐〕李善注：《文選》（上海市：上海古籍出版社，1986年），卷19，頁900。

之。覺事不典。易其題。乃不繆矣。……[24]

「不典的愛情」是禁忌，是名人八卦的焦點，也是戲劇性的來源。《洛神賦》不曾提到「敘其冤抑」的情節，〈蕭曠〉的內容就原註腳的情節加以發揮，刪去「用薦枕席」的肉體之愛部分，在心靈之愛部分更坐實了感甄主題，鳩佔鵲巢，掩蓋了原有的《洛神賦》。這不能不說是文學史上少見的異象，後世對此賦的相關評論，重心相當傾斜，大多被這一條註腳帶著走，著重考辨與內文無關的史實。不禁令人懷疑，《洛神賦》若只被目為《神女賦》的擬作之一，是否能有如此強大的能量，與〈七步詩〉一同廁身曹植最為人所「熟知」的作品。只不過後世讀者觀眾對〈洛神賦〉的這種「熟知」想必是曹植始料未及，也絕對不願見到的。

　　到了明代，汪道昆仍然襲取感甄主題，與〈蕭曠〉「敘其冤抑」的情節，並進一步對註文當中割裂拼湊的地方彌縫補合，例如甄后精魄是鬼，洛神宓妃是神，兩者之間關係如何，原註腳沒有交代，〈蕭曠〉也沒有處理。汪道昆讓甄后精魄的獨白說明他是人鬼，託為宓妃：

> 妾身甄后是也。待字十年。傾心七步。無奈中郎將弄其權柄。遂令陳思王失此盟言。佳偶不諧。真心未泯。後來郭氏專寵。致妾殞身。死登鬼錄。誰與招魂。地近王程。寧辭一面。將欲痛陳顛末。自分永隔幽明。畢露精誠。恐干禁忌。如今帝子已度伊闕。將至此川。不免託為宓妃。待之洛浦。[25]

雖說是人鬼，但是跟清代傳奇《長生殿・冥追》裡變成孤魂野鬼的楊貴妃不一樣，甄后還是有著隨從明珠、翠羽的服侍，以及儀仗、百和香、七寶扇的排場，迥異於一般鬼魂。楊貴妃後來處境的改變，是因為他原係蓬萊仙子，跟唐明皇前身孔升真人，偶因小譴，暫住人間。甄后則沒有交代，《三國

---

24　〔宋〕李昉等編《太平廣記》（北京市：中華書局，1986年），卷311，頁2459。
25　〔明〕汪道昆《洛水悲》，《名家雜劇》（明崇禎刊本）卷4，頁2。曹植先封東阿王，後改陳思王。

志‧魏書后妃傳註》說甄后死後「不獲大斂，被髮覆面，以糠塞口」，[26]按照禮俗而言相當淒涼，註腳承襲此點，形象也很狼狽可憐，以鬼魂的面貌出現時似乎不會有什麼大排場，或許這並不是汪道昆關心的重點。

　　汪道昆所欲鋪陳的是現實生活中的人鬼相會，戲劇性在於「甄后尋求愛情的欲望與封建倫理的衝突」。[27]「事之不正」的慾望與倫理的衝突導致愛情無法實踐，刪去了註腳中「用薦枕席，懽情交集」的情節，凸顯憂傷，合於徐子方所歸納汪道昆劇作特色「總瀰漫著某種追求而不得的憂傷，顯現著想要脫離世俗官場的消沈」。在本劇中，求而不得就是扣住「敘其冤抑」的情節，可用甄后的下場前的最後一支曲子來呈現：

　　【五更轉】意未申，神先愴，東流逝水長。晨風願送、願送人俱往，落日泣關，掀天風浪。丹鳳棲，烏鵲橋，應無望。夢魂不斷，不斷春閨想。（白）妾身從此別去啊（合）寂寞金鋪，蕭條塵網。[28]

未申之意，先愴之神，都是因為求而不得。「逝水」暗示消逝的機緣與生命，「晨風願送」是甄后自況願隨曹植，表達個人意志。「落日泣關」當指幽明陰陽之隔，「掀天風浪」各種條件都與意志相左。「應無望」和「不斷春閨想」都是白描，重申雖然不得，此心仍是耿耿常在。「寂寞金鋪，蕭條塵網」說得是陵墓棺槨，絕望之景。甄后暫時託為宓妃，畢竟還是人鬼，終究要回到安息之處。

　　戲劇性雖然是甄后的慾望與衝突，但是《洛水悲》的設計並非把敘述的重心擺在甄后身上，而是甄后、曹植並重的，可以經由分析汪道昆對於唱曲的安排，得知兩者戲分相近：

　　甄后【步步嬌】、【好姐姐】、【前腔】

---

26 盧弼《三國志集解》（臺北縣：漢京文化公司，1981年），頁203。

27 朱宏璐〈《陳思王悲生洛水》戲劇性試析〉，《安徽文學（下半月）》7期（合肥市：安徽省文聯出版社，2010年），頁21。

28 〔明〕汪道昆：《洛水悲》，《名家雜劇》（明崇禎刊本）卷4，頁7。

曹植【神仗兒】、【好事近】

甄后【好事近】

曹植【泣顏回】

甄后【泣顏回】

曹植【解三酲】

甄后【解三酲】、【五更轉】

曹植【五更轉】

劇中的曹植的心境也是「求而不得」，出場第一支曲子的夾白就說：「想我半生枉過，百事無成，怎如得那鷗鳥。」[29]見到洛神之後，喚起了傷心往事「（背語）你看那宓妃容色，分明與甄后一般，叫我追亡拊存，好生傷感人也。」[30]值得注意的是劇中至多是「宓妃容色，分明與甄后一般」，卻始終沒有把洛神與甄后連接起來。註文則是「將息洛水上，思甄后。忽見女來」，曹植沒有任何疑惑，一開始就知道來者即是甄后。根據《潘之恆曲話》，「《高唐》、《洛浦》以壽襄王，而自寓於宋玉、陳思之列。」[31]《高唐夢》、《洛水悲》兩劇是獻給襄王朱厚熲的，內容都是王者的風流雅事，《高唐夢》的王者也是襄王，可能是在襄王壽宴上演出。所以敘事很有分寸，沒有「雲雨巫山」的情節，眉批有所解釋：「神女曾事先王。事雖渺渺茫茫。有此一段奇遇。而絕無狎昵之私。是作者斟酌處。」[32]《洛水悲》的劇中人物曹植事涉不正，汪道昆更不可能留下「影射王爺」的可能。曹植也是汪道昆的自我投射，「求而不得」是汪氏的感傷，也是一代士人審美的取向。全劇就是求而不得的對話，無論是人是鬼，是王爺是才子，都觸及了人的意志與人的有限性交集的一個點，品嚐到了某種悲劇美學的精神。汪道昆的抒情取向，仍是後來雜劇《凌波影》、京劇《洛神》的主軸。

29 〔明〕汪道昆：《洛水悲》，《名家雜劇》（明崇禎刊本）卷4，頁3。

30 〔明〕汪道昆：《洛水悲》，《名家雜劇》（明崇禎刊本）卷4，頁7。

31 潘之恆：〈曲餘〉，《潘之恆曲話》（北京市：中國戲劇出版社，1988年），頁13。

32 〔明〕汪道昆：《高唐夢》，《名家雜劇》（明崇禎刊本）卷1，頁5、6。

## 四 從雜劇《凌波影》到京劇《洛神》

　　討論到此，梅蘭芳《舞台生活四十年》談到《洛神》一劇的出處是「根據《洛神賦》，又參考汪南溟的《洛水悲》雜劇編的。」應該反過來，調整為「根據《洛水悲》，又參考《洛神賦》。」除了《洛水悲》，另有清人黃燮清所寫雜劇《凌波影》亦是以洛神為題材。《凌波影》沒有演出紀錄，看來是案頭劇，學界對他的興趣遠遜於汪道昆。全劇凡四折，約成於道光年間，《古本戲曲劇目提要》以為《凌波影》根據《洛神賦》，又參考《洛水悲》編的。而「現京劇之《洛神》，係據此〔《凌波影》〕而改編。」[33] 不知何所根據，梅蘭芳可沒有這麼說。但是比較之後，筆者認為確有其事，《洛神》與《凌波影》文字沿襲之處極清晰，如洛神出場的家門即是。

　　三個劇本的劇情變化大致如下：《洛水悲》根據〈洛神賦〉註加以發揮，《凌波影》想要「同而不犯」，避開襲用《洛水悲》的手法；京劇《洛神》則兩者兼收並容，設定與文字更多地沿襲《凌波影》。可以用主題和結構加以解釋：

### 表一　劇情比較表

| 雜劇《洛水悲》 | 雜劇《凌波影》 | 京劇《洛神》 |
|---|---|---|
| 三國時甄后屬意於曹植而未得如願，死後鬼魂託名洛水水神，這日聞知曹植將經洛水東歸，乃盛裝以待。日暮，曹植乘車行經洛水駐下。曹植屏退眾人，只帶侍從 | 三國時曹植朝覲禮畢，奉命歸藩。行至洛川驛，天色將晚，便將人馬紮下，準備次日登程。在昏暗的孤燈下，他將聖上賜予的玉纓金帶枕拿出把玩，不覺困倦睡去。冥冥之中，見洛川神女到來，云他在凡間與曹植有未了的三生之緣，並約來日與之在洛川相會。仙樂之中，神女飄然而去。曹植猛然驚醒，乃南柯一夢。想起夢中情 | 曹子建受封為王，奉命就國。曹丕以金帶枕賜之。歸途中夜宿館驛，夢見洛川女神，衣裝華麗，約於次日在洛川相會。屆時 |

---

33 李修生主編：《古本戲曲劇目提要》（北京市：文化藝術出版社，1997年），頁784。戴云撰稿。

| 雜劇《洛水悲》 | 雜劇《凌波影》 | 京劇《洛神》 |
|---|---|---|
| 來到洛水邊，須臾見河洲之上有一女子若玉天仙子，遂使侍者通問求見，知其是洛水之神。曹植見其容色與甄后一般，十分傷感，遂解下懷中玉珮相贈，洛神乃報之明珠，相言彼此永矢不忘。洛神去後，曹植憂思難眠，作〈洛神賦〉一篇記其所遇。[34] | 景，不禁悵然。次日，曹植如約過洛水，遠遠望見一仙姬脈脈含愁。盈盈欲語，便朝他一拜。他覺得這位仙姬似曾相識，但實在是想不出在何處相見。正欲問明其來蹤去影，但這位仙姬答話撲朔迷離，使之不得其解。曹植想上前與之親近，又恐越禮，猶豫之間，那仙姬卻逐漸隱去。待要追去，眼前卻出現了一個個面目猙獰的魔障。待曹植定下心來，卻見遠處是自己的內侍尋到河邊。曹植自洛川遇那仙子，心中依依難捨，不知他是何處神明。恰好其手下有一個僕夫是洛川人士，便叫他來問明。僕夫聽完曹植描述的仙姬模樣，告之乃洛川之神，名宓妃。曹植聞聽，想到向日宋玉賦神女，相如賦美人以抒寫情懷。於是讓內侍拿過筆硯，揮毫作賦。寫就，讓僕夫趕往洛州，將賦送於水中。他還叫內侍次日訪一妙手，將此事寫入《凌波影》中，使天下人讀之，均知此鍾情事。35 | 子建如約前往，果見洛神。二人互致傾慕之意，語不涉邪，交談甚久，盡歡而散。[36] |

〈洛神賦〉正文根本沒有感甄主題，首先使用感甄主題的戲曲劇作就是《洛水悲》，甄后道：「待字十年。傾心七步。無奈中郎將弄其權柄。遂令陳思王失此盟言。佳偶不諧。真心未泯。後來郭氏專寵。致妾殞身。」的魏宮情節，《凌波影》完全不交代。《凌波影》的洛神頭一次出場道：「吾乃洛川神

---

34 李修生主編：《古本戲曲劇目提要》（北京市：文化藝術出版社，1997年），頁187。

35 李修生主編：《古本戲曲劇目提要》（北京市：文化藝術出版社，1997年），頁784。戴云撰稿。

36 見曾白融：《京劇劇目辭典》（北京市：中國戲劇出版社，1989年），頁304。

女是也。掌握全川水印，修成一點仙心。作翠水之遊，已離凡劫；戀紅塵之影，未斬情根。因與曹王子建尚有未盡之緣，猶負相思之債。今日聞他駐札本驛；為此御雲而來，略現因由，藉通誠愫。」看不出來是甄后。第二次出場還要撇清不是幽歡：「小神洛川神女。生作美人。死登仙籙。因慕曹王子建才調。昨宵約他川上相會。犀通一點。鳳恥雙飛。並非密約幽歡。只願稍伸積愫。」<sup>37</sup>至此始暗示自己是甄后。京劇《洛神》連暗示都不說，大體沿用《凌波影》頭一次出場的獨白。<sup>38</sup>三個版本之所以有此差別，關鍵在於甄后的動機。

在《洛水悲》裡，甄后的動機是：「將欲痛陳顛末。自分永隔幽明。」道白中的「痛陳」結合魏宮情節看來，就是對所愛的人一吐生前隱忍的積怨。《凌波影》的洛神動機不再滿懷怨恨遺憾，只是：「並非密約幽歡。只願稍伸積愫。」<sup>39</sup>超脫出宮闈密辛陰謀怨毒，只有情難忘，這個情不是密約幽歡之情，只是表一表衷腸。《洛神》跟隨此一設定：「因與雍丘王曹子建尚有未盡之緣，猶負相思之債。…對他略表因由，藉通誠愫。」之所以如此，背後是有宗教觀中神鬼身份的設定，《洛水悲》的甄后鬼魂只是「託為宓妃」，吐完積怨之後只能回到泉壤，在死者的歸宿度過寂寂長夜。《凌波影》、《洛神》的洛川神女，視甄后的生命，可能只如自己應劫下凡，紅塵一轉，又如佛教的應身、應化身。成神之後，世事成敗不復掛懷。一如小說《楊太真外傳》、傳奇《長生殿》的太真仙子，剩下的只有愛情，或是未能成就的愛情。不過劇中情侶亦有幸不幸的分別，同屬「事之不典」，唐明皇、楊貴妃可以在天上團圓，曹植、甄后卻永遠只能在洛川晤言片時。

曹植、甄后的缺憾，首先是所依據題材的設定限制，因為結局一定要回

---

37 〔清〕黃燮清：《凌波影》，《傅惜華藏古典戲曲珍本叢刊》冊94（北京市：學苑出版社，2010年），頁79、82。

38 中國藝術家協會編：《梅蘭芳演出劇本選集》（北京市：藝術出版社，1954年），頁161。

39 〔清〕黃燮清：《凌波影》，《傅惜華藏古典戲曲珍本叢刊》冊94（北京市：學苑出版社，2010年），頁82。

到〈洛神賦〉的創作，既然賦文內容說的就是：「恨人神之道殊兮，怨盛年之莫當。」又說：「悼良會之永絕兮，哀一逝而異鄉。」團圓的結局顯然背離文義，既然《洛水悲》、《凌波影》的結尾要回到曹植作賦，就不能徇從通俗愛情戲劇的生旦團圓。但是如同唐明皇與楊貴妃，曹植死後大可以在天上與甄后團圓，為什麼一向以團圓為美的戲曲敘事慣例卻沒有發生在曹植與甄后身上？

除了〈洛神賦〉提供的框架限制了結局的走向，對情的認知與當代有別也是原因。論者以為《凌波影》全劇重心在於言情，情之為物，必須「發乎情，止乎禮義」，[40]洛神道：「千古多情之人，從無越禮之事。」曹植也道：「雖說鍾情，豈宜越禮。」[41]不難想像，「發乎情，止乎禮義」的文學作品在當代會被如何看待，對劇中流露的愛情觀評價自是不高，或指責全劇貫穿正統婚姻觀念，洛神帶有嚴重的道學色彩，「止乎禮」就是完全受到封建正統觀念束縛。[42]站在現代人的立場批判封建，固然痛快，不過這套批判觀點跟詞彙沿用了一個世紀，幾乎可以用來抨擊所有傳統作品，本身也有些空洞了。《凌波影》中關於四魔障的設置，也許可以提供「封建所限」以外、兩人不能圓滿的另一種解讀。在《凌波影》中當曹植想上前與洛神親近，又恐越禮，猶豫之間，洛神卻逐漸隱去，取而代之眼前出現了一個個面目猙獰的魔障。四個魔障分別是恨水浪仙、淚泉童子、愁湖總管、癡塹散人，[43]《凌波影》的這個情節為《洛水悲》、《洛神》所無，彷彿暗示讀者，情之所過便是淫。情為封建所限那是外部因素箝制了情，但是不讓情有所過而淪為淫，那是使情猶是情的純粹。曹植與甄后／洛神其事雖「不正」卻能不為人所

---

40 王衛民：〈黃燮清九種曲評說〉，《戲曲藝術》27卷1期（北京市：中國戲曲學院，2006年），頁47。

41 〔清〕黃燮清：《凌波影》，《傅惜華藏古典戲曲珍本叢刊》冊94（北京市：學苑出版社，2010年），頁84、93。

42 李占鵬：〈黃燮清及其《倚晴樓傳奇》敘論〉，《甘肅廣播電視大學學報》15卷1期（蘭州市：甘肅廣播電視大學，2005年），頁16。

43 〔清〕黃燮清《凌波影》，《傅惜華藏古典戲曲珍本叢刊》冊94（北京市：學苑出版社，2010年），頁86。

惡,甚至能成為一則美麗的人神愛情傳說,正是因為事雖不正,情卻不淫。
《凌波影》對「越禮」與否的強調與四魔障的情節設計,其實是(相對而言
拙劣地)突出這原先隱藏在曹植與甄后／洛神故事後面、支撐它猶是一則美
麗愛情故事的動力。《洛水悲》、《洛神》雖未言明,但也是隱隱約約的對
「事雖不正,情卻不淫」有所領悟。

　　所以京劇《洛神》的情節可以越來越淡,什麼魏宮往事、越禮魔障都消
失了,沒有過去跟現在的情節。從這個題材的自有情境而言,曹植與洛神的
「過去」是不能說出的過去,「現在」是不能傾訴的現在;而就這個題材落
入的具體條件來看,則可以從編劇和演員來解釋。梅蘭芳的主要編劇齊如山
想要嘗試的就是,搬演一齣「脫去人間一切事物」的戲:

> 此外如《天女散花》一劇,如山先生自認為神話劇中最為得意之作,
> 此劇所以高出《天河配》、《混元盒》者,即能脫去人間一切事物,只
> 有天上,故此劇與《獻壽》、《奔月》鼎足而峙,不愧為神怪戲之有價
> 值者矣。[44]

京劇老戲《天河配》是牛郎織女故事,《混元盒》是張天師收妖長篇故事,
都是結合市井風俗歷史情節。《麻姑獻壽》、《嫦娥》則是梅派古裝新戲,試
圖離開市井風俗情節,偏重歌舞表演。《天女散花》首演於一九一七年,《洛
神》首演於一九二三年。這兩個劇目在「脫去人間一切事物上」向度走得更
深更遠,而各有成就。可惜的是,在內憂外患的歷史背景之下,啟蒙救亡的
主題關懷、話劇運動的戲劇形式關懷不斷加強,此一向度容易被人忽略。上
述向度可能不是梅蘭芳、齊如山的原創,筆者懷疑這跟十九、二十世紀之交
西方歌舞戲劇的發展有關,齊如山在一九○八年到一九一二年三次遊歐,前
後在巴黎、柏林、倫敦看了很多戲劇表演。提到歐洲戲劇,現代人直接想到
的是寫實主義風格的話劇。但是齊如山所要推動的,顯然不是京劇的話劇
化,這就可能是各種歌劇、舞劇之類的表演了。

---

44 張舜九〈梨園叢話〉,《戲劇月刊》1卷9期(上海市:大東出版社,1929年),頁4。

二十世紀初的歐洲戲劇理論的確有著大副淡化情節元素,製作純戲劇、純藝術的思維。同時也是文化上的民族主義的高峰期,無論是戲劇或音樂,各國競相採用民族神話與傳說,搭配民族音樂風格。落實到劇場,法國歌劇上承大歌劇的壯觀場面,輕歌劇如奧芬巴哈的《天堂與地獄》、《美麗的海倫》,抒情歌劇如古諾的《浮士德》,德國的浪漫主義歌劇《尼貝龍根的指環》都是經典。[45]檢視梅蘭芳的古裝新戲所使用的各種創意,上述想法若合符節。可惜當前戲劇研究,對於近現代歐美歌舞表演戲劇的範疇不甚留意,尚待進一步開發研究。

若只討論到編劇對神話劇的注意,以及西方歌舞表演的可能影響,未免忽略了演員中心制當中最重要的角色,在《洛神》的例子裡,就是四大名旦之首的梅蘭芳。梅蘭芳刻意以「雅正」為女性塑造最高審美標準,在公領域而言,他要在文學性與藝術性兩個方面,為京劇樹立雅正的性格;在私領域,劇中人是梅蘭芳理想人格的投射,具備不涉及情慾的良好品德,以擺脫自己相公堂子出身的陰影。[46]洛水神女愛情的不涉及情慾,形象上的仙氣與大氣(還有不能說出的過去);以及全劇的文學性、藝術性,於公於私,都合於梅蘭芳的雅正要求。使得本劇突過前人,在舞台上取得空前的成功,最後成為一九五〇年以後,兩岸國家機器重啟戲曲電影計畫,不約而同的首選。

# 五 結論

從一條二百多字的〈洛神賦〉註文,經歷了雜劇《洛水悲》、《凌波影》兩本的改編,京劇《洛神》擇善而從,襲用前劇不少。如以洛川相會作結,就是襲用《洛水悲》,前半館驛、入夢的情節,則是沿用《凌波影‧夢訂》,連道白都大段引用。這些取捨背後的考量,則是生旦戲份輕重的斟酌。因為梅蘭芳是四大名旦之首,伶界大王,觀眾主要是要看梅蘭芳,所以異於之前

---

45 劉志明:《西方歌劇史》(臺北市:全音樂譜出版社,1992年),頁153、171-176。
46 王安祈:《性別政治與京劇表演文化》(臺北市:臺大出版中心,2011年),頁ii。

兩種雜劇生旦並重的設計，《洛神》的設計是重旦輕生，第一場曹植夜宿館
驛，用以交代情節；第二場洛神前往館驛，進入主題；第三場，洛神入夢，
生旦這才同場；第四場，曹植看見洛神在川上歌舞，設計了大段經典唱腔跟
大型華麗歌舞，是全劇的重點。以梅蘭芳為賣點，可以說是是一個逐步豐富
的設計，從極冷清到極熱鬧：頭場是小生墊場、二場是梅蘭芳獨腳戲、三場
是梅蘭芳跟小生的對兒戲、末場是梅蘭芳的川上華麗歌舞。所以《凌波影‧
賦豔》不會被保留，因為觀眾未必想看曹植作賦，小生演員也不想在梅蘭芳
之後演出。因為像是《霸王別姬》，原始版本是演到烏江霸王自刎，但是梅
蘭芳的虞姬自刎之後，觀眾紛紛離席，劇場的氣氛渙散，影響到後面烏江大
戰的表演草草了事，[47] 最後乾脆刪去烏江一場，全劇結束在虞姬之死。同
理，《洛神》也結束於曹植與洛神在川上相別。

　　從《洛水悲》到《洛神》，劇中涉及的情節，可說越來越簡，反之，表
演設計卻踵事增華。觀察全劇核心的「洛川相會」，《洛水悲》場上的生旦各
有侍從，戲分集中生旦。《凌波影》添上四個魔障，讓曹植單身赴會。這是
因為四個魔障生於曹植之情，是曹植的情思墮入魔障，而非當日洛川之上實
有四個水怪。讓曹植的侍從與魔障同台，表示侍從也見到魔障，在邏輯上有
些問題。總之，在生旦抒情之外，四個魔障的表演會讓舞台更熱鬧一些。
《洛神》不用四魔障，另添加漢濱遊女、湘水神妃跟十童子，另加山水布
景、高台道具。先落幕擺放布景道具，開幕時洛神等十人在高台上，循著高
台上下歌舞，打上五色燈光，是三個版本當中最熱鬧華麗的一份。

　　本文所討論的脈絡是感甄故事裡的抒情線索為主，當代戲曲所注意的重
心，跟古典完全不同，大抵多是從《洛水悲》當中甄后自白：「無奈中郎將
弄其權柄。遂令陳思王失此盟言。佳偶不諧。真心未泯。後來郭氏專寵。致
妾殞身。」這一段話當然也是從〈洛神賦〉註腳生發出來的。方向擺在「成
為洛神之前的愛情故事」，如京劇《曹操父子》（1994）、《洛神賦》（2001）、
《洛水伊人》（2013）；又如電視歌仔戲《新洛神》（1994）、歌仔戲《洛水之

---

47 齊如山：〈談四角〉，《京劇談往錄》三編（北京市：北京出版社，1996年），頁162。

秋》（1998）、《燕歌行》（2012）等。擺在曹氏兄弟爭嫡的權力鬥爭跟甄后的愛情雙線上，既有符合現代愛情觀點的空間，又充滿戲劇張力，各劇種劇目改編甚多，不勝枚舉。這一大批劇目，塑造了當代的曹氏兄弟形象，也就是說，當代人認識的曹氏弟兄，不是〈典論論文〉、〈與楊德祖書〉的作者，關心自己的文藝與功業。而是鬩牆爭產、三角戀情的參與者。這一切卻又是從曹植的創作間接引發出來的，曹植地下有靈，不知會作何感想？

# 千古梨園未有之奇[*]

## ——晚清汪笑儂《瓜種蘭因》對京劇的新實驗[**]

### 侯雲舒

國立政治大學中國文學系

## 摘要

　　晚清對於傳統京劇而言，可謂是一個劇變的時間區段，不同的京劇演員都針對西方戲劇的傳入做出了不同幅度的因應策略，但如果要論此時對於京劇的新變用力最深，且在劇本創作及舞台演出均有表現者，由票友下海的老生演員汪笑儂，當是一個醒目的存在。1904年，汪氏在上海創刊了中國第一本戲劇期刊《二十世紀大舞台》，同年汪笑儂於《警鐘日報》發表新劇《瓜種蘭因》，之後陳獨秀所主編之《安徽白話報》也予以轉載，此劇以波蘭史事為題材，首演於上海春仙茶園，為當時京劇舞台上演的第一部「洋裝京劇」，此劇編排與題材均已溢出傳統京劇的創作模式，並可以見出汪笑儂對於戲曲改良的重大跨越，是其對於京劇創新實驗的一個具體範本。本文即以《瓜種蘭因》為主題，探討此一劇中許多在編寫方面的創新實驗，以可見出此時期京劇的新變跨度之大，實前所未見。

---

[*]　「千古梨園未有之奇」為《瓜種蘭因》一劇在第二本演出時，報章論者對於此劇之形容，見〈《瓜種蘭因》續期演期〉，《警鐘日報》1904年8月14日第四版。

[**]　本文於一〇四年十二月四日中央大學人文研究中心主辦之〈再現明清風華國際學術研討會〉發表時，承蒙徐亞湘教授講評指正，多方提供修改意見及資料補正，特此感謝。

# 一　前言

　　晚清時期西學東漸，不論在知識界與藝術界都開啟了新變的契機，由清中期開始興發的戲曲形式－皮黃，至清末已經奠立其於表演場域的主流地位。然而政治的風向及留學生們的歸國，對於國勢衰微力求改變的殷切期望，使得京劇的寫意形式與思想題材開始被質疑甚而遭受抨擊。

　　京劇的演藝人員們靠演出收入謀生，觀眾層面上至王公貴族下至三教九流，自然與社會脈動及政治動向有著緊密的接觸，因此對於社會輿論的求新求變，京劇從業人員也開始向內謀求己身的改變以因應外界的需求。早在一八九四年上海天仙茶園即演出連台本戲《鐵公雞》，該劇為燈彩戲，武打使用真刀真槍，並有「洋槍洋操」等的特技，開京劇舞台以寫實道具登場演出的先河。[1] 同樣於一八九四年鍾祖芬作《招隱居》傳奇，取材自作者親眼所見之人、事、物，以神話形式痛陳鴉片危害種種，說白並融入川東一代口語入戲，是一部反映當時社會不良風氣的時事劇。凡此，都可以由細微處見出京劇已漸次由取材乃至於舞台美學上的變革，並且自上海開始漸次傳播蔚成風氣。也在一八九四年同時，當時三十六歲，之後有「伶隱」[2] 之稱的汪笑儂，在天津由友人林墨青、袁寒雲的支持下，以藝名「汪筱儂」正式投身進入戲曲界做一名職業演員。同年赴上海，先後於丹桂、天仙、春仙茶園演出。

　　一八九八年九月由康有為、譚嗣同、梁啟超等人所推動的維新變法失敗，「戊戌六君子」被殺，汪筱儂聽聞此消息揮筆寫下「他自仰天而笑，我卻長歌當哭。」[3]，十二月，修編了《黨人碑》一劇以為悼念。此劇原為杭

---

1　此劇由當時茶園的鼓師趙嵩綬等人根據《平定粵匪紀略》並參照《難中福》等戲改編而成，由於清廷認為此劇有所隱射，因此一八九五遭到禁演。

2　張次溪〈汪笑儂傳〉中云：「世有奇才而隱於伶者曰汪笑儂。笑儂性剛氣豪，志大頗自負，嘗喟然曰：『士生危世，正所謂時勢造英雄也。若無所表見，則遁之山林，避其姓名可也。』君嘗以此自勵以此自詔焉。」《戲劇月刊》第二卷第三期（1929年11月）。收錄於姜亞沙主編之《中國早期戲劇畫刊》（北京市：全國圖書館文獻縮微複製中心，2006年）。

3　參見周信芳〈敬愛的汪笑儂先生〉，收錄於《中國近代文學論文集1949-1979》（戲劇、民間文學卷）（北京市：中國社會科學出版社，1982年），頁4。

州人連夢惺據清人丘園所做傳奇劇本改編,汪筱儂將之加工修改,借北宋書生謝瓊仙怒毀元祐黨人碑的故事,以喻悼念推動維新所犧牲之志士。[4]於一九〇一年四月首演於上海天仙茶園,汪氏自飾謝瓊仙,其他參演者尚有王鴻壽、潘月樵、劉永春等人,對觀者造成極大的感應與迴響。此劇借他人酒杯,澆自己塊壘,也開啟了汪氏借歷史題材編劇,抒發對時政不滿的一大編劇特色。一九〇二年汪筱儂正式改名汪笑儂,如果要論晚清對於京劇的新變用力最深者,由票友下海的老生演員汪笑儂,當是一個醒目的存在。

一九〇四年,在上海創刊了中國第一本戲劇期刊《二十世紀大舞台》,發起人為陳去病、汪笑儂、熊文通、陳競全、孫寰鏡、孟崇軍。事實上汪笑儂為此刊物之主要發起者,是一本以戲劇為宣揚革命手段並做為改良戲曲的實驗場域。第一期最前面刊有汪笑儂及日本革命運動名優宮崎寅藏的照片兩張,開首有汪笑儂所作之〈題詞〉,具體言明汪氏希望借此刊物寄託理念的中心主旨,其言:「歷史四千年,成敗如目睹,同是戲中人,跳上舞台舞。隱摻教化權,借作興亡表,世界一戲場,由嫌舞台小。」[5]汪笑儂在此表明以歷史做為戲曲鑑古知今材料,並以此教化普羅大眾。此刊物的〈發刊辭〉由當時年僅十八歲,便已具革命思維署名亞盧的柳亞子所撰。在長達四頁多的發刊詞中,柳亞子表示:「今當捉碧眼紫髯兒,披以優孟衣冠,而譜其歷史, 則法蘭西之革命、美利堅之獨立、意大利希臘恢復之光榮、印度波蘭滅亡之慘酷, 盡印于國民之腦膜,必有驟然興者,此皆戲劇改良所有事,而此為《二十世紀大舞臺》發起之精神」[6]。此刊物前後僅出版兩期,就因鮮明的革命色彩遭當局查禁,汪笑儂就在這兩期中發表了兩種新編劇作,第

---

4 張次溪〈汪笑儂傳〉中云:「戊戌政變,殺志士逐黨人,死於無辜者不可數計,君深哀痛,編黨人碑以悼之,觀者下涕,而忌之者讖之為叛徒云。」見《戲劇月刊》第二卷第三期(1929年11月)。收錄於姜亞沙主編之《中國早期戲劇畫刊》(北京市:全國圖書館文獻縮微複製中心,2006年)。

5 見1904年《二十世紀大舞台》第一期(北京市:中華全國圖書館文獻縮微中心,1990年),此為北京圖書館攝制微捲。

6 見1904年《二十世紀大舞台》第一期(北京市:中華全國圖書館文獻縮微中心,1990年),此為北京圖書館攝制微捲。

一期為《長樂老》，第二期為新排殉國慘劇《縷金箱》。

　　同年汪笑儂於《警鐘日報》發表新劇《瓜種蘭因》，之後陳獨秀所主編之《安徽白話報》也予以轉載，此劇以波蘭史事為題材，首演於上海春仙茶園，為當時京劇舞台上演的第一部「洋裝京劇」，此劇編排與題材均已逸出傳統京劇的創作模式，並可以見出汪笑儂對於戲曲改良的重大跨越，是其對於京劇創新實驗的一個具體範本。

## 二　洋裝京劇《瓜種蘭因》的緣起及各項新創

　　汪笑儂，滿族本名德克金（津），生於清咸豐八年（1858），卒於西元一九一八年。出身於官宦世家二十二歲中舉（光緒五年，1879），曾任河南祥符知縣。汪氏興趣廣泛尤嗜戲曲，為三慶班[7]的忠實觀眾。他由傳統舊文人的教育養成出發，同時也涉獵西學，如西方史學、法律、心理學都曾經致力研習[8]。由他融通的學術基底，也可以窺見他後來成為京劇演員，能不拘一格、銳意改良、與時俱進的蛛絲馬跡。時常出入北京知名票房──翠風庵，嗜愛老生行當，早期私淑程長庚，曾得孫菊仙、安靜之、金秀山的指點，也曾向譚鑫培等北方生行名角學習老生技術。被罷官後，遂決意將興趣轉成正業下海成為京劇演員。首次在上海丹桂茶園演出，以學習汪派（桂芬）為號召，並想拜在汪氏門下求教於他。但汪桂芬在看了德克金的演出後，只是笑而不答，並未應允收其為徒。德克金受到刺激，從此發憤苦學，鑽研老生藝

---

7　三慶班為北京四大徽班之首，楊月樓、譚鑫培、汪桂芬均為此班出身，汪笑儂學習譚鑫培更欽慕汪桂芬並欲拜汪桂芬為師，此班對其學藝影響至深。

8　周信芳就曾指出：「笑儂先生學識淵博，才器過人。琴棋書畫，無所不能；醫卜星相，無所不曉。『西學』傳入中國後，他還涉獵過心理學、催眠術、法律、西洋史、商業史等。」見〈敬愛的汪笑儂先生〉，收錄於《汪笑儂戲曲集》（北京市：中國戲劇出版社，1957年），頁2。

術，並更名為汪笑儂[9]自我惕勵[10]，終能在四十歲後得享大名[11]。

汪氏以世家子弟身份轉入職業演員，這點與當時絕大多數科班出身者，在背景及學養上有著很大的差異性。由於本身長於文學，詩文兼備，因此他除了可以上台演戲之外，也擅長編劇。儘管當時京劇演員具有編劇能力者並不只有汪氏一人，但其以科考出身在仕宦之際，見識到官場的黑暗及現實社會的江河日下，使得汪笑儂在編劇的思想走向和表現形式上與其他人大為不同。他所編寫的劇本超過40本以上[12]，為產量極大的編劇家，主要多以歷史

---

9　張次溪有一段記載：「先是君獻技於滬，有名伶汪桂芬者往聆君音，笑而非之。君偵知曰：『汪桂芬笑我也』乃自署曰笑儂。」見《戲劇月刊》第二卷第三期（1929年11月）。

　　而周信芳另有一段記載，說明汪氏藝名的來源：「他曾走訪汪桂芬先生，告以志願；桂芬先生笑答：『談何容易』。笑儂先生受慚，奮發自勵，苦學苦練，終於登上舞台，並即以『汪笑儂』為名，以自策勉。」見〈敬愛的汪笑儂先生〉，收錄於《汪笑儂戲曲集》（北京市：中國戲劇出版社，1957年），頁2。

10　關於汪氏之生平說法不一而足，谷曙光《梨園文獻與優伶演劇──京劇崑曲文獻史料考證》（北京市：中國社會科學出版社，2015年）中，就曾列舉幾種不同版本描述。

11　汪笑儂本身嗓音屬蒼老道勁一流，但又兼融當時各家老生特色於一爐。吸納了伶界大王譚鑫培的清剛雋逸，又別具孫菊仙之豪放捭闔，並且運用了程派（長庚）之腦後音，再加上汪派（桂芬）之氣力飽滿，最終而能自成一家，並且得到譚鑫培的認同及贊揚，人稱「小汪派」。

12　根據蔣星煜之〈汪笑儂編演劇目存佚考〉所列，汪氏所編演之劇目共有三十八種之多，這些劇本所刊行的狀況不一，分為幾類：有藏本未有刊本者，如《廉頗負荊》、《河伯娶婦》。而有刊本流行者最多，如有名的「三罵」，《罵王朗》、《罵閻羅》、《金馬門》（又名《罵安祿山》），以及《長樂老》、《張松獻地圖》、《鞭打督郵》、《洗耳記》、《博浪錐》、《喜封侯》、《興趙滅屠》、《張松罵曹》、《排王贊》、《刀劈三關》、《耒陽縣》、《馬前潑水》、《怒斬于吉》、《哭祖廟》、《左慈戲曹》、《半日閻羅》、《受禪台》、《馬嵬驛》（又名《六軍怒》）、《黨人碑》、《游武廟》、《戰蚩尤》、《孝婦羹》、《繼母罵殿》、《煤山恨》。另有無藏本刊本而經調查得知確有劇本者，如《嚇荊蠻》、《沉香亭》、《蘆花記》。而未見藏本、刊本，見於代序者，如《失街亭》、《罵毛延壽》、《完璧歸趙》、《易水寒》、《瓜種蘭因》、《敲鼓斷金》。本文收錄於《中國戲曲史鉤沉》（上海市：上海人民出版社，2010年）。

　　但實際上經過汪氏改編創新的劇本，應不止於此數，例如《鏤金箱》即是經其改造加工後上演於舞台。又如《桃花扇》的京劇版以及汪氏晚年創作的時裝京劇《三千三百

故事為藍本素材，有改編自崑曲本子的，如《桃花扇》、《黨人碑》、《燕子箋》、《馬前潑水》、《西門豹》、《孝婦羹》等；有的來自於漢調，如《刀劈三關》；有的為新編，如《瓜種蘭因》、《受禪台》、《哭祖廟》等；有的則來自於舊皮黃本，如《洗耳記》、《空城記》等。[13]

　　京劇由同治初期傳入上海後，受到當地的環境及觀劇風尚的影響，除了原本的老戲劇目之外，漸次編演了不少新編劇目。依據當時主要在上海刊登劇目廣告的報紙例如《申報》、《新聞報》等之統計，由一八六七年至一九〇〇年間，在上海所新編的京劇劇目將近百種，其中的內容雜博，大多前有所本，取材自傳統小說、傳說、神話故事，但也有以時事入戲者。不過若論用西洋歷史或政治事件作創發題材，且有實際演出記錄不僅僅只為案頭清供者，當首推汪笑儂所全新編寫的洋裝京劇的《瓜種蘭因》。

　　此戲的編演時機在於當時中國人民反侵略的拒俄運動以及反美華工禁約運動的引發，根據《波蘭衰亡史》所改編，除了原名外，又有《波蘭亡國慘》、《苦旅行》等名。汪笑儂表明本戲的創作動機：

> 抵制風潮現正吃緊，孝農等爰排一戲，名曰《苦旅行》，刺取波蘭遺事，內容甚富，表明不愛國之惡果，與無主權國民之苦況，以證波蘭亡國原因。中段插寫非洲紅種野蠻統治，相形之下，足見我國民非劣種，實有優勝之資格，大有可為。末段以波蘭同種相殘，痛下針貶。殿以皇帝降諭，點到本題。鼓舞激揚，面面俱到。擇於本月初十、十一兩夜演前本，十二夜演後本，屆移玉趾，一顧曲誤。[14]

　　汪氏欲假波蘭亡國的歷史殷鑑，演之氍毹，給觀戲者當頭棒喝，如國人

---

三十三》，及他融合了《馬前潑水》、《博浪錐》、《洗耳記》、《排王贊》、《煤山恨》等劇中詞曲於一齣之《真假戲迷》，都未見於蔣氏之統計當中。

13 參見侯雲舒《虛擬與寫實的碰撞──二十世紀前期京劇形式的新變與跨界》（臺北市：文史哲出版社，2012年9月），頁27。

14 汪笑儂、熊文通〈致曾少卿書〉，收錄於《反美華工禁約文集》（臺北市：廣雅出版社，1982年4月），頁373。

不能保持自己的主權，捍衛國家尊嚴，到頭來只有接受瓜分亡國的命運[15]。據阿英所編之《晚清戲曲小說目》中所載，本劇全為十六本，是上海京劇當時還沒有十分普遍的連台本戲形式，第一本首演於一九○四年八月七日，接著八月十五日第二本也有演出記錄，主要演員為汪笑儂、沈韻秋、劉廷玉、何家聲等人。九月五日演出第三本，之後於一九一二年三月二十日，上海新舞台也有全本《波蘭亡國慘》之演出記錄[16]。由演出的記錄來看，此劇已為舞台上常演之劇目，而現在我們並無法看見阿英所記載共有全十六本的完整文字劇本，目前可見者僅有原載於《警鐘日報》一九○四年八月二十至三十一日署名「笑儂」的第一本連載劇本。

在此中，開始於第一場〈慶典〉，以波蘭王三十歲生日，各國欽差進呈國書及珍品，以下共分十三場，其分場情節簡述如下：

第一場〈慶典〉：波蘭皇奧加斯達斯生日，八國欽差（土國、韃韃國、日本、波斯、海國、自由國、合群國、兩頭國）前往送禮祝壽。

第二場〈祝壽〉：奧加斯達斯上場，接受八國欽差祝賀，與眾人同宴。但入席前分同種同教諸國列於上座，異種異教諸國列於下座，惹惱土國欽差。

第三場〈下旗〉：土國欽差表達對被列為末座之強烈憤恚，撤下國旗回國欲搬兵找波蘭興師問罪。

第四場〈驚變〉：波蘭王得知土國欽差下旗回國，與眾元老貴族商討如何應對，眾臣有主張戰場兵戎相見者，有主張維持和平者，有主張派使者謝罪挽回者，後波蘭皇帝決意土國兵至即刻迎戰，並交待各貴族負責籌畫軍餉。

第五場〈挑釁〉：土國欽差回國向土皇奏報波蘭輕慢之事，土皇原不欲追究，欽差認為是可忍孰不可忍，立勸土皇興兵，土皇命加羅麻斯德布帶兵征討波蘭。

---

15 當時有評論指出：「伶隱汪笑儂所排新戲《瓜種蘭因》一出，寄托之遙深，結構之精研，音律之悲壯，實為梨園所未有之杰構。于民族主義雖弗顯露，然處處隱刺中國時事，借戲中之關目以點綴入場，使聽者無限感動。」見《警鐘日報》1904年8月16日。

16 關於此劇之演出時間，筆者所查之時間如文中所提。但根據徐亞相教授指出，此劇尚有7月18日、9月11日之演出紀錄，今補錄在此。

　　第六場〈奉詔〉：波蘭元帥列士克奉命出兵阻擋土國來犯，但態度輕忽，前往回舟磯與攔江岩守候。

　　第七場〈遇險〉：加羅麻斯德布欲渡湎江，但損兵折將，暫時收兵。

　　第八場〈賣國〉：波蘭平民王國奴見波蘭軍隊因據天險，不費吹灰之力阻擋了土兵來襲，想要從中發國難財，決意向土國泄機，助其直入湎江以求終身富貴。

　　第九場〈通敵〉：王國奴被當奸細拿入土國軍帳，因而向加羅麻斯德布泄露機密，並願帶領土軍穿越天險渡過湎江。

　　第十場〈廷哄〉：列士克大敗，向波蘭皇帝請求救援，皇帝與眾貴族商議，有立主迎戰，有主張求和，波蘭皇帝決意求和，派波努斯吉為敵和大臣、索遜尼為副使，前去談和。

　　第十一場〈求和〉：波蘭使臣前往加羅麻斯德布軍營議和，被斥，只好改為求和。加羅開出求和條件：賠款兩千萬兩、割一省土地作抵、土國駐兵三千於波蘭京城。波蘭使臣不敢全允，暫時回波蘭稟報皇帝商議。

　　第十二場〈見景〉：波蘭總議長墜爾斯吉見和議大為喪權辱國，決定明日大開貴族院議會，與眾貴族評議和議之條款。

　　第十三場〈開議〉：墜爾斯吉上議會演說台，發表長篇演說痛陳波蘭衰亡之因，並與貴族商議土國敵和條約之可行性。眾貴族各抒己見均不可行，墜爾斯吉提議加增賠款，去除駐兵一條，但未獲多數貴族贊成，決議次日再行開會商議。

　　上述為《瓜種蘭因》之第一本，由第十三場會議之進程來看，明顯並未完結，且由前汪氏所提及創作的情節，如非洲紅種野蠻統治、波蘭同種相殘等情節並未見之於此本當中。惜目前能見之文本僅限於此，無法窺見此劇全豹，不過單就此本，已可看出汪氏對於京劇形式編寫上不少的創新特色，現以五個層面加以分析[17]：

---

17 本文所分析之底本，為根據《警鐘日報》所刊載之劇本，至於是否為實際演出之「班本」？尚待有力資料出現後方能佐證確認。

## （一）戲劇結構

　　《瓜種蘭因》之分場分幕形式，已十分趨近於西洋戲劇的結構，全劇共十三場，捨棄傳統戲曲在情節段落上慣常使用的「折」、「齣」等名詞，直接以「場」次區分情節段落，此為汪氏之後編劇的共同特色。在其所編修的劇本中，均以分「場」為情節結構的段落名稱，不論題材沒有例外。此劇每「場」均有場目，如前所列，《瓜種蘭因》共十三場，每場均有提示情節重點的場目標示，這種標目，早自傳奇體製就已存在，非汪氏之獨有特色，但在此時的京劇體製中並不常見。情節的段落區分全以角色的上下場為標準，此種以角色全部清場為場次結束的方式，亦與西洋戲劇相同，前場角色不會留在場上接續下場情節，因此每場的開始都是角色的重新登場，段落分明，情節的劃分也非常確定。不過在情節結構的鋪陳形式上，汪氏仍然遵守戲曲的點線連貫特色，如前所分列的十三場情節簡述，每場均有一個單一重要情節，場與場的連接如同串珠般，而敘事的時序也是順時鐘由頭至尾的行進方式，由一場一場的各個「點」（重點情節）連貫成為一個直線進行的情節線。不過因為此劇本處於未完狀態，因此無法窺見其結局之收攝方式。

## （二）角色

　　《瓜種蘭因》一劇在角色的設置上與傳統戲曲大相逕庭，古典戲曲的角色登場概以「行當」為依歸，並不指名角色各自的姓名，因此對於角色的摹寫著重在行當的特性下做主要考量。舉例而言，《桃花扇》之第一齣〈聽稗〉中，主角侯方域上場時，劇本並不是以「侯方域上」接〈戀芳春〉曲牌來做角色出場的指示，而是以「生儒扮上」接〈戀芳春〉曲牌來讓侯方域上場。當侯方域登場後，先唱完〈戀芳春〉，續接一段〈鷓鴣天〉，再自報家門「小生姓侯，名方域，表字朝宗，中州歸德人也。」。這種角色的呈現方式，是以「生、旦、淨、末、丑」的行當大架構來提示登場角色的整體特性，包括了這個角色所有唱唸做打的舞台表現，都涵蓋在這個「生儒扮上」的提示之下。

汪笑儂所編寫的劇本，不再謹守這個「行當先行」的傳統特色[18]，而是改以每個劇中角色的名字做登場人物的表示，這說明了汪氏對於戲中的角色已擺脫了用行當做為思考主軸，而是改用西洋戲劇塑造人物的方式，讓每個角色用戲中的名字來上場，著重的是角色單獨的個人特質而非行當特性。[19]

不過，在《瓜種蘭因》中，汪氏對這種新的人物思維實踐的並不徹底，而是新舊夾纏。如第二場中，八個各國欽差上場，汪氏仍然將各欽差的行當置於人名之前，如：「（生）午羅涅吉。（丑）波努斯吉。（生）可思休思可。（丑）坐士理斯吉。（生）可羅哥。（丑）索遜尼。（淨）剌尼維耳。（生）塑爾的克。」。而在第五場〈挑釁〉中，土耳其皇帝上場時，就未指明其行當，而直接標示：「土皇上」；第六場〈奉詔〉中直接標明「列士克上」、「加羅麻斯德布上」；第八場〈賣國〉中重要角色「王國奴」也不標示其行當，而第十二場〈見景〉的重要人物「墜爾斯吉」亦然。由這個現象來觀察，汪氏在編寫此劇時，在角色特性的設定上，應該已經開始思考從單一人物的個別性來做為發想，只是可能此時尚未完全釐清而已，因為此劇仍屬於汪氏較早期的作品。我們觀之《汪笑儂戲曲集》中所收京劇劇本，顯然此新舊夾纏的角色思索已然不存在，而完全蛻化成以角色姓名登場了。

## （三）語言

此劇既以外國歷史題材入戲，因此劇中人名均以西方人名的中譯形式命名。若以整體的口白語言風格上，仍然大致保持當時的京劇口白風格，也就是較一般口語略帶文言。例如第一場〈慶典〉中八位欽差的口白：

---

18 當然，這不包括早期南戲及傳奇初期作品，是有直接標註人物名稱的現象，本文是以汪氏所處之時代為立論基礎。

19 雖然汪氏在此劇中是初步以角色名字為登場形式，我們可以由此劇看出他欲擺脫行當分類的意圖。但如果細究他對於各門角色的特性設計，不排除還是以京劇各行當之唱作特質為基礎，例如王國奴這個人物，明顯的是以京劇丑行為形塑藍圖，這是十分明顯的。

> 各位欽差大臣請了，請了。今當波蘭國皇三旬慶典，我等各奉本國皇
> 帝之命，呈進國書，贈送珍品，不免一同進宮便了，請。[20]

便是一般京劇之口語風格。不過，汪氏在此戲中，已開始著重塑造角色，個
人口白需與其背景特性相互搭配，因此有些特定角色並不完全遵守傳統京劇
略帶文言的語言風格，而是更加趨近於當時一般口語風格與詞彙。例如在第
八場〈賣國〉中登場的王國奴其中一段口白：

> 想我國的兵官，水師統領，一般暈船，沒有打仗，不是撞勒船了，便
> 是觸勒礁了，總然遇見敵船望風而走。回來還有說的呢，不是機器不
> 靈了，須說是煤炭不足了，總沒他的差兒就是了。[21]

這段獨白事實上已經與口語無異，也非常搭配王國奴角色本身唯利是圖非正
人君子的特性。另外可再一提的，在本劇中汪氏第一場設定的八個國家中，
其實有四個國家乃為虛構的國名，如「海國」、「自由國」、「合群國」及「兩
頭國」，當然在國名的設計上，汪氏有其隱而不宣的意涵，但仍可見出其中
虛實相參的趣味性。

　　此戲以西洋史實為主題，除了在名稱上夾用西洋名字以外，最具特色且
與傳統京劇大不同者，乃在於此劇在說白與唱腔的部份，不成比例。全劇以
白為主，唱的部份相對而言非常少，整體統計起來，十三場中有六場全部為
口白而無唱腔的安插。即使在有唱詞的七個場次中，第二場僅二句，第三、
四、六、九、十場均只有四句唱詞，另有第十二場中最長，共有兩段唱，一
段為八句唱詞，一段為四句。由比例上來看，口白部份幾乎佔去了本劇的十
分之八九，因此唱詞僅成為點綴性質，這種現象大大反轉了傳統戲曲以唱為
主的固定模式，使得說白成為主要成份。

---

20 見汪笑儂《瓜種蘭因》，收錄於范泉等編輯《中國近代文學大系》1840-1919（上海
　　市：上海書店出版，1992-1993年），第5集戲劇集，頁631。
21 見汪笑儂《瓜種蘭因》，收錄於范泉等編輯《中國近代文學大系》1840-1919（上海
　　市：上海書店出版，1992-1993年），第5集戲劇集，頁636。

　　傳統戲曲的唱詞除了必須搭配曲牌或板腔，有聽覺上的審美訴求外，「抒情」是用歌唱來表達的重要旨趣之一，因而戲曲所要傳達給觀戲者的訴求，在言情表意這個層面的美感體驗常大過於對於敘事細節的追索與鋪陳[22]。代之而來的是演員對於嗓音與唱功的努力追求，這也是後來京劇流派藝術興起的一個重要條件。然而西方戲劇除了歌劇、音樂劇之外，一般均無演唱，全由說白與動作來構成，說白除了也可以承載抒情的功能外，更重要的目的在於事件的推演及敘述。汪笑儂編寫此劇使用大量說白來取代唱詞，可以看出在他的這部作品上，原本傳統京劇的抒情成份被大幅度的降低，轉而將編寫重心移向敘事說理，換句話說亦即向西方戲劇的敘事形式靠攏。正因為重敘事輕抒情，使得《瓜種蘭因》在戲劇節奏上非常明快不拖沓，十三場戲中有四場過場戲穿插其中，情節緊湊並無多餘冗場。不過這種表演重心的轉移，也削弱了京劇做為戲曲形式在抒情及音樂層面上的展現空間。

　　更值得提出討論的是，此本第八場〈賣國〉及第十三場〈開議〉除了整場無唱外，有大量的單人說白，只是形態上有所不同。第八場為王國奴一人的獨角戲，全場沒有其他人物登場，因此整場戲可以視為王國奴的內心獨白。汪笑儂在這場戲中，藉由王（亡）國奴的負面形象，道出了他自己對於當今在上者貪權，在下者貪財的普遍觀察，正如同王國奴所言：

> 人家說勒，這是國家的事，與著我小百姓什麼相干。哈哈，你們不知道，雖是國家事，不與俺小百姓什麼相干，俺小百姓倒要在這國家事裡發點財了。從來人說見利忘義，我也顧不來了，俺還要反口說他們呢。為君的，總想伸專制的權，貴族想保利權，僧正想長教權，何況我一個小百姓，又沒有平等開議的權，難道叫我餓死不成。[23]

　　至於第十三場，則是此本戲最為特別的場次，墜爾斯吉有長篇演說詞在

---

22 當然，京劇亦有重說白而輕唱甚至無唱的說白戲，但整體而言，「唱」仍是京劇在抒情美感上非常重要的一環。

23 見汪笑儂《瓜種蘭因》，收錄於《中國近代文學大系》1840-1919，第5集戲劇集，頁636，范泉等編輯，上海市：上海書店出版，1992-1993。

此呈現，長達五百多字，懇切陳詞，其目的當然是對於觀眾的諄諄教誨。表面上痛陳波蘭亡國之因，實際上是藉此映照當時中國所處的內憂外患。這樣直接的白話演說詞出現在京劇的舞台之上，是第一次，爾後的新編京劇甚至仿東洋而成的「新劇」，都採用了這樣的方法，把做劇的目的放在戲的最後，成為長篇演說，或是為了震聾發聵[24]，或是為了籌募軍餉，也或是為了社會改革，目的不一而足[25]。

「劇中有演說」這種形式也可以在日本新派劇中見到，日本新派劇始自一八九八年角藤定憲所倡導的「壯士芝居」及川上音二郎發起之「書生芝居」，受到西方劇場的影響，用日本歌舞伎的形式加入了大量宣傳式的演說，成為一種有別於傳統歌舞伎的新形式，目的用來鼓吹社會改革。當然，目前沒有直接證據支持汪笑儂的《瓜種蘭因》是否有受到日本新派劇的影響，或是他曾見過相似的演出，因此我們並不能斷定此形式的影響來源。但可以確定的是，京劇以往的劇本中並沒有這種形式的存在，由於汪氏將演說置入京劇中的實驗首開其端，爾後在戲中負責演說的角色形成了一個新的類型—「言論老生」，專司上場負責演說，用以鼓舞觀眾的情緒並藉以達到演戲所設定的目標，這也是汪氏此戲的另一種發明。

## （四）板腔音樂

如前所言，《瓜種蘭因》是一齣白多唱少、趨近於西洋戲劇的新京劇，僅有七個場次有唱，而在七場的唱段中，有五場只有四句唱，一場兩句唱，

---

24 陳去病（垂虹亭長）就曾為文指出：「汪笑儂《瓜種蘭因》的創作目的就在於『多數國民其殆為大舞台上之傀儡偶哉，然及今猶痴睡復齁臥，或則酣嬉淋漓顛倒沉醉而不自覺。』，因此，汪氏創作即為了要『革改惡俗，輸送文明，激發志氣，辨別民族諸種種之觀念。』」，〈瓜種蘭因新劇弁言〉，見《警鐘日報》1904年10月1日，上海：警鐘日報社。此為電子版，羅家倫主編，中央文物供應社，1983年。

25 例如陳獨秀以「三愛」為筆名所寫的〈論戲曲〉一文，就對《瓜》劇的演說大表認同：「戲中夾演說，大可長人見識。」見《安徽俗話報》第11期，1904年9月10日。

只有一場較多,為十二句唱。其中第二場〈祝壽〉僅兩句唱:「鳳閣龍樓,萬古千秋」[26]接在上場詩前,明顯為打引子的功能,並不具抒情或敘事的積極功能。第三場〈下旗〉四句十字、第四場〈驚變〉四句十字、第六場〈奉詔〉四句七字、第九場〈通敵〉三句七字,一句八字、第十場〈廷哄〉二句七字,二句八字,大致上均屬於傳統工整句式,並無太大突破或創新。

第十二場〈見景〉是安排唱詞比較特別的場次,共有兩段唱,後一段為三句十字、一句七字;至於前一段共八句,有四句為八字、兩句十字、一句九字、一句七字,打破京劇唱詞多為七字句和十字句的基本格律。這一場的唱詞用字數來看,是趨近於長短句式而非整齊句式,大異於京劇唱詞反而較近於傳奇的唱詞格式,不過另一種思考是,如果把它看成是七字句的基底卻破格運用,也有可能。《瓜》劇的唱詞短,功能性居多,而且在短的唱詞中多敘事而少抒情,是此劇的特色。

汪笑儂在京劇編劇的字數格式上,是一個經常被提出討論的個人特色,他善於創造新句式,例如八字、九字、十一字,甚至二、三十字的特殊格式,在當時有人認同[27],也有人不以為然[28]。這種長句式的創新,主要功能在於適合抒情,尤其是慷慨激越之情更為煽動人心。但《瓜種蘭因》是汪氏比較早期創作的劇本,若由六場的短唱來看,唱詞的功能已由抒情轉為敘事,而由〈見景〉一場中的長短句式來看,或許可視為汪氏在此時期已經開始了他對京劇唱詞創新實驗的進程。

---

26 見汪笑儂《瓜種蘭因》,收錄於《中國近代文學大系》1840-1919(上海市:上海書店出版,1992-1993年),第5集戲劇集,頁631。

27 如張次溪對汪氏的長句,有另一番的看法:「君之演戲也,西皮多於二簧,二六多於元板、搖板。收句雖極沉鬱,然不淹本來字,且二六淋漓痛快,如長江之水,一瀉千里,此又君之所以異於眾者也。」見〈汪笑儂傳〉,《戲劇月刊》第二卷第三期(1929年11月),頁4。收錄於姜亞沙主編之《中國早期戲劇畫刊》(北京市:全國圖書館文獻縮微複製中心,2006年)。

28 例如柳遺於〈東籬軒談劇〉專欄中曾提及汪笑儂的創新編腔時曾批評:「其病在於演劇太侷促,落小家氣。而可厭之怪調二六及數板等,數見不鮮,致令人唾棄耳。」見《申報》1918年10月11日。其中所言「怪調二六」即是汪氏常於二六板式創造新句式,往往長篇大論字數極多,當然字多則調促,此其特色,但不喜歡的戲評則視為「怪調」。

此外，《瓜》劇尚有一個特色，即全劇均不註明板腔，所有唱詞只註明
「唱」，沒有腔格板式的標明，這個情況在汪氏所有創作的劇本中並不常
見。早期京劇的編劇者，在劇本編寫時先註明板腔，再由司鼓或胡琴加以調
整，是一個比較常見的模式；而汪氏的京劇板腔特色在後來的許多新編戲
中，顯現出多西皮少二黃，多二六、原板、搖板，少慢板等特色。如果以
《汪笑儂戲曲集》中所收的劇本來看，僅有《戰西川》一劇不注板腔，但
《戰西川》為歷史劇與《瓜》劇在題材形式上不能同論。因此筆者推斷，
《瓜》不注板腔有可能是汪氏刻意為之，原因可能在於：其一，本劇唱詞不
重要，僅為功能性運用，不需註明。其二，只有基本句式而無腔格，可使安
插唱腔的琴師或演員有自由安腔的可能，較不受限制。

## （五）場景道具

在《瓜種蘭因》第十二場〈見景〉中，除了上述筆者對於唱詞的觀察
外，還有另一個十分值得注意的現象，即是寫實背景及道具在京劇舞台上的
登場。這一場為貴族院總議長墜爾斯吉於家中看見報上對於喪權辱國的議和
消息，驚訝憤怒後決意明日開議此事。汪氏對於戲中其他場次均未交待場景
與道具等設置，但於此場室內景卻明白標示：「場上擺寫字台，台上置搖
鈴，又置蘭花一盆，又置藤靠椅。」[29]以這種寫實場景幾與日常生活並無二
致，在《瓜》劇前的京劇舞台可以說甚少出現，幾乎與西洋戲劇的舞台配置
並無不同，原因當然與題材的選擇有直接的關連。不過汪氏在這場戲中對於
角色的動作也有設定，例如在墜爾斯吉上場，先說一段口白之後：

拉鈴介，細崽上，墜白：開一個西瓜來[30]。

---

29 見《瓜種蘭因》第十二場，頁639。
30 此處汪氏特別選了「剖開西瓜」做為本場的戲劇動作，就引申意義來看，明的看來應
是做為波蘭王為求和，答應割讓三省給土耳其的事件，亦可能隱射清廷造成列強瓜分
中國的昏昧行為。關於「開瓜」意象，感謝論文審查人之提醒並致謝。

> 細崽下，墜看報介，白：原來條約草議送來了。
>
> 細崽抱瓜上，開瓜介，墜白：先放在桌上，我看完了條約再吃。
>
> 細崽將瓜放桌上介，墜坐靠椅看條約白：……。急死倒椅上介。
>
> 唱……

由這兩段對於場景的描述以及動作的交待，可以看出汪氏對細微處的注意，連道具的材質（藤椅）、小配件（搖鈴）乃至於角色「拉鈴」、「坐靠椅看條約」、「將瓜放桌上」、「急死倒椅上」等，幾乎不用看場上演出，閱讀劇本時即能親如眼見般傳神而具體。這種設定場景的寫法，以往在京劇劇本中是不曾出現的。當然這與戲曲的程式動作使用方式有直接關係，戲曲演員並不需要靠編劇或導演對於場上動作詳加設定才能登場，這植基於每種行當均有其所屬的完整一套程式動作加以規範，因此角色在何種情境應該搭配何種動作，早有科範可以依據。每個演員謹守大原則下，只需再做些細部連接上的調整，基本上角色的動作就大致可以完成。汪氏這種動作的設定，早已不是京劇場上的程式動作所該有的，而已完全是寫實表演的狀態，因此當墜爾斯吉的口中說出：「先放在桌上，我看完了條約再吃。」這種「大白話」，就不會顯得十分突兀。雖然與他之後一段唱詞：「見條約不由我魂飛魄散，一腔熱血直向上翻，□無閑睜眼來觀看，分明是瓜分小波蘭。若容那土耳其屯軍馬，各國利益要均沾，你駐兵三千，他三千，眼睜睜亡國禍就在眼前。」[31]在語言風格上還是存在著某種程度的違和之感。

除了寫實場景和動作語言出現在劇本中外，《瓜種蘭因》在舞台表現手法上應該另有足以吸引觀眾之處，在一九〇四年八月六日的《新聞報》上刊載了這齣戲在春仙茶園上演的廣告，其中有「附全堂奇巧燈彩」的宣傳。「燈彩戲」在上海京劇的舞台，早在光緒年間新丹桂茶園就有關於燈彩戲《善游斗牛宮》的記載[32]，通常著重在燈光和場景的奇幻炫目。雖然目前無

---

31 見《瓜種蘭因》第十二場，頁640。

32 「五花八門如入山陰道中，令人接應不暇，中間綴以五色電光，尤覺熱鬧。」見苕水狂生《海上梨園新歷史》（上海市：上海小說進步社，1910年），卷三，頁10。

法看到有直接記錄《瓜種蘭因》所使用的燈彩效果為何，但光以此為宣傳訴求，應該可以推測此劇至少除了寫實布景之外，在燈光或特效上的奇炫，應該是必不可少的。

## 三　結語

汪笑儂於《二十世紀大舞台》刊中，有〈自題肖像〉詩一首云：「手挽頹風大改良，靡音曼調變洋洋，化身千萬儂如願，一處歌台一老汪。」[33]詩中足以見出他對於戲曲不論在形式上或是思想上亟思改變的企圖心。他以文士入優伶，在學養及經歷上已自與當時伶人的手眼不同，他把傳統文人經世濟民的理想用寫戲、演戲來實踐，在當時普遍對伶人的社會地位有所輕視的狀況下，實需立下極大的決心，面對眾人的審視眼光。

一九〇一年他編寫了《黨人碑》，借戲書憤，強烈表達對主政者的不滿，以他滿人的身份直面清廷之過，想必內心也有他的掙扎。眼見國事日非，以小說、戲曲做為改變的利器者，早自梁啟超已開其端，如果以戲曲題材最早引入西洋史為創作底本者，也當屬梁啟超。他於一九〇二年所創作的《新羅馬》一劇，以義大利建國三傑的故事，寓寄其對戲曲和社會改良的思想，不過可惜的是原本預計寫四十出，最終僅完成了七出。梁氏的劇本均為案頭劇，未有舞台演出的實際展現，因此距離他用戲曲達到宣傳革命的目的尚有一段路途。而汪笑儂不但將這個理想施之氍毹，並且親自登場，足見其編、演皆具之材。

汪笑儂於一九一八年貧病而亡，在他正式投身舞台的二十三年中，不論編寫劇本及個人舞台表演，都樹立了獨屬汪氏的特色。而其《瓜種蘭因》一劇中許多在編寫方面的創新實驗，在後來他創作京劇歷史題材時，仍然在不斷的探索之中，並未因為回歸傳統而有所消融。或許《瓜種蘭因》在後世並未成為汪氏的經典劇目，但此戲對於京劇創作上各方面的開拓，足以留給我

---

33 見《二十世紀大舞台》第一期（1904年）。

們一個可觀的樣本。如果我們以一九○七年「春柳社」諸賢所演《茶花女》為中國話劇正式的起始，那麼汪笑儂的《瓜種蘭因》，則代表了晚清戲曲界對於「傳統」更早一步的反思與改良實踐。

# 輯三
## 圖像的凝視與再現

# 石濤山水畫中的圖文關係與主觀經驗

## ——以《山水人物》冊頁、《黃山八勝圖》
## 與《廬山觀瀑圖》為例之說明[*]

楊晉綺

倫敦大學亞非學院藝術史與考古學系

## 摘要

本篇論文旨在從繪畫與文學的跨領域視角探討清初畫家石濤（1642-1708）《山水人物》冊頁、《黃山八勝圖》與《廬山觀瀑圖》作品中山水圖繪與畫作題詩／跋文之間的圖文對應關係，闡明石濤畫作中主觀經驗的具體內蘊以及詩圖互文的幾種意義類型；試圖陳述石濤如何藉由繪畫藝術活動表達其存在經驗與時空識感，拒絕將藝術視之為逃避現實的生活方式，或者單純地視之為一種純粹之審美探詢的實踐結果。繪畫藝術之於石濤，乃是探問生命存在與自我完成的一種具體存在形式。

---

\* 本文已依據研討會講評者意見加以修改；本文思考與觀點多有得力自石守謙先生於「中國美術史中的典範」一門課程中的闡述與討論（臺灣大學藝術史研究所，2014年春天），特此致上最誠摯的謝忱。

# 一　前言

石濤（1642-1708）[1]原名朱若極，為明朝宗室靖江王朱守謙後裔，南明隆武時期，其父朱亨嘉自稱監國於廣西，意圖稱帝復明，兵敗之後被拘執至廣東，廢為庶人，幽禁而死。遭逢家難時，石濤年僅四歲，為宮中僕臣攜負逃出，削髮為僧。十歲起，開始讀書、學習書法與繪畫。早年時期，寄居寺廟，精研禪理，尋訪名山，足跡遍及長江流域各地，曾經涉渡瀟湘、泛遊洞庭，客居武昌、登覽廬山，後抵達浙江、江蘇與安徽，數次歷游敬亭山和黃山；中年時期居住在南京，期間曾前往北京，短暫居留四年；晚年定居揚州。約於去世前十年，石濤脫離佛門成為道士，以賣畫維生，一七〇八年卒於揚州。石濤精於山水畫與花卉畫，好以作字法作畫，與弘仁、髡殘、八大山人並稱「清初四僧」；有繪畫美學專著《畫語錄》以及後人輯錄之《大滌子題畫詩跋》、《清湘老人題記》等傳世。[2]

美國藝術史學者高居翰（James Cahill, 1926-2014）闡述石濤繪畫風格時指出：宋代畫家在山水畫中所欲傳遞的訊息，乃是其「對於外在世界肌理結構與運作軌跡的瞭解」，甚或是人與外在世界的關係。宋代以後的山水繪畫，除了愈來愈拘泥於形式與風格差異的問題之外，也愈來愈「訴諸傳統」：致力於尋找古代繪畫中具有表現力的筆墨，流湎在摹古、仿古的習氣

---

1　關於石濤的生卒年，歷來有四種說法，其一以為石濤生於明崇禎三年，西元一六三〇年，傅抱石《石濤上人年譜》持此看法；二是生於崇禎九年，西元一六三六年；三是生於明崇禎十四年，西元一六四一年，戴海鷹《石濤──磊砢不群的清初畫僧》採取此一推斷；四是生於明崇禎十五年，西元一六四二年，徐邦達〈僧原濟生卒年歲新訂及其他〉、汪世清〈石濤東下後的藝術活動年表〉、高居翰（James Cahill）《氣勢撼人：十七世紀中國繪畫中的自然與風格》皆採用此一說法。本文採取第四種說法作為論述依據。

2　石濤生平事蹟並參李驎〈大滌子傳〉，收入〔清〕石濤著，汪世清編著：《石濤詩錄》（石家莊市：河北教育出版社，2005年），頁318-320；汪世清〈石濤東下後的藝術年表〉，收入〔清〕石濤著，汪世清編著：《石濤詩錄》，頁170-316；韓林德：《石濤評傳》（南京市：南京大學出版社，1998年）。

與情境之中。石濤早年既承襲傳統，於此乃有精湛傑出之表現，然而亦不滿於泥古、拘古之習氣，遂提出「我之為我，自有我在，古之鬚眉不能生在我之面目，古之肺腑不能安入我之腹腸，我自發我之肺腑，揭我之鬚眉，縱有時觸著某家，是某家就我也，非我故為某家也」之見解，以超凡的識見與創作力，自闢一格，「幾乎獨立恢復了昔日繪畫所特具的形而上內涵」。高氏認為，石濤突破傳統所採取的方式乃是直抒個人對於自然的真實感受，以渴筆線條、不施皴理的山峰表現山水的實際面貌。意即石濤將自己親身游歷所見直接形寫於圖畫，除了藉以拉近畫中山水與自然之間的距離，令其筆墨能夠傳達更為廣泛的視覺經驗外，亦在藉此突破各個畫派、畫風的藩籬。石濤所憑藉者，不僅是變化萬端的筆墨技巧，更在其驚人的記憶能力，他時時能夠重現當年游歷所見所感，而其山水頁幅中常見的人物則每每令觀畫者有身歷其境之感，傳達出一種強烈的感染力。[3]高居翰從風格的角度分析石濤繪畫中構圖、形象和筆墨表現，闡明石濤不同階段的風格特色，依此論證石濤畫風從「有法」走向「無法」，成為「獨創主義大師」的轉變過程。

綜觀高居翰對於石濤畫作所提出之評驚如：直抒個人對於自然的真實感受、令觀畫者有身歷其境之感；又如其在《中國繪畫史》一書中指出之「道濟常常描繪特殊景像，這些景像必定是根據他遊歷山水時畫下的草圖和記憶而畫成的；但是他把經驗完全融會貫通，於是畫下了一山，也就變成了眾山」[4]，皆意在指明石濤山水畫中再現的自然景觀與石濤主觀經驗之間有一緊密的聯繫關係，即是由於石濤所傳遞之個人對於山水自然所思、所感之一種帶有個人經驗的特色，遂令其畫作充滿了強烈的渲染力。一如石濤自身所揭提之「我之為我，自有我在」、「我自發我之肺腑，揭我之鬚眉」的繪畫創

---

3　高居翰之說，參見高居翰（James Cahill）著，李佩樺等譯：《氣勢撼人：十七世紀中國繪畫中的自然與風格》（臺北市：石頭出版社，2013年），第六章「王原祁與石濤：法之極致與無法」，頁242-274。石濤繪畫觀點，並見〔清〕石濤著，竇亞杰編注：《畫語錄‧變化章第三》（杭州市：西泠印社出版社，2006年），頁36。

4　參見高居翰（James Cahill）著，李渝譯：《中國繪畫史》（臺北市：雄獅圖書公司，2009年），頁156。

作理則,當他再現自然景色於畫頁之中時,無論是構意、設色,或是勾皴點染等各種筆墨方式與作意,皆由「我」自作主宰。石濤所謂之「我自發我之肺腑」意即「發自本心」,此一「本心」雖自天受,亦是一種獨與天地精神相往來之獨立自足、自我完滿的生命主體,此生命主體從主觀知覺經驗出發,充分領受天地萬物之精蘊神氣,並援借以為藝術創作的主要依憑與泉源。[5]

我們可以在高居翰有關石濤的研究分析中看到高氏如何藉由與傳統繪作和安徽派畫家作品的大量比對分析,在圖式結構特性與筆墨風格中見出石濤極其豐富生動與深具個性的表現力,並且由此強烈地傳達了個人生命經驗與存在感受。此外,高居翰亦且指明石濤繪作多數題有詩歌與跋文,其作品中題寫詩文之比例遠過於同時代其他畫家,甚有一畫之中題寫二詩以上之例。[6]一般而論,「詩」之於「畫」,相對顯現主觀、向內凝視的特性,然而,如果我們先捨置詩歌不論,僅著眼於繪畫本身,中國繪畫自亦顯現強烈

---

5 石守謙先生曾經簡明扼要地綜述「心」在石濤畫學理論中的位置及其與王陽明「致良知」學說之間的關係。石先生云:「對石濤來說,當時藝術界盛行的復古主義是為古人的『法』所奴役,實際上也是『心』的障礙。所以他又以第三章的『變化』來強調須要『具古以化』,因為『古之鬚眉不能生在我之面上,古之肺腑不能安入我之腹腸』,只有『我自發我之肺腑,揭我之鬚眉』,以己『心』作創作之主宰,才是至道。然而石濤在『了法』、『變化』二章所談的解放都還只是『見本心』的消極方法,故而他又接著強調『尊受』,即以積極地『心』之自然所感來作唯一的創作泉源。他反對以理智層面的『識』來過濾『心』之所感。如此談『心』,正像王學儒者談論『良知本體』一般。王學的思想家要人們善持『良知本體』以體認天地之理,石濤在藝術上也要求創作者尊重他所說的『受』,所以他說『畫受墨,墨受筆,筆受腕,腕受心。如天之造生,地之造成,此其所以受也。然貴乎人能尊得其受而不尊自棄也。得其畫而不化,自縛也』。創作者在達成以上這幾個步驟──『了法』、『變化』、『尊受』之後,即可認識藝術的至道,以石濤的話來說,那便是以心為主宰的『一畫』。《畫語錄》在『尊受』章以下所談諸如『筆墨』、『運腕』、『皴法』以至第十四章便是談由『心』所『受』而來,故而『心不勞』,心不勞則掌握了創作的大根本。」參見氏著:〈賦彩製形──傳統美學思想與藝術批評〉,郭繼生編:《中國文化新論・藝術篇:美感與造型》(臺北市:聯經出版公司,1982年),頁29-30。

6 同註4。

的主觀特性，也有向內凝視的特徵。其主觀特徵一如程抱一（1929-）所指
出之，以中國哲學（儒、佛、道三大思想流派）作為思想基礎的中國繪畫藝
術，往往不只是描繪造化的景象，而是一種「參同造化的『動作』」。此意
即，中國繪畫的表現旨趣無論是力圖捕捉山水微妙的色調變化，或者再現壯
觀、神秘的山水景色，或是借助大自然的形象以表達畫家之心靈狀態、精神
意趣，要皆關懷著宇宙自然與人類情志之間的關係；而最終，繪畫乃代表著
一種特有的生活方式，茲為一種特殊的存在形式。[7]這是單純地從圖繪的意
義世界追索宇宙自然與人類生命存在之間的關係，指明中國繪畫所具有之一
種主觀、向內凝視的特徵。如果我們從詩畫有別的角度觀之，詩畫之異則一
如徐復觀（1904-1982）曾經指明之：繪畫雖然不僅僅是「再現自然」，但終
究以「再現自然」為其基調，因此較諸詩歌而言，常常偏向客觀的一面。換
言之，詩歌旨在表現感情，以「言志」作為基調，因此常偏向於主觀的一
面，與畫常偏向客觀一面，恰正相反，而決定詩的感官與機能是「感」，決
定繪畫的感官與機能則是「見」，因之，畫是「見的藝術」，詩則是「感的藝
術」；而將詩與畫「直接融入於一個畫面之中，形成一個完整的統一體」乃
特為中國繪畫的特徵。[8]徐氏所謂「完整的統一體」，即是程抱一所云之一種
「完整的藝術」。程抱一認為，中國繪畫在畫作的空白處題寫詩文，最初的
意圖乃在於使繪畫成為一種更為「完整」的藝術，即藉由結合意象造型性和
詩句的音樂性，更為深邃地結合藝術的空間和時間維度。[9]綜觀二人之見，
我們當可以理解，詩與畫之一便於表現主觀情志，一利於再現客觀世界的不
同表現方式並非詩畫所以合一之唯一重要因素，其間，時間與空間完整結合
的表現形態乃極其自然地呼應了畫家對於時間歷史與空間經驗的感知狀態，
既能夠一幅幅、一幀幀地獨立呈現畫家在某一特殊時空條件下所展現出來之

---

7  程抱一著，涂衛群譯：《中國詩畫語言研究》（南京市：江蘇人民出版社，2006年），頁
   298、302、306。

8  參見徐復觀：〈中國畫與詩的融合〉，收入氏著：《中國藝術精神》（臺北市：臺灣學生
   書局，1988年），頁474、475。

9  參見程抱一著，涂衛群譯：《中國詩畫語言研究》，頁306。

微觀幽深的情志世界，亦得以相互繫屬、彼此關連，綜合呈示為一種生命整體之存在形式。具體而言，當清初畫家面對改朝易代的時代劇變時，無疑地，其生存條件、藝術創作與政治環境之間將形成緊密連動的關係，彼此之間交互牽引，成為畫家無可避逃的「社會現實」（Social Reality）。依據程抱一之觀察，清初四僧面對政局的變化，所採取的應對方式共同傾向於：四人並不試圖避開與國家政治、社會道德有關的主題，而是或者巧妙地採取了更為抽象之有類於「象徵主義」的表現方式，或是援借畫作上的題詩，藉以表達他們對於政治社會的反動，甚至是挑戰新秩序的意志。[10] 無疑地，這兩種創作方式皆為石濤所採用並且嘗試組織變化，藉以突出其特殊的生命經驗與存在感受。

即此，當我們意欲再次追問、探尋石濤以「我法」所重塑之「自我山水語言」的繪畫風格與主觀經驗時，除了著墨於畫題、圖式結構與筆墨線條的分析之外，畫中題詩與跋文也將共同進入我們的視域之中，成為分析與闡釋的對象。設若我們採取這樣的研究路徑，那麼，繪畫空間基本上可以重新區分為兩種類型的意義空間：再現山水的圖繪空間以及帶有參照意義之由文學話語組成——題詩與跋文——的情志（心靈）世界。一般而言，兩個空間的意義聯繫關係，會隨著各別畫家性格、才情與藝術觀點的差別而有各種不同主、客互位的表現。二者之間分合關係的變化大致可以區分出兩種基本型態，一是繪畫的結構圖式顯現出由筆墨線條等符號所建立的意義世界，畫中題詩則另有其由話語意指所形成之獨立自足的情志世界、歷史蘊含，二者僅在一個非常薄弱的背景關係上有所聯繫；其二是二者將產生意義緊密的互文關係——繪畫與題詩可能同時表現外部現實世界，或是共同指向畫家內在的心靈世界，或者彼此補充、交相詮釋。緣此，畫家的外在現實世界與內在意義世界將在此一種圖文錯陳的多樣表現形式中為觀閱者所加以理解與掌握。要言之，如果我們得能在理解繪畫的圖構與筆墨意義的同時，復又並行、並重地加入另一種語言閱讀的規則，或許能夠幫助我們在形式多樣的圖文組合

---

10 參見程抱一著，涂衛群譯：《中國詩畫語言研究》，頁312。

作品中窺見畫家蘊含於作品之中的深層存在感受及其與現實世界之間的聯繫關係。

　　石濤《山水人物》冊頁（又名《東坡詩意圖冊》）並非嚴格的山水畫，我們將此一作品列於優先討論的位置，乃緣於此一畫冊茲為一有意識地在歷史文學傳統中尋找繪畫題材之作品。藉由與其他繪畫圖式的比對分析，我們可以容易在此一畫冊中看到石濤如何在筆墨與詩文的對應關係中重新思考「具古以化」的各種可能，並表達個人情志與畫藝理念。由《山水人物》圖冊中對於古典文學、傳統圖式的參照，一至於《黃山八勝圖》中以「記憶山水」作為圖繪、題詩表現主題的作品，乃至於《廬山觀瀑圖》中混合「記憶山水」與古典詩歌（全引李白《廬山謠寄廬侍御虛舟》以為題詩）的圖文表現，我們可以在此一汲取創作題材與靈感的變化過程中，既窺見石濤如何從「簡單參照」再至「重塑自我山水語言」的轉變軌跡，又得以由此理解、掌握其如何藉由愈來愈趨複雜的圖文對應關係傳達個人的存在感受、主觀情志及其世界經驗。換言之，從《山水人物》冊頁、《黃山八勝圖》到《廬山觀瀑圖》，乃清楚地呈現出石濤繪畫中三種型態各異的詩圖對應關係與互文模式。《山水人物》冊頁的繪題襲自傳統古典詩歌，其間之新意展現在繪畫圖示對於既有古典文學作品的詮釋與再造上，以及題詩中所呈露之屬於石濤個人的時空知感經驗；《黃山八勝圖》則無論是在圖式或是題詩上俱皆顯現為純屬個人生命經驗與追憶性質的遊歷紀錄；而《廬山觀瀑圖》的畫題雖然也是個人遊歷經驗與記憶之再現，但在題詩上卻援用了李白詩歌作品，題跋文字則指向了個人繪畫美學觀念的重申與揭提。即是此三幅（組）繪作異中有同，同中有異的圖文對應關係，提供我們一個觀察石濤山水畫中幾種詩圖互文模式的適切角度，並得以依此進一步理解畫家如何在這幾幅畫作之中藉由不同的圖文對應關係寄寓他對於歷史傳統與社會現實的思考和感懷，表達個人特殊的生命存在經驗。

## 二 傳統風格作為參照範疇與新變之間:《山水人物》冊頁中的「新凝」

　　石濤對於傳統繪畫與風格的借鑑,橫跨宣城時期(1660-1680)、南京時期(1680-1690)與北京時期(1690-1692),此意即,從石濤十九歲青年時期開始,直至他中晚年階段,畫作中皆仍或隱或顯地含帶著傳統的印記與痕跡。[11]

　　綜觀石濤對於傳統的借鑑與仿擬,大致體現了由「準確參考」到「簡單暗示」之臨摹學習的必然過程。然而,此一由亦步亦驅地習摹乃至新變創發的過程,與其說完全與石濤年齡的推移變化和風格表現的不同階段相為對應、同步發生,呈現為一種逐步漸進和轉化的過程,不如說,從宣城時期開始,在臨摹古人畫作的同時,石濤即已同時進行新變的嘗試與思考;而中壯時期,他在強烈主張自己特出的藝術見解之時,又重新反省並體認到再次向古代繪畫傳統巡禮與仿習之需要。即此,在他宣城時期的作品當中,我們除了可以見到他師法李公麟白描畫法的《羅漢圖》(圖1)和米芾的《雲山得意

---

11 石濤一生的藝術經歷大致可以區分為五個時期:武昌時期(1645-1660)、宣城時期(1660-1680)、南京時期(1680-1690)、北京時期(1690-1692)與揚州時期(1692-1707)。石濤畫中的傳統痕跡與影響屢為評論者所意及,例如孫志華、畢景濱在〈石濤的繪畫藝術〉一文中指出:石濤在宣城時期的繪畫風格「具有明顯的『新安畫派的特點』」;南京時期的《書畫》合卷「尚未擺脫新安畫派畫法」;北京時期的《古木垂陰圖》,「就其畫法看,很有些像仿古派畫家所畫的仿王蒙的一類作品」。高居翰(James Cahill)在《氣勢撼人:十七世紀中國繪畫中的自然與風格》中說:一六七七年(宣城時期),石濤所作一部畫冊中的一幅冊頁,「以無暈染的厚重乾筆線條畫成,這種風格乃是安徽畫派的一大特色」、「安徽派的畫風仍持續地顯現在石濤南京時期及更後的一些山水畫中」、石濤對於「正宗派山水風格的了解,也明顯地表露在他此一期間(北京時期)及其後的作品之中」。石濤藝術表現分期與風格說明分見孫志華、畢景濱,〈石濤的繪畫藝術〉,收入〔清〕石濤繪:《石濤畫集》(北京市:榮寶齋出版社,2003年),上冊,圖錄前頁;高居翰(James Cahill):《氣勢撼人:十七世紀中國繪畫中的自然與風格》(臺北市:石頭出版社,2013年),第六章「王原祁與石濤:法之極致與無法」,頁243、245、249。

圖卷》（圖2）外，亦可以見到「簡單暗示」中含帶有自闢蹊徑、畫風獨特的
《山水人物》畫冊（圖3-1、3-2）；同樣的，北京時期，除了可以看到石濤
淋漓酣暢地表現自己藝術見解之《搜盡奇峰打草稿》（圖4），亦可以在《古
木垂陰圖》（圖5）中窺得意象繁複、筆墨運用細謹精緻之仿習王蒙畫法與風
格的表現。[12]

　　石濤《山水人物》畫冊（又名《東坡詩意圖》）作於康熙十六年（1677）
年，摘取蘇軾詩意以為創作題材。其中第九開頁畫有一幅梅花美人圖（圖3-
1），圖中，最右方以直行方式書題「真態生香誰畫得？玉奴纖手嗅梅花」詩
語。此詩取自蘇軾〈四時詞〉詩[13]；畫面左方題跋寫著「康熙丁巳十二月燈
下偶塗十二冊，總用坡公語，漫成一絕書篋，彥老道翁一笑。冰輪索我臨池
興，盡掃東坡學士詩，筆未到時意已老，焦枯濃澹得新癡」，款署「小乘客
原濟石濤」。畫中所繪梅花與人物偏近圖冊右方，這一梳有高髻的美麗人物
（玉奴），正以手摘拈梅花，嗅聞清芬的花香。[14]石濤以細線勾描人物的形
貌、衣飾，人物肩臂部分隨順著衣衫縐折直垂向下，彷若一無肩之人，她身
上穿戴的衣帶裙裾，飄然懸墜，流露出一股優雅之態。此一種人物形態與勾
描之法乃為六朝畫家顧愷之（約344-406）在《女史箴圖》所確立下來之典
雅、溫婉的仕女畫式典範，雖然石濤在此畫中的勾畫表現不若顧愷之人物畫
作來得細緻流麗，也未設色，但亦可以得見他臨摹與習用古法的痕跡。橫過

---

12 並參孫志華、畢景濱：〈石濤的繪畫藝術〉，《石濤畫集》上冊，圖錄前頁；高居翰
　　（James Cahill）《氣勢撼人：十七世紀中國繪畫中的自然與風格》，頁243。

13 全詩為「霜葉蕭蕭鳴屋角，黃昏斗覺羅衾薄。夜風搖動鎮帷犀，酒醒夢回聞雪落。起
　　來呵手畫雙鴉，醉臉輕勻襯眼霞。真態香生誰畫得，玉如纖手嗅梅花。」〔清〕王文
　　誥、馮應榴輯註蘇軾詩，依據《芥隱筆記》與楊升菴之見解，校改「玉奴」為「玉
　　如」。詩見〔宋〕蘇軾著，〔清〕王文誥、馮應榴輯註：《蘇軾詩集》（臺北市：學海出
　　版社，1985年），頁1093-1094。

14 高居翰（James Cahill）以為畫中人物乃為石濤自己，然而，一則，石濤以詩語內容作
　　為繪畫題材乃為自北宋郭熙《林泉高致》以降之「詩意圖」（以詩為畫題）的繪畫傳
　　統，一方面畫頁題詩所寫「玉奴」二字雖為俗傳，但觀蘇軾〈四時詞〉四首乃為閨怨
　　組詩，描寫幽居女子四季中的相思愁落之情，因此，畫中人物當非石濤自身。高居翰
　　之見參見氏著：《氣勢撼人：十七世紀中國繪畫中的自然與風格》，頁243。

人物身前的梅花，主要呈顯為虬曲彎折的老幹枯枝之態，一些含苞未放的花蕾與三兩早開的花蕊疏疏落地點綴在枯枝末端，石濤顯然意在表現梅花初開時節，而非燦然煥發、繁花錦簇的盛開之期。畫家以乾枯之筆勾劃主幹、幹上樹瘤以及枝椏，繼之以濕潤的墨點錯落地點畫在主幹與枝椏上，顯現附生於老梅上的斑斑苔痕。苔斑雖然是標誌梅花樹齡的時間記號，然而，枯筆與潤墨之間的鮮明對照，以及花姿初展，清芬乍露，一位年輕柔美的女仕此際來到花下，折拈梅花，嗅聞清香，這些構作元素、形象用意所共同展現出來的一股勃然生機與青春氣息，令使此幅畫作呈露出一股「枯木逢春」的內涵和蘊意。蘇軾詩「真態生香誰畫得？」一語，「真態」與「香」既指述梅花之姿態與香氣，也同時指涉人物，而生生不息的「滋長」／「生」之力量與意志則來自那令天地萬物得以「氤氳秀結」的乾坤宇宙。此中，可以領受天地造化之理與「畫得」此一精氣神髓的表現者，自是那能夠領識天地鴻蒙之理，「以一畫測之，即可參天地之化育」，並且「堪留百代之奇」的畫家。[15]

　　以枯筆皴擦顯現或深厚或簡淡或幽冷的風格乃是明代安徽畫派的一大特色[16]，我們由此可以得見石濤對於安徽畫派的習染之跡。另一個值得注意之處是梅樹枝椏所呈示的圖式結構。畫中最上層的樹枝先略顯對襯地左右伸展，次一層枝椏自左側拗折的樹幹長出之後，一路朝向左下方延展、敧傾，樹中，大多數的枝梢末端皆向下垂覆。整體觀之，梅樹枝椏呈顯之形態猶如一把張開之傘。雖然此一種圖式結構與清初安徽派畫家弘仁（1610-1664）在圖繪黃山名勝《擾龍松》圖（圖6）中的松樹形態相仿、類近，與明朝版畫家汪晉穀所刻畫的《擾龍松》木刻版畫（圖7）亦甚為相像[17]，然而，我

---

15 石濤〈題畫山水八首‧其七〉詩云：「天地氤氳秀結，四時朝暮垂垂。透過鴻蒙之理，堪留百代之奇」；石濤，《畫語錄‧山川章》云：「以一畫測之，即可參天地之化育也。」詩文分見〔清〕石濤著，汪世清編著：《石濤詩錄》（石家莊市：河北教育出版社，2005年），頁119；〔清〕石濤著，竇亞杰編注：《畫語錄‧山川章第八》（杭州市：西泠印社出版社，2006年），頁53。

16 參見高居翰（James Cahill）著，李佩樺等譯：《氣勢撼人：十七世紀中國繪畫中的自然與風格》，頁192。

17 高居翰（James Cahill）曾經指出：汪晉穀這件版畫，「見於一部有關黃山的勝覽指南之

們試觀元朝吳鎮（1280-1354）的《雙檜平遠圖》（圖8）和《松泉石圖》（圖9），已然可見松樹枝椏形態如傘狀般張開的圖繪形式。

「擾龍松」為黃山名勝，徐宏祖（1586-1641）在《徐霞客遊記》中描繪「擾龍松」之狀為：「塢半一峰突起，上有一松，裂石而出，巨幹高不及二尺，而斜拖曲結，蟠翠三丈餘，其根穿石上下，幾與峰等」[18]，「斜拖曲結」與覆蓋面積廣闊的「蟠翠」並為「擾龍松」的重要形態特徵。由於石濤初游黃山，乃在康熙六年（1667）[19]，早於創作《山水人物》圖冊十年，十年之間，石濤於一六七七年初游黃山時繪有《黃山圖》，一六七六年，二游黃山時圖繪《山水冊》，題黃山詩[20]，因此，當石濤繪製《山水人物》冊頁時，我們很難確切地判斷石濤此一梅樹圖式結構的表現，究竟是對吳鎮繪畫傳統的借取與習摹，並同時參考了弘仁或是汪晉穀對於「擾龍松」的描繪，還是來自他自身真實游歷經驗中的視覺印象與記憶——以山川自然形象作為圖像表達的基礎與依據。高居翰（James Cahill）曾經指出，此一畫頁中，石濤以人與自然的關係作為表現主題乃與北宋山水有著雷同之趣，然而，卻也同時指明此幅畫作「形象表現清新脫俗、特具情思」，「其纖細優美，皆出自石濤自己的巧思」。[21]高居翰就其獨特的觀察面向陳明了石濤此幅畫作

---

後，出版於弘仁身後不久，係根據弘仁同一類型的畫作而製。一幀以黃山絕壁和松樹為景的照片顯示出，弘仁的畫作適切地傳達了這些景致的某些形貌。」引文出處同上註，頁198。如果我們進一步比對石濤在《黃山圖冊》二十一開選中的「擾龍松」（圖10），可以得見弘仁《擾龍松》圖與石濤《黃山圖冊》中的「擾龍松」，松樹形態較之汪晉穀的版畫，又稍有變化：松樹左側下方的枝幹成為二人畫作中的表現重點。二人皆將樹幹拖曳得更長，但石濤畫中之枝幹更顯彎曲有致：粗壯的松幹先向內曲，再向外彎，繁茂的松枝與樹葉覆蓋了部分的山石，最末稍的樹枝則略向外側翹起，顯現出松樹既流麗生姿復又遒勁有力的情態與姿容。

18 〔明〕徐宏祖撰：《徐霞客遊記》（北京市：京華出版社，2000年），頁14。

19 並參韓林德：《石濤評傳》（南京市：南京大學出版社，1998年），頁28；汪世清：〈石濤東下後的藝術活動年表〉，收入〔清〕石濤著，汪世清編著：《石濤詩錄》，頁173。

20 石濤游蹤與作品繫年，參見汪世清：〈石濤東下後的藝術活動年表〉，收入〔清〕石濤著，汪世清編著：《石濤詩錄》，頁173-185。

21 高居翰（James Cahill）指出：「晚明以來的畫家，如果不是已經將人物從山水畫中完全

中，既與傳統雷同，又能自出機杼之「借鑑處能為新變」的創作風格。

　　綜觀高居翰之見解與前文之分析，我們尚可進一步闡明的是，石濤繪作與「文本原型」——蘇軾詩語、人物圖繪傳統與安徽派畫風格——之間的關係，其所援引、承襲之處在於詩歌意象含蘊、人物勾描之法、渴筆乾線，甚至包括梅樹形態的圖式結構；而其新變之處，則在於詩意的理解、表現以及圖繪形象的選擇與構設方式。詳言之，石濤選擇以「老梅」表現蘇軾詩語中的「梅樹」形象，「老」為石濤增添之意，以之對顯、映襯纖手摘梅，嗅聞梅香之年輕貌美的人物形象，而「老梅」之態（畫中「意象」）復與「古松」形貌（無論是自然客觀形象或是傳統繪畫圖式）若合符節；此一梅樹蒼勁意態與「枯木逢春」之畫意遂在筆墨與圖式的承襲與重複之中脫穎而出，不落入完全師古、仿古的窠臼中，即此，石濤的「反響」並非「學舌」，「再用」也並非「還原」。他在跋文裏題寫之「冰輪索我臨池興，盡掃東坡學士詩，筆未到時意已老，焦枯濃澹得新癡」一詩，指明創作情境乃受一清麗之明月輝照（「冰輪」）景致的誘發，油然心生豐沛、高昂的畫興；在創作過程中既與蘇軾詩歌意蘊和「焦枯濃淡」的筆墨之理有所神會，復又體悟到文學文本與筆墨章法既是被借用的傳統原始素材，亦是「我意」介入之後，含帶著原始素材所共同形成之新的「文本結構」。文字、筆墨之間的關係，並非簡單的並列與疊加，「新癡」一詞正說明了在新與舊的重組與銜接之間，石濤乃經歷了一種或內容蘊意或筆墨趣味之繪畫構意與形式上「質」的區別。換言之，「新癡」一詞正自指明了石濤所領會到之傳統範式足可成為新的「文本」嫁接之媒材，以及在嫁接過程中如何令其「嫁接成活」——移轉過來的文本在新的環境中生根、融合，並與新的表現形成有機聯繫——的體悟。

　　由於這一幅畫作以一方冊頁的形態呈現，並非有如手卷一般，得有一特定、明確的展開方向，並在紙幅依序展開的連續性空間中體現特殊線條所形成的軌跡，繼之呈露出它的時間特性。因此，當此一幅作品完成之後，圖繪

---

　　剔除，便是把這些人物縮小為千篇一律、且不具任何表現力的元素。」參見高居翰（James Cahill），《氣勢撼人：十七世紀中國繪畫中的自然與風格》，頁245。

形象所呈現出來的時間樣態，已是一種靜止與完成狀態，不再能顯現圖繪過程中由身體運動而來之涵有時間性質的動態歷程。換言之，時間在作品完成的那一瞬間已被囿限並凝止於眼前此一方圖繪空間之中，而繪畫過程之中的時間性質卻必然被畫家所真切地感受到，因此，跋文文字的功能將不僅僅只是顯現畫家的創作觀念，亦有可能被用來捕捉並且記錄畫家對於世界時間與內在時間的感受。石濤在這幅冊頁中，清楚地標明這幅繪作的「世界時間」（即客觀時間）茲為「康熙丁巳十二月」，「總用坡公語」一句則讓我們自然地意識到這幅畫冊與過去悠久之歷史、文學傳統乃有所溝通與連結；而「漫成一絕書篋」一語令我們得知他在畫紙結構佈置與筆墨運動中所感知到的空間性質以及由此而來之更為內在的時間感知與時間歷程。「筆未到時意已老」一語，由「筆」與「意」兩組語詞之對舉以及「未到」與「已老」一正一反的陳述方式，引領我們窺知石濤關於「主體（意念）中之運動乃先於客體（身體）中之運動的時間識感。此意即，石濤意識到時間在創作的過程中乃參與了意念與身體的活動和變化：意念的時間快於線條勾繪、墨色點染之身體運動的時間，時間快速地參與並呼應了意念的活動，而身體的勞動則是經歷了一個較為漫長的時間過程。然而，「已老」並非是一完全休止、靜息的狀態，它（「老」之意）只是在完成它自身「解悟」的任務之後，在身體依然活動的狀態裏進入一種安靜而緩慢的運動之中。石濤乃藉由此一陳述，勾寫出其創作活動中某種內在意識與身體感知之速度乃有所差異的時間知感。由此觀之，石濤繪畫作品中，跋文所具含的其中一種功能正在說明與展現創作過程中他所感知到的「時間意識」與「時間維變」，並藉此補足或是突破被囿限在一方紙絹／二維空間之中，不易清楚表現的時間要素。

## 三　師法自然與主觀經驗：《黃山八勝圖》的再現對象與記憶性質

　　《山水人物》圖冊乃以蘇軾詩中蘊含的意象、意義作為繪畫的題材，畫作中再現／表現的對象茲為文學文本；《黃山八勝景》圖冊（圖11-1~11-8）

則以黃山的自然山水作為構繪的題材。這兩種繪畫題材的取徑方式皆為傳統
繪畫之所有,依徐復觀(1904-1982)之見,前者可以追溯到宋代郭熙的
《詩意山水圖》,後者則遠自魏晉南北朝時期,人物畫盛行的同時,已可見
得宗炳(375-443)、王微(415-453)等之山水畫作。[22]無論是向傳統文學文
本擷取創作題材,或是走向自然山川,自天地陰陽造化中汲取繪畫的靈感與
養分,要皆石濤取法之目的皆在於試圖將一切參照對象置放在「記憶/原
創」的參照系統中思索與予以實踐。換言之,無論是歷史傳統或是真景山
水,對於石濤而言,皆是某種「我」之「先受」再而「後識」之「記憶」裏
的豐碑,他依據得以「參天地之化育」之唯人能「受」與「尊」的特出靈
識,以及足以將「一畫含萬物於中」之唯畫家得能獨運的「畫心」,對所有
「記憶」中之參照對象進行修正與再創造。[23]

## (一)冊頁的景物變換與時間軌跡

石濤三次歷游黃山,始於康熙六年丁未(1667),時至於清康熙十五年
丙辰(1676),以黃山為題之著名作品有《黃山圖》(二十一幀,北京故宮博
物院藏)、《山水冊》(八幀,四川省博物館藏)、《黃山松雲圖軸》(法國巴黎
私人收藏)與《黃山八勝圖》(之一~之八,日本泉屋博古館藏)等。[24]現

---

22 參見徐復觀:〈中國畫與詩的融合〉,收入氏著:《中國藝術精神》(臺北市:臺灣學生
   書局,1988),頁474-484。

23 石濤《畫語錄‧尊受章》云:「受與識,先受而後識也。識然後受,非受也。古今至明
   之士,籍其識而發其所受,知其受而發其所識,不過一事之能。其小受小識也,未能
   識一畫之權,擴而大之也。夫一畫含萬物於中。畫受墨,墨受筆,筆受腕,腕受心。
   如天之造生,地之造成,此其所以受也。然貴乎人能尊,得其受而不尊,自棄也;得
   其畫而不化,自縛也。夫受,畫者必尊而守之,強而用之,無間於外,無息於內。易
   曰:『天行健,君子以自強不息。』此乃所以尊受者也。」〔清〕石濤著,竇亞杰編
   注:《畫語錄‧尊受章第四》,頁38-39。

24 參見汪世清,〈石濤東下後的藝術年表〉,收入〔清〕石濤著,汪世清編著:《石濤詩
   錄》,頁173-185。

已流傳到日本的《黃山八勝圖》，榮寶榮《石濤畫集》以其作於一六六七至一六六九年之間[25]；汪世清（1916-2003）在〈石濤東下後的藝術活動年表〉中依據圖冊中第四開所題〈游黃山桃花源、白龍潭上，同冰琳禪師作〉詩中「伊予憶仙源，夢寐懷幽探，輾轉忽十載，春風乘興籃」之句，推算石濤從丁未初游黃山到此年，正好十年，認為圖冊繪成於一六七六年；韓林德與高居翰（James Cahill）則從繪畫風格的角度，認為此一圖冊以細筆繪成，風格纖細精美，與石濤繪於一六八七年的《細雨虬松圖》（圖12）畫風相近，因此當為同一時期所作。二人之說則將《黃山八勝景》圖的完成時間在汪世清的說法上再向後推遲了十年，將之歸於石濤南京時期（1680-1690）的作品。[26]若依據韓林德與高居翰之見，此圖冊確實完成於石濤居住於南京之時，那麼此一繪製黃山的創作時間距離石濤第三度游歷黃山已是十年前之事，八幅圖繪中的黃山山水已是石濤遙遠記憶中的山水景物，而其繪製過程與方式極有可能即是高居翰所指明之，此畫冊乃是「他憑記憶所及，並可能佐以當時信手記下的一些寫生稿而成。」[27]

　　八幅冊頁中的首幅（圖11-1）描繪一持杖之人站在一處坡崖上，望向前方江水，江面遠方有數艘漁船和延伸至江中的坡岸隱現於朦朧氤氳的煙水之

---

25　參見〔清〕石濤：《石濤畫集》（北京市：榮寶齋出版社，2003年），「圖錄」說明。

26　韓林德與高居翰之見分見韓林德著：《石濤評傳》，頁72；高居翰（James Cahill）著，李佩樺等譯：《氣勢撼人：十七世紀中國繪畫中的自然與風格》，頁245-247。

27　語見高居翰（James Cahill）著，李佩樺等譯：《氣勢撼人：十七世紀中國繪畫中的自然與風格》，頁247。汪世清考訂畫中題詩，以為諸詩寫作時間不一，有作於石濤初遊黃山之時，如圖冊八開之〈初上文殊院觀前海諸峰〉詩；有作於石濤二遊黃山之時，如圖冊二開之〈黃山道上懷曹冠五郡守〉詩；有作於石濤三遊黃山之時，如圖冊四開之〈桃花源白龍潭同冰琳上人〉詩。汪世清之說分見〔清〕石濤著、汪世清編著，《石濤詩錄》，頁14、49、2。此從資料考證的角度佐實了高居翰對此一圖冊繪作方式——「憑記憶所及，佐以當時信手記下的一些寫生稿而成」——的推測。而汪世清於〈黃山道上懷曹冠五郡守〉詩後的考訂說明中寫有「此詩為別後懷念之作，寫於己酉的可能性更大。但署名『苦瓜和尚』，已在南京時期。畫為新作，而所題則為舊詩」一段文字，顯見汪世清亦留意到此一圖冊繪製於南京時期的可能性。考訂文字參見〔清〕石濤著，汪世清編著：《石濤詩錄》，頁49。

中，較近處則是沙汀石渚。人物所在坡崖的右方，矗立著巨大的山石，岩壁間橫生出一株松樹，濃茂的枝葉平伸開展，正團蓋在人物上方；一涓瀑布自岩壁間傾瀉而下，直落山澗。圖頁左側題詩詩末寫有「山溪道上」四字。依據汪世清之考訂，此詩作於康熙丙辰十五年（第三次遊歷黃山時），為石濤從涇縣赴歙途中所寫。詩云：「驅車別舊里，行色望新安。日晚客心急，山陰雲氣寒。一筇求□遠，半榻擁衣單。賴有幽探興，能忘道路難。」[28]詩歌旨在抒發旅行途中，環境、氣候與住宿條件不佳等行旅艱難、困頓之處，然而探訪名山之興致正足以克服行路之艱難。依此，詩歌所寫乃為一包含開端、行進與抵達的旅次過程，呈示為一綿續的動態時空歷程，而圖式與畫意則表現為一靜止的瞬間片刻，看來似為行旅之人抵達新安／黃山之後，暫時歇息、休憩之時尋暇登上坡崖，遠眺江面漁帆。依此，由畫面圖示與題詩內容來看，此一幅冊頁的畫意乃在以一登高遠望的景象示意前往黃山途中，百轉艱辛之「山溪道上」的旅程已告一段落，接下來，即將展開另一段新的旅程，即此行之主要目的──歷游黃山，畫冊即此依次展開「黃山道上」（圖11-2）、「白龍潭」（圖11-3）、「蓮花峰」（圖11-4）、「虎頭岩與鳴絃泉」（圖11-5）、「祥符寺湯池」（圖11-6）、「文殊院」（圖11-7）、「煉丹臺與擾龍松」（圖11-8）的遊賞歷程。

此一幅圖冊，呈現於眼前的八幅圖象皆是靜止不動的景物，畫家通過景物佈置、遠近景象的安插、墨色濃淡的對比和線條變化的方式引領觀者進行視線的移動。八幅各自靜止獨立的畫面組織成一組特定的山水景物，各有側重的黃山景點展現畫家游歷賞覽的過程；而透過頁幅形式、每幅冊頁中景象空間的變化與轉換，連續性的時間性質由此被引帶進來。此意即，通過冊頁形式空間的轉換，展現了連續的時間性質，而此一連續的時間性質遂使得繪畫內容乃獲得了一種有別於其他單一畫幅的活力。

此一形式上的「運動」，除了展現在冊頁的序列變動與頁幅描繪景色的

---

28 考證文字參見〔清〕石濤著，汪世清編著：《石濤詩錄》，頁50；題詩並參〔清〕石濤繪：《石濤畫集》，上冊，頁16、〔清〕石濤著，汪世清編著：《石濤詩錄》，頁50。

變化上外，畫中人物在頁幅中的不同表現和狀態也顯示出了一種「運動」的軌跡。八幅冊頁中皆繪有人物，人物型態大致上可以區分為靜與動兩種。靜態的人物分別出現在第一開「山谿道上」（圖11-1）、第二開「黃山道上」（圖11-2）與第三開「白龍潭」（圖11-3）中。此三頁裏的畫中人物皆顯現為孤身一人之景況，孤身之人彷彿「獨立於天地之間」：或者佇立於坡崖上遠眺江中漁帆；或是獨坐於群峰環繞的寺觀之中，憑窗向外，凝視著山塢中的雲氣煙霞；或者端立在山瀑飛沫之前，領受流泉飛淌強勁的沖刷力量，同時，靜觀瀑水下注、深泓幽渺的白龍潭。而當冊頁中的人物顯現為動態之狀時，多數被縮束成寸豆般大小的簡略人形，並被安置在群山周繞的山道之中，顯現為正在登、涉、循、越之尋幽訪勝的步行狀態。除了第七開頁中（圖11-7），走在山道中的人物依然顯現為孤身一人之外（此人所在山道位於一高山峻嶺中，道旁山壁寫有「玉骨冰心，鐵石為人；黃山之主，軒轅之臣」之猶如四言詩教般的文字），其餘，皆表現為二人或四人共行登越之狀。例如第四開「蓮花峰」（圖11-4），兩個登山遊客被安置在圖畫中心；第五開「虎頭岩和鳴絃泉」（圖11-5）右下方繪有兩個只見半身的遊人；末幅「擾龍松與煉丹臺」（圖11-8），四、五名遊人被安插在圖繪左上方，顯現為已登上煉丹臺之情狀。最為特別的是第六開「祥符寺湯池」（圖11-6），湯池中正在湯浴的人物被圖繪成嬉戲玩水之狀，亭中之人則顯現為一靜息休憩之況，動與靜同時被安置在同一幅畫作之中。

　　由冊頁形式與人物行／憩、動／靜變化所展現的連續空間與時間特徵，我們可以明白，石濤乃意欲藉此表現其黃山游歷經驗中的時空感知狀態與時間歷程，試圖在畫紙冊頁的藝術表現空間中再現真實而具體的遊覽經驗與時空知感。換言之，石濤不僅意在重現記憶中的山水空間，亦在捕捉、喚回登覽之際的時間知覺狀態，而此一再現時間的企圖，正是藉由繪畫冊頁形式與畫作人物的動、靜變化予以完成。與石濤約略同時的李驎（1634-1710）曾應石濤之請，為石濤記述生平事跡。李驎在〈大滌子傳〉中敘陳石濤三游黃山的經歷以及黃山對石濤畫藝的影響時說：「既又率其緇侶游歙之黃山，攀接引松，過獨木橋，觀始信峰，居逾月，始於茫茫雲海中得一見之，奇松怪

石，千變萬殊，如鬼神不可端倪，狂喜大叫，而畫以益進」。[29]黃山山水所呈露之變化萬千的怪異形象以及猶如鬼神一般不可測度的虛靈幻化之感，乃為畫家帶來莫大的藝術啟迪以及突破以往畫風與傳統因襲之可能契機，因此石濤方有「狂喜大叫」的激情表現與「畫藝益進」的成果表現。然而，石濤自黃山雲海峰石所獲得之一種狂喜經驗與深獲藝術啟迪的契機並非輕易能得，他乃經歷了「攀接」、「引過」，「觀峰日久」，「逾月始能得一見之」的辛苦追尋歷程。此一綿時歷月的追尋歷程，既展現在八幅冊頁壯麗的山水峰石景觀之中，亦展現在人物的「行」與「憩」之間。

要言之，圖冊乃展現了一種空間運動與時間流動的歷程，冊頁圖式之間的景物組合與意義聯繫，以及圖中人物之動與靜、行與憩的變化與連續之間顯現了創作者游歷的時空歷程與動靜活動。即是蘊含在畫作之中的這種歷程與時空「運動」要求觀覽者的目光隨著景物變換或是隨同畫中人物的休憩稍作停留，或者，追循人物的履跡，走入畫中所繪的山道險徑之中，而觀覽者的目光與觀覽節奏將隨著人物的活動，或止或行，可游、可憩，一如畫作之節律，隨著冊幅的展開，併生一種與畫意互為應和的內在時間律動。

畫中人物的動與靜、行與止，顯現為石濤歷游黃山時的一種時空履跡與存在經驗，而大化運行的軌跡亦呈露在山川的景色變化之中，成為特定時空中的旅人在行走坐立之間冥感默想的經驗內容——旅者，乃在游覽之中體悟天地山川的動靜之變。第四開「蓮花峰」圖（圖11-4）右方題詩云：「海風吹白練，百里湧青蓮。壁立不知頂，崔嵬勢接天。雲開峰墮地，島闊樹相連。坐久忘歸去，蘿衣上紫煙。」[30]風之吹拂，令使瀑沫飛濺、雲海開闊，在煙雲水氣湧動變化之間，遂見峰巒壁石高低深淺與遠山草木狹闊疏茂之千般變化。石濤在《畫語錄·山川章》中談論天地山川之理與畫藝之間的關係時指出「高明者，天之權也，博厚者，地之衡也，風雲者，天之束縛山川

---

29 李驎：《大滌子傳》，參見汪世清編著：《石濤詩錄·附錄一：傳序跋》（石家莊市：河北教育出版社，2005年），頁318-319。

30 題詩並參〔清〕石濤繪：《石濤畫集》，上冊，頁19；〔清〕石濤著，汪世清編著：《石濤詩錄》，頁48。

也，水石者，地之激躍山川也，非天地之權衡不能變化山川之不測」。[31]他認為山川變化的難測乃乾坤大化之運行使然，而山川之成，緣於悠長久遠的天地化成運動。[32]此一化成，在大自然中以一已然成形之靜態樣貌呈現，畫家，將要如何在畫絹之中顯現其運動之態？山川變化運行之理，又如何具體地脫胎於始於「一畫」的繪藝之中？依此，山川之間風雲水石的環繞與激躍此一茲為天地大化運行之中即刻可感、可見的運動和變化遂成為石濤「迹化」的表現重點。[33]換言之，當石濤意欲表現山川自然的運動和變化時，煙嵐水氣與泉水瀑布之形態以及其與峰石山體草樹寺觀之間的空間配置關係即成為他思考與表現的重點。由此觀之，八幅冊頁之中，無一不有泉水與雲煙山嵐的表現，無論是靜思之中或是嬉游於湯泉之中，或者刻正登越山道的人物，抑或是松石草木、寺觀飛瀑，無一不被濃密縹緲的雲煙所包覆、暈染。飛瀑流泉與雲霧煙氣在畫面上看似靜止之狀，然而，觀覽者經由這些視覺意象進入意想感知之時，觀覽者所意想的事物將遠比眼見的事物延展得更長、更遠。詳言之，畫面形象雖然呈現為二維之空間樣態，然而，畫作中由於留白、暈染、深淺濃淡墨色、渴筆與溼筆線條以及綠、赭設色等各種水墨筆法交互運用所形成之氤氳朦朧中又見細緻清晰的畫面效果，以及四開右方題詩之由動詞「吹」（海風吹白練）、「湧」（百里湧青蓮）、「不知」（壁立不知頂）、「接」（崔嵬勢接天）、「開」、「墮」（雲開峰墮地）、「相連」（島闊樹相連）、「上」（蘿衣上紫煙）所帶引之黃山雲霧、峰巒草木乃有瞬息萬變之現象的語言描繪，引領觀視者得以進一步想像雲嵐的流動聚散以及泉水溪澗的波騰躍動。此意即，當觀覽者凝視著畫作時，亦同時想像著風雲開闔中，山

---

31　〔清〕石濤著，竇亞杰編注：《畫語錄・山川章第八》，頁52。

32　《禮記・中庸二十六章》：「博厚所以載物也，高明所以覆物也，悠久所以成物也，博厚配地，高明配天……天地之道，博也，厚也，高也，明也，悠也，久也。」《十三經注疏・附校勘記》（臺北市：藝文印書館，1989年），冊五《禮記》，頁896。

33　石濤在《畫語錄・山川章》中又云：「我有是一畫，能貫山川之形神。此予五十年前，未脫胎於山川也；亦非糟粕其山川而使山川自私也。山川使予代山川而言也。山川脫胎於予也，予脫胎於山川也。搜盡奇峰打草稿也。山川與予神遇而迹化也，所以終歸之於大滌也。」〔清〕石濤著，竇亞杰編注：《畫語錄・山川章第八》，頁53。

體將出現另一個側面，不久之後，徑道將為雲霧所阻，泉水傾瀉流入的深淵泓潭可能忽然浮露出來等等之對於景物樣態實際處在第三空間之中的各色想像。即此，煙雲水氣的運動成了一種既是現實世界中的運動，也非現實世界之運動，它們除了呈現出一種陰陽大化運行之「化行」與「不息」之蘊涵外，也提供觀覽者重新建造新的審美知覺對象，並在這種經由意想而來的「建造」之中，不斷地添加許多緊緊依附、補充或實現這種審美知覺的意義向度，而這些知覺意向繼之又將新的審美對象移變成為一個足以無限想像或是試圖印證黃山真景山水之現實的，或者已為石濤變化成為某種「符號意指」的山水對象。循此，觀視者對於畫中圖示的意想知覺將在欣賞過程中逐步令此一繪冊由視覺經驗走向意義感知與建造的過程。[34]

此一知覺識想，除令觀覽者意想雲水之氣變幻中山川形貌的瞬息變化之外，亦令觀覽者在看到峰間路徑時，即感到它伸向遠方、山巔；看到戴笠的執杖老者，舉杖遙指隱沒在水煙之間的山徑時，觀者尚未能夠辨清他的身份時，即已經知曉他熟悉此間津渡，已行過許許多多山路；而在最後一幅冊頁中，我們亦可得見，與石濤同遊的三兩友人，石濤將其構繪成二、三人似乎短暫停歇，二人依然還在向上行走之況。此一暫時的停歇似乎僅僅只是攀登活動之中的間歇，此一間歇是對此前所展開與游歷過程的暫時收束，同時，又是對另一次游歷活動的召喚，而此一游歷將繼續下去，一直到游歷者生命終結或是不再心懷眷戀之意為止。因此，最後一幅畫冊之中的人物，依然持續走向前方之路，無盡地探尋，似乎構成了游歷自身之意義與底蘊。此或亦即是石濤游而再游，並不斷地感受大化運行之心靈世界的遊歷以及對於理想中之藝術創作世界的無盡追尋。由可見的遊歷活動乃至於一種不可見的心靈與藝術創造活動，這種行走與休憩之間的連續過程以及雲霧山嵐所呈示的運動性質，即成為石濤「以一畫測之，即可參天地之化育」（《畫語錄·山川

---

34 此處關於繪畫審美知覺的想像與建造之說明多有得力於〔法〕米·杜夫海納（Mikel Dufrenne, 1910-1995）《審美經驗現象學》一書之處，唯因文本特色與論述需要，許多觀念已然經過調整與轉化。相關論點參見〔法〕米·杜夫海納（Mikel Dufrenne）著，韓樹站譯，陳榮生校：《審美經驗現象學》，頁312。

章》）之既顯外在客觀世界，又歸向內在主觀世界之一種內在性時間歷程。

## （二）記憶／印象的經驗性質

石濤在〈黃山是我師〉一詩中曾經指明黃山與他亦師亦友的關係：

> 黃山是我師，我是黃山友。心期萬類中，黃山無不有。事實不可傳，
> 言亦難住口。何山不草木，根非土長而能壽？何水不高源，峰峰如線
> 雷琴吼。知奇未是奇，能奇奇足首。精靈鬥日元氣初，神彩滴空開劈
> 右。軒轅屯聚五城兵，蕩空銀海神龍守。前海瘦，後海剖，東西海門
> 削不朽。我昔雲埋逼住始信峰，往來無路一聲大喝旌旗走。奪得些而
> 松石還，字經三寫烏焉叟。

依據汪世清之考訂，此詩茲為康熙二十六年丁卯（1687），石濤在揚州
時所作。[35] 依此推算，石濤寫作此詩時距離他最後一次歷游黃山（康熙十五
年丙辰，1676）已相隔十二年之久[36]，黃山經驗已然屬於一種「追憶」的性
質。詩中明白指出他以黃山為師、為友之效法師從的心理。黃山之所以成為
石濤「師從造化」的主要對象，石濤提出的理由，一是一切陰陽宇宙化運所
成之萬象莫不具體而微地顯現於黃山之中（「黃山包孕萬類」）；二是大化生
生不息的滋育力量，以及萬象之中「高」、「奇」、「瘦」、「剖」等物象特徵莫
不令其驚艷讚嘆；三是「雷琴吼」、「精靈鬥」、「水劈石」以及猶如天兵神龍
集聚，隨時即將展開一場大戰的壯盛雲海所呈現之強大力量皆令他心搖神
馳，充滿危懼怖慄之感。此詩中呈現的黃山乃是一個充滿力動之感、顯現為
勁健剛強形象的黃山。然而，《黃山八勝圖》中的黃山景物卻多數呈現寧

---

35 石濤詩作與考訂之文參見〔清〕石濤著，汪世清編著：《石濤詩錄》，頁19。
36 石濤藝術活動繫年，參見汪世清：〈石濤東下後的藝術活動年表〉，收入〔清〕石濤
著，汪世清編著：《石濤詩錄》，頁184。

遠、幽深與闃靜之感,石濤以水墨暈染、乾濕筆交互勾勒皴擦,並施以綠赭淡彩顯現黃山秀麗之一面。此一種黃山印象既與〈黃山是我師〉一詩所述有所不同,與石濤在《搜盡奇峰打草稿》(圖11)中多以濃墨濕筆勾繪山體、林木和屋宇,苔點繁密,並以連續的線條表現山體盤旋曲折的走勢,藉以展現峰巒奇偉之狀,也有著明顯的風格差異。由此觀之,《黃山八勝圖》作為石濤記憶中黃山印象之一端,我們正可以於此窺見石濤「記憶山水」的多重面向以及「記憶」此一意識性質對於石濤作品中山水景物表現的影響。

　　《黃山八勝圖》中所繪景物,大抵可以依照景物形貌特色,按圖索驥,揣度何者茲為何景,石濤並又在各幅冊頁的題詩中逐一寫明勝景名稱。然而,當我們將之與真實山水中的景物作一聯繫時,卻可以發現畫中所繪景物多處與真實景觀中的空間位置不相符合。換言之,我們乃在這八幅冊頁中見到「合景」此一不合「常情」——不符合真實景觀位置關係——的特殊表現。石濤在第五開頁中(圖11-5)將「虎頭岩」與「鳴絃泉」安置在同一個畫幅空間裏;第八開中復同列「煉丹臺」與「擾龍松」(圖11-8)於同一冊頁之中。依晚明謝肇淛(1567-1624)〈遊黃山記〉所寫,虎頭岩與鳴弦泉相距二里[37];檢讀徐宏祖〈游黃山日記〉中所記,「擾龍松」與「煉丹臺」之間相距超過三里,亦且不在同一個方向上。[38] 根據前述黃山志與諸篇記遊文章之記載,無論是「虎頭巖」與「鳴絃泉」,或是「煉丹臺」與「擾龍松」,

---

37 謝肇淛〈遊黃山記〉云:「復上里許至山君巖。元翰憊臥,留一奴守之。又前可二里,道周一石,欹弁若醉人狀。……石疊如累卵,水淙淙瀉其間,曰鳴弦泉。」「山君巖」即「虎頭巖」,〔清〕閔麟嗣撰、釋弘濟閱定,《黃山志定本‧形勝》中云:「虎頭巖,怪石蹲逼如虎,在香泉溪上。巖一名山君,不如虎頭為佳。」謝肇淛與閔麟嗣文參見北京故宮博物院編,《黃山志定本》(海口市:海南出版社,2001年),頁198、72。

38 徐宏祖〈游黃山日記‧後〉云:「乃下至岐路側,過大悲頂,上天門。三里,至煉丹台。循台嘴而下,觀玉屏風、三海門諸峰,悉從深塢中壁立起。……還過平天砆,下後海,入智空庵,別焉。三里,下獅子林,趨石筍矼,至向年所登尖峰上。倚松而坐,瞰塢中峰石回攢,藻繢滿眼」,文中所記「尖峰」與「松」即「擾龍松」。徐宏祖〈游黃山日記‧徽州府〉記敘:「晨餐後,由接引崖踐雪而下。塢半一峰突起,上有一松,裂石而出,巨幹高不及二尺,而斜拖曲結,蟠翠三丈餘,其根穿石上石,幾與峰等,所謂『擾龍松』是也。」二文參見〔明〕徐宏祖撰:《徐霞客游記》,頁26、14。

無論站在哪一個方位上，從哪一個角度看望，幾乎難以看到兩個景象同時併現於觀賞者寓目游覽的視域之中。此一種合景表現在其《黃山圖》二十一幀中未曾得見，顯見此一合景乃是畫家主觀、刻意的合成。

石濤之所以將真實空間中兩個本不在一處的黃山景物佈置在同一畫面空間裏，一方面，我們自然可以理解為此乃石濤「以不似之似似之」[39]繪畫理論在景物佈置上的具體實踐，然而，我們亦得以由此見出再現「記憶山水」或「印象山水」之某些認識性質與表現特色。此八幅冊頁中的黃山勝景，如前所述，畫家多以留白與暈染方式表現煙嵐瀰漫之感，多數景物的輪廓線模糊不明，山石亦多用暈染，皴擦不明顯——並不刻意表現石厚的體積與質感。此一模糊的景物形態與「印象」／「記憶」的特殊性質正有暗合之處。德國現象學者胡塞爾（Edmund Gustav Albrecht Husserl, 1859-1938）認為「記憶」的性質茲為一種「感覺」或是「印象」，也包括了「想像」在其中，由於「記憶」的形式屬於一種想像的形式（意即構成記憶性質的整體記憶表象茲為想像），因此，記憶此一種意識，既包含著會隨時存在與隨時消失的「想像」在其中，便必然具有可以「不斷被修正」的特質，人們關於記憶的內在知覺經驗也將由此一直處在變動，可以隨時更易、修正的狀態中；而從已知的事物（如聲音、影像、氣味）出發，將很可能會獲致某些從未聽到過的聲音與見到過的影像。[40]

以此作為理解基礎，我們可以指明石濤冊頁之中的合景乃屬於一種「記憶」的經驗性質，且為畫家有意識地、刻意地構作。換言之，在真實游歷之

---

39 〈題天地渾鎔圖〉全詩：「天地渾鎔一氣，再分風雨四時。明暗高低遠近，不似之似似之。」〔清〕石濤著，汪世清編著，《石濤詩錄》，頁118。

40 胡塞爾亦曾指出「記憶」具有某種程度的「能產性」：當我們的想像以瞬間回憶的顯現作為基礎，並且通過某種程序構成了關於未來的觀念時，這種「程序」將類近於：在環境許可的情況下，人們將通過此一環境獲致某一種帶有新的顏色和聲音的多樣性觀念，並將之投向可預期的未來。例如，「從已知的聲音出發，我們很可能會達到我們從未聽到過的聲音」，而在得到此一觀念的同時，也將仍然保存著原來已知的形式和關係。相關論點參見〔德〕胡塞爾（Husserel, E.）著，楊富斌譯：《內在時間意識現象學》（北京市：華夏出版社，1999年），頁110-111、16。

中，他所切身感知到的時空狀態、路途長短以及確切方位，在記憶重新被召
喚之時，本來容易產生各種變化：有些寒冷疲憊的感覺逐漸消失、某些景物
無限遠退，有些當時不甚留意的景物、感覺與聲音氣味卻可能在記憶之中變
得栩然而鮮明。第五幅冊頁（11-5）左方題詩寫著：「丹井不知處，藥竈尚生
煙。何年來石虎，臥聽鳴絃泉」，款題為「尋藥爐丹井，復看鳴絃泉，傍有
山君巖。石濤元濟苦瓜和尚」。「苦瓜和尚」為石濤南京時期新增之名號[41]，
題詩與畫作完成在同一時期，與冊頁中其他題詩多為三次游覽黃山時所寫詩
稿，性質不盡相同。題詩首二句由「不知」與「尚生」四字的使用，可知其
為一已然發生與經驗過的實際經驗，而非憑空想像之景；三、四句「何年來
石虎，臥聽鳴絃泉」則由過去躍向未來，為一對於未來重游黃山的期盼。
「來」一字茲為以眼前畫頁作為中心定點的方向動詞，此一「來」字之運用
顯示出畫家過往記憶──「丹井」附近的「虎頭巖」和「鳴絃泉」已從真實
世界的時空座標中游離出來，於記憶復現之際共同浮現於畫家眼前，並為畫
家捕捉與再現於畫頁之中。款題之中「尋」、「復看」與「傍」字則說明了石
濤題款之際又重新意識到真實遊覽之時，乃有一必需經歷的時空過程。從款
題與詩畫之間時空感知狀態乃有所差異的情況來看，我們可以得知，對於石
濤而言，詩與畫於此一幅冊頁中乃同為主觀、抒情的藝術表現媒材，有著相
同的表意功能。

　　再試觀第八開「煉丹臺與擾龍松」合景（11-8），我們則見到了畫家另
外一種表現「記憶」的多方「粘貼」方式。右方題詩〈觀擾龍松作〉詩末題
「觀擾龍松作。燈下。苦瓜和尚並書」乃寫於畫成之後，畫家於燈下觀畫，
並召喚此前游觀之經驗。畫中擾龍松以淡筆圈畫於松樹幹上以顯現其老，松
針並不特別茂密，右方一向下垂懸的枝幹稍有折彎但未曾顯現蟠曲虯繞的形
態，與題詩中所云「擾龍盤旋數十丈，枝枝葉葉爭搶攘。我來游觀不敢捫，
金光過逼若飛屯。翠髯紫鬣亦奮迅，風雷呼起山山應」[42]──松樹蟠翠虯張

---

41 參見韓林德：《石濤評傳》，頁71。
42 詩歌與款題並參題詩並參〔清〕石濤繪：《石濤畫集》，上冊，頁23；〔清〕石濤著，汪
　　世清編著：《石濤詩錄》，頁14。

之勢、陽光照射下散發著閃耀光彩以及能夠引風呼雷等生氣勃發之態,大異其趣。因此,款題中所云「觀擾龍松作」,畫家所觀者,顯然不是畫頁上的擾龍松,而是探向了另外一次的游觀經驗與記憶——圖示與題詩中的松樹乃為兩個不同記憶中的松樹形象。「擾龍松」後方的煉丹台大部分山體隱入了煙嵐之中,台上三兩人物亦僅約略可見。「擾龍松」蟠踞的峰巒,輪廓線不明,幾乎與煉丹臺的山壁融渾為一體,畫家用濕筆濃墨勾畫的松樹形貌以及右下方峰體上盤繞的「藤蔓」(「蘿戶」)成為冊頁中最為醒目、突出之形象。冊頁左方題詩云「一上丹臺望,千峰到杖前。雲陰封曲徑,石壁畫流泉。聲落空山語　人疑世外仙。浮丘原不遠,蘿戶好同尋。」題詩下方寫有「煉丹臺逢篔庵吼堂諸子」。[43]因此,後景中的「煉丹臺」一景,石濤意不在表現題詩中所云之登臺後得能「看望」的群峰景致與山徑流泉,而是意在點染「聲落空山語,人疑世外仙」的空山仙境氣氛;三兩人群則意在記錄與摹繪山道上巧遇篔庵、吼堂等人之事;右前方峰體施以濃墨的藤蔓蓋寄寓了「蘿戶好同尋」之再與篔庵等僧人同遊「擾龍松」、「煉丹臺」的期盼。題詩作於康熙丁未年或己酉年,為石濤初游或二游黃山之時。[44]循此觀之,圖中題詩一為舊作一為新寫,圖示內容亦可能是不同時期的游歷經驗與記憶中之山水。一重又一重之舊時記憶中的山水景物,在其由過往記憶延伸向未來——對於未來重遊舊地懷抱著濃厚的企盼時,意識中閃現而過的一幕幕黃山影像瞬間重疊在畫家以筆墨線條捕捉記憶的當下片刻。對未來懷抱高度期盼——即未來性——正是石濤繪製合景冊頁的心理基礎。要言之,此圖冊合頁中的景象已為石濤個人內在心象之展現,它既以記憶中之山水景象作為再現基礎,卻又已非舊時山水之風貌。從另一角度來看,「合景」乃是連續發生之印象再現於畫布的二維空間之中,石濤或者正在試圖嘗試仰賴記憶的特質,以合景方式打破繪畫二維空間之限制。

---

43 詩歌與款題並參題詩並參〔清〕石濤繪:《石濤畫集》,上冊,頁23;〔清〕石濤著,汪世清編著,《石濤詩錄》,頁48。

44 此依汪世清之考訂,參見〔清〕石濤著,汪世清編著:《石濤詩錄》,頁48。

除此而外，八幅冊頁中，苔點畫法甚為突出，顏色濃重，有疏密感，點的變化極多，乾濕互現、有濃有淡、形狀與位置俱皆多變，有用以表現松葉者，也有用來表現石苔或是藤蔓者，點落在山體時，不完全與山的分割線結合，自由而靈動；點落以渾勁圓筆重勾，乾澀的側筆微皴而成的山面上，除令山石微有毛茸之感之外，復又因苔點叢聚，顯現出一股生意勃發的生命力。此種富含生命力的苔點，既表現出石濤在〈黃山是我師〉中所述之對於黃山「何山不草木」、「何水不高源」之充滿豐沛旺盛之生命力的印象外，亦與「記憶」此一意識之於模糊朦朧中突現出斑斑印象的特徵互有相應之處。

## 四　重塑欣慕與否定排除：《廬山觀瀑圖》物我交融之境與圖文互陳之意蘊

《廬山觀瀑圖》（圖13-1、13-2）此一巨幅立軸山水畫，長212公分，寬63公分，絹本設色，現藏於日本泉屋博古館，一般認為此幅山水畫作乃為石濤晚年所繪。[45] 石濤二十初歲時曾在廬山居住過一段時間，幾十年後繪製此圖，廬山景致已屬記憶中之山水煙嵐，而非登臨廬山時即刻之間的印象捕捉。即此，「廬山經驗」以瞬間回憶的顯現作為感知基礎時，與《黃山八勝圖》相彷，回憶／印象的游離和模稜性質將更為鮮明，並且伴隨回憶與印象而來之帶有想像色彩的山水顏色、聲音與氣氛將更為多樣與豐富。此一幅山水圖軸中，我們可以在畫面上方看到全盤轉借自李白〈廬山謠寄盧侍御虛舟〉的題詩以及重申一己畫論的跋文，圖中並鈐有「苦瓜和尚原濟畫法」、

---

45 高居翰（James Cahill, 1926-2014）在《氣勢撼人：十七世紀中國繪畫中的自然與風格》一書中指出：「石濤的巨作《廬山觀瀑圖》，若非作於客居北京之時，必也是作於北京歸來後不久」；韓林德《石濤評傳》云：「石濤晚年定居揚州後，繪畫數以百計，有代表性的作品為：《清湘書畫稿》、《丹崖巨壑圖》、《黃山圖卷》、《廬山觀瀑圖》、《唐人詩意圖冊》等」、「該圖（《廬山觀瀑圖》）無年款，審視其風格似與《黃山圖卷》接近，估計此二圖屬同一時期作品」。二人之說參見高居翰（James Cahill）著、李佩樺等譯：《氣勢撼人：十七世紀中國繪畫中的自然與風格》（臺北市：石頭出版社，2013年），頁254；韓林德：《石濤評傳》（南京市：南京大學出版社，1998年），頁140、143。

「老濤」與「搜盡奇峰打草稿」等印。以遙遙之山水記憶重塑「自我山水語言」，繼之全引前人古詩以為題詩，並在跋文中重申「我法」之創作觀點，此一種文本錯陳的表現方式在石濤作品之中甚為罕見而特殊。在同一幅畫軸中，不同藝術形式的引用與交互錯陳將除了提供我們另一種意義層次的觀視經驗之外，從組成形態各異的素材與符號之間，我們亦將可以看到不同類型的「陳述話語」如何交錯呈現畫家複雜而幽微的「存在」面向與含蘊。

## （一）圖式結構與筆墨的參考與新造

《廬山觀瀑圖》此一山水畫軸的活力乃來自於繪畫結構的安排方式與筆墨表現。就圖式結構與畫意來看，《廬山觀瀑圖》（圖13-1、13-2）的近景繪有坡石林樹，一遊客持杖依樹而坐，眼光平視前方；另一遊客背手立於坡崖邊，稍稍垂首觀視坡崖下呈東西方向的濤濤逝水。中段則繪了為大片雲霧煙嵐所簇擁環繞的峰谷與丘壑，此中，猶如人之手豎起三指一般從右側斜斜插出並聳立在雲煙之中的三座山峰，造型奇特；最右側、略向上指的峰體，逐漸與左邊直掛而下有如一匹白絹般的瀑布取得平行之勢，並且指向遠景中大半山體俱皆隱沒在雲霧之中的另一座高峰。這座遠景中的山峰由一高一低、一稍顯右傾一筆直豎立的兩座山峰組構而成；位於後方的峰體，峰頂平展，猶如一個廣闊的平臺，顯現為一種地壘式的斷塊結構，側峰有毛茸之感，顯現草木盎然之生意。近景中兩個如寸豆般微小的人物突顯出中景和遠景中異常巍峨、巨大的山峰坡石。一直朝向遠方綿延而去的層層峰石，石濤並未令其隨著空間的向後延伸顯現為漸遠漸小之勢，反令中景與遠景的主要山體以及直落而下的瀑布呈現為異常巨大的形態，使其成為此幅畫軸的中心形象。石濤僅僅以遠景中，巨形山體右後方，一抹示意性的線條並略施青色淡彩，復加上左後方從雲中冒出頭來之數個只見輪廓，極為微小之青墨相間的淡彩山形示意那仍然持續向後延展之無盡廣延的空間。[46]至於以赭色作為

---

46 張大千後有仿石濤《廬山觀瀑圖畫》（圖14），則並未如石濤一般表現遠景中的山體與山景。

全圖主要色調，復由各種擦皴法──例如斧劈皴、牛毛皴和解索皴──所勾畫表現之瑰偉怪奇、險峻幽邃的峰石峭壁，則呈露出某種出宇宙洪荒、亙古綿長的時間意識[47]；此一無盡廣延與綿長時空之中的坡石、草木、峰崖、瀑布以及遠山皆莫不俱為層層環繞的雲霧煙氣所籠罩，透顯出一股氤氳縹渺的仙境氣氛。

　　此圖雲霧煙嵐的表現方式與《黃山八勝圖》所表現者並不相同。《黃山八勝圖》以留白和暈染的方式表現雲霧水氣，《廬山觀瀑圖》中的雲霧煙嵐如同江水，皆有「流動之跡」。近景中的江水，以直中略有曲彎的線條表現水紋與江水的流動狀態；中景與遠景中的霧霧煙嵐，則以一層層首尾連接，曲繞環帶有如渦圈一般的線條表現雲氣的流動狀態。換言之，石濤以存在於線條之中的一種運動形態顯現雲霧運動的軌跡，並藉此展現山體空間所具涵之特殊活力。這種作品之中的活力，既與創作者創造時的身體運動與活力相互呼應，畫家亦在藉此激醒欣賞者佇足凝觀之時亦能萌發一種與之相應之充滿流動意態與活力的一種內在生命力量。從江水雲霧的線條表現所形成的空間效果來看，《廬山觀瀑圖》中江水流動與煙雲環繞的線條雖然有直線與環狀之區別，要皆俱作橫向表現；兩種不同形態之橫向線條乃區分出，也標誌出近、中、遠三個空間。看似平靜、清晰的流動線條與層次井然的空間畫面，由於線條的直畫、連續與圈繞，令其彷彿含有生生不息之持續運動的意態。換言之，表現江水與雲霧的線條不管是曲是直，都賦予了運動一種既定

---

47　李白曾經築居在廬山五老峰下，舊有「李太白書堂」，時移代遷，一至清順治八年（1651），石濤挂居廬山僧寺時，李太白書堂是否還在，則不得而知。李白〈望廬山五老峰〉詩說「廬山東南五老峰，青天削出金芙蓉。」〔清〕王琦箋注云：「芙蓉，蓮花也。山峰秀麗，可以比之，其色黃，故曰金芙蓉也」，瞿蛻園校注引《方輿勝覽》卷十七《圖經》，指出「李白性喜名山，飄然有物外志，以廬阜水石佳處，遂往遊焉。卜築五老峰下，有書堂舊址，後北歸猶不忍去，指廬山曰：與君再會，不敢寒盟。丹崖綠壑，神其鑒之！」由此可知，廬山多處山峰呈現黃、紅色，石濤以赭色著染山岩，以青綠暈彩遠山，所見廬山色彩與《方輿勝覽》所記相為彷彿。李白詩校注文參見〔唐〕李白著，瞿蛻園等校注：《李白集校注》（臺北市：里仁書局，1981年），下冊，頁1241。

的性質，而此一種運動乃內含一種時間歷程之蘊意；在與赭色山石互為環抱
的呼應關係中，水雲的時間歷程乃可以與之共同追溯到遠古洪荒，天地鴻蒙
初闢之時。與山體和瀑布的運動方向相反，「水」與「霧」之動，乃作橫向
移動之態，中景中，那橫出之猶如人指的山體，由皴線所表現出來的山石肌
理令其呈露出不斷向上昇延的勢態，而「瀑布」則向下直瀉，垂直之一上一
下以及橫向移動，各種物態的運動之間由此取得了平衡之勢，並在畫軸內部
的空間維度中被充分地加以展開。此一種自然山川所呈露之平衡運動為畫家
所掌握並表現在作品之中，繼之，召喚欣賞者切身感受此一運動力量，即
此，這種作品中的運動已不僅僅是再現對象──盧山山水──的運動，亦屬
於觀視者、創作者內在精神意識之活動。緣此，近景中，兩個寸豆般的人
物，尤其背手而立，觀視江水之人物，似乎即在感受、領悟自然山水運動中
涵帶時間意涵之一種宇宙精神的運動。

　　圖中所繪瀑布容或是盧山勝景中享譽最隆的白水瀑布。若將畫中瀑布景
象與《太平御覽》引周景式《盧山記》中所描述景狀作一參照、比較，圖式
與真景山水之間乃互有相仿、應合之處。《盧山記》云：「白水在黃龍南數
里，即瀑布水也，土人謂之白水湖。其水出山腹，挂流三四百丈，飛湍於林
峰之表，望之若懸素，注水處石悉成井，其深不測也。」自山腹傾瀉而下、
水勢盛大、形態極為高長、猶如一絹白色布匹以及注水處之井潭深不可測等
是白水瀑布的特點，李白（701-762）〈望盧山瀑布・其二〉詩「飛流直下三
千尺，疑是銀河落九天」刻畫瀑布亮潔如銀河與高長盛壯，彷彿自天而落的
形貌；中唐詩人徐凝（活動於西元813年）〈盧山瀑布〉詩句「今古常如白練
飛，一條界破青山色」則指述了瀑布水勢盛大，今古不竭，瀑布自高處傾瀉
而下，白練如刀，猶如畫破青山般的視覺感受。[48]至如中景中猶如人手三指
的高聳峰石與遠景中地壘斷塊式的山體，則與東晉張僧鑑《尋陽記》所云
「盧山上有三石梁，長數十丈，廣不盈尺，杳然無底」和六朝南宋釋慧遠

---

48 《盧山記》文、徐凝詩暨李白詩，參見〔唐〕李白著，瞿蛻園等校注：《李白集校
　注》，下冊，頁1240。

（334-416）《廬山記》中所述「東南有香爐峰，游氣籠其上，氤氳若香煙。西南有石門山，其形似雙闕，壁立千餘仞，而瀑布流焉。」所描繪的山水形貌亦隱然互有暗合，相為彷彿之處。[49]我們無意逐一求實石濤在《廬山觀瀑圖》中所繪景物是否即是廬山實景山水中的三石梁、香爐峰，或者那猶如白練之瀑布實為三疊泉而並非白水瀑布。除了免於失之穿鑿的弊端以及遙遠記憶中、藝術表現中的山水景物，因歷經綿遠的時間懸隔和為因應審美表現之需求，景物再現之時，其形貌、性質自然與真實景物有所殊異，此中之理自不待言。

我們真正想要說明的是，真景山水中的奇觀自然本為石濤中後期繪畫活動中主要借鑑與取材的對象，而「搜盡奇峰打草稿」（《畫語錄·山川章》）此一藝術創作理念和手法的揭提，我們以《廬山觀瀑圖》與之對應參照，一方面得以窺見廬山真景山水作為此畫「草稿」之景物的形似與若合符節之處[50]，理解石濤繪構此圖時以真景山水作為圖構基礎的游歷經驗與記憶在繪畫中所扮演的角色；另一方面亦能得知石濤如何以曲環連續的線條或如同心圓般地圈層勾畫，或作海波洄流之狀，用以表現「游氣籠覆」、「氤氳縹渺」的雲水之氣，並以之暗示「注水處石悉成井，其深不測」之人的視線難以穿越、窮極之「不可測度」的極域空間。就繪畫原理與表現手法來說，以猶如波流之狀的線條表現雲霧氤氳縹渺予人之感，來自於石濤化煙雲嵐氣以為海濤洪流的構畫之意和用筆特色。石濤在《畫語錄·海濤章》中曾經指明，山間雲煙猶如海濤，二者意象可以互通，他說：「山有層巒疊嶂，邃谷深崖，嶄岏突兀，嵐氣霧露，煙雲畢至；猶如海之洪流，海之吞吐」[51]，此與李白在〈望廬山瀑布〉詩中指出瀑布造成的雲氣，一如海風予人之感有異曲同工

---

49 二文引自〔唐〕李白著，瞿蛻園等校注：《李白集校注》，上冊，頁865。

50 高居翰（James Cahill）評述石濤《黃山八勝圖》時指出：「石濤顯然具有超凡的能力，能夠絲毫不漏地重憶當年之所見所感。」此一評述之語用來指述石濤《廬山觀瀑圖》記憶山水之再現，亦極為恰當。語見高居翰（James Cahill）著，李佩樺等譯：《氣勢撼人：十七世紀中國繪畫中的自然與風格》，頁247。

51 語見〔清〕石濤著，竇亞杰編注：《畫語錄·海濤章第十三》，頁72。

之妙。李白詩云：「初驚河漢落；半灑雲天裏。……海風吹不斷；江月照還空」[52]，李白詩中所謂之「海風」自是山風，其浩瀁強健的力量令詩人油然心生「海風」之想，而此一浩瀁強健的山風亦是石濤畫中令使雲霧山嵐猶如海流渦旋般流動聚散的自然力量。

高居翰（James Cahill）論及石濤《廬山觀瀑圖》此一畫軸時，一則指出此為石濤「四十餘前登覽廬山的記憶」，一則指明石濤此圖之圖式與郭熙《早春圖》（圖15）中的山水佈置方式與效果有類同之處。高氏云：

> 從郭熙《早春圖》的局部，我們可以看出郭熙將山水安排在一個接一個的山坳四周，而每一個山坳都向後開展至另一個山坳，引人極目遠視，直至雲煙氤氳處。同樣地，石濤也在其畫中作重現相同的效果，好似此乃他個人自創，且前無古人一般。[53]

我們以之與石濤《廬山觀瀑圖》加以比對，可以發現郭熙《早春圖》中的結構圖式主要以位居中軸線的層層山體作團聚扭結之狀，由近景一路向後延伸至遠景峰崖處，並由此區隔出左、右兩個空間，右側空間中，泉水作二至三疊之態，層層流曳，泉水下注之處的池井清晰可見，有朗秀之態，泉水上方地平之處，築有寺觀；左側空間，近景處繪有波岸石渚，有漁船停泊，三兩人物舍舟登岸，山徑間似有商旅擔物前行。比之郭熙的《早春圖》，明代沈周（1427-1509）《廬山高》（圖16）中的山水構圖方式或許更是石濤試圖參考的繪作典式。《廬山高》圖軸，左側兩山壁向內深凹，猶如白練般的瀑布自山壁凹夾處傾瀉而下，窄仄的兩壁之間築有橋棧，可供遊人佇觀飛泉流沫。右側山壁顏色亮白，與左方泉瀑、下方流澗，以及右側上方的一些山壁與雲霧共同呈現同一之瑩白色調。前景處，則有一作文人裝扮的人物，站立水邊，抱袖凝觀前方之澗水與山景。與石濤《廬山觀瀑圖》相比，除了位

---

52 參見〔唐〕李白著，瞿蛻園等校注：《李白集校注》，下冊，頁1238-1239。

53 參見高居翰（James Cahill）著，李佩樺等譯：《氣勢撼人：十七世紀中國繪畫中的自然與風格》，頁254。

於畫面左側的飛泉自山腹間高懸直下以及前景中亦有人物靜立佇觀前方江水景物之外，舉凡山體的形狀、前景坡石、樹木的結組安排、設色暈染和皴擦勾點的用筆方式多有不同。最為顯明可見的差異乃是石濤以層層的雲霧水煙作東西橫陳之狀，由近景開始，層層向上直至遠山極處，並依此切分畫面空間的方式與沈周《廬山高》中叢山密林，泉水山石林樹交織互縮，一路迴旋向上，未被雲霧橫截阻斷之垂直空間的佈置方式大異其趣。

　　無論與歷史文獻、文學記載中之廬山景觀相較，或是以之與郭熙《早春圖》與沈周《廬山高》圖參照比對，可以見得石濤乃在此幅畫作中刻意加重了雲霧山嵐之氣的表現。石濤在畫作上方的跋文中指明：「人云郭河陽畫宗李成法，得雲波出沒，嶂巒隱顯之態，獨步一時。早年巧瞻工致，晚年落筆亦壯。余生平所見十餘幅，多人中皆道好，獨余無言，未見有透闢手眼」[54]。就郭熙《早春圖》中的煙雲表現觀之，為嵐煙所瀰漫的坡石、山體，皆未勾勒明顯的輪廓線，並採以淡墨渲染方式令景物的邊框與形狀模糊不明，景物彷彿「隱沒」於煙嵐之中，為濃厚的雲煙所遮蔽。再比觀郭熙《樹色平遠圖卷》（圖17），此圖亦以淡墨暈染、不細加勾勒景物輪廓線的方式表現水煙迷濛之感，並以濕筆與濃墨細細勾繪近景中的人物、林樹與橋石，令其參差錯落地與模糊的景物並置，以映顯水煙迷離、游變中景色、人物或隱或現的景況。郭熙畫中，煙水之氣的流動顯現為一種緩慢、安靜之運動，然而，石濤親身歷遊名山大川的經驗中，所體受到之山川雲流的變化乃是瞬息倏忽，充滿力動之感。即如我們前文所引述之石濤在《畫語錄·山川章》中形容風雲水石與山川峰巒之對應關係茲為：「風雲者，天之束縛山川也，水石者，地之激躍山川也」，而「束縛」與「激躍」的強勁力量乃來自天地乾坤大化運

---

54　跋文全文為：「人云郭河陽畫宗李成法，得煙雲出沒，嶂巒隱現之態，獨步一時，早年巧瞻工緻，暮年益壯。余生平所見十餘幅多，人中皆道好，獨余無言。未見有透闢手眼。今憶昔遊，拈李白〈廬山謠寄盧侍御虛舟〉作用□，然□平生所見為是似乎，可以為□之觀，何用昔為。清湘人陳濟。」跋文並參〔清〕石濤：《石濤畫集》，下卷，頁218；傅抱石撰：《大滌子題畫詩跋校補》（上海市：上海辭書出版社，2006），頁139。

行之「變」與「運」，此即石濤在〈山川章〉中繼之指明之：「天有是權，能變山川之精靈；地有是衡，能運山川之氣脈，我有是一畫，能貫山川之形神」。[55] 畫家與自然山川一旦「神遇」，則「一畫」正是領悟天地之「變」與「運」，通貫山川之形與神，令其「迹化」的開端，亦是一切動態性的創作過程及其旨趣最終歸趨之處。畫中雲煙與山體的特殊表現即昭明了石濤對於大化運行、山川之理以及藝術創作旨趣的深刻理解與實踐方式。歸趨於此，石濤在跋文中續言之「今憶昔遊，拈李白〈廬山謠寄盧侍御虛舟〉作用□，然□平生所見為是似乎，可以為□之觀，何用昔為」[56]，即是再次迫使自身也迫使欣賞者採取不同的觀視角度與思考方式——在「平生所見」的存在經驗上——思考繪畫與傳統之間的關係、與其師法原型的關係，而後重新確立一己之自身得有成為「原型」之可能，或即是創作的「原型」本身；而一旦立基於此，也即昭明了石濤最終將與此前之歷史與時習所傳遞的一切創作理念有所「決裂」。換言之，石濤此一對於傳統／古法的否定與排除，試圖滌除作品之中滿目的傳統印記，即是「我」此一主體與自立「我法」之再一次確切而堅定的宣言，此意即，與傳統的「決裂」，即是肯定此物（「我」與「我法」）之存在以及申明典式之新建、傳遞之全新的可能與影響。

## （二）神仙之山與歷史長河：李白〈廬山謠寄盧侍御虛舟〉題詩的引用性質與意義

石濤在《廬山觀瀑圖》中以其獨特的「透闢手眼」再現記憶中早年居游廬山游歷所見的巍峨山景與瀑布奇觀。石濤在〈贈粲兮〉詩中曾經描述廬山經驗與記憶被再次召喚的片刻瞬間，詩云：「三十餘年立畫禪，搜奇索怪豈無顛？夜來朗誦田生語，身到廬峰瀑布前」。[57] 石濤在某一夜間誦讀舊友詩

---

55 語見〔清〕石濤著，竇亞杰編注：《畫語錄·山川章第十三》，頁53。

56 跋文並參〔清〕石濤：《石濤畫集》，下卷，頁218；傅抱石撰：《大滌子題畫詩跋校補》（上海市：上海辭書出版社，2006年），頁139。

57 詩見〔清〕石濤著，汪世清編著：《石濤詩錄》，頁123。

作時，突然湧現的記憶，令其瞬間跨越三十餘年與數百公里之時空懸隔，再次來到廬峰瀑布之前。依據汪世清之考訂，此詩作於康熙二十年辛酉（1681）四月，為其南京時期（1680-1690）之題詩[58]，距離《廬山觀瀑圖》的繪製時間，又已相隔十年以上。依此觀之，數十年之間，石濤不只一次憶及游居廬山時期的生活經驗與奇山勝水，因此，《廬山觀瀑圖》中那立於山峰與瀑布之前背對觀者凝望著江水的人物，即是又再一次「身到廬峰瀑布前」的畫家自己。[59]他所凝望的江水，既是記憶中廬山的溪澗泉水，也是時光的流動，以及時光的消逝。

　　緣此，我們即可明白，在時間的流逝之中，畫家逐步確立了重塑「自我山水語言」的理則、畫意與技法，亦充分地展現在畫作圖式結構與景物形態、氣韻的表現之中。然而，探向畫家內在主觀情志世界的題詩，他反而採取了完全複製李白〈廬山謠寄盧侍御虛舟〉詩作以為心聲之「以述為作」的「攈拾」方式。這種畫意重塑／題詩攈拾乃為一完全相反且極具張力的處理方式，此一全盤借用古代文人詩歌以為題詩的表現，在石濤以往的作品之中未曾得見。就詩意與畫意理應呼應、融合的關係來看，即如徐復觀在〈中國畫與詩的融合〉一文中曾經指明之「入畫的詩，我認為應以出之於畫家本人者為上，因為這才真是從畫的精神中流出的」[60]，這一道理理應是石濤在塑造自我山水語言，標立「我法」之際，尤當著意、看重之事。石濤在跋文中說明引用李白詩歌以為題詩，乃因「然□平生所見為是似乎，可以為□之觀」。文中闕漏之第二字，傅抱石以為似是「照」字。[61]循此以觀，石濤旨在說明他平生所見的廬山景致與李白詩中所述依稀相彷，李白之遊歷經驗、

---

58 〔清〕石濤著，汪世清編著：《石濤詩錄》，頁123。

59 高居翰（James Cahill）以為石濤畫作中的人物，大抵都是畫家自己，此一幅《廬山觀瀑圖》中的人物，亦是畫家自身。高氏云：「同樣的，站在下方俯視山間煙嵐的人物，極可能便是畫家自己」。參見氏著，李佩樺等譯：《氣勢撼人：十七世紀中國繪畫中的自然與風格》，頁254。

60 語見徐復觀：〈中國畫與詩的融合〉，收入氏著：《中國藝術精神》，頁484。

61 參見傅抱石撰：《大滌子題畫詩跋校補》，頁139。

文學文本含蘊的生命境界與石濤的居游經驗與繪畫藝術世界中的存在蘊涵有
著高度相像甚或同一之處。

李白詩文中記錄廬山游歷經驗的作品不少,《李白集》中僅詩題與廬山
相關的詩作即多達九首,除〈廬山謠寄盧侍御虛舟〉外,尚有〈望廬山瀑
布〉二首、〈望廬山五老峰〉、〈廬山東林寺夜懷〉、〈贈王判官時余隱廬山屏
疊〉、〈別東林寺僧〉以及〈送內尋廬山女道士李騰空〉二首。詩作裏多次摹
繪了廬山瑰偉奇傑的峰瀑景觀,〈望廬山瀑布〉二首尤為描寫廬山瀑布之佳
作。詩云:

> 西登香爐峰,南見瀑布水。挂流三百丈;噴壑數十里。欻如飛電來;
> 隱若白虹起。初驚河漢落;半灑雲天裏。仰觀勢轉雄,壯哉造化功。
> 海風吹不斷;江月照還空。空中亂潨射,左右洗青壁。飛珠散輕霞;
> 流沫沸穹石。而我樂名山,對之心益閒。無論漱瓊液;且得洗塵顏。
> 且諧宿所好,永願辭人間。(其一)
> 日照香爐生紫煙,遙看瀑布挂前川。飛流直下三千尺,疑是銀河落九
> 天。(其二)[62]

這兩篇詩作生動地摹繪了雲煙繚繞中巍峨高聳的香爐峰景觀,以及高掛
於山壁間,巨大猶如白練的飛瀑從天而降的壯觀景致。詩中對於瀑布的盛大
水勢、一如風雷電掣般的速度,瀑水下落時飛沫噴湧所形成之山石、光線與
水氣氤氳變化等特殊景觀皆有細緻入神之刻劃,詩人晤對奇觀山水時心生之
喜樂情懷,永辭人間的願望,呈示出物我交映、冥融會心的境況。宋朝蘇軾
(1037-1101)尤為稱賞「海風吹不斷,江月照還空」一聯,認為其「磊落
清壯」,極有意境[63];而「日照香爐生紫煙,遙看瀑布挂前川」二句,詩人

---

62 詩見〔唐〕李白著,瞿蛻園等校注:《李白集校注》,下冊,頁1238-1242。

63 韋居安《梅磵詩話》云:「李太白廬山瀑布詩有『疑似銀河落九天』句,東坡嘗稱美
 之。又觀太白『海風吹不斷,江月照還空』一聯,磊落清壯,語簡意足,優於絕句,
 真古今絕唱也。然非歷覽此景,不足以見此詩之妙。」引自〔唐〕李白著,瞿蛻園等
 校注:《李白集校注》,下冊,頁1241。

則以日光照射下，香爐峰旁冉冉升起團團的紫色煙霞景致作為瀑布流掛之背
景以為烘襯，並藉此渲染、敷寫山石與瀑布俱為煙雲紫霞繚繞的仙境氣氛。

此詩無論就景物摹繪、物我交融之境而言，皆甚為符合石濤在《廬山觀
瀑圖》中所欲傳達之「仰觀勢轉雄，壯哉造化功」的構畫用意，然而，石濤
題詩卻捨此二詩而擇取了〈廬山謠寄盧侍御虛舟〉一詩。就創作背景觀之，
李白〈望廬山瀑布〉二首作寫於唐玄宗開元十四年（726）第一次登遊廬山
之時，此際，李白尚未入京供職。[64]〈廬山謠寄盧侍御虛舟〉一詩則作於唐
肅宗上元元年（760），為李白第六次歷游廬山——即最後一次登游廬山所
寫。詹鍈在《李白詩文繫年》中指明此詩乃為李白「晚年流放歸後由江夏來
廬山作」，詩題中的盧侍御為盧虛舟，字幼真，范陽（今北京大興縣）人，
肅宗時任殿中侍御史，曾與李白同游廬山。[65]緣於此詩寫作背景乃為李白晚
年遭受永王璘事件挫折後，亟欲歸隱山林，悠游求仙之際的作品；而石濤
《廬山觀瀑圖》的繪製時間與背景則在其居遊北京（1690-1692），或自北京
歸返揚州之後，不論年歲、心境以及經歷，皆與李白作〈廬山謠寄盧侍御虛
舟〉詩之背景互有對應之處。此中，石濤藉用李白詩歌代己發聲，言宣那難
以明白抒發的胸懷志意，引用之意不言可喻。

石濤由南京前往北京乃含帶有政治期待、畫藝交流與拜謁明陵等多重目
的。在政治活動場域中，石濤本來期許以「禪師」或是「畫師」的身分受到
康熙禮遇，然而，旅居北京數年，雖然與王公貴族多所交游，卻從未受到康
熙召見；在與王公貴胄交游之際，復需以繪事、詩文酬作答謝；其畫藝與畫
作復被京師上層藝術畫家譏評為「縱橫習氣」；在北京拜謁明陵之後，石濤
的家國之思與民族文化情懷容或轉趨深沉[66]，他在揚州時期所作詩文即多有
抒發、感喟生平遭遇者。[67]石濤居留北京期間的生活景況與孤寂心情，他在

---

64 詹鍈：《李白詩文繫年》（北京市：人民文學出版社，1984年），頁5。

65 詹鍈：《李白詩文繫年》，頁143。

66 石濤於北京時期的生活概況並參韓林德：《石濤評傳》，頁89-90；孫志華、畢景濱：
〈石濤的繪畫藝術〉，《石濤畫集》上冊，圖錄前頁。

67 例如石濤作於康熙三十九年庚辰（1700）之〈庚辰除夜詩〉詩，詩前小序云：「庚辰除

〈題山水冊〉一詩中表露無遺，詩云：「諸方乞食苦瓜僧，戒行全無趨小
乘。五十孤行成獨往，一身禪病冷如冰」[68]，不受尊重的低下身份、四處乞
食的艱難困頓，以及飄零無依的孤寒淒清之感是他短暫居留北京的整體存在
感受。循此以觀，李白〈廬山謠寄盧侍御虛舟〉詩中所記之平生志意、身世
之感以及訪勝遊仙之思等生命感懷，亦皆為石濤所思、所感之事，因此自易
引發石濤強烈的共鳴與共感。李白〈廬山謠寄盧侍御虛舟〉詩云：

> 我本楚狂人，鳳歌笑孔丘。手持綠玉杖，朝別黃鶴樓。五岳尋仙不辭
> 遠，一生好入名山游。廬山秀出南斗旁，屏風九疊雲錦張，影落明湖
> 青黛光。金闕前開二峰長，銀河倒挂三石梁。香爐瀑布遙相望，迴崖
> 沓嶂凌蒼蒼。翠影紅霞映朝日，鳥飛不到吳天長。登高壯觀天地間，
> 大江茫茫去不還。黃雲萬里動風色；白波九道流雪山。好為廬山謠，
> 興因廬山發。閒窺石鏡清我心。謝公行處蒼苔沒。早服還丹無世情，
> 琴心三疊道初成。遙見至人綵雲裏，手把芙蓉朝玉京。先期汗漫九垓
> 上，願接盧敖遊太清。[69]

詩歌可以區分為三個意義段落，首六句為第一段，抒寫詩人生平懷抱以
及尋仙之志意；自「廬山秀出南斗旁」一句至「謝公行處蒼苔沒」之句為第
二段，描繪廬山壯麗風景與詩人遊訪、題詩的逸興雅致；最後一段則顯露詩
人對於神仙不老世界的嚮往。二段中描寫廬山秀麗景色，「金闕前開」、「銀
河倒挂」、「遙望相爐瀑布」等景致以及「鳥飛不到」的高聳之感，我們在
《廬山觀瀑圖》中皆可以找到互為對應之圖式；而「大江茫茫去不還」則為

---

夜抱疴，觸之忽慟，慟非一語可盡生平之感者」，詩歌「其一」云：「生不逢年豈可
堪，非家非室冒瞿曇。而今大滌齊拋擲，此夜中心夙向慚。錯怪本根呼不憫，只緣見
過忽輕談。人聞此語莫傷感，吾道清湘豈是男？」詩見〔清〕石濤著，汪世清編著：
《石濤詩錄》，頁78。石濤北京之行大要韓林德著，《石濤評傳》，頁89-90。

68 詩末題有「庚午長安寫此」字句。康熙庚午，石濤年四十九，詩曰五十，取年之成
數。詩作與繫年，參見〔清〕石濤著，汪世清編著：《石濤詩錄》，頁125。

69 〔唐〕李白著，瞿蛻園等校注：《李白集校注》，上冊，頁863。

石濤表現在近景之中;「黃雲萬里動風色」,我們可以意解為乃圖中中景與遠景中那廣大雲氣之流動;「黃雲」、「翠影」與「紅霞」,石濤以綠、赭設色予以表現。至於詩中抽象的詩興、由「石鏡」依在,謝公(謝靈運)踏行之處蒼苔盡沒而心生之物是人非、盛事難再之感,石濤容或者將其蘊藏於雲霧縹緲的景致氣氛之中,或者以觀望江水之人正自凝神思索的背影予以暗示。理同於此,詩人凝望廬山景色所油然心生之尋仙訪道的思想,石濤亦將之融入於氤氳靄然的雲瀑、巍峨聳立的高山景致之中,「手把芙蓉」立於「彩雲」上的「仙人」:遊於太清之中的「汗漫」,以及窮觀六合之外的「盧敖」等仙人形象與景物[70],石濤亦僅以縹緲雲山予以暗示。即此觀之,我們當能明白,圖中由江水、坡石林木、手持手杖和立望江水兩個人物所組成的前景茲為一畫家與畫中人物同在的現實世界,與中景、遠景之中由連續的山體、雲霧所融合組成的縹緲仙山乃分屬兩個不同的世界。兩個世界,被東西向的江水區隔開來。即此,「手持綠玉杖,朝別黃鶴樓。五嶽尋仙不辭遠,一生好入名山游」詩句既交待了圖中人物停佇之前的遊歷與尋訪過程,有一延伸畫意之功用,亦表明了人物(畫家)尋仙訪道的隱逸之心,然而,橫亙於眼前的滔滔逝水將如何渡越?是否可能渡越?畫中靜觀之人,微微垂首凝觀江面,而非一如李白詩歌語序脈絡中所呈示之先登高俯視「大江茫茫去不還」,待尋訪「謝公行處」,眼見盡為蒼苔覆沒時,即轉而仰頭尋覓,繼之依稀見到了綵雲之中的仙人。即此,我們乃可以進一步指明,「江水」茲為此

---

70 《淮南子·道應訓》載:「盧敖游北海,經乎太陰,入乎玄闕,至於蒙穀之上。見一士焉,深目而玄鬢,淚注而鳶肩,豐上而殺下,軒軒然方迎風而舞,顧見盧敖,慢然下其臂,遁逃乎碑下。盧敖就而視之,方倦龜殼而食蛤梨。盧敖與之語曰:『惟敖為背群離黨。窮觀於六合之外者,非敖而已乎?敖幼而好遊,至長不渝,周行四極,惟北陰之未闚,今辛睹夫子於是,子殆可與敖為友乎!』若士者齤然而笑曰:『……吾與汗漫期於九垓之外,吾不可以久駐。』若士舉臂而竦身,遂入雲中。」文中所云「背群離黨。窮觀於六合之外者,非敖而已乎」,自盧敖、李白,乃至石濤,皆自感為「背群離黨」者,李白反用典故,乃在希冀進入一個新的社群──居於「神仙」世界的社群;石濤引用此典,則將自己位列於李白一類「背群離黨」的行伍之中,孤獨於世,則私淑古人以為友朋、知音。《淮南子》文引自〔唐〕李白著,瞿蛻園等校注:《李白集校注》,上冊,頁866。

幅圖軸中的一則隱喻，喻指石濤所面對的歷史傳統與全幅之現實世界。由此
反觀詩歌開篇二句：「我本楚狂人，鳳歌笑孔丘」，由《論語》、《莊子》乃至
李白詩歌所蘊含之天下有道無道的思考，成就聖王志業與全性保真的取捨抉
擇[71]，乃至謹慎迂曲以盡天年、尋仙訪道樂遊名山的自我安頓方式，俱被畫
家函收在滔滔而逝的歷史時間之流以及江邊靜觀人物的思考之流與意識之
流中。

　　要言之，就題詩內容與圖示的對應關係來看，圖中形象以表現廬山風景
為主，至如詩歌最後一段所描繪之李白對於神仙世界的想像與嚮往之情，石
濤則以暗示性的手法，憑藉廣為雲霧盤繞、氤氳縹渺的廬山景致呈現一個足
令觀視者興發遊仙之想的仙境世界。如果說，圖與詩之間乃有一超乎此二者
之更為深層的互文意義存在，那麼，李白詩歌首段中的身世之感，對於政治
活動場域之出處進退的思考，或入名山大川追尋神仙蹤跡，以茲寄興遣懷的
企盼，皆為石濤所思考、肯認之事，而此一種身世之感與生命情調的抉擇既
已為石濤所「迹化」於圖式之中，那麼，詩歌的內容、意蘊即是以一種隱微
曲折的方式顯現在前景裏兩個人物的構畫之意中。反過來說，背手佇望江水
之人設若顯示出一種思索與凝想的形象、姿態，那麼，人物所思、所感之具
體內容——畫家對於現實的感懷與家國之思——乃需由題詩之中尋索，而此
一題詩之表現則是藉由「重述」之方式予以完成。即此觀之，此幅圖軸中題
詩的引用性質、引用對象，乃令畫意含帶了一種更為曲折、更為內隱，並涵
有畫家身世之感的繪作之意。換言之，李白詩歌於此，乃被石濤用來講述一
段同時關涉二人生平事跡之「同一文本」，亦為石濤嘗試為家國之思、文化

---

71 接輿之典故，《論語》、《莊子》皆有載錄，然二者內容稍異。《論語・微子篇》：「楚狂
接輿歌而過孔子曰：『鳳兮鳳兮，何德之衰。往者不可諫，來者猶可追。已而已而，今
之從政者殆而。』」〔宋〕朱熹撰：《小學集解／四書集注》（臺北市：世界書局，1971
年），頁77。《莊子・人間世》：「孔子適楚，楚狂接輿游其門，曰：鳳兮鳳兮，何如德
之衰也！來世不可待，往世不可追也。天下有道，聖人成焉；天下無道，聖人生焉。
方今之時，僅免刑焉。福輕乎羽，莫之知載；禍重乎地，莫之知避。已乎已乎，臨人
以德！殆乎殆乎！畫地而趨！迷陽迷陽，無傷吾行！吾行卻曲，無傷吾足！」〔清〕郭
慶藩撰，王孝漁點校：《莊子集釋》（北京市：中華書局，1997年），冊一，頁183。

傳統作一尋根溯源的隱微表現。此外，如果說李白其人及其詩歌乃為文學世界中廣為傳誦的一則「神話」，那麼石濤重寫神話，並非是對於神話故事的簡單重複，它乃藉由李白的神話故事重敘了自己的故事。緣此，當石濤以此方式重新激活李白詩歌典故與神話之餘，亦讓神話在觀視者的注視與理解之中既獲得某些新意，又令此一帶有神話重述之山水圖軸進入歷史長河之中，並得以以一種新的形式向後傳遞與延續。

即此觀之，圖示與詩歌的互文參考不僅令此幅圖軸中之山水空間被置放在個人之遙遠的時空記憶架構之中，亦探向了歷史文明的斷連續承之處。具言之，此一幅圖軸的時間軌跡不僅可以追溯到石濤二十歲上初游廬山之時，乃更探向數百年前李白游居之時，復又綿遠深尋，一至於南北朝詩人謝靈運（385-433）足跡曾及之處。由於廬山歷遊經驗的重新召喚，亦召喚出畫家對於李白詩歌之記憶，即是此一種對於李白詩歌的古典召喚乃令此幅畫軸中的畫面空間與石濤身處之外在真實的世界──政治活動、歷史傳統與文學傳播有了緊密的聯繫。換言之，由於李白詩歌的題引，我們再次在圖繪之中看到歷史文化與石濤身處之現實世界間彼此相互連結與反饋的關聯性。依此，《廬山觀瀑圖》從圖示、跋文乃至於題詩，清楚地呈示出一個由重塑、援借，乃至重申「我自為我法」的昭示與宣明過程。圖文之間的意義關聯引領觀閱者如何從視覺觀看與初步印象所得來之理解與掌握，再次為畫中題詩所深化，並由此思考、探尋畫家那幽微而深層的心靈世界與存在感懷，繼之，藉由跋文之說明，我們再度返回石濤當世畫藝流習的現實世界裏，思索他對於傳統、時習之繪畫觀念的反省、反動與自我表述。即此觀之，當石濤在繪畫世界之中尋找審美對象的位置時，這個世界並非總是全然以審美對象之各種純然的美感樣態向其展示與呈現，而往往是以牽連著他個人身世感懷、立名之不易，甚至是謀生之難等各式各樣的生存狀態與現實世界之總總艱難處向其披露，即因如此，我們乃得以在石濤的畫作之中具體而微地體察與窺見他所意欲傳達的一切生命訊息。

# 五　結論

高居翰在《中國繪畫史》中對於石濤《廬山觀瀑圖》有一段精采的論述：

> 道濟的傑作，「廬山圖」達到了高度的雄偉感和普遍性。……道濟的確在一剎那間捕捉了主客之間不穩定的平衡感，這是六個世紀以前，北宋山水曾經獲得的最高成就之一。「廬山圖」當然不是某一實景的翻版。但是如果畫家不預先根據長久累積下來對現實的掌握，歸納出一種對光、霧、山脈的特性和構造的透徹了解，他就不可能達到這種水平。站在畫底突巖上的那位人物也許就是永不疲倦的攀山者道濟自己吧。還有一位耐心的友人在旁伴候著。景觀是一片寂然。他不上眺瀑水，卻下望山嵐。山嵐飄過，濛捲了所有視界，只餘下松林的頂層，還繼續在他腳邊流連。遠岫渺茫。一峰翻向一峰，另一峰更迢遙。在一片雲靄之上群峰纍纍迤邐向遠方。懸瀑從陡壁刷下，沖過一層又一層的斷谷。形盡倏忽，煙霞流漲。在崖底高士的冥想中，現實世界和精神世界在這不可抗拒的境域裡，似乎合成了一體。[72]

　　當我們踥蹀流湎，與懷感思於高居翰細膩豐富、飽含審美感性的觀察之中時，尚能進一步闡明的是，即使石濤的繪畫空間指向了內在經驗世界，而文學題詩亦卻又並不總是直接談論外部世界，然而，二者仍然在各自以不同的方式對世界進行表述時，將世界留存在記憶與時間之中。由於繪畫與文學的記憶乃能各自留住一段歷史，因此，在與外部世界的歷史規律既有所繼承／符應與拒斥／新變之中，石濤乃藉由各種可能——圖式筆墨的新變與再造，文學話語的多種拼貼方式，意在使歷史與傳統擺脫一成不變的因襲景況。從石濤的山水遊歷與山水記憶來看，並不單單意謂著一種身體的運動，而是永遠指向了內心的活動，一種展現豐沛之感性以及帶有時間歷程的活動——在時間歷程之中游歷，亦在游歷之中感覺時間，而此一時間即是造物

---

72 高居翰（James Cahill）著，李渝譯：《中國繪畫史》，頁157。

主創生宇宙萬物之時間性歷程。

　　如果說《廬山觀瀑圖》的人物與江水已成為畫家「我」與歷史傳統的一則意指與隱喻，那麼無論是《黃山八勝圖》或是《廬山觀瀑圖》中那一峰翻向一峰之無盡延展的空間也正象徵著無盡綿續的時間之流與歷史傳統。即此，石濤畫冊中那微小的人物背影則將形象性地具現為一收束石濤所有生命感懷與情志世界之既顯巨觀又現微觀的存在世界。由此，我們當可以如此理解《黃山八勝圖》第七開頁（圖10-7）中，山壁上所勾寫之猶如四句教般的題詩──「玉骨冰心，鐵石為人，黃山之主，軒轅之臣」──與山徑上屈背行走之寸微人形（「濟」）之間的意義聯繫。此一似為畫家突兀地粘貼於畫作山壁上的文字符號，乃體現出「記憶」再現之外乃另有一個陳述者或評論者的存在，此一陳述者在勾繪「記憶景象」之時，亦正自思考著自己在現實世界中的一切應對與作為：禪寄的飄泊生涯、欲前往北京的猶疑遲懼以及宗室身分的即離棄留等。而此等令石濤徘徊輾轉，難以言宣的存在課題最終將被此四句詩教所吸收、涵融：他終是在追憶黃山之時，回眸探向了華夏文明的肇始與開端，並於再次凝視之後，繼續沿著山壁越行，走進山徑深處，攀登黃山之巔，永作「黃山之主」與「軒轅之臣」──黃山山徑，對於石濤而言，乃是一條既通往過去亦朝向未來的永恆追尋之路。

圖1　石濤《羅漢圖》

圖2　米芾《雲山得意圖卷》

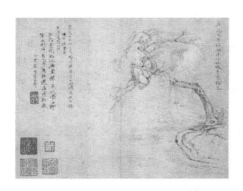

圖3-1　石濤《山水人物》冊頁　　　　圖3-2　石濤《山水人物》冊頁

圖4-1　石濤《搜盡奇峰打草稿》

圖4-2　石濤《搜盡奇峰打草稿》局部

圖5　石濤《古木垂陰圖》

圖6　弘仁《擾龍松》　　　　圖7　汪晉穀《擾龍松》

圖8　吳鎮《雙槐平遠圖》　　　　圖9　吳鎮《松泉石》

圖10　石濤《擾龍松》

圖11　石濤《黃山八勝圖》

圖12　石濤《細雨虯松圖》

圖13-1　石濤《廬山觀瀑圖》圖13-2　《廬山觀瀑圖》局部

圖14 張大千《廬山觀瀑圖畫》

圖15-1　郭熙《早春圖》　　　　圖15-2　郭熙《早春圖》局部

**圖16　沈周《廬山高》**

圖17　郭熙《樹色平遠圖》

# 語花芳情・散花禪情

## ——明清畫像文本的兩個抒情向度

### 毛文芳

國立中正大學中國文學系

## 摘要

　　清代文人畫像題裁多樣化，大抵以標榜政治功業、表徵倫理孝誼、形塑文化形象等符合主流價值的畫像為大宗。在主流題裁之外，有一類與逸樂有關的「郎與多麗」圖式：一位像主（郎）作為圖面核心，身旁一至多位美人（多麗）為配角陪侍，極易引發觀者無邊的綺想，成為清代文士表彰自我的一種鮮明特徵，可視為強調個人主義之近世文化的一項產出。筆者細繹晚明文人鍾情於「花」與「美人」的對應關係，推導其美感繫聯的理路與越位觀摩的手法運用，聚焦於明清「郎與多麗」圖式以「花」與「美人」取材之畫像文本，著眼於其符號性觀看及詩歌抒情演繹的繫聯關係，拈出「語花」及「散花」類型，分別探討知音芳情與解悟禪情兩個文人畫像文本的抒情向度，期能探知畫像文本於詩畫史之衍異與新變，藉以觸探近世文化的意涵。

**關鍵詞：**語花　天女散花　文人畫像　花與美人　抒情

# 一 引論

## （一）「花」與「美人」的美感繫聯

　　「花」在中國傳統文士心中自有怡情的一面，中國抒情傳統從《詩經》開始，便建立起具有豐富象徵意義的直覺形象典式。《詩經·桃夭》便有花與美人代換的意象修辭；宋代詠物詞家周邦彥著名的〈六醜　薔薇謝後作〉，是造意新奇，花想美人的綺艷之作；對花如對美人，亦成為晚明文人汲取美感經驗的重要環節，其中以袁宏道作為代表。袁氏《瓶史》多處言及花與美人的比附關係，如：

> 梅花以迎春、瑞香、山茶為婢；海棠以蘋婆、林禽、丁香為婢；牡丹以玫瑰、薔薇、木香為婢；芍藥以鶯粟、蜀葵為婢；石榴以紫薇、大紅千葉木槿為婢；蓮花以山礬、玉簪為婢；木樨以芙蓉為婢；菊以秋海棠為婢；臘梅以水仙為婢，諸婢姿態各盛一時，濃淡雅俗亦有品評。（卷下〈使令〉篇）

以美人佐侍關係為不同花品配對，另又以不同美感特質的花卉比擬名婢，平凡的草本花卉遂呈顯歷史人文的美感。袁宏道擅於運用美學詮釋手法賦予花與美人之美感繫聯，試以一份美學文獻為例進行闡析。袁氏針對不同品種的花，以入浴為譬，宜不同風格女子來款待：

> 浴牡丹、芍藥宜靚粧妙女，浴榴宜艷色婢，浴木樨宜清慧兒，浴蓮宜嬌媚妾……。（《瓶史》卷下〈洗沐〉篇）

上文由幾個相類語句排比而成，美感形成的理路為何？高友工曾為文學研究擬定出一個美學詮釋的架構：「直覺─等值─延續─外緣」，[1] 這是一個解釋

---

1　高友工美學詮釋四步驟如下：1.直覺（intuitive）：直覺地把握物的整體內容意義。2.等值（equivalent）：為了解釋直覺把握到的內容意義，必需有釋義作用，即解釋符號及其

與觀照兩種活動相互交替的過程，用四個（層次）步驟詮釋美感素材及理路。

首先，吾人根據四個排比語句把握到的是一系列鮮明的<u>直覺印象</u>：靚粧妙女澆淋牡丹、芍藥；艷麗美婢澆淋榴花，依此類推。其次，透過解釋符號及其內涵找出<u>等值關係</u>，袁氏以等值關係賦予花卉生態以擬人意義，這些隱喻再配以相稱的女子品性，形成：「牡丹芍藥—端麗—靚粧妙女」、「石榴—濃艷—艷色婢」、「木槿—淡雅—清慧兒」、「蓮花—嫵柔—嬌媚妾」等一組組形象複合的等值結構，讀者由此得到了花與人兩個品類交相疊合的美感意蘊。其次，等值關係再透過動詞「浴」來聯結，使上述內指的關係伸向外延，進入第三個層次：<u>延續關係</u>。其中最具象徵關鍵的符號，是「浴」與「宜」二字，「浴」字牽引出一連串花被賦予的人文意義，「宜」字緊密結合了客體與主觀兩部分。延續關係利用內指組成並運用象徵的間接作用，使物境經過傳移關係進入心境，抒發藝術家的心理狀態與理想。在此袁中郎以某種相近特質將美人類型與花卉並置，欲其二者相互彰顯與補足。袁宏道在這份美學文本的延續關係中，創造了花與美人共存疊合的美感，締造了審美意境。

袁宏道的美感繫聯體式，為後來的蘇士琨所仿，直接提出美人與佐侍在品格上的配對：

> 品清者宜倩婢，晚霞之擁新月也；品幽者宜鬆婢，輕風之吹奇韻也；品麗者宜淡婢，海棠之玉簪也；品遠者宜逸婢，蓮花之荷葉也；品嚴者宜快婢，松柏之春風也；品濃者宜疏婢，艷夏之薙澤也；品俏者宜通秀婢，秋霜之菊韻也。（蘇士琨《閒情十二憮》〈憮佐侍〉篇）

內涵，此為內指，包括比喻關係、相等關係、文內解釋。3. 延續（continuous）：詞（符號）的外延，指象徵。藝術的解釋中，欣賞者所面臨的是一個藝術品利用內指關係組成的一個延續模式。4. 外緣（contextual）：文藝內容並不外指實際外界，但一個語料，必需要假設其語境，此語境不只限於一假想的外境，而實包括此語料在創造時具體外境的功用與目的，另外，亦需注意藝術創作者的意旨與表現，簡言之，即目的與境界的探究。參見高友工〈文學研究的美學問題〉，收入李正治編：《政府遷臺以來文學研究理論及方法之探索》（臺北市：臺灣學生書局，1988年）。

美人品格氣味之清、幽、麗、遠、嚴、濃、俏等類型，各應有相稱格的婢侍，其相稱的方法，或是彼此增益如遠者宜逸、俏者宜通秀；或是互相補足如麗者宜淡、濃者宜疏等。至於如晚霞之擁新月、輕風之吹奇韻、艷夏之薌澤、秋霜之菊韻等，這些是蘇士琨以意象式批評，為不同的組合配對所拈出的美感。

晚明文人經常以「越位觀摩」作為美感憑介。高濂將香的氣味「換位」成對人氣質的品味，如檀香為香之幽閒者，沈香為恬雅者，龍涎餅為佳麗者，玉華香為蘊藉者……。（〈燕閒清賞牋〉「論香」）這些氣味經過「換位」，便超越嗅覺本位，成為焚香引發聯想的美感氣氛。以美女作為美感「換位」對象者，在晚明最為流行，以美女喻景者，如袁宏道云：「登琴台見太湖諸山，如百千螺髻，出沒銀濤中……（松）聲若飛濤……此美人環珮釵釧聲。」（《袁中郎全集》卷8〈記述〉「靈山巖」）「虎丘如冶女艷粧，掩映簾箔。」（同上「上方山」）袁中郎將太湖群山的山勢與松聲，「換位」為美女的髮髻與環珮釵釧聲，虎丘「換位」為艷粧冶女。「花態、柳情、山容、水意，別是一種趣味。」（同上「西湖」條）將花柳山水「越位觀摩」成美人的容、意、情、態，能得到多於尋常的美感體會。

「換位」之能成立，顯與前述高友工的「等值」有關。自然景致如何「換位」為美女呢？或是嬌柔的氣質，或是艷紅的粧色，二者有相通之處，審美主體以等值關係（即彼此具有的共通特質）為基礎，經由不同審美對象之間的橫跨，達成相互交融的境界。醉西施、醉胭脂、病西施、觀音面、素鸞嬌、醉楊妃、試梅粧、淺粧勻是什麼？不是對美女容顏或情態的描述嗎？它們同時還是牡丹、芍藥與菊花的花名；秋海棠的柔軟嬌冶，正可與倦粧的美人「換位」。（〈燕閒清賞牋〉「四時花紀」篇）。

花與美人是晚明文人愛賞的兩個重要審美品類，如李漁所言：「名花美女，氣味相同，有國色者必有天香。」（《閒情偶寄》〈聲容部〉「薰陶」）由於二者在氣味、容態及表情，具有等值關係的共通基礎，彼此可以互相「換位」。程羽文為女子細心精營居住地的方法曰：

> 為美人營一靚粧地，或高樓，或曲房，或別館村庄，清楚一室，屏去
> 一切俗物，中置精雅器具，及與閨房相宜書畫，室外須有曲欄紆徑，
> 名花掩映，如無隙地，盆盎景玩，斷不可少。蓋美人是花真身，花是
> 美人小影。(《悅容編》〈葺居〉篇)

美人不可與花須臾離，是因為二者越位觀摩，而興發出更豐富的美感。為了
表達花品的尊卑關係，袁中郎首先將草花「換位」為名人的佐侍關係，如織
女婢侍梁玉清、魚玄機婢侍綠翹、司空圖婢侍鸞臺……等，其次，再以等值
關係將花與婢侍換位，繫聯出各具的美感：

> 水仙神骨清絕，織女之梁玉清也；山茶鮮妍、瑞香芬烈、玫瑰旖旎、
> 芙蓉明艷，石氏之翔風、羊家之淨琬也；林禽、蘋婆姿媚可人，潘生
> 之解愁也；鶯粟、蜀葵妍於籬落，司空圖之鸞臺也；山礬潔而逸，有
> 林下氣，魚元機之綠翹也；丁香瘦、玉簪寒、秋海棠嬌，然有酸態，
> 鄭康成、崔秀才之侍兒也。(《瓶史》卷下〈使令〉)

因為神骨清絕的特質，水仙與梁玉清有等值關係，可換位為織女的婢侍梁玉
清，梁玉清亦可換位為水仙，同樣地，鮮妍、芬烈、旖旎、姿媚可人、潔逸
有林下氣，其至寒瘦有酸態種種不同風味的美感，都可成為引發「換位」兩
端花與美人審美主體共感的介質，花與美人二者經過越位觀摩，產生互相滲
透、互相補足的美感。[2]

凡此皆充分顯示晚明文人善於運用「換位」的美學詮釋手法對花與美人
二重審美對象建立起美感繫聯。

---

2 對花如對美人，是晚明文人經常體驗的美感，筆者於此頗有闡發。詳參拙作〈花、美
  女、癖人與遊舫：晚明文人之美感境界與美感經營〉，收入拙著《晚明閒賞美學》(臺
  北市：臺灣學生書局，2000年)一書第肆編第6章。

## （二）問題的提出

　　宋元以來的人物畫不乏描繪人物休閒愉悅的生活細節，但罕見以「寫照」概念將個人化標誌融入詩情畫意的景致中。明中葉以降，標榜特定人物的畫像，隨著時代推進，逐漸擺脫了明初嚴肅的政治思維，以突出畫中人的形貌與身份，圖面的意義取決於被描繪的像主是誰而定。[3]以至清代，文人畫像題裁多樣化，大抵以標榜政治功業、表徵倫理孝誼、形塑文化形象等符合主流價值的畫像為大宗。在主流題裁之外，有一類與逸樂有關的畫像結構：一位像主（郎）作為圖面核心，身旁一至多位美人（多麗）為配角陪侍，筆者為此類畫像命名為「郎與多麗」圖式，[4]例如〔清〕禹之鼎繪〈喬元之三好圖〉〔書後彩圖1〕即為一例，透過書、酒、樂等襯景之具，用以鋪展畫中文人的行樂形象及生活，極易引發觀者無邊的綺想，成為清代文士表彰自我的一種鮮明特徵，可視為強調個人主義之近世文化的一項產出。

　　像〈喬元之三好圖〉一樣，另如〈何天章行樂圖〉、〈南生魯六真圖〉、〈牟司馬像〉、〈雪持小像〉等，大抵為像主有侍妾在旁的寫照，畫中佈置與文人娛樂活動相關的書、酒、樂等物質作為襯景元素，而像主身旁的艷色則是畫像的感官性訴求，引發觀者無邊的艷情聯想，據以勾描文人逸樂生活的側影。有趣的是，「郎與多麗」圖式的類型畫像題詩，似乎不約而同出現了一種微細聲音，例如：「不向仙洲求鳳髓，金徽從此便無情。」（顧嗣立題詩）「共道安仁情太劇，可堪重促鬢毛疏。」（施閏章題詩）「忘情非我輩，忍復聽雲□。」（梁清標）「三生一夢坐多情，謫向江湖是酒星。」（查慎行題詩）諸家針對不同畫像的題句，不約而同地安置了一個「情」字在其

---

3　關於明代行樂圖的發見，參見拙著《圖成行樂——明清文人畫像題詠析論》（臺北市：臺灣學生書局，2008年），〈導論編〉「壹、明清時期的文人畫像：行樂圖」，頁1-14。

4　清代詩人朱昆田（1652-1699）曾有一組畫詩〈題郎與多麗圖五首〉，引自朱昆田：《笛漁小稿》，收入朱彝尊：《曝書亭全集》（臺北市：臺灣中華書局，1972年），第三冊，附錄，卷8，3a。〈郎與多麗〉明陳這是一幅男士置身於群妹之間的圖畫，題名直接將男士與麗妹相互連結，以強化這種畫像的構圖程式。

中，這是什麼情？其次，又如：「花解歡時語，鶯調醉後歌。此情追憶處，錦瑟尚清和。」（汪霦題詩）「美人一笑花齊放，為報毫端鍊句成。」（查慎行題詩），汪氏題詩由花及情，查氏題詩把我們帶到文人畫像「美人」與「花」對等程式的符號關係裡。

筆者上節細繹晚明文人鍾情於「花」與「美人」的對應關係，推導其美感繫聯的理路與越位觀摩的手法運用，明清「郎與多麗」圖式以「花」與「美人」取材之畫像文本，亦大致循此思路。本文針對文人畫像之花與美人的符號性觀看及詩歌抒情演繹的繫聯關係，拈出「語花」及「散花」類型，分別探討知音芳情與解悟禪情兩個文人畫像文本的抒情向度。

## 二　「語花」：知音芳情

查慎行對文友王黃湄的畫像〈烏絲紅袖圖〉，題有一詩曰：

> 十級丹梯百媚城，小欄高下得芳情。美人一笑花齊放，為報毫端鍊句成。[5]

詩人以欣羨口吻讚揚像主登上丹梯喻指的仕宦之路，同時也進入一座擁有百媚的城樓，美人綻著笑靨一如繁花齊放，像主便以毫端鍊句以回報這種美人纖手捧箋的「芳情」。「芳情」，伴隨著嗅覺的，一種帶有花馨與美人脂粉香氣互相換位的旖旎情感。查氏的題詩「美人一笑花齊放」、「小欄高下得芳情」，為我們揭示了文人畫像「美人」與「花」繫聯成「芳情」的符號化對應程式。

美人在旁的「郎與多麗」畫像圖式，即使如汪懋麟標榜齋閣的一幅畫像：〈百尺梧桐閣圖〉，亦不脫此構圖。構圖以百尺梧桐樹及齋閣為主景訴求，汪懋麟為風流詞人，孫枝蔚題句曰：「揮毫才子何殊鳳，抱瑟佳人即是凰」，揮毫才子的像主與抱瑟而立的佳人，成為這幅畫像鮮明的主副角色。

---

5　引自查慎行：《敬業堂集》（收入「四部叢刊初編集部」），卷6，頁13a。

尤侗題詞曰：「二十五絃彈夜月，花間錦瑟橫陳。春風鬢影看文君，一窗三婦艷，誰雨復誰雲。」夜月花間彈絃，一窗三艷可雲雨，為該幅圖面加入了時間、襯景與佳麗數量等圖像元素，並為這種場景定義為「情深聊爾爾，才妙漫云云」。[6]陳廷敬〈題汪蛟門百尺梧桐閣圖〉詩曰「清暉滿瑤席，含情託書琴。美人獨晤言，舉世難知音。」[7]又為這幅〈百尺梧桐閣圖〉勾描了物象陳設，詩末特別點出獨與晤言的美人是舉世難得的知音，藉以回應「含情託書琴」的意涵。尤侗的「情深」聊爾爾，陳廷敬的「含情」託書琴，皆指芳情畫像中，透過觀想敷演像主得之於美人晤對解語一種知音之情。

這種知音之情，試舉一例試論之。康熙朝書畫鑑賞家卞永譽（1645-1712），曾委請畫家為其編年行跡精心繪製成套畫像，共計20幅冊頁，[8]其中一幅〈語花〉圖特別值得注意〔書後彩圖2〕。畫家在圖中塑造一個座落於偏屋側牆內庭的優美花園角落，左方傍著牆面設有一間窗軒竹簾高捲的書齋，書齋外，齋旁植有兩棵高大的梧桐，像主置身在桐樹前朵朵盛開的艷粉桃花旁，立身倚扶一株桃幹，凝睇畫外，另一株形體較小的桃樹綻放花朵，立於右方前景。這幅景致優美的圖畫，卞永譽何以名之為「語花」？若以圖扣題，顧名思義，那麼立身扶幹的像主與身旁桃花的互動便是「語花」了。此圖有卞氏饒有深意的自題，宛如揭謎一般：

> 釵挂臣冠，袖拂臣衣，不無綺麗之思。花能解語，為我情深。予年二十四矣。

置身在朵朵綻放的桃花間，一如與桃花款款對語。作者將周身之桃蕊、桃瓣、桃葉轉換為對談佳人之髮釵挂冠與香袖拂衣，情愛繾綣，與人纏綿。

---

6　引自尤侗：《百末詞》（收入《續修四庫全書》，1407冊），卷3，頁135。

7　引自陳廷敬：《午亭集》（收入《四庫全書存目叢書補編》，濟南市：齊魯書社，第78冊），卷7，頁514。

8　此冊真蹟現藏北京大學圖書館古籍特藏室，筆者2005年夏赴北京期間，曾蒙北大圖書館古籍部沈乃文主任准允調借，又獲李雄飛研究員、漆永祥教授、張清允館員等協助，特申謝忱。相關題識均採自該冊。

釵、袖借代為佳人，充滿綺麗的幻想。「卞氏自題」既為畫像命名為「語花」，又為畫中人的動作「定向」，將像主周身之桃蕊、桃瓣、桃葉轉換為對談佳人之髮釵挂冠與香袖拂衣，繾綣纏綿。一如文友汪霦所題：

> 百歲少無多，四時春幾何。春風當少日，行樂未蹉跎。花解歡時語，鸚調醉後歌。此情追憶處，錦瑟尚清和。

汪霦前四句描寫畫中春光美景不長，行樂當及時。後四句則扣題寫解語花／調歌鸚作為傳情的媒介，實指像主一段和諧美好、值得追憶的戀情。

　　至於觀者亦陸續為抽象化畫面不斷註釋與詮解，該圖以庭園空間擺設物件單元鋪陳優雅景致，引發觀眾愉悅的視覺感受，為搶眼的視覺對象：「桃花」演繹出「釵挂臣冠，袖拂臣衣」的纏綿情節，艷色桃花勾想起像主二十四歲時那位「為我情深」的「解語花」，坐實了青年人生的戀情經驗，使綺麗的幻想進一步成為「深情」的論述。〈語花〉的文本經由文化的置換與中介，帶出了聯想與轉喻，而題詠文本則洩露著或固定、或流動的觀者位置。值得注意的是，卞永譽〈語花〉的構圖非常奇特，完全不繪女子身影，或者更準確地說，這幅畫像構圖中的「多麗」是暗伏於朵朵桃花之下的隱形圖像，圖面只讓像主置身在綻放的桃花間，相與對語，畫家是以隱微曲折的抽象化手法表述幽祕的芳情。

　　再讀一首「花」與「美人」相關的題畫詩，查慎行〈題又微姪載花圖小影〉，詩曰：

> 落魄江湖不計年，風流別是一生緣。桃根桃葉無顏色，迴避儂家載酒船。[9]

查慎行為姪兒查又微的小像〈載花圖〉題詩，詩中勾描這位小輩平生的風流形象，桃葉是東晉王子敬曾為作歌的愛妾，桃根亦為歌女。後二句運用雙關，以毫無顏彩的桃根桃葉比擬姿色平庸的歌姬，難登吾家姪兒的載酒船。

---

9　引自《敬業堂集》（收入「四部叢刊初編集部」），卷23，頁21b。

由此推知：〈載花圖〉應是一艘以像主查又微為核心載著「花」卉、「酒」客
與美「色」遊河的船隻，「花」在這幅畫像的觀看中，顯然是個指稱歌姬美
色的密碼，那麼這幅〈載花圖〉結合題詩，成了一個隱喻的文本。

　　若以悼亡為畫像文本的主題，表達的是芳情殞落的哀傷，例如吳
錫麒的兩首題畫詞：〈洞仙歌　手山又有園林春盡圖劉芙初詞云留春不住看
春盡東風短了春人命蓋亦寫悼亡意也〉、〈金縷曲　題凌芝泉荊囊感舊圖〉，
由詞序便可聞見濃重的悼亡之意，後者有詞句曰：「為道青蛾情尤苦，閱過
華嚴劫裏」[10]，則將這種世間芳情殞落之苦，轉向宗教領域尋求解脫。

## 三　散花禪情

　　同樣是「花」與「美人」的繫聯關係，不同於解語知音之情的另種典型
為具有宗教意味的「禪情」，順著上引吳錫麒因釋放悼亡苦情而尋求宗教慰
藉的畫像題詠，本節試作闡述。賁齋居士一幅〈情禪圖〉，顧嗣立題詩曰：

> 颯□紅羅影陸離，繩床趺坐一何癡。散花遊戲諸天女，乞食誼譁別院
> 姬。塵念難銷鍾動後，禪心無奈絮飛時。怪伊只戀蒲團穩，妒寵爭妍
> 苦不知。[11]

畫蹟未見，由幾句題詩：「繩床趺坐一何癡」、「怪伊只戀蒲團穩」，大致可推
測畫面是以趺坐蒲團的像主──賁齋居士為核心。「颯□紅羅影陸離」、「隊
分五色似楊家」、「最愛玉蔥」、「更憐碧唾」、「錦叢笑語紛珠翠」諸句可想見
像主周身圍繞著紅羅絢麗、笑影搖盪的眾家女樂。詩人以聖界的散花天女，
以及來自俗界的別院諸姬的環繞，模擬居士正接受著情感的試煉，一旦花絮
紛飛黏著而動情後，則塵念難銷，禪心無奈。詩末則讚許居士的禪修定力，
徒讓眾姬妒寵爭妍。

---

10 引自吳錫麒：《有正味齋詞續集》（收入《續修四庫全書》，第1725冊），卷1，頁527。
11 引自顧嗣立《閭邱詩集》（收入《四庫全書存目叢書》，第266冊），卷28，《春樹草堂
　　集》，卷2〈情禪圖四首為賁齋居士戲作〉，頁357。

　　顧嗣立對〈情禪圖〉的題詩，將天女散花的「禪」意符號聯結紅塵之歡「情」，把文人畫像那欲言又止的論題直接搬上檯面，賦予寬慰的詮解。賣齋居士的〈情禪圖〉，如上引題句：「散花遊戲諸天女」，取意於散花（花）與天女（美人）的符號聯結關係表達禪修意味，筆者姑名為「禪情」畫像，依然歸屬於「郎與多麗」的圖式。「郎」有時著僧裝，有時化為維摩詰居士，而「多麗」則一逕是「散花天女」。清初名士王士禛有一幅〈雨花圖〉，漁洋在畫中著袈裟，有天女凌空散花墜落。文友觀看漁洋畫像，巧妙地將「天女散花」轉繹成詩學，以之作為締結宗教法境與詩歌創作的橋樑，不禁讓人聯想到「郎與多麗」圖式之麗姝所具有協助像主創作活動的女校書。天女散花，舞姿曼妙，〈天女散花圖〉原是充滿著宗教意象的圖畫，因此深受近世仕女畫家喜愛〔書後彩圖3〕。

　　現存較早畫蹟為南宋著名畫家劉松年所繪〈天女散花圖〉〔書後彩圖4〕，冊頁，淺設色，現藏臺北故宮博物院。此畫描繪佛經中天女散花的故事，畫中右側身披瓔珞的是文殊菩薩，右指輕捻，雙脣微啟，莊嚴端坐。左側一位天女，左手捧一花籃，右手拈花，動態舞勢，中間側立一位尊者，為佛十大弟子中智慧第一的舍利佛，右側旁立三位羅漢尊者，幾位尊者的眼神皆為天女所吸引，人物造型生動自然。「天女散花」是明清「郎與多麗」文人畫像流行的題材，像劉松年所繪以佛教故事入圖的「天女散花」構式，極可能就是明清畫家形塑文人像主的來源，唯筆者目前尚未尋獲畫蹟，以俟來日。

　　「天女散花」的取材，在以「幽艷」為視覺訴求的如林畫像中站了一個重要的席次。朱昆田有一首長長的詩題曰：「梁溪華胥為蘅圃寫僧裝小影，侍以雙女：一拈花，一奉梵書，取心經色空二語曰雙是，戲題絕句」。[12]李符亦有一長詩題曰：「常熟楊子鶴為龔蘅圃寫僧裝小影，無錫華叟希逸補，二女執花侍左右，取色空空色意，題曰雙是圖」。[13]朱、李二氏筆下所言皆

---

12　引自《笛漁小稿》（收入朱彝尊撰，《曝書亭全集》，臺北市：臺灣中華書局，1972年），第三冊，卷1，7a。

13　引自李符《香草居集》（收入《四庫全書存目叢書》，252冊），卷5，頁44。

是一幅為龔蘅圃繪製的僧裝小像，題名曰：〈雙是圖〉，像主身旁有兩位女侍
側陪，一位拈花，一位奉書，由二題略知此幅畫像不脫艷情色彩。特意著
僧裝扮相者，又如雲間文士陸芥菴有一幅令人矚目的畫像，據薛孝穆〈題陸
芥菴畫像序〉[14]可知，畫中的陸氏著衲衣僧裝，旁侍十位美人，裝裱置於畫
篋中，縱遊吳越，攜畫自隨，四下乞題，共得各類題識數百篇之多。

　　回到龔蘅圃的〈雙是圖〉。上引李符題詩曰：「試令將花散空際，能如迦
葉不粘無」，李符以設問法對龔氏戲言：究竟新著衲衣的像主，令天女在旁
拋花，散落下來的朵瓣，是否會粘著像主之身？或如拈花微笑的佛陀大弟子
迦葉一樣，斷欲離畏，結習盡除？李符觀看龔蘅圃著僧袍旁有雙女立侍的畫
像，帶出了天女散花的意象。

　　「天女散花」的意象語彙源於佛經，其故事甚有意蘊：一天，佛正在西
天蓮花寶座講經說法，忽見瑞雲東來，遙知得意弟子維摩詰患病，故派眾弟
子問訊，知悉維摩詰藉機宣經釋典，便派天女前去檢驗眾弟子的學習狀況。
命天女手提花籃，飄逸而行。至塵寰低頭下望，見維摩詰正與眾人講學。天
女隨即將滿籃鮮花散落，弟子舍利佛滿身沾花，令眾人詫異萬分……。《維
摩詰所說經‧觀眾生品第七》記載了這則生動的「天女散花」故事，
文曰：

> 時維摩詰室有一天女，見諸天人聞所說法，便現其身，即以天華散諸
> 菩薩大弟子上。華至諸菩薩，即皆墮落，至大弟子，便著不墮。一切
> 弟子，神力去華，不能令去。爾時，天問舍利弗：「何故去華？」答
> 曰：「此華不如法，是以去之。」天曰：「勿謂此華為不如法，所以者
> 何？是華無所分別，仁者自生分別想耳！若於佛法出家，有所分別，
> 為不如法；若無所分別，是則如法。觀諸菩薩，華不著者，已斷一切
> 分別想故。……結習未盡，華著身耳，結習盡者華不著也。

---

14 參見周篆〈附薛孝穆題陸介菴畫像序〉，收入《艸亭先生集》（《續修四庫全書》，第
　　1416冊），頁467。

大弟子舍利佛為此番考驗的焦點，「華著不著身」成為關鍵奧義，「天女散花」具有佛法考驗諸菩薩斷欲離畏的殊勝義涵。

同樣是「花」與「美人」的繫聯，「天女散花」因意象源於佛經而帶有濃厚的宗教色彩，文人畫像取材於此，將「花」與「美人」繫聯而得的艷情關係巧妙轉向宗教思維，透過「天女散花」繽紛的視覺化題材，以兩面性處理文人共同祕享的情欲課題：花無所分別，端在著／不著身，究竟係粘著其身？抑或斷欲離畏？

再觀朱昆田對〈雙是圖〉的戲題，詩曰：

> 一雙天女玉差肩，卑鉢羅花貝葉篇。若使香門盡如此，丁年儂亦願逃禪。[15]

詩人觀看畫面，一雙天女玉色圓潤地肩挨著肩，詩人聚焦於兩樣物質以勾描二女行止：一位拈執菩提樹花，一位掌捧貝葉梵經，符合詩題對畫面的說明。後二句提出設想：若禪修都能有如玉天女執捧菩提樹花與貝葉經相伴，那麼這位比像主年輕六歲的詩人說：「若使香門盡如此，丁年儂亦願逃禪」，自許成年後願逃禪於佛門，以調笑但不避諱的設問口吻展示對「美色」的願慕，這是故意讓花「粘著其身」的詩意戲耍。

儘管朱昆田戲耍如此，「天女散花」的取材仍有相當的定向思維，再以〈雙是圖〉設想，其命名擷取自《心經》「色即是空，空即是色」之「雙是」，同時也指陳著畫面一指拈花、一捧梵書之「雙女」，一雙天女無啻像主色空解悟的考驗。文人選擇「天女散花」為畫像的視覺化佈局：天女飛翔的舞姿以及瓊霙繽紛的畫面，加上詩人賦予曼妙的陳述，畫像文本所欲展示的，與其說是「著」（粘著其身）或「不著（即墮）」（離欲斷畏）的兩難抉擇，不如說正是文人對於情欲由「著」到「不著（即墮）」的宗教解悟過程，文本的參與者，集體性地將情欲想像轉入禪修意蘊，而成為一種別樣的解悟「禪情」。

---

15 引自同註12。

與〈天女散花圖〉相類，因恐耽溺美色而出於懺悔意識的畫像，為晚清畫家費丹旭所繪〈姚燮懺綺圖〉〔書後彩圖5〕。像主姚燮端坐在蒲團上，雙手揣袖，怡然微笑，凝神思索，似有所悟。像主身旁諸姬環繞，各有顧盼，或執紈扇，或執寶劍，或解書囊，或握筆管，或展帛紙，或輕聲對語，或倚樹睇望，或結伴同行，神形各異，儀態萬千。此圖名為「懺綺」，是指姚燮對綺麗歡情生活的感悟與懺悔，旨在刻劃「羅綺叢中悟此身」的禪學意境與感觸。像主為自身的綺情韻事作超悟式的懺悔：「始於迷惑，繼以悟超，推迷而挽悟，則惟懺為緣起。」

## 四 兩種畫像文本的抒情向度

明清「郎與多麗」的畫像圖式，符號元素與感官訴求莫不延伸出令人綺想的艷情，用以勾描文人閒逸行樂生活的側影，本文鎖定「郎與多麗」畫像文本之以「花」與「美人」取材致使符號關係組構而成的兩種類型進行探考，第一類，或如〈百尺梧桐閣圖〉及諸家題詠，或如卞永譽〈語花圖〉及自題，或查慎行、吳錫麒等文人的題圖文本，共同表述了語花芳情。第二類，或如〈雙是圖〉、〈情禪圖〉、〈懺綺圖〉及觀者顧嗣立、朱昆田、李符、姚燮等文人，共同表述了散花禪情，兩類畫像文本均透過像主與美人之間的「花」為隱喻媒介促成圖繪、觀看與歌頌，藉以抒發文人多樣化的情思，文本嘗試演示、鋪陳、推闡及細繹可能的抒情意涵。

第一類文本的構圖與觀看，「花」大抵為指稱歌姬美色的密碼，二者符號關係游移於虛（代指美人）／實（實指花卉）之間，這些畫中美人或是舟行所載之花，或是仙夢之花色姿影，或作為解語的虛化對象，有時成為像主創作活動裡的重要環節，或絲絃彈唱者，或為女校書，使無邊的綺艷想像增添一層文學悅樂的色彩。此類畫像文本，以「花」作為一種隱喻媒介進行觀看與歌頌，鋪陳著由「花」之物質性所散發的芳菲芬馨，傳遞美色無邊的風流因緣與綺麗歡情，演繹著「解語花」相與晤對的紅粉知音之情，或在芳菲殞落而幽隱曲繹的亡者悼念中演繹著哀傷苦情。

　　第二類文本的構圖與觀看，莫不聚焦於《維摩詰經》「天女散花」的典故而植入宗教氛圍，成為當時一種流行的題裁，如：王士禛〈雨花圖〉、龔蘅圃〈雙是圖〉、陳維崧〈天女散花小像〉、陸芥菴〈十美圖〉、賣齋居士〈情禪圖〉……等。筆者引賣齋居士的畫像〈情禪圖〉為名，將「天女散花」的「禪」意符號聯結紅塵世俗的歡「情」，這類禪情因宗教化思維推導出兩面性觀想，美色與禪修二者既互斥又並置：一方面探討美色及背後代表的嗜欲關係，另一方面則因對美色嗜欲的不安，故而轉出莊嚴法性的懺悔意識，並試圖開闢一條解悟的途徑，為文人畫像那舉重若輕、欲言又止的論題引渡宗教性意涵。

# 五　詩學傳統的叩應與近世意涵

## （一）詩學傳統的叩應

　　「花」與「美人」的並置觀想，其來有自，不僅可推源於《詩經‧桃夭》、《楚辭‧招魂》，六朝宮體詩、唐宋婉約詞則為書寫大宗，明末性靈書寫更是演繹有加，詩學傳統可作為此類畫像文本符號關係強有力的依傍。若由視覺角度而言，「花」在中國畫家心中向有幽情的一面，明末畫家項聖謨可為典例。當他繪製花卉時，潛藏於意識底層的抒情意念主導著他對花卉的觀想，《花卉圖冊》自題曰：「未雨胭脂先欲滴，受風粉膩不曾癡。最憐腰細如爭舞，翻盡綠羅人起遲。」項氏將艷冠群倫的牡丹花轉喻為女性容顏、身體與丰姿，帶出美色的想像。項氏將對花的珍護之情轉換為同質性的綺麗佳人，聯結著項氏綺麗的回憶，可謂將晚明以降對「花」與「美人」的美感繫聯淋漓盡致地作了一場「換位」的視覺展演。

　　若以晚明文人將花與美人的美感繫聯作為一種性靈抒發的途徑，並聚合於項聖謨的詩畫書寫模式，「郎與多麗」花與美人取材的畫像文本，不妨置於清代的詩學脈系中觀其變衍。清代詩學對晚明情教性靈說有反動，亦有承接，以清代詩學發展衡諸畫像文本的受眾與生產，將發現「郎與多麗」圖式

的視覺性觀看所產生關於語花芳情與散花禪情等不一的觀想效應，似乎不定於詩學道路之一端，而有著模糊的游移性：既以反智識主義傾向呼應基於自然人性情感的性靈詩學，相互播揚圖面景觀及畫中本事那令人嫉羨感動或莊嚴神聖的情致，卻又經常由此跳向另一端，以儒家防備性思惟展開「情」「欲」往復雙向的辯證性論述，終致援引佛家思惟以求解悟。這種游移兩端、旗幟不明的文學表述，與複雜的近世文化理路可相互抉發。

## （二）近世意涵

長期以來，筆者一直集中心力以畫像題詠為視角，試圖由心靈意象、視覺文本及文學社會等面向作為探索明清文化的進路，期以伸入微不足道的論題內部，細繹其來龍去脈。本文為一項策略性嘗試，欲將「郎與多麗」此類畫像文本併入更大的時代變衍架構中，一面嘗試勾聯其與中國詩學抒情傳統的迎拒關係，另一面則透過對畫像抒情意涵的叩問與尋思，進一步向近世文化轉型的特性進行探索。

中國近世已邁入視覺文化的時代，誕生了視覺文本化與文本視覺化的新興環境，透過筆繪的畫蹟、版畫等圖像，可以綰合一直存在論述中零散與斷裂的文字意象，而意蘊豐富的文字意象亦可以圖像補充之，視覺成分一直就是羅蘭巴特到班雅明等學者的理論預設，這種理論性洞悉已將本文的核心文獻：畫像文本定位為一種特殊的視覺化文本，再者，明清畫家對女性的繪製興趣遠遠超過之前任何一個時代，畫中美人亦在蓬勃的視覺文化中提供了豐富的性別含蘊。近世濃厚的視覺化性別意涵，會在觀看方式、隱喻思維、套語及互文性的文本塑模中顯現出來，以下試析之。

### 1 觀看方式

包含「郎與多麗」的類型畫像中，均透露著畫家預設觀看女子的方式，姝麗的理想觀看者通常被假設為男性，因此畫中姝麗的容貌、衣飾、眼神、表情、角度、姿儀、舉止、品味以及周圍的物與女子所佔空間，皆成為呼應

畫中像主的有意味佈設，畫家將想像中的她的意志伸入其身體與動作組合而成的形象結構中，用畫面表達對女人關懷與期待的心理。畫家營造畫面特有的陰柔氣質，諸如彈箏、憂思、傾身、夜寂等表徵閨怨愁思、幽閉纖弱的氣氛，煥發女性意象。畫中一切事物，被安排成向觀畫／作畫的男性展示，透過圖像的閱讀與分析，使視覺語言成為一種重要的論述模式。因而「郎與多麗」圖式中對男（像主）女（姝麗）雙方的對照性觀看，以及由畫中之物、身體與空間所引發對於性別的思考，尤須賦予關注。

## 2 隱喻思維

觀看方式奠基於人們認識世界的隱喻性思惟，畫像就是透過隱喻性思惟以負載人生期望的表演。承上文所論，陰柔氣質的營構與煥發，必需結合羅帳、錦衾、琴瑟、月華、香爐等圖像語碼，物象成為畫家構畫的隱性手段，圖像的符號元素與象徵系統便可引導吾人進行畫像的閱讀與觀看。例如《卞永譽畫冊》之〈語花圖〉，完全不繪女子身影，卻讓像主置身在綻放的桃花間，相與對語，畫家以隱微曲折的抽象化手法表述借代性幽情，透過題識的引導，將像主周身之桃蕊、桃瓣、桃葉轉換為對談佳人之髮釵挂冠與香袖拂衣，繾綣纏綿，為搶眼的視覺對象：「桃花」演繹出「釵挂臣冠，袖拂臣衣」的纏綿情節，這些物具或景致恰可作為創造隱喻媒介的符碼。透過符號元素與隱喻象徵手法，對畫面加以轉譯解讀，把握畫家形塑畫面的隱祕意向，據以逆溯重建畫家繪像當時的意義系統。

## 3 套語及互文

「郎與多麗」的圖像，吾人可由設色媒材上看見畫家運用筆觸、皴法、色彩等技巧表達力量，那些筆墨形式、空間構成、人物造形，以及男女人物的主從擺放、物件配置，不妨視其為符應「郎與多麗」主題的「套語結構」。「套語結構」是基本而重要的修辭方式，通常是指重複出現的事件或描述性的片段，具有一個基本內容和情調，是表達同一主題理念用意的修辭策略，為共同體熟悉的記憶單元，可有效引發共鳴。文學藝術家通常會運用套

語作為文本語彙，藉以抒發情感，反映時代。[16]清代文人如王士禎、陳維崧、龔蘅圃、陸芥菴等均有以「天女散花」作為主題的畫像，畫中像主特意以僧裝扮相，由多位麗姝陪侍，重現一個維摩詰居士及散花天女的宗教景致。畫中像主僧裝及眾女散花等典型圖系，存在著對畫史諸如〈韓熙載夜宴圖〉或佛教〈天女散花圖〉等固定圖式的傳抄使用，凡此或可視為文化習性的套語，有雄厚的文化積澱。再者，畫家將古老的佛經典故「天女散花」作為一種套語文本嵌入，成為文人畫像的構圖單元，使觀者的思維與套語單元形成彼此對話的互文關係，畫像文本

因互文性而形成了多層次鑲嵌，引導讀者分別指向粘著其身或離欲斷畏各執一端，對諸家題詠產生擴散性影響，提供眾多文友環繞這幅畫像而嵌入更多互文性視角的對話。

立於傳統到現代的轉捩點，明清具有顯著的近世文化特徵，在以「花」為符號中介與「美人」關係繫連之「郎與多麗」的圖式中，像主（郎）與美姝（多麗）的形貌、舉止、姿態相互呼應，用以再現性別視角下理想的身體觀，包括「花」在內相關襯景物件的反覆出現，擺設空間的經營配置，豐富呼應著新興的觀看方式，充分運用了隱喻思維、套語結構及互文性，並與人物造像統合成性感訴求強烈的審美觀。這些令人綺想的視覺圖面手法，在照相術尚未發明與普及的明清時期，就反映近世文化精英之個相與深層意識的角度而言，「郎與多麗」的畫像圖式確實具有視覺優位的文獻價值，可與近世詩畫史傳統的交融脈系形成一種緊密聚合的關係。本文聚焦於「郎與多麗」圖式之「花」與「美人」取材的兩種類型，僅為以上雄圖的微小環節，亟需尋找明清更多詩學著述之論情文獻以進行考掘，期能探知畫像文本在詩畫史之衍異與新變，藉以偵測近世文化的轉型。

---

16 鄭文惠教授援用套語結構詮析文學圖像之單元及其意涵，極具特色，其大作《文學與圖像的文化美學──想像共同體的樂園論述》（臺北市：里仁書局，2005年），導論篇「互文修辭與套語結構」一節，詳細闡述該書運用此理論的思維脈絡，對筆者甚具啟發，於此致謝。

# 左錫嘉〈孤舟入蜀圖〉題辭探析[*]

卓清芬

國立中央大學中國文學系

## 摘要

　　晚清女作家左錫嘉（1831-1894）曾自繪自題〈孤舟入蜀圖〉，記錄在戰亂動盪的時代，孤身一人帶著八名幼兒，護送丈夫曾詠和夫家親族三口棺木返鄉的過程。〈孤舟入蜀圖〉題辭是女詩人遭逢生命中重大事件的自我記錄，刻鏤著太平天國之役中離亂、行旅的印記。從〈孤舟入蜀圖〉題辭的「自題」與「他題」，可以掌握清代女性的自我觀看／自我型塑和他人觀看／他人型塑的異同，以及圖像題辭所顯示的社會文化意涵。

　　左錫嘉在序文及自題詩中描摹自己守節、重義、體察親心、恪盡母職的自我形象，而他人觀看的角度，則賦予錫嘉才女、節婦、賢母、儒宗等多重形象。

　　〈孤舟入蜀圖〉題辭紀錄的不只是個人的生命史，也是家族史，更是紀錄時代巨變滄桑的社會史，形成了晚清的「詩史」特質，具有個人和家國的雙重意義。

**關鍵詞：**左錫嘉　孤舟入蜀圖　女性詩詞　清代

* 本文為科技部專題計畫「自我觀看與他人形塑——清代女性畫像題詠探析」（101-2410-H-008-057-）、「自我觀看與他人形塑——清代女性畫像題詠探析（二）」（102-2410-H-008-070-）研究成果之一，承蒙兩位審查人惠賜寶貴意見，特此一併致謝。

# 一 前言

　　明清時期女性畫像盛行，女性畫像和畫像題詠所呈現的女性主體性和社會文化脈絡之間的聯結，實為明清文學與文化中值得關注的現象。清代女性在畫像中所展現的自我形象，往往是有意識的傳達出女性的「自我」在面對外界時所採取的姿態。主題、背景布置與人物的穿著、動作構成了畫面的主體，而文字題詠則補足了人物的內在精神和心理層面。畫像題詠可分為「自題」與「他題」，自我題詠，顯示出清代女性的觀看自我與再現自我；他人題詠則呈現了他人對女性像主的觀看與型塑。觀看自我與再現自我，是清代女性對於自我、對於存在的一種敘述；而他人觀看與他人型塑，則衍生出性別詮釋的差異，反映了當時社會文化的價值觀。

　　晚清女作家左錫嘉（1831-1894）曾自繪自題〈孤舟入蜀圖〉，記錄在戰亂動盪的時代，孤身一人帶著八名幼兒，護送丈夫曾詠和夫家親族三口棺木返鄉的過程。如今圖像雖已散佚，但左錫嘉和時人的題辭都收錄在《冷吟仙館詩稿》和〈冷吟仙館附錄〉之中。〈孤舟入蜀圖〉題辭是女詩人遭逢生命中重大事件的自我記錄，刻鏤著太平天國之役中離亂、行旅的印記。從〈孤舟入蜀圖〉題辭的「自題」與「他題」，可以掌握清代女性的自我觀看／自我型塑和他人觀看／他人型塑的異同，以及圖像題辭所顯示的社會文化意涵。

　　目前有關左錫嘉和〈孤舟入蜀圖〉題辭的相關研究並不多見。林玫儀教授〈試論陽湖左氏二代才女之家族關係〉，[1]對左錫嘉姊妹和下一代的親族關係、著作版本等考辨甚詳。從左錫嘉〈孤舟入蜀圖〉的題序得知夫君曾詠之弟名「瓚」的訊息，對於左錫嘉扶櫬歸蜀的事蹟和〈孤舟入蜀圖〉的題辭概況有簡要的介紹。

　　林玫儀教授〈卷葹心苦苦難伸，始信紅顏命不辰——晚清女作家左錫

---

1　林玫儀：〈試論陽湖左氏二代才女之家族關係〉，《中國文哲研究集刊》第30期（2007年3月），頁179-222。

璇、左錫嘉在戰亂中的情天遺恨〉，[2]從左錫璇、左錫嘉姊妹的詩詞作品析論時代亂離之下女性的生命經歷和情感表現。對左錫嘉幾度瀕危喪命，歷盡艱險方得扶柩歸蜀的心路歷程有詳盡的刻畫。

林玫儀教授〈清季曾詠詩集之整理及其文獻意義〉，[3]以中國科學院圖書館所藏的曾詠《吟雲仙館詩集》抄本和《曾太僕左夫人詩稿合刻》中所收的曾詠詩集比對之後，發現抄本有六十六首詩為刻本所無，刻本文字略有改動，應出於錫嘉之手。詩集按照曾詠生平編次，據此可考知其生平、交遊，亦可與錫嘉作品相互印證。

唐新梅〈日殁而月代：左錫嘉《曾詠墓誌銘》與華陽曾氏〉[4]，指出左錫嘉代夫而立，成為曾氏家族的家長，對家族社會地位、文化傳統有推闡之作用。亦探討曾詠、左錫嘉之女曾彥、曾懿之學在清末民初文化中的遞變。

黃馨蓮《左錫嘉與《冷吟仙館詩稿》研究》，[5]描寫左錫嘉的時代、地域與家族，探討左錫嘉的生平與交遊，剖析《冷吟仙館詩稿》的內容、風格、寫作技巧。第三章〈左錫嘉生平經歷〉第三節「寡居時期」中，有一段敘述「曾詠逝世，扶柩回鄉」的過程，屬於左錫嘉生平經歷的一部分，並未提及〈孤舟入蜀圖〉題辭。

瞿惠遠《左錫嘉及其詩詞稿研究──以生平境遇為主》，[6]探討左錫嘉的家族成員、《冷吟仙館詩稿》《詩餘》與左錫嘉的生平境遇。第四章〈《冷

2 林玫儀：〈卷葹心苦苦難伸，始信紅顏命不辰──晚清女作家左錫璇、左錫嘉在戰亂中的情天遺恨〉，《中國文哲研究通訊》第20卷第2期（2010年6月），頁121-141。

3 林玫儀：〈清季曾詠詩集之整理及其文獻意義〉，收於國立臺灣大學中國文學系主編：《林文月先生學術成就與薪傳國際學術研討會論文集》（臺北市：臺大中文系，2014年5月），頁599-652。

4 唐新梅：〈日殁而月代：左錫嘉〈曾詠墓誌銘〉與華陽曾氏〉，收於曹虹、蔣寅、張宏生主編：《清代文學研究集刊》（第四輯）（北京市：人民文學出版社，2011年），頁121-170。

5 黃馨蓮：《左錫嘉與《冷吟仙館詩稿》研究》（臺中縣：東海大學中國文學系碩士論文，2007年7月），頁1-164。

6 瞿惠遠：《左錫嘉及其詩詞稿研究──以生平境遇為主》（臺北市：國立政治大學中國文學系碩士論文，2008年7月），頁1-139。

吟仙館詩稿》《詩餘》與左錫嘉的生平境遇（下）〉第一節「喪夫泣血、孤舟扶柩的跋涉生活——以《卷葹吟》為主」以左錫嘉作品貫串孤舟扶柩的艱險旅程，並未述及〈孤舟入蜀圖〉題辭。

蕭燕婉〈清末乱世を生きた女流詩人：左錫嘉と「孤舟入蜀図」を中心に〉，[7]分為五個部分，包括前言、左錫嘉與曾詠、左錫嘉與〈孤舟入蜀圖〉、在蜀的生活與左錫嘉之評價。重點在介紹左錫嘉其人其事和〈孤舟入蜀圖〉詩的內容。

武思庭《女性的亂離書寫——以清代鴉片戰爭、太平天國戰役為考察範圍》，[8]討論家國與性別、亂離時代女性的形象與身體、宗教與文學書寫、書寫與聲譽等議題。第三章〈亂離時代女性的形象與身體〉第一節「自傳書寫」中分析了左錫嘉〈孤舟入蜀圖〉題辭，認為男性的凝視與左錫嘉的眼光存在著差距。男性一味型塑婦女完美的典範形象，而左錫嘉呈現自己人性弱點的詩文紀錄，是一種對生命的反思，標示出婦女主體覺知的歷程。武思庭的論文觸及〈孤舟入蜀圖〉題辭中有關性別觀看的議題，但篇幅不長，扣除兩頁引文之外，論述部分約占兩頁。

從前行研究成果來看，左錫嘉〈孤舟入蜀圖〉題辭的相關研究還有進一步拓展的空間。筆者擬採取以下的步驟進行研究：一、略述左錫嘉的生平與〈孤舟入蜀圖〉的產生。左錫嘉的家族關係和生平經歷已有多篇論文深入探討，本文的重點主要集中在左錫嘉自繪自題〈孤舟入蜀圖〉的緣起和背景說明。二、整理〈孤舟入蜀圖〉的題詠社群。除左錫嘉之外，〈孤舟入蜀圖〉的題詠者有哪些人？具有什麼樣的身份？與左錫嘉的關係如何？三、由於未見左錫嘉〈孤舟入蜀圖〉的畫蹟，本文的研究重心並不在於畫像和題辭所組成的視覺性的圖像觀看，而是從〈孤舟入蜀圖〉的「自題」與「他題」，結合左錫嘉的詩詞作品，觀察女性的自我型塑和他人型塑的形象之異同，以及其中所蘊藏的社會文化意義。

---

7  蕭燕婉：《清末乱世をしたたかに生きた女流詩人——袁綬.左錫嘉.單士釐を中心に》（臺中市：恆宏文化出版社，2008年），頁22-38。

8  武思庭：《女性的亂離書寫——以清代鴉片戰爭、太平天國戰役為考察範圍》（南投縣：國立暨南國際大學中國語文學系碩士論文，2008年7月），頁1-197。

## 二 左錫嘉與〈孤舟入蜀圖〉的產生

　　左錫嘉（1831-1894），字婉芬，一字小雲，嫠居後易字冰如，[9]江蘇陽湖人。道光十年（1831）十二月二十五日生，[10]光緒二十年（1894）十一月二十五日卒。[11]祖父左輔（1751-1833），字仲甫，一字藹友，號杏莊。歷任安徽霍丘知縣、泗州直隸州知州、潁州知府、浙江按察使、湖南布政使、湖南巡撫，道光三年（1823）致仕，[12]著有《念宛齋集》、《念宛齋詞鈔》等，為常州派著名詞人。[13]父親左昂（1794-1870），字德舉，一字省堂，號巢生，曾任大理寺右寺丞，選授安徽鳳穎同知，未赴。主講北方書院，能詩，著有《求己齋文集》。[14]左昂有元配汪氏（汪贊勛之女），繼配惲氏（惲敬之女），側室程氏。左錫嘉為左昂元配汪雲和（1794-1837）所生，共有兄弟六人，姊妹七人，[15]多擅詩詞，工書畫。五姊錫璇（1829-1895），字小桐，號芙江，著有《碧梧紅蕉吟館偶存詩草》、《碧梧紅蕉僊館詩餘偶存》等。[16]錫

---

9　曾光岷：〈誥封夫人旌表節孝曾母左太夫人事略〉，收於曾詠、左錫嘉合撰：《曾太僕左夫人詩稿合刻》書後，光緒十七年（1891）華陽曾光煦定裏刊本，頁1上。按、曾光岷為左錫嘉三子。

10　林玫儀教授對左錫嘉的出生年月已有專文考證。詳見林玫儀：〈試論陽湖左氏二代才女之家族關係〉，頁195。

11　曾光岷：〈誥封夫人旌表節孝曾母左太夫人事略〉，曾詠、左錫嘉合撰：《曾太僕左夫人詩稿合刻》，頁1上。

12　左元鼎、左元成、左元麟纂修：《常州左氏宗譜》，清光緒十六年（1890）裕德堂木活字版印本，卷四，頁87上。按、左元鼎為左昂之弟左智之子，左元成、左元麟為左昂之子，繼配惲蘭生所出。

13　徐珂：《近詞叢話》：「常州派始於武進張惠言……其友人惲敬、錢季重、丁履恆、陸繼輅、左輔、李兆洛、黃景仁、鄭善長輩，亦皆不愧一時作家。」唐圭璋編：《詞話叢編》（北京市：中華書局，1986年），頁4223。

14　左元鼎、左元成、左元麟纂修：《常州左氏宗譜》，卷四，頁92下-93上。

15　林玫儀：〈試論陽湖左氏二代才女之家族關係〉，頁194。

16　林玫儀教授整理校補左錫璇詩詞作品，請參看林玫儀：〈左錫璇詩詞集輯校（一）〉、〈左錫璇詩詞集輯校（二）〉、〈左錫璇詩詞集輯校（三）〉，分別發表於《中國文哲研究通訊》第17卷第3期（2007年9月），頁255-308、《中國文哲研究通訊》第17卷第4期

嘉排行第六，著有《冷吟仙館詩稿八卷詩餘一卷文存一卷附錄一卷》（亦收入曾詠、左錫嘉合撰《曾太僕左夫人詩稿合刻》）、[17]《曾氏家訓》一卷。[18]

　　錫嘉「七歲即善吟哦，九歲失恃，事繼母曲盡孝思。刺繡之餘，與諸姊習書畫，尤工篇什，當時皆以蘭陵絕唱譽之」。[19]五姊錫璇亦對其詩才稱賞有加：「小雲六妹性敏慧，喜吟詠。曩在閨中時，姊妹聯床，擘箋分韻，每至烏啼月落，猶吟哦不休，頗以為樂」。[20]母親逝世後，錫嘉姊妹育於叔母家。十三歲入都依父，左昂時官大理寺右寺丞。左昂病劇，錫嘉曾割股和藥

（2007年12月），頁187-232、《中國文哲研究通訊》第18卷第1期（2008年3月），頁175-204。

17 左錫嘉：《冷吟仙館詩稿八卷詩餘一卷文存一卷附錄一卷》、曾詠：《吟雲仙館詩稿》一卷，目前可見的版本均為光緒十七年（1891）辛卯華陽曾光煦定裏刊本，彙整如下：方秀潔（Grace Fong）、伊維德（Wilt L. Idema）主編：《美國哈佛大學哈佛燕京圖書館藏明清婦女著述彙刊》（桂林市：廣西大學出版社，2009年），卷5，冊5，頁1-138、胡曉明、彭國忠主編：《江南女性別集二編》（合肥市：黃山書社，2010年），下冊，頁1253-1473、《清代詩文集彙編》編纂委員會編：《清代詩文集彙編》（上海市：上海古籍出版社，2011年），冊652，頁509-643、蕭亞男主編：《清代閨秀集叢刊》（北京市：國家圖書館出版社，2014年），冊49，頁113-594、李雷主編：《清代閨閣詩集萃編》（北京市：中華書局，2015年），冊8，頁4709-4817、徐雁平、張劍主編：《清代家集叢刊》（北京市：國家圖書館出版社，2015年），冊189，頁1-540。

18 林玫儀教授曾比對臺北國家圖書館、哈佛燕京圖書館、上海圖書館所藏《曾太僕左夫人詩稿合刻》，均未收胡文楷《歷代婦女著作考》著錄的《曾氏家訓》一卷。後來林教授在上海圖書館發現另一套《曾太僕左夫人詩稿合刻》，開卷即是《曾氏家訓》，有光緒十七年六月跋，其後附有左錫嘉致曾光煦（左錫嘉次子，長子光禧為曾詠姪兒過繼）家書一封，題為〈訓政家書〉。另有曾光岷：〈誥封夫人旌表節孝曾母左太夫人事略〉一文，為他本所未見。見林玫儀：〈試論陽湖左氏二代才女之家族關係〉，頁181-183。筆者得蒙林教授惠贈《曾氏家訓》影本，特此致謝。

19 廖平：〈浣香小草序〉，見左錫嘉：《冷吟仙館詩稿》卷一〈浣香小草〉，方秀潔（Grace Fong）、伊維德（Wilt L. Idema）主編：《美國哈佛大學哈佛燕京圖書館藏明清婦女著述彙刊》（桂林市：廣西大學出版社，2009年），卷5，冊5，頁1上。因《美國哈佛大學哈佛燕京圖書館藏明清婦女著述彙刊》所收的左錫嘉、曾詠作品為原光緒刻本影印，本文引文悉據此書，在引文後標明原書卷頁，不另出具書名。

20 左錫璇：〈吟雲集序〉，見左錫嘉：《冷吟仙館詩稿》卷二〈吟雲集上〉，頁1上。

以進，乃瘳。[21]

　　咸豐元年（1851），錫嘉為曾詠（1813-1862）繼室。曾詠，字吟村，四川華陽人。道光二十四年（1844）進士，官戶部主事。兩人結縭以來，錫嘉「操持內政，敬順有禮，中饋縫紝，一己兼之，常以大義相規勉。京曹類清苦，猶能節俸寄家，為兩親壽，無闕無乏」。[22]曾詠能詩，有《吟雲仙館詩稿》一卷，夫妻吟詠唱和，感情彌篤。

　　咸豐九年（1859）曾詠奉旨驗漕津門，事竣，授江西吉安府知府，錫嘉隨同赴任。吉安屢遭兵燹，民生凋蔽，曾詠「招集流亡，導以農桑，使各安業」，[23]錫嘉多所輔助。咸豐十一年（1861）太平軍攻城危急，曾詠誤信降將之言，出城募兵，降將趁機開城，城遂陷。錫嘉獻策，曾詠雖出奇兵奪回吉安，仍被議落職。曾詠本欲返鄉，時曾國藩來函相邀襄贊安慶軍務，曾詠赴安徽安慶大營，連克青陽、太平等九州縣，以功官復原職。[24]

　　同治元年（1862）閏八月二十五日，錫嘉獲悉曾詠臥病安徽太平軍營，次日買舟獨往，九月十一日，錫嘉接獲曾詠已於閏八月二日病逝的消息，哀慟逾恆，本欲殉夫，念及上有公婆，下有幼兒，尚有未盡之責任，決定扶柩歸鄉。曾詠心知烽火未熄，歸葬不易，留有遺囑交代錫嘉：「父母在堂，願卿歸侍。返柩未敢望，可殯吉郡，俟兒輩成立，再扶柩歸葬」。[25]錫嘉認為夫骨不歸，無挈兒女獨歸之理，婉謝曾詠族弟曾省三暫緩歸蜀之議，於同治二年（1863）八月，由吉安啟程，帶著八名幼兒（最年長的曾光煦，時年僅十二歲），載著曾詠以及瓚叔、馨姪三棺，「涉九江，過洞庭，入瞿塘，孤帆

---

21　事見林尚辰：〈誥封夫人外姑曾母左太夫人壽言節略〉，收於左錫嘉：〈冷吟仙館附錄·節略〉，頁32上。按、林尚辰為左錫嘉三女曾玉（字仲儀）之夫婿，見林玫儀：〈試論陽湖左氏二代才女之家族關係〉，頁200。

22　林尚辰：〈誥封夫人外姑曾母左太夫人壽言節略〉，頁32下。

23　林尚辰：〈誥封夫人外姑曾母左太夫人壽言節略〉，頁32下。

24　事見左錫嘉：〈皇清追贈太僕寺卿銜江西吉安府知府曾君墓誌銘〉，《冷吟仙館文存》，頁4上-8下。

25　左錫嘉：〈皇清追贈太僕寺卿銜江西吉安府知府曾君墓誌銘〉，頁7上。

數千里，弱息八九人，出沒於兵航賊艘之中，皆以太夫人是賴」。[26]途中遇官兵登船索錢、群盜隱匿山隙窺伺，賴錫嘉的冷靜得以化險為夷。行至义魚灘，滔天巨浪幾盡覆舟，錫嘉「籲天悲號，瀝酒以禱，須臾浪靜，若有神助」，[27]於是自繪〈孤舟入蜀圖〉並題辭以記其事。同治三年（1864），歷經五個月的風波勞頓，錫嘉終於在一月十日扶柩歸蜀，侍親撫孤，教養兒輩成立，子女皆有所成。錫嘉長子曾光禧為曾詠姪兒過繼，長女孟昭亦非錫嘉所出。錫嘉生三子：光煦（字旭初）、光岷（字蜀章）、光文（字季章），五女：曾懿（1853-1927，字伯淵）、曾玉？（字仲儀）、？（字叔俊）、曾彥（1857-1890，字季碩）、曾祉或曾鸞芷（字芷香、止美）。[28]光緒七年（1881）錫嘉就養於次子光煦山西定襄衙署，光緒二十年（1894）卒於山西，諸子扶柩歸蜀，葬錫嘉於壽縣煎茶溪之蔣家溝。光緒二十二年（1896）十月三日，諸子遷曾詠之靈，與錫嘉合葬。

　　左錫嘉〈孤舟入蜀圖〉，「海內名公鉅卿多題詠之，傳者美焉」，[29]題詠者共計三十八人，題辭四十九篇，[30]收錄於左錫嘉〈冷吟仙館附錄・題辭〉之中。

---

26　林尚辰：〈誥封夫人外姑曾母左太夫人壽言節略〉，頁33下。

27　曾光岷：〈誥封夫人旌表節孝曾母左太夫人事略〉，曾詠、左錫嘉合撰：《曾太僕左夫人詩稿合刻》，頁2下。

28　有關錫嘉子女姓名字號考述，請參看林玫儀：〈試論陽湖左氏二代才女之家族關係〉，頁179-222、林玫儀：〈建立親友關係網對作家研究之重要性：以清詞為例〉，曹虹、蔣寅、張宏生主編：《清代文學研究集刊》（第二輯）（北京市：人民文學出版社，2009年），頁95-116、瞿惠遠：《左錫嘉及其詩詞稿研究——以生平境遇為主》，頁23-39。

29　曾國荃：〈曾太僕左夫人詩稿合刻序〉，頁1下。按、胡曉明、彭國忠主編：《江南女性別集二編》（合肥市：黃山書社，2010年），下冊，頁1447此文標示為〈吟雲仙館詩稿序〉。方秀潔（Grace Fong）、伊維德（L. Idema）主編：《美國哈佛大學哈佛燕京圖書館藏明清婦女著述彙刊》在曾詠《吟雲仙館詩稿》封頁之後的扉頁有「曾太僕左夫人詩稿合刻」、「光緒辛卯秋分定襄官署開雕」之字樣，觀曾國荃此序之內容，應為二人合刻而作，似應稱為〈曾太僕左夫人詩稿合刻序〉較為妥當。

30　瞿惠遠：《左錫嘉及其詩詞稿研究—以生平境遇為主》，〈第四章《冷吟仙館詩稿》、《詩餘》與左錫嘉的生平境遇（下）〉，註20，頁69。

## 三 〈孤舟入蜀圖〉的題詠社群

〈孤舟入蜀圖〉題辭作者僅留存籍貫姓名字號，有一部分題詠者生平事蹟史傳不載，與左家或曾家的交往也無可考。筆者據左錫嘉詩詞序跋以及相關清人傳記文獻資料，將可以查考的題詠者身份分為以下幾類：

### （一）曾詠親人

曾省三（1821-1862），字佑卿，四川榮縣人。咸豐二年（1852）壬子恩科進士，曾詠之後接任吉安知府，工書畫。曾省三為曾詠族弟，咸豐七年（1857）五月，曾詠與族叔曾璧光（1795-1875）、族弟曾省三等人於城西可園賞荷。[31] 曾詠逝世後，曾省三曾勸錫嘉暫緩歸蜀，錫嘉有詩〈余歸有日矣適佑卿族叔省三署篆吉郡致函緩期歸蜀賦此謝之〉。[32] 曾省三丁母憂歸蜀曾探視錫嘉，錫嘉有詩〈族叔佑卿太守特至訪詢〉，其中「六尺君堪託」句下自注：「先夫歿後，諸承照拂」。[33] 錫嘉為曾省三繪「內江葬母圖」並贈詩〈為族叔佑卿繪內江葬母圖並題句〉。[34]

### （二）曾詠同年、同僚

吳棠（1813-1876），字仲宣，號棣華，安徽盱眙人。著有《望三益齋詩文鈔》、《望三益齋存稿》。吳棠與曾詠同是道光十五年（1835）舉人，同治六年（1867）吳棠調四川總督，十年（1871）署成都將軍。吳棠在蜀期間曾與曾詠同年王德固（子堅）一同探視錫嘉。吳棠、王德固聽聞其浣花溪畔之

---

31 曾詠：〈丁巳仲夏與樞元叔璧光、佑卿弟省三並同鄉諸君會於城西可園賞荷〉，曾詠：《吟雲仙館詩稿》，頁11上-11下。

32 左錫嘉：《冷吟仙館詩稿》卷四〈卷葹吟〉，頁2下-3上。

33 左錫嘉：《冷吟仙館詩稿》卷五〈冷吟集（一）〉，頁2下。

34 左錫嘉：《冷吟仙館詩稿》卷五〈冷吟集（一）〉，頁3下-4上。

住所屢次遭竊,力勸她移居省垣。錫嘉詩〈述懷呈繆仲英舅氏〉四首之一:
「家貧未敢說三遷」,句下自注:「吳仲宣制軍、王子堅方伯,皆外子同年,
屢聞被竊,力勸移居省垣」。[35]後吳棠歸皖,以扇向錫嘉索繪,並出示留別
蜀士詩,錫嘉賦詩〈吳仲宣制軍棠,外子同年也。予告歸皖,以扇索繪,並
垂示留別蜀士詩,賦此報謝,且述去思之美〉贈別。[36]

　　王德固(1815-?),字子堅,一字桓之,河南鹿邑人。道光十八年
(1838)進士,任刑部江西司主事,歷任刑部安徽司員外郎、刑部直隸司郎
中、江南道監察御史、歷改廣東道、京畿道監察御史。咸豐九年(1859)任
江西南安府知府,咸豐十一年(1861)改江西贛州府知府。同治元年
(1862),兼署吉南贛甯道。同治六年(1867)任江西按察使。同治八年
(1869)升四川布政使。王德固為曾詠同年,見前引錫嘉詩〈述懷呈繆仲英
舅氏〉句下自注,在蜀期間曾和吳棠同訪錫嘉。

　　王家璧(1814-1883),字孝鳳,號連城,湖北武昌人。道光二十四年
(1844)進士,授兵部主事,先後佐理曾國藩、左宗棠營務,後歷任大理寺
少卿、順天府府丞、光祿寺少卿等職。著有《王氏家集》、《狄雲行館奏稿》
等。王家璧亦為曾詠同年,〈孤舟入蜀圖〉題辭中於曾詠守城事蹟記述甚詳。

## (三)曾詠舊識

　　童槐(生卒年不詳),字遜庵,四川新津人,咸豐二年(1852)舉人,
聯捷進士。簽分廣東,授知縣,官至廣東雷瓊道。後辭官歸里,掌錦江書
院,任教四年,七十餘歲病卒於家。擅經學及詩古文詞,著有《讀周易尚書
中庸記》八卷。工書法,字體近褚遂良,兼采王羲之筆意,為晚清川西著名
書法家。童槐為曾詠舊識,〈孤舟入蜀圖〉題辭「卅年車笠悵天涯」自注:

---

35 左錫嘉:《冷吟仙館詩稿》卷六〈冷吟集(二)〉,頁5下。
36 左錫嘉:《冷吟仙館詩稿》卷六〈冷吟集(二)〉,頁12上-12下。

「余與吟村太僕於道光杪都中朝夕過從，追憶往事，蓋閱三十年矣」。[37]

　　周天麟（1834-？），字石君，江蘇丹徒人。官澤州知府。著有《水流雲在館詩鈔》、《水流雲在館詩詞》等。周天麟與左錫嘉之父、夫、子有三代交情。錫嘉父左昂官京師時，周天麟曾以後輩之禮謁之。與曾詠在京，「官同曹，居同巷，風雨晦明，過從罔間。方咸同間，天下多故，吟村酒酣耳熱，縱談當世事，激昂慷慨，滾滾不肯休」，[38]三十年後周天麟於澤州知府任上和曾詠之子曾光煦同官山西，有三代世交之情誼。同治十年（1871）周天麟至蜀地，錫嘉與之「匆匆一晤，未及深談」[39]。光緒十年（1884）錫嘉攜外孫女林仲蓉赴太原就醫，與周天麟夫婦在太原見面，有詩〈周石君太守天麟見過〉、〈石君夫人蕭月樓世妹宿歲在都，久欽閨範，一朝握手，情若同懷，因陳短句以申感慕〉。[40]周天麟與曾詠情誼深厚，為莫逆之交，左錫嘉〈周石君太守天麟見過〉「感時千古淚」句下自注：「先夫與石君交好」、[41]左錫嘉〈金縷曲〉「怕重提、東華聯巷，雪泥留爪」，句下自注：「昔與先夫同官都門，相隔數武，時相往還，素稱莫逆」。[42]周天麟除題詠左錫嘉〈孤舟入蜀圖〉之外，光緒十年（1884）亦為左錫嘉《冷吟仙館詩稿》七卷《吟雲仙館詩餘》一卷作序。[43]錫嘉與周天麟夫人蕭恆貞亦交好。蕭恆貞（1825-1888），字月樓，江西高安人，著有《月樓琴語》，附於夫婿周天麟《倚月樓詞》之後、夫婦合刊《水流雲在館詞鈔》、《雙紅豆詞》等。錫嘉有詩〈寄懷蕭月樓〉、〈寒夜得蕭月樓與烏拉扎桐雲兩夫人書感賦小詩藉以作答〉贈之。[44]

---

37 左錫嘉：《冷吟仙館附錄》〈孤舟入蜀圖題辭〉，頁9下。

38 周天麟：〈冷吟仙館詩稿序〉，《冷吟仙館詩稿》卷首，頁3上-3下。

39 左錫嘉：〈周石君太守天麟見過〉：「宿歲識荊州，匆匆悵去留」，句下自注：「辛歲過省，匆匆一晤，未及深談」。左錫嘉：《冷吟仙館詩稿》卷八〈冷吟集（四）〉，頁1下。

40 左錫嘉：《冷吟仙館詩稿》卷八〈冷吟集（四）〉，頁1下。

41 左錫嘉：《冷吟仙館詩稿》卷八〈冷吟集（四）〉，頁1下。

42 左錫嘉：《冷吟仙館詩餘》，頁23上。

43 周天麟：〈冷吟仙館詩稿序〉，《冷吟仙館詩稿》卷首，頁3下-4上。

44 左錫嘉：《冷吟仙館詩稿》卷八〈冷吟集（四）〉，頁3下-5上。

## （四）錫嘉閨中密友

　　趙韻卿（1814-1894），字友蓮，又字悟蓮，江蘇武進人。趙邦英之女，工部左侍郎、書畫家潘曾瑩（1808-1878）之妻。趙韻卿與兩個姊姊趙雲卿（字友月）、趙書卿（字友蘭）皆有詩名，並稱「蘭陵三秀」。趙雲卿有《寄愁軒詩鈔詞鈔》，趙書卿有《瀡音閣詞》，趙韻卿有《寄雲山館詩鈔》、《寄雲山館詞鈔》等。趙氏姊妹與錫嘉為同鄉，趙韻卿與姊姊趙書卿亦為錫嘉閨中密友。左錫嘉詩〈呈湯年伯母陳夫人季婉〉：「諸姑同薄命」句下自注：「坐中趙佩芸、悟蓮姊妹，乃年丈中表，皆少孀，兼善詩畫」，[45]趙佩芸即為趙書卿，胡文楷《歷代婦女著作考》云：「友蘭，字佩芸，號書卿」，[46]趙氏姊妹為左家故人湯成彥的表親，湯成彥（1811-1868），字梅生，又字心匏，號秋史，江蘇陽湖人。湯成彥為錫嘉之父執輩，[47]故錫嘉稱其為年伯、年丈。趙韻卿與左錫嘉交情最為深厚，在蜀期間，兩人時相往還，錫嘉有多首詩贈之。如〈次韻答王太夫人趙佩芸潘太夫人趙悟蓮見贈〉、[48]〈重答趙悟蓮寄懷原韻〉、〈趙悟蓮惠寄梅花作短章謝之〉、[49]〈答趙悟蓮〉、[50]〈新居感作呈陳季婉趙悟蓮〉、〈移居百花潭答趙悟蓮〉、[51]〈繆氏舅母薛太夫人偕趙佩芸、悟蓮、莊璧如、瑩如過訪〉、〈訪趙悟蓮晚歸即景〉、[52]〈訪趙悟蓮晚歸〉、[53]〈答趙悟蓮〉、[54]〈寒夜和趙佩芸悟蓮〉、〈再疊前韻〉、〈三疊前韻〉、

---

45　左錫嘉：《冷吟仙館詩稿》卷五〈冷吟集（一）〉，頁8下。

46　胡文楷編著、張宏生等增訂：《歷代婦女著作考》（增訂本）（上海市：上海古籍出版社，2008年），頁703。

47　左錫嘉：〈秋日至化仁寺弔湯秋史年丈〉：「父執疊年飲北海，門生私諡擬南雷」，《冷吟仙館詩稿》卷五〈冷吟集（一）〉，頁10上。

48　左錫嘉：《冷吟仙館詩稿》卷五〈冷吟集（一）〉，頁9上-9下。

49　左錫嘉：《冷吟仙館詩稿》卷五〈冷吟集（一）〉，頁11上、11下。

50　左錫嘉：《冷吟仙館詩稿》卷六〈冷吟集（二）〉，頁1下。

51　左錫嘉：《冷吟仙館詩稿》卷六〈冷吟集（二）〉，頁3上、4上。

52　左錫嘉：《冷吟仙館詩稿》卷六〈冷吟集（二）〉，頁7上。

53　左錫嘉：《冷吟仙館詩稿》卷六〈冷吟集（二）〉，頁15上-15下。

54　左錫嘉：《冷吟仙館詩稿》卷六〈冷吟集（二）〉，頁19上。

〈四疊前韻〉。[55]光緒六年（1880）錫嘉次子曾光煦因父蔭至山西擔任定襄縣知縣，次年迎養錫嘉。錫嘉至山西後，以詩詞表達對趙韻卿的思念：〈夢訪趙悟蓮寄此代柬〉、[56]〈憶舊游‧寒夜呈湯年伯母陳季婉潘太夫人趙悟蓮〉、[57]〈桃園憶故人‧寄趙佩芸趙悟蓮〉。[58]

## （五）錫嘉表親、姻親

惲桂孫（1839-？），字小山，道光十九年（1839）己亥七月生，江蘇陽湖人。湖南巡撫惲世臨（1817-1871）之長子，歷任保定府通判、直隸州知州。惲世臨，字季咸，號次山，一號聽雲。歷任山西道監察御史、湖南布政使、湖南巡撫等職，惲世臨曾為曾國藩湘軍籌措餉需，後獲咎降四級調用，卒於家。惲世臨的伯父惲敬（1757-1817），字子居，號簡堂，為陽湖文派之領袖，其季女惲蘭生為錫嘉之繼母，[59]惲桂孫應為錫嘉之表弟。[60]

吳鴻懋（生卒年不詳），字或號春霖，四川銅梁人，生平不詳。從吳鴻懋〈孤舟入蜀圖〉題辭「華陽曾子西蜀來，翩翩儒雅不凡才。一見便如舊相識，為索新詩圖畫開。道是萱堂揮淚筆，江濤峽石壯悲哀」，[61]可知是錫嘉次子曾光煦向吳鴻懋求取題辭。錫嘉和銅梁吳鴻恩（1834-？）頗有交誼，吳鴻恩，字澤民，號春海。

---

55 左錫嘉：《冷吟仙館詩稿》卷六〈冷吟集（二）〉，頁22上-23下。

56 左錫嘉：《冷吟仙館詩稿》卷七〈冷吟集（三）〉，頁12上-13上。

57 左錫嘉：《冷吟仙館詩餘》，頁15上。

58 左錫嘉：《冷吟仙館詩餘》，頁19上。

59 左元成：〈先大夫墓誌銘〉，見左元鼎、左元成、左元麟纂修：《常州左氏宗譜》，卷五，頁61下。

60 瞿惠遠：《左錫嘉及其詩詞稿研究——以生平境遇為主》，〈附錄二：左錫嘉年表〉，「道光十九年己亥（1839）錫嘉十歲」條下：「七月，惲世臨子惲桂孫生。……惲敬為惲世臨大伯父，錫嘉繼母惲蘭生為惲敬女，故惲世臨是錫嘉堂舅」，頁128。筆者按，母系親族應為表舅而非堂舅，惲桂孫詩中亦稱彼此為中表親，故惲桂孫應為錫嘉表弟。

61 吳鴻懋：〈孤舟入蜀圖題辭〉，見左錫嘉：《冷吟仙館附錄‧題辭》，〈孤舟入蜀圖題辭〉，頁11下。

同治年間任山東道監察御史、雲南道監察御史，光緒年間任山西寧武府知府，調署山西太原府、澤州府知府。吳鴻恩為曾詠舊識，錫嘉四女叔俊又與吳家之子吳鍾瀛締姻，[62]故錫嘉於詩序中稱其為「同鄉御史吳春海親家鴻恩」，[63]為其題寫多首題畫詩。[64]錫嘉到山西後，有〈和吳春海太守延慶寺賞牡丹原韻〉。[65]觀籍貫姓名字號，吳鴻懋可能為吳鴻恩的兄或弟，應曾光煦之請題寫〈孤舟入蜀圖〉。

## （六）京城官員

曾詠在京任戶部主事達十四年之久，〈孤舟入蜀圖〉多有京城官員題詠。〈孤舟入蜀圖〉題詠多年來，許多官員從京城外調各地，不一定一直在京。此處的京城官員指同治元年（1862）曾詠逝世之前曾在京任職的官員：

景廉（1824-1885），字秋坪，顏劄氏，隸滿洲正黃旗。咸豐二年（1852）進士，授編修，任工部侍郎、伊犁參贊大臣、葉爾羌參贊大臣，同治四年（1865）督兵鎮壓甘肅新疆回民之變，十三年（1874）任欽差大臣，督辦新疆軍務。光緒二年（1876）入值軍機大臣，兼總理各國事務衙門大臣，歷任工部尚書、戶部尚書、兵部尚書。光緒十一年（1885）病卒，年六十二。

孫欽昂（1825-1896），字子定，號師竹，河南滎陽人。著有《映雪齋集》四卷。

道光二十九年（1849）拔貢，咸豐五年（1855）乙卯順天鄉試舉人，次年成進士，欽點翰林院庶吉士，散館，授職編修。回家孝母，在家倡辦鄉團，維持家鄉治安，以此功加五品銜，賞戴藍翎。同治三年（1864）簡放廣

---

62 林玫儀：〈試論陽湖左氏二代才女之家族關係〉，頁193。
63 左錫嘉：〈題驄馬導輿圖并序〉，《冷吟仙館詩稿》卷五〈冷吟集（一）〉，頁16上。
64 左錫嘉：〈題吳春海御史歲寒登岱圖〉、〈題吳春海御史望雲就日圖〉，《冷吟仙館詩稿》卷六〈冷吟集（二）〉，頁1下、頁2上。
65 左錫嘉：《冷吟仙館詩稿》卷八〈冷吟集（四）〉，頁13下。

西學政，同治十三年（1874）任翰林院教習庶吉士，協辦院事。光緒元年（1875）任武英殿協修、纂修，國史館協修、纂修，功臣館提調，實錄館提調，京察一等引見。光緒五年（1879）任福建鄉試提調，簡放福建興泉永道，署理福建督糧道，駐在廈門，光緒十一年（1885）告病回籍，卒年七十二歲。

吳鎮（1816-1899），字少岷，四川達縣人。咸豐五年（1855）乙卯順天鄉試舉人，補戶部河南司員外郎。咸豐十年（1860）應會試中恩科進士，選翰林院庶吉士，授檢討。歷任浙江、山東、廣西道監察御史，刑科給事中，工科掌印給事中，巡視中城、西城，充辛未會試同考官，賞戴花翎。光緒元年（1875）四川東鄉縣民袁廷蛟聚眾抗糧，提督李有恆派兵往剿，濫殺無辜，造成晚清十大冤案之一。吳鎮得知冤情乃上書參奏，慈禧太后委派退休在家的原兩江總督李宗羲，前往東鄉暗查後始得申冤。吳鎮剛正不阿，遇事敢言，直聲震天下。光緒二十三年（1897），吳鎮因病辭官回歸故里，翌年病逝。著有《心一齋文集》。

夏家鎬（？-1885），字伯音，江蘇江寧人。道光二十九年（1849）己酉科舉人，咸豐三年（1853）癸丑科進士。曾任戶部湖廣司主事、福建司員外郎、陝西司郎中。咸豐十一年（1861）由戶部候補主事充補總理衙門章京，後任京堂，並留總署章京差，轉在大臣上行走，供職總署垂四十年。同治十一年（1872）以太常寺少卿任總理衙門大臣。同、光年間，又任刑部左侍郎、都察院左副都御史、通政司副使、廣東正考官、太僕卿、太常卿、宗人府丞，於刑部右侍郎任上病免。

敖冊賢（1828-？），字金甫，四川榮昌人。咸豐三年（1853）癸丑科進士，改庶起士，授翰林院編修，截取知府。纂修《榮昌縣志》，著有《柏鳳山人全集》五卷（《綠雪堂古文鈔》、《椿蔭軒詩鈔》各二卷、《駢體文鈔》一卷）、《綠雪堂古文鈔二卷駢文鈔二卷椿蔭軒詞鈔不分卷》、《椿蔭軒古近體詩鈔》一卷、《辛辛齋遺詩》一卷。

殷兆鏞（1806-1883），字補金，又字序伯，號譜經，江蘇吳江人。道光二十年（1840）進士，選庶吉士，授翰林院編修，任大理寺少卿，充湖北、

陝西、順天考官，督直隸學政。咸豐九年（1859）署禮部侍郎。同治年間，歷任詹事、內閣學士，署兵部侍郎、禮部侍郎等職。同治六年（1867）出督安徽學政，次年實授禮部侍郎，歷署兵部、工部侍郎。不久，授吏部侍郎，調戶部，再調禮部。始終未能成為尚書，因此他自定年譜時便自稱「侍郎」，有《殷譜經侍郎自定年譜》二卷。[66]光緒七年（1881）因病乞罷，光緒九年（1883）卒。著有《松陵詩經》、《玉尺堂詩文集》等。

鍾駿聲（1833-？），字雨辰，號亦溪，浙江仁和人。咸豐十年（1860）庚申恩科狀元，授翰林院修撰，掌修國史。同治元年（1862）翰林院散館，仍授修撰，充會試同考官。同治六年（1867）以翰林院修撰提督四川學政，同治九年（1870）請假回籍修墓。後仍續任翰林院修撰，光緒三年（1877）升日講起居注官、翰林院侍講學士。

秦煥（1818-1891），字文伯，江蘇山陽人。咸豐十年（1860）進士，授戶部主事，因襄辦軍務有功，賞加員外郎銜。曾為同治皇帝操辦大婚典禮，詔加三品頂戴。。光緒六年（1880）任桂林知府，後調任梧州知府、廣西按察使、署理鹽法道等職，在官勤求民瘼，所至勸蠶桑、設書局、平權課、通溝渠、恤孤寡、給旅櫬，深受廣西百姓愛戴。著有《劍虹居文集》、《劍虹居詩集》《劍虹居制藝》、《時文感舊集》等。其妻楊貞淑，字藥生，善寫蘭，有《眉影樓詩稿》傳世。

## （七）山西官員

光緒六年（1880）錫嘉次子曾光煦任山西定襄縣知縣，次年迎錫嘉就養於山西任所。〈孤舟入蜀圖〉多有山西官員題詠：

方戊昌（生卒年不詳），字季方，安徽桐城人。光緒年間任山西忻州知

---

66 殷兆鏞：〈孤舟入蜀圖〉題辭署名為「吳江殷兆鏞蒲葊」，見左錫嘉：《冷吟仙館附錄》〈孤舟入蜀圖題辭〉，頁11上。經查殷兆鏞：《殷譜經侍郎自定年譜二卷》（臺北市：廣文書局，1971年），自書其字號為「兆鏞，字補金，又字序伯，號譜經」，頁3。

州，著有《忻州直隸州志》四十二卷。

王仁堪（1848-1893），字可莊、忍庵，號公定，福建閩縣人。工部尚書王慶雲（1798-1862）之孫，同治九年（1870）舉人，光緒三年（1877）丁丑科殿試狀元。授翰林院修撰，光緒六年（1880）提督山西學政時，整飭學風，嚴禁學官生員吸鴉片。任貴州、江南、廣東鄉試副考官，後任武英殿纂修。光緒十四年（1888）因進諫停建頤和園工程觸怒慈禧太后，兩年後外放江蘇鎮江知府，光緒十九年（1893）調任蘇州知府，同年病逝於任上。王仁堪勤政愛民，深受百姓愛戴，所作詩文皆由其子收入《王蘇州遺書》之中。

胡毓筠（1829-1892），又名傳簡，字子青，號介卿，湖北武昌人。咸豐元年（1851）舉人，咸豐九年（1859）己未科進士，點翰林院庶吉士，次年翰林院散館，授翰林院編修，充功臣館纂修、國史館協修、實錄館纂修。同治、光緒年間，歷任翰林院撰文、江南道監察御史、江西道監察御史、河南道監察御史、禮科給事中、吏科掌印給事中、浙江督糧道，加按察使銜。光緒十年（1884）起用山西雁平道，後加二品銜、二品頂戴。官至內閣中書，敕授儒林郎。

高崇基（1822-1888），字仲巒，號紫峰，直隸靜海人。道光三十年（1850）進士，咸豐八年（1858），父喪服滿，任山西壽陽縣知縣。同治四年（1865）以防撚有功，調陽曲令。光緒九年（1883）以候補道署山西布政使，次年由河東道升任山西按察使，翌年又升山西布政使。光緒十二年（1886），張之洞出任兩廣總督，調高崇基任廣東布政使，十三年（1887）授廣西巡撫，官至兵部侍郎、督察院右副督御史，政績卓著。

杜崧年（生卒年不詳），字或號又坡，直隸靜海人。光緒十二年（1886）任山西蒲州知府事贏。

董汝觀（生卒年不詳），字子賓，同治九年（1870）庚午科舉人，以翰林院待詔任戶部司務大通橋監督，截取山西同知署寧武府知府。

李榮和（生卒年不詳），字木庵，河北祁州人。拔貢出身，光緒四年（1878）由山西嵐縣調任山西永濟縣知縣，光緒十二年（1886）纂修永濟縣志。

　　黎宗幹（1858-？），名繩武，字貽穀，號苣孫，亦名虎石，學名宗幹，安徽宿松人。光緒八年（1882）壬午舉人，複試一等。光緒十五年（1889）殿試三甲，賜同進士出身，特授山西潞城縣知縣，欽加同知銜，升用直隸知州加一級。

　　呂鳳岐（1837-1895），字瑞田，號睡甜，別號石柱山農，安徽旌德人。同治三年（1864）舉人，光緒三年（1877）進士，選翰林院庶吉士，旋授翰林院編修、撰文，國史館協修，玉牒館纂修等。光緒八年（1882）簡放山西學政，光緒十年（1884）任滿乞歸，著有《靜然齋雜著》。呂鳳岐繼室嚴士瑜，為女詩人沈善寶（1808-1862）的外孫女。三女呂碧城（1883-1943）詩詞兼擅，著有《呂碧城集》。

　　許涵度（1853-1914），字紫純，河北清苑人。同治十三年（1874）貢士，光緒二年（1876）進士，以知縣分試山西。光緒五年（1879），補授鳳臺知縣，光緒十一年（1885）任忻州（山西）知州，在任十六年，遷潞安府（山西）知府。光緒二十六年（1900），八國聯軍進犯北京，慈禧太后逃往西安，太原府知府許涵度以保護功擢山西冀寧道，署布政使。後擢陝西按察使，權布政使，復調任四川布政使。三年後返陝，與當道不合，去官入都，不復與聞世事。

　　管廷鶚（1854-1907），字士一，號薦秋，山東莒州人。光緒二年（1876）進士，選翰林院庶吉士，散館，授編修。光緒八年（1882）任湖北副考官，光緒十四年（1888）至十八年（1892）任山西學政，後任武英殿協修官、功臣館纂修，光祿寺、太常寺、大理寺正卿。著有《晉轺吟草》、《黌門集》、《風山詩鈔》六卷。

　　劉瑞祺（1833-1891）字景臣，一作謹丞，江西德化人。咸豐九年（1859）舉人，同治元年（1862）進士。初選庶吉士，散館授編修。同治三年（1864），充順天鄉試同考官，其後兩度出任會試同考官。未久，補授湖廣道監察御史，光緒九年（1883），簡放福建督糧道。次年，法兵攻閩，閩疆大擾，督師張佩倫敗逃，督撫及船政大臣皆被嚴譴，瑞祺以捍衛得民心，左宗棠特疏聞於朝。光緒十三年（1887），簡放浙江按察使，未到任即擢河

南布政使,光緒十六年(1890)遷山西巡撫,次年卒於任所。

李慈銘(1829-1894),初名模,字式候,後更名慈銘,號蓴客,又號恧伯,別號花隱生,晚年自署越縵老人。所讀書處稱越縵堂,故人稱越縵先生,浙江會稽人。同治九年(1870)舉人,光緒六年(1880)進士,補戶部江南司資郎。光緒十六年(1890)補山西道監察御史。光緒二十年(1894),聞甲午戰敗,喀血而卒。李慈銘工書善畫,詩詞古文皆精,著有《越縵堂日記》、《越縵堂筆記》、《白華絳跗閣詩集》十卷、詞兩卷,文集十卷、《杏花春雪齋詩集》、《湖塘林館駢體文》等。

〈孤舟入蜀圖〉自同治二年(1863)繪成,至少到光緒十六年(1890)仍有題詠。[67]〈孤舟入蜀圖〉題辭的排列順序應即按題辭的時間先後,起於曾詠族弟曾省三,訖於補山西道監察御史李慈銘。三十年來,題詠者籍貫遍佈大江南北。以曾詠、曾光煦的人際關係為主要網絡,以左錫嘉的人際關係為輔,共同構築了一個公共的集體文本的空間。[68]隨著題詠者與像主關係的親疏遠近,以及時間/世代的因素,題詠者選擇觀看的距離和角度,也決定了不同的詮釋面向。

## 四　〈孤舟入蜀圖〉的自題:左錫嘉的自我型塑

左錫嘉〈癸亥冬月題自繪孤舟入蜀圖於义魚灘舟次並序〉,序文云:

> 情天浩浩,女媧莫補缺陷之天:愁海茫茫,精衛難填沉淪之海。苦心化石,空餘血淚斑斑;斷雲如夢,徒剩離魂慘慘。憶自辛歲侍櫛,隨宦燕京,同挽鹿車,唱隨所願。巳年奉檄,出守西江,倣韓氏之穿

---

67 從劉瑞祺、李慈銘二人題辭可以推知。光緒十六年(1890)劉瑞祺始遷山西巡撫,次年逝世。李慈銘於光緒十六年補山西道監察御史,兩人方有機會題詠〈孤舟入蜀圖〉。

68 毛文芳:〈一則文化扮裝之謎:徐釚楓江漁父圖題詠〉:「〈楓江漁父圖〉引來眾多觀者題詠,宛如開闢一個公共的集體文本空間,共創一份風雅社交的對話紀錄。」,見毛文芳:《圖成行樂:明清文人畫像題詠析論》(臺北市:臺灣學生書局,2008年1月),頁282。

塘，互相言善；效陸公之載石，甯自負薪。〔先夫素性耿介，在吉頗著政聲〕辛酉驪歌劇唱，先發商音。死別生離，盡於此矣。大帥登壇，招賢納士；書生投筆，拔劍從戎。〔曾節帥、鮑軍門札邀襄辦安慶軍務〕冒死揮戈，戰無不勝，〔在營七月，克復青陽、石埭等九州縣〕。積勞成疾，藥竟難投。病入膏肓，伏枕猶呼叱咤；生悲俎謝，遺書尚念君親。嗚呼！一片丹心，幻成碧血，飄然羽化，何所皈依。〔先夫癸丑病中，夢入僧舍，老僧曰：此來尚早。壬戌四月，夢僧吹角相招。八月，夢易衣冠，自顧儼然一頭陀矣，遂於閏八月二日下世〕。悲風起自皖江，魂驚鏡破；痛語傳於雲嶺，心折釵分。傷哉！欲尋跡於泉臺，誰憐白骨；偶偷生於塵網，我獨青燈。生死為難，去留無路。對遺札而神傷，願隨同穴；望斷絃之再續，莫負他生。膝前黃口，嬉笑嬌嗁；堂上白頭，朝風暮雨。

故國茫然，家山何在？淒迷古渡，雨零薄命之花；黯淡荒州，雪壓斷腸之草。烽煙四塞，天地孤舟；愁病一身，波濤萬頃。付殘喘於浮雲，膽懸若斗；奠蜀醪於逝水，心醉如泥。山勢崔嵬，灘聲澎湃。撫三棺而痛哭〔是歲弟、姪雙亡〕，草木皆悲；仗一葉之慈航，蛟龍潛伏。〔行至乂魚灘，舟為亂石所破，勢將沉沒。灌酒悲歌，霎時風平浪靜，若有神助〕。中流飄泊，彼岸難登。百感如焚，前塗似漆。因此繪圖寫影，作序放歌，以記其事云爾。

詩：

孤舟搖搖向何處？艣影飄飄指歸路。愁雲四塞雁獨飛，落月滿江弔淒苦。

吁嗟乎！朝復朝兮夕復夕，生兮死兮兩愁絕。雙親倚閭兮目斷，遺孤嘻笑兮環膝。天空濛兮無情，日慘淡兮失色。山糾紛兮塞衢術，水澎湃兮懸絕壁。石笋磷磷森劍戟，伏蛟掉尾巴水裂。篙師撟舌魂膽驚，獨我撫棺腸寸折。蜀鵑嗁血煙冥冥，猿猱悲嘯草木腥。遺書懷中字不滅，心香誓慰君之靈。[69]

---

69 左錫嘉：《冷吟仙館詩稿》卷四〈卷葹吟〉，頁4下-6上。

序文從夫亡之後痛斷肝腸的心境寫起，追溯結縭後與夫婿一路相隨唱和的伉儷情深，直到曾詠赴安慶大營協辦軍務，竟至一病不起。接連幾次的夢兆，彷彿已暗示了天人永隔的結局。本欲追隨夫婿於地下，但上有白髮雙親，下有黃口小兒，錫嘉毅然在戰亂方殷、時局未靖的情況下，獨自帶著八名幼兒扶三柩歸蜀。行至义魚灘，舟幾為風浪傾覆。正當危急存亡之際，錫嘉灌酒悲歌，霎時風平浪靜，有如神助。於是繪〈孤舟入蜀圖〉以記其事。

　　序文著重年代的記錄和事件的敘述，而詩則呈現了孤舟行旅的悲淒與心情的轉折。以杜鵑啼血、猿猱哀鳴等聽覺意象烘托淒苦的心境；以石笋森立、駭浪滔天等視覺意象描寫瀕臨覆舟的驚險。亂世中的迢遞旅程，充滿空濛黯淡的色調。古渡荒州的孤絕，汪洋孤舟的茫然，展開了女性自我成長的生命旅程。由〈孤舟入蜀圖〉的序文和詩，配合《冷吟仙館詩稿》中孤舟入蜀的相關記述，左錫嘉的自我型塑可以分析如下：

## （一）守節

　　曾詠驟逝，左錫嘉「願隨泉下，亮不我棄」，[70]林尚辰〈誥封夫人外姑曾母左太夫人壽言節略〉云：「（太夫人）聞耗痛不欲生，拔劍自殉者再，均被戚屬勸阻。因念親老子幼，宜亟歸櫬，遂含悲茹痛，以守節撫孤自誓」。[71]明清官府旌表貞節烈女，方志傳記書寫傳頌女性的節烈事蹟，在道德節烈的教化下，女性也特別容易將「殉節」納入她們對於生命的選擇與實踐。[72]滿清立朝以來，旌表節烈婦女的數量日趨升高，道光一朝較前朝尤多，至咸豐、

---

70 左錫嘉：〈九月十一皖省舟次聞外子凶耗〉，《冷吟仙館詩稿》卷四〈卷葹吟〉，頁1下。

71 林尚辰：〈誥封夫人外姑曾母左太夫人壽言節略〉，頁33上。

72 費絲言：〈結論：意義與詮釋——明代貞節烈女的知識變遷〉：「由於婦女在日常生活中，就已將「自殺」視為一種面對困境與危機的方式，是以在貞節烈女的教化下，她們也特別容易將「殉節」納入她們對於生命的選擇與實踐。」費絲言：《由典範到規範：從明代貞節烈女的辨識與流傳看貞節觀念的嚴格化》（臺北市：臺大出版委員會，1998年），頁350。

同治、光緒三朝達到巔峰。同、光年間烈女烈婦的數量遠遠高於節婦，[73]這個現象也與同、光年間戰亂頻仍，婦女殉死者達數十萬人有密切關係。

左錫嘉念及親老子幼，丈夫遺骸尚未返鄉歸葬，因此打消殉節念頭，以「守節撫孤自誓」。孀居之後，改號「冰如」，有「矢志靡他」之意。[74]詩集名稱「卷葹吟」，取其「卷葹心苦」、「拔心不死，勵志冰霜」兩層意義，[75]收錄同治元年（1862）到同治三年（1864）扶柩入蜀多首作品。其後四集詩集皆名「冷吟集」，自同治三年（1864）到光緒二十年（1894）錫嘉逝世為止，記載錫嘉獨撐家計，撫孤有成的心路歷程。廖平〈冷吟集序〉云：「從知貞固之志，於艱難困苦中成之」、「其詩多含辛茹苦之吟，有令人讀之感慨欷歔為之墮淚者」。[76]錫嘉〈潘節姬楊氏生日作此以贈之〉提到節婦之苦：「空房無人絡緯唬，鳳釵折股酸風警」、「詞翻團扇愁更愁，長空獨雁念侶儔」，感嘆「人間不易為節婦，何況無兒作庶母」。[77]同為守節孀婦，錫嘉對潘節婦的處境有深刻的理解和同情。

## （二）重義

左錫嘉〈癸亥冬月題自繪孤舟入蜀圖於乂魚灘舟次並序〉詩中最後兩句

---

73　以同治朝為例，旌表節類婦女198248人，占22.67%，旌表烈類婦女675816人，占77.29%。見段振華：《《清實錄》列女旌表概觀》，湖北省社會科學院碩士論文，2016年，頁247。

74　廖平：〈卷葹吟序〉：「改號冰如，矢志靡他也」。左錫嘉：《冷吟仙館詩稿》卷四〈卷葹吟〉，頁1上。按、「冰如」為左錫嘉的字或號，文獻有不同的記載。詳見瞿惠遠：〈左錫嘉字號考〉，瞿惠遠：《左錫嘉及其詩詞稿研究──以生平境遇為主》附錄一，頁125-126。

75　林玫儀：〈卷葹心苦苦難伸，始信紅顏命不辰──晚清女作家左錫璇、左錫嘉在戰亂中的情天遺恨〉：「錫璇後來亦以『卷葹閣』作為室名及書名，對應姐妹二人同等傷痛逾恆之經歷，錫璇對『卷葹』二字之取義，必然亦是兼有『心苦』及『抽卻死還生』之意義。」《中國文哲研究通訊》，頁141。

76　廖平：〈冷吟集序〉，左錫嘉：《冷吟仙館詩稿》卷五〈冷吟集（一）〉，頁1上-1下。

77　左錫嘉：《冷吟仙館詩稿》卷六〈冷吟集（二）〉，頁25下。

「遺書懷中字不滅，心香誓慰君之靈」，「遺書」所載當即曾詠交代先葬吉安，待子女長大成人之後再行歸葬諸事宜。錫嘉並未遵照遺言所囑，而是理解曾詠雖言「返柩未敢望」，但實乃盼歸之心意，於是做了立即歸蜀的決斷。當時曾詠族叔曾省三曾勸錫嘉暫緩歸蜀，錫嘉以詩答之：「三喪未歸〔瓚叔、馨姪兩柩，均未歸葬〕，諸孤誰憫？沉痾未起〔時予暨諸兒皆抱恙〕，淹留胡忍？」[78]曾詠原名曾璋恒，曾詠為其榜名。瓚叔為曾詠七弟曾瓚恒，[79]三十一歲得疾而亡，與馨姪停棺豫章。錫嘉於曾詠逝世後，一肩承擔扶柩歸里的責任：「何以達吾誠，短歌聊作輓。招魂返故都，誰云蜀道遠？」[80]即令山川間阻，蜀道迢遞，也要護送夫家親人遺骸返鄉歸葬。

返蜀途中遇到官兵持刀捉船索錢，錫嘉唯以「義」相抗，使官兵調頭而去：「乘風挾勢夜捉船，持刀勒逼乃無狀〔兵士以捉船索錢〕。我舟靈旗導歸葬，白刃可蹈義無讓。不然登陴謁主將，謂我有辭色沮喪。揮刀掉臂登鄰舫，叱咤攘奪湧急浪。畏之如虎誰敢抗？寒戰慄慄愕相向」。[81]夜泊巫峽又遇二十餘名盜賊隱匿山間，錫嘉按劍獨坐，冷靜鎮定化解危機：「群盜隱山隙，此舟安可舍？〔山隙隱匿二十餘盜〕。言者聲戰慄，聞者顏渥赭。獨我按劍坐，寂寂效聾啞。臨事豈弗懼？當幾懷智者。處紛雖鎮定，聲威安可假。鳴鉦震山谷，明燎燭流瀉。設疑豫事防，魑魅竟解瓦〔黎明，南岸群盜東渡而去〕。達旦撫靈慟，天亦憐孤寡。」[82]群盜鳴鉦恫嚇，錫嘉並不掩飾內心深處的恐懼，但危難當頭，只能強自鎮定。〈癸亥冬月題自繪孤舟入蜀

---

78 左錫嘉：〈余歸有日矣適佑卿族叔省三署篆吉郡致函緩期歸蜀賦此謝之〉，左錫嘉：《冷吟仙館詩稿》卷四〈卷葹吟〉，頁3上。

79 華容君：〈曾璋恒及其家族紀年（徵求意見稿）〉，2012年9月8日，新浪博客，網址：http://blog.sina.com.cn/s/blog_75e8d50001012g43.html（最後瀏覽日期：2017年10月15日）

80 左錫嘉：〈由豫章移瓚叔柩歸里〉，左錫嘉：《冷吟仙館詩稿》卷四〈卷葹吟〉，頁3上-3下。

81 左錫嘉：〈黃州州次即事〉，左錫嘉：《冷吟仙館詩稿》卷四〈卷葹吟〉，頁3下-4上。

82 左錫嘉：〈巫峽夜泊險遇盜劫聊記其事〉，左錫嘉：《冷吟仙館詩稿》卷四〈卷葹吟〉，頁4上-4下。

圖於义魚灘舟次並序〉序文中念及：「膝前黃口，嬉笑嬌嗁；堂上白頭，朝
風暮雨」，亦即詩中所云：「雙親倚閭兮目斷，遺孤嗁笑兮環膝」。上有公
婆，下有稚兒，奉養雙親，撫孤成人。義之所趨，錫嘉責無旁貸。「遺書懷
中字不滅，心香誓慰君之靈」，錫嘉所立之誓，當即為護送曾詠遺骨回鄉歸
葬以及踐履養親撫孤之道義與責任。也因為義無反顧，在舟破即將沉沒之
時，「灌酒悲歌，霎時風平浪靜，若有神助」。明代羅倫（1431-1478）〈譚節
婦詩序〉提到：「節義者，天地鬼神之所相也」，[83]費絲言認為「天地鬼神之
相」包含了兩個層面，一是伴隨道德實踐的「異象」，如雷鳴、日蝕等，一
是解決困境的「感應」。道德精神的體現與自然界的特殊現象產生因果的聯
繫，一方面天地的相感，證實了道德的真實與價值，另一方面，道德也在此
敘事過程中，成為一種特異的力量。[84]錫嘉在「灌酒悲歌」之後，「霎時風
平浪靜」，似乎也體現了道德節義與天地相感通，因而解決困境的神異性。

錫嘉《曾氏家訓》「女訓」之下別立「節義」一目闡述婦女之節義：

> 婦女不幸，適遭夫婿早世，矢死靡他，力全大義。勿辭辛苦，勿畏艱
> 難，勿出外戶，勿加裝飾。勿以失偶而驕舅姑，勿以孀居而傲妯娌。
> 甘淡泊以守幽靜，戒嬉笑，恐遭物議。未嫁守貞，不宜常處母家。夫
> 死而殉，還須臨事三思：有舅姑勿殉，當思代夫孝養；有遺孤勿殉，
> 當思善撫後嗣。夫客死勿即殉，當扶骸骨還鄉；夫冤死勿即殉，當計
> 昭雪復仇，報夫婿於九泉。所謂就難而不就易也，行夫婿所欲行，了
> 夫婿所未了。冥冥漠漠，雖隔世而心許；淒淒慘慘，雖百折而志堅。
> 苦心一片，化石何妨。有婦若此，夫死猶生矣。[85]

---

83 羅倫：《一峰文集》，收於《景印文淵閣四庫全書》（臺北市：臺灣商務印書館，1986
    年），第1251冊，卷三，頁666。

84 費絲言：〈結論：意義與詮釋──明代貞節烈女的知識變遷〉，《由典範到規範：從明代
    貞節烈女的辨識與流傳看貞節觀念的嚴格化》，頁313-316。

85 左錫嘉：《曾氏家訓》，曾詠、左錫嘉合撰：《曾太僕左夫人詩稿合刻》，光緒十七年
    （1891）華陽曾光煦定裏刊本，頁10下-頁11下。

婦女孀居守貞，是謂「節」；代夫孝養撫孤、昭雪復仇，是謂「義」。錫嘉對
於婦女殉節的風氣提出了反思，認為「有舅姑勿殉」、「有遺孤勿殉」、「夫客
死勿即殉」、「夫冤死勿即殉」，應該完成夫婿未了之責任，此即「義」之所
在。錫嘉孤舟千里，獨往獨來，親身實踐了「扶骸骨還鄉」、「代夫孝養」、
「善撫後嗣」等「就難不就易」的行為，本於「力全大義」之心，「行夫婿
所欲行，了夫婿所未了」。是以「雖隔世而心許」、「雖百折而志堅」，在序文
和詩中貫徹了「守節」、「重義」的核心思想。

## （三）體察親心

錫嘉歷盡艱險，扶柩至蜀。抵達之際，適逢婆婆生辰，錫嘉不敢讓婆婆
傷心，特意延到次日才扶柩返家，拜見公婆。〈扶柩至家　甲子正月十日〉詩
云（節錄）：

> 波渺渺，天浩浩，舟兀兀，依霜堡。且緩呼奴報歸旐，今日萱堂祝壽
> 考〔九日抵省，適君姑壽辰，未敢令人稟報〕，敢向歡筵觸煩惱。孤燈坐達
> 旦，憂心慇如擣。到此不能隱，傷哉劇分曉。靈輀暫後隨，繡衣易白
> 縞。魂兮歸來路了了，紙灰翩躚入林杪……結縭十載關執匜，間關今
> 始歸君家〔家在城北四十餘里〕。歸來問訊愴莫對，上堂初肅舅姑拜。
> 舅姑悲傷妾心碎，長跪致辭重勸慰。兒骨歸來兒婦在，諸孫呱呱今有
> 戴。舅姑年高見慈愛，晨昏強顏為君代。體君之誠敢懈怠？一一苦心
> 須擘畫，佳壤未卜我心痗。于田號泣天如晦，北風颭颭警寒籟。[86]

因曾詠在外任官十八年，始終未返家鄉。錫嘉咸豐元年（1851）與曾詠結
縭，直至同治三年（1864）正月才初次返蜀拜見公婆。抵達時正逢婆婆生
日，錫嘉善體親心，在外住宿一夜。次日引靈返家，與公婆相對而泣。錫嘉
承諾將為曾詠負起養親撫孤的重責大任，並籌畫葬地事宜。

---

86 左錫嘉：《冷吟仙館詩稿》卷四〈卷葹吟〉，頁6下-7上。

錫嘉《曾氏家訓》「女訓」之下「侍舅姑」一目提到侍奉公婆當善體親心（節錄）：

> 內則曰：男以女為室，女以男為家。婦人以夫為家，夫之父母即己之父母，焉敢不孝敬也哉？故為人媳者，昏定晨省，猶乎人子。奉命即行，受命速報，勿自專，勿違逆。飯食茶湯，烹調適口；衣裙鞋襪，輕煖得宜。……妯娌雖眾，莫論短長，體心服勞，獨侍何妨。舅姑鰥寡，侍尤宜善，委曲承歡，憂思稍釋。[87]

因「夫之父母即己之父母」，不只是飲食衣著需要盡心，也要照顧舅姑的心情。惟恐婆婆壽筵傷悲，錫嘉扶柩外宿，孤燈獨坐，盤算如何啟齒。善體舅姑之心，也是錫嘉特別注重的閨訓。

## （四）恪盡母職

返蜀之後，錫嘉恪盡孝親撫孤之責，於多首詩中表達寒夜課子的辛勤，如〈新絟詞〉：

> 春風二月柘枝雨，村落家家賣新絟。東鄰西舍悄無語，十指凝冰劈絲縷。愁心入夜絲縷長，孤兒自課燈微茫。遺挂在壁月在梁，擲梭攬卷分餘光。寸絲尺縷計衣帛，良夜更應分寸惜。書中微旨貴心得，孤兒孤兒漫休息。[88]

十指凝冰的寒夜裡，一邊燈下課兒，一邊析縷紡織。對於孩子用功勤讀的鞭策，反映出望子成龍的期盼。〈金縷曲·宵紡〉亦流露出鳴機課讀的孤寂與酸楚：「秋閨我亦傷心極。坐深更、寒侵十指，幾曾拋得。舊夢春明淒迷處，空對霜天夜白。便霧縠、煙綃誰惜？宛轉離腸迴不盡，課孤兒、夜讀鳴機

---

87 左錫嘉：《曾氏家訓》，曾詠、左錫嘉合撰：《曾太僕左夫人詩稿合刻》，頁7下-頁9上。
88 左錫嘉：《冷吟仙館詩稿》卷五〈冷吟集（一）〉，頁8上。

側，無一語，淚霑臆」[89]因為鄉居「聒耳村嫗詬」，雖想「導之以禮讓」，[90]終究積習難改。錫嘉為孩子的學習之故，遷居成都靠近學宮之處。不久又發現當地巧言舌辯的虛華風氣亦不足取，[91]令重視誠樸的錫嘉決定再度搬遷，同治十一年（1872）冬，移居成都南郭外的百花潭（即浣花溪）畔，鄰近杜甫浣花草堂。[92]耕種養蠶，收成可供自給。

　　錫嘉雅擅丹青，鬻書畫以維持生計：「聊以易錯刀，薄償米鹽債。赤手撫遺雛，寸土虛倚賴」。[93]三女婿林尚辰云：「時家計萬分拮据，太夫人又以書畫謀生，一時名公卿踵門購求，有紙貴之譽。日用飲食，男婚女嫁，悉賴焉」。[94]錫嘉師法惲壽平（1633-1690）之沒骨畫法，設色鮮麗，筆力遒勁，超脫於時人而自成一家，為時所重。[95]日本使臣津田靜曾來索畫，錫嘉有詩記之。[96]錫嘉手藝精湛，嘗自製剪綵花以換取薄利。〈寒夜剪綵〉二首之二：

> 剪綵奪天工，霏霞片片紅。生涯嗟十指，芳意鬱千叢。不借東皇力，無須花信風。療貧窮小技，霜月隔簾櫳。[97]

〈解語花・寒夜自製通草花，感而有作〉：

> 光陰草草，世界花花，何處幽懷寫。數椽鴛瓦，霜華重、課子一燈初

---

89　左錫嘉：《冷吟仙館詩餘》，頁13下-14上。

90　左錫嘉：〈鄉居〉，左錫嘉：《冷吟仙館詩稿》卷五〈冷吟集（一）〉，頁11下。

91　左錫嘉：〈新居感作呈陳季婉、趙悟蓮〉二首之一：「卜居入城市，勞鬱增煩思。誠樸守厥舊，華辯非所宜。願以德潤身，惟恐緇涅衣。何以導孺子，宿心恆淒其。」左錫嘉：《冷吟仙館詩稿》卷六〈冷吟集（二）〉，頁3上。

92　瞿惠遠：《左錫嘉及其詩詞稿研究──以生平境遇為主》，頁75。

93　左錫嘉：〈丹青引〉，左錫嘉：《冷吟仙館詩稿》卷六〈冷吟集（二）〉，頁6上。

94　林尚辰：〈誥封夫人外姑曾母左太夫人壽言節略〉，頁34上。

95　劉詠聰主編：《中國婦女傳記辭典・清代卷（1644-1911）》（sydney：悉尼大學出版社，2010年），頁243。

96　左錫嘉：〈日本使臣津田靜索繪兼題長句以應之〉，左錫嘉：《冷吟仙館詩稿》卷六〈冷吟集（二）〉，頁16下-17上。

97　左錫嘉：《冷吟仙館詩稿》卷六〈冷吟集（二）〉，頁23下。

炻。機聲軋軋〔作去〕，只贏得、淚珠盈把。誰為憐、生計難拋，翦綵消長夜。休說寒閨韻雅，甚天然工巧，奚辨真假。葉攢花亞，檀心苦、宛轉細薰蘭麝。并刀試乍，並不向、東風輕借。待賣來、深巷明朝，增洛陽聲價。[98]

剪綵花即通草花，又稱像生花，為人造花工藝。通草，即通脫木，心中有瓤，質地柔軟，綿薄多孔，光色潔白，富有韌性，用來製作人造花，質感逼真。錫嘉一邊課子，一邊製作通草花。染成紅霞般的色澤，再薰上香氣，栩栩如生，真假難辨，乞花者絡繹不絕。[99]

錫嘉辛勤多年，兒女有成，各自嫁娶。光緒七年（1881）就養於次子曾光煦山西定襄任所，生活較為安穩。詩集中最後一首詩〈六十自壽賦以示兒輩〉（節錄）：「風光荏苒六十春，不援富貴不羞貧。賦詩每厭吟情舊，看花恆覺歲華新。今日稱觴祝我壽，兒輩趨蹌進春酒。何須乞年天與齡，種德自然福祿厚。世人立身苦不早，我心仁恕以為寶。倘有靈丹能駐顏，長與天地同壽考。」[100]錫嘉重視德育，以仁恕傳家。撙節餘錢，以救溺女、施湯藥，作諸善舉，鄉里咸感其德。[101]

錫嘉《曾氏家訓》「女訓」之下「母儀」一目提及母親的職責（節錄）：

須常以古今大儒名賢事跡講解，以啟其天性，以固其心志。侍君親，教以忠孝；處兄弟，教以友恭；聯族戚，教以謙和；敬賓客，教以禮讓。立品教以端方，臨事教以節操。交友教以篤信，處世教以公正。處困教以安分，待下教以寬和。力學教以有恆，為善教以無倦。……

---

98　左錫嘉：《冷吟仙館詩餘》，頁17下-18上。

99　曾鑑修、林思進等：〈曾詠妻左錫嘉〉：「更仿南俗，翦通草製象生花鳥，一時見者，各驚其妙。於是求畫者、乞花者，絡繹門前。」曾鑑修、林思進等纂：《華陽縣志》（臺北市：臺灣學生書局，1967年），冊二，卷十九，人物第七之十三，頁5下，總頁1012。

100　左錫嘉：《冷吟仙館詩稿》卷八〈冷吟集（四）〉，頁17上。

101　林尚辰：〈誥封夫人外姑曾母左太夫人壽言節略〉，頁34上。

> 蓋孩提之童依母日多且本性未移，易於開導，能諄諄教戒，異日必至
> 成立。[102]

錫嘉《曾氏家訓》「女訓」中特重「母儀」一目，字數最多，篇幅最長。自
懷胎、襁褓、孩提至成人，鉅細靡遺的敘述母親的職責，並舉例說明溺愛縱
容的後果。錫嘉追述大姐婉洵出閣歸寧時母親汪夫人的訓誨：「一願吾女為
孝媳，二願吾女為賢婦，三願吾女為賢母。務遵我囑，勿辱我命。」姊妹捧
讀未盡，痛淚如泉，刻骨銘心，共遵母教。[103]錫嘉為教養子女，效孟母三
遷，鳴機課讀，一肩挑起經濟重擔，撫孤成人，可謂恪盡母職。

## 五 〈孤舟入蜀圖〉的他題：他人型塑的視角

〈孤舟入蜀圖〉的題辭者可分為三類，分別隸屬曾詠、曾光煦、左錫嘉
人際網絡的延伸。與錫嘉有關的題辭者較少，一是錫嘉好友趙韻卿，一是錫
嘉表弟惲桂孫。

錫嘉摯友趙韻卿〈孤舟入蜀圖〉題辭：

> 雲茫茫，天蒼蒼，孤舟一葉來長江，兩岸哀猿嘅斷腸。孤兒幼女聲悽
> 愴，何處白雲是故鄉。西風蕭蕭木葉黃，迢遙灩澦與瞿塘。亂石磷磷
> 排戟槍，灘聲如雷響奔瀧。舟人推篷心驚惶，仰天痛哭瀝酒漿。水底
> 蛟龍齊潛藏，片帆穩渡真慈航。萬里歸來慰高堂，承歡侍膳子職當。
> 瓊枝玉樹皆聯芳，廿年茹茶苦備嘗。閫儀懿德世無雙，詩畫清才千秋
> 揚。指日九重貢鸞章，榮旌綽楔增輝光。[104]

---

102 左錫嘉：《曾氏家訓》，曾詠、左錫嘉合撰：《曾太僕左夫人詩稿合刻》，頁12下-頁13
　　上。

103 左錫嘉：《曾氏家訓》，曾詠、左錫嘉合撰：《曾太僕左夫人詩稿合刻》，頁14下-頁15
　　上。

104 左錫嘉：《冷吟仙館附錄》〈孤舟入蜀圖題辭〉，頁3下-4上。為免冗贅，下引〈孤舟入
　　蜀圖題辭〉，但在引文後以括號標注原書頁碼，不一一作註。

在〈孤舟入蜀圖〉的題辭者中，趙韻卿為唯一的女性。同樣身為女子，又是閨中好友，趙韻卿的觀看角度與錫嘉最為貼近。同以孤舟扶柩、幼兒環膝的境遇寫起，續寫旅程迢遙的淒苦、舟為亂石所破的驚惶，以及瀝酒以禱、感天動地的神蹟。題辭中讚揚錫嘉承擔起女性身為妻子、母親、媳婦的職責，二十年來辛苦備嚐，侍奉公婆、撫孤成立。以「閫儀懿德世無雙」、「詩畫清才千秋揚」並舉，突顯錫嘉才德兼備的形象，並期望錫嘉能獲得朝廷旌表，作為榮耀的冠冕。

〈孤舟入蜀圖〉題辭者男性視角的型塑，隨親疏遠近的關係而有別。茲分別說明如下：

## （一）才女、賢婦

錫嘉表弟惲桂孫〈孤舟入蜀圖〉題辭：

> 廬陵太守賢夫人，家世清才晉貴嬪。生小同鄉誇鮑謝，舊姻中表數朱陳。自從遠嫁他鄉婿，北轍南轅久隨侍。儉德常偕吳晉陵，高風欲共梁司隸。無端羽檄馳江東，義感閨房賦小戎。願勗書生赴戎馬，肯將兒女累英雄。刀環夢斷珊瑚玦，一去生離成死別。鬱鬱卷葹已拔心，哀哀杜宇猶嚎血。君生未歸死未安，家山繫念淚痕殘。隨君萬里歸同穴，豈畏青天蜀道難。黃牛峽裏連朝暮，錦里搖搖指歸路。石立飛湍猱玃森，風翻幽壑蛟龍怒。頃刻帆檣作土沉，撫棺大慟摧寸心。恨未登山成片石，誓將入水作冤禽。扶持須仗鬼神力，天地忽開驚浪息。不覺中流自在行，錦江匹練澄空碧。手寫丹青發悲歌，變風遺響繼中河。為問衛家孤燕陶黃鵠，誰使千秋雪涕多。（頁10上-10下）

此詩以敘事為主，猶如錫嘉前半生之小傳。藉晉武帝貴嬪左芬點出錫嘉之姓氏和才華，又以左芬、鮑令暉、謝道韞三位才女稱譽錫嘉出眾的文才。婚後錫嘉助夫婿協理事務，不料夫婿赴皖之後，生離竟然成為死別。「卷葹」是錫嘉詩集名稱，取其「卷葹心苦」、「拔心不死，勵志冰霜」之意。錫嘉不畏

艱難，萬里扶櫬而歸，途中為風浪所阻，幾欲覆舟，幸有神助，終得平安返蜀。結尾以晉朝衛敬瑜之妻王氏喪偶後所作的〈孤燕詩〉以及陶嬰立誓守寡不再嫁的〈黃鵠曲〉，頌揚錫嘉夫亡守節之德操。

## （二）「忠臣」與「節婦」並舉

曾詠的同年、同僚經常以「忠臣節婦」夫婦並詠的形式題辭，或者較為側重曾詠之事蹟。如吳棠〈孤舟入蜀圖〉題辭二首之二：

> 共詠霓裳曲，俄經四十年。循聲留簜牘，壯志付戎旃。遺恨隨波逝，貞心比石堅。芳徽彤管紀，譜入柏舟篇。（頁2下-3上）

王德固〈孤舟入蜀圖〉題辭：

> 孤鸞不成曲，餘音淒以繁。華月照滄海，棲宿青琅玕。君子秉高節，致身佐戎軒。五馬蒞江右，豈獨一障完。才命胡不偶，遽損摶風翰。丹旐歸蜀國，雲濤鬱千盤。榜人泣杜宇，楚客愁哀猿。平生仗忠信，詎知道路難。
> 悲聲激林莽，冰蠁亦盤桓。崩城有齊婦，歟室紀魯媛。至今乂魚嘴，鳴咽聞鳴湍。載筆命彤史，清芬播幽蘭。（頁3上-3下）

王家璧於詩前有長篇序文，詳述曾詠被降將矇騙失城落職、曾國藩招之襄助軍務，積勞以卒、錫嘉扶櫬歸蜀，孝養雙親，以一己之力教養兒女長大成人之經過。其詩云：

> 巫峽猿聲愁煞人，灩澦堆邊草不春。入蜀孤舟苦復苦，蛟龍斂威如有神。蛟龍不敢違帝命，天矜節婦憐忠臣。奇節已令巾幗重，高才豈徒肇悅珍。我所敬者尤在：舅姑亡子夫有親，茹苦調甘終其身，教子不為兒女仁。（頁5下）

吳鎮〈孤舟入蜀圖〉題辭：

造物鍾靈夫豈偶，忠孝節烈同不朽。男秉剛毅女淑柔，各全正氣答高厚。吳江女史左芬才，幽比崇蘭清似梅。筮得南豐為佳偶，鹿車同挽出金臺。剖符持檄典荒郡，劫火欃槍遭厄運。援軍開門揖賊軍，守土失土臣是問。誓死揮戈復舊城，臣罪臣功敢自明。從此挂冠歸故里，跨驢攜酒不談兵。何來羽檄馳星火，大帥禮羅赴江左。運籌決策奏膚公，立志肅清中外禍。積勞成疾軍務煩，中夜星光落營門。九城才克身先死，蜀國難歸杜宇魂。砳砳女丈夫，烈烈抱奇志。誓從萬里收夫骨，虔心默禱動天地。上有白髮之二老，下有黃口之遺孤。一肩責任如山重，殉夫不足報吾夫。癸亥之年扶櫬返，吳頭楚尾江天遠。涉險奔波入蜀門，洪濤洶湧輕舠穩。舟行偶溯义魚灘，駭浪掀天石笋攢。老蛟怒吼陽侯起，覆舟容易覆棺難。撫櫬悲歌心淒絕，山為動搖水為裂。苦海愁天慘莫言，淚珠灑江江成血。霎時風定險湍平，江神潛格水魅驚。一葉慈航登彼岸，望夫石畔影嬛嬛。別鵠離鸞歌未足，悲憤特向圖中錄。我覽斯圖感且欽，氣懷冰霜節勵俗。綽楔他年姓氏揚，褒榮彤管錫鸞章。柏舟操并松筠老，浣花溪水蘋藻香。於戲！名士名媛多數奇，歷觀往古常如斯。巾幗叢中誰最著？君不見大家史筆蘇蕙詞。（頁7上-8下）

童槭題〈孤舟入蜀圖〉絕句四首：

卅年車笠悵天涯，南浦西山寄遠思。琴鶴清風戎馬績，一身千古是男兒。締得深閨翰墨緣，唱隨同住有情天。商聲忽變孤鸞曲，看取青燈白髮年。一葉扁舟指故鄉，靈旗萬里護歸裝。蛟龍解重冰霜節，無限風濤不敢狂。歸來築室近松楸，鮭粥無餘色不憂。深鎖柴門勤課子，高風長在浣溪頭。（頁9下-10上）

此類題辭尚有景廉：「九泉耿耿表孤忠，畫荻承先賴襁褓」（頁6下）、孫欽昂：「义魚灘水日濺濺，常留勝跡欽當年。貞心苦節彤管傳」（頁6下）、殷兆鏞：

「此圖三絕傳無窮，吁嗟乎！節母之節忠臣忠」（頁11下）等。曾詠友人的題辭多突顯曾詠「高節」、「忠信」、「忠孝」的人格特質和守城復城的軍功，也讚頌錫嘉的「貞心」、「節烈」、「奇節」上感天地，使狂風怒濤靄時風平浪靜。錫嘉歸蜀後養親教子，茹苦含辛，令人欽仰。

## （三）從「節母」到「女中學士」、「儒宗」

曾詠與錫嘉之子曾光煦因任山西定襄知縣之故，〈孤舟入蜀圖〉多有山西官員或旅居山西的人士應光煦之請而作題詠。吳鴻懋〈孤舟入蜀圖〉題辭：

> 華陽曾子西蜀來，翩翩儒雅不凡才。一見便如舊相識，為索新詩圖畫開。道是萱堂揮淚筆，江濤峽石壯悲哀。哀歌一曲驚黃鵠，動忍天心多變局。當日尊人守吉安，善教化民能成俗。烽火連天動地來，西江蒼赤遭荼毒。鼠跳蜂聚吉城危，待旦枕戈心力疲。捷書報到身先殞，牙將羽軍皆淚垂。恭人明義識今古，親扶靈輀歸故土。黃口繞膝嗷呱呱，赤手艱難不知苦。堂上雙親白髮新，亟思奉養薦脩脯。素帆遠挂大江干，心堅豈畏蜀道難。石鯨吹風駭浪立，孤棹直上乂魚灘。灘聲不住人聲急，怪石雜出相激湍。舟子落膽空咋舌，恭人生死殉一棺。頃刻精誠感天地，魚龍潛伏波不瀾。繪出當日孤舟景，令人見之摧心肝。處變如常賢且淑，上代承歡下鞠育。懿行德徽無閒言，筆墨生涯供饘粥。養生送死在仔肩，擔當大事悲風木。男婚女嫁備苦辛，歐荻柳丸親課讀。令子力學拾芹香，定能克家繼科目。松柏後彫閱歲寒，香留晚節看黃菊。誰謂天心不可知，我觀易象參剝復。女中學士大家風，奇才多出巾幗中。不重奇才重奇德，傳人豈僅詞翰工。披圖移時彌增感，自嗟命運多坎宧。去年禍忽延椿庭，傷哉情緒何憂慘。此後入蜀亦孤舟，夢繞江流愁更愁。人生大本為忠孝，天乎何怨人何尤。一帆風順隨所遇，茫茫誰導征夫路。君執斯圖感春暉，我對斯圖寫哀慕。（頁11下-12上）

吳鴻懋的兄弟應即為錫嘉的兒女親家吳鴻恩，但依據題辭，吳鴻懋應是結識光煦之後才為錫嘉題寫〈孤舟入蜀圖〉。關於曾詠之事蹟，可能是聽聞轉述，以致有些微出入。[105]此詩重點在刻畫錫嘉的「奇德」，包括「明義」、「頃刻精誠感天地」、「處變如常賢且淑」、「養生送死在仔肩，擔當大事悲風木」的膽識和擔當，以及「上代承歡下鞠育」、「男婚女嫁備苦辛，歐荻柳丸親課讀」的堅毅和責任感。除了「奇德」之外，也讚賞錫嘉的「奇才」：「女中學士大家風，奇才多出巾幗中」，稱許錫嘉的才學，擔負起課子之重責大任。晚年諸子有成，由剝而復，漸入佳境。

忻州知州方戊昌〈孤舟入蜀圖〉題辭：

> 吁嗟乎！忠臣殉身淚未乾，節婦守身意悲酸。殉者不易守猶難，節萃一門表霜翰。心香一瓣曾南豐，左芬內助巾幗雄。太守遺愛吉郡中，戰績尤著在江東。大呼渡河聲不絕，賊巢未洗命先訣。以身殉國心如鐵，褒卹典優昭芳烈。吁嗟乎！公志已遂古賢希，寡鵠孤雛孰為依。遺骸萬里如何歸？蜀道青天魂夢飛。义魚灘頭舟幾覆，抱棺籲天途窮哭。百神呵護馮夷仗，石尤風息舒鞏慶。吁嗟乎！銜石填海海竟填，列女傳中名媛傳。養親教子一身肩，賣文鬻畫節皎然。〔淑人古風，脫盡閨秀口吻，畫亦酷似甌香館〕否極泰來循環理，哲嗣作宰綬拖紫。版輿迎養奉甘旨，延陵驄馬今堪比。〔吳春海侍御彩衣娛親，繪〈驄馬導輿圖〉。淑人題詞感慨淋漓，可歌可泣。〕（頁17下-18下）

此詩以「吁嗟乎」作為三段的開端，第一段頌讚忠臣節婦並傳流芳，襃揚曾詠對家國的忠愛之忱，並以「殉者不易守猶難」讚賞錫嘉守節之操，以「左芬」稱美錫嘉內助之才。第二段描寫孤舟扶柩，萬里遇險，幸得天助，風浪平息。第三段讚揚錫嘉以賣畫鬻文之才華，擔負養親教子之責任。而今子登

---

105 曾詠因誤信降將之言，出城募兵，以致吉安城陷入賊手。後雖奪回吉安，已被議落職。後應曾國藩之邀至安慶大營，曾攻攻下九城之後病亡。因此詩中「鼠跳蜂聚吉城危，待旦枕戈心力疲。捷書報到身先殉，牙將羽軍皆淚垂」一段與事實略有出入。

仕途，車馬迎養，如同同鄉監察御史吳鴻恩奉侍其母錦衣歸里，「驄馬導輿，萊彩承歡」，[106]傳為美談。

山西布政使高崇基〈孤舟入蜀圖〉題辭：

> 我聞崔實有善績，賢哉其母深訓迪。後之作者左恭人，十載含茹勤晝獲。板輿花縣報春暉，比戶謳吟播遐邇。詎知磨蝎際迍邅，萬里風濤身遠歷。憶昔吉安四被兵，羣盜如毛逞鋒鏑。清貧太守蘇創痍，力扼孤城撐半壁。降人鬼蜮藏禍心，一夕城中傳羽檄。從茲飲血走青陽，上念君親悲伏櫪。孤帆載得忠魂歸，襆被入蜀心憂愁。巫江兩岸猿猱哀，澎湃砰訇波浪激。輕舟倏入义魚灘，髣髴春雷轟霹靂。舟人無色走且僵，恭人酹酒波中滴。一門忠節感天公，瞬息潮平渡飛鷁。丹青自給奉舅姑，衣缽徐黃流派嫡。新詩數卷掩前賢，藻思繹旨誇凌轢。雞林大賈懸餅金，巾幗鬚眉疇與敵。兩窗披圖誌短篇，霜毫愧無冰甌滌。（頁20上-20下）

開篇將曾光煦比擬為東漢太守崔實，有「賢」母教誨為官清廉之道。中段分寫曾詠抗敵之「忠」與錫嘉扶柩歸蜀之「節」，結尾稱賞錫嘉憑一己之力，以丹青自給，奉養公婆。其畫屬徐熙、黃筌花鳥一系，其詩辭藻紛呈，詩名流播遠方。稱揚錫嘉之「節」、「才」與「賢」。

山西雁平道監察御史胡毓筠〈孤舟入蜀圖〉題辭：

> 蜀山高高蜀水長，太守靈櫬歸故鄉。鄉居敝廬不知處，縹緲素旆隨波揚。义魚灘頭浪最惡，排空倒峽聲溵湉。扁舟孤影幾顛覆，篙工舌咋心徬徨。吁嗟節母吞聲哭，酹酒哀告天蒼蒼。上有翁姑尚健在，雙雙白髮門閭望。下有嬌癡苦稚弱，待哺黃口泣喤喤。不惜未亡人蹈險，只恐遺棺沉渺茫。真宰訴達幽冥聽，鬼神呵護蛟龍藏。波濤全仗忠信涉，一誠過住狂風狂。事過迴思猶心悸，摹成圖冊誌不忘。三絕夙精

---

106 錫嘉四女嫁吳鴻恩之子吳鍾瀛為妻，錫嘉曾為吳鴻恩題〈驄馬導輿圖〉，此八字見〈驄馬導輿圖〉序文。左錫嘉：《冷吟仙館詩稿》卷五〈冷吟集（一）〉，頁16上。

詩書畫，和淚自寫情悲傷。憶昔吉安頻遭劫，但餘瓦礫城荒涼。太守
下車新為政，心力交瘁籌團防。叛將通賊誅難逭，城門失火池魚殃。
蠢爾殘凶脫狡兔，轟然列炬奔群狼。便擬反轅息肩去，無可應聘趨樅
陽。樅陽軍書亦火急，勢難袖手觀從旁。帷幄運籌已決勝，誰知二豎
屯膏肓。勳名未竟棄中道，魂魄何依羈遠方。節母攜孤慘扶柩，險阻
艱難曾備嘗。布帆無恙旋梓里，宗族鄉黨稱賢良。丹青淋漓謀孝養，
旨甘仰給調羹湯。迨看喪與祭無憾，窀穸孔固蘋蘩香。況兼男婚並女
嫁，紛紛向平願都償。尤庤詩禮紹先志，紗幔所傳經籍光。迄今諸郎
連翩起，鳳毛絢采齊翔翔。雲山北向三晉地，板輿親捧迎花疆。食蔗
早知有佳境，折葵仍訓刑稱祥。弦歌聲裡承色笑，歡臚保赤登慈航。
天眷節母貽福厚，子孫逢吉身康強。年年八座起居適，芝誥稠疊頌金
闈。（頁18下-20上）

此詩一開篇即切入「孤舟入蜀」的主題，描摹駭浪滔天、幾欲覆舟的驚險場
面，幸賴鬼神護佑，轉危為安。接著回溯曾詠的功業事蹟，對其英年早逝深
表惋惜。後半段的重點讚揚錫嘉以丹青畫筆孝養公婆、撫孤成人的辛勞，如
今光煦任職山西，板輿迎養，可謂福澤深厚，漸入佳境。此詩以「節母」之
「忠信」、「孝養」、「賢良」稱許錫嘉之「德」；以「詩書畫三絕」、「丹青淋
漓」讚美錫嘉之「才」。

山西官員〈孤舟入蜀圖〉題辭中有關錫嘉形象的型塑，尚有蒲州知府事
贏杜崧年題辭（節錄）：

> 曾君本是奇男子，夫人節概更無比。既嫻書畫更工詩，不櫛真堪稱進
> 士。……人得書畫如奇珍，潤筆爭遺曾未緩……久欽節母才德全，嗣
> 君共楫誠前緣。我為賢令進一解，忠孝食報當綿延。（頁21上）

山西永濟縣知縣李榮和題辭（節錄）：

> 登堂拜舅姑，仰事循婦職。持此丹青筆，甘旨供晨夕。夜燈課兒讀，
> 丸熊與畫荻。嚴父慈母兼，諸子皆成立。男為奇男子，千載堪衿式。

女亦女丈夫，鍾禮又郝法。忠節集一門，天章荷寵錫。（頁24下-25上）

山西潞城縣知縣黎宗幹題辭（節錄）：

胡以奉滫瀡，惟此工詩畫。淋漓春雨詞，點綴秋山墨。嫻訓苦和丸，示誠響裂帛。芳庭蘭桂品，幽室松筠節。紫綬煥文章，黃麻榮誥敕。莫奇巾幗傳，永表金閨式。（頁28下）

山西潞安府知府許涵度題辭（節錄）：

至性所感鬼神護，危灘頃刻如康衢。驚魂甫定繪成帙，淋漓佳什霏璣珠。是墨痕耶是涕淚？節媛才女今世無。吁嗟乎！峨眉之峰凌斗樞，錦江之波清不渝。靈秀所鍾到中國，懍懍奇氣驚頑愚。我讀斯圖肅然起，知君秉訓由慈烏。願君長守畫荻教，循聲指日聞上都。（頁26下）

山西巡撫劉瑞祺題辭（節錄）：

岷峨迤邐江流闊，凝碧成雲無變滅。一門至性足千秋，夫作孤忠婦苦節。蘭陵女史左芬才，金石為心玉為質。……吾聞湘靈泣竹竹盡斑，杞婦哭城城為裂。鑒此堅貞一片心，感動天地光日月。……歐陽荻訓昔青燈，潘岳板輿今白髮。一幅畫圖一卷詩，回頭往事應涕血。噫嘻乎！精衛難填恨海波，女媧不補情天缺。比蒼厄才乃顯才，共姜之什曹昭筆。（頁28下-29下）

廣蔭非山西官員，其題辭也展現出有別於前人的視角（節錄）：

我未展圖先讀詩，晉昌令尹，為我更述母也慈。教孝教忠世有之，不謂波濤仗涉浩氣一至斯。嗟哉！節母乃儒宗，匪惟女師。（頁17下）

諸家多以才德雙全的「節母」讚美錫嘉，既工詩畫，又能教子課讀，身兼嚴師慈母，不僅為「女師」，更稱許為「儒宗」，對錫嘉推崇備至。

〈孤舟入蜀圖〉的題辭大多為詩，詞僅有三闋，均為山西官員所題。澤
州知府周天麟〈滿江紅〉：

> 素旐歸舟，數千里、輕攜一葉。只魂斷、义魚灘上，石尤風烈。隻手
> 難迴鯨浪險，傷心但寫鵑啼血。且推篷、把酒酹江天，慈航接。身世
> 感，滄桑閱。兒女累，劬勞竭。想寒閨賣畫，淚枯雙睫。十指都償婚
> 嫁願，諸孤不負冰霜節。向琴堂、重展舊圖看，笙詩叶。（頁30上）

上片寫舟行至义魚灘逢凶化吉的經過，下片寫錫嘉撫育子女的劬勞。由於家
貧，錫嘉辛勤紡織，作剪綵花、鬻畫維生，子女婚嫁之資，皆從十指而出。[107]
周天麟與錫嘉之父、夫、子有三代交情，先後與曾詠、曾光煦同地為官。其
夫人蕭恆貞與錫嘉亦交好，詞中對錫嘉獨撐生計的辛勞有較細膩的著墨。

山西學政呂鳳岐〈唐多令〉：

> 丹旐泝江沱，狂風舟已頗。計惟有、酹酒悲歌。忽爾浪平歸棹穩，風
> 縱惡，奈天何。　寫影筆曾呵，傷心句自哦。左芬才、幾許消磨。秋
> 雨燈前頻掩卷，詩與畫，淚痕多。（頁30上）

上片寫狂風顛舟，悲歌祝禱後化險為夷；下片寫錫嘉之才，飽受命運的播弄
消磨。詞中以「左芬才」稱譽錫嘉，「寫影筆曾呵」指天冷呵筆作畫；「傷心
句自哦」指吟詩以遣憂傷之情。詩與畫的斑斑淚痕，都是亂世苦難的印記。

山西道監察御史李慈銘〈金縷曲〉：

> 萬疊鉎山路。正蒼黃、孤舟入峽，素旌飄霧。偏是猿啼經破冢，苦被
> 石尤風住。怎布總、憑棺誰訴。那有小郎呼謝述。險存亡、都盡义魚
> 渡。向空祝，奠椒醑。　悲歌忽過蛟龍怒。報神君、布帆安穩，黃牛
> 如故。舐筆篷窗重和淚，點向左芬紈素。更血染、丹楓千樹。我亦無

---

107 繆荃孫：〈曾太夫人左氏家傳〉：「鬻書畫，製通草像生花鳥，得貲以供子讀。為三子
娶婦，嫁五女，均從十指中求生活。」繆荃孫：《藝風堂文續集》卷二，收於《續修
四庫全書》（上海市：上海古籍出版社，2002年），冊1574，頁187。

家張儉耳，慣風濤、題遍傷心句。〔「我是無家張儉，萬里走江城」，左仲甫
中丞〈南浦〉詞句也。恭人即仲甫中丞女孫〕，竹如意，還碎否。（頁30下）

上片寫孤舟扶柩、迢遞萬里的艱險；下片寫錫嘉悲歌祝禱後風浪止息，遂作
〈孤舟入蜀圖〉。「我是無家張儉」一句，既用錫嘉祖父左輔〈南浦・夜尋琵
琶亭〉之詞句，亦寫出自己飄零之悲。讀錫嘉〈孤舟入蜀圖〉詩，竹如意亦
因擊節而碎裂。此詞亦以「左芬」比擬錫嘉才學，因扣合姓氏之故，為眾多
題辭者所使用。

　　〈孤舟入蜀圖〉題辭者有半數以上是山西官員，應曾光煦之請為錫嘉
〈孤舟入蜀圖〉題辭。顯示曾光煦有心藉著〈孤舟入蜀圖〉的題詠彰顯母親
之才德與對曾氏家族的貢獻。在父親缺席的情況下，母親擔負起維持生計、
孝養公婆、教育兒女等諸多責任，藉著〈孤舟入蜀圖〉的題詠與傳播，使母
親的名聲得以顯揚，而父親的忠忱亦隨之流播，此為光煦為人子之孝。[108]

　　〈孤舟入蜀圖〉的題辭者以絕句、律詩、古詩、樂府詩、詞等不同的形
式敘述同一個事件，敘事或繁或簡，情感各有側重。形成一個各自詮釋、互
相補充的集體對話空間，共同勾勒出左錫嘉這位亂世才女堅毅果敢、才德兼
具的節婦形象。

# 六　結語

　　左錫嘉〈孤舟入蜀圖〉序文和詩作記述了與曾詠結縭、與夫婿的生離死
別、扶柩歸蜀的驚險、轉危為安的經過，沿途所作的詩詞也充滿了時代亂離
的動盪和不安。對左錫嘉而言，「孤舟入蜀」是個人生命的轉捩點——脫離
了父兄、夫婿的庇護，堅強的面對困境，冷靜地化解危機，克服內心的擔憂

---

108 徐雁平：〈清代文學世家的家族信念與發展內助力〉：「兒女是母親的希望，他們可以
　　弘揚母親未能施展的文學才藝。……由於性別差異，母親無法依靠自己的力量獲得公
　　眾的認可。她追求成功的心願，只能通過男性來實現，而兒子無疑是助其顯揚的最佳
　　人選。」《蘇州大學學報》2012年第4期，頁120。

恐懼，成為獨當一面、肩負重任的媳婦和母親。而李白筆下「難於上青天」的蜀道，也成為「人生實難」的具體象喻。左錫嘉〈孤舟入蜀圖〉詩：「山糾紛兮塞衢術，水澎湃兮懸絕壁。石笋磷磷森劍戟，伏蛟掉尾巴水裂」，既寫水路紆曲、峭壁嶙峋，也隱寓了人生旅途的崎嶇與艱險。

　　亂世中的迢遞旅程，遭遇許多人為和自然的兇險，錫嘉本著「力全大義」之決心，「心香誓慰君之靈」的承諾，得以逢凶化吉，平安歸蜀。錫嘉並不掩飾她內心茫然、身體病弱的一面，只是身兼妻子、媳婦、母親等多重角色，尚有未盡的責任與義務，只能堅強面對眼前的困厄。錫嘉在序文及自題詩中描摹自己守節、重義、體察親心、恪盡母職的自我形象，古訓有云：「女子以德為主，文辭不足尚也」，[109]故以「德」為本，認為夫死不宜即殉，當事舅姑、撫後嗣，完成夫婿未了的責任。錫嘉為夫婿曾詠撰寫〈皇清追贈太僕寺卿銜江西吉安府知府曾君像贊〉、〈曾氏譜序〉、〈皇清追贈太僕寺卿銜江西吉安府知府曾君墓誌銘〉，成為極少數清代女性為男性所撰寫的墓誌銘。[110]又為曾詠編纂《吟雲仙館詩稿》一卷，執筆為序，與自己的著作合刻，使夫婿的德行功業和作品得以保存流傳，負起一家之主的重責大任。

　　從他人觀看的角度而言，摯友趙韻卿與錫嘉同為女性，書寫角度與錫嘉最為貼近，著重情感的鋪陳和心理的轉折。題辭中讚揚錫嘉承擔起女性身為妻子、母親、媳婦的職責，突顯錫嘉才德兼具的形象。錫嘉的親友肯定其具有詩畫清才以及守節撫孤的懿行美德，強調「才」、「德」兼備。夫婿曾詠的友人則多夫婦並詠，頌揚曾詠為國為民之「忠」，以及錫嘉扶柩歸蜀、孝養公婆、撫育幼兒之「節」。並以歷史上的杞梁妻、漆室女、共姜為喻，突顯其「節婦」的形象。錫嘉之子曾光煦的同僚則多賦予錫嘉才德皆備的「節

---

109 左錫嘉：〈吟雲仙館詩稿序〉：「且讀古訓云：女子以德為主，文辭不足尚也。故未研究。」頁2上。

110 唐新梅：〈日歿而月代：左錫嘉〈曾詠墓誌銘〉與華陽曾氏〉：「這篇墓志以其嚴整的格式，誠篤的評價和精煉的措辭刷新了後人對婦女作家與古代文學文體關係的認識。在曾氏家乘中這又是一篇界碑式的文獻，是作為家長的左錫嘉確認家族基業由披荊斬棘走向欣欣向榮的標誌。」頁130。

母」形象，如崔實、柳仲郢、歐陽脩之母，含辛茹苦，鬻文賣畫，教子有成，可為「女師」。山西布政使易佩紳（1826-1906）〈《冷吟仙館詩稿》序〉云：「淑人自太僕卒於軍以來，茹荼苦，冒艱險，撐持家計，皆豪傑丈夫之所為，非尋常女子所能及。……蓋於淑人之詩，知淑人之性情，見淑人之膽識才氣」，[111] 推許錫嘉巾幗丈夫的「豪傑」之氣。廣蔭〈孤舟入蜀圖〉題辭中更以孟子至大至剛的浩然之氣推崇錫嘉可為「儒宗」，使頑廉懦立，跨越了女性的界限，賦予錫嘉豐富多重的人格形象。

　　〈孤舟入蜀圖〉題辭中他人型塑的觀點與錫嘉有別，錫嘉資以謀生、自己並未刻意突顯的「才」，在他者的觀看角度中更形重要。他們所觀看的〈孤舟入蜀圖〉的畫作和左錫嘉的題詩，正顯示了錫嘉「詩」、「畫」兼擅的長才。雖然在題詠中也讚揚錫嘉之德，但其德卻因為其才而被傳誦，正是德以才顯的實例。

　　〈孤舟入蜀圖〉所有題辭，包含錫嘉的自題詩在內，都寫到瀕臨覆舟的危急時刻，錫嘉悲歌祝禱，霎時風平浪靜，有如神助。明清以來婦女的節烈事蹟中，「道德精神與天地的相感，常常會為貞烈婦女帶來一些特殊的『能力』，以解決她們所面對的困境」，[112] 天人之間的感應與報償，乃是對於節烈婦女的道德行為高度肯定，就某種意義而言，也更加鞏固了當時婦女的節烈觀。

　　錫嘉的詩詞詳細記錄了「孤舟入蜀」的完整歷程，包括路線、起程與抵達的具體日期，一路上的艱險與心情的起伏。孫康宜〈末代才女的亂離詩〉指出：「遇到了朝代更替的悲劇，許多才女也都隨之成了時代的受害者。除了在亂離之間必須尋求重建生命的勇氣之外，她們也創造了一種見證人生而富有自傳意味的亂離詩。……在她們描寫苦難、逃亡、掙扎的過程中，她們已重新建構出一種新『時代』的聲音，使其時代的複雜性更能為人所了

---

111 易佩紳〈《冷吟仙館詩稿》序〉，頁5上-6下。
112 費絲言：〈結論：意義與詮釋——明代貞節烈女的知識變遷〉，費絲言：《由典範到規範：從明代貞節烈女的辨識與流傳看貞節觀念的嚴格化》，頁315。

解。……由於女作家選擇了『文人化』的方向，開始有意寫作她們那個特殊時代的『詩史』，因而抒發出才女特有的歷史情懷。」[113]左錫嘉常用小字夾注補充詩詞所未竟的細節，有如史料一般的鉅細靡遺。錫嘉紀錄的不只是個人的生命史，也是家族史，更是紀錄時代巨變滄桑的社會史，形成了晚清的「詩史」特質，具有個人和家國的雙重意義。

---

113 孫康宜：《文學的聲音》（臺北市：三民書局，2001年），頁44-47。

# 輯四
## 主體自我與世變的激盪

# 文情、詩韻與史筆

## ——論《桃花扇》中孔尚任對侯方域詩文的借拈與改作[*]

林芷瑩

國立中山大學中國文學系

## 摘要

孔尚任創作《桃花扇》，自言乃「考確時地，全無假借」，更作〈考據〉一文以示讀者，其中劇中主角侯方域本人的文字多篇是孔氏創作時的重要參考材料。本文試圖以侯方域的作品作為理解《桃花扇》的鑰匙，著重於〈李姬傳〉、〈贈人〉詩與〈左寧南傳〉等篇章，分析孔尚任如何在去、取與改作之間，寄寓其在文字之外的深意。

**關鍵詞：**桃花扇　侯方域　孔尚任　李香君　左良玉

---

[*] 本文初稿以「論孔尚任在《桃花扇》中對侯方域詩文的借拈與改作——從〈李姬傳〉與〈贈人〉詩談起」為題，於二○一四年十一月七日宣讀於國立中央大學中國文學系所主辦之「物我相契——明清文學學術研討會」，感謝大會邀約與會，更感謝臺灣大學中文系汪詩珮教授寶貴的講評意見，本文部分增修緣此而生。同時要感謝兩位匿名審查人要言不煩提出論文缺失，提示了進一步探討的空間，筆者獲益良多。寫作過程中，蒙清華大學中文系朱曉海先生指點解惑，謹此致上由衷謝意。

# 一　前言

　　孔尚任寫作傳奇《桃花扇》，借離合之情寫興亡之感，將南明史實縮於男女情愛之中，秦淮河畔逸樂的斷裂已不僅是才子佳人命運顛沛的背景，最後生、旦二人合而未圓的離散結局，更直指歷史的命題，將現世諸般牽纏化銷於「斬斷花月情根」的虛無中，自後世觀之，又添幾許今朝安在的喟嘆。[1]

　　孔氏之所以能夠成功喚起觀眾讀者的「興亡之感」，極大的原因是此劇的「離合之情」緊密扣合於明朝滅亡的時間軸，「當年真是戲，今日戲如真」，史家之案頭成為劇作家之氍毹；作者充分理解史實的強大感染力，是以不僅南明歷史諸事皆有考據，作為主軸的生旦離合，亦非虛擬，劇作家的筆尖既在虛實間騰挪轉換，自然引起後世研究者諸多好奇。「戲」與「史」間的比較是歷來論者極感興趣的題目，研究成果亦極可觀，本文無意於前賢大作上更添蛇足，但對於如孔尚任這樣嚴謹、又特別強調自己嚴謹的劇作家，除比較異同之外，應該有進一步探問「何以如此」的空間。[2]

　　孔尚任獨具慧眼，以復社四公子之一侯方域與秦淮名妓李香君的遇合作為主線，虛實之間，更有揮灑空間。王璦玲對此有精到分析：

> 陰、陽生發之理，主要建立於陰、陽之「互補性」，而所謂「互補」，
> 並非補其所未有，而是「完成其所有」；此所謂「生發」之義。故就

---

1　李孝悌認為明亡國前南京名士雲集，政局流變亦賦與此都新生，六朝金粉重新煥發，然而風起雲湧，隨南明覆亡，繁華倏忽消逝，「在這些逸樂生活中扮演重要角色的名妓、樂師、公卿巨賈，或是及身而亡，或是經歷個人生命中的巨大波折，更見證了一個時代、一個城市和一條河流的驟然斷裂。」氏著：〈桃花扇底送南朝──斷裂的逸樂〉，《新史學》第17卷第3期（2006年9月），頁57。

2　由於孔尚任徵實的創作宣示，引發讀者究真的興致，此類研究發軔於梁啟超之注《桃花扇》大量徵引文獻來考訂事實本末，至二○一○年尚可見章培恆：〈《桃花扇》與史實的巨大差別〉，《復旦學報（社會科學版）》第1期（2010年1月），頁1-6。汪榮祖則有〈史筆與文筆──論秦淮風月與南明興亡的書寫與記憶〉，《漢學研究》第29卷第1期（2011年3月），頁189-224，分剖文學筆法營造出的集體記憶不可取代歷史真實。

全劇意圖表現時代精神言，重點擴及於提點附設人物。即如《桃花扇》一劇言，所謂忠義之責，論理應在方域一人肩頭，作者卻將生發的引子寄在香君身上。此非是香君之忠義過於方域，故不得不寫，而乃是觀眾期望全在方域，方域不忠則全劇即毀，故借用一本不必如此之忠之香君，代觀眾責之方域，令方域不得不反心自問，然後悔之恨之，忠義之誠，滂然而出，如此便能動人。此便是「生發」之義。故作者所謂虛實之筆，寫侯生處乃是實多於虛，而寫香君處則是虛多於實；香君之虛正是欲勾出侯生之實，這便是妙筆。[3]

如將視角退回侯方域本人的文字，則虛實亦可作此觀：侯、李固皆確有其人，然侯方域留下諸多自我言說的文字，他借由自我書寫所欲傳遞的訊息，雖有第一手材料之「實」，但在某種程度上，他所書寫的卻也是他渴望被人所覺知的樣貌，要從中觀看其「本相」，亦需一番撥雲見日的功夫，方知其所未言之「虛」。而李香君的形貌幾乎誕生於方域的文字之中，此寥寥幾筆之「虛」，竟使香君神韻氣度躍然紙上，成為晚明秦淮令人印象深刻的一道風景，節操風骨也因方域撰其抗大鉞、拒田仰等事蹟宛然落「實」。侯、李二人本已一於實中有虛，一於虛中見實，孔尚任再以侯方域本人文字為描畫「離合之情」的重要素材，在劇中去、取、點染的分寸拿捏，必有其「深意」。

孔氏以侯、李「離合之情」為表，寫「興亡之感」，他二人的情緣分合受世局左右擺盪，如就〈綱領〉看，是為左、右二部。全劇另有一條軸線乃直寫左右世局者，分作奇、偶二部，其中名鎮左良玉事蹟亦與侯方域的筆端緊密相連，〈考據〉中所列侯氏作品，即有四篇與左氏相關。[4]左良玉雖於

---

3　王瓊玲，〈「忖度予心，百不失一」——論《桃花扇》批語之提示性與詮釋性〉，《中國文哲研究集刊》第26期（2005年3月），頁201。

4　分別為：〈寧南侯傳〉、〈為司徒公與寧南侯書〉、〈寄寧南侯〉、〈寄寧南小侯夢庚〉。見〔清〕孔尚任：〈考據〉，康熙刊本《桃花扇》卷下，收入《古本戲曲叢刊》第5集（上海市：上海古籍出版社，1985年）。本文所引皆此版本為據，如參考其他版本將另注說明。

《明史》有傳,不若李香君倚賴方域之文字「形現」於世,但他在《桃花扇》中的形象與正史落差甚大,頗受學者非議。如果孔尚任形塑左良玉於場上時,參照的是侯方域諸篇詩文,則欲探討劇、史間的落差,侯方域的作品顯然是不可省略的中介。本文即試圖以侯方域的文字為對照,思考孔尚任編劇時,擷取、引用與改作這些文字的作意,以期能更確切理解《桃花扇》一劇演於場上、撰於紙面之外的豐厚意涵。

## 二 文情:〈李姬傳〉的言與未言

侯方域與李香君二人交往最重要也最權威的文獻,自是方域本人親撰之〈李姬傳〉,此文以濃墨記二人往來始末之精髓,使後來者孔尚任能繼之以編劇妙筆,渲染成《桃花扇》劇中離合一線;既有遮蓋人情的三兩分,卻又保存含糊的世事八九件,也引發後人對侯李二人愛情故事的高度關注與熱切想像。[5]〈李姬傳〉固然以李姬為傳主,但其慧、奇、俠、義,皆是在侯生的陪襯下凸顯,並藉全文最為核心的事件——阮大鋮假王將軍籠絡方域一事生動呈現在世人面前。她率先覺察王將軍的善意可能不單純,並建議侯生追究此事:

> 姬曰:「王將軍貧,非結客者,公子盍叩之。」侯生三問,將軍乃屏

---

[5] 如袁春豔在〈侯方域的悔與憶〉一文提及其尋訪侯方域故居,「壯悔堂中牆壁四周有八幅描繪侯方域與李香君故事的圖畫,其中第五幅『攜歸故里』,圖解為『順治二年,社會相對稍穩,方域到南京找到李香君,二人同歸故里』;第六幅『西園和合』描繪的是『方域攜香君回到故里商丘,住在侯府西園,二人情趣相投,夫唱婦隨;最後一幅『香君遺恨』圖解為『由於世俗偏見,香君被逼出侯府,身居城南十五里李姬園村,生活艱辛,後含恨而死。」作者甚至還在李姬園村看到李香君墓碑刻有「卿含恨而死,夫慚愧終身」等字樣。袁春豔:〈侯方域的悔與憶〉,《商丘師範學院學報》第5期(2008年7月),頁24-25。明月照:〈侯方域與李香君情事之歷史真相考論〉,《學術論壇》第4期(2012年7月),第三節「關於李香君歸宿的猜想與妾氏吳氏」,頁105-106,對方域之妾吳氏是否為李香君做了頗多揣想,雖無確論,然可見後世之人對此事餘緒仍懷抱熱切興致。

　　人述大鋮意。姬私語侯生曰：「妾少從假母識陽羨君，其人有高義，
　　聞吳君尤錚錚，今皆與公子善，奈何以阮公負至交乎？且以公子之世
　　望，安事阮公！公子讀書萬卷，所見豈後於賤妾耶？」侯生大呼稱
　　善，醉而臥。王將軍者，殊怏怏，因辭去，不復通。[6]

仔細尋繹這段敘述，可發現其中丟失了一個重要的關鍵，即侯生本人聞得阮
大鋮結納的「第一反應」。身為執筆者，又是當事人，侯生當可據實書寫自
己聽聞此事當下如何表態，他卻將筆鋒轉向，記錄李姬的私語；李姬作為傳
主，如此寫來固頗為合理，然而這個「閃躲」實可從後文尋出一些線索。由
李姬之語回推這段話的前後脈絡，恐是侯生頗有躊躇，甚至對於阮大鋮的示
好產生動搖，否則「奈何以阮公負至交」、「安事阮公」的詰問就成了無的放
矢，甚至可說頗為唐突。在李姬分剖利害之後，侯生才接著以「大呼稱善，
醉而臥」的肢體語言表態，除了作為對王將軍的答覆外，回推對照李姬前
言，則流露幾分遮掩尷尬的意味。侯方域平日既與陳貞慧、吳應箕等人友
善，且被引為同道，在此關頭卻無法當機立斷，這段猶豫他在寫作時隱去，
卻被孔尚任演繹了出來。

　　孔尚任在〈卻奩〉一齣中把焦點完全放在李香君身上，讓她直接面對衝
突並作出反應，更把〈李姬傳〉中被侯方域略去之處給渲染開來。劇中以楊
龍友代王將軍提出來意，侯方域知曉之後，態度卻十分溫順：

　　原來如此，俺看圓海，情辭迫切，亦覺可憐。就便真是魏黨，悔過來
　　歸，亦不可絕之太甚，況罪有可原乎。定生次尾皆我至交，明日相
　　見，即為分解。[7]

若劇終於此，阮大鋮收買之舉已然奏效；對照第一齣〈聽稗〉，方域面對眾
人提議往聽柳敬亭說書時，怒道「那柳麻子做了閹兒阮鬍子的門客，這樣人

---

6　〔清〕侯方域原著，王樹林校箋：《侯方域全集校箋》（北京市：人民文學出版社，
　　2013年），頁292。

7　〔清〕孔尚任：《桃花扇》，卷上，頁53b。

說書，不聽也罷」[8]的憤慨，此時的平和格外刺目。孔尚任讓侯方域的態度軟化至此，而這一段情節又脫胎自〈李姬傳〉，顯然發現身兼當事人的作者記敘時略而未言的隱情，並將之形諸人物的語言動作，做為塑造劇中侯方域的重要素材。

如果說侯方域的妥協被搬上檯面，是劇作家對素材的深度挖掘以及周密填補，那麼李香君相應擴大的情緒，則有劇作家設定人物性格之後創作渲染。李姬作為秦淮名妓，對於世情判斷極為敏銳，從她對侯生的勸諫可見其慧，不過原先在整起事件中，王將軍是「日載酒食與侯生遊」[9]，她並非受益人，沒有直接的利害關係，直到傳末補述了她在侯生離去、拒絕田仰重金邀約的事蹟後，才顯現她「富貴不能移」的氣節與堅定意志。孔尚任創作《桃花扇》，除以〈守樓〉寫田仰逼娶的強烈衝突，完成血染桃花的深刻意涵，更設計了「卻奩」這一關目，令阮大鋮以「餽贈香君妝奩」為籠絡方域之計；收受與否，亦由原先取決於侯生，轉為取決於香君。香君「在奴家受之有愧，在老爺施之無名」[10]的探詢，明白指出「施與受」的對象，以利其直接與阮大鋮對決，烈性亦得早一步根植於觀眾心中。

在侯方域筆下，李姬由於自幼接觸復社諸君，她對侯生的勸諫強調了「陽羨君、吳君」等人與「阮公」的分別，若要說是某種結黨依歸的抉擇，亦未嘗不可。但到了劇中，香君在侯方域表達為阮氏緩頰的意願後，當場怒道：「官人是何說話！阮大鋮趨附權奸，廉恥喪盡，婦人女子，無不唾罵。他人攻之；官人救之，官人自處於何等也？」[11]則擴大了傳中李姬的語言，也是孔尚任模擬「以公子之世望，安事阮公」[12]一語所得之意。與阮大鋮對立者乃是「天下之人」，今日若為阮大鋮收買，將無面目立身於世。再以曲文強化情緒：

---

8　〔清〕孔尚任：《桃花扇》，卷上，頁14b。
9　〔清〕侯方域原著，王樹林校箋：《侯方域全集校箋》，頁292。
10　〔清〕孔尚任：《桃花扇》，卷上，頁52。
11　〔清〕孔尚任：《桃花扇》，卷上，頁53。
12　〔清〕侯方域原著，王樹林校箋：《侯方域全集校箋》，頁292。

> 【川撥棹】不思想，把話兒輕易講。要與他消釋災殃，要與他消釋災
> 殃，也提防傍人短長。官人之意，不過因他助俺妝奩，便要徇私廢
> 公；那知道這幾件釵釧衣裙原放不到我香君眼裡。（拔簪脫衣介）脫
> 裙衫，窮不妨。布荊人，名自香。[13]

更用「當場摘翠脫衣」這樣激烈的身段動作，顯示嫉惡如仇的憤慨情緒，藉
此初步確立了其性格剛烈的形象。

侯、李對此事反應不同，高下立判，而這當中的「較量」之意，已見於
傳中：李姬點破王將軍從遊背後可能不單純的動機、並為之分析利害得失
後，以「公子讀書萬卷，所見豈後於賤妾」[14]作結，侯方域記下這句擲地有
聲的詰問，亦隱然表達此姝見識在己之上。孔尚任在《桃花扇》中既將侯
方域的動搖形諸場上，則這一層「較量」之意一經直譯，便祇得讓方域甘拜
下風：

> （生）好，好，好！這等見識，我倒不如，真乃侯生畏友也。（向末
> 介）老兄休怪，弟非不領教，但恐為女子所笑耳。
> 【前腔】（生）平康巷，他能將名節講，偏是咱學校朝堂，偏是咱學
> 校朝堂，混賢奸不問青黃。那些社友，平日重俺侯生者，也只為這點
> 義氣；我若依附奸邪，那時群起來攻，自救不暇，焉能救人乎。節和
> 名，非泛常；重和輕，須審詳。[15]

以念白和曲文重複強調侯生之自嘆弗如，更以「平康巷」與「學校朝堂」對
舉，將方域作傳時隱微的讚許之意演諸場上。居平康巷者，原非追求貞烈之
人，竟能為名節如此義正詞嚴，而出於學校朝堂的士子們，讀聖賢書所學之
事，不過是為所當為，有所不為，如今竟動苟且之念，他自侮地明白宣唱：
「混賢奸不問青黃」，自是帶著云亭個人的褒貶。侯方域作為傳記記錄者兼

---

13 〔清〕孔尚任：《桃花扇》，卷上，頁53a。
14 〔清〕侯方域原著，王樹林校箋：《侯方域全集校箋》，頁292。
15 〔清〕孔尚任：《桃花扇》，卷上，頁53b。

當事人，雖然以第三人稱視角撰寫，然敘述的筆調仍有所保留，孔尚任為之解放傳中未能言明的襃揚，並突出李香君在「阮大鋮結納」一事的重要地位。

猶可注意的是，〈李姬傳〉寫二人臨別之時，香君歌《琵琶記》送之，並言：

> 公子才名文藻，雅不減中郎，中郎學不補行，今《琵琶》所傳詞固妄，然嘗昵董卓不可掩也。公子豪邁不羈，又失意，此去相見未可期，願終自愛，無忘妾所歌琵琶詞也。[16]

香君「願終自愛」的叮囑來自對方域性格的理解：「豪邁不羈，又失意」，而這份理解，往前或可對應險些兒收受阮大鋮賄賂的經驗，往後，甚至能對照方域出終於應清廷鄉試，留下世人眼中晚節不保的論斷。

## 三 詩韻：〈贈人詩〉的變奏

### （一）秦淮風月

侯方域與李香君初識崇禎十二年（1639），時方域於南京應秋試。據〈答田中丞書〉，他是因張溥之揄揚，往赴舊院，結識香君，「姬嘗邀侯生為詩，而自歌償之」[17]，才子、佳人詩歌唱酬，為秦淮韻事更添風流。侯氏全集校箋者王樹林判斷，《四憶堂詩集》中，贈與香君的作品，共有：〈贈人〉、〈金陵題畫扇〉、〈姑射何高〉、〈白頭吟〉、〈生別離〉等詩數首，最為人所知者，自當為〈贈人〉一首，此詩被孔尚任直接寫入《桃花扇》中，作為定情之詩。有趣的是，若這首詩本就是侯方域贈與香君之作，創作背景與劇中情節大致吻合，但孔尚任在劇中仍改動數字，這細微改動自非出於無心，乃有劇作家之深意。侯方域原詩作：

---

16 〔清〕侯方域原著，王樹林校箋：《侯方域全集校箋》，頁292。

17 〔清〕侯方域原著，王樹林校箋：《侯方域全集校箋》，頁292。

夾道朱樓一徑斜，王孫爭御富平車。青溪盡種辛荑樹，不數東風桃李花。[18]

而孔尚任則改為：

夾道朱樓一徑斜，王孫*初*御富平車。青溪盡*是*辛夷樹，不*及*東風桃李花。[19]

全詩共二十八字，孔尚任將「爭御」改為「初御」，「盡種」改為「盡是」，「不數」改作「不及」（辛荑與辛夷通，不計），僅三字之差，卻更動了原詩的意象，也將原作本意全然翻轉。王季思等校注本於此下注曰：「疑作者因香君姓李，因此以桃李比香君，說它為辛夷樹所不及」。[20]香君姓氏固無爭議，但此詩所贈對象既未改動，將原詩「辛夷樹」與「桃李花」之高下顛倒改換，其中應該有更深刻的意涵值得追索。

晚明時期，文人才子與青樓名妓秦淮河畔譜的豔曲，迄今仍為人所津津樂道，余懷追憶晚明當地風光勝景的名作《板橋雜記》載：

舊院與貢院遙對，僅隔一河，原為才子佳人而設。逢秋風桂子之年，四方應試者畢集，結駟連騎，選色徵歌，轉車子之喉，按陽阿之舞，院本之笙歌合奏，迴舟之一水皆香。[21]

侯詩以「夾道朱樓一徑斜」狀舊院長街妓樓櫛比鱗次，「王孫爭御富平車」極言文人雅士、富豪公子往來奔走「爭」先之盛況，「爭」得佳人一顧，唯恐落人後，頗能得與余懷所述盛況之神。余懷述金陵「麗品」，強調：

---

18 〔清〕侯方域原著，王樹林校箋：《侯方域全集校箋》，頁736。
19 〔清〕孔尚任：《桃花扇》，卷上，頁47b。
20 〔清〕孔尚任原著，王季思等校注：《桃花扇》（臺北市：里仁出版社，1996年），頁63。
21 〔清〕余懷：《板橋雜記》，收入上海掃葉山房輯，《秦淮香豔叢書》（南京市：江蘇廣陵古籍出版社，1990年），頁3b。

> 曲中女郎，多親生之母，故憐惜倍至。遇有佳客，任其留連，不計錢
> 鈔；其儈父大賈，拒絕弗與通，亦不怒也。[22]

能得佳人垂青者，必是雅士而非俗物。以書中所記李十娘為例：

> 於時流寇訌江北，名士渡江僑金陵者甚眾，莫不豔羨李十娘也。十娘
> 愈自閉匿，稱善病，不妝飾，謝賓客。阿母憐惜之，順適其意，婉語
> 辭遜弗與通，惟二三知己，則歡情自接，嬉怡忘倦矣。[23]

作者余懷自在「二三知己」之列，文中亦頗自得。此時此地之文人名妓間的
風流韻事，便是在這種「文人以能得名妓特殊待遇為榮、女郎亦因雅士的品
題身價倍增」的循環下，營造出特別的氛圍。

　　據余懷的記述，李香君所居的媚香樓壁上，有他為香君所題之詩、並由
武塘魏子一書於粉壁，還有楊龍友繪蘭石於側，「時人稱為三絕」。而香君之
名因此盛於南曲，「四方才士，爭一識面以為榮」，又添一則晚明秦淮文人、
名姬彼此相高的事例。[24]侯方域在〈李姬傳〉也借此襃揚香君，開篇首述香
君之「家世」，先以養母貞麗「所交接皆當世豪傑，尤與陽羨陳貞慧善也」，
點出此女成長於不同流俗的人際網絡中；而後特別提出自己所以往見香君，
乃因「張學士溥、夏吏部允彝急稱之」。在侯氏另一篇〈答田中丞書〉具體
記錄了張溥對香君的讚美：

> 僕之來金陵也，太倉張西銘（按：溥）偶語僕曰：「金陵有女伎，李
> 姓，能歌玉茗堂詞，尤落落有風調。」僕因與相識，間作小詩贈之。[25]

足見張溥等人不僅自身遊走北里、結交女伎，甚至在同人間傳播評點、津
津樂道。李香君並非特例，張明弼為冒襄侍妾董小宛作傳時寫道：「秦淮吳

---

22　〔清〕余懷：《板橋雜記》，頁3b。
23　〔清〕余懷：《板橋雜記》，頁5b。
24　〔清〕余懷：《板橋雜記》，頁11b。
25　侯方域原著，王樹林校箋：《侯方域全集校箋》，頁121。

次尾、方密之、侯朝宗咸向辟疆嘖嘖小宛名」<sup>26</sup>，與眾人讚李姬的情形如出一轍。

侯方域分於兩文中提及此事，目的自然也是以張、夏等復社領袖之名為香君增加份量，這段典故孔尚任在《桃花扇》中，則借楊文驄之口描述香君所居媚香樓「張天如（溥）、夏彝仲（允彝）這班大名公都有題贈」<sup>27</sup>。方域書寫〈李姬傳〉的一條重要主軸是香君「能辨別士大夫賢否」，她對於往來交接之人的揀擇標準超越了「才」而至於「德」，不僅不與傖父大賈往來，唯有「賢」者才能得其青睞，故前文所言的張、夏及其本人能得香君肯定，人品自不待言；更為突出的事跡是她以敏銳的觀察力，識破王將軍的籠絡玄機暗藏，透過與方域的「私語」展現她的識見與德行。這不僅印證與正人君子過從帶給與香君的心胸眼界，這些名姬佳人的「識人之明」，也讓往來名士有引為同道的知音之感。《桃花扇‧鬧榭》一齣即寫香君經「卻奩」一事後，得到復社中人的認可：「李香君不受阮鬍子妝奩，竟是復社的朋友」<sup>28</sup>，顯現當時的文化氛圍。在這樣的提高與烘托之下，名士、才子等「爭」於秦淮舊院尋求心靈的慰藉，所謂「王孫爭御富平車」成為一種時代之驅，甚至是時尚的表徵。<sup>29</sup>

〈贈人〉詩下半首更將原本是出入花街柳巷的消遣，以「辛夷樹」與「桃李花」的對比，顯示出狎遊者不同的格調。侯方域所言青溪發源於鍾山，與

---

26 〔清〕張明弼：〈冒姬董小宛傳〉，〔清〕冒襄：《同人集》，頁41b，收入四庫全書存目叢書編纂委員會：《四庫全書存目叢書》集部第385冊（臺南市：莊嚴文化事業公司，1997年），頁104。

27 〔清〕孔尚任：《桃花扇》，卷上，頁21。

28 〔清〕孔尚任：《桃花扇》，卷上，頁57a。

29 對於秦淮一地之文學與晚明青樓文化，可參考〔日〕大木康：《秦淮風月──中國的遊里空間》（臺北市：聯經出版公司，2007年）一書。另外，秦燕春分析晚清文人追憶晚明秦淮的書寫，「包含了『名士美人相得益彰，佳話流傳，還需我輩為之闡揚』的主動承擔精神。」且當時對於妓女的最高評價，「習慣性地指稱其神似晚明名妓」，則顯示了晚明秦淮的文化已經成為某種文化指標。見氏著：《清末民初的晚明想像》（北京市：北京大學出版社，2008年），第四章「風流雲散：晚明『艷迹』的黯然回眸」，頁222-288。

淮水於桃葉渡合流後為秦淮河，用以代指當時鶯燕聚集的遊仙之窟[30]；但詩中的青溪顯然聚焦於舊院，說此處盡種「辛夷樹」，承上言之，令諸王孫爭往的並非春風中的桃李花，而是青溪畔、舊院中的辛夷樹。「辛夷」早見於《楚辭》，如《九歌·山鬼》：「乘赤豹兮從文貍，辛夷車兮結桂旗」[31]，寓意嘉美，而後代詩人引用此物也多延續這個脈絡。辛夷由於花型頗似蓮花，更有「木末芙蓉花」、「色與芙蓉亂」、「紅胭脂染小蓮花」等詩句，賦予它幾許「出淤泥而不染」的美意。[32]

如此呼應了前述眾人在夾道朱樓之徑所「爭」相結交者，並非豔美嬌弱的桃李花，而是具有高雅象徵的辛夷樹。猶可注意的是：侯方域原詩所用之字是「盡種」，強調人力的培植，是一種後天的人為養成，可以說舊院名姝高於他處女伎，乃出於其潔身自好、從正人遊的堅持與識見；而「盡」又見所稱讚的對象實不僅是香君一人，可以將範圍擴大至秦淮諸豔，提升了名士與佳人交遊的格調。所謂「福慧幾生修得到，家家夫婿是東林」[33]，又回到

---

30 《同治上江兩縣志》：青溪水發源鍾山，南流入駐防城，又西出竹橋入濠而絕。又自內橋東流，與南唐宮壕合。又東南徑四項橋至淮青橋，與淮水合。朱偰：《金陵古蹟圖考》（北京市：中華書局，2006年），頁89。余懷：「金陵古稱佳麗地，衣冠文物，盛於江南，文采風流，甲於海內。白下青谿，桃葉團扇，其為豔冶也多矣。洪武初年，建十六樓以處官妓，淡煙、輕粉、重譯、來賓，稱一時之韻事。自時厥後，或廢或存，迨至三百年之久，而古迹寢湮，所存者為南市、珠市及舊院而已。南市者，卑屑妓所居；珠市間有殊色；若舊院，則南曲名姬、上廳行首皆在焉。」〔清〕余懷：《板橋雜記·序》，頁1a。

31 〔宋〕洪興祖：《楚辭補注》（臺北市：大安出版社，2001年），頁114。

32 〔唐〕王維〈辛夷塢〉：「木末芙蓉花，山中發紅萼，澗戶寂無人，紛紛開且落。」〔唐〕裴迪〈辛夷塢〉：「綠堤春草合，王孫自留玩。況有辛夷花，色與芙蓉亂。」〔唐〕白居易：〈題靈隱寺紅辛夷戲酬光上人〉：「紫粉筆含尖火焰，紅胭脂染小蓮花。芳情鄉思知多少，惱得山僧悔出家。」〔清〕彭定求等編，王全等校點：《全唐詩》（北京市：中華書局，1960年），頁1301-1302、1315、4957。

33 秦際唐〈題余澹心《板橋雜記》後〉：「笙歌畫舫月沈沈，得遇才人訂賞音。慧福幾生修得到，家家夫婿是東林。」〔清〕秦際唐：《南岡草堂詩選》，收入清代詩文集彙編編纂委員會，《清代詩文集彙編》第734冊（上海市：上海古籍出版社，2010年），頁495。

名士與名妓相互揄揚的脈絡中，眾人競逐者既是高雅的辛夷樹，妖豔輕薄的桃李花便無法吸引眾人一顧；是以「不數」東風桃李花，不僅僅是客觀意義上的「不及」，而是眾人主動的選擇，不為輕浮的美麗表象所動。從王孫「爭御」乃至青溪「盡種」，所言非一人一事，侯方域讚美的不僅僅是自己與香君的遇合，更是稱揚在秦淮風月中士與妓之間的相知相重。

## （二）《桃花扇》中的春風年少

孔尚任在《桃花扇》中，將「王孫爭御富平車」改為「王孫初御富平車」，劇中侯方域題詩的視閾斂收至李香君一人身上，視角回歸自身，詩意亦轉為自我表述。既是「初御」，便突出侯氏初抵南京繁華世界的風流年少形象，帶有一種涉世未深的潛在宣告，以此暗暗貼合之後他對阮大鋮籠絡一事的無知與搖擺。如此一來，這首詩由侯方域這個「初御富平車」的王孫自道，歸結於盛開於春風之中的「李」香君，成為一首單純詠讚當今才子梳攏絕代佳人的定情之作。

改作的定情詩後二句逆轉原詩「辛夷樹」與「桃李花」的高下，其原因除前文提及王季思的注釋外，較少為學者所論；原因是香君既姓李，且此劇既做《桃花扇》，以桃李花喻之似乎合情合理。就筆者見聞所及，對此著力闡釋者，似乎僅有鄒鋒〈《桃花扇》題詩新解〉一文。鄒文首先歸納了辛夷用之於詩詞的文學意蘊，總結道：「可以概括地說，辛夷在文學價值取向上有一個基本傾向，即褒揚多而無貶斥」，到了此詩則「不但比不上『桃李』，甚至淪為與秦淮妓女鄭妥娘同流」[34]；又因孔尚任自言創作《桃花扇》考確時地，全無假借，故而辛夷樹很可能有了另一層面的「他指意涵」，即暗指南明王朝的當朝者。作者的證據有二：

> 礙於時世，這一層意思顯然不能明確地在劇中表達，於是只好生硬地

---

34 鄒鋒：〈《桃花扇》題詩新解〉，《現代語文（文學研究版）》第28期（2009年10月），頁85。

將辛夷與秦淮妓女作比，刻意地讓妓女鄭妥娘道明自己是「辛夷
樹」，實在有此地無銀三百兩之嫌。另一處改動亦是這種意義指向的
證據，侯方域詩〈贈人〉「王孫爭御富平車」句，孔尚任將「爭」改
成「初」，不難得出「王孫」當指南明新立的福王，所謂「王孫初
御」即說明南明剛剛建立不久。應該說，這種解讀與《桃花扇》的主
題是完全一致的。……藉此，孔尚任劇中之詩表面是情詩而非情詩，
「青溪盡是辛夷樹，不及東風桃李花」，意謂南明王朝文武掌權者，
在興亡生死關頭，竟比不上區區秦淮名妓李香君。[35]

這樣的推論可能有待商榷。

　　首先，所謂「礙於時世」的假藉之說難以成立。《桃花扇》一劇對南明
君臣所流露的批判之意在劇中比比皆是，絲毫未見避諱，沒有必要用這麼曲
折的方式表達。且不論〈媚座〉、〈選優〉諸齣中披露弘光與馬、阮諸人的醜
態，就說左良玉在〈劫礬〉一齣中直白唱道「替奸臣復私仇的桀紂，媚昏君
上排場的花醜」[36]，試問作者對於批判南明王朝一事何嘗有礙？若以「王孫
初御」來喻初登基的福王，時間順序也大成問題。劇中侯方域作詩的第六齣
〈眠香〉，時間定為癸未三月，而要到一年多之後的甲申五月，福王才以藩
王監國，第十六齣〈設朝〉方演此事於場上，萬無錯亂之理。方域原詩實以
王孫喻至秦淮尋芳之文人雅士，《桃花扇》中則改為侯生自道，這一用法另
外可見於第二十九齣〈逮社〉，敘方域因阮氏迫害「辭院」之後，輾轉依於
史可法、高傑幕下；又因聞香君守樓事重回金陵，然而媚香樓已人去樓空。
他信步走在三山書街，意外與陳貞慧、吳應箕重逢，滿懷感慨唱道：

　　【玉芙蓉】烽煙滿郡州，南北從軍走，嘆朝秦暮楚，三載依劉。歸來
　　誰念王孫瘦，重訪秦淮簾下鉤。徘徊久，問桃花昔遊，這江鄉，今年
　　不似舊溫柔。[37]

---

35　鄔鋒：〈《桃花扇》題詩新解〉，頁85。
36　〔清〕孔尚任：《桃花扇》，卷下，頁86a。
37　〔清〕孔尚任：《桃花扇》，卷下，頁55a。

「王孫」乃自擬，與南明君臣無涉可証。

其次，就譬喻的用法而論，既然辛夷在傳統詩文中的意涵皆頗正面，若想要翻轉這個接收的慣性，勢必要對此有更多足以觸發的聯想，才能使讀者體會到此物與舊日連結的典故已然有別，否則，將難以覺察作者的苦心孤詣。除了前述「王孫初御」之外，鄒文提出來的另一個內證是《桃花扇》中鄭妥娘（丑）自道被喻為辛夷樹的場景：

> （旦捧硯，生書扇介）（眾念介）夾道朱樓一徑斜，王孫初御富平車。青溪盡是辛夷樹，不及東風桃李花。
>
> （眾）好詩，好詩！香君收了。（旦收扇袖中介）
>
> （丑）俺們不及桃李花罷了，怎的便是辛夷樹？
>
> （淨）辛夷樹者，枯木逢春也。
>
> （丑）如今枯木逢春，也曾鮮花著雨來。[38]

作者認為以鄭妥娘一妓女自道等同辛夷樹，是貶抑此物的手法之一，這個論點或許是受評點的影響：第二齣〈傳歌〉中，李貞麗上場介紹龍友時道「這裡有個罷職縣令，叫做楊龍友，乃鳳陽督撫馬士英的妹夫，原做光祿阮大鋮的盟弟。」眉批：「二奸名姓先從鴇妓口中道出，絕妙筆法」[39]，然而此處卻不必然在同樣思維之下。孔尚任安排侯方域在定情詩中以桃李喻李香君、以辛夷喻諸妓，並透過旁人（張燕筑）之口補述：「辛夷樹者，枯木逢春也。」[40]則辛夷不及桃李之處顯而易見。《廣群芳譜》載「辛夷」，先引《本草》文曰：

> 夷，荑也，其苞初生如荑，而味辛也。雉與夷聲相近也，未發時，苞如小桃子，有毛，故名侯桃，初發如筆頭，最早南人呼為木筆；其花最早，南人呼為迎春。

---

38 〔清〕孔尚任：《桃花扇》，卷上，頁47b。

39 〔清〕孔尚任：《桃花扇》，卷上，頁20b。

40 〔清〕孔尚任：《桃花扇》，卷上，頁47b。

又言：

> 樹似杜仲，高丈餘，大連合抱，葉似柿葉而微長，花落始出。正二月
> 開花，初出枝頭，苞長半寸，而尖銳儼如筆頭，重重有青黃茸毛順
> 鋪，長半分許，及開，似蓮花而小如盞，紫苞紅焰，作蓮及蘭花香，
> 有桃紅及紫二色。[41]

辛夷由於開花較早，當春風正盛、桃李大開之際，已漸有凋零之態，所謂
「辛夷高花最先開，青天露坐始此迴」[42]，依劇中時間設定，此詩作於季春
三月，恰與花信相符，故而丑腳所飾鄭妥娘最後還分辯：「也曾鮮花著雨
來。」香君為李貞麗養女，時年十六，[43]與鄭妥娘、寇白門及卞玉京等人年
輩有差，以「枯木」和「鮮花」對比喻之，所欲突出的是其妙齡絕色。初御
富平車之少年王孫公子與獨佔春風的如花佳人，正是針對著沈公憲的攛掇
「侯官人當今才子，梳櫳了絕代佳人，合歡有酒，豈可定情無詩」[44]而發。

　　孔尚任的改作用辛夷樹喻諸妓，且「不如」桃李花，削弱了侯方域原詩
對秦淮諸豔「整體」的讚美，香君從辛夷樹「之一」，而有了不同於眾人的
高度。《桃花扇》中諸妓雖亦在場上各有形貌，並非被同等視之，如以老旦
扮卞玉京、丑飾鄭妥娘，或小旦作李貞麗、寇白門，但相較他們在文人筆記
稗史中各自精彩的樣貌，劇中的安排較顯「功能性」而未見「個性」，如以
丑腳飾鄭妥娘專司插科打諢，或是由老旦飾玉京引領香君修行等。

　　小旦所飾之李貞麗作為香君養母，在劇中戲份較多，亦有代香君嫁田仰
的義行，然登場形象仍不脫鴇妓模樣，如〈傳歌〉一齣，香君推拒在龍友面
前歌唱，貞麗便言：「好傻話，我們門戶人家，舞袖歌裙，吃飯莊屯。你不

---

41　〔清〕汪灝等編：《廣群芳譜》（臺北：臺灣商務印書館，1968），卷38，頁892。

42　〔唐〕韓愈，〈感春五首〉，〔清〕彭定求等編，王全等校點，《全唐詩》，頁3804-
　　3805。

43　《桃花扇》中透過李貞麗的介紹：「孩兒香君，年及破瓜，梳櫳無人，日夜放心不
　　下」，將香君的年紀設定在十六歲。

44　〔清〕孔尚任，《桃花扇》，卷上，頁47a。

肯學歌，閒著做甚？」[45]或如〈卻奩〉中，香君得知釵釧衣裙乃阮大鋮的贈
與，當場除卻後：

> 生看旦介：俺看香君天姿國色，摘了幾朵珠翠，脫去一套綺羅，十分
> 容貌，又添十分，更覺可愛。小旦：雖說如此，捨了許多東西到底可
> 惜。
> 【尾聲】金珠到手輕輕放，慣成了嬌癡模樣，辜負俺辛勤做老娘。
> 生：些須東西，何足掛念，小生照樣賠來。
> 小旦：這等才好。

眉批曰：「鴇妓口吻更可厭。」[46]對比侯方域在〈李姬傳〉的文字，雖僅匆
匆幾筆，其俠氣躍然紙上：

> 李姬者，名香，母曰貞麗。貞麗有俠氣，常一博輸，千金立盡，所交
> 皆當世豪傑，尤與陽羨陳貞慧善也。姬為其養女，亦俠而慧，略知
> 書，能辨別士大夫賢否，張學士溥、夏吏部允彝急稱之。[47]

傳中侯氏特別點出貞麗的性格以交代香君的養成背景，毫無疑問，作者侯方
域並未將貞麗視同一般貪財的老鴇，反而強調她因自身多與當世豪傑交往，
才給予香君「從正人遊」的環境，也呼應李香勸諫時，言及「妾少從假母識
陽羨君」的見識。

　　要言之，辛夷樹在《桃花扇》新改的訂情贈詩中，仍用於象徵秦淮諸
妓，然而作為主要角色的李香君卻被排除於辛夷樹之列，另以桃李花比喻。
劇中方域作詩言辛夷之不如桃李，原僅就年紀與美貌之外在條件而論，隨著
劇情開展，桃李花的意涵才得到進一步的深化。

---

45 本書所據「古本戲曲叢刊」裝訂有誤，此處缺頁，參〔清〕孔尚任原著，王季思等校
　　注：《桃花扇》，頁21。

46 〔清〕孔尚任：《桃花扇》，卷上，頁54b-55a。

47 〔清〕侯方域原著，王樹林校箋：《侯方域全集校箋》，頁292。

## （三）血筆染桃花的深化

　　單就兩首詩作而言，孔尚任的改作顯然不及原詩含蓄深刻，將原作化深為淺，正關乎他在《桃花扇》中對侯方域的形象設定。劇中方域初次登場時間在癸未年，距離清兵入關、崇禎殉國不足一年，他南闈下第，僑寓於莫愁湖畔，「雖是客況不堪，卻也春情難耐」[48]，身作避亂之人、異鄉之客，在文友的帶領下，於舊院訪翠眠香；一票復社公子見中原無人、大事不可問，所為不過是「我輩且看春光」[49]。侯方域這個初至金陵訪春尋歡的少年公子，加上在「上頭吉日」用以定情的特殊場合，就他與李香君二人「離合之情」的發展看來，孔尚任改編此詩乃為符合劇中情調與人物形象的設定，呼應二人戀情單純美好的開端。

　　再者，孔尚任既以《桃花扇》為全劇題名，則「桃花扇」不僅是侯、李情愛的表記，更是作為貫穿全劇的重要物件與意象，而方域詩句「不及東風桃李花」題之於扇上，桃李花成為吟詠的主要對象，本已堪稱作「桃花扇」，正如批語所提示的「不待血染，已成桃花扇矣」[50]，這首在劇中經過改寫的詩，使侯生成為「桃花扇」成就者之一，或可稱為之為「墨筆寫桃花」。待此後香君守志毀容、血染詩扇，「桃花扇」上的桃花才有了更為深刻的意涵，不再僅是騷人墨客風雅的點綴，「血筆染桃花」，為「桃花」增添氣節超然的意象。

　　由「墨筆」而至「血筆」，是扇上桃花意象深化的過程，也是劇作在離合之情一線上的主軸，綰合這一切線索的，正是最後勾勒出桃花形象的楊龍友，他一路在其間扮演穿針引線的角色：領侯方域求訪佳人，以致有定情詩題於扇上；薦香君於馬、阮面前、令其迫於形勢毀容全節、血濺詩扇；到最後將扇上血跡，繪成桃花扇，使之成為香君堅貞氣節表徵的仍是他。點染扇

---

48　〔清〕孔尚任：《桃花扇》，卷上，頁36a。

49　〔清〕孔尚任：《桃花扇》，卷上，頁14a。

50　〔清〕孔尚任：《桃花扇》，卷上，頁47b。

面之後，龍友「真乃桃花扇也」[51]的自得，亦可置於全劇脈絡觀看，此扇原僅是題有詩句的詩扇，而後染以血跡，直至他將桃花形廓寫出，才完足了「桃花扇」的深層命意。

「桃花」在文學傳統的意象極為豐富，然而無論是「桃之夭夭，灼灼其華」[52]之燦爛，或是「輕薄桃花逐水流」[53]的飄零，乃至「人面不知何處去，桃花依舊笑春風」[54]詠歎愛情逝去、物是人非的凄美，皆難以使人產生堅貞之聯想。[55]但在《桃花扇》一劇中，通過香君不惜以生命捍衛尊嚴之決絕，而有了翻轉傳統意象的機會。「桃花扇」經龍友點染於〈寄扇〉，完足了此扇的象徵性意義，香君以【錦上花】這支曲子點出桃花一物的蘊意已然不同：

> 一朵朵傷情，春風嬾笑；一片片消魂，流水愁飄。摘的下嬌色，天然蘸好；便妙手徐熙，怎能畫到。櫻唇上調朱，蓮腮上起稿，寫意兒幾筆紅桃。補襯些翠枝青葉，分外夭夭，薄命人寫了一幅桃花照。[56]

夭夭依舊，桃花卻不再只是美豔嬌色，春風「嬾」笑、流水「愁」飄，否定了傳統「桃花依舊笑春風」、「輕薄桃花逐流水」的詩意，自此「桃花扇」中的「桃花」，在此花諸多意涵中，不再僅是與歌兒舞女的美豔姿容連結，更增添了令人刮目相看的堅毅。雖然意象與物象難以全然脫鉤，桃花拋棄不了自身的嬌色，也抵擋不了花期的短暫，但正如孔尚任在〈小識〉中所書：

> 桃花扇何奇乎？其不奇而奇者，扇面之桃花也；桃花者，美人之血痕也；血痕者，守貞待字，碎首淋漓不肯辱於權奸者也。權奸者，魏閹

51 〔清〕孔尚任：《桃花扇》，卷下，頁16b。

52 〔宋〕朱熹集註：《詩經集註》（臺北市：群玉堂出版，1991年），頁4。

53 〔唐〕杜甫：〈絕句漫興九首〉其五，〔清〕彭定求等編，王全等校點：《全唐詩》，頁2451。

54 〔唐〕崔護：〈題都城南莊〉，〔清〕彭定求等編，王全等校點，《全唐詩》，頁4148。

55 關於中國文學傳統中的桃花意象，可參考渠紅岩：〈中國古代文學桃花題材與意象研究〉（南京市：南京師範大學博士論文，2008年）。

56 〔清〕孔尚任，《桃花扇》，卷下，頁17b。

之餘孽也。餘孽者,進聲色,羅貨利,結黨復仇,隳三百年之帝基者
也。帝基不存,權奸安在?惟美人之血痕,扇面之桃花,嘖嘖在口,
歷歷在目,此則事之不奇而奇,不必傳而可傳者也。人面耶?桃花
耶?雖歷千百春,豔紅相映,問種桃之道士,且不知歸何處矣。[57]

香君出身北里,卻又力圖對抗自身輕賤地位的志節,註定使她在亂世中更受
流離之苦,點寫了「桃花照」的依然是薄命人。桃花在劇中的蘊意,從原先
單純比擬佳人的青春美貌,不斷深化,至美人鮮血飛上扇面後,竟成歷久而
不衰的血性象徵,所謂「歷千百春,豔紅相映」,人面與桃花皆成為眾口讚
頌的一頁傳奇,是以有詩曰「僥倖春秋是李香」。[58]反觀當日播弄調唆、肇
下血濺扇面禍端的權奸,一如那種桃道士,種下了「桃花扇」前因後緣,在
帝基隳壞之後,隨著前朝國運告終,所為復仇貨利諸事,亦化為雲煙消散。
作者孔尚任這段小識引用的兩首桃花詩,顯然刻意「斷章取義」:劉禹錫
〈再遊玄都觀〉「種桃道士歸何處」,前句實為「桃花盡淨菜花開」,消失的
不僅是種桃之人,還有當初熾盛的桃花林;他卻將崔護人面桃花之詩意騰挪
嫁接於其上,並轉化用意,使人面、桃花成為相互輝映的永恆,而種桃道士
則於事過境遷後,消解了自身存在的價值,其間轉化、深化「桃花」蘊意的
苦心昭然可見。

## (四)桃花源的最終理想

孔尚任在《桃花扇》中引用桃花的另一層重要的寓意,即指向理想歸
處:「桃花源」。學者已經指出:「《桃花扇》不僅以主要篇幅演出了南明滅亡
前後那段天崩地坼的歷史,還用側筆細細寫出了劇中倖存者對待亂世的態
度——出世避禍,歸隱桃源。」[59]桃花源本是傳統文學中著名的烏托邦象

---

57 〔清〕孔尚任:《桃花扇》,卷下,頁150。
58 〔清〕朱永齡:〈桃花扇題辭〉,《桃花扇》,卷上,頁5a。
59 王璦玲:〈「忖度予心,百不失一」——論《桃花扇》評本中批評語境之提示性與詮釋

徵，作者在《桃花扇》中也不斷照應這條伏線，不僅用以作為避亂的指示，使「桃花」作為劇中開向另一片洞天的符碼，「全本」最末第四十齣〈入道〉張道士扯碎桃花扇後，生、旦的歸隱悟道，也象徵性地表現了「斬斷花月情根之後方能通向世外桃源」的意念。而劇中桃花一物，因此由原先兩人定情時，用來比喻香君之青春貌美，進而形容其威武不能屈的高潔品格，最終卻在有形實體毀滅之後，再轉為指示劇中人物依歸的隱喻。

〈題畫〉一齣乃寫：侯生由蘇崑生處知曉香君守樓之貞烈情狀，並得其桃花扇後，重回秦淮舊地尋訪佳人，然香君早已被選入宮中，暫居媚香樓的，卻是畫士藍瑛。孔尚任在此齣雜揉了各種桃花的意象，渲染品評、比喻賦興，美不勝收，堪為全篇抒情極致。

> 【刷子序犯】只見黃鶯亂囀，人踪悄悄，芳草芊芊。粉壞樓牆，苔痕綠上花磚。應有嬌羞人面，映著他桃樹紅妍；重來渾似阮、劉仙，借東風引入洞中天。[60]

此曲為侯生來至媚香樓門口、踏入樓前所唱，一方面以阮、劉遇仙事隱喻昔日兩情歡好、美滿非人間的經歷，另一方面以「人面桃花」的典故寫舊地重遊之意，並暗伏了「人面不知何處去」的結局。當他入樓之後發現香君已然入宮的現實，追尋期待的情緒在終點全然落空，原本鮮妍的桃樹，當下看來則「桃瓣輕如翦，正飛綿作雪，落紅散成霰」[61]，滿是飄零況味。他取出桃花扇與滿園桃花對觀，點破前曲伏筆，表面上或許只是另一個人面桃花、物是人非的悵然情懷，當年「花燭下索詩篇，一行行寫下鴛鴦券」[62]，旖旎春光如在目前，然而「這桃花扇在，那人阻春煙」[63]，他面對桃花扇懷想的不

---

性〉，頁182。此文對劇中歸隱桃源的濃重氣氛做了鉤稽，並指出孔尚任在為劇中處於世變中的眾多正面形象（作者七人）所指點的，是歸隱出世的道路。

60 〔清〕孔尚任：《桃花扇》，卷下，頁46b-47a。

61 〔清〕孔尚任：《桃花扇》，卷下，頁49a。

62 〔清〕孔尚任：《桃花扇》，卷下，頁49b。

63 〔清〕孔尚任：《桃花扇》，卷下，頁49b。

僅僅是美人容顏，尚且低徊於香君濺血護持氣節之事跡，增添「為桃花結下了生死冤」的痛惜。此時香君固已非合歡之日的嬌豔桃李花，侯生也不再是「初御富平車」的單純少年，下場詩「美人公子飄零盡，一樹桃花似往年」正著此而發。此齣總評：

> 對血跡看扇，此桃花扇之根也；對桃花看扇，此桃花扇之影也。偏於此時寫桃源圖，題桃源詩，此桃花扇之月痕燈暈也。情無盡，境亦無盡。而藍田叔於此出場，以為歸依張瑤星之伏脈，何等巧思。[64]

不僅寫出侯生觀扇的多重意象，同時也指示為藍瑛題桃源圖詩為本齣的另一重點。

藍瑛於香君入宮後，寓於媚香樓，侯生來尋時，正作著一幅「桃源圖」。雖然在侯生看來，失卻香君的媚香樓已然成為「空桃源」，但實隱伏線索：藍瑛請侯方域題詩畫上，其名姓與詩句隨畫送入張瑤星的松風閣，從情節上來說，是為連結日後張瑤星審案時，因見其名而網開一面，故於場上還特別點出緣由：「前日所題桃源圖，大有見解。」張瑤星本有避世之念，在城南築一松風閣，「是俺的世外桃源」；然而在審理復社諸人一案中，他不願殺人媚人，見「衙役走入花叢，犯人鎖在松樹，還成一箇什麼桃源哩」，更使他體悟如身在紅塵之中，再如何置身於外，不能出世，桃源淨土終不可得，故而掛冠去至白雲庵修行。這一番體悟與經歷，使他成為撕碎桃花扇、點化方域、香君二人悟道的最佳人選，但他先前之所以棄官歸山，又是受到侯生詩句的觸動，在白雲菴上，他對方域道破：「俺原是為你出家」，其中因果早在題畫時種下。[65]

侯生題於桃源圖上之詩，是他在劇中的另一首「桃花詩」，但比對題於扇上情感昂揚的定情詩，這首題畫詩卻有一股對現實憤懣無處可申的抑鬱：

---

64 〔清〕孔尚任：《桃花扇》，卷下，頁52b。
65 參〔清〕孔尚任：《桃花扇》第三十齣〈歸山〉、第四十齣〈入道〉。

> 原是看花洞裡人，重來哪得便迷津，漁郎誑指空山路，留取桃源自避
> 秦。[66]

文字原是針對藍瑛畫意而作，但題畢後，卻引來龍友的辯解：「佳句。寄意
深遠，似有微恓小弟之意。」顯是劇作家有意暗示、提醒此詩所隱含的「微
恓之意」，而這又需參詳楊龍友的辯詞後，回頭方能理解絃外之音。王季思
等的校注本對此詩前二句下注：

> 這兩句表面是就桃花源題詠，意說漁郎指給人們到桃源的路是騙人
> 的，實際上是他為了把桃源留下來給自己避秦，所以不把到桃源去的
> 道路老實告訴人。言外表示侯方域對楊龍友告訴他香君已入宮的話不
> 太相信。[67]

或許可以做另一種思考：避秦實乃避禍，留取桃源自避秦，即為了讓自己遠
離禍端，而將香君交換給得勢之人，作為保全自己的籌碼，否則身為「看花
洞裡人」，左右逢源於當時政壇，又如何無法保得香君周全？此詩實暗指龍
友未善盡保護香君之責，由對方竭力解釋的內容可證：

> （末）世兄不要埋怨，而今馬、阮當道，專以報讎雪恨為事；俺雖至
> 親好友，不敢諫言。恰好人日設席，喚香君供唱；那香君性氣，你是
> 知道的，手指二公一場好罵。（生）呵呀！這番遭他毒手了。（末）虧
> 得小弟在旁，十分勸解，僅僅推入雪中，喫了一驚。幸而選入內庭，
> 暫保性命。[68]

表明馬、阮倒行逆施，難以勸阻，自己已在能力範圍內力保香君無恙，並非
不肯相幫。無論如何，媚香樓失卻香君，對侯生來說，頓成一座「空桃
源」，他對媚香樓寄託的「桃源」想像，較大程度地向《幽明錄》劉、阮遇

---

66 〔清〕孔尚任：《桃花扇》，卷下，頁51a。
67 〔清〕孔尚任原著，王季思等校注：《桃花扇》，頁228。
68 〔清〕孔尚任：《桃花扇》，卷下，頁51b。

仙的典故靠攏；亦說明在受張瑤星點撥之前，侯生的「桃花」仍然連結著個
人的情愛，雖然流離於整個南明政局的動盪之中，花月情根卻無法靠著自己
割斷。

桃花扇上的點滴桃紅是香君堅守愛情的見證，輾轉交至侯方域手中之
後，仍因兩心不渝而一路受到護持，香君入宮、侯生下獄，分離二人的是南
明政權荒淫的君臣，政權滅亡後，二人終於得以重逢、結合。表面上看起來
無道政權是阻礙二人團聚的罪魁禍首，但南明朝結束之後，反令生、旦在
「國在那裡、家在那裡、君在那裡、父在那裡」[69]的喝斷聲中領悟，各歸所
適。最後分離二人、扯散桃花扇的，不是命運的播遷或惡人的作弄，而是國
破家亡後，解脫現世的束縛，歸隱入道的決心。張瑤星此曲振聾發聵：

> 【北水仙子】堪嘆你兒女嬌，不管那桑海變。豔語淫詞太絮叨，將錦
> 片前程，牽衣握手神前告，怎知道姻緣簿久已勾銷。翅楞楞駕鴦夢醒
> 好開交，碎紛紛團圓寶鏡不堅牢，羞答答當場弄醜惹的旁人笑，明蕩
> 蕩大路勸你早奔逃。[70]

「兒女嬌」無法抽離於「桑海變」之外，駕鴦夢與團圓鏡都是鏡花水月，轉
瞬即逝，無可倚恃。孔尚任將離合之情作此收束以表興亡之感，自是不落俗
套；粉碎了表記兩情堅貞的桃花扇，隱喻扇上桃花脫離了以扇定情合歡的
「骨架」，才能成為真正繽紛落英，「境隔仙凡幾樹桃」[71]，指引人生真正的
理想歸宿。或許看來生、旦各分東西，一往北山之北，一去南山之南，但若
以天地為一大道場的觀點看來，相忘於桃花源中，未始不是另外一種精神層
次上的團圓。孔尚任對此有說：

> 顧子天石，讀予《桃花扇》，引而申之，改為《南桃花扇》，令生旦當
> 場團圞，以快觀者之目；其詞華精警，獨步臨川，雖補予之不逮，未

---

69　〔清〕孔尚任：《桃花扇》，卷下，頁115a。

70　〔清〕孔尚任：《桃花扇》，卷下，頁115。

71　〔清〕孔尚任：《桃花扇》，卷下，〈歸山〉齣下場詩，頁65b。

免形予傖父，予敢不避席乎。[72]

作者強調顧彩的改動是希望生、旦「當場」團圞，或隱含了原著一樣有團圓之意，只是並非行於當下以合觀者之目罷了。此齣評語作：「此靈山一會，是天人大道場，而觀者必使生、旦同堂拜舞，乃為團圓，何其小家子樣也。」[73]天人大道場的提示，不應輕忽看過。

## 四　史筆──左良玉的「忠在崇禎」

在《桃花扇》中，孔尚任以左、右二部正寫侯方域、李香君的離合之情，而奇、偶二部則是直接關係南明興亡的中、戾、餘、煞四氣共十二人，其中「中氣」之下為史可法、左良玉、黃得功三人，是維繫不絕如縷之明朝國祚的最後希望，然時不我與，終究只是「難整乾坤左、史、黃」。左、史、黃三人在劇中形象皆與史傳略有出入，其中又以左良玉的「忠於崇禎」的形象最受爭議。侯方域之父侯恂任兵部右侍郎督軍於昌平時，良玉以卒吏受其知，破格拔為副將軍，抵禦清兵對松山、杏山等地的襲擊，「錄捷功第一，遂為總兵官」[74]，自此成為剿滅流寇的重要戰將，多次與張獻忠、李自成的勢力鏖戰，時有輸贏。他最受非議之處在於不受朝廷節制、擁兵自重，多次檄召不應、擁兵不救，因當時用人孔急，其跋扈自專大多僅落得「戴罪自贖」這樣形式上的處分而已。[75]據《明史》，崇禎十五年，李自成圍開封，朝廷以恂為督師，欲令良玉以兵來會，不至，侯恂罷官，獲罪下獄。後

---

72　〔清〕孔尚任：〈本末〉，《桃花扇》，卷下，148b。

73　〔清〕孔尚任：《桃花扇》，卷下，116b。

74　〔清〕侯方域原著，王樹林校箋：《侯方域全集校箋》，頁162。

75　左軍與朝廷最嚴重的分裂在崇禎十四年，時楊嗣昌為督師，因左良玉不受節制而暗許賀人龍代之，然後來嗣昌迫於良玉於瑪瑙山取得勝利的形勢，未能履行約定；人龍大恨，遂將前議告知良玉，使之心中懷不平。後良玉追捕張獻忠時，又受其計煽動（獻忠在，故公見重。公所部多殺掠，而閣部猜且專。無獻忠，即公滅不久矣），縱之去，此後獻忠坐大，直至明朝滅亡。

左良玉領兵徘徊於江、楚之間縱掠商船，福王登基未久，更以清君側為名東進，病極，半道而卒。綜觀左良玉生平功過，《明史》評論曰：

> 左良玉以驍勇之材，頻殲劇寇，遂擁強兵，驕亢自恣，緩則養寇以貽憂；急則棄甲以致潰。當時以不用命罪諸將者屢矣，而良玉偃蹇償事，未正刑章，姑息釀患，是以卒至稱兵犯闕而不顧也。[76]

大抵上就其犯過一面敘之。梁啟超嚴厲批評孔尚任「於左良玉袒護過甚」[77]，注〈撫兵〉一齣時，將《明史》本傳記載重要事跡分年錄出，顯有辨明事實之意；對於《桃花扇》批註將左良玉與史可法、黃得功並列「三忠」，他更是大發不平之鳴，於第三十四齣〈劫磯〉下注：

> 良玉在崇禎朝，擁兵養賊，跋扈已久，所謂忠於崇禎者安在？其東犯之動機，實在避闖寇，而黃澍獻策，以救太子清君側為名，澍固借以報復，良玉亦正好利用耳。云亭於良玉非惟無貶詞，如〈哭主〉齣及此處乃反極力為之摹寫忠義，蓋東林諸人素來袒護良玉，清初文士皆中於其說。吳梅村「東來處仲無他志」即此種輿論代表。云亭亦為所誤耳。[78]

東林諸人對左氏的好感可能來自於他與侯恂間的特殊關係，然而孔尚任在《桃花扇》的創作中對左氏形象美化，能否斷論其被輿論所「誤」，頗值得討論。

孔尚任在《桃花扇・考據》內標識了他創作時的參考素材，侯方域《壯悔堂集》與左氏相關文字──〈寧南侯傳〉、〈為司徒公與寧南侯書〉、〈寄寧南侯〉、〈寄寧南小侯夢庚〉等四篇皆在其中。以侯家與左寧南的淵源來看，方域的文字確實有極高的參考價值，較之於《明史》，或更具有「第一手材

---

76 〔清〕張廷玉等撰：《明史》（北京市：中華書局，1974年），卷273，頁6978。

77 梁啟超：《桃花扇注》，收入張品興等編：《梁啟超全集》（北京市：北京出版社，1999年），卷19，頁5741。

78 梁啟超：《桃花扇注》，《梁啟超全集》，頁5869。

料」的可信度。〈寧南侯傳〉對左良玉生平事蹟有完整的記述，侯方域特別為之作傳，自然係因左氏與其父侯恂的淵源。文中對良玉與張獻忠戰於懷慶而「陰縱之」的劣跡輕描淡寫，並補上「與督府意不和」的背景；後言良玉在江、楚間掠財自壯聲勢，言語間也為之開脫。根據《明史》，良玉所以不以兵來會，乃因他「畏（李）自成，遷延不至」所致[79]，但在侯方域的筆下，良玉沒有領兵來會，卻是出於侯恂授意：

> （朝廷）乃以司徒公（筆者案：指侯恂）代丁啟睿督師，良玉大喜踴躍，遣其將金聲桓率兵五千迎司徒公。司徒公既受命，而朝廷中變，乃命距河援汴，無赴良玉軍。良玉欲率其軍三十萬覲司徒公於河北，司徒公知糧無所出，乃諭之曰：「將軍兵以三十萬稱盛，然止四萬在額受糧，實又未給度支。今遠來就我故善，第散其眾則不可，若悉以來而自謀食，咫尺畿輔，將安求之？」卒不得與良玉軍會。未幾，有媒孽之者，司徒公遂得罪，以呂大器代。良玉慍曰：「朝廷若早用司徒公，良玉敢不盡死；今又罪司徒公而以呂公代之，是疑我而欲圖之也。」自此意益離，往來江、楚，為自豎計，盡取諸鹽船之在江者，而掠其財，賊帥惠登相等皆附之，軍益強。[80]

方域為侯恂之子，敘此事始末當有一定的可信度，且若確實因良玉跋扈而使其父獲罪，反為其掩飾開脫，於情於理皆難解釋。更進一步說，就算為良玉諱，「三十萬大軍止四萬在額受糧，實又未給度支」也不能不算是客觀事實。方域做此傳，除為後人留下與左良玉往來的第一手材料，更重要的是：欲寄其史家筆法於其間。他指出左良玉因侯恂獲罪而感受朝廷疏離防備之意，也因此離心，傳末贊語更藉題發揮：

> 余少時見左將軍，將軍目不知書，然性通曉，解文義，勇略亞於黥、

---

79 〔清〕張廷玉等撰：《明史》，卷273，頁6995。

80 〔清〕侯方域原著，王樹林校箋：《侯方域全集校箋》，頁283。

彭，而功名不終，何歟？當左將軍出軍時，有黨應春者，以軍校逃伍
當死，司徒公縛而笞之百。應春起而徐行，無異平時，拔以為軍官。
復逃，再縛之來。應春仰首曰：「刽官實豈異於軍校耶！」司徒公異
之，以付左將軍為先鋒，後乃立功佩印，為山海關將。然則將苟有
才，得其人以御之，雖卒伍可也，而況於公侯哉？[81]

此文明寫左良玉，實乃暗寫司徒公侯恂，史家言外褒貶之意可見：良玉可用
與不可用，取決於朝廷以何人御之，而文中歷數良玉與侯恂的淵源，便是
要推導出：駕馭左良玉這千里駒的最佳人選，便是發現他長才的伯樂侯恂；
良玉之所以從剿賊的良將一變為桀驁的軍閥，是朝廷未能善待、重用侯恂的
下場。

　　歷史無法假設，侯方域如此結論自然出於為父不平的立場，然而以侯家
和左良玉的淵源，這樣的論斷也非盡然是感情用事。張岱作《石匱書後集・
左良玉列傳》，文字大致依從侯氏之文，並補入南明時期左良玉「清君側」之
事：「時良玉抱病已久，此來為黃澍所主，非其本心，舟行，詿以就醫」[82]，
與《明史》言其「反意已決」的說法差相差十萬八千里。張岱並於傳末評論：

左寧南，真摯開爽人也，而為黃澍所弄。黃澍挾左帥而參士英，挾左
帥而殺緹騎，挾左帥而傳檄南都，挾左帥而稱兵向闕。倘使寧南不一
至蕪關，則黃澍何以實其言曰「討賊」？此皆澍之所以顛之倒之，而
使寧南受此惡名也。余友泰興柳生為寧南客，說寧南事，慷慨淋漓，
繼以涕泣。余謂：「信如爾言，則寧南之不反也明甚。」[83]

張岱除參考了侯方域所作傳記，另從柳敬亭處獲得了補充材料，柳氏與左良
玉的關係十分密切，所言固然有避重就輕的可能，但這近身相處的位置，使
其描述又相當具有權威地位。是以侯方域、張岱甚至吳偉業等人對左良玉的

81　〔清〕侯方域原著，王樹林校箋：《侯方域全集校箋》，頁284。

82　〔清〕張岱：《石匱書後集》（臺北市：臺灣銀行經濟研究室，1970年），頁241。

83　〔清〕張岱：《石匱書後集》，頁241。

歷史定位，雖然可能帶有個人的立場，卻各自有信賴的「消息來源」以為判斷其忠於明朝的依據。良玉敗於李自成後，便往來江、楚間，劫掠客商船隻以壯大軍力，後「又嘗稱軍饑，欲道南京就食」[84]，引發當局驚恐，兵部尚書熊明遇向侯恂求救，方域遂代父作書曉諭良玉，即〈為司徒公與寧南侯書〉。楊廷樞跋此文，除了敘明方域以此得禍於阮大鋮外，也說：

> 寧南旋得書而止，余嘗見其回司徒公稟帖，卑謹一如平時，乃知寧南感恩，原不欲負朝廷者，駕馭失宜，以致不終，深可嘆也。[85]

這些直接或間接與當事人有過往來交誼的記敘者，觀點一致：「駕馭失宜」。

這段史實被孔尚任放入《桃花扇》中，方域因受阮大鋮誣指為左兵內應而出逃，自此與李香君分離，再見已是棲霞山之道場矣。而左良玉領兵東去之前，曾有一番感慨：

> 看俺左良玉，自幼習武學藝，能挽五百石之弓，善為左右之射。那李自成、張獻忠幾個毛賊，何難剿滅？可恨督師無人，機宜錯過，熊文燦、楊嗣昌既以偏私而敗績，丁啟睿、呂大器又因怠玩而無功。只有俺恩帥侯公，智勇兼全，盡能經理中原。不意奸人忌功，才用即休，叫俺一腔熱血，報主無期，好不恨也。〔頓足介〕罷！罷！罷！這湖南、湖北也還可戰可守，且觀成敗，再定行藏。[86]

孔尚任塑造左良玉這一個角色的基礎即是侯方域〈左寧南傳〉，他自是同意寧南不反明朝的說法，而他的認同不盡然只聽信了親近東林者的言論，為其所「誤」。〈本末〉一開頭即云：「族兄方訓公，崇禎末為南部曹，予舅翁秦光儀先生，其姻婭也。避亂依之，羈留三載，得弘光遺事甚詳悉」[87]，孔氏也有自己的「消息來源」與「判斷依據」；而這些訊息不見得就是小道謠

84 〔清〕侯方域原著，王樹林校箋：《侯方域全集校箋》，頁283。
85 〔清〕侯方域原著，王樹林校箋：《侯方域全集校箋》，頁131。
86 〔清〕孔尚任：《桃花扇》，卷上，頁62b-63a。
87 〔清〕孔尚任：《桃花扇》，卷下，頁146a。

言，甚至是他「證以諸家稗記，無弗同者」後，作出了「蓋實錄也」的按語。他基本上肯定左寧南對明朝的忠心，也同意諸人所言「駕馭失宜」的觀點，故言「司馬遷作史筆，東方朔上場人，只怕世事含糊八九件，人情遮蓋兩三分」。[88]梁任公切齒指畫其為人所誤，焉知云亭便是欲將這些含糊的世事，以戲文辨明；或寄望借場上粉墨妝點他認為無反明之意、卻有東來之實、百口莫辯的寧南侯？他讓良玉在〈截磯〉一齣於船上自道：「拚著俺萬年名遺臭，對先帝一片心堪剖，忙把儲君冤苦救」，正同吳偉業作詩道「東來處仲無他志」為其分辨。[89]而《桃花扇》演其子左夢庚攻打城池，陷之於不義，乃至一怒而亡於陣前，則是在依歸史實後，對歷史的無情發出一聲歎息。故而評者於此言：「知有今日，而不能禁其子，亦天意也。奈何！」[90]

更進一步看，除了史料的參考，侯方域在〈左寧南傳〉中點評，也被云亭借來表達自己對南明覆亡的看法。如果以《明史》為正統論述的代表，認為「賊瀕死復縱，迄以亡國者，以良玉素驕蹇不用命故也」[91]，是將明朝亡國歸因於良玉之驕蹇不用命；〈左寧南傳〉則認為良玉驕蹇乃因朝廷未能善任東林黨的侯恂為督師，「未得其人以御之」，使原本足堪倚重的大將淪為桀驁無法駕馭的軍閥，督師無人致使剿匪無功。那麼推回問題的原點，除去左良玉這個中介，便可推導出：「不善任東林正人（侯恂），致使明朝亡於流寇之手」這樣的結論。而南明作為偏安政權，竟然也同樣複製了前朝的模式，且變本加厲，使中興的希望在極短的時間內即宣告破滅。

---

88 〔清〕孔尚任：《桃花扇》，卷下，頁1。

89 〔清〕吳偉業〈揚州〉四首其三：「盡領通侯位上卿，三分淮蔡各專征。東來處仲無它志，北去深源有盛名。江左衣冠先解體，京西豪傑竟投兵。只今八月觀濤處，浪打新塘戰鼓聲。」李學穎集評標校：《吳梅村全集》（上海市：上海古籍出版社，1990年），頁369。

90 〔清〕孔尚任：《桃花扇》，卷下，頁88a。

91 〔清〕張廷玉等撰：《明史》，卷273，頁6994。按，張廷玉撰成《明史》實已在《桃花扇》刊行之後，然《明史》的編纂卻早在順治年間便開始進行，於康熙年間已有初稿完成。且注家如梁啟超批駁云亭皆以《明史》為據，故本文仍以《明史》作為正統史論的代表。

　　復社素有小東林之稱。弘光登基，啟用馬士英、阮大鋮等人，復社諸子
遭到誣陷追殺，第二十九齣〈逮社〉設計侯方域、陳貞慧、吳應箕等人在阮
大鋮報復私仇的用心之下，被拘入牢中。末尾大鋮上場表明身份後唱了一支
【剔銀燈】：

> 堂堂貌鬚長似帚，昂昂氣胸高如斗。（向小生介）那丁祭之時，怎見
> 的阮光祿難司籩和豆。（向末介）那借戲之時，為甚把《燕子箋》弄
> 俺當場醜。（向生介）堪羞！妝奩代湊，倒惹你裙釵亂丟。[92]

唱畢眾人隨即被拘下場。如依史實，被逮下獄的僅有陳貞慧一人，應箕、方
域則早一步獲報逃脫；孔尚任卻寫諸人一同入獄，梁啟超認為只是「點綴之
筆」。然而細繹此曲，內容提及上卷〈鬧丁〉、〈偵戲〉、〈卻奩〉各齣，分別
對應吳、陳、侯三人，他們與阮大鋮之間的恩怨在這三齣戲中具體化，至此
又得以收攏、聚焦、增強。方域與香君的離合之情是全劇重要軸線，〈卻奩〉
一事觸怒大鋮之後方域被迫辭院，「離合悲歡分一瞬，後會期無憑準」[93]，
兩人的命運也開始了一連串的顛沛。戲分兩頭，香君〈守樓〉、〈罵筵〉、〈選
優〉已獲得觀眾與讀者的義憤與同情，另廂再演方域被捕下獄，於情節上自
然可激起較大的衝突，亦與香君流離相稱。此齣最末的下場詩由蘇崑生
（淨）和蔡益所（丑）宣念：

> （丑）朝市紛紛報怨仇，（淨）乾坤付予杞人憂；
> （丑）倉皇誰救焚書禍，（淨）只有寧南一左侯。[94]

大鋮既是倒行逆施，與之對立者在劇中便擁有正義的基礎；蘇崑生為救代表
「正人」一方的復社諸君，求助於左良玉；良玉揮師向闕，是為了解救「焚
書之禍」，舉兵取得了正當性。而猶可注意的是，此齣場景設定在三山書街

---

92　〔清〕孔尚任：《桃花扇》，卷下，頁57B。
93　〔清〕孔尚任，《桃花扇》，卷上，頁82a。
94　〔清〕孔尚任，《桃花扇》，卷下，頁58b。

蔡益所的書肆，並非如實將排場設於陳貞慧家中[95]，除了有利於佈置眾人聚合的場景外，亦隱喻了此乃讀書人遭劫的「焚書」之災。

　　換句話說，弘光任用了阮、馬，迫害了復社，南明朝中一樣是未得其人，結果是使左良玉起兵「清君側」；良將成為叛將，完全重蹈了前朝覆轍。試看此齣最末一曲：

> 【剔銀燈】凶凶的縲絏在手，忙忙的捉人飛走，小復社沒個東林救，新馬、阮接著崔、田後。堪憂！昏君亂相，為別人公報私仇。[96]

復社與馬、阮即是當年東林與崔、田的翻版，而這鬥爭的餘燼非但沒有在國家危如累卵之時熄滅，反而趁亂復燃得更加猛烈。左良玉是銜接兩場鬥爭的樞紐，他既重現前朝因不用正人而亡國的骨牌效應，也再一次以兵諫說明了當朝的用人失當，故此他的形象必然需要更加正面高大，俾使其與史、黃並肩而為三忠，方可回覆作者對「三百年基業隳於何人、敗於何事」[97]的思索。

# 五　結語

　　相較於〈考據〉其他篇章，侯方域留下的自我言說顯然更具份量，不僅因為數量，更因他同時化身為劇中人，演繹了劇作家寄寓「興亡之感」的「離合之情」；他用詩文為自己傳達識見，也塑造某種姿態，而「侯方域」這個舞台的形象的完成，則是由劇作家取去隱現，同樣展現孔尚任身為一個兩度旁觀「冷眼人」的身份。[98]

---

95　〔清〕董文友〈陳定生墓表〉：「先生即坐邸中待捕……語未畢，突有闒靸校尉數人至邸中縛之。」梁啟超註中特別提及：「此文白靸四校尉即演此事，但其地非蔡益所書店耳。」梁啟超，《桃花扇注》，收入張品興等編，《梁啟超全集》，頁5842。

96　〔清〕孔尚任，《桃花扇》，卷下，頁58。

97　〔清〕孔尚任：〈小引〉，《桃花扇》，卷上，頁1a。

98　〈考證〉中尚有錢謙益、吳偉業、龔鼎孳等文人之詩文，然若論兼有劇中人身份之作者，除侯方域外，則僅阮大鋮與楊文驄二人。由於阮大鋮乃以《春燈謎》、《燕子箋》二劇列名其中，加上他在晚明劇壇的地位，筆者將另作專文論之。而楊氏則因作者開列其全集，較難聚焦比對，亦俟日後以個案研究深入討論。

　　南明時期，左良玉擁有諸鎮中數量最龐大的軍隊，對時局有舉足輕重的影響，而他的形象在正史的記述與同時代文人筆下顯然頗有出入，紙面下的隱衷則被劇作家翻掀至舞台上演出。《桃花扇》的創作本有其深心。孔尚任既認為傳奇「旨趣實本於三百篇，而義則《春秋》，用筆行文，又《左》、《國》、太史公也」[99]，那麼藉粉墨月旦人物，史與文之間的隔閡，他必自有衡斷。

　　侯方域另有一首〈金陵題畫扇〉詩傳世：

　　　秦淮橋下水，舊是六朝月。煙雨惜繁華，吹簫夜不歇。[100]

此詩同樣創作於那段和李香君交往年月，數十年後，孔尚任聞諸龍友書僮「香姬面血濺扇，楊龍友以畫筆點之」[101]的軼聞，題於那把濺血之扇上者，或是此詩亦未可知。此詩更直接點出了今昔互觀的歷史感，但孔尚任選擇改作〈贈人〉詩為《桃花扇》的定情詩作，是抓準其中俱有足以貫穿全劇的意象，在弱化原詩精神的同時，也以此為起點，翻轉、擴充、延展，至全劇終了。讀畢《桃花扇》，回頭看侯方域原詩「青溪盡種辛夷樹，不數東風桃李花」的傲然，卻令人有無盡滄桑之感。李香君等秦淮名妓無論如何「雅化」，終改變不了身為桃李的宿命，當世人盛讚他們不若本相的高潔，不免間接表達對此身份的貶意，也輕看了他們在自己翻轉身世所必須付出的代價。

　　孔尚任因著歷史的距離，對秦淮諸芳的零落既有感慨，更洞悉能在那樣的位置上仍謹守潔身自好的分寸，絕非只是與文人名公吟詩唱曲那樣優雅浪漫，在亂世之中尊嚴的保全，他們付出的代價極大，桃李花不會變成辛夷樹，卻依舊能夠贏得世人的尊敬。桃花又因〈桃花源記〉有理想境地的指喻，要到達桃花源，必須先扯碎桃花扇的兒女風月，是孔尚任作為旁觀者的深切領悟，他在「試一齣」〈先聲〉便借用張道士之詞預告了結局：「桃花

---

99　〔清〕孔尚任：〈小引〉，《桃花扇》，卷上，頁1。

100　〔清〕侯方域原著，王樹林校箋，《侯方域全集校箋》，頁736。

101　〔清〕孔尚任：〈本末〉，《桃花扇》，卷下，頁146a。

扇、齋壇揉碎，我與指迷津」[102]，而第一齣〈聽稗〉這支【解三酲】更被
視作「桃花扇大旨」，需細心領會：

> 【解三酲】（生、末、小生）暗紅塵霎時雪亮，熱春光一陣冰涼，清
> 白人會算糊塗帳。（同笑介）這笑罵風流跌宕，一聲拍板溫而厲，三
> 下漁陽慨以慷。（丑）重來訪，但是桃花誤處，問俺漁郎。[103]

此曲乃眾人聽完柳敬亭說書後的讚嘆，劇中敬亭以孔子自衛反魯而後樂正的
典故，「把那權臣勢家鬧烘烘的戲場，頃刻冰冷」[104]，譬喻自己與眾門客自
阮府閧散情狀。孔尚任作《桃花扇》原以祖傳庭訓自命，如此比附，則這部
作品亦有撥亂反正之意，然而「正反」卻非糾纏於政治局勢，更深層地指向
人生的「糊塗帳」，作為一個熟知桃花源門徑之人，指點桃源蹊徑，供人尋
訪。他身為一個旁觀者、冷眼人，重新定義桃花之價值，不僅不需要借助於
文人賦予的豔名，更以古典文學意涵的超然韻致，向世人宣告與虛浮繁華對
比的永恆價值。

──本文原發表於《成大中文學報》第51期（2015年12月），頁189-222。

---

102 〔清〕孔尚任：《桃花扇》，卷上，11b。
103 〔清〕孔尚任：《桃花扇》，卷上，18b-19a。
104 〔清〕孔尚任：《桃花扇》，卷上，16a。

# 妖異、魑魅與鼠孽

## ——明清易代攸關家國之疾病隱語與身分認同

林宜蓉

國立臺灣師範大學國文系

## 摘要

易代氛圍之末世焦慮，與救亡圖存的精神企圖，無孔不入地浸潤了語言罅隙。這在明清之際自許遺民或懷想前朝的士子身上，尤為顯著。本文聚焦於這類士人，考察其自晚明以降的疾病書寫與末世書寫，分別梳理其義：首先，解析疾病書寫之象徵。先嘗試輻射式地勾勒遺民的「療疾／救國」隱喻網絡，博涉同期場域之疾病論述，藉以拆解錯綜複雜的話語策略，尋溯輾轉嫁接的象徵意源；其次，闡述末世書寫之隱喻。分析說話者對於災異現象的敘述與詮釋，運用了何種話語策略，迂迴接引了何種隱喻深旨；更進一步地，聚焦於「微物託寓」之詠物詩作，考察士子如何假卑猥微物等「妖孽語彙」，以寓家國宏義，形成明遺民式的「善罵」文化。

筆者視此二類書寫為攸關家國的時代隱語。經考，其背後之文化詮釋網絡，係普遍存在於醫事典籍、史傳五行志中，提供了當時以及後世之「說話者／閱讀者」，書寫或詮釋易代遺民隱語的某種可能途徑。本文對於「疾病」的思考，除了病癥現象（生理）之外，更偏重於文化／社會建構意義，剖析遺民心態下，「疾病」所暗藏的家國隱喻；至於末世書寫中妖異、魑魅與鼠孽等微物符碼，則蘊含了「見微知著」之天地宏旨與報應訓示；此二者輾轉嫁接的隱喻與精熟的敘述策略，交織了卑瑣微物、咒詛詈罵與「噍殺」戾氣，在易代之際，成為一種時代的必要語調與姿態。整體而言，本文所企

圖建構之疾病隱喻，以及末世書寫之妖孽語彙所形成的「善罵」文化，或將提供現今醫療史所關注之物質文化，以及易代遺民研究，另一種學術風景。

**關鍵詞**：明清　易代　末世　遺民　認同　疾病　災異　妖孽

# 一 緒論

## （一）問題之提出：易代遺民隱語網絡之必要？

### 末世書寫中的妖孽語彙[1]與疾病隱喻

崇禎十七年（1644）李自成入京，思宗自縊，大明王朝在戰火四起的煙硝瀰漫中，走向覆滅。這幅改朝換代的末世景象，成了日後諸多遺民輾轉難眠、揮之不去的暗夜夢魘。

回想晚明以降，傾頹的綱紀與頻仍的災難，似乎有著遙相呼應的微妙關聯。面對這些亂象，士子內心存在著兩重糾葛——一方面必須時時刻刻、戰戰兢兢地保有《孟子》「生於憂患，死於安樂」的憂患意識，另一方面則又必須不斷自我警醒：這一切，極可能僅僅是「杞人憂天」式的猜疑妄想。此二者，時而角力、時而對話，交織並陳於遺民的「末世書寫」中[2]。

孫枝蔚（1620-1687）就是一個典型的例證。明亡之際，孫氏曾出資組團力抗，然殺賊未果。在回憶甲申國變時的末世景象，自抒憂心忡忡，實其來有自：

> 賈生善哭，當漢全盛之時；杞國多憂，在天未墜之日。何況關中陷沒，海內動搖，獨脣亡齒寒，螫手斷腕而已。然禍有自始，則古帝病

---

1 《禮記·中庸》：「至誠之道，可以前知。國家將興，必有禎祥；國之將亡，必有妖孽」，蓋士子至誠足以感通天意，預知國之興亡，所謂「妖孽」即概括「亡國徵兆的種種亂象」，本文援以為論。殆說話者之護國心切，故用語激烈憤慨。見〔漢〕鄭玄注、〔唐〕孔穎達疏：《禮記注疏》（臺北市：臺灣中華書局，1965年），第4冊，卷53，頁3。

2 關於末世書寫，近來學界尚未積極關注，此略舉一二為佐。如王璦玲：〈實踐的過去——論清初劇作中之末世書寫與精神轉化〉，陳平原、張洪年主編：《中國文學學報》創刊號（北京＆香港：北京大學中文系＆香港中文大學中文系，2011年1月），頁125-172；王璦玲：〈桃花扇底送南朝——論孔尚任劇作中之記憶編織和末世想像〉，收入李焯然、熊秉真主編：《轉變中的文化記憶——中國與周邊》（香港：香港教育圖書公司，2008年），頁161-240。

知人之明，咎有攸歸，則大臣負欺君之罪。所恃南北兩京，車書萬里，倘效玄宗幸金牛之道，豈無諸將立汗馬之功者，憂聖危明，天應有意，撫今悼昔，臣敢無言。[3]

孫氏化用賈誼盛世「善哭」以預示災難的典故[4]，意味了自己並非無病呻吟，更何況當其時已遭逢「關中陷沒」之難，誠為危急存亡之秋，身為忠於國君的臣子，自應善盡勸諫之責。此序文極言當其非常時期，聖上若能效法唐玄宗幸蜀金牛道時，抱斷腕決心，立斬禍國殃民的根源[5]，如此作為，豈無諸將願全力效命、立汗馬之功？然而，「禍有自始」、「天應有意」，在事情發微初始，就已蘊含禍果，天雖顯現異常，以示徵兆，但君臣上下，卻未能及時採取因應措施，力挽狂瀾於既倒，終致皇城銅駝，淪落於荊棘荒野。孫枝蔚身處亡國之際，追憶禍端，慷慨激昂地剴切陳言，字裡行間飽含了撫今

---

3　〔明〕孫枝蔚，《溉堂前集》，卷7，〈甲申述憂（有序）〉其三其四，頁1-2。《清人別集叢刊》本，據上海圖書館藏清康熙刻本影印，上海市：上海古籍出版社，1979年10月。以下版本皆同此。

4　〔漢〕賈誼〈治安策〉認為「進言者，皆曰天下已安已治矣，臣獨以為未也」，故斟酌事勢而提出「可為痛哭者一，可為流涕者二，可為長太息者六」，後人以此認為賈生「善哭」。再如白居易〈寄唐生〉一詩所謂：「賈誼哭時事，阮籍哭路歧；唐生今亦哭，異代同其悲。唐生者何人？五十寒且饑。不悲口無食，不悲身無衣；所悲忠與義，悲甚則哭之。太尉擊賊日，尚書叱盜時；大夫死凶寇，諫議諷蠻夷。每見如此事，聲發涕輒隨。往往聞其風，俗士猶或非。憐君頭半白，其志竟不衰。我亦君之徒，鬱鬱何所為？不能發聲哭，轉作《樂府詩》：篇篇無空文，句句必盡規；功高虞人箴，痛甚騷人辭。非求宮律高，不務文字奇；惟歌生民病，願得天子知。未得天子知，甘受時人嗤；藥良氣味苦，琴淡音聲稀。不懼權豪怒，亦任親朋譏。人竟無奈何，呼作狂男兒。每逢群動息，或遇雲霧披；但自高聲歌，庶幾天聽卑。歌哭雖異名，所感則同歸。寄君三十章，與君為哭詞。」白氏將唐生之哭，與賈誼、阮籍同列，視為「善哭」之人。賈誼事見載於〔漢〕班固：《漢書·賈誼傳》（臺北市：臺灣中華書局，1965年），冊5，卷48，頁6；〈寄唐生〉一詩則見〔唐〕白居易：《白居易集》（臺北市：里仁書局，1980年），頁15-16。

5　此指唐天寶年間安祿山造反，兵陷長安，唐玄宗幸蜀避難，後於諸將要求下，在馬嵬坡上賜死楊貴妃：在此之前，楊國忠已被士兵亂刀砍死。詳參〔後晉〕劉昫：《舊唐書》（臺北市：臺灣中華書局，1965年），第4冊，卷51，頁12。

悼昔的哀痛與無限憾恨。

序文之後，孫氏羅列諸多災厄異象，勾勒了這幅妖風慘慘的紙上末世圖象。其三、其四之作，有言如下：

> 杞憂誰不笑荒唐，弱冠終軍最慷慨。只道群偷如鼠狗，焉知二豎入膏肓。承平時久英雄少，宰相身閒節鎮忙。今日銅駝立荊棘，何年海水始栽桑。
> 吳鉤相對暗傷魂，災異頻仍不敢言。十丈妖星明白晝，一團黑氣入青門。山中老衲知今日，殿上狐狸近至尊，痛絕車書與形勝，關西還有幾州存。[6]

剛開始還以為僅僅是鼠狗群偷之輩，竊據朝政，粉飾太平；未料歷史卻證明了這一切警訊，並非詩人的杞人憂天，而竟然是預告王朝即將覆滅的惡兆。孫氏追憶所及，所謂亡國前的「妖孽」徵兆，早現於晚明，當時各地災患頻仍、白晝妖星高懸、黑氣竄入皇城，這諸多異象，在在顯露了敗亡端倪。孫氏語氣沉痛萬分，斥之為「狐狸」、「鼠狗」、「群偷」、「二豎」之屬，實飽含口誅筆伐、咒詛聲討之憤慨；而國破家亡，則猶如病入膏肓之不治絕症。此種話語，則除了以人身「疾病」況喻家國興亡之外，更隱隱然指涉了國君治理天下，當符應「天人感應」之基本原則。

此種預告或再現末日災難的論調，本文稱為「末世書寫」。經筆者初步考察，此類書寫泰半出現在世局變動的時期，明清易代之際，尤為可觀。綜觀此類飽含末世焦慮的書寫，糅雜了士子無力回天的慨嘆與救亡圖存之精神企圖，面對不斷前行的歷史巨輪，前朝覆滅的創痛，猶如夢魘囈語，喃喃反覆於字裡行間；妖孽語彙的痛斥咒詛，亦如影隨形地纏繞其中，「務除魑魅」似成了遺民詩文的幽暗底蘊。[7]

---

6　〔明〕孫枝蔚：《溉堂前集》，卷7，〈甲申述憂（有序）〉其三其四，頁28。

7　晚明遺民所盛稱之除魅論述，實旁及妖術之考，相關研究可參漢學家孔飛力（Phlip A. Kuhn）之作。該書揭露近代中國對於妖術的想像與恐慌，認為民間盛傳人們可以運用法術控制靈魂，導致對方生病，甚或死亡的諸說，論述精闢；又以病體況喻國體，涉

　　易代世局的變動，讓誓命效忠前朝的遺民士子，以枝筆書寫下許多「末世」現象，藉之以寄寓家國深意；而陷入了流離失所、貧病交迫的同時，也產出了不少有關疾病與醫療的書寫。誠如孫氏友人方文（1612-1669）所述：「天地既瘡痍，賢人合傴僂。運去力難爭，殺身亦何取」、「我生何不幸，際茲喪亂辰。逢世既寡術，避世復無因」，[8]遭逢國難劇變，多數士子無力扭轉乾坤，倘選擇殺身殉難，實無濟於事；若要降清逢迎世局，又缺乏柔軟身段；想要隱遁山林，則是礙於生計無所憑藉。真可謂萬般困難，齊聚此時此身。這類未殉節而心繫前朝、自言支離苟活的「遺民」，如方文如歸莊（1613-1673）、徐枋（1622-1694）者，因為「家冤國恤萃於一身」，[9]而陷入「貧病交迫」的生存窘境。而「貧窮」與「疾病」，在易代之際，遂自然而然地成為一種特殊的時代話語，係相對於降清致富之自我抉擇狀態。易代士子以「身體」作為文化展演的載體，選擇不進入新政權所在之「城市」而流離失所，或甘於坎坷困頓而罹疾纏綿者，其「不入城」、「貧窮」、「疾病」之身心狀態，即作為一種沉默非語的「聲明」，強烈表述著士子「身體」，係承天大難（亡國）、不被馴化（反清），其攸關家國「身分認同」之執拗深意與幽微曲衷，形成此類「疾病書寫」的基調。如嚴守「遺民」身分、堅持不入

及大量攸關近代國族認同的文學評論，諸如王德威、黃錦樹、劉人鵬等著作，誠耳目一新之論。詳參〔美〕孔飛力：《叫魂──1768年中國妖術大恐慌》（北京市：生活‧讀書‧新知三聯書店，2012年6月）；又，黃靜嘉、胡學丞：〈從黜邪崇正到破除迷信：清末民國「妖術傷、殺人」律例的近代化〉，收入柳立言主編：《性別、宗教、種族、階級與中國傳統司法》（臺北市：中央研究院歷史語言研究所，2013年9月），頁143-163。黃錦樹：《文與魂與體──論現代中國性》（臺北市：麥田出版社：家庭傳媒城邦分公司，2006年），談到民初所謂「國族」，係以老文字承載舊靈魂。此外，尚有劉人鵬：《近代中國女權論述──國族、翻譯與性別政治》（臺北市：臺灣學生書局，2000年）等書。

8　〔明〕方文：《嵞山集》（『安徽古籍叢書』，合肥市：黃山書社，2010年），卷1，〈初度書懷（辛卯）〉，收入《方嵞山詩集》，頁34-35。

9　語出徐枋憑弔友人姜垓（1614-1653）之哀辭，見〔明〕徐枋：《居易堂集》（上海市：華東師範大學出版社，2010年），卷19，〈姜吏部如須哀辭（並序）〉，頁459-462。

城五十載的徐枋，即是極端典例；[10]換而言之，國朝傾覆之後，君臣大義已然沉淪，守節士子頓失依靠；然而，此時期的「醫者」，卻因為「上醫醫國」之傳統象徵隱喻[11]，順理成章地與易代士子心緒接軌，遂於療疾書寫中，被賦予了救國大義，標舉至甚為崇高的地位。[12]

論者亟欲追問的是：何以這些明清之際的「末世書寫」與「醫病書寫」，蘊含了錯雜如枝蔓橫生的敘述隱喻？這又意味了是何種時代氛圍，讓說話者（speaker）必須採取如此曲折輾轉、甚至隱晦不明之話語策略（discourse strategy）？

學者趙園明白指出，晚明世局氛圍中有一種「戾氣」[13]，而在入清之後，肅殺之氣更倍於昔。眾所周知的例子，即是隱於醫而陰為反清大業之呂

---

10 詳參拙著：《舟舫、療疾與救國想像——明清易代文人文化》（臺北市：萬卷樓圖書公司，2014年10月）。

11 典故係出自《國語・晉語八》：「文子曰：『醫及國家乎？』對曰：『上醫醫國，其次疾人，固醫官也』」。見〔春秋〕左丘明撰；〔吳〕韋昭注：《國語》（臺北市：臺灣中華書局，1965年），卷14，頁10。

12 關於「遺民」文學與「醫療」文化之研究回顧，已於拙作中交代，不贅述於此，本文主要針對前論未及深究者發揮。對於「疾病」的思考，誠如林富士之提問，係由病癥現象（生理）而及文化／社會建構（cultural/social construction），詳參林氏主編：《疾病的歷史》，頁3；而串聯相關象徵脈絡；再者，本論文亦觸及晚明流行大型致死的疫疾，故旁涉「疫」、「瘧」、「癘」之研究，閱目醫療文化史如廖育群、林富士、梁其姿、范家偉、蔣竹山、張嘉鳳等著作。例如瘧病，根據學者蔣竹山之研究，晚明祁彪佳（1602-1645）即曾罹患瘧疾長達九年（1635-1643）。祁氏自言致疾之因，係「瘧鬼」作祟，可見「疫鬼行疫」之觀念，深植人心；此類邪祟致病的醫療論述，可詳參國內學者林富士、梁其姿、杜正勝、邱仲麟、李建民、陳秀芬、張嘉鳳，以及國外漢學家吳一立等專門著作。

13 詳參趙園：《明清之際的思想與言說》（香港：三聯書局，2008年）。趙園長期耕耘於明清研究，專論著作有《制度・言論・心態：〈明清之際士大夫研究〉續編》（北京市：北京大學出版社，2006年）、《明清之際士大夫研究》（北京市：北京大學出版社，1999年）、《明清之際的思想與言說》（香港：三聯書局，2008年）、《易堂尋蹤：關於明清之際一個士人群體的敘述》（南昌市：江西教育出版社，2001年）、《想像與敘述》（北京市：民眾文學出版社，2009年）等。

留良（1629-1683），死後還慘遭開棺戮屍，誅及九族。[14]誠如王汎森先生所言之「毛細管作用」[15]，高壓統治的懲罰與訓示，大興文字獄的白色恐怖，實超乎我們想像地無所不在。易代士子的前朝懷想及末世焦慮，遂自明潛暗、由顯轉晦地，輾轉嫁接、暗渡陳倉地，滲入日常生活極為瑣碎卑猥的書寫當中；話語風格則展現了異乎尋常、甚至「嘷殺詈罵」之強烈情緒，因為無法公然罵清，遂指桑罵槐地罵鼠、罵魑魅、罵文章、罵妖星，此種話語基調，隱入文本的字裡行間，深入骨髓，形成血肉肌理。余英時先生於《方以智晚節考》[16]一書中，特別指出：明遺民之間極可能存在一套隱語系統；立基於此，筆者亟欲進一步追問的是：這種相應於高壓追討、貧困交迫等諸多艱難處境，所發展出來的明遺民隱語系統，係以話語為舒展壓力的管道與載體，究竟如何在末世現象、醫病經驗等相關書寫中，於九轉千迴的枝微末節，開展出超連結式的隱喻網絡？[17]

姑假此脈絡推論：所謂「疾病」，原為尋常可見之生理癥狀，但在遺民的隱語系統中，則輾轉嫁接了「良醫良相」、救治國族、感應天地大廢等深遠宏義。正如余英時所考方以智病死說，有所謂「疽發背而死」之語，倘嫁

---

14 詳參馮爾康：〈曾靜投書案與呂留良文字獄論述〉，《南開學報》，1982年第5期，頁46。

15 此書係假傅柯（Michel Foucault，1926-1984）之概念而提出此說。詳參王汎森：〈權力的毛細管作用──清代文獻中「自我壓抑」的現象〉，收入氏著：《權力的毛細管作用：清代的思想、學術與心態（修訂版）》（臺北市：聯經出版公司，2014年），頁395-502。該書另闢專章考探清代文字獄，大規模的牢獄之興，皆須羅織罪狀，舉凡晚明文人文化、易代事件、妄談望氣占星、論兵語憤者，皆論罪扣押，嚴及戮屍（如呂留良）。

16 詳參余英時：《方以智晚節考》（北京市：生活・讀書・新知三聯書店，2004年8月），頁172-173。

17 雷可夫（George Lakoff）在《我們賴以生存的譬喻》一書提出：「『譬喻是跨概念域的映射』，涉及兩個以上不同的概念域，以一個經驗域理解並建構另一個截然不同的經驗域（如：思想、人生），這樣的過程稱為映射，而『映射不是任意的，而是以身體與日常經驗及知識為基礎的』」。本文爰此立論，由個人而至國家，由療疾而至救國，由具體經驗而至抽象概念，假「譬喻映射」與「互文」等當代文化理論及方法，梳理個中多重隱喻。詳參〔美〕雷可夫（George Lakoff）、詹森（Mark Johnson）著，周世箴譯注：《我們賴以生存的譬喻》（臺北市：聯經出版事業公司，2006 年）。

接《史記》〈淮陰侯列傳〉等原意，則可視「病發背」為兼含「造反」之雙關隱語[18]，如此一來，遂與攸關家國之政治意圖扣連；至若本文所論「末世書寫」之「妖孽語彙」，則更為明顯，蓋文人筆下之「鼠」不僅是「鼠」、「狐」不僅是「狐」、「星」不僅是「星」，其背後潛藏的意義網絡，相互串聯，七彎八拐地最終輻輳於「國事政體」之主軸。這在易代士子之間，成為知情者互通款曲，然而卻「不能說的秘密」——一套銘刻前朝記憶、身分認同，能暗通密語的「隱喻／隱語」系統。

綜上所述，本文研究的焦點問題以及核心文獻，即以上述易代士子之「疾病書寫」，以及「末世書寫」之「妖孽語彙」為軸。而此文獻係一極度壓縮語義的文化載體，倘論者欲撥開錯雜枝蔓，以見主幹，得先掌握這套隱語系統的象徵網絡才行。

這套易代士子的隱語系統，究竟有何文化象徵網絡，作為說話者與閱讀者二造，溯求意義、按圖索驥之佐？

考諸「隱語」系統，其實自古流傳久遠，然以兩漢讖緯「詭為隱語，預決吉凶」[19]，與政治明確繫連，是為大宗。而在晚明以降迄於清初，此一世局變動期，更是屢見不鮮。茲徵引晚明以降二則文獻為論，分別為數術與醫方兩類。其一為呂留良（1629-1683）所撰之〈辨象占〉：

> 天人上下一氣之屬，其理與數不相間。政變於下則上應；象變於上則下應。吉凶倚伏，互相為根，自然之符也。然天文應異，及日月薄蝕，緯星犯守，鬥合諸異，歷家皆有恆法，求之雖密合親疏，法人人殊，皆可以推步得焉。故崇禎戊寅，熒惑守心西海，歷家言五緯，各有常行，當其留不以堯舜而避，當其退不以桀紂而延，以故守心非

---

18 詳參余英時：《方以智晚節考》，頁176。

19 誠如四庫館臣所言：「讖者詭為隱語，預決吉凶」，唯漢時期之「讖言」式隱語，重在預告；至于本文所言「隱語」，則是著重在於書寫過往回憶時，刻意後設式地串聯因果，以託寓亡國之思，主因在於書寫者身處高壓的政治氛圍，而諱為隱語，藉此批評時政。見〔清〕紀昀、陸錫熊、孫士毅等原著：《四庫全書總目》（北京市：中華書局，1997年），「經部‧卷六‧經部六‧易類六」，〈易緯坤靈圖〉條，頁0047。

災，豈古所稱天象變占感召之理皆非，與古大順之世王者恐懼脩省，
兢兢於天命之不易，而其時薄蝕凌犯之事，當衰亂怠棄則益，多代不
爽也。譬之陽燧取火，方諸取水易鏡，求之則不應，抑又何歟？……
占其理與政事俯仰，雖推布有常度，而災害在國君大臣。……陰陽迭
感之故，災豈無意哉？[20]

其二為〔明〕吳崐（1552-1620）所撰之《醫方考》：

為國者，必欲去夫蠹國之小人。故為醫者，必欲去夫蠹身之蟲蝕。身
國不同，理相須也。[21]
積聚癥痕，夫人心腹之疾也，凡有此疾者，宜與明醫攻療之，失而不
治，復協他邪，不可為矣。譬之奸人，蠹國乘人之危而利之，雖有智
者，不能善其後爾。[22]

前者縱貫天人相應之理，提及災異徵兆係相應於人世政變良窳；後者則言人
體疾病與國事興衰，實道理一致。

十分明顯的是，此二例並非孤立證據，既有前溯淵源，亦下沿至清代民
國，足見此一文化象徵隱喻系統之淵遠流長。茲再舉二例為論。一為成書於
清康熙六十年（1721），清代儒醫張確所撰之《觀物篇醫說》[23]。張氏博覽群
書，認為醫道易道相通，醫者儒也，仿邵子《觀物篇》之意而命名，並說明
「觀在物，而非為醫也」，足見其言醫道之推理萬物也；另一則是清代萬斯同
（1638-1702）《明史》所載〈五行志〉，與《漢書》〈五行志〉，幾無二致：

正氣無餘，餘非正也，客氣也，戾氣也。在天為妖星，在地為墩埒，
在人為癭、為疣、為癖塊、為癥痕，小為疥癬、為黑痣，於德為驕

---

20 〔明〕呂留良：《晚村文集》，卷6，〈答谷宗師論歷志·辨象占〉，見氏著；徐正等點
   校：《呂留良詩文集》（杭州市：浙江古籍出版社，2011年11月），頁20。
21 卷6，〈蟲門〉第65。本文係據上海圖書館版本整理。
22 卷4，〈積聚癥痕門〉第44。
23 筆者係據上海圖書館收藏之稿本整理。

悍，於文為野戰、為支離，於形為三尸，於國為蠱、為小人，五穀曰蠱，草木曰寄生，婦人曰鬼胎，五味曰毒。利用殺，禍在姑息。正不足，邪乃出；邪既去，正乃復。[24]

五行三木

傳曰：「田獵不宿，飲食不享，出入不節，奪農時，及有姦謀，則木不曲直。」又曰：「貌之不恭，是謂不肅，厥咎狂，厥罰恒雨，厥極惡，時則有服妖，時則有龜孽，時則有雞旤，時則有下體生上之痾，時則有青眚青祥，唯金沴木。」[25]

### 附表一　天地人之疾病與隱喻嫁接網絡圖

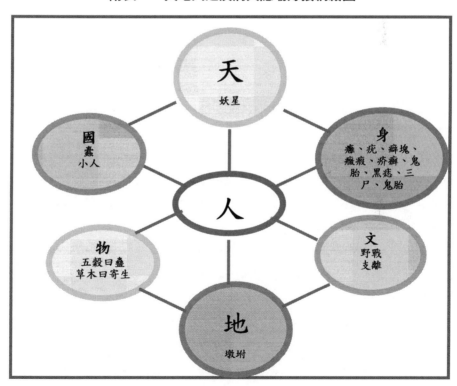

---

24 〔清〕張璐：《醫說》，〈有餘（壬寅五月十三日卯移村）〉，上海圖書館藏稿本，成書於清康熙六十年（1721），頁35。

25 〔清〕萬斯同：《明史・五行志》，卷40，志14，清鈔本，據「中國基本古籍庫」版本。

此二則文獻，一為醫方一為史料，將萬物現象類比羅列，總說正氣流轉天地，多餘的、不正的，則發為戾氣、客氣，具體展現於萬物，而形成天地人之病癥。而所謂三才病癥，大致如下：現於天者，則有妖星（彗星之類）、恆雨；現於地者，則見墩坿（突出之阻礙物）；現於人者，則有疾病，小如「黑痣」、「癬疥」，大則有「癰、疣、癖塊、癥瘕」腫瘤之類，女性則懷「鬼胎」，或「形為三尸」、「下體生上之痾」，或有「服妖」；現於物者，則五穀生「蟲」不實，草木染患「寄生」，雞生「𩵄」，出現「龜孽」、「木妖」之怪眚。至於現於國家政體者，則會出現「小人」讒言禍忠，「蠹」類耗損國力，嚴重者將導致國家梁柱腐蝕、傾頹覆滅。今據所述，繪圖如附表一，論者自可明白其間關係之串連網絡。

執此以觀本文所討論的核心文獻：「疾病書寫」與「末世書寫」之「妖孽語彙」，論者倘依循意義網絡之隱喻系統，輻射串連、輾轉嫁接，則舉凡狀寫人身病癥之癰、疣、癖塊、癥瘕、疥癬、黑痣甚至女子鬼胎，皆可逆溯客氣戾氣之天人感應詮釋系統，而旨趣則指向了「論述國家蠹蝕與小人讒禍等救治宏義」之主軸。

經考此種文化詮釋系統之網絡，實普遍存在於醫事典籍、史傳五行志當中，提供了當時以及後世「說話者／閱讀者」，書寫或詮釋易代遺民隱語的某種可能途徑。本研究試於論述之初，即標舉此一詮釋網絡作為問題之揭竿揚幟，從而探討明清易代之際諸多遺民書寫，如何敘述「疾病」經驗？如何詮釋疾病之因？除此之外，又如何假末世現象之災異、魑魅與鼠孽等「妖孽」符碼，接引「見微知著」之天地宏旨與報應訓示？此種輾轉嫁接的隱喻與精熟的敘述策略當中，所謂卑瑣微物、咒詛詈罵與「噍殺」戾氣，在當時又如何是一種時代的必要語調與姿態？此一隱語秘鑰，仍待研究者穿越末世叢林之晦暗霧霾，始能柳暗花明，得曲徑以通幽，一窺堂奧之妙。

至於本研究之核心文獻，茲以明清易代士子作品為檢覈，凡語涉家國認同，而以疾病、醫療、妖異、瑣物咒詛為語言表述者。由於以議題成論為要，所舉難免掛一漏萬，大旨在於形成此類話語策略之敘述模式。筆者初步

蒐羅的核心案例與作品，有擔當（1593-1673）[26]、傅山（1607-1684）[27]、陳子龍（1608-1647）[28]、吳偉業（1609-1672）[29]、方文（1612-1669）[30]、歸莊（1613-1673）[31]、侯方域（1618-1654）[32]、孫枝蔚（1620-1687）[33]、徐枋（1622-1694）[34]、呂留良（1629-1683）[35]、屈大均（1630-1696）[36]等等，其餘相關論述，隨文附上，並不受限於此；全文將分兩大部分進行論述：其一、「明清易代遺民的貧病經驗與醫藥隱喻」，下分（一）「疾病符碼與身分認同」（二）「醫藥經驗與家國隱喻」兩節討論；其二、「末世書寫中的災異論述與微物託寓」，下分（一）「明清易代遺民妖祥災異與天人感應論

26 〔明〕擔當著；余嘉華、楊開達點校：《擔當詩文全集》（昆明市：雲南人民出版社，雲南美術出版社，2003年）。

27 本文參閱傅山作品主要有二：1.《霜紅龕集》（臺北市：文史哲出版社，1886年）。2.〔明〕傅山著；劉貫文、張海瀛、尹協理主編：《傅山全書》（太原市：山西人民出版社，1991年）。

28 〔明〕陳子龍；王英志編纂校點：《陳子龍全集》（北京市：人民文學出版社，2010年）。

29 吳偉業曾經短暫仕清，隨即深深罪悔，但仍不宜稱為「遺民」；唯本文關注的是其作品中的「前朝意識」。有關「前朝意識」的討論，可參考王璦玲：〈記憶與敘事——清初劇作家之前朝意識與其易代感懷之戲劇轉化〉，《中國文哲研究集刊》第24期（2004年3月），頁39-103。本文使用版本為〔明〕吳偉業；李學穎集評標校：《吳梅村全集》（上海市：上海古籍出版社，1999年12月）。

30 〔明〕方文；胡金望、張則桐校點：《方嵞山詩集》（『安徽古籍叢書』，合肥市：黃山書社，2010年）。

31 〔明〕歸莊：《歸莊集》（上海市：上海古籍出版社，1984年6月）。其他參考版本為《恆軒詩》一卷，收入《續修四庫全書》，集部．別集類第140冊，據北京圖書館藏清康熙刻本影印；《山遊詩》，《恒軒詩》一卷，收入國家清史編纂委員會．文獻叢刊．《清代詩文集彙編》第42冊。

32 〔明〕侯方域著；王樹林校箋：《侯方域全集校箋》（北京：人民文學出版社，2013年）。

33 〔明〕孫枝蔚：《溉堂集》，《清人別集叢刊》本，據上海圖書館藏清康熙刻本影印，上海市：上海古籍出版社，1979年10月。

34 〔明〕徐枋：《居易堂集》（上海市：華東師範大學出版社，2009年）。

35 〔明〕呂留良著；徐正等點校：《呂留良詩文集》（杭州市：浙江古籍出版社，2011年11月）。

36 〔明〕屈大均，陳永正主編：《屈大均詩詞編年箋校》（廣州市：中山大學出版社，2000年）。

述舉隅──以呂、徐為例」（二）「咀咒邪物與除魅安魂──指桑罵槐式的遺
民絮語」兩節論述。

# 二　明清易代遺民的貧病經驗與醫藥隱喻

## （一）疾病符碼與身分認同

易代劇變的衝擊，除了黍離銅駝之痛外，更因戰亂而致家破人亡、骨肉
離散，載記中多呈現枯骨荒塚、頹垣廢墟的「末世景象」，正如方文所述：

> 噫嘻乎昊天，吾生何太苦。……江左淪腥羶，宮闕成荒墟，城郭為頹
> 垣。我邑滿枯骨，我家半遊魂。[37]

戰亂血洗江南，放眼所及，我邦我城、我邑我家，皆成荒涼廢墟，真何其慘
烈！貧窮、憂愁、疾病、困苦，則成為大多數倖存者無可奈何的生存寫照，
此時期之詩文大量敘寫此種困頓愁悶，諸如「天運常難測，賢士遭困窮」[38]、
「皓首困江湖，惟憂病易入」[39]、「身微家累重，病起旅愁多」[40]等等，足見
處境之艱難。

試問，未殉死而懷想前朝的士人，言及貧病潦倒，倘僅僅是白描寫實之
記錄，那論者就無需浪費時日，探究再三，可以逕自以「聊添數則易代史料
之佐」，作結了事；然而，筆者以為，遺民所述「貧病」二字之下，實暗潮
洶湧，託寓深厚而周折隱晦，足堪仔細咀嚼，尋味再三。

遺民如徐枋，曾在寫給不同對象的書信中，一再陳述疾病，銘刻「病
廢」形象，其用意何在？筆者曾撰文考察，發現這無非是徐枋假此舉來彰顯

---

37　〔明〕歸莊：《歸莊集》，卷1，〈噫嘻〉，頁47。

38　〔明〕孫枝蔚：《溉堂前集》，卷2，〈贈邢補庵（名祥）〉，頁7。

39　〔明〕孫枝蔚：《溉堂前集》，卷2，〈輓程在潛〉，頁19。

40　〔明〕方文：《嵞山集》，卷4，〈贈施玉謀博士〉，收入《方嵞山詩集》，頁154。

亡國後存在狀態之自主與意義[41]——蓋一切不是迫於無奈，而是主動抉擇，士子放棄了富貴機會，選擇了流離失所，並且心甘情願地與貧窮疾病為伍。

十分確切的，徐枋顯然並非孤例。此種「貧病論述」，在明末清初以遺民自許的作品中，可找到諸多其他例證，今之論者足以據此，後設地形成一種論述模式。

究竟，遺民士子如何以貧病作為「身份認同」的抉擇與表述？在此之外，筆者要進一步追問的是，這些因貧病交迫而涉及醫療藥方的敘述中，又如何輾轉接引了家國大義的隱喻宏旨？

歸莊自稱在甲申之變後苟活人間，但「幸而不遇，長處貧賤」：

> 申酉之難，以余之氣，能自全乎？不能也。幸而不遇，長處貧賤，庶幾動心忍性，以堅其志氣，進其才識，而患難之餘，猶能養其身以有待。甚矣！天之愛我也。[42]

如《孟子》言空乏其身而動心忍性，養身待時，這是「天將降大任」的厚愛。既稱「厚愛」，即是珍重自許，並無怨懟；自稱「遺民」的方文[43]，不管是自許或者評贈他人，皆明白表述：寧可貧窮也不愛富貴，如訪隱居松風閣的友人張瑤星，稱頌其「風義既高潔，學道尤淵涵」，「富貴非其時，窮賤寧自甘」[44]；〈送馮躋仲歸慈谿〉一詩則宣稱：「世亂如洪波，濟川在舟楫。……寧為貧人妻，勿作富人妾」[45]，自己對交遊的堅持，更是視富貴如

---

41 徐枋在書信中一再刻畫自己為「遺民百病垂死形象」，詳參拙作：《舟舫、療疾與救國想像——明清易代文人文化新探》，頁59-101。

42 〔明〕歸莊：《歸莊集》，卷3，〈自訂時文序〉，頁220。

43 〔明〕方文：《嵞山續集前編》〈贈胡悅之處士〉：「今古遺民同志操，一波三碨有誰看」，收入《方嵞山詩集》，頁617；其遺民心緒又見《嵞山續集前編》〈惶恐灘〉：「十八灘頭第一灘，灘名惶恐膽先寒。臨流忽憶文山句，千古忠臣淚不乾」，收入《方嵞山詩集》，頁619。

44 〔明〕方文：《嵞山集》，卷1，〈臘八前一日訪張瑤星松風閣小飲因至報恩寺訪楊嘉樹復飲達旦即事得三十韻〉，收入《方嵞山詩集》，頁654。

45 〔明〕方文：《嵞山集》，卷1，收入《方嵞山詩集》，頁24。

寇儸：「平生好結交，獨與貧士宜。豈無富貴人，恐非夙所期。」[46]蓋改代
換代，還能享有富貴的人，多半變節仕清，遺民自要口誅筆伐這些「寶馬雕
鞍日日新」的假忠臣：

> 舊京宮闕已成塵，寶馬雕鞍日日新。萬劫不燒唯富貴，五倫最假是君
> 臣[47]。

「富貴」是鼎革時期的污名，「貧困」則是守節者的徽章。「棄富愛貧」的表
述，在易代之際，不是「酸葡萄」心態，而是一種深具自覺、刻意彰顯家國
認同與身分抉擇的話語策略。

隱於禪的擔當和尚，指出「城市」為豪奢所在（新政權管轄），而他選
擇了「徹底的貧窮」，在敗垣破屋之中，全真養性：

> 豪奢在城市，徹貧我不屏。屋破有敗垣，庶免虎狼獍。身癯能導引，
> 不冒蔘芪病。[48]

「貧窮」乃是一種身分認同的自主抉擇，是以方文〈窮冬六詠〉羅列諸困
境──無酒、無米、無油、無鹽、無炭、無薪，極陳亂後之一無所有，[49]殆
標舉遺民處境之艱難如此，其幽微曲衷則指向了堅守節操之難度甚高。遺民
呂留良自言「貧賤」[50]，特意寫了篇專文標舉四位貧友[51]，亂後以賣文維

---

46 〔明〕方文：《嵞山集》，卷1，〈初度書懷〉，收入《方嵞山詩集》，頁34。類似的表述
   亦見〈夢崔正誼李溉林二明府見訪談笑竟夜醒而有作（癸巳）〉：「我生貧賤交，強半委
   秋草。眼前富貴人，率非我所好」，收入《方嵞山詩集》，《嵞山集》，卷1，頁55。

47 〔明〕方文：《嵞山集》，卷7，〈身中有感〉，收入《方嵞山詩集》，頁253。

48 〔明〕擔當著；余嘉華、楊開達點校：《擔當詩文全集》，《橛庵草》，卷2，〈寄寓葉天
   依近海齋頭四首〉，頁152。

49 〔明〕方文：《嵞山集》，卷5，收入《方嵞山詩集》，頁186-188。

50 語出呂氏《何求老人殘稿》，卷7，〈欸氣集・祈死詩〉：「貧賤何當富貴衡，今知死定勝
   如生」，作於康熙二十二年（1683），是年八月呂氏卒，終年五十五歲，此詩可視為其
   一生之總結。見俞國林撰：《呂留良詩箋釋》（北京市：中華書局，2015年7月），頁
   955-956。

51 呂有〈賣藝文〉，又有〈反賣藝文〉，知當其時有諸多遺民藉此維生。文後還有條列各

生；擴而言之，「貧」「病」二字，時相屬連，如歸莊言「窮鬼驅不得，病魔復屢至」[52]，屈大均說「病以憂時得，愁如失路何」[53]；方文說友人「窮困既已嗟，況乃疾病苦」[54]；又自述右臂生疽經過：

> 去年一疽生右肩，皮膚赤腫厚且堅。良醫施鍼入二寸，流血數升毒始宣。今年一疽生右乳，潰久不合其肉努。亦有良醫施毒藥，爛腐生新陷重補。二疽但屬厥陰經，肝火鬱抑氣血停。內淫發於懷抱間，坐臥行立各不寧。嗟乎！蒼天扼我何太酷，半世饑寒與憂辱。人間好事一星無，貧病二字更相屬。吾生貧病曷足悲，傷心四海大運移。牢騷憤懣結胸臆，兩年疽發身幾危。[55]

值此困阨之際，貧病交迫，還一度瀕臨死亡，末了一句「吾生貧病曷足悲，傷心四海大運移」，由自身貧病之痛轉而慨嘆國愁世變，指向了更巨大而深沉的悲傷。歸莊自言「病廢」之人[56]，徹貧之擔當自比「病鶴」：「擔當久矣如病鶴，即不巢松亦落落。半個枯崖了一生，敢謂過人之邱壑」[57]，殆自述長久的貧病並非自憐自艾，而是堅守節操的自我肯認，頗有「揀盡寒枝不肯棲」的傲氣姿態。也惟有在貧病愁苦中，得享遠離名利火窟之「閒」，在與時相左之心冷處，看透真相：

> 為與時相左，看春不見春。一生無好日，千古有高人。貌向愁中老，

---

項筆潤。節引〈賣藝文〉：「東莊有貧友四，為四明鷗鵝黃二晦，檇李歷山農黃復中，桐鄉叟山朱聲始，明州鼓峰高旦中。……因約聲始竟賣文，餘友共賣文與詩……既以自食，且以食友。」見《呂晚村先生文集》，卷8，頁184。

52　〔明〕歸莊：《歸莊集》，卷1，〈臥病〉，頁58。

53　〔明〕屈大均：《屈大均詩詞編年箋校》，卷6，〈代景大夫歲暮客建陵作〉，頁442。

54　〔明〕方文：《嵞山集》，卷1，〈寄懷明圃子留〉，收入《方嵞山詩集》，頁32。

55　〔明〕方文：《嵞山集》，卷3，〈疽歎〉，收入《方嵞山詩集》，頁88。

56　〔明〕歸莊：《歸莊集》，卷5，〈與侯彥舟〉，頁311。

57　〔明〕擔當著；余嘉華、楊開達點校：《擔當詩文全集》，《橛庵草》，卷3，〈寄答胡兔庵〉，頁180。

心從冷處真。若非貧且病,容得幾閒身。[58]

與俗不諧而致貧病寥落、愁老心冷,但卻讓人回歸到渾沌初始之淳真境界。
這不是向下淪落的困頓,而是向上提昇的心性淬鍊。

倘據此種疾病隱喻的象徵網絡,來閱讀諸多易代士子「貧病交迫」的敘
述,則可逆溯理解為「寧可困頓而堅不仕清」之隱語,如歸莊自言窮愁病
困、病廢之人:

> 弟病廢之人,泥塗自甘,顧不能不為君輩擊唾壺耳!年來窮愁病困,
> 人生難堪之事,無所不歷,而風致殊不減於昔。[59]

「泥塗」二字運用了《莊子・秋水》不為案上神龜而寧可曳尾塗中的典故,
而所謂甘處泥塗而不復昔日壯志,則意味了今日之不可為、不願為(暗指不
仕清朝):

> 弟蘆中窮士,加以病困經年,百憂紛集,愁鬱之況,殆昔人所未有,
> 因遂甘處泥塗,無復凌霄之志。[60]

至於遺民流離遷徙,多半痼病纏身,這可由大量的疾病書寫,足以得知。如
歸莊自述貧病交迫:「窮鬼趨不得,病魔復屢至,泄痢及癰癃,旬月迭為
祟」[61];又哭友人憤懣致疾而致死:「五年懷憤懣,二豎作災屯。文史添幽

---

58 〔明〕擔當著;余嘉華、楊開達點校:《擔當詩文全集》,《橛庵草》,卷4,〈春日有
感〉,頁197。又自稱「病骨」,如〈代東坡答佛印留玉帶鎮山門詩〉:「病骨難勝玉帶
圍,不因法戰始皈依。禪師若果空諸有,圍棋誰非第一機」,見〔明〕擔當著;余嘉
華、楊開達點校:《擔當詩文全集》,《橛庵草》,卷4,頁308。

59 〔明〕歸莊:《歸莊集》,卷5,〈與侯彥舟〉,頁311。

60 〔明〕歸莊:《歸莊集》,卷5,〈與朱宗遠〉,頁310。又同類表述,亦見〈與史子虛先
生〉,自言支離憔悴,飢寒饑苦:「三四年來,讀姚江書,稍破拘孿之見,然以獨學無
友,殊少觸發,又苦饑寒疾病,雖不以饑寒累其心,而不能不勞其形,雖不以疾病喪
其氣,而不能不銷其精,疲役終年,支離憔悴,坐此學殖益落。」〔明〕歸莊:《歸莊
集》,卷5,頁321-322。

61 〔明〕歸莊:《歸莊集》,卷1,〈臥病〉,頁58。

恨，巫醫奈酷貧。溘然先薤露，不復見陽春」[62]；再如呂留良自言「衰病日深，支骨待死」，屢屢描述病亟之狀：「喀血嗽痰，聲瘖臥熱，種種惡候，夜鬼相參」[63]、「患疥瘡」[64]、「某衰病日深，支骨待死，較丁巳追隨時先生所覿憔悴之容，已不可復得矣。醫事久已謝絕，惟點勘文字則猶不能廢」、「今已病亟矣，喀血嗽痰，聲瘖臥熱，種種惡候，夜鬼相參」等等[65]，諸如喀血、痔瘻、支離伏榻等隱疾痼症，可謂通體皆病；擔當和尚亦自述：「悠悠百年內，耄耋能有幾。晦明暗相侵，愁多誰不死」，[66]值此世變晦明之際，愁病而死者甚多，更不要說能夠長壽了。這些疾病癥狀之具體描述，在明末清初誠不勝枚舉，此唱彼和地各自表述，但又卻遙相呼應，論者視此為一時代具有特殊意涵的話語符碼，應可收管窺蠡測之效。

除此之外，「疾病」又意味著「承天受難」的積極意義。如徐枋論「疾病」，是一種對於天地大病的感應與承擔，因家冤國恤造成士子身心巨大的創傷[67]；並非世人定義中的「遺民」，但卻一直以仕清為悔罪的吳偉業[68]，自述「自國難驚心，舊疴彌劇，病痁兩月，復加下痢，清羸困弊，幾不自

---

62　〔明〕歸莊：《歸莊集》，卷1，〈哭陸幼于秀才二十韻〉，頁55。

63　詳見〈答葉靜遠書〉，收入〔明〕呂留良著；徐正等點校：《呂留良詩文集》，卷1，頁27；〈與萬祖繩書〉，《呂晚村先生文集》，卷2，頁46。

64　〔明〕呂留良：《呂晚村先生文集》，卷1，〈與葉靜遠書〉，頁27。

65　〔明〕呂留良：《呂晚村先生文集》，卷2，〈答萬祖繩書〉，頁47-48。

66　〔明〕擔當著；余嘉華、楊開達點校：《擔當詩文全集》，《橛庵草》，卷2，〈感懷〉，頁152。

67　徐枋之論詳見拙作：《舟舫、療疾與救國想像——明清易代文人文化新探》，頁59-97；至於疾病為承擔天地大責的表現，則可參見謝世維：〈流動的罪——中國中古時期的懺悔與救度〉，收入李豐楙、廖肇亨主編：《沉淪、懺悔與救度——中國文化的懺悔書寫論集》（臺北市：中央研究院中國文哲研究所，2013年），頁139-172。

68　相關研究可見王璦玲、白一瑾等人作品。如王璦玲：〈記憶與敘事：清初劇作家之前朝意識與其易代感懷之戲劇轉化〉，《中國文哲研究集刊》第24期（2004年3月），頁63-68；王璦玲：〈「魂壘怎消醫怎識，惟將痛苦付汍瀾」——論吳偉業、黃周星劇作中之「存在」焦慮與自我救贖〉，《中國文哲研究集刊》第39期（2011年9月），頁41-102；白一瑾：《明清鼎革中的心靈史——吳梅村敘事詩人物形象研究》（天津市：天津人民出版社，2008年5月）。

支」[69]，此句雖可能是「託病辭官」之尋常說法，但亦有真實成分；詩人自述因為當年失節苟活，[70] 在晚年臨終之際，深深懺罪，遂以罹疾來說明多年來腸結心鬱，非醫藥可治癒：

> 吾病難將醫藥治，耿耿胸中熱血。待灑向、西風殘月。剖卻心肝今置地，問華陀解我腸千結。追往恨，倍淒咽。　故人慷慨多奇節。為當年、沉吟不斷，草間偷活。艾灸眉頭瓜噴鼻，今日須難訣絕。早患苦、重來千疊。脫屣妻孥非易事，竟一錢不值何須說！人世事，幾完缺？[71]

這些藉題發揮、借病興懷詠歎的文獻，以「疾病」繫聯「忍死偷生」的罪感，面對死期不遠的諸多悔恨，寫下臨終詩數首：

> （其一）忍死偷生廿載餘，而今罪孽怎消除？受恩欠債應填補，總比鴻毛也不如。
> （其二）豈有才名比照鄰，發狂惡疾總傷情。丈夫遭際須身受，留取軒渠付後生。
> （其三）胸中惡氣總漫漫，觸事難平任結蟠。塊壘怎消醫怎識，惟將痛苦付汍瀾。
> （其四）姦黨刊章謗告天，事成糜爛豈徒然。聖朝反坐無冤獄，縱死深恩荷保全。[72]

詩人面對疾病，毫不迴避地接受磨難至死，作為一種懺罪悔過的方式；此將

---

69 見《梅村家藏稿》，卷57，〈辭職疏〉，收入〔明〕吳偉業著；李學穎集評標校：《吳梅村全集》，頁1126。

70 《清史》將吳偉業列入〈貳臣傳〉，已寓褒貶。

71 見〈賀新郎〉之二〈病中有感〉，收入〔明〕吳偉業；李學穎集評標校：《吳梅村全集》，頁584-586。

72 卷20，〈臨終詩〉四首，收入〔明〕吳偉業著；李學穎集評標校，《吳梅村全集》，頁531-532。

疾病經驗、懺罪意識與身分認同揉雜一氣，頗有宗教之言「業報致疾」意味，多元地展現了疾病的文化意蘊。[73]

在此之外，士人透過詩文書畫等等媒介，「再現」並「形塑」自我為一罹患疾病、殘缺敗廢的身軀，公開地展示病體，如遺民畫家石濤（1642-1707）曾題梅花冊葉詩：「古花如見古遺民，誰遣花枝照古人。閱歷六朝惟隱逸，支離殘臘倍精神。天青地白容疏放，水擁山空任屈伸。擬欲將詩對明月，盡驅懷抱入清新。」以古梅花指涉遺民，梅花之「支離殘臘倍精神」，即指遺民。由畫作中梅樹因大雪遮蔽樹幹，而顯露枝幹呈現殘破、斷裂的「支離」狀態[74]。吳偉業於〈許九日顧伊人和元人齋中雜詠詩成持示戲效其體〉（頁384-385），以焦、蠹、殘、破、舊、廢、斷，來藉物託喻，如〈殘畫〉、〈破硯〉等詩作，展現對前朝懷想與懺罪心緒。

此乃亡國遺民運用「疾病」符碼，再現於藝術，而形成了易代之際，特殊而畸怪的文藝風景。

## （二）醫藥經驗與家國隱喻

「貧病交迫」既然是易代遺民的生命常態，如影之隨形的，即是繁多而

---

73 詳參謝世維前引文章。

74 轉引自白謙慎：《傅山的世界——十七世紀中國書法的嬗變》（北京市：生活·讀書·新知三聯書店，2006年4月），頁147。此詩見〔明〕石濤：《大滌子題畫詩跋》，卷2，〈梅竹小幅〉，收入黃賓虹、鄧實編：『美術叢書』（上海市：神州國光社，1936年），第3集第10輯，頁39。蓋「古花如見古遺民」一句數見於石濤詩中，如〈墨梅冊〉之起首句亦同，殆因其常存遺民感懷舊物之思也（頁37）。有關明遺民文藝再現中的疾病、殘疾與畸形，可參見白氏中文著作：《白謙慎書法論文選》（北京市：榮寶齋出版社，2010年6月），〈17世紀中國藝術中的疾病、殘疾與畸形〉，頁70-93。文中言及明清鼎革時期導致「巨大的社會與政治錯位、心理創傷，以及漢族社會精英的身分危機」，此種失落與疏離感，往往成為藝術家們聲稱身體病痛，與形成特殊風格的內在因素。論者可由藝者之字號查見跡象，如傅山自稱「七十三歲病夫」、畫僧「髡殘」、八大山人之「膏肓子」、石濤之「瞎尊者」等，皆刻意以殘敗「病體」之姿，展現於公眾場域。

駁雜的醫藥經驗。面對貧窮與疾病，遺民或自尋草藥，或尋醫用方；或隱於
醫以為餬口生計，採藥用方、行醫救人；間或鼓勵他人行醫濟世，讚許醫者
亂世救人。論者綜此諸多體驗，匯流而成一套回應了士子生存焦慮與時代變
局的「醫藥論述」。雖不脫天地人相應相感的思維模式，但糅雜了明清易代
的獨特氛圍，串聯了疾病／醫者／藥方三者，形構了攸關家國認同的隱喻
網絡。

儒生「仕進用世」的傳統使命，在亡國後面臨轉型，抉擇為「遺民」而
隱於醫卜，是其中一途。如傅青主在亂後隱於醫：

> 衡尹傳湯液，疇箕不見書。想來明晦際，亦事鬼神區。所以長沙老，
> 相承金匱俱，既無嘗藥聖，誰是折肱儒，即不千緒也，其能一視歟！
> 真人十六字[75]，一半老夫除。[76]

自嘲丹家十六字妙訣，經他之手只剩一半，行醫係業餘心態，並非首選；又
如屈大均之父是醫生，自種草藥，現因亂後，而一己拙於生計，故效韓康隱
醫行世：

> 先人好種藥，遺我神農書。與子理嘗業，參苓帶雨鋤。道從多病入，
> 力是耦耕餘。莫嘆生涯拙，韓康此隱居。[77]

再如方文，慨嘆「濁世求榮易，閒居免禍難」[78]，不愛榮華富貴，故「且將
醫卜混屠沽」[79]。此種「不得不如此」的說話策略，旨趣在於彰顯：這一切

---

75 此指丹家喻十六字訣，見《赤鳳髓·李真人長生一十六妙訣》：「一吸便提，氣氣歸臍；
   一提便咽，水火相見。」上十六字，仙家名曰十六錠金，乃至簡至易之妙訣也。」見
   之于《修齡要指》及《尹真人寥陽殿問答編》等。蓋傅山在甲申（1644）年秋，攜子
   入山避亂，拜精通《易》學的還陽子郭靜中為師，道號真山，別號朱衣道人。

76 〔明〕傅山：《霜紅龕集》，卷11，〈賣藥〉，頁302-303。

77 〔明〕屈大均：《屈大均詩詞編年箋校》，卷3，〈家園示弟妹〉，頁158。

78 〔明〕方文：《嵞山續集·徐杭遊草·補壽范眉生三十》，收入《方嵞山詩集》，頁
   496。

79 〔明〕方文：《嵞山集》，卷3，〈答邢孟貞江上見懷〉，收入《方嵞山詩集》，頁92。

都是因為效忠的國朝已然不存，才會捨棄「仕進用世」的首要使命，退而求次地迫隱於醫，這是易代之際成為醫者的消極意義。

筆者以為，「醫」作為一種不得不的生計抉擇，看似消極的說法，其重點當放在表述效忠前朝的失落；然而，醫者身分，是否也可以成為回應士子生存價值的積極意義？而其話語策略又該為何？

孫枝蔚稱頌方文隱於醫卜，乃亂世救貧之策；而當此國朝覆滅、天崩地解之際，五倫之君臣大義，再無著落，藥典醫方中仍舊強調君臣主從，遺民適可假此存有君臣大義、家國之思：

> （其一）壯士誰教入澗阿？畫圖看罷淚滂沱。黑頭不是商山伴，遠志寧如小草多。亂世救貧無計策，詩家采藥有吟哦。不知誰問韓康買，村市蕭條可奈何！
>
> （其二）不去垂竿不鼓刀，忍聞妻子有啼號。古方且喜君臣在，隱士誰嫌醫卜勞？新倚長鑱同杜甫，熟看香草註離騷。籃中是藥僮皆識，那識先生志節高！[80]

醫者行醫救人，醫術精良，如〈贈醫者黃歧彬〉稱頌「始知醫師妙無匹，出蛇走獺多奇術」[81]，足見對於醫者之尊重與推崇。再如歸莊褒揚王氏醫者，救人性命，話鋒一轉，批評起衰世宰相不過是尸位素餐，未能披澤於民，實指桑罵槐地暗貶此時即衰世（清代），故宰相不如醫：

> 天下技藝之士，莫善於醫，刀圭之間，可以生死肉骨，故語云：「不為宰相，則為良醫」。然衰亂之世，宰相充位而已，澤不能有己及物，則宰相顧不如醫！！[82]

失序的亂世，盜賊四起，燒殺擄掠，幾無倖免，然顧姓醫者平日積善有德，

---

80 〔明〕孫枝蔚：《溉堂前集》，卷7，〈題方爾止處士採藥圖〉，頁9。

81 〔明〕歸莊：《歸莊集》，卷1，頁11。

82 〔明〕歸莊：《歸莊集》，卷3，〈贈小兒醫王君序（代）〉，頁233。

素有佳譽，竟成為亂世中被禮遇敬重的身分，賊寇雖入村過門，卻不壞其
家，醫者全家得以存活性命：

> 余友顧寧人，嘗避亂海虞之唐市。……晚年尤好醫書，嘗取古方製藥
> 以施人。鼎革之初，群盜出沒，君避之他所。有盜入其村，方肆劫
> 掠，至君之門，曰：「此積善之家也」，去之。[83]

孫枝蔚則撰文勉勵兒輩，亂世中富貴不可依恃，隱而學醫，行仁救人，才是
應世首選：

> 相馬相牛者，亦各立其身。使兒無處所，所愧非賢人。讀書守章句，
> 有志常不伸。吾已成自誤，忍復認子孫，刻今亂靡定，富貴安足云。
> 古聖隱醫卜，斯語可書紳。審擇二者間，惟醫術更仁，出能活婦孺，
> 入能壽雙親。[84]

此中對於亂後行醫應世較持保留態度的，遺民呂留良是一特例：

> 自別後醫藥之事，凡外間見招者一切謝卻，已一年矣。……未嘗計及
> 醫品損益，但於斯有未能自信處，恐致誤人，以此謝卻耳，不意其已
> 有合于良箴也。[85]

又〈復高君鴻書〉云：

> 偶遇死症數人，投藥立起，于是一時翕然歸之。……今同遊之友，亦
> 頗欲行醫，其子若侄亦皆以醫求食，……若以蔦館、行醫之事見屬，
> 則萬不能奉命。[86]

---

83　〔明〕歸莊：《歸莊集》，卷8，〈陳君墓表〉，頁464-465。

84　〔明〕孫枝蔚：《溉堂續集》，卷5，〈勉兒輩學醫〉，頁28。

85　〔明〕呂留良：《呂晚村先生文集》，卷1，〈答某書〉，頁12。

86　〔明〕呂留良：《呂晚村先生文集》，卷2，頁48-49。

由此足見其謹慎態度，審慎考量人命關天，由於未有十分把握，故推辭行醫之事，論者適足以藉此理解亂世行醫風氣雖盛，但並非以利益為先，而以救人為要，足見呂氏是位有醫德良知的醫生。

綜觀上列文獻之旨趣，「說話者」表述了亂世行醫的理由，除了實際生計考量之外，更抽象地深化亂世行醫之意義，在失序的易代之際，替代性地找到君臣大義的載體，所謂推舉醫事，除了暗貶此一衰世「宰相不如醫」外，還蘊含「上醫醫國」、「良醫良相」、待時而動的崇高期許，其攸關家國之文化隱喻，大抵不脫此敘述模式。

至於亂世遺民或隱於醫者，筆者茲以方文、屈大均二位個案，勾勒其梗概，略述其行醫用藥之旨趣。

方文於國變之後，從此以隱於醫卜應世，自述「遁世惟親《草本經》，自憐衰疾仰茯苓」[87]，亦嘗撰醫者小傳：

> 山人一耒字明農，別號淮西又忍冬。年少才如不羈馬，老來心似後凋松。藏身自合醫兼卜，涸世誰知魚與龍。課板藥囊君莫笑，賦詩行酒尚從容。[88]

雖然是「牛驥同一皂，雞棲鳳凰食」的混亂局面，但自比「不凋松」，則意謂士子於亂世中堅守節操，經得起寒冬考驗；而今亂世行醫，自比韓康：「流落江湖歲晚回，卜居預指射蛟臺。談天鄒衍口須閉，賣藥韓康肆欲開。但使兵戈長遠絕，何妨商賈數追陪。獨憐江上鯨波惡，萬古還思漢武才。」[89]值此卜居之際，如鄒衍陰陽五行因語涉朝代更迭，故須謹慎勿言；惟託醫藥救世，名傳於世。選擇醫卜二途，是因為「卜肆尚能言孝悌，醫方猶可立君臣」[90]。即便在山中採藥，但仍心繫京國，暗自神傷：「一去湖山甘采藥，

---

87 〔明〕方文：《嵞山集》，卷7，〈太湖訪戴其懷（先是戴以茯苓見寄，不果）〉，收入《方嵞山詩集》，頁291。

88 〔明〕方文：《方嵞山詩集》，〈自題小像〉，頁881。

89 〔明〕方文：《嵞山集》，卷7，〈初度書懷（丁亥）〉，收入《方嵞山詩集》，頁257。

90 〔明〕方文：《嵞山集》，卷7，〈元日書懷〉，收入《方嵞山詩集》，頁283。

重來京國暗銷魂。獨憐肘後方書在，我欲從君隱市門」[91]。行醫問卜皆託寓
故國之思，與遺民心緒遙相呼應。

　　至於屈大均，父宜遇，字原楚，號澹足，因多病而精於醫理[92]。大均在
亂後居廣東，親眼見到許多南方師巫行醫的案例，[93]然認為此乃「淫昏之
鬼，或憑藉以為禍福」，而對於依憑鬼物以治病的民俗療法，持質疑的保留
態度。這似乎也意味著屈氏在醫病的觀點上，有著「鬼／神」、「邪／正」的
區辨意識。相對來說，屈氏對於「神（聖）」能治病這回事，則深信不移，
甚至推崇至高。如其曾為藥王廟撰一長文，該廟祭祀的是藥典《千金方》作
者孫思邈（541-682）：

> 漢口之北，後湖之南，中當大別之巔，而出有藥王廟焉。其祀為孫真
> 人思邈。考《列仙傳》，真人洞曉天文，推步尤善醫，以方濟世，嘗
> 入涇陽水府療治蛟龍，既化，復夢語玄宗，乞武都雄黃為用。真人明
> 治人物，幽治鬼神，凡為精氣之所生，游魂之所變者，身苟有疾，無
> 不妙為攻理，蓋自神農嘗草，巫彭作醫以來，至真人而其道大善。繇
> 唐迄今，凡以醫藥名家，莫不俎豆尊之為藥王。噫嘻，豈非真人神明
> 之德所致乎！覃懷李君某常為藥賈，念漢口一大都會，人民繁庶，業
> 醫者無慮數十人，而未嘗有若華佗、扁鵲之為者，求之於人，何如求

---

91　〔明〕方文：《嵞山集》，卷7，〈京口訪鄒沂公感舊〉，收入《方嵞山詩集》，頁252。
92　見〔明〕屈大均：〈先考澹足公處士四松阡表〉，收入《屈大均全集》，第3冊，《翁山文
　　外》，卷7，頁137。
93　師巫治病之載，見〈入永安縣記〉，《翁山文外》，卷1，頁26-28：「丈夫重儒，婦則惟
　　師巫是聽，有病輒以八字問巫。巫始至，破一雞卵，視其中黃白若何，以知其病之輕
　　重。輕則以酒饌禳之，重則畫神像於堂，巫作姣好女子，吹牛角，鳴鑼而舞，以花竿
　　荷一雞而歌，其舞曰《贖魂之舞》，曰《破胎之舞》，歌曰《雞歌》，曰《暖花歌》。暖
　　花者，其男嬰兒有病，巫以五綵團結數十花環之，使親串各指一花以祝，祝已而歌，
　　是曰暖花。巫自刳其臂血，以塗符，是曰「顯陽」。七月七夕，則童子過關，十四夕，
　　則迎先祖，男子或結場度水，受白牒黃誥。婦人或請仙姐，施舍釵鈿。仙姐與女巫不
　　同，女巫以男子為之，仙姐以替人之婦為之。山深谷邃，淫昏之鬼，或憑藉以為禍
　　福，未可知。縣中士大夫常以為病。若籠張令公下車，首屬禁之，然其根株深固，未
　　能翦除二三也」。

之於神，神於藥，豈非真人用，是建廟祠之，使道士張、李二君來乞
文以紀。予作而嘆曰：「嗟夫，仁人君子以天下人之病為病，念天下
人之病非藥可療，人用藥於陰有窮，神用藥於陽無盡，知人之病本
無，則神之藥亦可不有，神之藥可不有，斯神之藥所以為靈也已。
《易》曰：「無妄之疾，勿藥。」蓋知吾之真本無疾，則有疾者，妄
也，無妄，斯無疾矣。無妄之疾，而何以藥之試？為真人固善
《易》，其所以默運其精神，以使人知夫無妄，固非世之智識所能
窺，予亦不能言。張、李二君先朝內大臣，嘗賜蟒玉。國變，黃冠入
道，以真人為師，主斯廟也。不可以不誌，因係以詩，俾晨夕歌誦，
以樂真人之聽。其辭曰：「真人之學，日精月神。以之療疾，萬物皆
春。身雖蜩蛻，陰用其仁。有求斯應，屈者以信。峨峨廟貌，江漢之
濱。芝宮桂宇，元氣瀰淪。驚精返魂，一縷埃塵。金膏玉液，觸目皆
真。真不受病，所患惟身。來求藥者，勿問君臣。中和自致，可育天
人。」（按：本篇輯自鄭本和佚文輯。）[94]

蓋主廟者張、李二君，為前朝御賜蟒玉的大臣，在國變之後，遁為黃冠道
士，以真人孫思邈為師，所謂「真人明治人物，幽治鬼神」，可兼治冥陽兩
界；論及天下之病，非藥可療，蓋本真並不受病，默運其精神，培本固元，
則知無妄[95]，遂自然而然無疾無病；至於施用藥方，則以《易經》所述，須
善用陰陽，因為有形藥方終究有限，藥越多而疾益亂，治絲益棼，未能收
效；施藥的原則之一，是無妄之災勿藥；醫至極致，藥終簡化，而以此最為
上乘：

序之曰：今夫知本易而人故難之，能本簡而人故繁之，非所以合乎乾
坤之道也。夫子稱「《易》簡而天下之理得」，用藥如用兵，兵能易簡
則奇，奇則無所往而弗勝。孫武子使吳王寵姬視心與左右手背，鼓

---

94 〔明〕屈大均：《翁山佚文》，收入《屈大均全集》，第3冊，頁473-474。
95 《周易》，第25〈無妄〉卦。

之，而前後跪起皆整齊，可以赴湯蹈火，何其奇也。故知兵法不在
多，一言可以蔽之曰：「律」。《易》曰：「師出以律」，天道在乎
《易》六十四大象。聖人以人事合乎天，《中庸》所謂「上律天時，
下襲水土」，於斯見之。所謂：致中和，天地以位，萬物以育，亦於
斯見之。故善醫莫如聖人，天地且受其療治，以去其雷風之蠱，而況
於人乎？故夫不知《易》者，不可以醫。能以易簡為道，調其陰陽，
濟其水火，行其血氣，而天下之疾已瘳矣。一物之微，皆吾生殺之
具，殺中有生，生中有殺，故不貴乎其多，此梁子《單方》之所以為
妙歟。……人人可以自治，雖藥而勿藥，勿藥而藥，斯誠易簡之至
也。扁鵲言：人之所病，病疾多，醫之所病，病道少。惟道少，故其
藥多，藥多而疾益亂。[96]

善醫莫如聖人，因聖人深知《易》理，「能以易簡為道，調其陰陽，濟其水
火，行其血氣」，則天下之疾自然療癒。至於何謂「無妄之疾勿藥」？倘若
不依賴外在之藥方，又如何去除疾病？屈氏闡述醫藥之極則，蓋卻除疾病的
根本之道，在於自養，猶「上醫醫未病」所強調的，在於預防勝於治療：

善養者無往而非藥石，不善養者無往而非疾疢。故《易》曰：『自求
口實』，又曰：「無妄之疾勿藥」，言貴乎有以自養也。梁子故善
《易》，今之不言治物，其亦以為療疾之方，莫精於《易》。……蓋欲
覽者心知聖人之意云爾。[97]

此係由《易經》無妄之災，論及用藥與否以及陰陽配用，這種儒家式的醫藥
療疾論述，強調由有形之身體的保持，向上提升至心性的淬鍊。在「主廟者
係前朝大臣」，以及「屈子為遺民」的二重語境中，論醫藥療疾而沿用《易
經》談神聖之發用，亟欲於亡國亂世中再次建構秩序與典範的深切意圖，十
分明顯。

---

96 〔明〕屈大均：《翁山文外》，卷2，〈易簡單方集序〉，頁78-79。
97 〔明〕屈大均：《翁山文鈔》，卷1，〈箋補食物本草序〉，頁287。

最後，再談談文學隱喻式的藥病論述。例如屈大均嘗撰文，起首即自言係屈騷之後，揭示了此詩為遭憂謫臣的基調。詩中除了標舉儒家先聖的「正氣」之外，同時也接引道教葛洪的「自然」，再加上莊子列仙之姑射神。詩人以多元融合（儒道）的浪漫表述，娓娓道來，逢此國難者，倘身先士卒，承天正氣，方可以去除邪祟、疵癘與惡疾：

> 吾屈自楚而秦，……，我祖從秦川，抱挾離騷經，肇居番禺偏。……吁嗟蚩尤亂，閶闔紛刀鋌。……賣藥東市廛，增城受丹訣，委蛻從稚川。正氣得所繇，庶幾返自然。嗟予破家產，報國多迍邅。左持將軍頭，……吁嗟天命衰，脫身出函關。……魑魅紛來戰，雷霆相糾纏。予時當一隊，矢盡猶爭先。猛士盡瘡痍，一呼皆騰鞍。……鬼出忽電入，兵機獲無傳。……姑射似神凝，使民疵癘蠲。[98]

類似的說法，亦見於傅山，此詩以天地比況人身，談疾病與療癒：

> 天地有腹疾，奴物生其中。神醫須武聖，掃蕩奏奇功。金虎亦垂象，實難誰執雄，太和休妄頌，筆削笑王通。[99]

又以「瘡痍」言天地之狀態，以「未痊」解釋皇帝仍酣醉未醒：

> （其二）詩是吾家事，花香雜柳煙，豈堪塵市得，或可藥籠邊，世界瘡痍久，呻吟感興偏，人間多腐婢，帝醉幾時痊。
>
> （其四）只益丹心苦，黃連自蜀中。昔年騰附子，今日賤芎藭。霸略無昭烈，奴才但李雄，藥材還地道，天府遂成空。
>
> （其九）丸藥流鶯囀，高情興會孤。奇方悲海上，老病憶山圖。塞北多奔馬，江南想寄奴。殊功無反忌，兵法寓諸壺。
>
> （其十二）浩蕩難倚賴，錐刀試小才。不相違背處，隨在法華開。果

---

98　〔明〕屈大均：《屈大均詩詞編年箋校》，卷3，〈維帝篇〉，頁163-165。

99　〔明〕傅山：《霜紅龕集》，卷9，〈讀史〉，頁265-266。

識壺中定，蓮心藥上胎。鎮江鑭子好，會過那頭來。[100]

其四以藥方自況，值此天地大病時刻，忠臣的一片丹心，有若黃蓮之苦心，這豈不是意味著遺民如此叨叨絮語，就如良藥之苦口；而所謂苦心，即是亂世中孤臣孽子的孤詣所在？此詩所言昔年是貴重藥材騰附子，如今卻成了賤價的芎藭，這不就是在況喻亡國前後，昔日的用世人才，如今卻淪落卑賤而無所施用的困境？而所謂「藥材還與地道」，「天府成空」，不就是暗指天子無復有道（實指鼎革之事），治國之藥材未能施用，而徒然還給大地？類似的醫藥與家國論述，亦見於孫枝蔚，「閒將世事比沉疴，聊把艱難訴病魔，皮骨僅存肌肉盡，可憐無地避催科」[101]，以療疾論及世變家國，亦不脫此詮釋模式。

綜觀以上諸多疾病書寫以及醫病論述，說話者或以人身療疾比況國事治理，或以國事治理比況人身療疾，主從或有不同，然串聯疾病／醫藥的模式，卻皆異曲同工地通往家國之思的主旨。疾病與醫療，作為易代之際的時代隱語，其話語策略、敘述旨趣與論述模式，大抵如上所述，後之論者或可執此以收管窺之效。

## 三　末世書寫中的災異論述與微物託寓

誠如緒論所述，在鼎革入清之後，文字獄等白色恐怖的高壓，讓遺民如歸莊、方文、孫枝蔚等懷想前朝的心緒，產生毛細作用與變形，那飽含家冤國恤的強烈憤懣，與「牛驥一皁」的身分認同，糅雜了諸多怪力亂神，組構成一種末世來臨的氛圍與圖像，透過因果詮釋與隱喻託寓的話語策略，在微小卑瑣事物的詠嘆怨刺上，展露無遺。此種詮釋之背後，存在了行諸久遠的

100 〔明〕傅山：《霜紅龕集》，卷9，〈兒輩賣藥城市誹諧杜工部詩五字起得十有二章〉，頁248-249。

101 〔明〕孫枝蔚：《溉堂續集》，卷5，〈瘧不止〉，頁33。

文化象徵網絡，意即「天人感應」與「陰陽五行」說[102]（如緒論所示），足
供後之閱者溯求意義、按圖索驥之佐。

在諸多「末世圖像」與「微物託寓」書寫當中，尤耐人尋思是：面對世
局變動、災難頻仍的時期，憂心忡忡的士人，如何表述災難經驗
（representation）與詮釋現象？其次，又如何假因果模式之邏輯推論，凸顯
天道哲理之必然？倘視歷史為一線性時間，明朝由綱紀敗壞走向顛覆滅亡，
正「應驗」了這個憂慮，這個結果，讓「天人感應」與災異徵兆之說，更加
深深植入心繫前朝的遺民士子，成為潛意識的幽暗底層。

於是書寫者後設地追憶晚明諸亂象時，刻意彰顯蛛絲馬跡為末世徵兆，
筆下之「罪惡」，已然「瑣屑化」，處處浮現；「惡」不是標的清楚地高聳存
在，而是存在於尋常生活的卑微細節之中。所論旨趣在於：大明王朝之所以
走向覆滅，並非一時片刻的偶然。全知的天道，早就示現徵兆，警告世人。
可惜芸芸眾生，懵昧無知、無視警訊，無法及時修德，以調整作為、趨吉避
凶，遂導致亡國大難。自古以來，世之先知先行者，往往僅僅為極少數人，
而遺民士子殷殷自許，故撰文為論，盼能以昭炯戒，訓示來者。

這個議題與觀察，在現今明清研究中，並未深度抉發。以個案而言，歸
莊[103]、方文[104]、孫枝蔚[105]等遺民之研究，僅見附論或年譜整理[106]；以議題

---

102 有關陰陽五行、天人感應、讖緯之研究甚夥，茲略舉其要，如蘇德昌：《《漢書·五行
志》研究》（臺北市：臺大出版社，2013年12月）、孫英剛：《神文時代：讖緯、術數
與中古政治研究》（上海市：上海古籍出版社，2015年6月）、羅建新：《讖緯與兩漢政
治及文學之關係研究》（上海市：上海古籍出版社，2015年7月）、呂宗力：《漢代的謠
言》（杭州市：浙江大學出版社，2011年10月）等等。

103 歸莊（1613-1673），歸莊別名祚明，字爾禮，又字玄恭，號恆軒，明末清初文學家，
江蘇崑山人，唐宋派大師歸有光曾孫。著有《恆軒詩集》、《懸弓集》、《恆軒文集》等
等。清兵入關後更名祚明，號歸藏、歸來乎、歸妹，曾參加崑山抗清活動，兵敗後一
度著僧裝逃亡，隱以著述。當時與同鄉顧亭林有「歸奇顧怪」之稱，如〔清〕阮葵
生：《茶餘客話》卷9：「與同邑歸莊齊名。鄉里有歸奇顧怪之目。」陳康祺：《郎潛紀
聞》卷8：「國初，崑山歸處士莊，與亭林齊名，時有歸奇顧怪之目。」江藩：《漢學
師承記·顧炎武》：「讀書一目十行，性耿介，絕不與人交，獨與晨莊歸莊善，同游復
社，相傳有歸奇顧怪之目。」等等皆載此說。

而言，多見於宗教，無論是佛教之論末法，或是基督教之論末世，這都不宜
與明遺民的末世論述，率爾混為一談[107]；唯於本論述開展獲益良多的，是
王汎森的《權力的毛細管作用》[108]以及王德威之《歷史與怪獸》[109]二書，

104 方文（1612-1669），「字爾止，號明農，別號淮西山人，天啟末諸生」，「為人狀貌魁
　　傑，賦性抗爽。少負時譽，高自標表，好結納四方名士，與從子以智聲名相頡頏」；
　　朱書〈方盒山先生傳〉則描述其性格：「為人猥狹又任放，好謾罵。刻意為詩，輒媢
　　憤舉世，世無當其意者，以故多齟齬」。方文係桐城方氏家族之後，與侄兒方以智
　　（1613-）聲名相抗。國亡前僅為諸生，未及出仕，及至改朝換代，則以氣節高尚其
　　志，僅靠遊食、賣卜、行醫問卜或塾師講學，餬口維生，交遊遍湖海，一時名流，無
　　人不曉。主要著作有《盒山集》十二卷，續集《四遊草》四卷（北游、徐杭游、魯
　　游、西江遊各一卷），又《續集》五卷，共二十一卷。詩風以甲申之變為界，前期學
　　杜，多沉鬱蒼老之作；後期如白居易，明白如口語，長於敘事，人稱「盒山體」。
105 孫枝蔚（1620-1687），由於方文多與友人孫枝蔚詩文往來，論調相契，情誼密切，故
　　欲勾勒明遺民末世論述，是可觀其彼唱此和、互相發皇之處。孫枝蔚，字豹人，號溉
　　堂，陝西人。因其鄉有焦獲澤，時人因以焦獲稱之。世代為商，李自成入關，嘗散財
　　自組兵團勇抗李軍，卻為之敗。後行走江都，折節讀書，致力於詩與古文。僦居董相
　　祠，高不見之節。王士禎贈詩，稱之奇人；又特訪之，訂莫逆交。終身不忘故鄉，因
　　顏所居曰「溉堂」，以寓「西歸」之思。枝蔚工詩詞，多激壯之音。主要作品《溉堂
　　集》。
106 就個人研究部分，多為介紹或散論，鮮少深究。如方文部分，僅見嚴迪昌：《清詩史》
　　（杭州市：浙江古籍出版社，2002年）；朱麗霞：《明清之交文人游幕與文學生態：以
　　徐渭、方文、朱彝尊為個案》（上海市：上海古籍出版社，2008年）；李聖華：《方文
　　年譜》（北京市：人民文學出版社，2007年）；謝正光：〈讀方文盒山集──清初方氏
　　行實小議〉，收入氏著：《清初詩文與士人交遊考》（南京市：南京大學出版社，2001
　　年9月），頁109－181。嚴書專節介紹方詩，朱書主要考探方文游幕生涯；李書之附錄
　　將方文著作及輯佚做一蒐羅，謝文則考證了方文的遺民生涯。至於孫枝蔚之專門研
　　究，則甚為罕見，迄至截稿筆者未及閱目。至於歸莊，「歸奇顧怪」聞名於世，故在
　　文學史上較受矚目，然散論較多，專論則少。
107 至於由「末世」角度來探究明清易代文化的研究，僅見徐一智：《末法的救度：明末清
　　初在慘弘贊（1611-1685）觀音信仰之研究》（臺中市：白象文化公司，2012年）、劉志
　　琴：《晚明史論：重新認識末世衰變》（南昌市：江西高校出版社，2004年）；反倒是
　　學界對於晚清時期，則較多此種末世論述，如吳方：《末世蒼茫：細說晚清思潮》（臺
　　北市：風雲時代出版社，1993年）、馬濤：《走出中世紀的曙光：晚明清初救世啟蒙思
　　潮》（上海市：上海財經大學出版社，2003年）。觀點亦足為參佐，於此聊備一格。
108 同註15。

前者有助於本文由政治高壓氛圍談隱喻之生成，後者論惡之瑣屑化，則啟發良多[110]。是以本節問題之提出，最終企圖在於提供一種「末世書寫」的詮釋模式，讓現有的遺民文化研究，更輻射周延。

本論文開篇即揭示了一套流用於易代遺民之間的隱語網絡，係依存於陰陽五行以及醫藥典籍，由天地人三方的感通互映，託寓家國之思。遠自《尚書·洪範》標舉「五行」，《左傳》言「天反時為災（寒暑易節也）；〉地反物為妖〈（群物失性也）；〉民反德為亂。亂則妖災生」[111]，下至《漢書·五行志》言『凡草物之類謂之妖。妖猶夭胎，言尚微也。蟲豸之類謂之孽。孽則牙孽矣。及六畜，謂之禍，言其著也。及人，謂之痾。痾，病貌，言浸深也。甚則異物生，謂之眚。自外來，謂之祥。』是六名以漸為稱，唯眚、祥有外內之異耳。大旨皆是妖也」[112]等等諸文獻，皆言天地諸妖異現象，實反應「人」之作為，倘若「人」不依正道、「反」常做歹，則外顯於天災地禍。蓋諸亂象總以「妖」字概括，所論關鍵則輻輳於「人」之作為。由此觀之，易代文獻中倘若羅列了上天下地災禍物妖等等諸亂象，很可能不單單止於現象之陳述，而其指涉極可能嫁接了隱語系統之網絡，而周折迂迴地歸結於罪責人事政體，因為「妖由人興也，人無釁焉，妖不自作。人棄常則妖

---

109 王德威：《歷史與怪獸》（臺北市：麥田出版：家庭傳媒發行，2004年）。

110 關於罪或惡之文化論述，如劉再復、林崗合著：《罪與文學——關於文學懺悔意識與靈魂維度的考察》（香港：牛津大學出版社，2002年）、〔德〕阿爾特（Peter-Andre Alt）著；甯瑛、王德峰、鐘長盛譯：《惡的美學》（北京市：中央編譯出版社，2015年）、中島隆博著：《惡の哲學：中國哲學の想像力》（東京：築摩書房，2012年）；至於末世論述，又可參見「世紀末」，如陳建華：《帝制末與世紀末：中國文學文化考論 = China in the age of late empires and globalization》（上海市：上海教育出版社，2006年）、馬鳳林：《世紀末：悲觀主義與享樂主義》（武漢市：湖北美術出版社，2005年）、姚曉雷：《世紀末的文學精神》（桂林市：廣西師範大學出版社，2004年）、傑夫瑞·C. 亞歷山大著；張旅平等譯：《世紀末社會理論》（桂林市：廣西師範大學出版社，2004年）。茲略舉其要。

111 見〔日〕竹添光鴻注：《左氏會箋》（成都市：巴蜀書社，2008年8月），頁925。

112 見〔漢〕班固：《漢書》（北京市：中華書局，2016年3月），第5冊，〈五行志〉，頁1353。

興，故有妖也」[113]，此種《搜神記》、《太平御覽》一類之說故事模式──先述諸妖異、後歸因人事，實與前述史傳的敘述模式，如出一轍。

藉由此種「先果後因」的敘述模式，來審視易代遺民所陳述之「妖」異諸現象，雖文中舉證駁雜、跨越天地人以及古往今來、四面八方諸界域，但最終旨趣，仍收束輻輳於人事、政治、家國之省視與反思。此種隱語敘述模式與串聯網絡之旁涉，在易代遺民之間十分常見，或糅雜疾病醫藥而論，或專就象占而言，或言鼠孽，或斥魑魅，乍見之下五花八門、眼花撩亂，然旨歸於一，皆在於表述士子身分，認同的是華夏正統文化，抨擊的則是蠻夷胡狄邪惡小人。

## （一）明清易代遺民「妖祥災異與天人感應」論述舉隅──以呂、徐為例

呂留良嘗言：「然氣數之所通感，統之至大且尊，析之至雖甚纖細，莫不具天地往來消息之故，故自天子、公卿大夫、士庶人及遠夷，血氣之屬，皆當知戒，謹修德業以答天意焉。」[114]又〈辨象占〉：「天人上下一氣之屬，其理與數不相間。政變於下則上應；象變於上則下應。吉凶倚福，互相為根，自然之符也」[115]，蓋以天人感應模式理解妖異諸亂象，物理與氣數相通互感，天地之間往來消息，莫不呼應，人事政治良窳與治變，將透過諸現象反映吉凶徵兆。

呂氏再論星象讖緯之學，雖自明中葉以下付之闕如，但「其理與政事俯仰」，「其災害在國君大臣」：

---

113 此段文字係《太平御覽》載錄左傳莊公十四年事，蓋《太》書係北宋初年，宋太宗趙光義于太平興國二年（西元977年）命李昉等編撰，參〔宋〕李昉：《太平御覽》（北京市：中華書局，1985年10月三刷），卷885，〈妖異部一〉，頁3930。筆者目此為神怪小說中有關「災異」的敘述模式。同段文字亦見載《漢書》〈五行志〉，頁1467。故知史傳與志怪小說在材料上的重疊性如此。

114 〔明〕呂留良：《晚村文集》，卷6，〈答谷宗師論歷治‧辨分野〉，頁18。

115 〔明〕呂留良，《晚村文集》，卷6，〈答谷宗師論歷治‧辨象占〉，頁20。

及中葉象緯之學闕如。今考恆星、雲漢、經緯之次，七曜運行，儀測分躔，歷舍之道，載在靈臺，行于朝野者，采著成篇，雖術法繁移，其於一朝得失之故，不可誣已。若夫象曜陰陽之異，星精犯合流隕之占，其理與政事俯仰，雖推布有常度，而災害在國君大臣。夫月毀于天，而魚腦減於水，東風至而酒湛溢，陰陽迭感之，故災豈無意哉？故時數會則氣滋，氣滋則幾兆，幾兆則象懸於上，事形於下，天下不知其所以然，而適相值，是為主德，主德所及運會生焉。是為天道，天道者大人之精符，王事得失之先著，大防也。知之脩懼，謂之聖人，其義固有出於歷數，推步之先者，與用備簡冊以昭鑒戒，通三五焉。[116]

這套流傳久遠的星象讖緯，隱含了一朝政治興亡的密碼，「災豈無意？」，所有災禍是天意的具體示現，國君大臣要推敲此中深意，了解徵兆的原因，自我反省，脩德進業，甚至降罪受罰。

此種「天人感應」的理解模式，亦見諸遺民徐枋。徐枋總說天地人之亂象，不以「妖」稱之，而代之以「病」稱之：

然而有治有亂者，理數使然也，有成有毀者，物性必遷也。亂與毀者，伊之病也；成與治者，幾之安也；不安其安而不病其病者，藥之權也。天地之病，隕星蝕日，吹霾雨血，澌飛墜沈，山崩川竭，是以聖王為良醫，修定德為上藥；邦國之病，四維不張，五經掃地，學較荒蕪，倉廩空虛，是以聖佐為良醫，施王政為上藥。維人之病，先感腠理，尋入腎腸。既潰僨其筋髓，遂沈痼於膏肓。六賊訌鬨，二豎潛藏，五藏瘕結，四體瘈瘲，陰紐陽絡之既解，三陽五會之不當。詩書足以悅性，而不能禦水火之偏勝；菽粟足以資生，而不能剪蟊賊之無良。苟無百草之滋，五石之齊（去聲，即今劑字），是即盧醫處其禁方，俞跗察于明堂，而曾不能救一病。亦猶將士素習于兵，而不操寸

116 〔明〕呂留良：《晚村文集》，卷6，〈答谷宗師論歷治·辨象占〉，頁20。

鐵，其何以尅敵而受降也哉。[117]

蓋天地人之病癥各有具體呈現，皆因時浸漸而成，終至無法挽回之毀亂局勢；故需掌握療治的契機，而施用藥物來醫治人之疾病，與聖人治國的道理，是相通相應的；施藥之權宜得時，可以讓原本逐步敗壞衰頹的病體，有了扭轉局勢的可能，以百草五石之劑藥，可以消除人的疾病；而「聖王為良醫，修定德為上藥」可以治天地之病；以「聖佐為良醫，施王政為上藥」，則可以治邦國之病。在此則文獻中，「疾病」之隱喻，散射擴及天地人之間所有非常狀態，而輻輳於人事家國之治理。

論者據此「天人感應」模式，來解讀易代遺民詩作中所陳述的災異亂象，如「天高地下今翻覆，滿野腥羶風物渝」[118]談天地失序；如「吁嗟乎！天發殺機有變更，天橫萬里蛟龍爭，日月晦明天地傾，百代臣子猶吞聲」[119]，稱世變係天發殺機；或藉史料澆己之愁，斥咄世變係妖氛動盪，星象異常、江水乾涸皆為徵兆：「五旬星斗妖氛動（景定中，熒惑入南斗，留五十日），三日江沙水澤枯。（德祐末，元兵在浙江，多駐沙上，南人方幸之，而江潮三日不至）[120]，此種借古諷今的話語策略，經常為遺民抒發喪國之憂所用，如方文〈宋遺民詠〉序首即明言：「崇禎甲申之變，從古所無。士生其時者悲痛欲絕，甘心隱遁，不復萌仕進之念，因取宋遺民而詠之」[121]，歷史典故作為互文隱語，是為書寫時的話語策略之一。整體而言，極陳妖物異象，係藉此詮釋世變實早有預兆，明陳旨趣或暗地斥責國君大臣或仁人君子未克即時脩德以應，導致覆滅大難；同時，也暗貶新政權之佔領朝位，乃是妖異邪祟小人一時得意之故。

---

117 〔明〕徐枋：《居易堂集》，卷16，〈主藥神賦（并序）〉，375-379。
118 〔明〕歸莊：《歸莊集》：卷1，〈讀鄭所南心史已成七十韻，後錢希聲明府以十律見示，復次韻得十章〉，頁13。
119 〔明〕歸莊：《歸莊集》卷1，〈讀鄭所南心史已成七十韻，後錢希聲明府以十律見示，復次韻得十章〉，頁13。
120 〔明〕歸莊：《歸莊集》卷1，〈讀鄭所南心史已成七十韻，後錢希聲明府以十律見示，復次韻得十章〉，頁12。
121 〔明〕方文：《嵞山集》，卷1，頁17-23。

大抵改朝換代後的高壓氛圍下，諸多末世書寫所述災異現象，其主詞越隱晦、越周折者，其用語之咒罵噍殺、肅殺戾氣，就更為明目張膽、憤慨激昂。茲簡要分為三類：1.直述甲申之變（戰爭、變動、血腥、亂離、失序）。2.藉古諷今（周折迂迴）。3.僅言災異妖物。（咒罵噍殺）。第一類直言不諱地指責政治混亂而導致妖異現狀者，最為危險；其次，藉古論今或非其時之怪現狀以論家國興敗者，次等危險；最安全也最難定罪的，就是文中只剩託寓事物之陳述，如妖異、鼠孽、物怪等，由於迂迴不直接，說話者遂指桑罵槐地痛快咒詛、噍殺臭罵，因隱射對象，世之讀者心知肚明，在易代之際遺民作品之中，例證繁多，故將細論於下節。

## （二）咀咒邪物與除魅安魂──指桑罵槐式的遺民絮語

因為物理同人事，天地相互感通，故遺民面對亡國之痛，自可假藉敘述亂象，以託寓憤懣，並進行文學與精神式的救亡圖存，亦即本節名為「指桑罵槐式的遺民絮語」之由。

對於效忠前朝的士子而言，改朝換代就是天翻地覆，因為承天命的國君已然不再，故人間呈現失序狀態，戰火燎原、亂離失所、滿目瘡痍，而士子選擇描述的「末世景象」，除了總說災難之慘烈之外，還可細分為三類，甲、人禍系列，直陳亂臣賊子為非作歹等。乙、天災系列，如日食、彗星、旱澇等等。丙、地妖系列，如蟲孽〔蝗災、鼠孽〕、物妖〔植物變態〕等等。

首先，無分天地人總說災難慘烈，亡國徵兆早現端倪者。如歸莊和友人數人一起唱和，慨然痛陳數年來天災人禍、亂象陳出：

> 天心未厭亂，人事亦誠難。騷客傷憔悴，儒生哭治安。青祥京國盛
> （春初，京師有青眚之異），白骨戰場寒。……天災因亂後，災甚又
> 兵戎。土瑞嗟江表（鎮江□山生土可食，飢民爭取以啗（見蘇松巡方
> 任文水疏），兵祅震濟東（今春天津軍中弓刀夜鳴，旗幟有火光，見
> 天津撫臣李萍槎疏）。中華才不少，天府勢仍雄。莫以衰難振，淒涼

嘆北風。[122]

地方飢民爭相挖土來吃，軍中弓刀無端深夜自鳴，這些妖異現象，源於天道不彰，人謀不臧。文末仍自勉自許，中華人才不少、天府仍雄，就算在頹勢中，流離失所的士子，也要力挽狂瀾於既倒。

## 甲、人禍系列：

對於國朝覆滅的印象，猶如記憶中血淋淋的創傷經驗，總停格於最驚悚駭然的那一刻。士子慨陳甲申世變，慘烈係古今未有：

> 甲申之變古所無，千載而下猶嗟吁。何為當時立朝者，強半濡忍全其軀。[123]

由於深信「天運」自有規律，方文直到過世前一年（1668），回憶起明朝滅亡之前，早現徵兆。那時候治安紊亂、民不聊生：

> 吁嗟崇禎末，羣盜起涇渭。殺戮逼中原，民生日憔悴。妖氛向京闕，宗社遂顛墜。野人算天運，甲子凡五易。[124]

歸莊的敘述亦頗類近，憶及明亡之前，朝政早現紊亂，賢才未見重用，狡詐曲心者卻官位亨通：

> 朝事年來異，儒林禍未休。賢才多見嫉，謇諤必離尤。劇盜紛如莽，高官曲似鈎。往來危鳳鳥，浩蕩怨靈修。達者應祈死，羣公幸得囚，人亡斯禍塞，名在覺身浮。鬼伯真知己，巫陽不我仇。[125]

---

122 〔明〕歸莊：《歸莊集》，卷1，〈感懷和友人韻（錢方明原韻，侯幾道、顧大鴻皆和之，葛瑞五後亦屬和）〉，頁17。

123 〔明〕方文：《嵞山續集前編》，〈廣平謁申節愍公祠〉，收入《方嵞山詩集》，頁546。

124 〔明〕方文：《嵞山續集後編》，卷1，〈戊申正月初四日恭謁孝陵感懷六百字（以下戊申年作）〉，收入《方嵞山詩集》，頁667。

125 〔明〕歸莊：《歸莊集》，卷1，〈哭張十翰林四十六韻〉，頁18-19。

談起更早之前的盛明時期，因天道彰顯，故「城社磔狐鼠，郊藪集鳳麟，陰霾見旭日，霜雪逢陽春」：

> 萬古痛心事，崇禎之甲申，天地忽崩陷，日月並湮淪。當時哀憤切，情詞難具陳，歲盡痛初定，援筆遡其因：憶自代來初，眾星拱北辰，盛德天行健，大業雲雷屯。城社磔狐鼠，郊藪集鳳麟，陰霾見旭日，霜雪逢陽春。[126]

表面上極言稱頌的是盛明時期的政治清平，而未直言道出的隱語，則是假此對照而批駁了明亡時，就是狐鼠作亂、鳳麟失色、浮雲蔽日了。

這種失序狀態，尤以天尊地卑、五倫為要。是以末世景象中多描述天地已然失常，人倫悖亂，如「日月晦明天地傾，百代臣子猶吞聲。……城外殘兵尚勤王，殿前朽骨猶為祟」[127]、「胡運不百年，腥穢通蒼旻」[128]，又如方文言日月失位：「方今日月失其位，風塵兵甲滿天地。虎豹當關欲噬人，季女何能不憔悴！」[129]又風俗丕變，以下犯上者，屢見不鮮：

> 亂世風俗惡，凡事皆逆施，臣則賣其君，主亦受奴欺。況非親隸役，又當危苦時，情厚執禮恭，良亦世所希。[130]

男人不顧節義，師道不復存在，人情趨於狡獪：

> 亂世風俗薄，人情多狡獪。患難不相恤，細故輒懟芥，乃至速我訟，言之為噗齗。[131]

---

126　〔明〕歸莊：《歸莊集》，卷1，〈除夕七十韻〉，頁35。
127　〔明〕歸莊：《歸莊集》，卷1，〈讀國史至建文壬午有作〉，頁1。
128　〔明〕歸莊：《歸莊集》，卷1，〈讀心史七十韻（宋末隱士鄭所南著。崇禎戊寅冬，蘇州承天寺浚井得之，今張中丞梓以行世）〉，頁3。
129　〔明〕方文：《嵞山集》，卷3〈偕蔡芹溪至宛贈令弟玉立〉，收入《方嵞山詩集》，頁85。
130　〔明〕歸莊：《歸莊集》，卷1，〈避亂〉，頁45。
131　〔明〕歸莊：《歸莊集》，卷1，〈冬日大風撼我屋，憂怖感傷成五百字〉，頁132。

世變節義如輕塵，男子猶然況婦人。[132]

吁嗟世變來，師道賤如草。[133]

蓋國變後戾氣甚重，君臣、父子、夫婦，三綱皆面臨崩解危機，呈現極端的
肅殺戾氣：

> 君臣、父子、夫婦，三綱也。臣以忠，子以孝，婦以節，夫人知之。
> 士大夫讀書通古今，畏名義，宜其知所處矣！以觀甲申、乙酉之際，
> 何其戾也？……若袁君母子，初未嘗知書，而能守節致孝如此，吾謂
> 曹大家、左貴嬪、子產、倚相無以過之。蓋所貴乎讀書者，不過欲扶
> 植三綱，外是末也。[134]

當三綱五常已然鬆動，最終，就是走向天傾地覆不可挽回的局面。可想而知
的是，這類詩文明白陳述，所認同的家國，乃是朝夕懷想的前朝；指責斥咄
的，則是小人當權，意即滿清政權。這在入清高壓政權之下，最容易成為明
確的定罪證據，或成為高度關切的對象，禁燬作品，多半類此。

### 乙、天之異象系列：

徵兆現於天之異常現象者，如日食、彗星、天雨血、旱潦、冰雹等現
象。方文載「甲申三月中，妖星犯辰極」[135]；又如歸莊載日食：

> 十月朔日晝如晦，青天無雲欲見沬。仰望中天知日食，日食之餘如月
> 朏。羲和失鞭烏足斷，東君見侵莫能扞。……天災譴告良有以，致此
> 之咎將安歸？伐鼓用幣誠可已，求賢納諫徒為耳！不思何事累三光，

---

132 〔明〕方文：《嵞山續集後編》，卷2，〈胡母節壽詩〕〉，收入《方嵞山詩集》，頁715。

133 〔明〕方文：《嵞山續集後編》，卷1，〈喜左又韗見訪有贈〉，收入《方嵞山詩集》，頁653。

134 〔明〕歸莊：《歸莊集》，卷3，〈袁重其字序〉，頁219-220。

135 〔明〕方文：《嵞山集續集前編》，〈廬陵趙國子〔嶷〕讀李太虛先生召對錄，悲其言之不用，作五言排律百韻弘瑋瑰異煊詩史也。予欲取而註之并刻以行世，先成三十韻，書其詩後〉，收入《方嵞山詩集》，頁578。

空言修省難消弭。鄙人見此心驚愕，況復年来食尤數，六年四見太史
奏，朝廷曾免賀正朔。大明時為羣陰蔀，變不虛生安可狃，胡虜縱橫
賊更劇，饑饉薦至良非偶。中原兵荒禍已極，我欲回天苦無力，舉頭
見日念長安，坐對儒冠空歎息！[136]

「天災譴告良有以，致此之咎將安歸？」上天出現異象，警告為政者當修德
反省，求賢納諫。然而，亂世則已失去咎責之主，遺世孤臣又無力可回天，
只能坐對儒冠噓唏慨歎。或載乾旱：「今年寒食後，九十日不雨」[137]；陳子
龍則以文學手法慨嘆連年旱災，致使民不聊生：

> 天爐爐兮高四垂，氣菲翕兮雲何之？天病槁兮露不施，竭日力兮乾星
> 姿，哀江南兮色黔黧。焦禾欲訴兮不得上，凌競失寒兮灼莽蒼。 龍
> 何為兮不翻？靈霆何為兮無言？魚何次兮高原？旱草戟兮氣昏，石文
> 兮中燔，蛟渴兮寒寒。[138]
> 胡塵吹不息，旱魃爾何威！四月無春草，千村惟落輝。狐祥祠已廢，
> 狼跋野應稀。（北人以狼多為豐年）薄伐誰能詠？昭回帝自祈。[139]

「魃」係傳說中導致旱災的龍，長留人間而導致災難，故慨嘆「天病槁兮露
不施，竭日力兮乾星姿，哀江南兮色黔黧」，極陳烈日焦土之慘烈情狀。後
言「胡塵吹不息」，相對於華夏之蠻夷四處猖狂，狐狸精和狼都不在荒野
了，意味跑到中原作怪，還竊據中原朝廷呢？！

## 丙、地之物妖系列：或為鼠孽、魑魅、蟲怪、草妖、狐怪作祟等。

大地災害如旱疫及蝗災，與政治人禍時相呼應，如方文〈酬何芝岳相
公〉：

---

136　〔明〕歸莊：《歸莊集》，卷1，〈日食〉，頁25-26。

137　〔明〕方文：《嵞山續集前編·憂旱》，收入《方嵞山詩集》，頁533。

138　〔明〕陳子龍：《陳子龍全集》，《陳忠裕公全集》，卷2，〈訟魃〉，頁103。

139　〔明〕陳子龍：《陳子龍全集》，《陳忠裕公全集》，卷14，〈經高唐傷旱〉，頁437。

> 旱疫交加蟓又生，天災人禍一時并。輟耕夜走田園廢，析骨朝炊父子
> 輕。雖有六軍環幕府，曾無一步出江城。故鄉塗炭思霖雨，寸管春回
> 草木榮。[140]

正如吳偉業嘗語重心長地立下「家法」：為了要喚醒夢中人，要嚴厲地「折
箠笞之」，以祛除萬惡禍首：

> 螟螽蝕物而物不知，魑魅弄人而人不覺。今未能決癰疽於砭石之下，
> 庶幾伐鐘鼓在夢囈之旁，折箠笞之，聊復爾爾。[141]

所謂「螟螽」、「魑魅」與「癰疽」，論者可視此為文學式的譬喻手法，但也
可由天人感應的詮釋模式來理解，一旦人的作為失常悖序，就會出現諸多妖
異亂象，就像「螟螽」、「魑魅」與「癰疽」一般，只有下重手笞箠、用針砭
重藥，才能從根救治。

又，孫枝蔚假借蚊蟲之微物，興發慨嘆：

> 聚眾斯可畏，乘時誰能拒。物理同人事，問天天不語。蛇影偶然動，
> 蜂尾不輕舉。惟有豹腳蚊，夜夜恣嚘茹。……微物安足尤，貧賤良難
> 處。淒淒百年中，忍凍復愁暑。
> 有聲異戰鼓，常做利鏃觀。白晝見猶少，昏黑防更難。我欲問汝罪，
> 自責還自嘆。……富貴雖可羨，一朝生禍患。大宅住將軍，妻孥徙極
> 邊。汝蚊非虎狼，嚌膚不食肝。[142]

蓋「物理同人事」，故論蚊即論人事，所謂「聚眾斯可畏，乘時誰能拒」指
陳當朝局勢，小人乘時群聚眾，「問天天不語」意謂天道不彰故無語。孫氏
還著有詠物詩十首，序言乃「有感於自古及今治日少而亂日多，賢人少而愚
不肖者多，不能默默而已，因有比興之作」，列舉危害人事之螻蟻、蛇、

---

140　〔明〕方文：《嵞山集》，卷6，〈酬何芝岳相公〉，收入《方嵞山詩集》，頁225。
141　〔明〕吳偉業；李學穎集評標校：《吳梅村全集》，卷24，〈清河家法述〉，頁613。
142　〔明〕孫枝蔚：《溉堂續集》，卷1，〈蚊歎〉，頁4。

蠍、虺子、蜈蚣、蠹魚、蜘蛛、鼠、蝗等十種惡物，藉之諷諭世道沉淪。如論蝗災，係鬼神特遣示妖孽：

> 蝗蟲聞是魚所化，此事不勞更躊躇，不見馬援稱賢守，政行蝗復化為魚。奈何儒吏與武吏，忍欺百姓肆侵漁，鬼神特遣示妖孽，豈關汝類真難除。[143]

至若咀咒邪物中：又以鼠孽與魑魅，例證最為夥。

家國滅亡，竊據者比諸魑魅魍魎，如陳子龍〈弔東湖樵夫〉遜國義士稱「丹闕星辰變，青山魑魅分」[144]，又〈哭張天如先生〉所描述喪國後肅殺之氣「菉薋滿野楚天寒，魑魅窺人白日殘」[145]；侯方域則聲討追殺魑魅賊類：「又為青宮案，欲窮魑魅族。薰燒忌城社，狐鼠方輯睦。誰敢攖其鋒，公獨鷹鸇逐。道窮志不伸，羣陰在內扶。」[146]詳見《明史・練國事傳》，指練國事君豫，欲通過「青宮」案（張差闖入太子宮中以梃擊人），察明宮中暗殺真相，剷除奸邪，故云「欲窮魑魅族」。然為非作歹之奸惡，多為人君左右近習，有所憑依，如城狐社鼠一般，無法徹底剷除。又如和尚擔當謂叛賊為魍魎：「天怒安能避，當頭霹靂迫。英雄稱上將，仁義遺王師。破陣山俱倒，沖城鐵也墮。并心攻魍魎，割肉餧魼魖。向背機難測，忠良志不移。」用語強烈嚴峻，憤懣異常。

最經典的是歸莊為友人郭生作品，所作的一篇序：

> 聞之於《禮》，有泰厲，有公厲，有族厲，言乎人死為鬼而能為祟者也。《左傳》晉侯夢厲，伯有為厲，皆謂鬼也，安得人而厲乎！人而

143 〔明〕孫枝蔚：《溉堂前集》，卷3，〈蝗〉，頁5。

144 〔明〕陳子龍：《陳子龍全集》，《陳忠裕公全集》，卷14，〈弔東湖樵夫（遜國義士）〉，頁442。

145 〔明〕陳子龍：《陳子龍全集》，《陳忠裕公全集》，卷19，〈哭張天如先生〉二十四首，頁646。

146 〔明〕侯方域；王樹林校箋：《侯方域全集校箋》，卷16，〈兵部尚書練公國事〉，頁980-981 。

稱屬者,有之矣,謂醜人也。《莊子》所謂屬與西施,屬之人夜半生
子是也。生之意,又似不取於此。吾知之矣,生之所謂屬與不屬者,
不在乎禍福之間,不在乎形骸之內,吾請推生之旨而暢言之:今有人
焉,其言人也,其服人也,其性與其行事,則禽獸也,魑魅也,此則
所謂屬也;醜莫醜於此,而又能為祟者也。而世皆安之,以天下之不
屬者少也,遂忘乎其為屬。豈惟人有屬哉?文亦有屬!文有義理,有
脈絡,有體裁,有辭章,如人之有五官六腑,百骸九竅,不可缺也,
不可易也,缺且易之,則非人也。今之時文,義理悖謬,脈絡紊亂,
體裁乖舛,詞章穢雜,譬之於人,則臟腑結轄,耳目易位,百骸不
具,九竅不通,此文中之籧篨戚施,而為亡國之妖孽者也,非屬而
何?[147]

當其時,歸莊正作客石梁,授經於講堂的郭超以《不屬草》丐序,歸氏遂借
題發揮。起首引《禮記》、《左傳》所載,指出所謂「屬」者,係指人死為鬼
而作祟者;繼而闡述郭生之旨,有所謂人而稱屬為祟者,就叫做「醜人」,
而這類「醜人」的本性以及言行舉止,其實跟禽獸、魑魅,沒有兩樣;至於
當世之所以安然視之,是因為那根本是個混亂的時局,「不屬」者少,而屬
者多,遂忘了有「人屬」這樣的妖物;不僅僅人中有屬,文章亦同。舉凡時
文之義理悖謬、脈絡紊亂、詞章穢雜者,即是亡國妖孽,也就是文中之屬。
綜觀歸莊借郭生《不屬草》而闡論世道,文稱屬鬼、禽獸、魑魅以斥咄亡國
妖孽之種種,實藉此抒發國愁家恨之憤懣,旨趣甚明。[148]

---

147 〔明〕歸莊:《歸莊集》,卷3,〈郭生不屬草序〉,頁208-209。

148 由文章風格而言及亡國之痛者亦見〔明〕歸莊:《歸莊集》,卷3,〈梁公狄秋懷詩
序〉,頁188:「若杜少陵之八詩,則宮闕山河之感,衣冠人物之悲,百年世變,一生
行藏,皆在焉……〈秋懷〉之作,所以踵武少陵而非安仁之比者也。《楚辭》曰:『皇
天平分四時兮,竊獨悲此凜秋』,又曰:『悲哉!秋之為氣也』,蓋氣至秋而肅殺,物
至秋而悲傷,故凡當天道反覆,人事變亂之際,士君子有無窮悲憤鬱積於中而發之於
言者,皆可以秋名之,而不係乎其時也。此公狄所以賦秋懷也。……作者、序者,皆
有侘傺不平之懷。越今星霜四易,而世局猶夫昔也,其尤可悲也已」。

再次，最為經典的妖物之二，即為鼠孽。蓋「古今不同乃如此，將無盜賊奸天位，氣機相感有至理」，孫枝蔚針對李自成叛亂有感而發：

> 詩人惡無止，乃稱鼠有齒，斯言稍失平，不過要令聞者恥，頗恨鬋鞍憂庫吏，豈惟竊粟惱貧士。況我身今客異鄉，伊威在室誰相視，憶昔避寇城堡中，苦遭此物擾牀几。時方憂亂嘗晝眠，枕畔公然齧吾指，穿墻穴戶徒尋嘗，狌貓欺童何所抵，吏舍曾逢人犬驚，古今不同乃如此，將無盜賊奸天位，氣機相感有至理（此敘避李自成之亂也），至今思之增煩怒，張湯為兒真可慕。[149]

此藉《詩經》〈碩鼠〉[150]以及《漢書》張湯[151]撰文磔鼠的兩大典故，抒發一己對於甲申國難之憤懣。由此可知，「鼠孽」符碼，為指涉亂臣賊子之政治隱語也。此中又以徐枋〈劾鼠文〉，最為典例：

> 鼠之為患害于天下也久矣。或食郊牛之角而改卜，或食田畯之禾而薦饑，此凶于一國者也。或憑叢社以為祟，或踞廢倉以自肥，此賊於一鄉者也。或穿墉以速訟，或穿衣而見私，此害於一家者也。嗟呼，鼠之為患害於天下也久矣。而空有迎貓之祀，終懷忌器之心。遂致孽蟲跳梁，罔知畏憚。晝出而宵舞，什伯以為羣。馳驅藻井之間，叫嘯牀第之側。篝燈則啜膏而滅火，旦日則冠簧而人言。時衡尾而舞門，亦去穴而登木。

---

149 〔明〕孫枝蔚：《溉堂前集》，卷3，〈鼠〉，頁2。

150 見《詩經·魏風》〈碩鼠〉：「碩鼠碩鼠，無食我黍！三歲貫女，莫我肯顧。逝將去女，適彼樂土；樂土樂土，爰得我所。碩鼠碩鼠，無食我麥！三歲貫女，莫我肯德。逝將去女，適彼樂國；樂國樂國，爰得我直。碩鼠碩鼠，無食我苗！三歲貫女，莫我肯勞。逝將去女，適彼樂郊；樂郊樂郊，誰之永號？」毛詩序指出：「〈碩鼠〉，刺重斂也。國人刺其君重斂，蠶食於民，不脩其政，貪而畏人，若大鼠也。」此詩藉碩鼠以諷刺時政之苛刻，可見「鼠」之政治隱喻其來有自。

151 典出《漢書》〈張湯傳〉：「張湯，杜陵人也。父為長安丞，出，湯為兒守舍。還，鼠盜肉，父怒，笞湯。湯掘熏得鼠及餘肉，劾鼠掠治，傳爰書，訊鞫論報，并取鼠與肉，具獄磔堂下。父見之，視文辭如老獄吏，大驚，遂使書獄」，見〔漢〕班固撰；〔唐〕顏師古注：《漢書》（臺北市：樂天書局，1974年），卷58，頁2637。

文題「劾鼠」二字，即用張湯具獄磔殺鼠輩之典，其下列數罪狀，由大至小，舉凡一國一鄉一家，皆為害甚鉅；然因為投鼠忌器而導致此等妖孽囂張跳梁、肆無忌憚。觀其所舉，多來自史書〈五行志〉之載記，如鼠食郊牛之角、[152] 鼠輩冠簀人言、[153] 銜尾舞門、[154] 去穴登木[155] 等諸多妖邪怪狀，則分別象徵大夫奪君政、鼠妖作怪、謀反將死、賤人將居顯貴等以下犯上之政治隱喻，論者由此推知：徐枋藉此暗諷的是，明朝覆滅後的諸多政治亂象。其下又言：

> 夫鼠盜竊小蟲也，而為妖為孽，狀非一端，良由小人道長，賤人在位，播惡於眾，氣類相感耳，故殺之則福至，縱之則禍生，所謂「開國承家，小人勿用」也。若阿摩身係巨鼠而為君，則十三年而隋亡；李斯學倉鼠而為相，則二世而秦滅。張湯捕盜肉之鼠，具獄而磔之，則福流子孫。中山王周南不應人言之妖鼠，而鼠自顛蹶以死，不更彰

---

152 典出《漢書》〈五行志〉：「成公七年『正月，鸛鼠食郊牛角；改卜牛，又食其角』。劉向以為近青祥，亦牛禍也，不敬而備霧之所致也」，其後又論定公、哀公皆有此怪狀，見卷27，樂天書局版，頁1372-1373。

153 典出《晉書》及《宋書》〈五行志〉，亦見載《搜神記》：「魏齊王芳正始中，中山王周南，為襄邑長，忽有鼠從穴出，在廳事上語曰：『王周南！爾以某月某日當死。』周南急往，不應。鼠還穴。後至期，復出，更冠幘皂衣而語曰：『周南！爾日中當死。』亦不應。鼠復入穴。須臾，復出，出，復入，轉行，數語如前。日適中。鼠復曰：『周南！爾不應死，我復何道！』言訖，顛蹶而死。即失衣冠所在。就視之，與常鼠無異」，見卷18，木鐸版，出版年月不詳，頁228。

154典出《漢書》〈五行志〉：「昭帝元鳳元年九月，燕有黃鼠銜其尾舞王宮端門中，王往視之，鼠舞如故。王使吏以酒脯祠，鼠舞不休，一日一夜死。近黃祥，時燕剌王旦謀反將死之象也。其月，發覺伏辜。京房易傳曰：『誅不原情，厥妖鼠舞門』」，見卷27，樂天書局版，頁1374。

155 典出《漢書》〈五行志〉：「成帝建始四年九月，長安城南有鼠銜黃蒿、柏葉，上民家柏及榆樹上為巢，桐柏尤多。巢中無子，皆有乾鼠矢數十。時議臣以為恐有水災。鼠，盜竊小蟲，夜出晝匿；今晝去穴而登木，象賤人將居顯貴之位也。桐柏，衛思后園所在也。其後，趙皇后自微賤登至尊，與衛后同類。趙后終無子而為害。明年，有燕焚巢，殺子之異也。天象仍見，甚可畏也。一曰，皆王莽竊位之象云。京房易傳曰：「臣私祿罔辟，厥妖鼠巢」，見卷27，樂天書局版，頁1374。

彰較著乎？吾今告之門神戶靈，爾捕爾誅，毋令盜竊公行，必用勤絕
其命，庶幾人事安穩，而家道肅清矣。[156]

在歷數罪狀後，轉而闡述「鼠孽」之出現，對於治國者而言，此徵兆所揭示
的隱微意涵與影響層面之深遠，實不容忽視。蓋經典昭昭訓示「開國承家，
小人勿用」，而今鼠之為妖孽作亂天下，係起因於「小人道長，賤人在位」，
史有明訓，巨鼠化身隋君、李斯學倉鼠為相，皆終至國亡朝滅，前車之鑑如
此殷殷，後世豈能重蹈覆轍？今之讀者披文覽之，皆知其意有所指：當今
（明亡後）在位者乃如鼠孽般的小人、賤人，唯有捕之下獄、磔而殺之，方
可求人事安穩、天下太平。

　　侯方域〈代司徒公屯田奏議〉之〈議信任〉一文，議論時弊，即以「社
鼠」為喻：

今夫屯田之失額也，弊繇侵占與隱匿二端耳。而為此者有大力焉，權
貴也，豪右也，武弁也。稷蜂社鼠，莫敢誰何；吮血劘牙，習為故
智。[157]

歸莊則以鼠之寓言，慨嘆世人亦以貪遭禍。家中以甕為倉，一日爨婦取米煮
炊時發現甕中有鼠，將米盡數取出，留鼠一宿，覆紙其上，效法東坡〈黠鼠
賦〉，略示懲戒。不料隔日一看，竟已死矣。因為「憫鼠之以貪而喪其生」，
慨嘆世人亦以貪遭禍：

惟碩鼠之貪婪兮，因食黍而入甕，滑不可緣而深不可越兮，雖逞五枝
而何用？李斯之審處兮，歎倉卒之不同；楊惲之行樂兮，嗟簞籔之難
容。思鼠之初入兮，見利而不見害，滿腹而果然兮，誠亦一時之快。
豈知非所據而據兮，禍災其所必及；欲後之幸免兮，何如始之不入。
彼其晝伏而夜出兮，貪而繼之以黠，謂食粟之既盡兮，將傾甕其必

---

156　〔明〕徐枋：《居易堂集》，卷20，〈勦鼠文〉，頁491-492。
157　〔明〕侯方域；王樹林校箋：《侯方域全集校箋》，卷4，〈代司徒公屯田奏議〉之〈議
　　　信任〉，頁231。

脫。何意人之預防兮，不汝驅而堅閉，及懷放麑之仁心，哀微命之已
潰。聞有上屋而熏兮，或窒穴而掘，今實自取兮，非予汝殺。維人為
物之靈兮，亦有時而如鼠，貪升斗而入陷阱兮，猶自以為得所。嗟禍
至之無日兮，智者不能為謀，雖聖王之更始兮，網羅漏於吞舟。及今
而知止兮，尚可免於刑戮。哀此曹之愚且悖兮，聊為效其忠告。[158]

此文延續俗賦、雜賦之嘲諷謔罵，以寓言體比擬小人於瑣細惡物，如東方朔
有〈罵鬼文〉，[159]柳宗元亦有〈罵尸蟲文〉，蘇軾有〈黠鼠賦〉等等，皆用
責罵之惡毒口吻。「鼠輩」橫行，又暗指蠹國之害蟲，足作為遺民隱語符碼
之二。

　　舉一隅而知他類，相似的卑瑣事物，諸如又罵狗、罵猩猩，即是咒罵權
貴為畜生，如歸莊和萬壽祺所作狗詩：

狗國斗中宿，何緣入紫垣？遂令汝種類，一夜滿乾坤。似虎不成采，
疑猩未解言。只今論六畜，此物儼成尊。[160]

通篇罵盡滿朝文武百官。蓋悲憫哀憐而至尖酸挖苦，猶且不足以盡其憤懣情
思之十一，必用「殄絕其命」務除妖孽等充滿肅殺戾氣的用語，才夠爽利痛
快，這是該時代必要的語言基調與姿態，彷彿如此方能伸張正義，力挽既倒
之狂瀾，在天地失序的當頭，捍衛三綱五常的責任，隱性地體現在妖孽語彙
的嗤殺詈罵之中。

　　雖然，後之閱者如你我，可能察覺到說話者描述災異現象的蓄意妖魔
化，以及指控罪惡時的憤慨情緒；然而，正因為此種口誅筆伐式的精神救

---

158　〔明〕歸莊：《歸莊集》，卷10，〈憫鼠賦〉，頁497-498。

159　東方朔本有〈罵鬼文〉，伏俊璉說：「東方朔曾作罵鬼文，誦讀此文可以卻鬼驅邪。此
　　文漢末尚存，王延壽得以讀之，他的〈夢賦〉基本上是摹仿東方朔罵鬼之賦而成，那
　　麼〈夢賦〉中就有東方朔〈罵鬼文〉的影子」，詳參氏著：《俗賦研究》（北京市：中
　　華書局，2008年），頁268。

160　〔明〕歸莊：《歸莊集》，卷1，〈萬年少嘗作狗詩六首罵世，戲和之，亦得六章，每章
　　各有所指云〉，頁74。

世，穿越了當時高壓統治的氛圍，倖存了此種飽含自責煎熬的作品，後之論者方能由此見其心路歷程，以及無與倫比的道德勇氣。這種敘述基調，也形成了明清易代氛圍下，一種十分特殊的善罵文化。

## 四 代結語——無法禁制的隱語網絡

王汎森先生在〈權力的毛細管作用——清代文獻中「自我壓抑」的現象〉一文中，研究了各種清代禁諱書的摘語，從而歸納出禁制的重點有十：一、著經著史：如「妄談歷朝運勢」者；二、妄談望星占星之論。三、語多憤慨、感悱者。四、以「遺民」自稱者等等共十類，由此看來，本文所討論的文獻，恰恰符合此種禁制標準。可想而知的是，在當時的政治氛圍下，這些隱語，條條皆可成為羅織罪名、論罪處死的證據。[161]

時代的巨輪看似壓扁了這些卑微的論述，在官方大興文字獄、禁燬書籍等大動作下，少數士子們並沒有噤若寒蟬，還是寫下了螳臂擋車式的憤慨言論，或是周折迂迴地借古諷今、藉物罵人，甚或言占星、載異象，輾轉嫁接了天人感應詮釋系統而指涉國事政體、託喻曲衷，在那不可以公開議論政治的年代，成為一套不直接、但可意會的隱語系統與善罵文化。

堅守遺民身分的方文，在1644亡國多年後，仍念念不忘地敘及天運，載及妖異事件，即便在過世前一年（1688），已距鼎革足足已有44年之久，猶

---

161 關於清代文字獄禁書之種種，可詳參雷夢辰：《清代各省禁書彙考》（北京市：書目文獻出版社，1989年），郭成康、林鐵均：《清朝文字獄》（北京市：群眾出版社，1990年）等書。

因為涉及國朝安定，禁燬或焚燒此類論及政治興亡、預言吉凶的「讖緯」隱語，在歷史上實屢見不鮮，例如《隋書·經籍志》所述：「至宋大明中，始禁圖讖，梁天監已後，又重其制。及高祖受禪，禁之逾切。隋帝即位，乃發使四出，搜天下書籍與讖緯相涉者，皆焚之，為吏所糾者至死。自是無復其學，秘府之內，亦多散亡。今錄其見存，列於六經之下，以備其說。」（卷32〈經籍一〉），論者由此可知：宋、梁、隋皆屢屢強力禁制讖緯流行。詳參孫英剛：《神文時代——讖緯、術數與中古政治研究》，頁6。

且刻意描繪該年之災難四起,有如末世景象:

> 戊申六月多災異,太白光芒與日爭。(是年夏,太白晝見者四十日)
> 地動似舟行巨浪,(六月十七夜,地大震,民舍多傾。)雨翻如瀑下
> 層城。(二十六夜,地又動,大風雨,平地水深三尺。)水波乍湧蛟
> 龍怒,牆屋皆頹雞犬驚。憂亂惟思入林壑,山中何處有柴荊。[162]

而在稍早1666年,方文也毫不避諱地論及國勢天運,正值厄運:

> 宋三衢柴旺作《丙丁龜鑑》,謂丙午、丁未,天之厄運也。自周末至
> 宋末,歷歷有徵。今年丙午,欲考其書不可得,偶於京口書肆中得
> 之,以示談長益,談作歌,予亦題此。
> 少小見此書,三十年于茲。上言丙丁歲,天運有大災。屈指期尚遠,
> 我心忽略之。不謂瞬息間,歲運倏已來。開春與人言,世俗咸驚疑。
> 此書藏者少,遍覓不得窺。頃從京口市,典籍棄如遺。忽睹此書名,
> 亟收曷敢遲。持歸示談叟,展讀共嗟咨。斯言倘不謬,三復能無悲。[163]

究竟方文是為何嗟咨為何悲呢?筆者試闡其意,蓋方氏係自始至終都懷想前
朝的堅貞遺民,偶得江湖上流傳的《丙丁龜鑑》,即毫不遲疑地收藏寶愛,
並且據其載述,忙不迭地寫詩來宣稱天運大災,即將到來。如此大膽而直接
詛咒清朝滅亡的末世宣告,不知方文是否就是要藉此時之災異書寫,來嗟嘆

---

162 〔明〕方文,《嵞山續集》,卷4,〈紀災〉,收入《方嵞山詩集》,頁825。方文以星象
　論政治,咒詛清朝早日滅亡的,還有〈大水歎〉、〈六月〉、〈慧星紀異〉等詩作。姑引
　〈慧星紀異〉一詩為佐:「忽聞野夫語,東方吐異星。其大似熒惑,其光白且青。其
　尾長二丈,其兆主兵刑。分野在翼軫,三楚恐未寧。憶昔戊午歲,小子才七齡。曾見
　昴畢間,白氣如刀形。占者謂兵象,黎元果凋零。屆指五十載,又見此精靈。野夫妄
　猜度,我老難為聽」,收入方文:《嵞山續集後編》,卷1,見《方嵞山詩集》,頁647。
　案:此言戊午係1668年,故災異所反映的是清朝政治的興亡。方文這種咒詛當朝的災
　異論述,學者胡金望、張則桐在校點整理時,也撰文指出。詳參《方嵞山詩集》,「整
　理說明」,頁3-6。
163 〔明〕方文:《嵞山續集》,卷1,〈題丙丁龜鑑〉,收入《方嵞山詩集》,頁657-658。

那明亡當初的種種，係天運不濟，所謂藉此時之酒，澆那年的愁；然而，更可能的是，在晚年自覺歲月不多的方文，這種「國之將亡」的聯想，會更強烈更殷切地，放大詮釋諸多徵兆，為厄運、為亡國異象，彷彿長久以來的衷心期盼，能在這輩子臨終之前，得以親眼目睹清朝的滅亡，這就可以證明，遺民深信的正義，雖姍姍來遲，老天終究還是給了雪恥機會。因為天理昭昭，報應不爽。魑魅、鼠孽之輩，終將為正義所除。此種咒詛式的災異論述，雖然未能改變歷史，但卻也形成了遺民書寫的風景一角。

綜觀明清之際的末世書寫與疾病論述，論者歸納其話語策略之三部曲：透過魑魅、鼠孽等諸多妖異語彙，呼應著人身疾病，再加上醫事藥典中「上醫醫國」的襲用套語。高壓下的易代士子們，順理成章地找到天人感應系統，嫁接了這隱晦周折的隱語網絡，彰顯了天地大責，承載那沉重而無由宣洩的家國之思，以支筆堅持了與政治氛圍抗爭到底的身分認同，並且與諸多同情共感的作品，遙相應和，匯聚而成一圈圈的同心圓，即便是危及性命，也無法禁制，這越是遠離權力中心、卻越是擴散放大的話語漣漪。

──本文初稿嘗宣讀於中央研究院「2015明清國際學術研討會」（2015. 12.10-11），提出論述梗概。其後，為了更精確的研究，而聚焦於三位遺民（歸、方、孫），隨後獲科技部105年度【末世書寫中的災異論述與微物託寓──以歸莊、方文、孫枝蔚為主的考察】（計畫編號：MOST 105-2410-H-003-128-）之補助。在此感謝諸位匿名審查委員，給予具體而有效的建議，讓本論文更臻完善。

# 張珍懷《清代女詞人選集》中
# 的苦難與死別

金　鮮

韓國高麗大學東亞人文社會研究院研究教授

## 摘要

　　張珍懷從《清代女詞人選集》嚴格甄選了六十四位清代女詞人,收錄260首詞,張珍懷高度評價當時受三從約束且無社會身分的女性們滿懷對詩詞的熱情進行創作,同情封建社會經歷各樣疾苦而只能依靠丈夫生活的現實,並且張珍懷高度評價那些反映社會現實和國家大事的女性詞。張珍懷在《清代女詞人》中關注女性的苦難,集中刻畫了因丈夫的錯誤的選擇而受苦的徐燦。張珍懷尤其關注寡婦的作品,收錄了被拋棄的女性或因出身貧寒飽受侮辱或在貧窮和疾病中掙扎的女性們的作品。總之,張珍懷自親身經歷的創傷與死別經歷入手,編選《清代女詞人選集》之時,自細處著眼深深體會清代女詞人所面臨的苦難與喪偶之痛。她將長時間無意識中潛在的壓抑與憤怒,投射於在貧窮和疾病中掙扎的女性,藉此吐露出自身一生的艱難困苦與被害意識。

**關鍵詞:**張珍懷　《清代女詞人選集》苦難　死別　徐燦

# 一　引言

現代女性詞學家張珍懷（1917-2005）是浙江永嘉人，其詞集有《飛霞山民詩詞稿》，選集有《清代女詞人選集》和《域外詞選》，箋注有《日本三家詞箋注》，評論和研究有《飛霞說詞》和《趙文禮〈陽春白雪〉詞選》，此外還有《詞韻簡編》。張珍懷的《清代女詞人選集》經由臺灣林玫儀教授校訂和修改，於一九九七年出版於臺灣文史哲出版社，中國大陸二〇〇九年黃林書社亦出版，並刊有其同窗徐培均的序文。張珍懷參照唐圭璋《全宋詞》和近代徐乃昌刻《小檀欒室匯閨秀詞》，以及葉恭綽《全清詞鈔》收錄的女詞人的作品，而編選了《清代女詞人選集》。

張珍懷的詞還未廣為韓國學界所知，在中國大陸和臺灣正式研究其詞的學者較少。徐培均評《清代女詞人選集》曰：「以詞人的眼光治詞」、「以女性的眼光釋詞」以及「以學人的眼光研詞」。[1] 徐培均稱許張珍懷「以填詞之體驗去讀古人之詞，故有此妙選」[2]，評之曰：「珍懷先生是女詞人，女詞家，因此她之選詞、注詞、論詞，常得益於性別的優勢。在《清代女詞人選集》中，她將目光投向那深鎖閨門，足不出戶，不能參加社會活動，毫無政治地位的女詞人，她們中有相國夫人、閨閣千金，有姬妾、棄婦、孀妻、貧女、農婦、繡工，大多是被世人遺忘的角落」[3] 中國學者張暉評《清代女詞人選集》曰：「其長處不但在於考訂本事，而且在於對詞旨、詞意以及女詞人心境的充分揭露。」[4] 不過張暉的論文未對張珍懷詞學進行全面具體的分析。本文首先討論張珍懷的心路歷程，其次考察《清代女詞人》的選詞標準為何，探究張珍懷以何種角度和視線論述女性的苦難，並進而討論與丈夫死別女性的內心之痛以及作為寡婦要面臨的現實。

---

1　徐培均：〈張珍懷先生的詞學研究特色〉，《中國韻文學刊》第24卷第1期（2010年），頁102-103。

2　同註1，頁103。

3　同上。

4　張暉：〈記著名的女詞人張珍懷先生的詞學研究〉，《詩詞史話》（2001年6月），頁97。

## 二　張珍懷的心路歷程

　　據劉夢芙所說，「張珍懷（1917-2005），別號飛霞山民，浙江永嘉人。無錫國學專修學校畢業，曾於上海教育學院古籍整理研究室工作。幼年先後從徐沆、夏敬觀學詞。國專時期受業於夏承燾門下，後又受業於龍榆生門下。早歲喜愛晏幾道小令之清婉而摒其纖豔；喜愛吳文英長調之綿麗而摒其晦澀。晚年又喜愛蘇辛詞。謂豪放、婉約不能截然分開，唯傑出詞人應具有獨特風格；並謂詞貴真摯，『情真、景真』，自是好詞。」[5] 張珍懷是古文字學者張之綱的女兒，三歲時母親去世，一直照顧父親到三十歲，很晚才結婚。張珍懷新婚之初，丈夫又失蹤，留下一歲的女兒，她成了年輕的寡婦，不得已負起經濟上的責任。張珍懷的女兒孫芸回想云：「直至外公去世後，近三十歲的她才結婚，可婚後不久我父親又離開了人世，留下僅一歲的我。是母親獨自撫養我長大成人的，這其中的艱辛可想而知，可是母親是個堅強的女性，我很少見她落淚，她總是忙忙碌碌於她的工作，她的事業。」[6] 可見張珍懷喪失丈夫的衝擊與孤獨。她創作〈鷓鴣天・六闋悼亡〉（一九四六年），第一首云：

　　　遍野迷陽卻曲行。身存長是負深情。超神獨矗重霄上，薄祜難勝一
　　羽輕。　　三月暮，好春傾。如潮鵑語不堪聽。清愁纏逐飛花去，又
　　著繁陰翳翳生。[7]

上片言張珍懷痛恨丈夫拋下自己離世。魂魄消失，哀嘆連祭祀都無法進行的現實。下片則敘張珍懷又哀思如潮，內心淒涼憂愁。〈鷓鴣天・六闋悼亡〉（一九四六年）第二首云：

---

5　張珍懷著，劉夢芙、黃思維編校：《飛霞山民詩詞》（合肥市：黃山書社，2009年），
　　封面。
6　張珍懷選注：《清代女詞人選集》（合肥市：黃山書社，2009年），頁259。
7　同註5，頁24。

> 檐角殘暉斂夕陰。長悲人境夜沈沈。因尋好夢常偎枕，為惜餘芬不浣
> 衾。　　相聚短，負恩深。優曇身世卷葹心。縱橫燭淚憐孤影，淒切
> 茶笙伴悄吟。[8]

上片中展現了深夜哀悼丈夫的死亡，夢中期待著與丈夫的邂逅重逢，細心保
留丈夫生活的痕跡的心情。下片則敘述新婚初丈夫留下一歲的女兒亡故，夫
妻恩愛時光太短，對丈夫留下自己一個人離世引以為恨並深感背叛。沈迷於
人生在世如白駒過隙轉瞬即逝的空虛，夜深無眠，孤獨悲觀，通霄吟詩，詞
文悽慘孤苦。〈鷓鴣天‧六闋悼亡〉（一九四六年）第三首云：

> 不奈繁燈絢夜幃。傷高偏是住危樓。深參靜定方生悅，已分伶俜何必
> 愁。　　歡已盡，夢全休。匆匆聚散比浮漚。芳醪化淚難成醉，鸞鏡
> 飛霜怯斂眸。[9]

上片描寫成為寡婦的張珍懷深夜孤獨，滿懷遺憾與綿綿之恨無法入眠，通過
參禪儦儦。同情因丈夫過世自己可憐的處境，對因永別而憂愁的自己也表示
疑問。下片則言張珍懷描寫了三十歲新婚初夢想美滿幸福卻七零八落的現
實，慨嘆新婚初與丈夫離別的坎坷命途，傾吐人生的空虛與無常。她刻劃出
以酒解憂，含淚看著鏡中白髮蒼顏貧困寒酸老去的寡婦的心境。〈鷓鴣天‧
六闋悼亡〉（一九四六年）第四首云：

> 栩栩清宵蝶夢圓。夢迴月墮錦衾寒。歡傾醽茗依稀見，淚浣殘篇展轉
> 看。　　鵑泣血，柳飛綿。湘江哀怨迸朱絃。飄風劉地驚春去，幽恨
> 如馨欲語難。[10]

---

8　張珍懷著，劉夢芙、黃思維編校：《飛霞山民詩詞》（合肥市：黃山書社，2009年），頁
　　24。
9　同上。
10　張珍懷著，劉夢芙、黃思維編校：《飛霞山民詩詞》（合肥市：黃山書社，2009年），頁
　　24。

上片運用對比手法，使得過去與現在形成鮮明對比。先描繪夢中與丈夫幸福時節，後表述從夢中醒來瞬間要接受丈夫已死的冷漠殘酷的現實。她翻看著自己平時創作的詩詞，潸淚傾吐了內心的憂愁和苦痛。下片則通過飛揚的柳絮暗示了與丈夫的永別，又藉由吐血杜鵑的悽涼悲慘的形象毫無掩飾描述只能接受丈夫的意外死亡的苦痛與呻吟。張珍懷採用娥皇女英為舜去世後悲憤投身湘江的典故，表達丈夫死亡對自己的打擊和苦痛，無處傾訴而鬱積在內心的恨怨。〈鷓鴣天・六闋悼亡〉（一九四六年）第五首云：

> 顧影迴燈費淚珠。聰明終古不如愚。遁塵未肯拋吟卷，損福多因好讀書。　　人靜後，酒醒初。華年依約夢模糊。浮生窺隙千歡逝，孤抱闌宵萬感殊。[11]

上片寫張珍懷哀嘆面臨的坎坷的命途，點明目不識丁的愚人比學識淵博的知識份子過得還好的現實，暗示了迫害知識份子彼時混亂的年代。張珍懷年輕時失去丈夫成為寡婦，為躲避人們同情的目光，隱遁在自己的世界，讀著唯一可依靠的詩冊來慰藉內心的創傷。據心理學者桑德拉・D・威爾遜（Sandra D. Wilson），「羞恥感就是頑固不化地相信自己與他人完全不同，是不如他人的存在，是沒有希望的人。一旦產生羞恥感，就感到與他人隔絕，被冷落孤立。就像一種感覺，自己獨自站立於破損開裂的一座橋的一端，而世間所有人都站在另一端遙望著。懷著羞恥感的人們會顯示出獨特的思維方式以及感情與行為方式，其內心沉積著將自己與他人分別看待的痛苦。」[12] 她在結尾更露骨地表述了飽讀詩書的知識份子當時被打壓的悲慘狀況。下片則敘張珍懷陷入短暫美好的新婚時節瞬間消失，嘆人生無常，憂愁孤獨的心境，在別人沉眠的黑夜裡思潮翻湧雲愁海思。〈鷓鴣天・六闋悼亡〉（一九四六年）第六首云：

---

11 同註10，頁24-25。

12 桑德拉・威爾遜著，Jeong, Dong-seob 翻譯：〈遠離受傷的心的自由〉Duranno 2005年，參照頁36-48。

一昳風吹萬古塵。花開頃刻抵千春。稽天巨浸滔滔世，斫地哀歌灩灩
尊。　愁繾綣，憶紛縕。芳華有翼無痕。心光依舊明如電，客意於
今冷似雲。[13]

上片寫在巨大的海浪中，直接吐露自己的憂愁與憤怒。下片則描述對丈夫的
哀思並回顧夫妻一起度過的好時節，吟詠了作為游子在世間度日的人生旅
程。劉夢芙在《飛霞山民詩詞‧引言》中評張珍懷云：「處境艱辛，連遭家
難。時日寇侵華，文伯公辭世，師與孫姓某先生結褵後生一女，孫先生外出
謀職，一去不歸，不知生死，師孤身漂泊，無家可依，撫幼女以成長，菇苦
含辛。」[14] 可見張珍懷當時所面臨的沈重打擊與艱難困苦。徐培均云：「張
珍悔先生是任上海市第二女中語文教師，她愛好詞學，一生向慕龍榆生教
授，遂通過組織關係，來研究班聽課……正是這樣一位研究班中沈默寡言、
嫻靜大方的女同學，後來卻幫助龍老師整理校勘了《唐宋詞格律》。」[15] 可
見張珍懷的內向性格與對人的關係。劉夢芙在〈飛霞山民詩詞引言〉中云：
「據聞二〇〇四年至蕭山依親戚暫居，一年後即告仙逝。師終身盡瘁於教育
與學術，求一安居頤養之所亦不可得，著作在大陸無貲出版，世情涼薄如
斯，嗚呼痛哉！」[16] 可見張珍懷晚年在孤獨與貧困中生活。

# 三、《清代女詞人選集》的選詞標準

張珍懷在《清代女詞人選集‧前言》中云：「有清一代名門閨秀工詞者
頗多，且流風所被，盛況空前。上至相國夫人，下至青樓妓女，俱有傑出的
女詞人……唐圭璋先生輯《全宋詞》，所收兩宋女作家不過六十餘人，其中

---

13　張珍懷著，劉夢芙、黃思維編校：《飛霞山民詩詞》（合肥市：黃山書社，2009年），頁
　　25。

14　同註13，頁2。

15　張珍懷選注：《清代女詞人選集》（合肥市：黃山書社，2009年），頁1-2。

16　同註14。

名家只有李清照《漱玉詞》、朱淑真《斷腸詞》及魏夫人（曾布妻）、孫道絢……清代女詞人之作數量上遠遠逾越宋代，如近代徐乃昌刻《小檀欒室匯刻閨秀詞》，收清代女詞人專集九十六家（百家中有四人屬明代作家）；葉恭綽《全清詞鈔》，收女詞人之作四百九十家，占總數六分之一（全書共收約三千家）。從以上兩部書所輯錄者來看，便可知清代女詞人之作，蔚然大觀，遠勝前代。」[17] 並且張珍懷強調「她們身受『三從』束縛，無有社會地位，縱有絕代才華也毫無用處。通文墨、工吟詠，往往被認為非婦人本分，遭受種種打擊。所以女詞人的成就是極其不易的，完全出於自己對詩詞的熱愛，刻苦自學，堅持不懈，才能取得成就。」[18] 可見她高度評價當時受三從約束且無社會身分的女性滿懷對詩詞的熱情進行創作，同情封建社會經歷各樣疾苦而只能依靠丈夫生活的現實。張珍懷洞悉清代女詞人所處的悲慘現實，評云：「或遇人不淑，遭遺棄、受欺凌；還有的出身貧寒，為妾媵、被侮辱。她們內心的哀怨、生活的痛苦，無可奈何，只有長歌當哭、短吟代泣。」[19] 張珍懷尤其看重反映歷史事件與愛國思想，評曰：「生長在封建社會的清代女詞人生活範圍自較男子狹窄，但在詞苑之中仍不乏巾幗英傑。她們的作品也能表現時代特點及國家大事。」[20] 張珍懷從《清代女詞人選集》嚴格甄選了六十四位清代女詞人，收錄二百六十首詞，強調「選錄要求為感情真摯，聲韻流美，情景交融，寄託深遠，並具有自己獨特風格。有些詞不僅有顯著的藝術特色，而且從作品中表現出她的品格和身世，知人論世，詞如其人。」[21] 並從女性特有的角度加注了作者小傳和箋注，尤其是張珍懷將焦點放在女性的苦難與死別之上，在甄選詞作時突出反映了多樣的女性形象。

---

17 張珍懷選注：《清代女詞人選集·前言》（合肥市：黃山書社，2009年），頁1-2。

18 張珍懷著，劉夢芙、黃思維編校：《飛霞山民詩詞》（合肥市：黃山書社，2009年），同註17，頁2。

19 同註17，頁3。

20 同上。

21 張珍懷選注：《清代女詞人選集》（合肥市：黃山書社，2009年），頁1。

# 四　張珍懷對女性苦難的關懷

　　張珍懷關注明末清初女性的苦難和逆境，強調了蘇州的名門閨秀徐燦的所有苦痛都是由丈夫錯誤的選擇而帶來的。張珍懷評徐燦曰：「她原擬避世遁隱，無奈所適非偶，竟做了降臣之妻。因此，她內心抑鬱，家國之恨、難言之隱，皆發之於詞。」[22] 又云：「其夫陳之遴降清後，青雲直上，由侍郎擢升為大學士。但好景不常，初次獲罪謫居遼東，其後又再犯論斬大罪，免死，而全家流放。徐燦無辜受累，在遼東度過十三年囚犯生活。其夫與兩子皆死於流放中，及至赦還江南時，她已是孑然一身、孤苦無依的老婦了，遂茹素供佛，以了殘生。」[23] 張珍懷還引用了清代陳廷焯的詞話，陳廷焯在比較了李清照和徐燦的詞之後說：「惟其境界悲涼感慨，寄托幽深綿貌，是李詞中所無。」[24] 可見張珍懷高度評價了在明末清初混亂的時期具有高潔人品的徐燦。徐燦對因丈夫身處高位，不能隱居深感遺憾，對明朝亦充滿哀痛和思念，更對丈夫背棄家國感到羞恥。陳之遴第一次流放讓家人蒙羞，第二次流放又致使家人永遠烙上罪人的印跡。張珍懷引用朱孝藏的詞話，表述了徐燦的苦難，慨歎說：「古代女子一生榮辱哀樂皆附屬於丈夫的可悲。」[25]

　　張珍懷選錄徐燦的八首詞，都是有關與丈夫陳之遴關係的內容，共同特徵為集中描述了夫妻關係。張珍懷收錄了〈風流子‧同素庵感舊〉（只如昨日事），評之曰：「自覺滿目淒涼，感慨萬端。並斥責其夫降清，追悔莫及。」[26] 張珍懷注意詞的時代背景，全面概括了要旨。張珍懷仔細考察明末清初的時代背景，關注徐燦夫妻的應對方式。張珍懷評〈踏莎行‧初春〉（芳草初芽）云：「字字諷喻清初朝政，並譏刺其夫陳之遴奴顏婢膝，投降

---

22　同註21，頁1。

23　同上。

24　同上。

25　同上。

26　張珍懷選注：《清代女詞人選集》（合肥市：黃山書社，2009年），頁2。

清廷。」[27] 流露出對其夫因錯誤判斷而選擇的不滿。張珍懷敘述了徐燦通過典故表現出因丈夫向清朝投降為官的羞恥感。張珍懷惋惜徐燦在明朝滅亡後與丈夫一起歸鄉隱居的願望破滅。張珍懷又收錄了〈一斛珠‧有懷故園〉（恁般便過元宵了），加評曰：「托意歸隱而不可得，以其夫陳之遴已為當朝顯官矣。」[28] 哀歎徐燦因其夫之錯無法實現隱居之願的遺憾。《清代女詞人選集》裏她還收錄了〈浪淘沙‧庭樹〉（庭樹又秋花），評論曰：「作者貴為一品夫人，身居甲第，卻是愁悶之極……留戀故國之情至為沈痛。」[29] 凸現比起個人功成名就徐燦更看重亡國之恨的憂慮。張珍懷還收錄了徐燦在丈夫第一次結束流放回京之途所作〈憶秦娥‧春感次素庵韻〉（春時節），評注曰：「此詞似亦是陳之遴初次貶謫時所作。」[30] 張珍懷在收錄〈水龍吟‧次素庵韻感舊〉（合歡花下留連）時也加注曰：「似是陳之遴初次獲罪遼東，又復回京重任要職之時所作……表面似慰藉其夫，實際亦警告他，回京復官，仍然潛伏危機。」[31] 意味徐燦在丈夫第一次結束流放回京重任要職時直覺危機並警告丈夫。張珍懷還收錄了徐燦的〈唐多令‧感懷〉（玉笛擘清秋），並加評曰：「陳之遴再次獲罪論斬，免死，全家流放遼左，她竟淪為囚犯矣。」[32] 對徐燦淪為罪人之妻的痛苦投去無限的同情的視線。張珍懷高度評價徐燦具有歷史的眼光和觀點，她雖身居閨房，但對國家忠心不改，是個比起個人的成功或發跡更重視大義的女性。張珍懷在《飛霞說詞》中評徐燦云：「由於她不甘於與夫同流合污，她的感情自比歷來之詞家更為複雜、沈鬱。她懷念故國，也懷念故園，因為故國已亡，而故園尚可歸去。」[33] 而且張珍懷深刻同情因丈夫錯誤的選擇而被困在『罪人的妻子』的牢籠裏的徐燦

---

27 同註26，頁3。

28 同註26，頁5。

29 同上。

30 同註26，頁7。

31 同註26，頁8。

32 同註26，頁6。

33 張珍懷著，劉夢芙、黃思維編校：《飛霞山民詩詞》（合肥市：黃山書社，2009年），頁126。

的身世,以同情的視角看待她喪失丈夫和兒子後,度過的孤獨艱苦的日子。

　　整體來看,張珍懷對徐燦的詞的評價有如下特色:一、張珍懷在評價徐燦的詞的時候,連單純的景物描寫也沒有遺漏,意識到明末清初的時代背景,剖析抗清的南明王朝與清初朝庭詳細情況後評價詞中所反映的時代與現實。二、張珍懷引用清末民初詞學家陳廷焯、朱祖某與譚獻等對徐燦的評價,但並非僅僅採納他們的見解而是更深入擴充詞學家的看法,提出更有深度的評語。張珍懷比較徐燦與李清照以及謝道韞等女性詞人,細致詳盡觀察到唯徐燦的詞所具獨特的風格與特色。三、張珍懷立足於夫妻的角度,稱許徐燦對明之忠誠與節操的歷史意識和民族精神,同時批判陳之遴背叛明朝卑鄙降清求官之事。四、徐燦於遼東十三年囚犯,先後失去丈夫與兒子成為寡婦,艱苦度日,由此張珍懷想到自己新婚初失去丈夫作為寡婦苦熬歲月的樣子。張珍懷由徐燦的生活也委婉地揭露了因連坐制使罪人家屬承受的痛苦和他們悲慘的現實。五、張珍懷因為只從徐燦的觀點考察夫妻問題,所以暴露出其局限性,那就是她將所有的責任都歸至陳之遴,缺乏客觀判斷,主觀性過強。其實陳之遴降清的理由不僅僅是為了貪圖榮華富貴,更因為他判斷明滅已不可避免很難東山再起,為守護家人的安全與性命,甘冒變節污名,不得已投靠清朝。又因陳之遴是亡國之臣,清王朝一旦開始小事中挑刺,他瞬間就失去所有成為罪人,這種矛盾是必然的,可以推定這樣的他使得家人陷於危險。

## 五、張珍懷對女性喪偶之痛的體會

　　死別是一種被剝奪或喪失的狀態,哀悼則是因被剝奪而產生的情緒上的痛苦反應,哀悼(grief)的核心情感被不安所壓倒,它是由外部因素引發的,其行動反應與不安有密切關系。[34] 張珍懷吐露說:「清代女詞人亦繼承

---

34 David K. Switzer:《The Dynamics of Grief》(首爾:hakjisa 出版社,2011年),頁18-19。

悠久的傳統，然而她們身受封建桎梏，嫁後以夫為天，一生哀樂榮辱，都寄託於『所天』。因此，女子最大的不幸就是丈夫早亡，茹苦含辛，守節撫孤。」[35]，委婉地暗示了因為丈夫的死亡而承受的痛苦，一個人養育女兒的艱辛。張珍懷評道咸時期江蘇武進女性左錫璇曰：「袁績戀妻……其夫於福建延平督師殉命，她年僅三十歲，遂寓閩撫孤，生計艱難。」[36] 張珍懷收錄〈西江月・感懷寄外子〉（皎月海敎雲掩），評注曰：「此詞上片以皎月、好花為喻，勸夫勿為浮名所誤。下片再以陰晴、波濤為喻，勸夫在宦海多加小心。無奈其夫不聽勸告，終於殉職死難。」[37] 可見左錫璇惋惜丈夫為追求世上的富貴名譽而殉職，詞中描寫了丈夫死亡後成為寡婦，別無出路的樣子。

咸豐時期江蘇武進女性陸恒是劉灝的妻子，張珍懷評之云：「所作詠物詞大多為托意自傷、哭夫之作。其夫當是清廷官員，為太平軍戰敗而投海自盡。」[38] 張珍懷評〈金縷曲〉（底柱中流折）曰：「上片開端即言『底柱中流折』，其夫當為清廷將領。下接言其夫以戰鬥中失策大敗，遂蹈海而死。下片言清軍失敗，金甌已缺，大勢已去。」[39] 哀惜作為清軍的丈夫對抗太平軍失敗後自殺。

張珍懷評光緒年間福建閩侯女性沈鵲應曰：「其夫林旭是戊戌變法被殺害六君子中最年輕的烈士。她身在閨閣卻關心國家大事，所作詠物使用比興手法，以喻朝廷，鼓勵其夫為變法維新而盡忠報國。林旭被殺後，她的仰藥以殉，不死」[40]，對堅持變法維新而被殺的沈鵲應的丈夫之死表示痛惜。李惠儀在〈明清之際的女子詩詞與性別界限〉中云：「這時代女性詩詞的家國悲情，出諸沈鬱雄健，隱然有「陽剛」之氣。其中面對憂患，見證世亂、反思歷史，追懷往昔，有「以詩為史」、「以詩證史」、「以詩補史」的詩史精

---

35 張珍懷選注：《清代女詞人選集・前言》（合肥市：黃山書社，2009年），頁2-3。

36 張珍懷選注：《清代女詞人選集》（合肥市：黃山書社，2009年），頁199。

37 張珍懷選注：《清代女詞人選集》（合肥市：黃山書社，2009年），頁199。

38 同註36 ，頁208。

39 同上。

40 張珍懷選注：《清代女詞人選集》（合肥市：黃山書社，2009年），頁250。

神。」[41] 張珍懷評沈鵲應說:「所作悼念林旭之詩詞,淒涼哀婉,令人不忍卒讀。」[42] 悲傷是抑鬱症的核心情緒,是當喪失自己重要的一部分的時候感受到的情緒。若患上抑鬱症,由於悲傷與喪失感,萎靡不振的情緒揮之不去,整日流淚哭泣。內心空虛無助,對暗淡的未來感到絕望,因與重要他人的分離,而感到孤獨寂寞。張珍懷在《飛霞說詞》中稱許沈鵲應說:「她的詞寄託幽深,境界高遠,以『詠物』喻朝政,在歷代閨秀詞人中,尤為罕見。至於與夫君生死同心,捨身報國。夫為烈士,妻為烈女,其人其詞,自是卓絕千古,兩宋以來女詞人孰能倫比?」[43] 張珍懷感歎其夫妻同心合力想要變革國家的意志。張珍懷對沈鵲應的評價有如下特色:一、張珍懷重視詠物和寄託,高度評價關注時代與國家的沈鵲應的詞作。二、張珍懷感嘆沈鵲應和林旭夫婦年輕時齊心合力為愛國推行變法維新而不惜生命的高貴的精神。三、張珍懷詳細描述變法維新歷史事件,委婉地批判了當時清朝的腐敗無能,並對忠誠之士因奸臣誣陷而被殺表示憤慨。

張珍懷評同光時期江蘇常熟女性宗婉曰:「她年少工詩詞,兼擅丹青,其題畫小令尤佳。嫁蕭某,家貧多病,未得功名即早卒。兩子幼小,父兄皆下世,她無所依靠,以教女弟子維持生計。她嫁後遭遇不幸,詞風亦由婉麗變為悲涼,後期之作,多敘寡居撫孤兒,茹苦含辛之痛苦生活。」[44] 對宗婉在失去丈夫和父兄後的痛苦和貧窮表示同情。段繼紅在《清代閨閣文學研究》中云:「寡居生涯的漫長寂寥,毀壞了女性的生活熱情,盡管為她們贏得了名節旌表,但她們的一生與幸福無緣,其中的苦楚只能在詩中訴說。」[45] 張珍懷收錄〈滿江紅·述懷〉(生不逢辰),云:「上片『諱病』、『食貧』一

---

41 〔加〕方秀潔、〔美〕魏愛蓮編:《跨越閨門明清女性作家論》(北京市:北京大學出版社,2014年),頁175。

42 同註40,頁250。

43 張珍懷著,劉夢芙、黃思維編校:《飛霞山民詩詞》(添加)(合肥市:黃山書社,2009年),頁245。

44 張珍懷選注:《清代女詞人選集》(合肥市:黃山書社,2009年),頁231。

45 段繼紅:《清代閨閣文學研究》(天津市:南開大學出版社,2007),頁68。

聯，概括了其夫是個貧病交加的俗子，她只得『向悄無人處『吞聲哭』。下片寫她自己容顏憔悴，衣裳單薄，惟有甘心『辛苦隨郎逐』，自嘆此生無福。可悲甚矣！」[46]，可見她刻畫了因丈夫無能而操勞的宗婉的形象。張珍懷念至昔日自己所經歷的寡婦的生計問題和養育子女的問題，同情宗婉的處境，她的周圍連一個能幫她的親戚也沒有。

張珍懷在《飛霞說詞》中評道咸時期江蘇武進女性左錫璇曰：「其夫在福建延平督師隕命時，她年三十歲，遂寓閩撫孤，生計艱難。」[47]又評左錫嘉所作〈菩薩蠻·幽憤〉（無風吹破夫容鏡）曰：「此二詞為其夫曾詠故世之後，作者扶柩歸曾氏故鄉途中所作。第一闋上片以夫容鏡破比喻夫死，乘舟而歸蜀，故云：『秋水浸愁魂』。下片孤燈素幔，獨自哀傷，睹舊日衣裳，回憶往事。」[48]慨歎左錫嘉喪失丈夫後的衝擊與痛苦。

馬蘭安在〈哀哭——明清時期女性悲情的表演〉中云：「丈夫亡故，短時間內哀悼者總會感覺亡夫魂魄彷彿並未一下子完全消散，甚至隨時有可能返還人間。一斷時間之後，哀悼者才能逐漸地從心理上接受與亡夫陰陽兩界的分隔狀態，這時妻子開始真定面對在實際生活中失去丈夫的嚴酷現實……整個哀哭過程中妻子不斷抱怨亡夫拋妻別子，撒手塵寰，置她於村民惡意流言的包圍中孤立無援。」[49]張珍懷評〈菩薩蠻·幽憤〉（蜀山一抹傷心碧）云：「第二闋望蜀山而思念父母，父母遠在江南，當為女兒之不幸而悲傷。下片問天亦難補遺恨，月黑風寒，更增沈痛。」[50]憶起由於目睹女婿突然死亡帶給左錫嘉的痛苦，對其娘家父母的打擊和悲哀。張珍懷在《飛霞說詞》中標評左錫嘉曰：「她在封建時代能以鬻書畫養家，並以助人為樂，是

---

46 同註44，頁232。

47 張珍懷著，劉夢芙、黃思維編校：《飛霞山民詩詞》（合肥市：黃山書社，2009年），頁227。

48 同註44 ，頁204。

49 〔加〕方秀潔、〔美〕魏愛蓮編：《跨越閨門明清女性作家論》（北京市：北京大學出版社，2014年），頁68。

50 張珍懷選注：《清代女詞人選集》（合肥市：黃山書社，2009年），頁204。

個值得讚揚、不畏艱辛的女詞家。」[51] 可見張珍懷仰慕左錫嘉的高尚人品。張珍懷被左錫嘉感動，她作為傑出的女性畫家，在傳統社會發揮自己的才能，從事經濟活動時還幫助比自己艱苦的女性。通過描繪左錫嘉為葬夫移棺至故鄉生動的場面，傾吐了鬱結在內心的悲傷和幽恨。張珍懷捕捉到左錫嘉在死別的苦痛中癡望丈夫留下的衣服痛哭的場面，刻劃出左錫嘉遙想娘家父母哀惜自己處境艱難的場面。

# 六　結語

張珍懷從《清代女詞人選集》嚴格甄選了六十四位清代女詞人，收錄二百六十首詞，張珍懷高度評價當時受三從約束且無社會身分的女性們滿懷對詩詞的熱情進行創作，同情封建社會經歷各樣疾苦而只能依靠丈夫生活的現實，並且張珍懷高度評價那些反映社會現實和國家大事的女性詞。

張珍懷在《清代女詞人》中關注女性的苦難，集中刻畫了因丈夫的錯誤的選擇而受苦的徐燦。徐燦警告過丈夫陳之遴背叛明朝當清朝的官，即便在丈夫身居清代高官的時候，也憂慮危機的到來。且因兩次流放，丈夫和兩個兒子都在流放地死亡，徐燦作為罪人之妻過了十三年悲慘的生活，張珍懷對徐燦千瘡百孔的人生表示了無限的憐憫和同情。張珍懷在新婚初丈夫尋工失蹤後，聽到死亡的消息如晴天霹靂，無力承受逼近自己的苦難和不幸。突成寡婦負責生計，雖未表明丈夫死亡的理由，但因丈夫，張珍懷自周邊察覺到疏離感和羞恥感，對於自己經歷的苦痛，一直含垢忍辱默默度日。這一點與歷經兩次流放失去丈夫的徐燦具有共同點，張珍懷對因為丈夫長久痛苦的徐燦感同身受。

張珍懷尤其關注失去丈夫而成為寡婦的作品，如左錫璇因為丈夫袁績懋追求富貴功名而殉職，生計艱難；陸恒痛惜作為清朝將帥的丈夫劉灝在與太平軍的戰爭失敗後自殺之事；沈鵲應的丈夫林旭追求變法維新被殺，然夫妻

---

51 同註50，頁202。

胸懷崇高的理想得到了高度評價；宗婉則在貧窮和疾病中的丈夫死後，父兄也故去，周圍無人伸出援手，只能教女弟子糊口，張珍懷對此事亦表示了無限同情。左錫嘉描述了將死去的丈夫的棺木移送到家鄉的場面，擔心自己父母因女婿死亡，女兒成為寡婦而會受到打擊。

總之，張珍懷自親身經歷的創傷與死別經歷入手，編選《清代女詞人選集》之時，自細處著眼深深體會清代女詞人所面臨的苦難與喪偶之痛。她將長時間無意識中潛在的壓抑與憤怒，投射於在貧窮和疾病中掙扎的女性，藉此吐露出自身一生的艱難困苦與被害意識。

# 世變中的賡續與新創：

## 梁啟超《飲冰室詩話》在詩話史中的定位與文化意義兼論「精神性／物質性」的對應態度[*]

林淑貞

國立中興大學中國文學系

## 摘要

自梁朝鍾嶸（468-518）《詩品》開發詩論模式，迄宋代文人始大量書寫詩話，將詩論帶進品賞的場域中，評騭詩家、論述詩歌，蔚成風氣。到了晚清，梁啟超（1873-1929）與康有為（1858-1927）鼓吹變法，有百日維新，然而梁氏復以《飲冰室詩話》倡導詩界革命，究竟從詩話入手，對於變法革新有何提撕作用？有何關連性？可以帶動什麼樣的思維啟迪人心？本文旨在重新思考世變之中，何以梁氏以詩話作為發聲利器，其目的何在？在詩話史上可以開發什麼作用？在文化史上又具有何種意義？論述理序，一、先導引梁啟超存在處境及書寫《飲冰室詩話》的必要性。二、從形式結構論《飲冰室詩話》對傳統詩話之繼承，有摘錄式、風格式、印象式、述記本事、轉存詩作等方式；三、從義理內容論其對傳統詩話之承繼，有存錄時事、評騭詩家詩作、評論風格、人品與詩品關涉、注重詩史等項；四、論《飲冰室詩話》新創內容，有倡導新理想舊風格、中西長詩比較、強化詩歌與音樂關係、評騭中國結習等項；五、論《飲冰室詩話》之定位與意義，分從詩話及前人評論二視角檢視，再說明其欲衝抉羅網以報刊為載體之用心及道器辯證

---

* 本文據特約討論人審查意見修改，感謝惠賜意見。

過程之擇取；結論歸攝其「舊風格新理想」欲衝抉羅網，創建新標杆的文化意義。

**關鍵詞**：詩界革命　新民叢報　詩話學　中體西用　道器

# 一 前言

在世紀交替的過程中，知識份子的時代關懷往往受社會或時代氛圍牽引；而時代或社會風氣，也因為知識份子的投入而有新的轉折與方向。梁啟超身處晚清末造，與其師康有為懷抱革新中國的理想，一直是中國近代過渡到現代化過程中不可忽視的嶄新力量。

盱衡整個晚清所面臨的問題多元而複雜，在面對西方物質性的船堅炮利，以及制度性的憲政體制，該如何因應呢？據汪榮祖所言，晚清三大運動指自強、變法、革命運動，互相牽連與影響。其中，康有為、梁啟超倡議變法，有百日維新，旨在求變通，而變通思想可援引者為傳統經典。[1]是故康有為託古改制，以三世說建構理想新中國，而梁啟超初雖與康有為合拍，戊戌變法之後，潛逃日本，因視野增廣，想法與康有為略有出入，且接觸革命派人士，並不一昧反對革命，而在君主立憲失敗之後，轉向著述為務[2]。

到底梁啟超之作為對中國有何貢獻？有何影響？湯志鈞揭示梁啟超變法時期的活動，主要有創辦《時務報》、主持湖南時務學堂、辦理譯書局三事。[3]創辦報刊雜誌是宣傳思想文化、開發民智的最好工具，無論在變法時期、潛逃日本，或新大陸遊歸皆戮力為之。光緒二十一年（1895）在北京辦《萬國公報》，後改為《中外紀聞》，因慈禧禁強學會，因此停刊；光緒二十二年（1896）七月於上海辦《時務報》，十月再於澳門辦《知新報》，光緒二十六年由新加坡經錫蘭到澳洲，再繞到日本，光緒二十七年因清議報館被焚，被迫停刊，光緒二十八年從東京遷移橫濱，再創辦《新民叢報》，自號

---

1 見汪榮祖：《從傳統中求變：晚清思想史研究》（南昌市：百花洲文藝出版社，2002年4月），卷上〈晚清變思想研究〉·〈一、晚清變法思想析論〉，頁3-5。

2 光緒三十四年十月光緒、慈禧相繼駕崩，梁啟超曾上書攝政王載灃，有〈上攝政王書〉一文，因未獲重視，失望之餘，專心致力寫作，不與政治。

3 見《戊戌變去人物傳稿》（臺北市：漢京文化事業公司，1982年9月）上編卷一〈梁啟超〉頁51-62。

飲冰子，其救危圖存的態度，從「飲冰」立名可知梗概[4]。光緒二十九年復於上海辦《時報》宣導新小說、新詩歌；光緒三十三年於東京創政聞社，於上海創辦《政論》以預備立憲、速開國會為要務。頻繁創辦各種報刊雜誌，是梁氏參與政治活動、宣揚民智的利器及思潮的推動力量。

　　梁啟超倡議新民說，在〈新民議・敘論〉云：「余為新民說，欲以探求我國民腐墮落之根原，而以他國所以發達進步者比較之，使國民知受病所在，以自警厲自策進。」[5]並在《新民說》揭示新有二義：「其一是淬厲其所本有而新之，其二是補其所本無而新之，即是真能守舊者，必能淬厲其固有」，羅志田據此指出復古與出新似乎是對立的，康梁以復古為手段，尋求改變以出新才是目的，依循著孔子所云：溫故知新才是新真義[6]。變法革新，革新非暴力行動，可以從根本改變既存狀態，因革命是動蕩與充滿激情，從「想革命」到「說革命」到「幹革命」，可能需求學理指導具體言行。[7]如何引領風氣，指導方向呢？

　　德國學者顧彬曾指出中國傳統文學變為現代文學的表現是從詩歌向小說的轉換，但是各種體裁也歷經種種變化，例如黃遵憲（1848-1905）就是以「我手寫我口」的口號改變歷二千年古典詩歌的形式[8]。而梁啟超也在這股風潮中提出「小說界革命」及「詩界革命」，企圖以變革來改變舊的範式，進而推導新意念、新意識形態。此亦即梁氏積極創辦報刊雜誌推動新知、新學、新觀念的過程與目的。

---

4　梁啟超以《莊子・人間世》：「今吾朝受命而夕飲冰，我其內熱與！」（臺北市：三民書局，頁48）來說明自己一腔報國熱血，飲冰或可解內熱矣。

5　見《飲冰室文集》（臺北市：臺灣中華書局，1978年）。

6　羅志田：《裂變中的傳承：二十世紀前期的中國文化與學術》（北京市：中華書局，2003年5月）〈六、溫故可以知新：清季民初的『歷史眼光』〉，頁168-188。

7　羅志田：《近代讀書人的思想世界與治學取向》（北京市：北京大學出版社，2009年1月）〈士變：20世紀上半葉中國讀書人的革命情懷〉，頁104-120。

8　〔德〕顧彬著，范勁等譯：《二十世紀中國文學史》（上海市：華東師範大學出版社，2008年2月）・〈第一章現代前夜的中國〉・〈二、從傳統到現代：世紀之交的文學〉，頁10-18。

　　以報刊為中心的清末民初社會通訊與政治變革的關係，離不開救亡圖存的社會語境，主要有兩次辦報的高峰與改良或革命輿論消漲密不可分。[9]梁啟超於戊戌（1898年）進京承辦京師大學堂，與康有為鼓吹變法，推行新政，百日維新失敗，流亡日本，其後創辦《清議報》（1898）、《新民叢報》（1902）、《新小說》（1902）等報章雜誌，並積極推動文界、小說界、詩界革命。其中，《飲冰室詩話》即是刊載在《新民叢報》當中。從一九〇二年二月十五日第四期刊出，到一九〇七年，共刊登二百〇四則，目前通行本僅有一百七十四條，少了三十條。主要是因為廣智書局及中華書局皆編收到一九〇五年為止，一九〇六至一九〇七的三十條未被收入。[10]今則可據張海珊所輯〈飲冰室詩話拾遺〉以資參酌。

　　維新變法以康梁為主，梁氏創《清議報》，於一八九九年十二月二十五日《清議報》第三十五冊的〈汗漫記〉提出：「要之，支那非有『詩界革命』，則詩運殆將絕」，「詩界革命」一詞，此為首出，其後，我們在閱讀《飲冰室詩話》時，即不斷地看到詩界革命這個專有名詞的出現。何謂詩界革命？梁啟超如何運用《飲冰室詩話》來倡導詩界革命？其組構方式與義理內容為何？與傳統詩話有何分別？

## 二　形式結構：未能衝破傳統敘寫範式

　　晚清變法家，運用傳統模式、古典詞匯來闡發新說，是自然之事，因受傳統教育之知識份子，必以此來解說新的變通之理。[11]梁氏以傳統詩話的模式來倡導詩界革命，也是理所當然，但是以變法為要務的梁啟超資藉《飲冰室詩話》的目的何在？敘寫之形式結構與傳統詩話究竟有何異同？

---

9　見王天根：〈救亡圖存的社會語境與清末初媒介表述的政治〉輯入「中國社會科學院近代史研究所政治史研究室」暨「河北師範大學歷史文化學院」編《晚清改革與社會變遷》下冊，頁670-693。二次辦報高峰是指維新變法與辛亥革命時期。

10　見張海珊：《古代文學理論研究》（上海市：上海古籍出版社，1982年），第七輯。

11　見汪榮祖：《從傳統中求變：晚清思想史研究》·〈卷上：晚清變法思想研究〉頁6-7。

　　張寅彭論民國詩話大抵可分作三系，一、錄故實與闡詩學的《石遺室詩話》、趙熙《香宋雜記》、由雲龍《定庵詩話》等；二、專以論述詩學者，有范罕《蝸牛舍說詩新語》、蔣抱玄《聽雨樓詩話》、沈其光《瓶粟齋詩話》、林庚白《孑樓詩話》、《麗白樓詩話》、錢仲聯《夢苕盦詩話》、劉衍文《雕蟲詩話》等；三、存錄故事者，此部份最多，而且以存錄有清一代迄民國時期之詩人軼事典故為多，有魏元曠《蕉菴詩話》、陳銳《裒碧齋詩話》、陳詩《尊瓠室詩話》、夏敬觀《忍古樓詩話》等[12]。《飲冰室詩話》又屬於那一種類型呢？整體觀察《飲冰室詩話》，其承接傳統詩話之形構如下所示。

## （一）摘錄（句）式批評

　　《飲冰室詩話》之摘錄方式有二，一是純以摘錄為主，不加論述、評騭；二是摘錄詩歌之後，再加以評論之，二者並存不悖。

### 其一，摘而不評式

　　在傳統的詩話當中，有以輯錄某一類型的詩話，或某一詩家詩歌而成的詩話體式，此種詩話常常是有機呈現。復次，亦有隨機任意輯錄詩歌作品，或是摘錄詩歌而不加任何論述與評騭，晚清迄民國詩話為例亦多，例如陳衍的《石遺室詩話》、郭則澐《十朝詩乘》以存故實為主，這些詩歌的性質是存而不論，意在保存詩歌作品。《飲冰室詩話》自然因承這種傳統，有摘錄而不評的條例，以保存師友詩作，例如第三則記載黃公度詩歌，第六則敘寫康有為第二女公子遊印度詩歌，此中摘錄康同璧的詩歌作品，亦僅是摘錄而不加品賞。這種隨機摘錄不進行論述的方式，在傳統詩話例子甚多，此即是「存而不論」的方式存錄。

---

12 見《民國詩話叢編》（上海市：上海書店出版社，2002年12月）冊一，〈自序〉，頁3-6。

其二，摘而評論式

　　除了上述的摘而不評的詩話之外，亦有摘錄而加以評論的詩話，《飲冰室詩話》兩存其例，例如第二則云：「譚瀏陽志節學行思想，為我中國二十世紀開幕第一人，不待言矣。其詩亦獨闢新界而淵含古聲。……其言沈鬱哀艷，蓋瀏陽集中所罕見者，不知其何所指也。然遣情之中，字字皆學道有得語，亦瀏陽之所以為瀏陽，新學之所以為新學歟。」除了摘錄警句之外，亦評議譚嗣同詩歌：「獨闢新界而淵含古聲」。其下又云其詩「沈鬱哀艷」或「遣情之中，字字皆學道有得語」，此以風格特色評議，皆能深中肯綮。

　　以上二種摘錄方式，《飲冰室詩話》兩存其例。此皆是留存傳統詩話評騭詩歌的模式。

## （二）比較風格式批評

　　摘句之外，亦有涉及比較式風格之批評，例如：「晚明烈士夏存古先生完淳，……先生五言古酷似陳思，七言古風格猶在吳梅村之上，今不能具錄也。」以夏完淳之五言古詩風格近曹植，而七言古風之風格在吳梅村之中，採用比較方式呈示詩家之風格特色，為例亦多。

## （三）印象式批評

　　以印象式作為詩歌批評，向為詩話所採用。何謂印象式批評？據黃維樑所云，印象的表達，可分兩層次：其一，初步印象：佳、妙、工、警、三昧、本色……等，為表達初步印象用語，是直覺式的價值判斷。其二，繼起印象：有抽象和具象二種，飄逸、沈鬱等屬前者，金鰲擘海、香象渡河屬後者。[13]

---

13 見〈詩話詞話和印象式批評〉，輯入《中國詩學縱橫談》（臺北市：洪範書局，1982）。頁1-2。

梁啟超亦承此進行詩話之撰寫。例如第一三三則:「梁溪蔣君萬里,其詩屢見各報,頃以新詞二闋見寄,氣象壯闊,神思激揚,……」,其中,以「氣象壯闊,神思激揚」狀蔣智由之詩歌,即是。中國印象式批評手法,用語寥寥,重直覺感悟,籠統概括,是傳統詩話詞話中常見、常用者,而氣象、神韻等術語,看似奧祕,其義實則和現代通行的風格二字略有通用。

### (四)述記詩歌本事

詩話本有「論詩及事」、「論詩及辭」二類,故而存錄本事亦是詩話一體,例如《飲冰室詩話》第三則記載譚嗣同贈菊花硯之詩歌本事;再如第六十六則記載十年來度生日,凡有十處,述記渡船寫作本末。表述詩歌本事原即是歐陽修《六一詩話》所創,《飲冰室詩話》亦承此而加以存錄。

### (五)轉錄他人詩作

《飲冰室詩話》亦有轉錄他人詩歌作品者,例如第七則轉錄狄平子《平等閣筆記》,記述兩年來近事,字字令人劌心怵目,是梁氏對逆旅女子詩作,特有感觸,故特別轉錄三詩,以見異族欺凌之下,紅巾搵淚之感慨。

以上諸法,《飲冰室詩話》或擇一而用,或交錯並用,顯然以承繼傳統詩話為多,並無形式上的突破。各條詩話之間,並無有機串綴,僅以隨文摘寫方式陳列,亦無義理前後相承之「先總後分」演繹或「先分後總」之歸納,屬隨機臚列的「並列式」詩話。至於表述方式,以叢殘小語的方式敘寫,兼及摘錄(句)批評、論詩辨體、印象式批評等項以存錄故實倡導新說。

如是觀之,在義理上是否有特別之處,方敢高標詩界革命之旗幟?

## 三　義理內容:承繼傳統詩話書寫模式

承前所述,《飲冰室詩話》之形構以承繼傳統詩話的書寫模式為主,而

在義理內容是否有所突破？大抵內容可分作二系，一是承繼舊有的詩話傳統，加以發衍；其二是開發新視域，提供新思維。

## （一）存錄敘寫時事之歌詩

詩話，基本表述的內容即是書寫詩歌本事，或是輯入佳篇雋構者，梁啟超除此而外，亦兼有記錄時事詩歌者，無論是海內外名士，或是自己的作品皆有，例如四十一則錄寫自己於己亥冬天游夏威夷，其後返上海、香港、檳榔嶼、錫蘭，遂有〈澳亞歸舟〉之詩，句云：「冰水慣住熱世界，老國從思新少年。」自云游遍澳洲全境，三年未見雪景，故而有此詩，蓋紀實之作。又如，第一三十七則記載：「歐美學校，常有於休業時學生會演雜劇者。蓋戲曲為優美文學之一種，上流社會喜為之，不以為賤也。今歲橫濱大同學校年假時，各生徒開一音樂演藝會，除合歌新樂府外，更會串一戲，曰易水餞荊卿。其第一幕『餞別』內有歌四章，以史記所記原歌作尾聲，近於唐突西施，點竄堯典；然文情斐茂，音節激昂，亦致可誦也。」揭示在日本橫濱遇年假，將學生表演〈易水餞荊卿〉戲劇之「餞別」四章歌詞，輯入詩話之中，以見其文情斐茂、音節激昂的聲情之美[14]。

## （二）評騭詩家或詩作

詩話最大功能是品賞詩歌、評騭詩作，梁啟超亦善用此法，例如第二十五則論石達開之檄文：「太平翼王石達開，其用兵之才，盡人知之，而不知其嫻於文學也。近友人傳誦其詩五章，蓋曾文正曾招降彼，而彼賦此以答也。……又聞石有所作檄文，全篇駢儷，中四語云：『忍令上國衣冠，淪於夷狄；相率中原豪傑，還我河山。』雖陳琳、駱賓王，亦無此佳語，不得以

---

14 第一三七則：今錄之：「等閒譯笑見心肝，壯別寧為兒女顏？地老天荒孤劍在，風蕭蕭兮易水寒。嗚！嗚！風蕭蕭兮易水寒，壯士一去兮不復還」。

武夫視之[15]」對於石達開之詩、文愛賞有加。又如第二十六則評康有為詩歌有真性情，其云：「南海先生不以詩名，然其詩固有非尋常作家所能及者，蓋發於真性情，故詩外常有人也。先生最嗜杜詩，能誦全杜集，一字不遺，故其詩雖非刻意有所學，然一見殆與杜集亂楮葉。余能記誦百餘首，所最愛者，〈己丑出都〉……[16]。」並存錄康有為詩作；第二十八則評黃公度、夏惠卿、蔣觀雲為近世詩界三傑，其云：「昔嘗推黃公度、夏惠卿、蔣觀雲為近世詩界三傑。吾讀穗卿詩最早，公度詩次之，觀雲詩最晚。然兩年以來，得見觀雲詩最多，月有數章。公度詩已如鳳毛麟角矣。穗卿詩，則分攜以來，僅見兩短章耳。」亦存錄蔣觀雲之詩[17]；再如第四十則評黃公度詩歌，其云：「自唐人喜以佛語入詩。至於蘇王，其高雅之作，大半為禪悅語。然如「溪聲便是廣長舌，山色豈非清淨身」之類，不過弄口頭禪，無當於理也。人境廬集中有一詩，題為〈以蓮菊桃雜供一瓶作歌〉，半取佛理，又參以西人植物學、化學、生理學諸說，實足為詩界開一新壁壘。『女媧鍊石補天處，石破天驚逗秋雨』吾讀此詩，真有此感。』……」[18]。再如第四十五則評〈人境廬集〉：「性情之作，紀事之作，說理之作，沈博絕麗，體殆備矣。惟綺語絕少概見，吾以為公度守佛家第七戒也。……」；四十九則評狄平子詩歌溫柔敦厚，芳馨悱惻。

---

15 第二十五則詩云：「曾摘芹香入泮宮，更探桂蕊趁秋風。少年落拓雲中鶴，陳跡飄零雪裡鴻。聲價敢云空冀北，文章今已遍江東。儒林異代應知我，祇合名山一卷終。」

16 第二十六則：……〈己丑出都〉七律四首之一云：「滄海飛波百怪橫，唐衢痛哭萬人驚。高峰突出諸山妒，上帝無言百鬼獰。漫有漢廷追賈誼，豈教江夏貶禰衡。陸沈忽望中原歎，他日應思魯二生。」

17 第二十八則：近觀雲以其四長篇見貽，則〈己亥秋別天津有感寄懷嚴蔣陳諸故人之作也。讀竟，如枯腸得酒，圓滿欣美，爰急錄之如下：「暮雨掩柴門，秋聲滿庭樹。瑟瑟紙屏間，一燈靜如鷺。彷彿少年時，讀書未馳騖。即此感生平，流轉亡吾故。乙未在武昌，始與吳生遇。」

　　復次，第三十九則：嘗記其〈己亥秋感八首〉之一云：「遺偈爭談黃蘗禪，荒唐說餅更青田。戴鰲豈應邊都兆？逐鹿休訛厄運年。心痛上陽真畫地，眼驚太白果經天。只愁讖緯非虛，落日西風意惘然。」……

18 第四○則：「詩如下：南斗在北海西流，春非我春秋非秋。人言今日是新歲，百花爛漫堆案頭。主人三載蠻夷長，足偏五洲多異想；……」

復次，《飲冰室詩話》不僅輯入師友之作，亦有對日人圍攻旅順之武士道精神稱譽，其云：「詩雖平平，然能寫出日本武士道之氣概，讀此而知日人所以享戰勝之名譽者，非偶然也，故錄入詩話」[19]。由是可知，《飲冰室詩話》所輯作品具有宣示作用，詩雖平平，卻因能寫出日本武士道精神，亦被選入。

## （三）評論詩歌風格

銓品詩歌、詩家風格，是詩話無可迴避之效能，《飲冰室詩話》亦然，例如第一二一則評論自署袖東者，稱譽其詩歌「宋人風格中之最高尚者，俊偉激越，芳馨悱惻，三復之不忍去也」。又如第九則論黃公度詩莊嚴有風格。凡此，皆以詩歌風格作為批評的內容，為例甚多，不一一贅舉。

## （四）論人品與詩品之關涉

中國向以人品與詩品作一鉤連，意在整全表現詩家之風神氣度，梁氏亦承而論之，例如第一四二則揭示酈高是位篤行熱誠之士，其詩肖其為人，風格直逼杜集。再如第一四五則評蔣觀雲詩，讀者可彷彿其為人。再如第一六五則記載宋遺民鄭所南先生，梁氏遍求古今東西人物之中，惟日本吉田松陰最相似，並以詩文為證，說明其志事備於文章之中，詩僅是末技。

## （五）注重詩史之表述

傳統詩話對詩史多有表述，梁氏亦承此而發，例如第七九則指出「公度之詩，詩史也」。錄〈朝鮮嘆〉七解，以記載朝鮮家國亂離與戰爭之經歷。

---

19 第一二三則：日本圍攻旅順軍司令長官乃木希典將軍，自今茲夾奏捷後，其勇名漸震吾邦人耳目。將軍之長子名勝典，死於金州之役。未幾，將軍統師至金州，嘗有詩云：「征馬不前人不語，金州城外立斜陽」日人傳誦之，⋯⋯。」

再如第九〇則揭示:「公度之詩,見余詩話中者最夥,然聞韶三月不以為厭也。頃復錄其詩史兩章」,所謂詩史兩章即庚辰年所作之〈流球歌〉、甲申年所作之越南篇,此皆述二國之立國經歷。再如第一六四則記載少瘦生〈遼東感事〉十二章,長歌當哭,以記普天下胸中公共之塊壘。凡此皆以詩為史,記錄家國興衰成敗。

凡此,義理內容有梯接傳統詩話敘寫內容者,唯例子以採近時師友為主。

# 四 宣導新創觀念與思惟

《飲冰室詩話》因襲傳統的形構技巧與書寫模式之外,最被後世稱譽者厥為新創觀念的推動,得以和詩界革命合拍相應。

## (一)倡導新理想與舊風格的書寫內容

梁啟超揭示:「過渡時代,必有革命。然革命者,當革其精神,非革其形式。吾黨近好言詩界革命。雖然,若以堆積滿紙新名詞為革命,是又滿洲政府變法維新之類也。能以舊風格含新意境,斯可以舉革命之實矣。苟能爾爾,則雖間雜一二新名詞,亦不為病。」(六十三則)。「詩界革命」之「革命」意義何指?若「革命」的意義在「破舊革新」,則「破舊」是指什麼?而「革新」又指涉什麼?

《飲冰室詩話》之所以在晚清被重視,不僅是因梁氏之撰寫而被重視,主要是因為他倡導詩界革命,得到了黃遵憲、夏穗卿的應和及時局所需,而能在當時推波助瀾,引發新舊詩話之爭。到底梁氏提倡什麼樣的義理內容迥異他人所倡?《飲冰室詩話》第四則云:

> 近世詩人能鎔鑄新理想以入舊風格者,當推黃公度。

那麼,什麼是「新理想、舊風格」呢?茲以梁氏舉例明之:

> 有自署瀚華者，以一詩見寄，以新理想入古風格，佳詩也。無題，今為補一題曰〈髭髮問答〉。詩云：「乙巳人日夕，翦髮理髭鬚。主人兩無心，鬚髮相諠呼。髮言主人翁，今昨何異圖。惟余追隨久，死生宜不渝。憶昔成童後，十五二十餘；愛余烏且長，日日施爬梳。是時君幼弱，茁萌被殄誅，主婦美且艷，妒爾鬑鬑愚。況乃如芒刺，偪彊不工諛。人性憎老邁，爾促彼徑途，況乃面目改，見之笑䶒齬……」（一三〇則）

從詩歌內容觀之，是剪髮之際，髮與主人的對話。此一敘寫是以舊體詩歌的書寫形式來摹寫新事物或時代性的內容。再例如一六八則記載蔣萬里〈新游仙〉二章，也指出其「風格理想，幾追人境廬之〈今別離〉，亦傑構也。」[20]是將遊途見聞書寫出來。再如一七三則評公耐詩：「意想風格俱超遠」。[21]是合於以我手寫我口的書寫形式。

職是，「新理想」是指新的內容，具有時代性的內容，而「舊風格」是指舊的寫作形式。此言革其精神，非革其形式，而所謂的「以舊風格含新意境」亦即採用舊的書寫形式，以傳統的詩歌表述方式，蘊含新的內容、時代性的內容。

## （二）進行中西長篇歌詩比較

中西皆有長篇詩歌，梁氏第八則極稱西方有長篇詩歌，氣魄奪人，中國雖事事落他人之後，在文學的表現，差可以與西方相頡頏者，唯有長篇詩歌之表現，並舉杜甫有〈北征〉、韓愈有〈南山〉，這些詩歌皆表現出精深盤鬱

---

20 詩云：「出門萬里行，海底計行程。至此別有天，島嶼不知名。爛爛珊瑚洲，紅海映鮮明。盤石矗巉巉，鐵網張錚錚。茫茫水連天，彼岸隔盈盈。海外大九洲，稗海環重瀛。……」

21 例如〈懷九銘〉第一章云：「漂流苦海北南東，獰惡風波處處同，人涉惟卬須我友，不教心似舵隨風。」「文明界內應無我，黑闇鄉中幸有君，我自偷閒君自苦，風吹內打任紛紛。」……

雄韋博麗之氣,至於〈孔雀東南飛〉,雖長至一千七百多字,號稱古今第一長篇詩;梁氏評其詩雖奇絕,亦只是兒女之語,無關世運。由是可知,梁氏重在詩歌宣導的功能性,並推舉黃遵憲〈錫蘭島臥佛〉詩,煌煌二千餘言,可謂空前奇構。並云:「吾欲題為印度近史,欲題為佛教小史,欲題為地球宗教論,欲題為宗教政治關係說;然是固詩也,非文也。有詩如此,中國文學界足以豪矣。因亟之,以餉詩界革命軍之青年。」揭示以詩形式,包孕豐富的印度史,若題為佛教小史、地球宗教史、宗教政治關係說,無一不可,可見,梁啟超所愛賞的詩歌,以其言之有物。復次,第九則又揭示黃遵憲的詩歌「其意境無一襲昔賢,其風格又無一讓昔賢也。」推崇備至,主要是以長篇詩歌與明代的劉基作對照,言其奇險壯采易寫,而能表現莊嚴語又能有風格者最難。

職是,梁氏盛贊中國長篇歌詩,可與西方比美,古有杜甫、韓愈;今有黃遵憲等人。

## (三)強化歌詩與音樂之關涉

重視詩歌與音樂的關係,自古皆然,梁氏則更加強化論述,第五十四則云:「中國人無尚武精神,其原因甚多,而音樂靡曼亦其一端,此近世識者所同道也。昔斯巴達人被圍,乞援於雅典,雅典人以一眇目跛足之學校教師應之,斯巴達人惑焉。及臨陣,此教師為作軍歌,斯巴達人誦之,勇氣百倍,遂以獲勝。甚矣,聲音之道感人深矣。」[22]以西方為例,說明音樂感人之處,不同質性表述不同音樂的風範,指出斯巴達被圍,誦軍歌,勇氣百倍而能大獲全勝。並稱譽黃公度之軍歌二十四章,能表現雄壯活潑沈渾深遠的,讀之狂喜,是詩界革命的表率。

---

22 第五十四則:往見黃公度出軍歌四章,讀之狂喜,大有「含笑看吳鉤」之樂,嘗以錄入小說報第一號。頃見其全文,乃知共二十四首……其精神之雄壯活潑沈渾深遠不必論,即文藻亦二千年所未有也,詩界革命之能事至斯而極矣。吾為一言以蔽之曰:讀此詩而不起舞者必非男子。……

再如第七十七則論中國傳統優良文化，詩經、楚辭、漢樂府等詩歌皆應弦赴節，唐詩宋詞元曲亦可被之管弦，揭示「詩歌音樂為精神教育之一要件，此稍有識者所能知也。」，迄詩樂分途，對國運精神皆有影響。第九七則又揭示：「苟從事教育，則唱歌一科，實為學校中萬不可闕者。」再如第一一九則云：「樂學漸有發達之機，可謂我國教育界前途一慶幸」。何以梁氏如此重視音樂對人心的影響，蓋詩歌可以振奮人心，提振精神氣度，例如岳飛滿江紅即是，此所以西方重音樂教育之原因，故而特別重視。

### （四）評騭中國人之結習

對於中國人的結習亦有批評，反對薄今愛古之結習，認為時代進步遠軼前代，為何論學問、文章、事業皆以古人為不可幾及。例如第八則云：「中國結習，薄今愛古，無論學問文章事業，皆以古人為不可幾及，余平生最惡聞此言。」

雖然不喜今人厚古非今，但是對於中國舊有詩歌傳統又有申說，例如第一○○則：「美人香草，寄託遙深，古今詩家一普通結習也，談空說有，作口頭禪，又唐宋以來詩家一普通結習也。」兩種傳統結習，合而為狄平子之詩，兼此二種幽怨與解脫異原質，而能有獨特的佳構表述能力，甚為讚賞。

## 五　《飲冰室詩話》之定位與意義

考察《飲冰室詩話》，先從詩話史的脈絡探求形構與義理內容，再從前人對《飲冰室詩話》之論述與批進行檢視，進而從近現代文化考察其可能的意義，兼論道器之辨以知其擇取面向。

### （一）承繼：存錄師友詩歌缺乏評騭

《飲冰室詩話》第一則揭示創作動機乃基於：「我生愛朋友，又愛文

學，每於師友之詩文辭，芳馨悱惻，輒諷誦之，以印於腦。自忖於古人之詩，能成誦者寥寥，而近人詩則數倍之，殆所謂豐於昵者耶。其鴻篇鉅製，洋洋灑灑者，行將別哀錄之為一集。亦有東鱗西爪，僅記其一二者，隨筆錄之。」以記錄師友之詩文辭為主，與《石遺室詩話》略同，如是，《飲冰室詩話》所表述的形式與義理內容，是否合於傳統詩話之定義或界定或範疇呢？

宋代許顗云：「詩話者，辨字句，記盛德，錄異事，正訛誤。」大抵梁氏合於記盛德、錄異事二項。復次，《四庫全書・詩文評類一》：「文章莫盛于兩漢，渾渾灝灝，文成法立，無格律之可拘。建安、黃初，體裁漸備。故論文之說出焉，《典論》其首也。其勒為一書傳于今者，則斷自劉勰、鍾嶸。勰究文體之源流，而評其工拙；嶸第作者之甲乙，而溯厥師承。為例各殊。至皎然《詩式》備陳法律，孟棨《本事詩》，旁采故實。劉攽《中山詩話》、歐陽修《六一詩話》，又體兼說部。后所論著，不出此五例中矣。宋、明兩代，均好為議論，所撰尤繁。雖宋人務求深解，多穿鑿之詞；明人喜作高談，多虛驕之論。然汰除糟粕，采擷菁英，每足以考證舊聞，觸發新意。《隋志》附總集之內，《唐書》以下則並于集部之末，別立此門。豈非以其討論瑕瑜，別裁真偽，博參廣考，亦有裨于文章歟？」[23]

攸關四庫總目提要之評述，梁氏無劉勰之「究文體源流，評其工拙」，但有「第作者之甲乙，而溯厥師承」；無皎然詩式之「備陳法律」，有孟棨本事詩之「旁采故實」，亦有歐陽修之「體兼說部」，較側重「論詩及事」之脈流。繼之，吳琇又云：「局外身作局內說者也，故其立論平而取義精。」梁氏既作局外身之客觀摘錄，亦將自身置入其中敘寫己作，故而偏好師友之作，立論不多，摘錄之義偏多。

整體而言，詩話據章學誠所分，包括二大內容，其一，論詩及辭類，應該包括：談理論、寓品評、述體變、講法式、作考辨等項，然而《飲冰室詩

---

23 見《四庫全書總目提要》（保定市：河北人民出版社，2000年），冊四，第195卷，頁5362。

話》詩學理論之論述偏少，偶有寓品評在內，卻未及論述詩歌體式流變，亦少指導創作法式，更乏歌詩之考辨等項；其二，論詩及事類，應包括：記述詩歌本事、記述詩人軼事、記述與詩有關的各種資料及見聞等項，對應《飲冰室詩話》偏重於此一內容。

章學誠曾云：「失在是非好惡，不過文人相輕之氣習，公論久而自定，其患未足憂也。」，揭示詩話多是非好惡，梁氏以師友之作為多，且多褒揚，是失之一偏。

## （二）批評：前人對《飲冰室詩話》之論述

討論《飲冰室詩話》者眾，統攝諸說，重要論述大抵可從三個面向切入：

### 1 新派詩話的立論

蔡鎮楚在《中國詩話史》拈出「新派詩話」，標榜：具有鮮明的時代特色、銳利的批判鋒芒、提倡新詩，鼓吹革命。並揭示新派詩話的崛起有二因，一是打破歷代詩話論詩談藝、崇古的傳統而進入自覺的時代；二是從線性、封閉式的思維方式邁向放眼新世界、新知識、新思維、尋找真理的過程[24]。

故而《飲冰室詩話》具有暢言古今、中外的廣度，同時也將各種哲學、自然、科學、音樂、戲劇、繪畫等熔鑄於一爐之中，具有畫時代的意義。而其缺陷則在於以詩歌舊形式裝新的內容，可是卻又不自覺得提到詩歌語言的通俗化和史詩式的宏偉結構，造成形式與內容缺乏自覺性與辯證性。

### 2 舊風格新意境之評騭

張寅彭《詩話概說》揭示梁氏對詩歌發揮現實政治作用的重視，並擴大

---

24 見蔡鎮楚：《中國詩話史》（長沙市：湖南文藝出版社，1988年），卷六〈近代詩話〉第二章〈新派詩話〉頁322-336。

詩歌題材的天地，值得肯定，但是，缺陷有二，其一「新意境」側重改良主義政治內容，未能融入審美要求，顯然比不上王國維的「境界說」。其二，以舊風格含新意境，是內容與形式不合諧，亦即革新派詩人未放棄五七言及文言的形式。另外，也點出梁氏所論的內容，多為「詩界革命」中人及其相關問題，與傳統詩話泛論古今的作法完全不同[25]。

張氏所論洵然，梁氏未能考量審美要求，僅以新意境為內容，是其所偏。但是，也因為是其所重視的部份，冀能做為推動詩界革命、表述新時代內容的推力。

### 3 無具體體系之學說

舒蕪揭示「詩界革命」僅是幾個年青人的試驗，沒有找到正確途徑，因此也沒有在詩壇上發生什麼影響；其失敗原因有二，其一是內容沒有掌握真正先進的思想武器，沒有系統學說，只能牽強附會借一些字句來表達改良的要求；其二是形式方面，因為缺乏充實有力的新思想內容，又要表示革新，只能生硬堆砌一些翻譯名詞[26]。

梁氏與黃遵憲「以我手寫我口」合拍，然而鼓吹新意境（新內容），實際上是表現新事物，以詩人而言，表述所見所聞並非特別，而梁氏以舊瓶新裝方式來包裝詩話，是受時代的局限，並無特出之處，然在梁、黃、夏諸氏之間形成風氣，也鼓動傳統詩歌以新事物、聞見入詩。

## （三）文化意義的觀察：衝抉時代羅網，以報刊雜誌為載體

維新與革命各有不同的立場，維新是改良，革命是根本變革，以康梁為首的變法運動，是以維新達到改革的目的，黃遵憲曾揭示詩雖小道，然而歐洲詩人，以詩歌來鼓吹文明之筆，也有影響世界的力量，這樣的思想，遂提

---

25 見劉德重、張寅彭：《詩話概說》（北京市：中華書局，1990年），第五章第四節〈晚清暨近代詩話〉，頁251-252。
26 見《飲冰室詩話》（北京市：人民文學出版社，1998年5月）·〈校點後記〉頁143-148。

倡以我手寫我口的詩界革命，與梁啟超同聲相應。

　　汪榮祖揭示晚清變法人士之進步思想，大約有四種內容，其一是知識實用論，主張實用為尚、經世濟民，援用西方之物質文明；其二是厚今說，以稱古、尚古、借古以自重；其三進步史觀，大致得自近世西方的影響；其四是緩進觀點，不採用革命手段，以傳承傳統思想，緩進為主。[27]

　　梁啟超的「舊風格」、「新理想」就是透過舊有的文體表述形式，書寫合乎時代內容或題材的創新意圖。梁啟超以維新改良為主，故而主張「過渡時代必有革命，然革命者當革其精神，非革其形式」。[28]《飲冰室詩話》所標舉的「詩界革命」，事實上，在形構上仍一本傳統的詩話表述手法，而在義理內容上，雖然勇於挑戰傳統，大體上仍有所承襲，其最具有突破性的是拈出「舊風格含新意境」「新精神」「新理想」「新語詞」諸說，這些說法，是要將新時代的新內容、新名詞納入其中，例如行遊各國所見之新內容與新名詞、時代的新見聞皆備錄詩話之中；並推崇詩人盛德、抱負及雄偉志操，也藉此來鼓吹政治參與反映時代的新事物等。從另一個角度觀之，這種敘寫當時見聞的內容，對任何時代的作家而言，皆是必要的，也是可行的，那麼《飲冰室詩話》留給我們的意義是什麼呢？是不是我們過份誇大了它的意義？抑或是在當時的潮流當中，能提出內容之新意境即是意義所在，此一提出，遂能突破時代框限，而成為傲視當時的一種新口號、新視界？檢視民國詩話，大抵以敘錄舊傳統為主，兼及時代風氣、備錄時變者為多，豈梁氏之啟迪？從文化觀察，值此遽變時代，《飲冰室詩話》之「新理想舊風格」即欲衝抉羅網，創建新標杆。

　　復次，日本學者揭示，從一八九八至一九一九年的五四運動，康有為扮演角色是渺少的，而梁啟超則是鴉片戰爭以來，理論界的真正領導者。從一九○二至一九一一年，也就是《新民叢報》發刊到革命爆發，是梁啟超的黃

---

27 見汪榮祖：《從傳統中求變：晚清思想史研究》，卷上〈晚清變法思想研究〉，頁11-18。

28 見梁啟超：《飲冰室詩話》（北京市：人民文學出版社，1998年5月）。

金時代。[29]這一時期,不僅對後胡適、嚴復等人有深刻的影響,《新民說》開闢一個新世界,提出一個未知的世界可以往前探索,更開拓學術思想的路徑,指引前進。[30]此皆是梁啟超對時代的貢獻。

## (四)道與器:精神與物質辯證過程的擇取

精神與物質之論爭,向來是中西對壘的重要論點所在,此一物質係指寬義,包括船炮、路礦、器物、技藝等項,西方物質性成就,對中國起了自強運動及洋務運動的自卑與反省的作用,但是,無論是道器之爭,或是中體西用,對梁啟超而言,起了什麼樣的效應與之回應呢?

張之洞提倡「中學為體,西學為用」,仍以中國傳統為根基所發起的改革運動,這樣的提倡,對時人也起了醱酵作用,梁啟超則回應以中國的文化及儒家經典去承接時代的變化。[31]曾將清代二百餘年的學術變遷區分為四期:第一期順康間,程朱陸王問題;第二期雍乾嘉間,漢宋問題;第三期道咸同間,今古文問題;第四期光緒間,孟荀問題、孔老墨問題;並且指出二百年的學術前取二千年的學術,倒影而纚演之,如剝春筍,愈剝愈近,如啖

---

29 見 Joseph R. Levenson 著,劉偉、劉麗、姜鐵軍譯:《梁啟超與中國近代思想》(臺北市:谷風出版社,1987年9月)第二編〈1989-1912年:勇敢的新世紀〉,頁90,該文乃引用日人《神戶編年史》之資料。

30 胡適在《四十自述》(上海,1935)揭示:「《新民說》諸篇給我們開闢了一個新世界,使我徹底相信中國之外還有很高等的民族,很高等的文化;《中國學術思想變遷之大勢》也給我開闢了一個新世界,使我知道《四書》、《五經》之外中國還有學術思想。」,頁100-105。另外,精神,也指出梁啟超的著作是胡適在中國哲學領域進行探索起點。見頁91。

31 在 Joseph R. Levenson 著,劉偉、劉麗、姜鐵軍譯:《梁啟超與中國近代思想》(臺北市:谷風出版社,1987年9月)的書中,則明確揭示梁啟超對於「精神/物質」的辨爭,歷經了三二個階段,第一個階段試圖將西方價值偷運進中國歷史,即是以非文化主義的中國國家主義掩蓋親西方的傾向;第二階段,以新和舊來面對西和中的問題,中國無法脫逃於現代化的過程;第三階段則是將中西納入物精神與物質二分法中,物質永遠無法取代精神。見頁5。

甘蔗，愈啖愈有味。[32]職是，站在這個基點以傳統文化為出發，對傳統文化不僅肯定，而且強化清代如啖甘蔗，如剝春筍，漸入佳境。故而，汪榮祖指出康梁破舊立新，著述宗旨以變法為本，經說為用，也就是立言是為了立功。[33]

光緒十年（1884）之前部份洋務派知識分子將中西學分為道、器，提倡輸入器以補道之不足；光緒十年代後半期，則把器及道包容於中學內，積極輸入西學使之合理化。梁啟超則指出同治元年到光緒十年（1862-1884）是西法萌芽而俗尚深惡的階段。[34]道器對立是洋務論，而康有為變法論是以道器合一為前提，是將道寓於器中，並主張「以君權變法」。[35]

觸犯權貴、變更體制而改革者，自古有之，然戊戌變法不僅觸犯權貴、變更體制，更兼有中西道器之爭及現代性、民主性之問題，康有為變法，意在實現君主立憲，以民權代君權。

戊戌維新突破傳統封建思想，形成獨特的文化觀，主要有二個特點，其一是將西方的社會及政治學說：進化論、民主平等學說、天賦人權等論述糅進，形成新的文化理論，其二是提倡科學，宣導民主思想將科學與民主成為新文化核心內容。[36]

新型知識群體從事新式文化事業，從光緒二十一年到二十四年（1895-1898）四年之間，維新派創辦新學堂有九十四家，報刊二十八種，學會三十四個，雖然組織規模不一，成員不定，卻有共同的目的，意在救亡圖存、維

---

32 見梁啟超：〈論中國學術思想變遷之大勢〉，《飲冰室文集》（臺北市：臺灣中華書局），第三冊，頁1-103。

33 見汪榮祖：《從傳統中求變：晚清思想史研究》（南昌市：百花洲文藝出版社，2002年4月），卷中〈康有為研究〉，頁231。

34 見小野川秀美著，林明德、黃福慶譯：《晚清政治思想研究》（臺北市：時報文化出版公司，1982年5月）第二章〈晚清變法論的成立〉，頁54。

35 見小野川秀美著，林明德、黃福慶譯：《晚清政治思想研究》（臺北市：時報文化出版公司，1982年5月）第二章〈晚清變法論的成立〉，頁70。

36 見史革新：《晚清學術文化新論》（北京市：北京師範大學出版社，2010年9月）第八章〈戊戌維新運動與中國近代學術文化〉，頁191-194。

新變化、提倡新學新知；此一意義破除士人結社禁令，及加速分化士大夫階層，促使文化變革。[37]

職是，討論道器問題，不可忽略了西方的制度，例如政治、社會、經濟等各面向的建構，亦可取法者，故而梁啟超從新大陸遊歸，確實體會君主立憲之可行性，也體會日本維新取法西方的進步，才能在甲午戰爭中大獲全勝。面對這些現象與現實，梁啟超能無所感受嗎？故而在歷史的轉折點上，以「新民」立論，以報刊雜誌宣導思想，開啟民智，不僅影響者眾，而且也形成一股風潮，影響當時。此即是梁氏從西方物質性成就融攝中國傳統文化而能開展新義的豐碑。

# 六　結論

（日）佐藤慎一指出以中國文明為優越性的文明觀，是以「中華思想」為中心，而在近代中國文明觀的轉換過程中，對西洋觀的變化，也是中國知識份子對中國文明觀變化的重要構成要素，並揭示：「近代中國文明觀的轉換，對中國知識份子而言，也是這樣一種無盡的自我解剖的過程」[38]，歷經「中華思想」、「西洋觀」，再回頭來審視中國的傳統文化，知識份子如何為自己定位？如何為傳統與現代進行接榫的工作呢？顯然，時代創造英雄，英雄也在時代風潮之中風起雲湧。梁啟超就是這樣順勢堀起，從近代跨到現代過程的知識份子。他面對時代遞變引領時代風潮，又在新舊變革之際，調整新文化與舊傳統的接榫工作，善用刊物媒體倡導新思維。

統攝前說，《飲冰室詩話》刊於一九〇二至一九〇七年間的《新民叢報》內，其示現的意義如下：

---

37 見史革新：《晚清學術文化新論》（北京：北京師範大學，2010.09）第八章〈戊戌維新運動與中國近代學術文化〉頁194-197。

38 〔日〕佐藤慎一著，劉岳兵譯：《近代中國的知識份子與文明》（南京市：江蘇人民出版社，2006年），〈前言〉，頁1-3。

# 一　《飲冰室詩話》對傳統詩話之繼承與新變

可從二個面向觀之：

## （一）組構形式上的繼承

以叢殘小語、隨機摘錄、隨機評騭、印象式、風格式批評示現傳統詩話的內容：

1. 旨在記盛德、錄異事，摘錄或題寫時事。自晚清林昌彝敍寫鴉片戰爭起，此方式即廣為晚清詩話作者所延用。或名之詩史，以記錄時事者為主。
2. 銓品作者之甲乙，首推黃遵憲、夏祐曾、蔣智由為革命三傑；略溯詩人之師承，例如康有為之弟子等人。
3. 旁采故實，體兼說部，以存錄師友作品為主，表述本事為輔。
4. 以人品論詩品，承接傳統之品賞詩家。
5. 評騭詩歌風格或詩家，以見獨特之處。
6. 標示雋句、詩人軼事、詩歌本事，示現詩家特色作創作緣由。

## （二）《飲冰室詩話》對傳統詩話在義理內容之新變

1. 運用媒體開發與擴張閱讀群眾。以媒體作為發聲利器，開啟近代詩話在報章雜誌刊登發表的風氣，其後之民國詩話乃踵事增華，變本加厲。
2. 對「薄今好古」之批評。勇於打破傳統，大量選錄時人作品，不依傍古人，對於能表現時代風貌或內容者，尤喜摘錄。
3. 對音樂與詩歌之結合，大力肯定。推崇鄭樵的詩樂本應合一之主張，並認為音樂可提振人心及加強民族意識。
4. 鼓吹加入西方見聞、時代新事等，增進書寫的豐富性而能與新時代結合。

## 二　前人對《飲冰室詩話》之論述與批評

1. 樹立新派詩話之楷模，具有鮮明的時代特色及批判力。
2. 倡導舊風格新意境，以實現政治作用，表述時代內容。
3. 與黃遵憲倡議之「以我手寫我口」合拍，能推動政治改良，唯缺乏體系及審美意向。

## 三　從文化意義檢視

旨在衝抉時代羅網，以報刊雜誌為載體，作為變法利器，倡導思想，開啟民智，鼓吹政治參與，反應時代。

## 四　道器抉擇過程

在精神與物質抉擇過程中，以承接傳統文化及儒家經典來回應時代變化，雜糅西方民主思想，形成新文化內容。

面對歷史不可迴轉的浪潮，梁啟超迎向浪頭，堅持自己的主張，從歷史、文化的視野以及時代的需求，走出自己開闢的新道路、新世界，也為後人指出一個可前進的、可追求的世界，但是，他知道自己在做麼嗎？約瑟夫說：「他知道自己在做什麼，但只有別人才知道他做得怎樣，自知之明是一件難以捉摸的事情，因為自身的認識總是不斷變化的；梁啟超也像任何一個囿於自己所處環境的人一樣，很難清楚地認識自己，也很難使自己的認識不發生變化。」[39]

歷史需要檢證，當時人只能經歷過程，至於評價則是留給後人的。梁啟超於一九〇二至一九〇七年之際刊載《飲冰室詩話》代表的時代意義，旨在

---

[39] 見 Joseph R. Levenson 著，劉偉、劉麗、姜鐵軍譯：《梁啟超與中國近代思想》（臺北市：谷風出版社，1987年9月），序言。

衝抉羅網，樹立新知，引領新方向。

今日站在歷史的後設點上，往前回望，依稀彷彿也可證成梁啟超嘗試為時代樹立豐碑的努力與艱辛的歷程。

# 輯五
## 主體自我與經典的重構

# 茅坤《唐宋八大家文鈔》與
# 「唐宋八大家」文學史地位的確立[*]

## 鞏本棟

南京大學文學院

## 摘要

「唐宋八大家」之名醞釀於宋，而成於明茅坤《唐宋八大家文鈔》。茅坤針對明復古派的觀點，將道統與文統融合為一，明確提出「特以道相盛衰，時非所論」的觀點，進而認為能文與否取決於人的先天稟賦，文之工拙則取決於作者是否專一。這種對才性氣質的強調，深受王陽明心學的影響，而對創作專一的重視，則成為其文章評點的理論依據。茅坤選文以古文為主，而體兼駢散，其書實是一部以古文為主而兼收四六的文章選本。茅坤的文章評點，從「本色論」出發，充分肯定了八家文的文學史地位。其具體的評點，重視對作品的感悟，多用知人論世和比較之法，並不只是提點照應、勾乙截住的標示。受《唐宋八大家文鈔》的影響，晚明以降，各種唐宋八大家文章的選本層出不窮。通過自宋至清的眾多文章選本尤其是茅坤所編選的《唐宋八大家文鈔》的反覆不斷地的選擇和印可，「唐宋八大家」的文章及其在中國文學史上的地位，最終得以確立。每一選本的出現，都使得人們對八家的認識和理解加深一步，儘管其編選宗旨或有不同。

關鍵詞：茅坤《唐宋八大家文鈔》 唐宋八大家　文學史地位

---

\* 本文已據「再現明清風華學術研討會」講評者意見修改。

選本是中國古代文學批評的重要方式之一。它不但直接反映著選家的理論主張和藝術眼光，反映著特定時代的文學思潮，而且從中又往往可見出所選作家作品在後代傳播和被接受的情況，意味著其文學史地位的確立和變化。本文擬以明茅坤《唐宋八大家文鈔》為例，對這一問題作初步探討。

# 一　從《古文關鍵》到《唐宋八大家文鈔》

「唐宋八大家」之名，始見於明代中期茅坤所編《唐宋八大家文鈔》，然而這種將唐韓愈、柳宗元與北宋歐陽修、蘇洵父子、王安石和曾鞏合稱的做法，卻早在南宋初已經醞釀了。

南宋孝宗乾道、淳熙之際，時居婺州（今浙江金華）守父喪的呂祖謙，編纂《古文關鍵》，收入唐韓愈、柳宗元和宋歐陽修、「三蘇」、[1]曾鞏和張耒計八位古文家的六十二篇作品（其中韓愈文入選十三篇、柳宗元八篇、歐陽修十一篇、蘇洵六篇、蘇軾十六篇、蘇轍二篇、曾鞏四篇、張耒二篇），並對諸家古文創作的淵源、特色和風格，分別作了評論。呂祖謙認為，韓愈的文章「一本於經，亦學孟子」，其風格「簡古」而不乏「法度」。[2]柳宗元的文章「出於《國語》」，「反覆」、「雄辯」。[3]歐陽修文「平淡」。蘇軾文「出於《戰國策》、《史記》」，最有「波瀾」。曾鞏文「專學歐，比歐文露筋骨」。秦觀、張耒、晁補之等「皆學蘇」，得其一體。書中雖然沒有收王安石的文章，然在卷首總論《看古文要法》中卻也有對王氏古文的評價，指出王文「純潔」。[4]呂祖謙的看法，實已確立「唐宋八大家」的總體格局。他的許多批語也是頗具識見的。

---

1　呂祖謙又有《東萊標注三蘇文集》，分別選蘇洵文十一卷、蘇軾文二十六卷、蘇轍文二十二卷，也是將三蘇作為一個整體來看待的。

2　〔宋〕呂祖謙：《古文關鍵·看古文要法》，收入黃靈庚、吳戰壘主編：《呂祖謙全集》（杭州市：浙江古籍出版社，2008年），第11冊，頁2。

3　《古文關鍵·看古文要法》，《呂祖謙全集》，第11冊，頁2-3。

4　以上俱見《古文關鍵·看古文要法》，《呂祖謙全集》，第11冊，頁3。

　　韓愈觀「三代兩漢之書」，存「聖人之志」，[5]「思古人而不得見，學古道則欲兼通其辭」[6]，於文風既衰之後，倡古道，辟佛老，習古文，獎後進，「文起八代之衰，道濟天下之溺」，[7]樹立道統與文統，何止一代文宗，在中國文化史上亦佔有重要地位。[8]柳宗元主張通經致用，並實際參與了永貞時期的政治改革。在文章創作上，他與韓愈一樣，倡導文以明道，道德修養充盈於內，經史百家，「旁推交通」，[9]認為「遭世之理，則呻吟踴躍以求知於世」，「感激憤悱，思奮其志，略以效於當世，故形於文字，伸於歌詠」，[10]反對「漁獵前作，戕賊文史，抉其意，抽其華，置齒牙間，遇事蜂起」。[11]柳宗元為文「汎濫停蓄，為深博無涯涘」，「衡湘以南為進士者，皆以子厚為師，其經承子厚口講指畫為文詞者，悉有法度可觀。」[12]與韓愈共同推進了唐代古文創作的發展。然自晚唐五代至宋初，駢麗之文勢力仍大。「文章專以聲病對偶為工，剽剝故事，雕刻破碎，甚至若俳優之辭。如楊億、劉筠輩，其學博矣，然其文亦不能自拔於流俗，反吹波揚瀾，助其氣勢，一時慕效，謂其文為昆體。時韓愈文人尚未知讀也，（歐陽）修始年十五六，於鄰家壁角破簏中得本學之，後獨能擺脫時俗故步，與劉向、班固、韓愈、柳宗元爭馳驅。是時，尹洙與修亦皆以古文倡率學者，然洙材下，人莫之與，至修文一出，天下士皆嚮慕，為之尤恐不及。一時文章大變，庶幾

5　〔唐〕韓愈撰，馬其昶校注：《韓昌黎文集校注》卷三《答李翊書》（上海市：上海古籍出版社，1986年），頁170。

6　《韓昌黎文集校注》卷五《題歐陽生哀辭後》，頁304-305。

7　〔宋〕蘇軾撰，張志烈、馬德富、周裕鍇主編：《蘇軾全集校注・文集》卷十七《潮州韓文公廟碑》（保定市：河北人民出版社，2010年），第12冊，頁1864。

8　參陳寅恪先生《論韓愈》，收入《金明館叢稿初編》（北京市：三聯書店，2001年），頁319-332。

9　〔唐〕柳宗元撰，吳文治等校點：《柳宗元集》卷三十四《答韋中立論師道書》（北京市：中華書局，1979年），第3冊，頁873。

10　《柳宗元集》卷二十四《婁二十四秀才花下對酒唱和詩序》，第2冊，頁644。

11　《柳宗元集》卷三十一《與友人論為文書》，第3冊，頁829。

12　《韓昌黎文集校注》卷七《柳子厚墓誌銘》，頁511-512。

乎西漢之盛者，由修發之。」[13]神宗朝《國史》中歐陽修本傳中的這段話，道出了歐陽修在唐宋古文創作發展過程中所起的重要作用，由韓、柳倡導的古文傳統自此逐漸得以確立。韓、柳皆喜獎掖後進，歐陽修亦然。他曾選後進之士的文章，編成《文林》，一時文士「無賢不肖，不謀而同，曰：『歐陽子，今之韓愈也。』」[14]主持風會，成為文壇盟主。其後三蘇、曾鞏、王安石等等，無不受其影響。宋仁宗嘉祐初，蘇洵偕二子蘇軾、蘇轍至京。洵以文謁歐陽修，修大為讚賞，稱其「論議精於物理而善識變權，文章不為空言而期於有用。其所撰《權書》、《衡論》、《機策》二十篇，辭辯閎偉，博於古而宜於今，實有用之言，非特能文之士也。」[15]薦之於朝，「一時後生學者皆尊其賢，學其文，以為師法」。[16]蘇軾、蘇轍則於嘉祐二年（1057年）參加進士考試，為主持禮部考試的歐陽修所識拔，皆中高第。蘇軾平生快意於文章，自評其文「如萬斛泉源，不擇地而出。在平地滔滔汩汩，雖一日千里無難，及其與山石曲折，隨物賦形，而不可知也。所可知者，常行於所當行，常止於所不可不止。如是而已矣，其他雖吾亦不能知也。」[17]蘇轍之文，時人稱其「汪洋澹泊，深醇溫粹，似其為人。文忠嘗稱之以為實勝己。其所為詩騷銘頌書記論譔與夫代言之作，率大過人」。[18]蘇氏一門三父子在散文創作上用力頗勤，成就卓著，在文學史上佔有重要地位。三人之中，又以蘇軾的貢獻和影響為最大。正是他以其非凡的個人魅力，卓越的創作實績，繼歐陽修之後，成為文壇的領袖，在其身邊聚集起一大批文士。像「蘇門四學士」或「蘇門六君子」和「後四學士」等，他們相互推轂，揚波助瀾，共同為推動古文創作的發展作出了貢獻。就中，張耒師承蘇軾，論文崇

---

13　《歐陽文忠公集》附錄神宗舊史《歐陽修傳》。

14　《蘇軾全集校注·文集》卷十《六一居士集敘》，第2冊，頁978。。

15　〔宋〕歐陽修：《歐陽文忠集》卷一百一十《薦布衣蘇洵狀》，影印文淵閣《四庫全書》本。

16　《歐陽文忠集》卷三十四《故霸州文安縣主簿蘇君墓誌銘序》。

17　《蘇軾全集校注·文集》卷六十六《自評文》，第10冊，頁7422。

18　《蘇文定公諡議》，載曾棗莊、馬德富校點：《欒城集》附錄一（上海市：上海古籍出版社，1987年），第3冊，頁1764。

尚自然，主張「滿心而發，肆口而成，不待思慮而工，不待雕琢而麗」，[19]
文風閎肆。晁補之「古文波瀾壯闊，與蘇氏父子相馳驟。諸體詩俱風骨高
騫，一往俊邁。並駕於張、秦之間，亦未知孰為先後」。[20]李廌亦「才氣橫
溢，其文條暢曲折，辯而中理，大略與蘇軾相近」。[21]可謂各有成績。三蘇文
章的影響很大，流風所被，至南宋遂有「人傳元祐之學，家有眉山之書」的
盛況。[22]曾鞏也出於歐陽修門下，與蘇軾、蘇轍為同榜進士，能傳歐陽修的
學術與文章。他認為，大賢者應能「明聖人之心於百世之上，明聖人之心於
百世之下。其口講之，身行之，以其餘者，又書存之，三者必相表裏。」[23]
其文章，史稱「上下馳騁，愈出而愈工，本源於六經，斟酌於司馬遷、韓
愈」，「立言於歐陽修、王安石間，紆徐而不煩，簡奧而不晦，卓然自成一
家」。[24]這個評價大致是恰當的。王安石是一位特立獨行的思想家和政治
家，在文學創作上，他是主張重道崇經、文以致用的。王安石自己的文章，
一如其人，簡嚴峻潔，筆力雄健，不管在思想或政治上與其意見有何分歧，
時人對其文章的成就都無不認可。

　　由此看來，呂祖謙在《總論看文字法》中論及韓、柳、歐、蘇、曾、王
等人，並選入除王安石之外的七位作家的作品，應該說是比較客觀地反映了
唐宋古文創作和文學史發展的實際的。實至名歸，這為後人對諸家文章的接
受，從總體上奠定了堅實的基礎。

　　呂祖謙編《古文關鍵》，原為啟迪初學，有利舉業。故所選唐宋古文既

---

19 〔宋〕張耒撰，李逸安等點校：《張耒集》卷四十八《賀方回樂府序》（北京市：中華
　　書局，1998年），下冊，頁755。

20 〔清〕永瑢等撰：《四庫全書總目》卷一百五十四《雞肋集提要》（北京市：中華書
　　局，1965年），下冊，頁1334。

21 《四庫全書總目》卷一百五十四《濟南集提要》，下冊，頁1331。

22 宋孝宗：《贈蘇文忠公太師制》，載《東坡全集》卷首，《四庫全書》本。

23 〔宋〕曾鞏撰，陳杏珍、晁繼周點校：《曾鞏集》卷十五《上歐陽學士第一書》（北京
　　市：中華書局，1984年），頁231。

24 〔元〕脫脫等：《宋史》卷三百十九《曾鞏傳》（北京市：中華書局，1985年），第30
　　冊，頁10392。

以論體據多，於教人讀習之外，尤重寫作。其書卷首有《總論看文字法》，其次又有《論作文法》。書中於所選文章皆有具體評點，將作者為文之用意、創作手法、結構次第、波瀾開合、警策句法等等，一一拈出，開創了文章評點的先河。而若就書中所選具體的文章篇目和所作的評論而言，也為後人學習和接受唐宋古文提供了重要的參考。

上承《古文關鍵》，呂祖謙的弟子樓昉編有《崇古文訣》，其編纂宗旨和編纂體例雖相似，都是為了指導初學，但在對作家、作品的選擇上，其標準、視野和范圍都已超出了呂氏原書。陳振孫為此書作序，即指出「其用意之精深，立言之警拔，皆探索而表章之，蓋昔人所謂為文之法備矣」，又謂：「觀公之去取，至於伊川先生講筵二疏與夫致堂、澹齋、二胡公所上高廟書，彼皆非蘄以文著者也，而顧有取焉。毋亦道統之傳接續孔孟，忠義之氣貫通神明，殆所謂有本者非耶！然則公之是編，豈徒文而已哉。昔之論文者曰『文以氣為主』，又曰『文者，貫道之器也』，學者其亦以是觀之，則得所以為文之法矣。」[25]而其《直齋書錄解題》卷十五亦著錄是書，並評曰：「大略如呂氏《關鍵》，而所取自史漢而下至於本朝，篇目增多，發明尤精當，學者便之。」[26]這些評論，揭示出《崇古文訣》的編纂傾嚮和特點，都是很正確的。《古文關鍵》收入唐、北宋作家八位，與之相比，雖然《崇古文訣》所收唐、北宋作家的范圍更為廣泛，然選文在一卷及以上者，除韓、柳、歐、（三）蘇[27]、曾、張耒之外，則王安石亦在其中。[28]歐陽修書、序二體《古文關鍵》選收三篇，《崇古文訣》收入其中的二篇。蘇洵文《古文關鍵》收入論體文四篇，其中二篇為《崇古文訣》收錄，書信選收二篇，《崇古文訣》則與之全同。從中皆可見呂祖謙《古文關鍵》的影響。

其後理學家真德秀編《文章正宗》和《續文章正宗》，其主旨雖「以明

---

25 此據祝尚書《宋人總集敘錄》卷五引（北京市：中華書局，2004年），頁251。

26 〔宋〕陳振孫撰，徐小蠻、顧美華點校：《直齋書錄解題》卷十五《迂齋古文標注提要》（上海市：上海古籍出版社，1987年），頁452。

27 就中選錄蘇轍文將近一卷，同卷尚有程頤文一篇。

28 另，選李清臣文一卷。

義理、切世用為主」，[29]與《古文關鍵》不同，然所選之作家則仍以唐宋八家為主，選王安石文的數量既已超過張耒等人，而所選文章亦多有與《古文關鍵》相合者。元代以降，理學興盛，成為主流的意識形態，故此書的影響又有出於《古文關鍵》等文章選本之外者。

至元末明初，士大夫如宋濂、方孝孺等，多以道統、文統為論，於是對唐宋八家的認識，又有深化，那就是開始從文章發展的統緒上去評價唐宋八家。其代表人物則為朱右。他在《文統》中說：「唐韓愈上窺姚姒，馳騁馬、班，本經參史，制為文章，追配古作。宋歐陽修又起而繼之。文統於是乎有在。其間柳宗元、王安石、曾鞏、蘇軾，亦皆遠追秦漢，羽翼韓、歐，然未免互有優劣。」[30]由此出發，朱右晚年教誨子弟，編為《六先生文集》，其序曰：「鄒陽子右編《六先生文集》，總一十六卷。唐韓昌黎文三卷六十一篇，柳河東文二卷四十三篇，宋歐陽子文二卷五十五篇，見《五代史》者不與，曾南豐文三卷六十四篇，王荊公文三卷四十篇，三蘇文三卷五十七篇。」「韓文公上接孟氏之緒，而又翼之以柳子厚。至宋慶曆且二百五十年，歐陽子出，始表章韓氏而繼響之。若曾子固、王介甫及蘇氏父子，皆一時師友淵源，切偲資益，其所成就，實有出於千百世之上。故唐稱韓柳，宋稱歐曾王蘇，六先生之文斷斷乎足為世準繩，而不可尚矣。」[31]視三蘇為一，所謂六家，實已是八家了。

在朱右之後，唐順之批點《文章正宗》，編纂《文編》，選錄自先秦至北宋古文六十四卷，其中，於唐宋古文家的選錄，大致亦遠承宋人的文章選本，而近法《六先生文集》，於唐宋幾乎全選八家之文。[32]待到茅坤《唐宋

---

29 〔宋〕真德秀：《文章正宗綱目》，影印文淵閣《四庫全書》（臺北市：臺灣商務印書館，1986年），第1355冊，頁5。

30 朱右《白雲稿》卷三，《四庫全書》（臺北市：臺灣商務印書館，1985年），第1228冊，頁36。

31 朱右《白雲稿》卷五《新編六先生文集序》。《四庫全書》第1228冊，頁64-65。其曰新編，可知亦承宋人所編。

32 唐順之《文編》偶亦雜有八人之外的作家，如卷六十四選入白居易《哀陸長源鄭通誠文》。

八大家文鈔》出，「唐宋八大家」之名，終至成立。

## 二 茅坤編纂《唐宋八大家文鈔》的理論新創

茅坤編纂《唐宋八大家文鈔》，有其明確的指導思想和宗旨。

這種指導思想和宗旨，若就其理論新創而言，則首先是他將道統與文統融合為一，明確提出「文特以道相盛衰，時非所論」的觀點。他認為，孔子所謂辭文旨遠之教是天下後世為文的根本，「孔子沒而游夏輩各以其學授之諸侯之國，已而散逸不傳。而秦人燔經坑學士，而六藝之旨幾輟矣。漢興，招亡經，求學士，而鼂錯、賈誼、董仲舒、司馬遷、劉向、揚雄、班固輩始乃稍稍出，而西京之文號為爾雅。崔、蔡以下，非不矯然龍驤也，然六藝之旨漸流失。魏、晉、宋、齊、梁、陳、隋、唐之間，文日以靡，氣日以弱，強弩之末，且不及魯縞矣，而況於穿札乎。昌黎韓愈首出而振之，柳柳州又從而和之，於是始知非六經不以讀，非先秦兩漢之書不以觀。其所著書論敘記、碑銘頌辯諸什，故多所獨開門戶，然大較並尋六藝之遺略相上下而羽翼之者。貞元以後，唐且中墜。沿及五代，兵戈之際，天下寥寥矣。宋興百年，文運天啟。於是歐陽公修從隋州故家覆瓿中偶得韓愈書，手讀而好之，而天下之士始知通經博古為高，而一時文人學士彬彬然附離而起。蘇氏父子兄弟及曾鞏、王安石之徒，其間材旨小大，音響緩亟，雖屬不同，而要之於孔子所刪六藝之遺，則共為家習而戶眇之者也。由今觀之，譬則世之走驥裹騏驦於千里之間，而中及二百里、三百里而輟者有之矣，謂塗之薊而輾之粵，則非也。世之操觚者往往謂文章與時相高下，而唐以後且薄不足為。噫！抑不知文特以道相盛衰，時非所論也。」[33]追溯文章創作發展的源流，把文統附於道統，也許並無多少創辟，然將文與道合論，認為文與道相盛衰，唐宋八家通經博古，振起士風，雖成就各有不同，然文與道俱，其古文創作的地位，並不以時代先後而低於前人。這就對此前以時論文、以擬古相尚的前後七子提出了駁正。

---

33　《唐宋八大家文鈔序》，《四庫全書》，第1383冊，頁13-14。

　　文統與道統合一的結果，是把文辭看作了一種像日月星辰般的自然而然的存在。茅坤又論道：

> 孔子之繫《易》曰：其旨遠，其辭文。斯固所以教天下後世為文者之至也。然而，及門之士顏淵、子貢以下，並齊魯間之秀傑也。或云身通六藝者七十餘人，文學之科並不得與，而所屬者僅子游、子夏兩人焉何哉？蓋天生賢哲各有獨稟，譬則泉之溫、火之寒、石之結綠、金之指南，人於其間以獨稟之氣，而又必為之專一以致其至。伶倫之於音，裨竈之於占，養由基之於射，造父之於御，扁鵲之於醫，遼之於九，秋之於奕，彼皆以天縱之智，加之以專一之學，而獨得其解。斯固以之擅當時而名後世，而非他所得而相雄者。（略）其間工不工，則又係乎斯人者之稟，與其專一之致否何如耳。如所云則必太羹玄酒之尚，茅茨土簋之陳，而三代而下，明堂玉帶、雲罍犧樽之設，皆駢枝也已。孔子之所謂其旨遠，即不詭於道也；其辭文，即道之燦然，若象緯者之曲而布也。斯固庖犧以來人文不易之統也，而豈世之云乎哉？[34]

由此而論，能文與否便被歸之於人的先天稟賦，而才性氣質因素得到了空前的重視和強調，至於文之工拙與否，則取決於作者是否專一。這也就為其編纂《唐宋八大家文鈔》，導人以法，提供了理論依據。

　　茅坤對人之才性的重視，原受到王陽明心學的影響。

　　明正德、嘉靖間，王陽明提出「心即理」的觀念[35]和「無善無惡是心之體，有善有惡是意之動，知善知惡是良知，為善去惡是格物」的四句教，[36]盛行於時。不但深刻影響了中國思想史發展的進程，而且也對中晚明文學思想的演變起了重要的推動作用。唐宋派的主將王慎中、唐順之、歸有光和茅坤等，莫不受其影響。王慎中自謂：「由是知《大學》之所謂致知者，信在

---

34　《唐宋八大家文鈔序》，《四庫全書》，第1383冊，頁13-14。
35　〔明〕王陽明：《王文成全書》卷一《傳習錄》卷上，《四庫全書》，第1265冊，頁6。
36　《王文成全書》卷三《傳習錄》卷下，《四庫全書》，第1265冊，頁103。

內而不在外，繫於性而不繫於物，而龍溪君之言為益可信矣」。[37]唐順之說：「蓋嘗驗得此心天機活潑，其寂與感，自寂自感，不容人力。吾與之寂與之感，只自順此天機而已，不障此天機而已。障天機者莫如欲，若使欲根洗盡，則機不握而自運，所以為感也。天機即天命，天命者，天之所使也。故曰天命之謂性。立命在人，人只是立此天之所命者而已。」[38]歸有光曰：「天下之理，自然而無已，無容於矯。（略）理者，天下之人所有，天下之人所不相及者也。當取當與，各全其天。（略）故天下之理，求之於我恆不窮，求之於物恆有盡；順之以天恆有餘，矯之以人恆不足。蓋理在我而不在物，理有天而無人也。」[39]茅坤則說：「夫所謂學術，無曰世之博聞強記、侈膽詞章而已，須本之身心性情之間，以求其安身立命之端。」[40]又於《唐宋八大家文鈔論例》中特別聲言：「予於本朝獨愛王文成公論學諸書，及記學、記尊經閣等文，程、朱所欲為而不能者；江西辭爵及撫田州等疏，唐陸宣公、宋李忠定公所不逮也。」[41]此皆可見其所受王學影響之大。

於是，回歸本心，重視自我，學貴自得，詩抒性情，成為士人普遍的風尚和潮流。比如，王慎中認為：「文之為道固博取而曲陳，惟其所以取之者雖博，而未嘗不會於吾之極，故謂之約。其陳之雖曲，而其義有中，則曲而不為雜。」[42]「今之為詩者何止千百人，且各以自矜，然實不得謂之作。所謂作者，蓋出於我而無所緣於人者也。」[43]博取固然重要，而仍須自我能夠領悟；作詩者雖多，然貴在出於本性，而不襲前人。唐順之亦認為「好文字

37 〔明〕王慎中：《遵岩集》卷二十一《與唐荊川》，《四庫全書》，第1274冊，頁518。

38 〔明〕唐順之撰，馬美信、黃毅點校：《唐順之集》卷六《與聶雙江司馬》（杭州市：浙江古籍出版社，2014年），頁278。

39 〔明〕歸有光：《震川別集》卷一《乞醯》，《四庫全書》，第1289冊，頁440。

40 《與甥董進士書》，收入張大芝、張夢新點校：《茅坤集》（杭州市：浙江古籍出版社，2012年），卷五，頁299。

41 《唐宋八大家文鈔論例》，《四庫全書》（臺北市：臺灣商務印書館，1986年），第1383冊，頁16。

42 《遵岩集》卷二十三《與項甌東書》，《四庫全書》，第1274冊，頁542。

43 《遵岩集》卷二十一《與袁永之書》，《四庫全書》，第1274冊，頁520。

與好詩，亦正在胸中流出，有見者與人自別。」[44]「蓋文章稍不自胸中流出，雖若不用別人一字一句，只是別人字句，差處只是別人的差，是處只是別人的是也。若皆自胸中流出，則爐錘在我，金鐵盡鎔，雖用他人字句，亦是自己字句。如《四書》中引《書》引《詩》之類是也。願兄且將理要文字權且放下，以待完養神明，將向來聞見一切掃抹，胸中不留一字，以待自己真見露出，則橫說豎說更無依傍，亦更無走作也。」[45]他又寫信給茅坤，論「文字工拙在心源」，[46]為茅坤所深相讚同。而茅坤評歐陽修《本論》一文，既謂其「議論正大，知見得大頭腦處」，而又認為自「達磨以下，彼固有一片直見本性之超卓處，故能趨天下聰明穎悟開之士而宗其教。歐陽公於佛氏之旨猶多模糊，而所謂修其本以勝之，恐非區區禮文之習而行之之所能勝也。」[47]又評蘇轍《老子論》一篇，曰：「只看子由行文，如神龍乘雲於天之上，風雨上下，不可捉摸，不可測識，不可窮詰。學者如能靜坐腮几間，將此心默提出來，與此二篇文字打作一片，忽焉而飛於九天之上，忽焉而逐於九淵之下，且令自我胸中亦頓覺變幻飄蕩而不可羈制，則文思之懸，一日千里矣。當其思起氣溢，如急風驟雨噴山谷，撼丘陵，及其語竭氣盡，如雨散雲收，山青樹綠，塵無一點。嗟乎，此則學者當自得之也。」[48]茅坤雖然對歐陽修所撰之文極為推崇，卻並不完全讚同他排佛的觀點，而認為彼「固有一片直見本性之超卓處」。他讀蘇轍的文章，也特別強調內心的體會和感悟，從中皆不難見出晚明時期自王陽明心學通往文學之路的痕跡。

## 三　《唐宋八大家文鈔》與唐宋八大家地位的確立

對唐宋八家文的評價，在茅坤之前多矣，然對其作完整的論述和評價，

---

44　《唐順之集》卷七《與莫子良主事書》，頁292。

45　《唐順之集》卷七《與洪方洲書》，頁297-298。

46　《唐順之集》卷七《與洪方洲書》，頁298。

47　《唐宋八大家文鈔》卷四十一，《四庫全書》，第1383冊，頁467、469。

48　《唐宋八大家文鈔》卷一百五十一，《四庫全書》，第1384冊，頁802。

則不能不推茅坤《唐宋八大家文鈔》，唐宋八大家在中國文學史上的地位，亦由此逐漸確立。

唐宋八大家中，對韓愈、柳宗元的文章，自宋初以來，人們已逐漸形成共識，其地位實早就確定，故此可略而不論。且看茅坤對宋六家的評論。

《廬陵文鈔引》曰：

> 西京以來，獨稱太史公遷，以其馳驟跌宕、悲慨嗚咽，而風神所注，往往於點綴指次，獨得妙解。譬之覽仙姬於瀟湘洞庭之上，可望而不可近者。累數百年而得韓昌黎，然彼固別開門戶也。又三百年而得歐陽子。予覽其所序次當世將相、學士大夫墓誌、碑、表，與《五代史》所為梁、唐二紀，及他名臣雜傳，蓋與太史公略相上下者。然歐陽子所與友人論文書，絕不之及，何也。又如奏疏、劄子，當其善為開陳，分別利害，一切感悟主上，於漢可方晁錯、賈誼，於唐可方魏徵、陸贄。宋仁廟嘗諭庭臣曰：「歐陽修何處得來？」殆亦由此。序、記、書、論，雖多得之昌黎，而其姿態橫生，別為韵折，令人讀之一唱三歎，餘音不絕。予所以獨愛其文，妄謂世之文人學士得太史公之逸者，獨歐陽子一人而已。[49]

在《唐宋八大家文鈔論例》中，他又說：

> 宋諸賢敘事，當以歐陽公為最。何者？以其調自史遷出。一切結構裁翦有法，而中多感慨俊逸處，予故往往心醉。
> 道麗逸宕，若攜美人宴遊東山，而風流文物，照耀江左者，歐陽子之文也。[50]

茅坤對歐陽修文的認識，首先是放在「文統」發展的脈絡中進行的。從司馬遷、韓愈至歐陽修，可謂傳承有緒，淵源有自。這無疑是正確的。其次，他

---

49　《廬陵文鈔引》，《四庫全書》，第1383冊，頁324。
50　《唐宋八大家文鈔論例》，《四庫全書》，第1383冊，頁15-16。

稱歐文「感慨俊逸」,「遒麗逸宕」,「姿態橫生,別為韵折,令人讀之一唱三歎,餘音不絕」。這種對歐文總體風格的體認也很準確。而他指出歐陽修於墓誌、碑表、序記、書論等,各體兼工,敘事尤妙,堪為宋人之最,同樣是有識見的。

再看他評王安石文:

> 王荊公湛深之識,幽渺之思,大較並本之古六藝之旨,而於其中別自為調,鑱刻萬物,鼓鑄羣情,以成一家之言者也。其尤最者,《上仁宗皇帝書》與神宗《本朝百年無事》諸劄子,可謂王佐之才。此所以於仁廟之鎮靜博大,猶未能入,而至於熙寧、元豐之間,劫主上而固魚水之交,譬則武丁之於傅說,孔明之於昭烈,不是過已。惜也,公之學問,本之好古者多,而其措注,當時亦狃於泥古為患,況以矯拂之行而兼之以獨見,以執拗之資而恣之以私臆,所以呂、章、邢、蔡以下,紛紛附會,熒惑天子,流毒四海。新法既壞,并其文學知而好之者半,而厭而訾之者亦半矣。以予觀之,荊公之雄不如韓,逸不如歐,飄宕疎爽不如蘇氏父子兄弟,而匠心所注,意在言外,神在象先,如入幽林邃谷,而杳然洞天,恐亦古來所罕者。予每讀其碑誌、墓銘及他書所指次世之名臣、碩卿、賢人、志士,一言之予,一字之奪,並從神解中點綴風刺,翩翩乎凌風之翮矣,於《史》、《漢》外別為三昧也。[51]

自南宋以來,因為對王安石變法的否定,也連帶著影響到對其文章的評價。呂祖謙在《古文關鍵》中雖對王安石的文章有較高評價,卻并不選它。茅坤在政治上也還是否定王安石,但對他才學和文章的認識卻不能不說較為公允。茅坤既指出其學好古,又謂其文「別自為調,鑱刻萬物,鼓鑄羣情,以成一家之言者」,[52]「王之結搆裁翦,極多鑱洗苦心處,往往矜而嚴,潔而

---

51 《臨川文鈔引》,《四庫全書》,第1384冊,頁1-2。
52 《臨川文鈔引》,《四庫全書》,1384冊,頁1。

則」。[53]皆體會甚深。王安石作為唐宋八大家之一的地位的最終確立，在很大程度上不能不歸功於茅坤。

又如他評曾鞏文：

> 曾子固之才敏雖不如韓退之、柳子厚、歐陽永叔及蘇氏父子兄弟，然其議論必本於六經，而其鼓鑄翦裁，必折衷之於古作者之旨。朱晦菴嘗稱其文似劉向。向之文於西京最為爾雅，此所謂可與知者言，難與俗人道也。[54]

又曰：

> 曾南豐之文大較本經術，祖劉向。其湛深之思，嚴密之法，自足以與古作者相雄長，而其光燄或不外爍也。故於當時稍為蘇氏兄弟所掩，獨朱晦菴亟稱之。歷數百年，而近年王道思始知讀而酷好之，如渴者之飲金莖露也。[55]

後人對曾鞏文章的接受，也有一個過程。從南宋的朱熹、呂祖謙等，到明王慎中、茅坤，曾氏文章本之六經、取法西漢的淵源和結構嚴謹、文風雅飭的特點，遂逐漸為人們所認識。

「三蘇」文章的地位，在明代以前大致已確定，然茅坤的認識，在前人的基礎上，顯然又深化了。他評蘇洵文道：

> 蘇文公崛起蜀徼，其學本申、韓，而其行文雜出於荀卿、孟軻及《戰國策》諸家，不敢遽謂得古六藝者之遺，然其鑱畫之議，幽悄之思，博大之識，奇崛之氣，非近代儒生所及。要之，韓、歐而下，與諸名家相為表裏。及其二子繼響，嘉祐之文西漢同風矣。[56]

---

53 《唐宋八大家文鈔論例》，《四庫全書》，第1383冊，頁15。
54 《南豐文鈔引》，《四庫全書》，第1384冊，頁190。
55 《唐宋八大家文鈔論例》，《四庫全書》，第1383冊，頁15-16。
56 《老泉文鈔引》，《四庫全書》，率1384冊，頁302。

茅坤并不認同蘇洵的學術，但對蘇洵文章的「鑱畫之議，幽悄之思，博大之識」和遒勁之風以及文學史地位，則給予了充分的肯定，尤值得我們注意的是，他不但指出蘇洵之文出於《戰國策》的淵源，又能注意到它與孟、荀的關係，也是卓見。

他又評蘇軾文曰：

> 予少謂蘇子瞻之於文，李白之於詩，韓信之於兵，天各縱之以神仙軼世之才，而非世之問學所及者。及詳覽其所上神宗皇帝及代張方平、滕甫諫兵事等書，又如論徐州、京東盜賊事宜，并西羌鬼章等劄子，要之，於漢賈誼、唐陸贄不知其為何如者。朱晦菴嘗病其文不脫縱橫氣習，蓋特其少時沾沾自喜，或不免耳。入哲宗朝。召為兩制，及謫海南以後，殆古之曠達遊方之外者已。然其以忠獲罪，卒不能安於朝廷之上，豈其才之罪哉。[57]

由极讚其才，而服其文，憫其人，[58]認識逐步加深。他又論蘇軾文風，曰：「行乎其所當行，止乎其所不得不止，浩浩洋洋，赴千里之河，而注之海者，蘇長公也。」[59]也是十分準確的。

至於他評蘇轍文，認為：「蘇文定公之文，其鑱削之思或不如父，雄傑之氣或不如兄，然而冲和澹泊，遒逸疏宕，大者萬言，小者千餘言，譬之片帆截海，澄波不揚，而洲島之棼錯，雲霞之蔽虧，日星之閃爍，魚龍之出沒，並席之掌上而綽約不窮者已，西漢以來別調也。其《君術》、《臣事》、《民政》等篇，尤為卓犖。」[60]那種對蘇轍文風格的感受和體認，同樣是十分正確和深刻的。

---

57 《東坡文鈔引》，《四庫全書》，第1384冊，頁396。
58 明萬曆茅著刊本《唐宋八大家文鈔凡例》引茅坤曰：「八君子者，不多得。其文藝之工，其各各行事節概，多有可觀，亦學者所不可不知者。」（此據《歷代文話》所收《唐宋八大家文鈔評文》引，復旦大學出版社，2007年，第2冊，頁1789），可以相參。
59 《唐宋八大家文鈔論例》，《四庫全書》，第1383冊，頁16。
60 《潁濱文鈔引》，《四庫全書》，第1384冊，頁719。

當然，茅坤對宋六家文章的成就和地位給予充分的肯定，並不等於對他們的文章創作就全部認可，實際上除了對歐陽修的各類文章幾無保留地加以讚揚之外，對其他人便是有所揚抑了。比如，於王安石多選其表啟、書記和碑誌墓銘，其它文體選的就少；於曾鞏多選其序、記文，其它文體所選較少；於三蘇多選其論策，而少選其所撰碑誌等。其所論自是有理。

總評之外，在對所選文章的具體評論中，茅坤每每能將六家文的特色揭示出來，而這與其文學觀念上的本色論，正相吻合。比如，他選入王安石《本朝百年無事劄子》，並論道：「此篇極精神骨髓。荊公所以直入神宗之脅，全在說仁廟處，可謂搏虎屠龍手。」又曰：「自本朝以下，節節議得的確，而荊公所欲為朝廷節節立法措注處，亦自可見。神廟所以以伊傅、周召任之、信之。」[61]又評其《建昌王君墓表》一文，曰：「通篇亦無一實事，俱虛語相點綴。荊公所自為本色在此，荊公所自為可喜處亦在此。」[62]再如，茅坤評蘇洵《明論》，指出：「此是老泉本色學問。宋迂齋謂其意脈自《戰國策》來，良是。」[63]其它像評歐陽修《縱囚論》一文，稱其「曲盡人情」。[64]評其史論，謂：「歐陽公於敘事處往往得太史遷之髓，而所為《新唐書》及《五代史》短論，亦並有太史公風度。」[65]評王安石《周禮義序》和《書義序》，指出「其辭簡而其法度自典則」。[66]評其書信則曰：「荊公之書，多深思遠識，要之於古之道，而其行文處往往遒以婉、鑱以刻，譬之入幽谷邃壑，令人神解而興不窮，中有歐、蘇輩所不及處。」[67]又評王安石、曾鞏學記，謂學記中以「曾、王二公為最，非深於學不能記其學如此」。[68]

61 《唐宋八大家文鈔》卷八十二，《四庫全書》，第1384冊，頁18、20。

62 《唐宋八大家文鈔》卷九十六，《四庫全書》，第1384冊，頁183。

63 《唐宋八大家文鈔》卷一百十一，《四庫全書》，第1384冊，頁345。

64 《唐宋八大家文鈔》卷四十二，《四庫全書》，第1383冊，頁480。

65 《唐宋八大家文鈔》四十三，《四庫全書》，第1383冊，頁483。

66 《唐宋八大家文鈔》卷八十六，《四庫全書》，第1384冊，頁69。

67 《唐宋八大家文鈔》卷八十四，《四庫全書》，第1384冊，頁42。

68 《唐宋八大家文鈔》卷八十七，評王安石《慈溪縣學記》，《四庫全書》，第1384冊，頁77。

評蘇洵《上韓樞密書》，認為洵「厭當時兵政之過弱，故勸韓魏公以誅戮，而其行文似西漢，疏宕雄辯可觀」。[69]評蘇軾《范文正公文集序》、《王定國詩集序》等文，以為其雖似率意而為者，然「於中識度自遠」。[70]論及其《方山子傳》一文，又曰：「余特愛其煙波生色處，往往能令人涕洟」。而評蘇轍《上神宗皇帝書》，則自道讀其文「往往如遊絲之從天而下，嬝娜曲折，令人讀之情鬯神解而猶不止，亦非今人所及處」。[71]這些論述，都能道出六家文之好處所在。

茅坤評論諸家文，又喜用比較的方法，通過辨析作家作品的異同，揭示出諸家文章的特色。像他比較歐陽修、蘇軾二家論體文，就說道：「予覽歐蘇二家論不同。歐次情事甚曲，故其論多確而不嫌於複。蘇氏兄弟則本《戰國策》縱橫以來之旨而為文，故其論直而鬯，而多疎逸遒宕之勢。歐則譬引江河之水而穿林麓灌畎澮，若蘇氏兄弟則譬之引江河之水而一瀉千里湍者，縈迤者注，杳不知其所止者已。語曰同工而異曲，學者須自得之。」[72]又比較歐、王、三蘇諸家表啟之異同，曰：「啟表之類，惟歐陽公情多婉曲，王荊公思多鏤刻，故工者為多，而蘇氏父子兄弟則往往禁思者少。」[73]在評價歐陽修《資政殿學士戶部侍郎文正范公神道碑》一文時，茅坤指出：「歐陽公碑文正公僅千四百言，而公之生平已盡。蘇長公狀司馬溫公幾萬言而上，似猶有餘旨。蓋歐得史遷之髓，故于敘事處裁節有法，自不繁而體已完。蘇則所長在策論，縱橫于史家學或短。此兩公互有短長，不可不知。」[74]又，其論蘇軾《上神宗皇帝書》，曰：「蘇氏父子兄弟所上皇帝書不同。老蘇當仁廟時，朝廷方尚安靜，鬯德澤，故其書大較勸主上務攬威權，責名實。長

---

69 《唐宋八大家文鈔》卷一百八，《四庫全書》，第1384冊，頁316。

70 《唐宋八大家文鈔》卷一百三十九，《四庫全書》，第1384冊，頁651。

71 《唐宋八大家文鈔》卷一百四十五，《四庫全書》，第1384冊，頁722。

72 《唐宋八大家文鈔論例》，《四庫全書》，第1383冊，頁15。

73 《唐宋八大家文鈔》卷一百二十四（東坡文鈔表啟類），《四庫全書》，第1384冊，頁490。

74 《唐宋八大家文鈔》卷五十一，《四庫全書》，第1383冊，頁573。

公、次公當神廟時，朝廷方變法令，亟富強，故其書大較勸主上務省紛更，持寬大。然而次公之言猶紆徐曲巽，而長公之言，似覺骨鯁痛切矣。然三人中長公更勝。其指陳利害似賈誼，明切事情似陸贄。」[75]似此通過對兩家或多家作品的深入體悟和細緻比較而作出的分析論斷，是令人信服的。

特別應指出的是，長期以來，中國文學史上的唐宋八大家，在人們心目中，似乎完全是就八家的古文而論的，其實不然。唐順之、歸有光和茅坤等人，原就是八股文寫作的高手，他們固然大力提倡古文，並主張以古文的作法和氣魄融入八股文，革除其弊病，但對優秀的駢文，也決不排斥。茅坤自道：「四六文字予初不欲錄，然歐陽公之婉麗、蘇子瞻之悲慨、王荊公之深刺，於君臣上下之間，似有感動處，故錄而存之。」[76]所以，準確地說，《唐宋八大家文鈔》是一部以古文為主而兼收四六的文章選本。所以，茅坤所評也是兼駢散而一的。[77]

茅坤編選《唐宋八大家文鈔》，是為了指導初學，故書中對所選作品的評論，往往角度不一，方法多樣，分析具體，大都能予人以啟迪。

譬如他往往用知人論世之法。其評歐陽修《通進司上皇帝書》，曰：「覽此書反覆利害，洞悉事機。歐陽公少時已具宰相之略如此，不可不知。」[78]又評其《論西賊占延州侵地劄子》，曰：「予按當時朝廷狃於用兵之困，故亟亟乘元昊之偽為臣欵以要和，而歐陽公之在諫垣，獨以不欲急聽其和為說。（略）歐公豈不知西賊通和，稍寬朝廷西顧之憂，而獨拳拳以不與通和為計者，蓋深見夫國體失之太弱。北既狃於契丹，而南復狃於西夏，不務選將練兵，以伸立國之威，而惟務厚幣重賄，以為苟安之計，則天下之勢愈不可支。此其所以數絮絮于請和之間，而其執言往往以緣此一事，得絕和議為

75 《唐宋八大家文鈔》卷一百十八，《四庫全書》，第1384冊，頁426。

76 《唐宋八大家文鈔論例》，《四庫全書》，第1383冊，頁15。

77 當然，茅坤這樣做，也不排除是出於為舉業而設的編選目的，觀其在《唐宋八大家文鈔論例》中所作的「其間又有文旨不遠，稍近舉子業者，故並錄之」的交待（《四庫全書》第1383冊，頁15），可以想見。

78 《唐宋八大家文鈔》卷二十九，《四庫全書》，第1383冊，頁327。

名。至於嘗請五路出師以伐為守之說，歐公之言可謂忠謀遠覽之至者也。惜也，當時天子與執政皆不之聽，甚且韓、范輩亦以在兵間久矣，故亦如健鳥之垂翅，而思解機務以歸。已而西夏敗亡之後，宋卒為金、遼所困，其亦以此也夫。」[79]論宋時邊事，可謂有識。再如，蘇轍《唐論》一篇，既稱其文「古今有數」，又論道：「今之兵滿天下，並不得籍之行伍以折衝禦侮，而北自遼陽迄臨洮，延袤五千餘里，僅得戍守之兵以乘障游徼於其塞耳。然無唐之節度府帶甲十萬之勢以為外重，故北兵得以蹂躪我疆場，殺畧我人民，其於南粵一帶亦然。至於京師，所籍兵十餘萬，僅足以供天子之工匠與中官勢人者之侵漁而已，又無唐之內設府兵五百以為居重馭輕之威。是所謂內外無以為重者也。故四夷數侵，歲以為常，而中州卒有一夫跳梁，往往衡越不能遽熄，豈非兵政無以制中外之亂與？」[80]以唐宋而論及明代，皆體會甚深。

　　茅坤評論六家之文，又常能從對作品的領悟出發，注重對作品所抒發情感的揭示。書中收歐陽修表、啟二十二首，茅坤論之曰：「歐陽公之文，多遒逸可誦，而於表、啟間，則往往以憂讒畏譏之餘，發為嗚咽涕洟之詞，怨而不誹，悲而不傷，尤覺有感動處。」[81]其收王安石表啟多達三十五首，並云：「荊公結知神宗，於表箋所上多鑱畫感動處，予故於集內多錄。」[82]其餘如評王安石《上相府書》一文，謂「時荊公託為擇便地以養母，其書之情旨深厚婉曲」。[83]評其《祭范潁州文》，認為「多奇崛之氣、悲愴之思，令人讀之不能以不掩卷而涕洟」。[84]又評蘇洵《名二子說》：「字僅百而無限宛轉，無限情思。」[85]評蘇軾《乞郡劄子》曰：「覽此而不為嗚咽流涕者，非人情也。」[86]等等，皆可以見其對作品情感抒發的感悟和重視。

---

79　《唐宋八大家文鈔》卷三十三，《四庫全書》，第1383冊，頁388。

80　《唐宋八大家文鈔》卷一百五十一，《四庫全書》，第1384冊，頁798。

81　《唐宋八大家文鈔》卷三十七，《四庫全書》，第1383冊，頁418。

82　《唐宋八大家文鈔》卷八十三，《四庫全書》，第1384冊，頁27。

83　《唐宋八大家文鈔》卷八十四，《四庫全書》，第1384冊，頁42。

84　《唐宋八大家文鈔》卷九十六，《四庫全書》，第1384冊，頁186。

85　《唐宋八大家文鈔》卷一百十六，《四庫全書》，第1384冊，頁390。

86　《唐宋八大家文鈔》卷一百二十一，《四庫全書》，第1384冊，頁459。

　　茅坤評文，還能注重立意，著眼整體。像他評歐陽修《太常博士周君墓表》，認為其「以孝行一節立其總概，相為感慨始終」。[87]評《江鄰幾文集序》，曰：「江鄰幾文今不傳，當非其文之至者，而歐公序之，只道其故舊凋落之意，隱然可見。」[88]評《釋祕演詩集序》道：「多慷慨嗚咽之旨，覽之如聞擊筑者，蓋祕演與曼卿游，而歐陽公於曼卿識祕演，雖愛祕演，又狎之。以此篇中命意最曠而逸，得司馬子長之神髓矣。」[89]再像他評曾鞏《徐孺子祠堂記》說：「推漢之以亡為存，歸功於孺子輩。論有本末。」[90]評其《贈黎安二生序》道：「子固作文之旨，與其所自任處並已概見，可謂文之中尺度者也。」[91]評蘇軾《留侯論》，稱其「只是一意反覆，滾滾議論，然子瞻胸中見解，亦本黃老來也。」[92]等等，都可看出茅坤對文章整體立意的強調。

　　自然，作為一位有很高藝術眼光的作家和評論家，茅坤對所選文章的評論，又是十分看重文章的法度和結構安排的，何況有益於初學和舉業原就是其編纂的目的之一。比如他評歐陽修《泗州先春亭記》，指出其「記先春亭，卻本堤，次之以賓客之館，而後及亭。以周單子之言論為案，所謂以經飾吏治。歐陽公之文亦然。」[93]又評王安石《給事中孔公墓誌銘》，稱其為「荊公第一首誌銘。須看他頓挫紆徐，往往敘事中伏議論，風神蕭颯處。」[94]評蘇洵《木假山記》曰：「即木假山看出許多幸不幸來，有感慨，有態度。凡六轉入山，末又一轉，有百尺竿頭之意。」[95]不必說皆是經驗之談。故清四庫館臣謂：「八家全集浩博，學者徧讀為難，書肆選本又漏畧過甚，坤所選

---

87　《唐宋八大家文鈔》卷五十八，《四庫全書》，第1383冊，頁654。

88　《唐宋八大家文鈔》卷四十五，《四庫全書》，第1383冊，頁505。

89　《唐宋八大家文鈔》卷四十五，《四庫全書》，第1383冊，頁509。

90　《唐宋八大家文鈔》卷一百四，《四庫全書》，第1384冊，頁271。

91　《唐宋八大家文鈔》卷一百二，《四庫全書》，第1384冊，頁254。

92　《唐宋八大家文鈔》卷一百三十，《四庫全書》，第1384冊，頁564。

93　《唐宋八大家文鈔》卷四十八，《四庫全書》，第1383冊，頁534。

94　《唐宋八大家文鈔》卷九十二，《四庫全書》，第1384冊，頁130。

95　《唐宋八大家文鈔》卷一百一十六，《四庫全書》，第1384冊，頁389。

錄尚得煩簡之中。集中評語雖所見未深，而亦足為初學之門徑，一二百年以來家弦戶誦，固亦有由矣。」[96]

## 四　《唐宋八大家文鈔》的嗣響

茅坤《唐宋八大家文鈔》自編成後即廣泛傳播，以至「一二百年以來家弦戶誦」，「唐宋八大家」之名亦隨之逐漸被接受。即從選本的角度來看，受其影響，各種以八家為主的唐宋文選本便層出不窮。在明代已有鍾惺《唐宋八大家選》二十四卷、孫慎行選注《唐宋八大家文鈔》四卷、王志堅《古文瀆編》二十九卷等，入清則先後有呂留良《晚村先生八家古文精選》（八卷）、儲欣《唐宋十大家全集錄》五十二卷、《唐宋八大家類選》、張伯行選評《唐宋八大家文鈔》十九卷、乾隆御選、張照補校《唐宋文醇》五十八卷、沈德潛《唐宋八家文讀本》三十卷和高嵣《唐宋八家鈔》八卷等等。正是在後之各種選本大量涌現及其對八家之文的不斷印可中，唐宋八大家終於在文學史上定格。

明代鍾惺、孫慎行、王志堅諸書，皆承茅坤《唐宋八大家文鈔》而編，只是卷帙較茅氏書為小，體例上或略加注釋，[97]亦稍有變化，然即此已可知，唐宋八大家的名稱和文學史地位在晚明已被普遍認可了。如王志堅所說：「文之體裁矩矱，正大暢達，則無逾於唐宋八大家者。」[98]李長庚序其書也說：「唐宋以來，世所大奉者，惟是八家為最著。」[99]而王志堅所編《古文瀆編》二十九卷，即以江河淮濟為喻，「四瀆與天地並，而治水者與世推移，是編與武進、歸安皆一種疏導之法」，認為沿此便可引導學者「獨

---

96　《四庫全書總目》卷一百八十九《唐宋八大家文鈔提要》，下冊，頁1718。

97　此點直接影響呂留良、呂葆中《八家古文精選》等後來選本。

98　〔明〕魏說：《古文瀆編序》引，見是書卷首，《四庫全書存目叢書》，該書編委會編（濟南市：齊魯書社，1997年），集部第336冊，頁2。

99　〔明〕李長庚：《古文瀆編序》，《四庫全書存目叢書》，集部第336冊，頁4。

與學海會」了。[100]

　　呂留良《八家古文精選》，原是其晚年為塾中子弟編選古文時所纂，由其子呂葆中評點，呂留良身後，呂葆中刊刻印行，時在康熙四十三年（1704）。此書的編選既為初學和舉業而設，則目的與《唐宋八大家文鈔》並無不同，只是其所選篇目較為精粹。因為，在呂留良看來，「今為舉業者必有數十百篇精熟文字於胸中以為底本，但率皆取資時文中，則曷若求之於古文乎？夫讀書無它他奇妙，只在一熟。所云熟者，非僅口耳成誦之謂，必且沈潛體味，反覆涵演，使古人之文若自己出，雖至於夢囈顛倒中朗朗在念，不復可忘，方謂之熟。如此之文，誠不在多，只數十篇可以應用不窮。」「又常曰：讀書固必熟而後用，亦有用而後熟，此又不可不知也。若必持熟而後用，則遂有難熟而不用者矣。此其法當先勉強用之，用之既久，亦能成熟。」[101]故其書於八家人各一集，依次選韓文三十三篇、柳文十八篇、歐文四十三篇、曾文二十一篇、蘇洵文十一篇、蘇軾文三十四篇、蘇轍文十篇、王安石文十五篇，計一百八十五篇。所選篇目，就文體來說，論體居多。而於歐陽修文，則各體兼收，於曾鞏又多選序、記之文。總之，此書大致可視為《唐宋八大家文鈔》的簡編本。

　　呂葆中所作評點，其體例在《凡例》中有交待。他不讚同鍾惺、孫慎行批時文式的評點，而主張學習宋明以來呂祖謙、樓昉、茅坤等人的批點，且不但有批有點，更增分段句讀，標示綱領、緊要字句等，並往往引錄宋、明以來諸家議論，极為詳細。呂葆中的批語多平正通達，亦有識見。例如，他評曾鞏《戰國策目錄序》曰：「當觀其議論反覆處及其轉換過接之妙。理致甚深，卻不露一毫圭角，宋文中之最高古者。」[102]又評其《贈黎安二生序》，先引唐順之語：「議論謹密。」復分析道：「因人笑黎生之迂闊，而引以為同病。立言既妙，卻又轉進一層。言生特以文不近俗，迂之小者及其告

100 〔明〕王志堅：《古文瀆編序》，《四庫全書存目叢書》，集部第336冊，頁14-15。

101 呂葆中：《晚村先生八家古文精選序》引，《晚村先生八家古文精選》卷首，《四庫禁毀書叢刊》本，該書編委會編（北京市：北京出版社，1999年），集部第94冊，頁308。

102 《晚村先生八家古文精選·曾文精選》，《四庫禁毀書叢刊》集部第94冊，頁416。

以無急解里人之惑。言外又隱然見得黎生尚未迂闊在。一步緊一步。此荊川所謂謹密者也。一篇之中，有誘掖，有鍛鍊，可為前修接引後進之法。」[103]

儲欣的《唐宋十大家全集錄》，則是對茅坤《唐宋八大家文鈔》的擴大。

儲欣論學，主張「成學治古文」，兼重道與文。他認為讀書治學，「縱不敢蘄如古人之閱覽博極，至若先聖之遺經，諸子之創著，良史氏之記傳，以暨先秦、兩漢、晚唐、北宋魁偉奇傑之文章，雖卷策累牘，要當馳騁上下，（略）漸之以歲月，文與道必將有得焉」。[104]所以他於經學之外，頗推崇茅坤《唐宋八大家文鈔》，稱讚其「表章前哲，以開導後學，述者之功，豈在作者下哉？」[105]然讀了韓愈、柳宗元等人的全集後，開始改變原來的看法，以為它「掛漏各半，適足以掩遏前人之光」。於是因其書擴而大之，於八家外添入孫樵、李翱，並直接從八家文集中選錄作品，其數量「於八先生文所錄加倍焉」。[106]像諸家賦作、制誥、四六表啟以及蘇軾的尺牘、蘇轍進策等，都有大量增加。然而儲欣在選目上也作了一些刪減，尤其是對王安石的某些文章，如《答司馬諫議書》等，就被刪掉了。這種對王安石的偏見，當然是不足取的。

儲欣主張評論前人之文應本之知人論世之意，這自然是對的。然而他過於強調「文品與人高下」，[107]對宋六家的總體看法，不免偏頗。儲欣對王安石學術、政事貶抑甚低，幾將其排斥出六家，而對曾鞏和三蘇的評價則很高，不但認為歐陽修薦王安石為不識人，「設英宗在位久，不出十年，東坡相矣，東坡相即韓、富、歐陽之業相延於無窮」，[108]甚而認為曾鞏與王安石

---

103 《晚村先生八家古文精選・曾文精選》，《四庫禁毀書叢刊》集部第94冊，頁425。

104 儲欣：《在陸草堂文集》卷五《四書鏡序》，《四庫全書存目叢書》（影印清雍正元年儲掌文刻本），集部第259冊，頁468。

105 儲欣：《唐宋十大家全集錄序》，載是書卷首，《四庫全書存目叢書》，集部第404冊，頁236。

106 《四庫全書存目叢書》，集部第404冊，頁237。

107 〔清〕吳之彥、邢維信等編：《在陸草堂文集凡例》引，《四庫全書存目叢書》，集部第259冊，頁374。

108 〔清〕儲欣：《唐宋十大家全集錄凡例》，《四庫全書存目叢書》，集部第404冊，頁240。

相較，「有舜、跖之別」。[109]所論皆過當不可取。

儲欣對茅坤書中的評點似乎也不太滿意，批評說：「窺其用心，大抵為經義計耳。」[110]又指出他的一些具體的失誤。[111]所以，他對於前人的評論，「惟精當而妙於言語者始掇之」，[112]他自己的評點也能知人論世，頗為簡要，有些文章篇末還附有「備考」、「輯評」等。如他評蘇軾《王安石贈太傅制》和《呂惠卿責授建甯軍節度副使本州安置不得簽書公事》二文，曰：「傳神傳神！安石、惠卿，一贈一責，俱使有識旁觀代其入地。」[113]又評蘇軾《與王定國書》（第四十首）：「人之言曰，此東坡得力於禪。余曰：否！否！此政公道理爛熟之效，義精仁至，何止於禪？」[114]都是有見地的。

儲欣批評茅坤之書「大抵為經義計耳」，沒想到不久就遭到了乾隆帝同樣的批評，且要「懲其失」而重編唐宋十家文選。於是，乾隆以儲氏書為基礎，以言有物、言有序為編選原則，「錄其言之尤雅者若干首，合而編之」，[115]成《唐宋文醇》五十八卷。

《唐宋文醇》較之《唐宋八大家文鈔》，有增有刪，增少刪多。因為反對為舉業而設的做法，乾隆將儲氏原書中的策論等，幾全部刪去，於上書、奏札、表狀、書序、碑銘等，亦大半刪去，而制誥、表啟諸體，則全都不存。其所存多為一些為人習誦熟知的文章，而所增則或是論學或所言平正通達、為文從容不迫、風范溫和謙退者。像增選歐陽修的《紅鸚鵡賦》、《藏珠於淵

---

109 儲欣：《唐宋十大家全集錄凡例》，《四庫全書存目叢書》，集部第404冊，頁239。

110 儲欣：《唐宋十大家全集錄凡例》，《四庫全書存目叢書》，集部第404冊，頁237。

111 如，儲欣批評茅坤評曾鞏《講官議》「嚴緊而峻。必因當時伊川爭坐講，故有此議」云云，以為此「似並南豐史傳及家狀亦未嘗寓目矣」（《唐宋十大家全集錄凡例》，《四庫全書存目叢書》，集部第404冊，頁238）。

112 《唐宋十大家全集錄凡例》，《四庫全書存目叢書》，集部第404冊，頁239。

113 《唐宋十大家全集錄‧東坡先生全集錄》卷七，《四庫全書存目叢書》，集部第405冊，頁487。

114 《唐宋十大家全集錄‧東坡先生全集錄》卷九，《四庫全書存目叢書》，集部第405冊，頁522。

115 清高宗：《唐宋文醇序》，見是書卷首，《四庫全書》，臺灣商務印書館，1986年，第1447冊，頁100。

賦》、《帝王世系圖序》、《詩譜補亡後序》、《韻總序》等，增加蘇軾的《超然台記》、《寶繪堂記》、《眉山遠景堂記》、《李氏山房藏書記》、《宸奎閣碑》、《富鄭公神道碑》等，增入曾鞏的《南齊書目錄序》、《陳書目錄序》、《說苑目錄序》等，增王安石的《遊褒禪山記》等，皆不難見出其編選傾向。

沈德潛編纂《唐宋八家文讀本》的最初動機，似也是不甚滿意茅氏、儲氏之書。所以他說「綜覽兩家選本並八家全文，而精神貫注，仍在少時誦習者」。[116]這也告訴我們，在古文的學習和創作上，沈德潛更傾嚮於從那些膾炙人口的名篇入手，再進而擴大至茅氏、儲氏和八家全文。因此，是書入選作品的數量、選目等，也就大致比較適中，頗宜於初學。雖然沈德潛並不完全認同茅坤之書的編纂，但在大體上仍是承繼了茅坤原書編纂的思路的。至於說由八家文「上窺賈、董、匡、劉、馬、班，幾可縱橫貫穿而摩其壘者。夫而後去華就實，歸根返約，宋五子之學行且徐驅而輺其庭矣」。[117]那就是其一種主觀的想象和願望了。

沈德潛論文主張有物有序，溫柔敦厚，雅正平和，書中所評，也往往從容道來，不立崖岸，卻有益於讀者多。比如他評歐陽修《王彥章畫像記》，說：「此與昌黎《書張中丞傳後》同是表章軼事，而各極神妙。作記之意，因德勝之戰與已用奇取勝之見相合，借此發揮，精采倍加，是為神來之候。」[118]就多得其實。評蘇軾《韓魏公醉白堂記》，曰：「推讚魏公，都酬應語耳。文將韓、白之彼此有無，互相比較，而歸本於兩賢之所同，則筆墨所到，皆成波瀾煙雲矣。歐陽公《畫錦堂記》純乎實說，未免遜此風格。」[119]並不涉「韓白優劣論」之說。

其它受《唐宋八大家文鈔》影響而編、流傳較廣者，尚有張伯行選評《唐宋八大家文鈔》十九卷。其書在茅氏原書的基礎上，選收作品三百一十

116 〔清〕沈德潛選評《唐宋八家文讀本序》，此據〔日〕賴山陽增評、関澤平點校：《增評唐宋八家文讀本》引，（武漢市：崇文書局，2010年），頁7。

117 《唐宋八家文讀本序》，《增評唐宋八家文讀本》，頁8。

118 《增評唐宋八家文讀本》卷十二，頁297。

119 《增評唐宋八家文讀本》卷二十三，頁537。

六篇。其評語固多可參，然自謂編選旨趣：「不特以資學者作文之用，而窮理格物之功，即於此乎在。」[120]故評語中多稱程、朱，於曾鞏文之選亦多達七卷一百二十八篇，自是理學家的眼光了。此不贅論。

總之，作為中國古代文學批評方法之一的選本，在中國古代文學的傳播和接受過程中，起著极為重要的作用。「唐宋八大家」在中國文學史上的地位，正是通過自宋至清的眾多文章選本尤其是明人茅坤所編選的《唐宋八大家文鈔》的反覆不斷地選擇和印可，纔最終確立的。每一選本的出現，都使得人們對八家的認識和理解加深一步，儘管其編選宗旨或有不同。當然，在後人對唐宋八大家的接受中，也不免有誤解，比如將北宋歐陽修等人完全理解為古文家，而不知其原是駢散兼工的，《唐宋八大家文鈔》等所選亦兼及四六，就是一例。

---

120 〔清〕張伯行：《唐宋八大家文鈔序》，見是書卷首（北京市：中華書局，2010年），頁1。

# 齊家之思

## ——《金瓶梅詞話》的淑世意識

李志宏

臺灣師範大學國文學系

## 摘要

在中國小說史上,《金瓶梅詞話》的問世饒富意義。不過,關於《金瓶梅詞話》文化身分的認知問題,歷來研究觀點始終擺蕩在色情小說和世情小說之間,爭論不休。揆其原因,乃在於《金瓶梅詞話》一書的誨淫題材問題。但本文不擬參與上述爭論,而是採取症候式閱讀方式,將研究視角聚焦於《金瓶梅詞話》寫定者如何通過取喻的敘述方式回應歷史的話語表現進行分析,藉以深入闡論小說敘述本身所寄寓的淑世意識。從「齊家」觀點立論,《金瓶梅詞話》一書著意深度描述西門慶所屬商人家庭的興亡盛衰,整體話語表現,主要側重在「無父」家庭背景中,揭示儒家父權宗法斷裂失序下的家庭危機。小說敘述除了關注西門慶因縱欲身亡而導致家庭衰亡之外,更有意在官哥兒死亡與孝哥兒幻化情節的敘寫方面,進一步表達家國存續面臨危機的政治關懷。最終,小說敘述以吳月娘因讀佛經而善終有報,並繼續維繫西門家業做結。這樣的結局安排,使得《金瓶梅詞話》整部小說隱含著以「家國新生」為念的淑世意識。

**關鍵詞:**金瓶梅詞話 淑世意識 齊家 無父

# 一 前言

在中國小說史上，《金瓶梅》[1]的問世饒富意義。不過，關於《金瓶梅》文化身分的認知問題，歷來研究觀點始終擺蕩在色情小說和世情小說之間，爭論不休。揆其原因，乃在於《金瓶梅》一書的誨淫題材問題。在近、現代研究上，研究者論其創作要旨時，始終與「淫書」的概念脫離不了關係，且評價褒貶不一。關於《金瓶梅》中的情色書寫問題，時至今日仍然十分引人注目，但也因為如此，讓人們從而可能忽略了《金瓶梅》寫定者究竟如何通過取喻的敘述方式回應歷史，以及小說敘述本身所寄寓的經世思想。如欣欣子〈《金瓶梅詞話》序〉所言：

> 竊謂蘭陵笑笑生作《金瓶梅傳》，寄意於時俗，蓋有謂也。……吾友笑笑生為此，爰罄平日所蘊者，著斯傳，凡一百回。其中語句新奇，膾炙人口，無非明人倫，戒淫奔，分淑慝，化善惡，知盛衰消長之機，取報應輪回之事，如在目前，始終如脈絡貫通，如萬系迎風而不亂也，使觀者庶幾可以一哂而忘憂也。（頁1）

由於《金瓶梅》寫定者「寄意於時俗」，因此能夠深入當時的世俗生活之中展開敘述，又以最貼近人情和人性的觀察方式，帶出整個歷史語境的巨大變化。毫無疑問，當我們試圖深入重新尋繹《金瓶梅》的文化身分及其歷史觀照時，自然必須正視小說敘述中的隱喻機制和存在意義，而非僅僅著墨於「誨淫」問題及其評價之上。如此一來，才能深入理解寫定者編創《金瓶梅》演義的主題動機和思想表現。[2]不過本文撰述的動機，不擬繼續將討論

---

1 本文所使用版本為（明）蘭陵笑笑生：《金瓶梅詞話》（臺北：里仁書局，2009年）。行文過程中引書皆以《金瓶梅》指稱，引文則標注頁數，不另贅注。

2 關於《金瓶梅》的情色書寫問題，筆者已從「演義」編創的觀點嘗試提出新的觀察和闡論，在此不擬贅述。參李志宏：《「演義」——明代四大奇書敘事研究》（臺北市：大安出版社，2011年）。李志宏：《金瓶梅演義——儒學視野下的寓言闡釋》（臺北市：學生書局，2014年）。

焦點置於情色書寫之上，而是將研究視角轉向《金瓶梅》寫定者為何以西門慶的商人形象及其家庭盛衰存續的命運為主要題材，從中闡釋小說敘述背後潛在的思想含義。

基本上，在《金瓶梅》中，歷史作為一種經驗形式，既是一個客觀世界的表徵，同時也是一個觀念世界的表現。[3]《金瓶梅》寫定者之所以獨鍾於一個商人家庭日常生活的細節展演，實際上是在面對現實生活變化時的一種直接反映，亦必然會在個人所關注的特殊性事物的敘述中形塑個人獨特的世界觀。以今觀之，當《金瓶梅》寫定者有意通過重寫的方式以回應自身所在的歷史時，小說敘述如何將政治關懷統攝於情節建構過程的經營方面，自然會顯現出獨特的歷史意識和美學考慮。為了能把握《金瓶梅》的歷史陳述及其事件本身所提供的解釋，並且更好地理解隱藏於歷史敘述背後的政治關懷，本文將採取「症候式」閱讀分析的方式，針對《金瓶梅》的淑世意識做出進一步的觀察和闡論。

## 二　「齊家」遺言：西門慶縱欲身亡之後

《金瓶梅》的故事脫胎於《水滸傳》中西門慶與潘金蓮的偷情行為以及武松殺嫂一節。在「演義」編創過程中，寫定者無疑發現這個故事在家族關係、社會人情和國體朝綱等面向上具有極大的延展性和可寫性，足以讓小說敘述成為一個時代的縮影。[4]以今觀之，明代中晚期重商思想的興起，縱情聲

---

3　高小康指出：「從最根本的意義上說，任何敘事所要表達的首先就是貫穿在敘事內容中的世界觀。作為歷史著作的歷史敘事中的世界觀，是由作者對歷史的基本認識所決定的。」見氏著：《中國古代敘事觀念與意識形態》（北京市：北京大學出版社，2005年），頁17。

4　基本上，從「演義」的觀點來說，筆者以為萬曆詞話本與崇禎說散本必須視為兩種不同的本子，不能混為一談。相關討論，請參李志宏：〈一樣「世情」，兩種「演義」——詞話本與說散本《金瓶梅》題旨比較〉，收錄於陳益源主編：《2012臺灣金瓶梅國際學術研討會論文集》（臺北：里仁書局，2013年），頁227-257。本文另收於李志宏：《金瓶梅演義——儒學視野下的寓言闡釋》，頁37-56。

色的享樂追求，亦隨著功利主義盛行而不斷發展。面對歷史語境的巨大變化，《金瓶梅》寫定者於序篇首揭「四貪詞」，並以之作為編創「演義」的命題，正表明了對於處於轉變階段的歷史事實的特殊關注。而其中「情色」徵逐的生活現象，普遍瀰漫於時世風氣之中，便成為寫定者首要選擇表現的素材。

在《金瓶梅》中，小說敘述從一開始就標舉「情色為禍」的嚴肅命題，試圖通過一個新興商人家庭發展和存續問題的深度描述，用以凸顯特定歷史語境中傳統儒家「齊家」理想實踐所面臨的重大困境。從第一回開始，即在主題先行的預敘中說明了整個故事的情節建構方式：

> 說話的，如今只愛說這「情」、「色」二字做甚？故士矜才則德薄，女衒色則情放。若乃持盈慎滿，則為端士淑女，豈有殺身之禍？今古皆然，貴賤一般。如今這一本書，乃虎中美女，後引出一個風情故事來。一個好色的婦女，因與個破落戶相通，日日追歡，朝朝迷戀後不免屍橫刀下，命染黃泉，永不得著綺穿羅，再不能施朱傅粉。靜而思之，著甚來由！況這婦人他死有甚事？貪他的，斷送了堂堂六尺之軀；愛他的，丟了潑天關產業。驚動了東平府，大鬧了清河縣。端的不知誰家婦女？誰的妻小？後日乞何人佔用？死於何人之手？（頁3-4）

對於《金瓶梅》演義的編創而言，也許寫定者最初的主題動機，只是想要單純地揭露情色徵逐背後所潛藏的各種危機問題，因而使得「人亡」、「家毀」的現象特別受到關注。但事實上，倘若深入考察小說敘述，則可發現其中暗含淑世的政治關懷。如在第四回所引篇首詩中，即針對兩人偷情問題提出殷殷告誡：

> 酒色多能誤邦國，由來美色喪忠良。
> 紂因妲己宗祀失，吳為西施社稷亡。
> 自愛青春行樂處，豈知紅粉笑中槍。
> 西門貪戀金蓮色，內失家麋外趕獐。（頁53）

基本上，《金瓶梅》寫定者主要立足於儒家父權宗法觀點之上，著意從情色

角度深入展演西門慶身體毀壞的歷程,進而延伸至家國之治的反省。而其中一心所繫的是,西門慶如何在財、色徵逐中不斷背棄傳統儒家道德而亡命喪家的嚴肅問題。由於西門慶一生因好色而欺心損身,又因貪財而埋藏禍胎,致使「但知爭名奪利,縱意奢淫,殊不知天道惡盈,鬼錄來追,死限臨頭」(第七十八回)。最後不僅自取滅亡,並且斷送潑天產業,導致家庭走向崩解、衰敗。西門慶的死亡結局,在在印證了小說敘述過程中的各種預敘性評論,足以強化勸懲儆戒的作用。

當然,在《金瓶梅》中,小說敘述並不僅僅只是關注西門慶個人在聲色追求中所造成的身體耗損問題而已,同時亦格外重視一個盛極一時的官商家庭,如何在西門慶縱欲身亡後淪於分崩離析的悲劇下場。關於西門一家面臨興亡的嚴肅問題,《金瓶梅》寫定者選擇將一切交由西門慶自行展演,場景敘述可謂饒富意味。具體而言,在西門慶縱欲將亡之際,其實一心仍未忘家庭如何維繫存續的問題,一方面不忘仔細交代女婿陳經濟幫扶著娘兒們過日子,協助治理家業,另一方面又不忘叮嚀吳月娘要與妻妾們「一處居住,休要失散了,惹人家笑話」(第七十九回)。第七十九回敘及西門慶臨終前對吳月娘交代齊心守家之事,更見其心。有〈駐馬聽〉為證曰:

> 賢妻休悲,我有衷情告你知:妻,你腹中是男是女,養下來看大成人,守我的家私。三賢九烈要貞心,一妻四妾攜帶著住。彼此光輝光輝,我死在九泉之下口眼皆閉!(頁1389)

吳月娘聽了亦回答道:

> 多謝兒夫,遺後良言教導奴。夫,我本女流之輩,四德三從,與你那樣夫妻。平生作事不模糊,守貞肯把夫名汙?生死同途同途,一鞍一馬不須吩咐!(頁1389)

其實,在西門慶發跡變態史的敘述上,我們可以清楚看到,西門慶作為商人,凡事以奸狡為活計,因而掙得掀天富貴,並透過行賄而成為正掌刑千戶,向來為人詬病。但不論西門慶生前如何惡貫滿盈,如今臨死之時,尚且

一心不忘「存家」之念,顯示他對於家庭存續的問題仍然有所掛心。可惜的是,事與願違。西門一家曾經鼎盛一時,但在西門慶非命死亡之後,正室吳月娘固然盡心遵守夫言,貞節自守,辛苦營家,最終仍不得不面對散夥拆家的悲劇命運。

整體而言,在《金瓶梅》的預述性敘事框架中,讀者早從主題先行的預告評論中,得知西門慶家庭終將走上毀滅之途。在情節發展的過程中,小說敘述通過直覺和獨特的觀察視角,不斷將人物縱欲而非命死亡的事件,一一推到讀者面前。就此而言,西門一家解體的結局設計,在在都讓西門慶臨死之前所交代的「齊家」遺言,充滿了高度的諷刺意味,令人不勝唏噓。此外,在小說敘述中,反復出現評論意見,固然稱不上是洞見,但《金瓶梅》寫定者在申明傳統儒家倫理綱常的價值時,無不試圖讓讀者從中反思家國盛衰存續背後的影響原因,在不斷召喚讀者重新想像儒家宗法倫理重建的前提上,無疑有其不得不然的必要性。

## 三 「無父」之家:儒家父權宗法斷裂的隱喻

嚴格來說,《金瓶梅》寫定者對於西門慶發跡變態的生命歷程的敘寫,並非持全然否定的態度。事實上,小說敘述所關注者,無非在於如何凸顯一個時代文化病徵──即明代中葉以降商人階層興起之後,人欲追求如何導致傳統儒家世界面臨價值體系轉換和道德觀念解體的失序危機,進而通過小說敘事編創將之揭露出來。因此,關鍵問題的展演,最終落實在一個典型官商合一家庭的毀滅之上,乃有其不可忽視的道理在。就我個人閱讀所見,《金瓶梅》寫定者面對明代中葉以降儒學世界危機的發生,主要是有意識地藉由西門慶出身於一個「無父」的商人家庭敘寫來加以表現的。

在《金瓶梅》中,西門慶以商人身分傾力寅緣朝廷命官,對仕途、名望、財富和地位的追求,固然促成其家能夠在發跡變態中改頭換面;但西門慶的好色與貪財,卻也讓此一新興商人家庭的興亡存續問題,隨著個人也隨著身體的耗損而一一浮上檯面。若要仔細探究個中原因,其實則與西門慶的出身不無關聯。第二回敘及西門慶家庭景況曰:

他父母雙亡，兄弟俱無，先頭渾家已早逝，身邊止有一女。新近又娶
了清河左衛吳千戶之女，填房為繼室。房中也有四五個丫鬟婦女。又
常與勾欄裡的李嬌兒打熱。今也娶在家裡。南街子又占著窠子卓二
姐，名卓丟兒，包了些時，也娶來家居住。專一嫖風戲月，調占良人
婦女。娶到家中，稍不中意，就令媒人賣了；一個月倒在媒人家去二
十餘遍。人都不敢惹他。（頁31）

在此，《金瓶梅》寫定者顯然有意強調西門慶「父母雙亡，兄弟俱無」的事
實。在某種意義上，有關西門慶出身的敘寫，一開始便呈現出與傳統儒家父
權宗法觀念所重視的理想家庭倫理認知不相符合的情況。以傳統儒學的「齊
家」理想來說，《大學》有言：

所謂治國，必先齊其家者，其家不可教，而能教人者，無之。故君子
不出家，而成教于國。孝者，所以事君也；弟者，所以事長也；慈
者，所以使眾也。[5]

於是我們不難理解，在《金瓶梅》中，「孝」、「弟」觀念的缺席，極有可能
有意被當作情節建構的一種修辭策略而加以表現。因此，從一開始便通過西
門慶的出身敘寫而有所暗示。隨著情節發展，這種倫理缺位的情形，更是充
分顯現在西門慶家庭觀念的欠缺及其失德作為之上。第五十五回敘及西門慶
親自前往東京向蔡京慶賀壽旦，請翟謙預稟拜太師門下做乾兒子曰：

西門慶便對翟謙道：「學生此來，單為老太師慶壽，聊備些微禮，孝
順太師，想不見卻。只是學生向有相攀的心，欲求親家預先稟過，但
拜太師門下做個乾兒子，也不枉了一生一世。不知可以啟口帶攜的學
生麼？」翟謙道：「這個有何難哉？我們主人雖是朝廷大臣，卻也極
好奉承。今日見了這般盛禮，自然還要升選官爵，不惟拜做乾子，定
然允哩。」西門慶聽說，不勝之喜。（頁843）

---

5 《大學》，見〔宋〕朱熹：《四書集注》，頁9。

又第七十二回敘及王三官拜西門慶為義父曰：

> 當下西門慶把盞畢，林氏也回奉了一盞，與西門慶謝了。然後王三官
> 與西門慶遞酒。西門慶正待還下禮去，林氏便道：大人請起，受他一
> 禮兒。」西門慶道：「不敢，豈有此禮！」林氏道：「好大人，怎生這
> 般說！你怎大職級，做不起他個父親？小兒自幼失學，不曾跟著那好
> 人；若不是大人垂愛，凡事也指教他為個好人，今日我跟前，教他拜
> 大人做了義父，但有不是處，一任大人教誨，老身並不護短。」西門
> 慶道：「老太太雖故說得是，但令郎賢契，賦性也聰明，如今年少，
> 為小試行道之端。往後自然心地開闊，改過遷善，老太太倒不必介
> 意。」當下教西門慶轉上，王三官把盞，遞了三鍾酒，受其四拜之
> 禮。遞畢，西門慶亦轉下與林氏作揖謝禮，林氏笑吟吟，深深還了萬
> 福。自以此後，王三官見著西門慶以父稱之。

在「惟論財勢」[6]的時代中，西門慶一生以貪財謀利為重要追求，因而時常罔顧倫理綱常。尤其當西門慶為了獲取更多的政治權利時，不惜以大量財禮奉承太師蔡京，甚至寧下拜為乾兒子，其目的只是為了祈求太師的帶攜。

在天下大亂的世變歷史語境中，有關西門慶的出身敘寫本身，即可能早已暗示此一商人家庭無從實踐傳統儒家特別重視的齊家理想。而實際上，為了深入凸顯此一嚴肅問題的重要性，《金瓶梅》寫定者除了從情色議題表達特殊關注之外，在有關「官哥死亡」和「孝哥幻化」兩大情節發展的敘寫方面，又將西門慶發跡變態之後的「存嗣」問題加以凸顯出來，藉此表達個人對於家國存續問題的深度思考。而其中所展現的淑世意識，實具有不可忽視的指標意義。

---

6 謝肇淛指出：「今世流品，可謂混淆之極。婚取之家惟論財勢耳，有起自奴隸，驟得富貴，無不結姻高門，締眷華胄者。」見氏著：《五雜俎》卷十四《事部二》（上海市：上海書店出版社，2001年），頁291。

## （一）召喚父親：官哥兒死亡的替罪書寫及其淑世籲求

在《金瓶梅》中，關於官哥兒死亡一節的敘寫，主要與「絕嗣」問題的思考有關。從齊家的觀點來看，儒家家庭倫理的建構，十分重視父子人倫關係。《孟子·滕文公上》有言：

> 人之有道也，飽食暖衣，逸居而無教，則近於禽獸。聖人有憂之，使契為司徒，教以人倫：父子有親，君臣有義，夫婦有別，長幼有序，朋友有信。[7]

其中，「父子有親」作為人倫之一，不僅顯現在宗法血緣的延續之上，更重要的是，在傳宗接代中對於家庭理念和家族精神的繼承。以今觀之，在西門慶一家發跡變態的過程中，官哥兒的出生，即深受西門慶的喜愛。當時李瓶兒生下貴子，西門慶正向東京蔡太師進禮生辰擔，同時獲注金吾衛副千戶，居五品大夫之職，有平地登雲之喜。因此，三日洗了三，就起名叫作「官哥兒」，可以說備受寵愛。說穿了，這種寵愛主要來自於西門慶有感於官哥兒為西門一家所帶來的良運，卻不一定是「父子有親」的緣故。因此，西門慶即便心心念念要特地前往玉皇廟許願醮，為官哥兒祈求平安，其實多半是還是為了自己的官途。第三十九回引醮文曰：

> 茲逢天誕，慶贊帝真。介五福以遐昌，迓諸天而下邁。良願於去歲七月二十三日，因為側室李氏生男官哥兒時，是慶要祈坐蓐無虞，臨盆有慶。恭對將男官哥兒寄於三寶殿下，賜名吳應元，期在出幼圓滿。另行請祈天地位下，告許清醮一百廿分位，續箕裘之胤嗣，保壽命之延長。（頁575）

且不論寄名「吳應元」一事，是否隱喻西門慶與官哥兒父子二人終究「無因緣」的結果。在某種意義上，關於「續箕裘之胤嗣，保壽命之延長」的祈

---

7　《孟子·滕文公上》，見〔宋〕朱熹：《四書集注》，頁74。

禱，或許一時間顯現出西門慶為人父者的慈仁之愛，但究其實，此一作為仍反映出西門慶對於官運綿延不斷的期待之上。這種「唯利是圖」的想法，其後更是顯現在吳月娘牽線與喬大戶結親之事的反應。當時西門慶得知結親之事後，一開始認為兩家並不搬陪，但看在喬大戶頗有家事分上，便也勉強接受。直到喬親家為官哥兒送節買禮之後，西門慶手中拿著元寶心中暗喜道：「李大姐生的這孩子，甚是腳硬，一養下來，我平地就得此官；我今日喬家結親，又進這許多財。」（第四十三回）因此，西門慶對於官哥兒未來長大成人一事，可又從中寄寓了無限的期望。第五十七回敘及西門慶的期待曰：

> 兒，你長大來，還掙個文官。不要學你家老子，做個西班出身。雖有
> 興頭，卻沒十分尊重。（頁877）

毫無疑問，官哥兒出生之後所帶來的運勢，的確讓西門慶一遂所願，不僅富甲一方，而且倚權自重，因而日常歡喜在心。但在西門慶的心中，其實還存在著官本位為上的思想，認為官哥兒倘若能夠討得一官半職，掙個文官擺脫自家現有的西班身分，對於家族發展和社會地位的提升而言無疑更有幫助。

　　表面上看來，西門慶在父子親緣關係上的表現，在某種程度上還符合於傳統儒家講求的理想父親形象。然而西門慶在倚勢作為中，實際上始終不改一貫行事作風，一心只知「自恃官豪放意為」，因而往往「貪財不顧綱常壞，好色全忘義理虧」，完全無視於宗法秩序和倫理綱常的規範。正室吳月娘基於維護家庭存續的立場，特地在西門慶為官哥發善念而捐款永福寺時，真誠勸說西門慶應廣結良緣，少作貪財好色的事體。第五十七回曰：

> 月娘說道：「哥，你天大的造化，生下孩兒！你又發起善念，廣結良
> 緣，豈不是俺一家兒的福分？只是那善念頭怕他不多，那惡念頭怕他
> 不盡。哥，你日後那沒來由、沒正經、養婆兒沒搭煞、貪財好色的事
> 體，少幹幾椿兒也好。攢下些陰功與那小的子也好。」（頁882）

只可惜，西門慶對於個人嗜利為先的失德作為缺乏道德良知，其捐款寺廟的作為，或名為廣行善事，實則只是一種用以掩飾惡行的合理化作為。第五十

七回敘及西門慶的回應曰：

> 西門慶笑道：「你的醋話兒又來了。卻不道天地尚有陰陽，男女自然
> 配合。今生偷情的、苟合的，都是前生分定，姻緣簿上注名，今生了
> 還。難道是生剌剌胡擗亂扯歪斯纏做的？咱聞那佛祖西天，也止不過
> 要黃金鋪地。陰司十殿，也要些楮鏹營求。咱只消盡這家私廣為善
> 事，就使強姦了嫦娥，和奸了織女，拐了許飛瓊，盜了西王母的女
> 兒，也不減我潑天富貴！」月娘笑道：「笑哥狗吃熱屎，原道是個香
> 甜的！生血掉在牙兒內，怎生改得？」（頁882）

不論如何，西門慶自始至終不改素性，自恃潑天富貴，無視於天道、天理，
仍然一秉素性而為。基本上，在傳統儒學宗法的觀念中，父親的角色對於家
庭而言，總是承載著賦予意義、確定意義和建立秩序的功能。因此，若視
「父親」作為一個文化符號，其能指內涵的展現，更多時候是借助具有血緣
連帶關係的家族史、宗族史和國家史的敘述來取得意義空間。惟在官哥兒出
生之後，西門慶並未能真正清楚意識到自己身為人父的意義。在官哥兒短暫
的生命歷程中，西門慶所關心的始終只是自己各種欲望能否一一實現。如此
一來，所謂父親的形象，便只能成為一個曖昧不明的符號，在功利主義充斥
的現實世界中不斷遊移。以西門慶的出身而言，其關鍵因素正來自於西門慶
出身於「無父」家庭的影響所致，自然無法瞭解自己身為父親後應該具備何
種理想表現。倘從齊家觀點論之，則召喚儒家理想父親一事，便成為《金瓶
梅》寫定者所特別關注的問題，無疑可視為《金瓶梅》敘事建構過程中的一
個龐大修辭和主題。

　　從儒家父權宗法觀念來說，西門慶並未能展現出屬於儒家理想父親的凝
定含義。在某種意義上，西門慶對於「官哥兒」的期望，正反映在為子命名
時的思考終究只是基於「唯利所在」的前提，而非從家族傳承中關注儒家父
權宗法和倫理道德的具體實踐方式和結果。尤其更令人遺憾的是，只要深入
小說敘述之中進行考察，則讀者不難發現《金瓶梅》召喚理想父親的方式，
竟是通過官哥兒被謀害身亡來加以表現的。以今觀之，在妾婦爭寵的複雜家

庭環境中，西門慶因為貪戀潘金蓮美色，始終無法真正解決潘金蓮的嫉妒之心，往往任由潘金蓮搬弄是非、造謠生事，甚且暗下毒咒。最後，在潘金蓮精心擘劃的一場陰謀行動中，官哥兒只能被動成為家庭鬥爭下的代罪羔羊。第五十九回敘及官哥兒遭到雪獅子驚嚇而瀕於死亡，即大肆評論潘金蓮的狠毒陰謀曰：

> 看官聽說：常言道，花枝葉下猶藏刺，人心怎保不懷毒？這潘金蓮平日見李瓶兒從有了官哥兒，西門慶百依百隨，要一奉十，每日爭妍競寵，心中常懷嫉妒不平之氣。今日故行此陰謀之事，馴養此貓，必欲唬死其子，使李瓶兒寵衰，教西門慶復親於己。就如昔日屠岸賈養神獒，害趙盾丞相一般。正是：湛湛青天不可欺，未曾舉意早先知。休道眼前無報應，古往今來放過誰？（頁923）

嚴格來說，自官哥兒出生之後，因為體弱多病且易受驚嚇，顯現出先天不良的體質，頗有朝不保夕的疑慮。此外，潘金蓮無時無刻不質疑官哥兒並非西門慶之子，時常以言語暗示其來路不明的曖昧性。最終，官哥兒被害身亡，事實上可歸因於西門慶身為一家之長，卻讓西門一家處於「夫綱不明」、「父綱不立」的混亂情境之中所致。在某種意義上，有關官哥兒短暫的一生敘述便足以構成一種特殊的隱喻。

從齊家的觀點來說，關於官哥兒死亡一事，西門慶身為人父，理當對於絕嗣問題表達遺憾之情；但令人匪夷所思的是，西門慶的態度表現，卻似乎顯得無關緊要，與先前的寵愛之情簡直判若兩人。第五十九回敘及官哥兒斷氣身亡的場景曰：

> 那孩子在他娘懷裡，把嘴一口口搐氣兒。西門慶不忍看他，走到明間椅子上坐著，只長籲短歎。那消半盞茶時，官哥兒嗚呼哀哉，斷氣身亡。時八月廿三日申時也，只活了一年零兩個月。闔家大小，放聲號哭。那李瓶兒摑耳撓腮，一頭撞在地下，哭的昏過去，半日方纔蘇省。摟著他大放聲哭，叫道：「我的沒救星兒，心疼殺我了！寧可我

同你一答兒裡死了罷！我也不久活於世上了！我的拋閃殺人的心肝，撇的我好苦也！」那奶子如意兒和迎春，在旁哭的言不得，動不得。西門慶即令小廝收拾前廳西廂房乾淨，放下兩條寬凳，要把孩子連枕席被褥抬出去那裡挺放。那李瓶兒躺在孩兒身上，兩手摟抱著，那裡肯放。口口聲聲直叫：「沒救星的冤家，嬌嬌的兒，生摘了我的心肝去了！撇的我枉費辛苦，乾生受一場，再不得見你了。我的心肝！」月娘眾人哭了一回，在旁勸他不住。西門慶走來，見他把臉抓破了，滾的寶髻鬆，烏雲散亂，便道：「你看蠻的！他既然不是你我的兒女，乾養活他一場。他短命死了，哭兩聲丟開罷了，如何只顧哭不完？又哭不活他！你的身子也要緊。如今抬出去，好叫小廝請陰陽來看。那是甚麼時候？」（頁927-928）

在官哥兒死亡當下，清楚可見李瓶兒身為人母，「撾耳撓腮，一頭撞在地下，哭的昏過去半日」，而西門慶的反應卻是「你看蠻的！他既然不是你我的兒女，乾養活他一場。他短命死了，哭兩聲丟開罷了。」面對此一絕嗣大事，西門慶似乎顯得並不十分在意。先前不忍的長籲短歎，如今看來也極可能只是不願看見官哥兒垂死掙扎的模樣罷了，而非「父子有親」的本性展現。相對於西門慶一路官星高照，官哥兒如此短命的生涯早已顯得無足輕重。

在「無父」敘事的建構中，我們可以清楚看見，體弱多病的官哥被形塑為妻妾爭寵下的犧牲對象，不僅有意凸顯出西門一家傳宗接代的問題，同時也藉理想父親欠缺的敘寫，深刻表達了儒家父權宗法制度斷裂和倫理道德實踐無以為繼的深切疑慮。整體而言，《金瓶梅》寫定者對於儒學世界危機的展演和反思，乃有意通過「無父」的家庭背景的設置而加以表現，這使得小說敘述具有其超越一般世俗眼光的洞見。

## （二）度化解罪：孝哥兒幻化的救贖書寫及其淑世籲求

在《金瓶梅》中，關於孝哥兒幻化一節的敘寫，主要與「存嗣」問題有

關。在中國傳統社會文化中,「不孝有三,無後為大」[8]的傳宗接代觀念影響十分深遠。這一神聖使命,往往就是女性一生重要的生命責任。第五十三回敘及吳月娘承歡求子息、李瓶兒酬願保兒童時,篇首詩即有所表達曰:

> 人生有子萬事足,身後無兒總是空。
>
> 產下龍媒須保護,欲求麟種貴陰功!
>
> 禱神且急酬心願,服藥還教暖子宮。
>
> 父母好將人事盡,其間造化聽蒼穹。(頁801)

在《金瓶梅》中,吳月娘做為西門慶正室,相對於潘金蓮、李瓶兒、龐春梅等妾婦的失貞與亂倫而言,可說是一位「恁般賢淑的婦人」。在吳月娘心中,不論西門慶如何作惡多端,但始終遵從三從四德之教,克盡婦道,不僅時常以「齊家」為念,更企盼能為西門慶傳宗接代。第二十一回敘及吳月娘勸說西門慶勿娶李瓶兒,遭到潘金蓮讒言挑撥,致使西門慶誤會而產生嫌隙。吳月娘不但未因反目而離棄,反倒在夜間暗中祝禱祈子,希望能夠早見嗣息:

> 原來吳月娘自從西門慶與他反目不說話以來,每月吃齋三次,逢七焚香拜門,夜杳祝禱穹蒼,保佑夫主早早回心,齊理家事,早生一子,以為終身之計。西門慶還不知。只見丫鬟小玉放畢香桌兒,少頃,月娘整衣出房,向天井內滿爐灶了香,望空深深禮拜,祝道:「妾身吳氏,作配西門。奈因夫主留戀煙花,中年無子。妾等妻妾六人,俱無所出,缺少墳前拜掃之人;妾夙夜憂心,恐無所托。是以瞞著兒夫,發心每逢七夜於星月之下,祝贊三光,要祈保佑兒夫,早早回心,棄卻繁華,齊心家事。不拘妾等六人之中,早見嗣息,以為終身之計,乃妾之素願也!」(頁289-290)

之後,李瓶兒入門並先生下官哥兒,慌得西門慶「天地祖先位下滿爐降香,

---

8 《孟子‧離婁上》,見〔宋〕朱熹:《四書集注》,頁109。

告許一百二十分清醮」（第三十回，頁432），闔家無不歡喜，只有潘金蓮怒氣橫生，大哭一場。而其實吳月娘當時也已懷有男胎六個月，卻在前往喬大戶瞧房上樓時，意外摔倒而流產。日後為免動人唇齒，「以此就沒教西門慶知道」（第三十三回，頁478）。然而值得肯定的是，吳月娘即便遭到失子之不幸，為了西門慶一家嗣息，對於官哥兒仍舊呵護備至，完全不似潘金蓮嫉恨在心，暗許毒咒，甚且施計加害。在「存嗣」的宗法觀念上，吳月娘祈願「保佑夫主早早回心，齊理家事，早生一子，以為終身之計」，完全立足於興家旺族的宗法意識之上，善盡為妻之道。

在《金瓶梅》中，吳月娘作為正室娘子，一心所念無不盼望自己能夠為西門慶生下嗣息，完成傳統賢婦傳宗接代的使命，目的在於保證西門一家血源能夠延續不斷。只不過吳月娘如同李瓶兒一樣，不斷遭受到潘金蓮搬弄是非，致使家反宅亂，終日居家不寧。第三十一回敘及官哥兒滿月之時，西門慶開宴吃喜酒，潘金蓮譏諷李瓶兒首生孩子，滿月卻不見了壺，十分不吉利，因而遭到西門慶大怒指責後使性離去曰：

> 金蓮和孟玉樓站在一處，罵道：「恁不逢好死三等九做賊強盜！這兩日作死也怎的？自從養了這種子，恰似他生了太子一般，見了俺們如同生剎神一般，越發通沒句好話兒說了。行動就睜著兩個（恖）窟礚吆喝人！誰不知姐姐有錢？明日慣的他們小廝丫頭養漢做賊，把人（入日）遍了也休要管他！」……，只見西門慶坐了一回，往前邊去了。孟玉樓道：「你還不去？他管情往你屋裡去了。」金蓮道：「可是他說的，有孩子屋裡面熱鬧。俺們沒孩子的屋裡冷清。」（頁446-447）

在潘金蓮心中，李瓶兒是有孩子的姐姐，又有時運，因此心中未免有幾分氣。因此，在李瓶兒生下官哥兒之後，便不斷以她「一個後婚老婆，漢子不知見過了多少」為由，私底下散播流言蜚語，從來不肯輕易甘休。第七十五回敘及吳月娘因春梅毀罵申二姐事，把攔著西門慶，以致誤了潘金蓮壬子日生好子的計畫，潘金蓮尋吳月娘理論一番，惹得吳月娘心中不快。事後吳月

娘生氣對西門慶訴說委屈曰：

> 他平白欺負慣了人，他心裡也要把我降伏下來！行動就說，你家漢子
> 說條念念將我來了，打發了我罷，我不在你家了！一句話兒出來，
> 他就是十句頂不下來，嘴一似淮洪一般。我拿甚麼骨禿肉兒拌的他
> 過！專會那潑皮賴肉的？氣的我身子軟癱兒熱化！什麼孩子、李子，
> 就是太子也成不的。如今倒弄的不死不活，心口內只是發脹，肚子往
> 下憋墜著疼，頭又疼，兩隻胳膊都麻了。剛纏桶子上坐了這一回，又
> 不下來。若下來了，乾淨了我這身子，省的死了做帶累肚子鬼！到半
> 夜尋一條繩子，等我吊死了，隨你和他過去。往後沒的又像李瓶兒，
> 乞他害死了罷！我曉的你三年不死老婆，也大晦氣！（頁1276-
> 1277）

吳月娘這一番話惹得西門慶越聽越發慌，直要吳月娘保重身子，並將潘金蓮
這小淫婦只當臭屎一般丟著他，不與他一般見識。隨後，西門慶趕緊請了任
醫官為吳月娘安胎。嚴格來說，西門慶對於李瓶兒和吳月娘懷孕一事，雖然
都表現出相當程度的重視，但對於潘金蓮無理取鬧的作為，卻始終因為貪戀
枕畔之情，到頭來只是以大事化小的方式處理，因而為家庭存續問題埋伏重
大危機。倘歸究其因，則「無父」的家庭背景，不僅造成「夫綱不立」，連
帶地也使「父綱」難以建立。究竟西門一家如何能夠子孫綿衍？無疑成為齊
家理想實現的最大難題。

　　基本上，在考察《金瓶梅》的過程中，我始終感受到小說敘述背後存在
著這樣的主題動機，即在家國同構的寓言化敘事機制下，寫定者意在通過西
門慶及其家庭盛衰變化歷程的書寫，重新估量個人、家庭和國家賴以延續和
發展的生命力量。如前所論，在西門慶一家存嗣的問題上，先前已通過官哥
兒代罪死亡的敘述，施予西門慶斷子絕孫的嚴厲懲罰，在某種意義上，可以
說從反向的角度寄寓重建儒家父權宗法與倫理道德的籲求。然而回歸齊家觀
點以言，寫定者對於存嗣問題的思考，並不僅僅止於表達一種勸懲教化的理
念而已，而是試圖更進一步通過孝哥兒幻化情節的敘寫，繼續探問世變歷史

語境之下西門慶所屬商人家庭如何傳襲下去的可能性。第七十九回敘及孝哥兒出生景況曰：

> 原來西門慶一倒頭，棺材尚未曾預備。慌的吳月娘叫了吳二舅與賁四到跟前，開了箱子，拿出四錠元寶，教他兩個看材板去。剛打發去了，不防月娘一陣就害肚裡疼，急撲進去，看床上倒下，就昏迷不省人事。……不一時，蔡老娘到了，登時生下一個孩兒來。這屋裡裝綁西門慶停當，口內才沒了氣兒，闔家大小放聲號哭起來。……蔡老娘來洗了三，月娘與了一套紬子衣裳，打發去了。就把孩子改名叫孝哥兒。未免送些喜面與親鄰，眾街坊鄰舍都說：「西門慶大官人正頭娘子生了一個墓生兒子，就與老頭同日同時，一頭斷氣，一頭生了個兒子。事間少有蹺蹊古怪事！」（頁1391-1393）

西門慶死亡之際，吳月娘隨即臨盆生下遺腹子孝哥兒。孝哥兒出生之際，面對的又是一個缺乏父子人倫的「無父」家庭，西門一家命運是否可能重蹈覆轍，顯得耐人尋味。基本上，從吳月娘為子取名「孝哥兒」來看，其中的存嗣思維本身反映的是根深蒂固的儒家宗法觀念。如《孝經》所言：「夫孝始於事親，中於事君，終於立身。」[9] 對於吳月娘而言，孝哥兒的出生不僅僅是為西門慶存嗣而已，在用心教養孝哥兒的過程中，更是指望將來承繼家業，以維持家族永續不斷。只不過這樣的願望，似乎在整體情節設計中未便能夠真正實現。倘究其原因，即在孝哥兒出生之時，西門一家依舊處於「無父」狀態，因此有關儒家父權宗法斷裂無繼的疑慮，依然無法獲得妥善解決。

　　面對明代中晚期重商觀念興起，進而導致傳統儒學世界產生重大質變問題，《金瓶梅》寫定者顯然了然於心。為了尋求重建與鞏固儒家父權宗法和倫理道德實踐的可能性，寫定者似乎有意將解決之道，寄託於西門慶一家的徹底更新和轉變之上。在我看來，這個解決之道，最終是通過孝哥兒幻化一

---

9　《孝經》卷一〈開宗明義第一〉，見〔清〕阮元校：《十三經注疏附校勘記》（臺北市：藝文印書館，1989年），頁11。

事而有所表達。在《金瓶梅》中,早在第七十五回敘及善有善報、惡有惡報的因果輪迴觀念時,即預示孝哥兒最後將被古佛顯化而去:

> 你道打坐參禪,皆成正果,像這愚夫愚婦在家修行的,豈無成道?禮佛者,取佛之德;念佛者,感佛之恩;看經者,明佛之理;做禪者,踏佛之境;得悟者,正佛之道:非同容易!有多少先作後修,先修後作。有如吳月娘者,雖有此報,平日好善看經,禮佛佈施;不應今此身懷六甲而聽此經法。人生貧富、壽夭、賢愚,雖蒙父母受氣成胎中來,還要懷妊之時,有所應召。古人妊娘懷孕,不側坐,不傴臥,不聽淫聲,不視邪色,常玩弄詩書金玉異物,常令瞽者誦古詞,後日生子女,必端正俊美,長大聰慧。此文王胎教之法也。今吳月娘懷孕,不宜令僧尼宣卷,聽其生死輪迴之說,後來感得一尊古佛出世,投胎奪舍,日後被其幻化而去,不得承受家緣,蓋可惜哉!(頁1249)

其實在西門慶一家中,只有吳月娘長期以來禮佛聽經,因此對於人生如夢、生死輪迴之事早已有所應召。後來西門慶死亡之後,吳月娘前往碧霞宮參拜祈福,受奸人所迫,迷蹤失路,最後在雪澗洞遇見普靜禪師,一時無心許下了接受孝哥兒十五歲時接受老師度化之言,當時便已立下因緣。直到孝哥兒長成十五歲,與家人在逃避戰亂過程中,再度於永福寺遇見普靜禪師,即便萬般不捨,終究還是被幻化而去。第一百回敘及普靜禪師向吳月娘夢示孝哥兒乃西門慶轉世的因果,才讓度化之由真正顯示在讀者面前:

> 只見普靜老師在禪床上高叫:「那吳氏娘子,你如今可省悟得了麼?」這月娘便跪下參拜:「上告尊師,弟子吳氏,肉眼凡胎,不知師父是一尊古佛。適間一夢中,都已省悟了。」老師道:「既已省悟,也不消前去。你就去,也無過只是如此,倒沒的喪了五口兒性命。合你這兒子有分有緣,遇著我,都是你平日一點善根所種,不然定然難免骨肉分離。當初你去世主夫西門慶,造惡非善,此子轉身托化你家,本要蕩散其財本,傾覆其產業,臨死還當身首異處。今我度

脫了他去，做了徒弟。常言一子出家，九祖升天。你那夫主冤愆解
釋，亦得超生去了。你不信，跟我來，與你看一看。」於是又步來到
方丈內，只見孝哥兒還睡在床。老師將手中禪杖向他頭上只一點，叫
月娘眾人看，忽然翻過身來，卻是西門慶，項帶沉枷，腰系鐵索；複
用禪杖只一點，依舊還是孝哥兒，睡在床上。月娘見了不覺放聲大
哭。原來孝哥兒即是西門慶托生！良久，孝哥兒醒了。月娘問他：
「如今你跟了師父出家！」在佛前與他剃頭，摩頂受記。可憐月娘，
扯住慟哭了一場，乾生受養了他一場，到十五歲指望承家嗣業，不想
被這個老師幻化去了！（頁1694-1695）

從「今吳月娘懷孕，不宜令僧尼宣卷，聽其生死輪迴之說，後來感得一尊古
佛出世，投胎奪舍，日後被其顯化而去，不得承受家緣，蓋可惜哉！」的評
述中可知，《金瓶梅》寫定者對於傳統儒家宗法理想實踐面臨無以為繼重大
困境，頗感無奈與歎息，但對於孝哥兒被普靜禪師顯化而去的結果並不完全
認同。從齊家的觀點來說，孝哥的誕生有機會讓西門一家的絕嗣問題可以暫
時性獲得紓解，卻無法徹底解除西門慶生前因貪財好色所犯下的各種罪業。
因此，普靜禪師向吳月娘顯示因果：「當初你去世主夫西門慶，造惡非善。
此子轉身托化你家，本要蕩散其財本，傾覆其產業，臨死還當身首異處。」
這才讓吳月娘放下親子之情，接受孝哥兒被老師幻化去了一事。如果說官哥
兒的代罪死亡，尚不足以感化西門慶積善行德；那麼最後似乎也只有通過上
述宗教度化的結局設計，才能達到對於一個家庭進行救贖的目的。[10]

　　整體而言，在明代中葉以降的商業經濟發展的背景中，《金瓶梅》寫定
者著意從寓言化敘述機制中勾勒出一個廣闊的時空視域，從中敘寫西門慶家
庭盛衰變化的歷程，可謂眼光獨具。尤其當西門慶一身體現出家族倫理觀念
的缺位時，儼然反映出儒家父權宗法制度和倫理道德觀念正處於失語的混亂

---

10 張竹坡論《金瓶梅》寓意時曰：「至其以孝哥結入一百回，用普淨幻化，言惟孝可以消
　　除萬惡，惟孝可以永錫爾類。」見黃霖編：《金瓶梅資料彙編》（北京市：中華書局，
　　2012年），頁63。此一見解，可供參考。

狀態，可謂集中傳達了歷史轉變時期下傳統儒家倫理道德實踐的困境。整體
敘事話語創造，構成了傳統儒家世界面臨崩解危機問題的巨大隱喻，顯得格
外饒富意味。

## 四　家國新生：《金瓶梅》的淑世意識──代結語

在明代中晚期商人階層興起的歷史語境中，《金瓶梅》寫定者所關注是
傳統儒學世界價值體系的轉換，如何導致儒家父權宗法制度面臨解體的文化
危機。因此，以「齊家」為寫作核心，寫定者特別關注西門慶家庭的存續問
題，並以之作為儒家倫理道德和小說情節變化匯聚的焦點。在「借宋寫明」
前提下重寫歷史，《金瓶梅》整部小說對於西門慶家庭命運和國家命運的共
同關注，乃是歷史本身所給定的，而其中的歷史反思也是來自晚明世變歷史
語境本身。在《金瓶梅》中，西門慶的縱欲死亡，隨即引發家庭存續的危機
問題；西門一家的解體，同時也指向北宋國祚面臨朝綱不繼的興亡問題。正
如第一百回敘及大金人馬犯邊，直驅東京汴梁所言：

> 一日，不想大金人馬搶了東京汴梁，太上皇帝與靖康皇帝，都被擄上
> 北地去了。中原無主，四下荒亂。兵戈匝地，人民逃竄，黎庶有塗炭
> 之哭，百姓有倒懸之苦。大勢番兵已殺到山東地界，民間夫逃妻散，
> 鬼哭神號，父子不相顧。（頁1685-1686）

如前所言，《金瓶梅》寫定者通過小說敘述所表達的政治關懷，無疑提供了
讀者從特定角度審視歷史的可能性，並在各種事件判斷中達到對於歷史主題
的把握。

因此，孝哥兒幻化一事所體現的政治關懷，便顯得耐人尋味。正如浦安
迪所言：

> 這個結尾所起的作用，除了宣告人們關於西門慶家產最後散失殆盡
> 外，還通過這位『孝子』被引入空門以及西門慶沉枷鐵索現身來抓注

　　　　『孝』的命題，它提醒讀者，所謂孝順問題，從他最深廣的意義而言，正好與這部小說存在著極其重要的聯繫。而且，在小說結尾，家庭的厄運與宋王朝的土崩瓦解緊密地聯繫起來，使閉鎖的庭院小天地與外部世界互相照映，這又是小說的另一種重要構思。[11]

當然，相對於西門慶一生的盛衰興廢歷程，小說敘述以孝哥兒幻化的贖罪形式作為收場，多少從因果報應的反諷立場表明人生如夢成空。在恢復儒家父權宗法倫理的價值籲求中，這樣的結果可能對於重建儒學世界秩序而言顯得無濟於事；但從另外的角度來說，卻也可能為讀者提供了一個充滿道德想像的立命選擇空間。尤其在世變歷史語境中，當傳統儒家父權宗法斷裂和儒學道德實踐無以為繼之時，那麼是否可能在儒學之外尋找安身立命的可能性及其解決之道呢？而事實上，我以為這正是《金瓶梅》整部小說在敘述中所要持續提出的一個重要寫作命題。

　　最後，特別值得一提的是，在儒學世界秩序解構的世變歷史語境中，《金瓶梅》小說敘述結尾處特別強調吳月娘「善良終有壽」的人生結局，無疑有意藉此為人們如何在亂世之中安身立命的問題提供了一種解決性看法。《金瓶梅》寫定者通過吳月娘善終的結局所提供的立命選擇，或如《孟子‧盡心》所言：

　　　　存其心，養其性，所以事天也。殀壽不貳，修身以俟之，所以立命也。[12]

以今觀之，西門慶非命而亡之後，家庭隨之分崩離析，顯現一番悲劇結局。然而正室吳月娘卻因為好善看經，從自我修養中體認到「佛語戒無倫，儒書貴莫爭」（第九十九回）的處世之道，因而能夠「高飛逃出是反闈」（第一百回），一心守家持業，最終躲過戰亂危害，並獲得善終之報。正如第四十八

---

11 〔美〕浦安迪：《明代小說四大奇書》（北京市：生活‧讀書‧新知三聯書店，2006年），頁64。

12 《孟子‧盡心》，見〔宋〕朱熹：《四書集注》，頁188。

回格言曰：

> 知危識險，終無羅網之門；譽善薦賢，自有安身之地。施恩布德，乃
> 後代之榮昌；懷妒藏奸，為終身之禍患。損人利己，終非遠大之圖；
> 害眾成家，豈是長久之計？改名異體，皆因巧語而生；訟起傷財，蓋
> 為不仁之召。（頁705）

倘對照於西門慶、潘金蓮、陳經濟和龐春梅的不仁與執迷不悟，因而招致非
命死亡的結果，我們不得不認為，就《金瓶梅》的結局設計而言，小說敘述
針對吳月娘所安排的人生歸宿及其安身立命方式，其實隱含著相當深刻的寓
意。且觀第一百回曰：

> 不說普靜老師幻化孝哥兒去了。且說吳月娘與吳二舅眾人，在永福寺
> 住了那到十日光景，果然大金國立了張邦昌，在東京稱帝，置文武百
> 官。徽宗、欽宗兩君北去；康王泥馬度江，在建康即位，是為高宗皇
> 帝。拜宗澤為大將，復取山東河北，分為兩朝，天下太平，人民復
> 業。後月娘歸家，開了門戶，家產器物都不曾疏失。後就把玳安改名
> 做西門安，承受家業，人稱呼為西門小員外。養活月娘到老，壽年七
> 十歲，善終而亡。此皆平日好善看經之報也！（頁1695）

在此，我們可以清楚看到，西門慶死後輪迴轉世而生的「孝哥」，被普淨禪
師度化而去之後，整個時代環境也隨即改朝換代，並體現為一種太平光景。
當然，在某種意義上，這個利用佛學思想所製造的結局，與《金瓶梅》整部
小說的欲望敘述形成相當突兀的對比，以致於讀者不見得能接受此一敘事安
排，連帶地也質疑小說敘述的道德意圖和價值。正如浦安迪所指出的：「由
於寫進這些佛學說教的話不能令人信服，許多讀者從而得出結論，認為它的
全部載道性框架不過是作者矯飾做作的騙局。」[13]只不過這樣的看法，大多
只是看到小說敘述的表面意思，從而忽略了這個關於佛教因果報應和塵世空

---

13 〔美〕浦安迪：《明代小說四大奇書》，頁113。

虛概念的表述，其實正反映出《金瓶梅》寫定者對於家國新生的深切盼望。關於吳月娘好善看經而善終與天下太平互相聯繫的結局安排，我個人以為凱薩琳‧卡爾麗茨的分析看法頗值得參考，她說：「這個結論乍看起來似乎是具有樂觀主義的含義，預言了小到一個家庭，大到一個國家的新生。」[14]縱使這樣的結局安排充滿了虛構性，但若視之為《金瓶梅》寫定者通過小說敘述追求改造時世時所寄寓淑世理想，則更可見小說敘述背後具有不可忽視的政治關懷和期望。其中「修齊治平」作為一種意識形態，當如《孟子‧離婁上》所言：

　　天下之本在國，國之本在家，家之本在身。[15]

而這樣的政治期望，正可視為主導《金瓶梅》小說敘事生成的重要思想因素。

　　最後，從家國同構的觀點來說，在《金瓶梅》中，當西門慶家庭命運與國家命運之間，構成了一種互文隱喻的關聯式結構時，其中個人、家庭和國家在敘述過程中所形成的相互投射現象，無疑格外引人深思。在最根本的意義上，《金瓶梅》整部小說所體現的淑世意識，乃落實在個人自我修身的籲求之上，同時也寄寓了不可忽視的政治關懷。

---

14　〔美〕凱薩琳‧卡爾麗茨著，畢國勝譯：〈《金瓶梅》的結局〉，收於吉林大學中國文化研究所編：《金瓶梅藝術世界》（長春市：吉林大學出版社，1991年），頁374-389。基本上，我同意這個觀點。至於凱薩琳‧卡爾麗茨隨後又指出：「《金瓶梅》的哲學思想是建立在牢固的儒家思想基礎之上的，它強調人世間統治的重要性，統治者的權勢和家庭與國家之間的平行關係。西門慶的六個妻妾可以看作是與佛教的六種惡根相應，也可以解釋為國家的六個部，然而作者並非要分享佛教利用『舍』以消除六種惡根的理想。儘管普靜許下宏願，孝哥以脫離紅塵的方法也未能洗滌他父親在人間的罪惡。如果我們把《金瓶梅》的結論看成是以儒家的經典來告誡世人；把西門家的子嗣的夭折歸結為對西門慶家庭的劣跡的報應的話，那末《金瓶梅》看起來才是首尾一致，合乎情理的。以普靜禪師為代表的宗教，使我們意識到使惡跡得以繼續的無法無天的『輕信』的危害性。」以上關於六根、六部的推論，我個人以為已然脫離以宗教輪回果報達到淨化人倫的目的，僅供參考。

15　《孟子‧離婁上》，見〔宋〕朱熹：《四書集注》（臺北市：學海出版社，1979年），頁99。

　　——本文係初稿〈《金瓶梅》的淑世意識與立命選擇〉部分內容，其後經改寫後提交「第十屆（蘭陵）國際《金瓶梅》學術討論會」發表，文稿收錄於中國《金瓶梅》研究會（籌）編：《金瓶梅研究》（第十屆（蘭陵）國際《金瓶梅》學術討論會論文集）》第11輯（上海市：復旦大學出版社，2015年），頁20-31。經修訂後，再以〈《金瓶梅詞話》的淑世意識〉篇名正式發表於中國期刊《中國語言文學研究》2015年春之卷（總第17卷）（2015年5月），頁95-110。

　　——本文收錄於本論文集時，又略做題目和行文文字潤飾，謹此註記。

# 天眼所觀迄於悲歡零星
## ——論王國維的現代斷零體驗

### 曾守仁

國立暨南國際大學中國語文學系

## 摘要

　　王國維身歷清末而至民初，他遭遇的不是舊時「易鼎」而是全新「革命」，當被迫進入現代，既有價值崩毀，王國維的意義危機伴隨著他對現代體驗洶湧而至，因此本文回到一九一一年以前考察王國維的文、哲活動，探討他因遭遇現代而有什麼樣的中西調適與理論建構之努力。

　　在全新的現代之大觀裡，方法上先是借助視覺理論，突出他學問裡對「觀看」的側重。從〈叔本華像贊〉裡「天眼所觀，萬物一身」的超越之道，迄於《人間詞》裡「偶開天眼覷紅塵，可憐身是眼中人」自我救贖之失敗，本文揭開王國維遭遇現代極限經驗的驚詫，「人間」兼具的煉獄與道場的意義，以及詞作中雖承襲傳統體式、充斥著古典的象徵，究其實是一種死之凝視，透出現代的斷零經驗。

　　一九一一前王國維為學已然三變，然而天眼無功、抒情零星、主體飄零，已經說明他其內在其實是一個孤獨無家、懷鄉戀舊，終其一生都在追尋的現代主體，他早年的文哲活動不能單純視為傳統舊體的延續；而這樣的視覺經驗是一個孤獨先行者的容受與調適，無論結果為何，已經說明新的感知模式與世界觀的出現，這是一個全新的開始。同樣的，他日後託身於金石史地考證之學也應在這樣的現代體驗上去加以考慮。

**關鍵詞：**王國維　天眼　斷零　人間詞

古者庖犧氏之王天下也，仰則觀象於天，俯則觀法於地，觀鳥獸之
文，與地之宜，近取諸身，遠取諸物，於是始作八卦，以通神明之
德，以類萬物之情。《易‧繫辭》

抒情詩看似退回自身而與社會無涉，但驅動詩人的正是其背後強烈的
社會動機。阿多諾[1]

# 一 前言

　　王國維（1877-1927）之號觀堂、永觀，往來書信即以單字「觀」來稱
己──看來他對於觀字頗有會心。細究之，此號實大有深意，尤以置諸於中
國三千年未有之變局裡，那既是現代的重要標幟（大觀、大開眼界），也是
在那樣的「受動」年代裡的個人之「觀照」與「反觀」，既回應著時代所予
他的重負，也體現出主體應世之積極「能動」。[2]證諸其所謂「學無新舊、學
無中西、無有用無用[3]」之說──顯示在這樣對西方的「回視」裡，都能看
出其不為西學所限的學識卓見。論者多注意到他能以英、日文交互參證閱讀
重要外文文獻，本身又具有一定舊學根柢，因此對於當時許多舶來觀念「格
義」辨之甚明，遂有一種積極「能觀之」相應而生。

---

1　原文參見 Theodor W. Adorno, "On lyric poetry and society," in *Notes to literature*, ed. Rolf
　Tiedemann ;translated from the German by Shierry Weber Nicholsen, (New York: Columbia
　University Press, 1991-1992), p.43.

2　「受動」、「能動」，出於王國維〈論近年之學術界〉，該文收入謝維揚、房鑫亮主編
　《王國維全集》第一卷（杭州：浙江教育出版社，2010年），頁121-125。按，除另有
　說明，王國維著作悉由此《全集》徵引之，後文即省略出版細項。王國維認為其所在
　世思想狀態如同「第二之佛教又見告矣」，其意謂經歷宋至清朝的思想停滯後，西洋思
　想之大舉來華造成再一次的受動時代。靜安全文非常細緻且全面的批評數個影響中國
　且造成廣大流佈的外來思想：天演論、自然主義、唯物論，以及貌似體異的仁學、孔
　子改制考等，自也展現出一種思想上能動。而周衰後諸子九流諸說燦然，則又不無欲
　以第二之能動時代期勉自勵當世之意。

3　王國維〈國學叢刊序〉，收入《王國維全集》第十四卷，頁129-133。

在〈論新學語之輸入〉一文即指出 intuition idea 以直觀、觀念為名，其並非是完整意義上的對譯，但他話鋒一轉：

> Intuition 之語源出於拉丁……觀之意味也。蓋觀之作用，於五官中為最要，故悉取由他官之知覺，而以其最要之名名之也……Idea 之語源出於希臘語……以其源來自五官，故謂之觀。[4]

二詞之譯皆源於日本，他所謂的「中間之驛騎」；其特別指出「直觀」與「觀念」之譯均突出了視覺，而在沒有更好的譯名下，雖與原語不能完全對應，此譯至少能在「觀」上有所照顧；更何況王國維指出了二詞源自拉丁文，但「原語亦有此病」（〈論新學語之輸入〉，頁128）。無論如何，已可看出他對於「觀」字的青眼，而他在〈孔子之美育主義〉一文，引邵雍〈觀物內篇〉論審美境界，更是將觀字提昇至認識論的高度：

> 聖人所以能一萬物之情者，謂其能反觀也。所以謂之反觀者，不以我觀物也。不以我觀物者，以物觀物之謂也。既能以物觀物，又安有我於其間哉！[5]

透過「以物觀物」達至物我無間，後文則論述可以臻至（如同）莊子的至人、真人、神人的進境；至此，則「光風霽月不足以喻其明，泰山華嶽不足以語其高，南溟渤澥不足以比其大。邵子所為『反觀』者非歟？」（〈孔子之美育主義〉，頁17）此說其實意在凸顯美之為物，不關利害、不生計較，遂能脫去吾人所身陷的嗜欲之網，通向席勒所謂「美麗之心」（beautiful soul）、叔本華之「無欲之我」；此處的關懷固有善美合一終極價值問題，不過暫將焦點移至「觀」字──這不僅是援中入西的觀念會通，王國維透過這樣的視覺感官作用，由形下躍入形上；以心觀之，由認識而審美通向道德。因此，「觀」不止是目力、吾人視覺的單純映象，那更是一種「視界」的打

---

4　〈論新學語之輸入〉，《王國維全集》第一卷，頁129。
5　王國維〈孔子之美育主義〉，見於《王國維全集》第十四卷，頁15。

開,由之也產生對主體「心眼」的開啟,形塑出一種全新的「認識」,從而貫串美學與倫理學。

　　觀看、凝視,總是涉及看與被看的問題,其中隱含於我與你、我與他的權力關係;而什麼變得可見,哪些又是不見——視角的選擇,誠如魯迅的譏刺:「中國的文人,對於人生——至少是對社會現象,向來就多沒有正視的勇氣。我們的聖賢,本來早已教人『非禮勿視』的了……」[6]共同指向觀看並非是自然而然的,那已是環境社會建構出的產物。[7]中國自有其在長遠歷史下的觀看之道,溯至「詩可以觀」,朱子釋之:「考見得失」,就已經不脫這樣的注視邏輯;而「雖小道,必有可觀者焉」,同樣可以稱之為一種他者思維的引入,從而拓廣主體的視界。[8]宮體詩裡男性眼光焦灼的注視,女性因之失語外,書寫也成就出慾望主體,箇中成為男性觀看者的權力展現。[9]宋明儒學則建築在一種身心二元的理論基礎,觀看(感官)成為一種必須被超越的限制或假象,而由表及裡,從現象而觸及本質的工夫進路,則毋寧說是意在獲取一種諦視的洞觀。

---

6　魯迅〈論睜了眼看〉,見《墳》一書;收入《魯迅全集》第一卷(北京市:人民文學出版社,1991年5刷),頁237。

7　米克‧巴爾(Mieke Bal)、劉略昌譯〈視覺本質主義與視覺文化的對象〉,收入周憲編《視覺文化讀本》(南京市:南京大學出版社,2013年),頁150-185。

8　至於這「他者」是否很快的被排拒或收編,或者能真正作為一種「外邊思維」帶來異質思考,進而解構中心;則未可一概而論。如《左傳》襄公二十九年所載季札觀樂事,至舜樂韶箾,季札稱之「觀止矣」;杜預下注曰:「季札賢明才博,在吳雖已涉見此樂歌之文,然未聞中國雅聲,故請作周樂……舞畢知其樂終,是素知其篇數。」此意在合理解釋身處(偏陋)吳地的季札何以能知此(中原正聲)為終曲,因此說他徒能知樂文,必未能觀見樂聲、樂舞——顯然箇中不自覺流露出了宗主正統心態。

9　鄭毓瑜〈由話語建構權論宮體詩的寫作意圖與社會成因〉,《漢學研究》13卷2期(1995年12月),頁259-274。鄭毓瑜教授引約翰‧伯格(John Berger)之論,主要是觀看裡所隱含的複雜文化現象(風俗、性別、國族)等,由此討論宮體詩中男性凝視以及這目光所及建構出的平扁沈默女性形象,揭露目光裡隱含的性別權力問題;此文是較早將文化研究帶入古典文學的一次嘗試。伯格書參吳莉君中譯《觀看的方式》(臺北市:麥田出版社,2005年)。

　　一如弗萊（Northrop Frye）指出，看相對於聽的優位，在於 see 既是「看」也是「明白」；[10] 這解釋了文明進化的表述——仰則觀象於天，俯則觀法於地——何以往往也以視覺隱喻出現；柯律格（Craig Clunas）在討論明代對畫作鑑賞時，指出「觀」字在其時意味著更高層次的觀看：

> 「觀」意味著一種更加文人化的觀看方式……學者們觀（contemplate），而農民們（以及女性、兒童和太監）則只是看（look）。[11]

又，據柯律格的統計：「看、觀、讀三字都曾為明清之士用於別號中。只有一人別號中有看字，十四人別號中有觀字，八人用讀字。」（頁同上引）作為人所特有的賞鑑、認識的能力，也頗能說明視覺已然成為進乎文明標幟；周裕楷分析道：「佛禪的『法眼』移植到詩學，也被稱之為『詩眼』」[12]；換言之，眼作為人之提喻，而又是那一點靈明的隱喻；與柯律格的分析有同樣的「著眼」。

　　身處清末民初的王國維，遭逢末世的紛亂、面對歷史的殘暴，人生陡然驟變；他之取徑康、叔，由是觀看西方，卻也在西方的凝視下，逐步建構出一全新自我意識，視覺成為他遭逢現代非常重要的特徵。而這樣的視覺優位，卻是建立在已將世界構想為一幅圖像來把握的前提之上；[13] 易言之，那是將現實作為對象來認取，人以其視點對所見加以組構，存有遂被實體化、主客二分，人即成為徹底的孤獨個體，從原來的天人和諧裡游離出來。也就

---

10 弗萊著，王逢振譯〈神話是共同語言，可為人們普遍理解〉，《諾思洛普・弗萊文論選集》（北京市：中國社會科學出版社，1997年），頁193。

11 柯律格（Craig Clunas）、黃曉鵑譯：《明代的圖像與視覺性》（北京市：北京大學出版社，2011年），頁146。

12 周裕楷：《文字禪與宋代詩學》（北京市：高等教育出版社，1998年），頁106。

13 馬丁・海德格（Martin Heidegger）：〈世界圖像的時代〉，收入氏著，孫周興譯：《林中路》（臺北市：時報文化出版公司，1994年），頁65-99。海德格對現代主體有深刻之反省，源於他們把握世界時，已然成為一單點透視的圖像，這顯現了現代人對存有的遺忘。援此有助於思考王國維身上所表現出的懷鄉、孤寂的現代病體，而主體所表現出的碎片化，也「體」現了中體在清末民初的具現樣態。

是說，在那清晰的視像背後，不免已是一個陰鬱的現代主體。[14]他在〈自述〉裡提到：「未幾而有甲午之役，始知世尚有所謂（新）學者。……二十二歲正月，始至上海，主時務報館任書記校讎之役……東文學社成……日以午後三小時往學焉……值庚子事變，學社解散。[15]」時代隱然成為其中主導。又或者，在這看與被看之中，彼此複製傾軋、雙向交融挪用的激盪裡，轉而成為自我療救：「善於觀物者能就個人之事實，而發見人類全體之性質。[16]」然，這也是一個現代精神上的改善方案，將一己通向了國體，雖然兩者同樣是病骨支離。[17]復次，他的名作：「偶開天眼覷紅塵，可憐身是眼中人。」天眼二字又與他援自西方倫理美學論頗有交涉，是必由觀字著眼，恰能成為一九一一年以前他中西交涉與理論建構的意義所在。

　　王國維生前未刊的〈詠史〉二十首，諸家對之多有考證，但大抵是壯歲初次抵滬前後所作無疑。第廿首云：

　　　　東海人奴蓋世雄，卷舒八道勢如風。碧蹄倘得擒渠反，大壑何由起蟄龍。[18]

---

14　王國維提出天眼之說，可以看出這是因應於現實的當代診斷，新的目力固有其中西理論來源，但從而也是新的感覺體驗。

15　〈自序〉，《王國維全集》第十四卷，頁118-119。原載於《教育世界》第一百四十八號（1907年5月）。

16　《紅樓夢評論・餘論》，《王國維全集》第一卷，頁76。黑體為引者著重，下同此者即不一一盡述。

17　事實上陳寅恪在〈王觀堂先生輓詞并序〉裡，即以「文化託命之人」論王國維，見《王國維全集》第二十卷，頁202-204；又梁啟超於《王靜安先生紀念號・序》則以王之自沈，反詰「我全民族意識上之屈原，曾沈乎哉？」收入陳平原、王風編《追憶王國維》（北京市：三聯書店，2009年），頁87。也將王的死提高至國家的高度來討論。顯然，因為王國維自沈，以死而完成了他與國體的之間的等值關係──因之說能從一身通至國體。但，死亡已是最後的完成；由一身而至一國的討論，尚還涉及：彼時民族國家的新生、王國維政治上的姿態，以及與其為學三變，捨西學而回歸中學，最後以校讎、金石、甲骨學問名家……等，因為涉及更龐大的面向，勢須另行撰文探討。

18　陳永正《王國維詩詞箋注》（上海市：上海古籍出版社，2011年），頁20。按，本文所徵引王國維詩詞悉由此書所出，下文即不一一詳列。

青年王靜安因〈詠史〉之偉句「千秋壯觀君知否？黑海東頭望大秦」（〈詠史〉組詩其十二），甚得羅振玉青眼，兩人一生密切的聯繫由此時展開。上之引詩則慨嘆彼時明將李如松若能將豐臣秀吉一舉成擒，即無現今明治維新後之富強日本。全詩雖是襲用傳統詠史的程式，而這最後一首實亟富現實感，遂將年代從第一、二首的湮渺難測之昆侖、伏羲傳說，迤邐讓「現在」（the moment）映入眼簾。[19]

## 二　天眼的超越：觀（堂）[20]對現代之超克

吉川幸次郎曾以「憂世憂國、傷時感事」，歸結陳三立作於清末民初詩歌的基調；挪之以論王國維的舊體詩詞亦十分契合。處其時之變局，伴隨著列強叩關，個人被迫進入現代，原有的身心體驗皆被剝除，這也造成雖是在舊詩體製格局裡，那異樣的新時代感受仍十分突出。[21]如〈來日〉其一：

---

19 本文主要關注在這種被迫進入的現代性裡，一種全新感受與思考世界的方式，其讓「現時」變得焦灼可感，也出現強烈的時間懷舊病癥。時間的巨大壓力古今皆然，但在王國維身上，那已經不是「逝者如斯夫」而「君子疾沒世而名不稱焉」的慨嘆與憂懼，卻已然成為對當下無可措手、一無依傍的孤獨，這樣的病癥特別在他的詩詞裡表現得最為明顯。對現代性的時間感之討論，參伊夫・瓦岱（Yves Vadé），田慶生譯：《文學與現代性》（北京市：北京大學出版社，2001年），頁11-43。

20 張廣達：「王國維取號觀堂，並把自己一生心血結集稱為《觀堂集林》，看來並非偶然……深知『觀』字在認知（cognito）機制中的重要……觀字……形成了自己認知系統。」氏著：〈王國維的西學和國學〉，收入劉東編《中國學術》第十六輯（北京市：商務印書館，2004年），頁130。此論實為有「見」，但「觀」字意蘊未盡，還可以進一步討論的是：「觀」表現出何種的現代景觀；以及「觀」如何成為王國維從傳統到現代的架接；觀，將世界作為一圖像來把握，也充分凸顯了現代主體與存有的分裂。

21 吉川氏指出陳三立詩歌「對自然的感覺之新」令他印象深刻，而有別於傳統詩人向自然索求意象，陳三立的詩歌中自然卻對詩人產生一種逼迫與擠壓的感受；吉川氏稱此為「近代的感覺」。見吉川幸次郎著，章培恆譯：《中國詩史》（合肥市：安徽文藝出版社，1986年），頁356。事實上這種新的感覺體驗源於全新的現代遭際，而詩人從傳統所習得的已在、現成、上手的審美符碼，已然無法完全表述反映如此的現代景觀，因此加之扭曲、轉換來適應當代是必然的，此其一；另外，視覺是人類最直接、也是最

> 來日滔滔來，去日滔滔去。適然百年內，與此七尺遇。爾從何處來？
> 行將徂何處？扶服徑幽谷，途遠日又暮。霅然一罅開，熹微知天曙。
> 便欲從此逝，荊棘窘余步。稅駕知何所，漫漫就前路。常恐一擲中，
> 失此黃金注。我力既云痛，哲人倘見度。瞻望弗可及，求之縑與素。[22]

除窘步失路、日暮途窮這等在他詩中常見意象，此詩裡茫無所歸的焦慮與韶
光易逝之恐懼也十分清晰。而詩中突現的第二人稱表述，或更應該注意，那
是自問也是被問，讓抒情我有了「雜音」。或許是遭逢亙古「大哉之問」的
侵襲（爾從何處來？行將徂何處？）遂讓詩人無法一統於一個穩定的聲音；
不過，當我化為你，由之所拉出客觀觀照距離，也許這樣才更深切的看到自
己（我）的苦痛：「知何所？窘余步」，而連對哲人之企求也力有未逮（瞻望
弗可及），遂只能退而「求之縑與素」，但從書籍閱讀裡得到安頓。

## （一）陰鬱之眼

〈來日〉一詩裡的視覺意象十分突出，無論是從日暮到天曙，或哲人瞻
望弗及，最後當見諸縑素，或者是隱含於其中的自我之觀視感皆然；而〈來
日〉其二也有相同的特徵：

> 宇宙何寥廓，吾知則有涯。面牆見人影，真面固難知。菌蕣半在水，
> 本末互參池。持刀剗作矢，勁直固無虧。耳目不足憑，何況胸所思。
> 人生一大夢，未審覺何時。相逢夢中人，誰為析余疑？吾儕皆肉眼，

---

重要的感官，遭逢巨變之際尚不及「觀之以心」，也無法「以神遇而不以目視」，換句
話說視覺感官功能成為主要作用，因此詩中視覺微象必然是十分突出，此其二；其
三，詩歌對遺民來說可「以詩而存人」，在天崩地解下生命存在因之得到見證，其痛苦
也就得以一定程度得到化解。因之明遺民有一套真之詩學的演繹，強調要「如當其
時，如見其事」，千載之下遂亦能「恍然如見」。其中視覺都被高度突出；於此可參拙
著：〈世變下的錢澄之性情詩說──真詩、苦吟與隱祕詩史論〉，《文與哲》第26期
（2015年6月），頁379-423。

22 陳永正：《王國維詩詞箋注》，頁67。

　　　　何用試金篦。[23]

「面牆見人影」自是柏拉圖的洞穴設喻，而篦籠入水產生的光線折射現象，讓視覺發生錯覺，更凸顯「耳目不足憑」，連帶的這一切感官之虛幻，也引發了「夢與覺」邊際的消退，但那不是莊生、蝴蝶物我之雙泯，[24]卻是要有「吾人所知之物，決非物之自身，而但現象而已」[25]——是康德式的覺悟；繼而領悟到凡人之肉眼，金篦亦然無用，此只有叔本華之「天眼」可為了。

　　這樣的「視覺診斷」，由一身至於國體，更可以看出哲學形上之需求，那不僅是一種由表入裡、轉識成智的昇華，一如之前許多中國士大夫所為一般；置諸於老大帝國，更是冀求一種由身體至於心靈的超越——王國維〈去毒篇〉（按，標題下原註有：「雅片烟之根本療法及將來教育上之注意」）直接斷言導致鴉片之痼疾的病原在於：

　　　最終之原因，則由於國民之無希望、無慰藉。一言以蔽之：其原因存
　　　於感情上而已。[26]

吸食鴉片固然造成明顯可見的身體危害，但追根究柢，這其實是「空虛的疾病」，因求鴉片之幻覺以慰藉填補精神上之空虛。因為人之欲望「不能達者什佰」，而失望之苦痛生焉，而至於「胸中偶然無一欲望」時，此際「空虛之感乘之」，則上述之苦痛、空虛二者，遂讓中國成為「鴉片的國民」。

　　王國維於〈論教育之宗旨〉開篇即言，教育「在使人為完全之人物而已」，而完全之人則意謂「人之能力無不發達且調和者也」，接下來又將人之能力以內外區分之：

---

23　〈來日〉其二，《王國維詩詞箋注》，頁69。
24　王國維〈賀新郎〉：「七尺微軀百年裡，那能消、今古間哀樂。與蝴蝶，蘧然覺。」見《王國維詩詞箋注》，頁446。詞裡這蘧蘧然所覺顯然是被現實所震破，而非原書天真自適之狀，這可以視之為一種「舊瓶新酒」式的表達。
25　〈叔本華之哲學及其教育學說〉，《王國維全集》第一卷，頁36。
26　〈去毒篇〉，《王國維全集》第十四卷，頁63-64。

> 一曰身體之能力，一曰精神之能力……完全之人物，精神與身體必不
> 可不為調和之發達。而精神之中又分為三部：知力、感情及意志是
> 也。……教育之事亦分為三部：智育、德育、美育是也。……完全之
> 教育不可不備此三者……。[27]

令人好奇的是身體之能力──也就是體育，並不見於後續論述，只在結論之
前提及「三者并行而得漸達真善美之理想，又加以身體之訓練，斯得為完全
之人物」；整篇文章但突出了精神之力並為之細分──身體顯然是缺位
的──充分顯現出論述者偏向精神的側重。

嚴復於一八九五發表〈原強〉一文，「病夫」一詞赫然在目，兩年後梁
啟超援用了相同譬喻，讓國體與身體有了高度的互動；當然，欲一新一國之
民必然是在中國主體之重建，而此必然要涉及身、心兩方面之著重；那麼王
國維之側重精神，自也是意在對於體之重建。不過，這樣偏向於精神面建構
理論取向──有別於梁啟超、李大釗輩的關注，化白頭於青春，復瘠牛為乳
虎──與他自述之「體復羸弱，性復憂鬱」，而其個性的陰鬱，在時代、身
心煎迫下，大抵也是世變下的一種癥狀，一種精神上的壓力：

> 夢中恐怖諸天墮，眼底塵埃百斛強。苦憶羅浮山下住，萬梅花裏一胡
> 牀。[28]

這是一首題梅花扇詩，後二句或許為扇面山水梅花畫之實寫；二則也是用
典，以羅浮之高、性潔之梅暗寓離群出世的孤芳。不過後二句之果（山下
住），實來自前兩句的因（諸天墮）──也就是他所要遠避的紅塵──諸天
神將紛墜而揚灰；而首句既已點出這是夢境，換言之，就允許了誇飾（已近
於虛構）──於是第二句以「塵埃百斛」亟寫數量之多，遂不顯得奇幻；而

---

27 〈論教育之宗旨〉，《王國維全集》第十四卷，頁9-10。
28 〈題梅花畫箑〉，《王國維詩詞箋注》，頁33。另，羅浮山在潘飛聲、黃遵憲詞裡都成為
　　國體的象徵，這樣政治意涵可以上溯至明末清初的屈大均。見張宏生：《讀者之心──
　　詞的解讀》（北京市：中華書局，2013年），頁176-186。觀王國維此處並無更多政治托
　　喻，純粹將羅浮視為桃源之境。

「眼底」盡收，則以其百斛之量與即在目前，雙雙增強了視覺震撼。[29]

　　此詩趙萬里《年譜》將其繫於一八九九年，[30]據此王國維當時才二十三歲，但是詩中充斥苦憶、恐怖、墜落與夢境，充分顯現出一個受傷的「我思」所顯現出的精神症狀。[31]他日後有題畫詩詠杜甫：「許身稷契庸非拙」，詩人一如前人本有抱負滿腔，但卻身處於錯誤年代──「到眼開天感不勝」；唯有覿面才能親證，方驚覺那是時代的錯置，造成自己「居然成瀷落」的悲哀；讀來卻幾乎是他自己的詩讖。[32]靜安〈蝶戀花〉一闋，也充分演繹此意：

> 憶掛孤帆東海畔。咫尺神山，海上年年見。幾度天風吹棹轉。望中樓閣陰晴變。
> 金闕荒涼瑤草短。到得蓬萊，又值蓬萊淺。祇恐飛塵滄海滿。人間精衛知何限。[33]

此詞寫詩人對美好之追尋，但本來是年年皆可得見的海上仙山，先是孤帆被天風吹轉難以趨近；抵達後卻又只得之惘然，因蓬萊已然轉為荒涼。詩人於此可謂飽歷理想之破滅，而詞末「飛塵滄海滿」同樣以一種視覺極限來抒發有志難伸的悲哀；此處又更進一層，又不止是寫個人志意無著而已；古代士人求之不得，遂退修吾之初服，然而王國維卻是連遊仙也不得，竟連來日也

---

29 蕭艾以理想境界與現實環境對比來箋釋此詩，頗得其中三昧。見《王國維詩詞箋校》（長沙市：湖南人民出版社，1984年），頁10。

30 《王靜安先生年譜》，收入《王國維全集》第二十卷，頁409。

31 約翰・伯格說：「我們的知識和信仰會影響我們觀看事物的方式。……先於言語的觀看，這種永遠無法以言語完全闡述的觀看，並不是機械式的刺激反應……注視是一種選擇行為。」見《觀看的方式》，頁11。伯格以之論畫，但詩歌也是一種視點的選擇與具象開展，更不要說夢是對現實的一種曲折滿足，文學亦如是；而夢總是以不連續畫面呈現，自與詩歌的空白、斷裂有本質上的類近；因此以畫論（視覺）挪之以論靜安詩，方能透解其形式韻味。

32 〈題濩齋少保獨立蒼茫自詠詩圖卷〉，《王國維詩詞箋注》，頁344-345。

33 《王國維詩詞箋注》，頁531-532；此詩繫於一九〇七年所作。

難以企盼。這種視覺極限經驗之有，自與王國維的末世體驗有關，或者對他來說也是體驗末世。因之，《人間詞話》云：「我瞻四方，蹙蹙靡所騁。詩人之憂生也。」「昨夜西風凋碧樹，獨上高樓望盡天涯路。」（第廿五則）[34] 瞻、望將目光投向天際，然觸及的儘是茫茫虛空，「出門惘惘知奚適，白日昭昭未易昏」[35]，無從、無處，明亮又無可逃的尖銳直抵內心。「我瞻四方」、「望盡天涯」都是襲用古典的程式表達，但「憂生憂世」卻已經寫出了一種現代個人的孤寂與牽掛。

又王國維〈摸魚兒〉詞牌下寫明「詠柳」，此題已經是一個傳統詩詞書寫裡極為程式化的主題；葉嘉瑩先生對此闋詞則分析道：「上片借鑒了周邦彥〈蘭陵王〉的景色，下片模仿了辛棄疾〈摸魚兒〉的句式，雖然自有境界，畢竟人工安排的痕跡多了些」，[36]不過除了從形式上分析外，王國維之作又有時代新意。本來寫折柳送別，無論是周邦彥「應折柔條千尺」，或劉禹錫「弱柳從風疑舉袂」，都以行動、物態暗寓著離別之不忍。然，王國維以「君莫折。君不見、舞衣寸寸填溝洫。細腰誰惜？」卻竟將別離之情化為淒厲之音；細察詞中「舞衣」、「細腰」之詞，從質量與形體皆作為女子的轉喻，讓柳枝與人渺不可辨，於是所謂「舞衣寸寸填溝洫」之句，那被填入溝洫中的已非片片折柳，而是細腰宮女們；若較之辛詞「玉環飛燕皆塵土」的蒼茫歷史感，靜安詞「寸寸填溝洫」則更有眼前即目的死亡壓迫。陳永正先生讀出此詞的「淒厲緊迫」，[37]固是；然而「曝屍溝壑」，大抵也是那動盪時代的真實見聞吧。[38]

---

34 周錫山編校：《人間詞話：匯編匯校匯評》（上海市：上海三聯書店，2013年），頁124。本文所證引《人間詞話》（含未刊、刪稿）相關材料，悉出自此書。

35 〈出門〉，《王國維詩詞箋注》，頁94。

36 葉嘉瑩、安易編著：《王國維詞新釋輯評》（北京市：中國書店，2006年），頁37。

37 《王國維詩詞箋注》，頁407。

38 《人間詞話》第十八則：「尼采謂：『一切文學，余愛以血書者。後主之詞，真所謂『以血書者也。』……」頁101。以血書之，意在強調真，而這樣「真」的意趣，在世變中屢屢要被標舉，王夫之、錢澄之、錢謙益莫不著意於此，因為那是一種痛苦的「見」證──還有什麼比以「血」書寫更真實！而被看見，方能讓自己的存在轉為真

另闋〈蝶戀花〉則有「千載荒台麋鹿死，靈胥抱憤終何是」之句。[39]以姑蘇臺之高偉、伍子胥之悲憤，一時豪傑人物、危城高臺，最終蕩盡於千古歷史長流，杳然無蹤。然細察靜安由「今不出數年，鹿豕游於姑蘇之臺矣」之意，進而轉成為「千載荒台麋鹿死」——箇中動物由游而至死的變動，這樣對生命的摧毀，已有別於〈一尊還酹江月〉以歷史化解一己得失的通達；換言之，「不變」已經不能化解或包覆「變」；聯繫〈摸魚兒〉「詠柳」，死亡之怵目驚心，頗有歷史暴力之意味，這樣的書寫已不免是現代壓力下的調適與轉化。

## （二）天眼之為

舉目盡是這樣的殘酷與暴力，靜安欲療孱弱之體與憂鬱之性，他的藥方是接引康、叔之說，這自與他早先在東文學社受業於藤田豐八與田岡佐代有關，他數讀康德而不能入，最後還是借道叔本華而明之。下引贊詞對叔本華可謂推崇備至：

> 人知如輪，大道如軌；東海西海，此心此理。在昔身毒，群聖所都；吠陀之教，施于佛屠。亦越柏氏，雅典之哲；悼茲眾愚，觀影於穴。汗德晚出，獨辟烏塗；鑄彼現象，出我烘爐。魷魷先生，集其大成；載厚其址，以築百城。刻桷飛甍，俯視星斗；懦夫駑馬，流汗卻走。天眼所觀，萬物一身；搜源去欲，傾海量仁。（但指其學說言）嗟予冥行，百無一可；欲生之戚，公既詔我。公雖云亡，公書則存；願言千復，奉以終身。[40]

---

實，痛苦遂有代價、死亡也被崇高化。王國維《人間詞話》裡為論者所熟知的「不隔」之論，自有寫景上的美學意趣，強調覿面覩見、如在目前（錢澄之語）之景，其內在更是一種「憂患—超越」詩學；換句話說，這些術語並不僅是「純文學」上的推演，而是處處沾惹了世變的色彩。

39 《王國維詩詞箋注》，頁432。

40 〈叔本華像贊〉，《王國維全集》第十四卷，頁13。

王國維於〈叔本華像贊〉一文裡至少涉及了三種觀視：首先是有名的柏拉圖洞穴之喻，「悼茲眾愚，觀影於穴」，極言感官之見的不可輕信。他的詩作裡也有類似的表達：

> 非徒豁雙眸，直欲奮六翮。此頃能百年，豈惜長行役。[41]

此詩寫詩人受阻風雨，於片月微光之際，忽發清興，詩裡亟寫眼前石門景物之妍與奇：「小松離離、老桑醜怪、疏竹搖搖」，但詩人卻歸結至高振六翮一展生平抱負，不能止於眼前秀媚之美景，豈非同樣談到不能僅止於視覺感官之滿足。

因之，這樣的認識困境必須待「汗德晚出，獨闢局塗」來解決，此可以說是隱含於〈叔本華像贊〉裡的第二種觀視，也就是康德在認識論裡進行的「哥白尼革命」。〈汗德像贊〉言：「人之最靈，厥維天官。外以接物，內用反觀。」而續讚以「觀外於空，觀內於時，諸果粲然，厥因之隨」，[42]指出人實透過一先在格式中的時空與因果來認識外在，因此才打開了他的「視界」。此處所論還是一個認識力的問題；由此，則順勢接上在他心目中能超越康德的叔本華，〈叔本華像贊〉裡的贊詞「刻桷飛甍，俯視星斗」，其與後文提到的天眼，當屬本文（第三種）最高層次之觀看，非以「俯視星斗」之極高不能形狀之。此極言叔氏學說其說高屋建瓴、恢弘難測，超乎人類目力所能視之星象；下句「懦夫駭焉，流汗卻走」，則寫世人愚魯，對此駭異莫名，用以反襯叔氏之說的超妙。

下文則及於「天眼所觀，萬物一身」的學說重點。「天眼」自是靜安援取於佛教語彙，這樣的借用在理論來源與會通上，令人憶起嚴羽；不過此際的王國維卻已是援禪入西，用以解釋「至今日，而第二之佛教又見告矣，西洋之思想也。」[43]。《大智度論》卷五：「天眼通者，於眼得色界四大造清淨

---

41 〈過石門〉，《王國維詩詞箋注》，頁96。
42 王國維：「汗德獨謂吾人知物時，必於空間及時間中，而由因果性整理之。……此數者不待經驗而存，而構成吾人之經驗者也。」〈叔本華之哲學及其教育學說〉，頁36。
43 〈論近年之學術界〉，《王國維全集》第一卷，頁121。

色，是名天眼。天眼所見，自地及下地六道中眾生諸物，若近若遠，若麤若
細，諸色無不能照。」[44]按，「天眼」為「五通」之一，本指一種神通，可
以在世間觀遠察近，穿透精粗表裡，甚至能洞觀（地下）六道諸物生死苦樂
之相。其當與色身肉眼相對，而際乎慧眼之域，遂能得之真空無相。不過，
王國維此處大抵只是借用天眼，指出對凡夫肉眼的超越，區隔於俗目；其意
初不在對佛學諸眼（天眼、慧眼、法眼、佛眼）[45]做等級階序之細緻深研。

細玩「萬物一身」之意，則從不變處立論，讓紛紜流轉、變動不居的現
象與人間世，有了可以掌握的普遍本質，形成新的認識。佛雛這樣解釋：

> 「天眼」者，叔氏所謂「世界的眼睛」，即能透過「摩耶之網」超乎
> 時間空間及由時空所形成的「個物化原理」之外，而深窺外物之本
> 源、內核。「萬物一身」者，由「一身」之為「意志」形而上學的精
> 神實體，推而及於世間萬象之為「意志」，所謂「宇宙」乃是「大人
> 類」也。此種「意志同一」論自為叔氏哲學之根極所在。[46]

按佛雛之論，天眼所洞悉的本源、內核者，正是此「意志」也；證諸叔本華
之言可以更清楚：「因為我們如果別開那真正作為表象的世界，那麼，剩下
來的除了作為意志的世界以外，再沒什麼了。」[47]因為世界一切都是這欲所
化現：「植物上逐日光，下趨土漿」；人類自出生墜地之後，「呱呱而啼饑，
矍矍而索母」需求的表達，則同為意志之作用也。但人之與植物有異，人有
理性之作用、有智力之增長，但這些逐漸積累而得的知識，亦不免為意志所
服務也，[48]最後理性、知力只是帶來更大的欲求，「其知識彌廣，其所欲彌

---

44 龍樹著，鳩摩羅什譯：《大智度論》（臺南市：和裕出版社，1993年），頁195。

45 朱棣集注：《金剛經集注》（上海市：上海古籍出版社，1984年）明永樂內府刻本，頁
212-213。

46 佛雛〈書王國維佚文〈書叔本華像贊〉後〉，《揚州師院學報》第四期（1998年），頁
1-3。

47 引自叔本華（Arthur Schopenhauer）著，石冲白譯：《作為意志和表象的世界》（北京
市：商務印書館，2009年），頁250-251。

48 上引皆見於〈叔本華哲學及其教育學說〉，頁34-53。

多，又其感苦痛亦彌甚故也。<sup>49</sup>」然，可進一步追問的是，王國維既說「人生之問題往復於前」，那麼由天眼所觀照出的人生真相「意志」──或以其〈人生及美術之概觀〉的話來說：

> 生活之本質何？「欲」而已矣。欲之為性無厭，而其原生於不足。不足之狀態，苦痛是也。既償一欲，則此欲以終。然欲之被償者一，而不償者什佰〔伯〕。一欲既終，他欲隨之。（頁55）

其實只是透顯出人生真實苦難真相；佛雛此論雖揭櫫出「意志」作用的事實，但該如何解決靜安所關注人生問題，卻詮解未竟；而王國維其意並不止於此──事實上，〈像贊〉下一句「搜源去欲，傾海量仁」，並附有「但指其學說言」之自注；按，「搜源去欲」，即指泯滅人欲、拒絕意志，下句方得言之此功宏偉，唯有傾海為斗，方能測量其行之仁了。由此可知，王國維當不止揭櫫「意志」，其已然涉入倫理學的善惡的深究；否則「量仁」之「仁」，又從何處說起？

　　證諸靜安〈叔本華之哲學及其教育學說〉所言：「叔氏始由汗德之知識論出，而建設形而上學，復與美學倫理學以完全之系統。」（頁35）因之，此處「萬物一身」之論，已然由形上之推求，涉入了叔本華的倫理學範疇，意在解決善惡、道德問題；而上述之「仁」字在此方有著落。〈叔本華之哲學及其教育學說〉也提到，美之對人「僅一時之救濟，而非永遠之救濟，此其倫理學上之拒絕意志之說，所以不得已也。吾人於此，可進而窺叔氏之倫理學」；（頁40）換言之，只有探究叔氏的倫理學，方能完整的認識何以能「拒絕意志」至於「萬物一身」；而此意於〈《紅樓夢》之倫理學上之價值〉也提到了，其言：

> 《紅樓夢》者，悲劇中之悲劇也。其美學上之價值，即存乎此。然使無倫理學上之價值以繼之，則其於美術上之價值尚未可知也。（頁69）

---

49 見王國維〈紅樓夢評論‧人生及美術之概觀〉一節，《王國維全集》第一卷，頁55。

王國維以美術際斷生活之欲，其人猝然與美術相遭，則「境」生焉，學者對此多有討論。但美固有「此猶積陰彌月，而旭日杲杲也；猶覆舟大海之中，浮沉上下，而飄著于故鄉之海岸也；猶陣雲慘淡，而插翅之天使賚平和之福音而來者也；猶魚之脫于罾網，鳥之自樊籠出，而游于山林江海也」等——如是孤清絕美之境，所謂「不有言愁詩句在，閑愁那得暫時消[50]」——在剎那、瞬間之際，以空間之境突破時間，獲致遺世高舉的江山風雨或廣漠之野；然而在此當下、現在之後，現實隨即撲天蓋地而來，「僅一時之救濟，而非永遠之救濟」，方掙脫於意志，得之「有我之境」、「無我之境」，然而此摩耶之幕（Mâyâ 梵語，幻象、欺騙之意）鋪天覆地，人們終究不能出其轂中——「終古詩人太無賴，苦求樂土向塵寰[51]」不免也是自嘲，而終於要失去此暫得之藝境，更何況是要求得究竟之解脫呢！因此，這就需要「倫理學上之價值以繼之」了。

〈叔本華像贊〉裡的「傾海量仁」，透出更多是倫理學上的色彩，那不能僅止於孤絕美感的獲取。此可以借王國維於〈屈子文學之精神〉進一步分析之：

> 詩歌者，感情的產物也。雖其中之想像的原質，亦須有肫摯之感情為之素地，而後此原質乃顯。[52]

但此「肫摯之感情」，實出之於屈子「廉貞」之性格，而這等為南方人（女嬃、巫咸、漁父）等所不能有，而屈原既具有南方人的奇偉想像之質，兼有北人「貞定」不移感情，遂能成一種歐穆亞（Humour）之境界。[53]他以

---

50 〈拚飛〉，《王國維詩詞箋注》，頁61。
51 〈雜感〉，《王國維詩詞箋注》，頁37-38。
52 〈屈子文學之精神〉，《王國維全集》第十四卷，頁101。
53 林語堂將 Humour 中譯為幽默，單由此並不能真正觸及王國維的持論根柢。王國維一再強調屈原歷懷王疏放不能易其志的貞，是讓想像情感得以展現的「素地」。其內在還是一個傳統士大夫美善兼濟的視域，另，此也可看出即使這是一個援引自叔本華的觀念，那還是區隔了浪漫主義式狂飆想像的馳騁，意在強調美學必須以倫理作為前提，而更切合了傳統「本末、根柢」的中國固有文道觀念。因之「歐穆亞」就是去絕人生

「北方人之感情與南方人想像合而為一」，以糅合文學想像與真摯感情來定位屈原的特質，表面上看來是一種南北融合之論，但是可以明顯看出在這樣架接中的「貞」之感情優位，凸顯出箇中倫理學的意涵；與其說是南北調和論，其內在還是「西—中」的嘗試接合，本質上涉及美學與倫理學之交涉，因之才會出之以「歐穆亞」這樣奇特面目。[54]

也就是說那仍然是倫理價值問題，於是可以再回到〈叔本華像贊〉探求箇中意蘊。佛雛解讀頗有慧視，他是這樣解釋「搜源去欲，傾海量仁」的；其曰：「必『去欲』而後乃可達『物我一體』……而以『同情』為根柢的『博愛』觀，乃可得而普遍的實現。」他自也注意到靜安此贊語已經涉入倫理學的範疇，[55]他的詮解大多出於對靜安〈叔本華之哲學及其教育學說〉之掇句摘引：

> 一旦超越此個物化之原理，而認人與己皆此同一之意志，知己所弗欲者，人亦弗欲之，各主張其生活之欲，而不相侵害，于是有正義之德。更進而以他人之快樂，為己之快樂，他人之苦痛，為己之苦痛，于是有博愛之德。……善惡之別，全視拒絕生活之欲之程度以為

之欲的境界，而非詼諧、遊戲的語言或場景；或者必須在不帶功利如兒童般沈浸在遊樂之中達到一種純粹，這樣的前提下才能與遊戲說略涉。於此又可參廖棟樑：〈歐穆亞——論王國維的楚辭研究〉之說解，收入《古代楚辭學論集》（臺北市：里仁書局，2008年），頁227-269。

54 杜安〈闡釋的張力——王國維歐穆亞說的三重視界〉，《中國地質大學學報》社科版7卷5期（2007年9月），頁104-108。論者企圖還原王國維存在境遇，再經與屈子事蹟、叔本華的學說形成視域融合，遂有歐穆亞這樣奇特的中西交融論。他雖在力辯靜安持幽默論不是（特意）誤讀，但基本上還是承認了錯讀成分存在。事實上王國維對西學的接受有其從哲學著眼的高度，並非是單純的挪用，因而也守住傳統某些底線，顯示出中學的主體性。

55 王國維美學與倫理學之交涉鮮少學者探究，早年除佛雛外，柯慶明〈現代中國文學批評述論〉，收入同名書（臺北市：大安出版社，2005年）二版，頁18；有敏銳的觀察；近來劉紀蕙〈王國維的批判倫理：一元論的思考〉，收入《心之拓樸——1895事件後的倫理重構》（臺北市：行人文化實驗室，2011年），則將視域擴及王國維彼時對中西倫理學上的二元思想之討論，以之重新評估《紅樓夢評論》的價值。

> 斷……最高之善，存于滅絕自己生活之欲，且使一切生物皆滅絕此
> 欲，而同入于涅槃之境。（頁40-41）

「同入于涅槃」正是最高之解脫，王國維論《紅樓夢》之價值在此；而其真
正問題在於「正義」、「博愛」與生活之欲的衝突不辯可知，那麼「意志為吾
人之本質」，必然導致「人人各遂生活之欲」，如此道德（仁）何在？

王國維譯有西額惟克（Henry Sidgwick）《西洋倫理學史要》，也有相關
的討論，其曰：

> 故哲學之義務在使人滅絕其意志，一切道德皆可于此中計算之。其滅
> 絕之階段有二。其最低者為通常之德性，即視人若己之仁愛及同情是
> 也。但此等通常之德性，尚不離乎欲生之念。意志之完全滅絕存于涅
> 槃之境界，即脫離人生幻妄之快樂，雖傳種之衝動亦抑制之是也。[56]

由引文可知，叔本華以同情為人固有的感覺能力，認為只有同情可以讓「這
個人便直接在另一人內認出他本人」[57]，由此而實施的道德才是不帶目的、
功利之純粹。然而，該如何求得這樣的倫理學基礎？遂成了一個必須解決的
問題。

此處最重要的概念即是個（己）與（他）物之二分，這樣的一種認識型
態自可溯自康德現象與物自身的區隔；康德主張空間與時間作為認識外在事
物的先驗能力，由此形成的認識，並不是對象自身，而是認識主體所建立起
來的知識與規律。叔本華援此而論：

> 空間與時間是我們自己直觀能力的形式……不屬於由其感知的對
> 象……如同我們對外在世界可能有意識，是完全受嚴格生理限制決定
> 的那樣。[58]

---

56　《西洋倫理學史要》，《王國維全集》第十八卷，頁134。

57　叔本華著，任立、孟慶時譯：《倫理學的兩個基本問題》（北京市：商務印書館，2012
　　年），該書第四部份即為〈論最初的倫理學現象的形而上學解釋〉，頁299。

58　《倫理學的兩個基本問題》，頁297。

表象世界受制於人的認識框架,因而總是讓「每個人類個體均要使他自己成為世界的中心」(頁222),世界遂破碎成個個不同而各自獨立的客體;那麼也就是說,相對於表象還有那一個物自體的真實世界,在那裡:「存在著只有一個實體」。因之,在這裡他倡言一種新的世界觀:「當我們去掉自我和非自我之間區別的痕跡時,我們不是受一種幻象所戲弄。」(頁299)而一旦不以己為實體,因為那只是「現象」,吾人遂能看到那真實的內在本質──由此說來人與人的差異便消失了,叔本華以梵語表達之:

> tat tvamasi 那就是你[59]

這才是〈像贊〉裡「萬物一身」的真義,也是藉天眼所觀才能獲取的「傾海量仁」智慧結果。

「天眼所觀」其實是一個認識論的問題,叔本華的意志與表象非常清楚的展現了真實與現象之間的分別,而後者正是天眼所要洞觀的。透過形上學與倫理學、美學天眼鍛造,或者想像與廉貞之共有,化人間世為修道場,達至真景物與真感情的「境界」,如此所帶起的認識,世界方不再為幻象所障蔽。廣為論者熟知的《人間詞話》裡人生三境說,從「望盡天涯路」至「衣帶漸寬」之追索,終於「驀然回首,那人正在燈火闌珊處」的圓滿,當可讀成「觀」之隱喻,這不妨是一個由「天眼所觀」對人生出路的智慧燭照。

## 三　死之凝視:現代的斷零體驗

同樣由觀字來著眼;孟澤有一極好的意見:

> 「人間」的簽署與王國維「永觀」、「觀堂」、「觀」的自我命名也可以作一致的解釋。王國維認為,美術的特質在於其能「觀」也,就是一種超越了世俗遮蔽、超越了功利情懷的深邃而富有真理性的直觀,這

---

59 可參余其彥:〈tat tvamasi 如何能為道德奠基──論古印度梵我同一思想對叔本華倫理學的影響〉,《理論月刊》(2006年)第三期,頁60-62。

是王國維不能不置身「人間」而多少可以自我期待、自我把握的。[60]

靜安詞集名之「人間」，當非偶然。[61]因那天眼之觀必然要從人間世裡翻轉，是以他的《人間詞》毋寧可視為一個通向純粹、躍入境界的修煉道場，因而成為一個希冀解懸脫縛的英雄必經冒險旅程。不過這「以意志為精神中之第一原質」的叔本華說，將「生活之欲」作為人之本質，[62]型態固然與靜安所理解的黑暗世界有其類近，卻也讓「人間」成為「悲劇」真實上演之所在，成為「一受其形……與物相刃相靡」之迷陽險惡「人間世」。[63]而人世紅塵滾滾，淘盡多少英雄，人間詞後易名「苕華」詞；典出《詩・苕之華》，朱熹謂：「詩人自以身逢周室之衰，如苕附物而生，雖榮不久。」此意自有末法時代之投影，[64]而「如苕附物」之憂懼，其「雖榮不久」的煎迫，也更是彰顯了一種苦難與超越的詩學。

人間既是他的超越之域，因而可以從天眼通轉向人間詞的討論了。再者，這樣的轉移確實也是他為學之易轍，王國維曾自述：

余疲於哲學有日矣。哲學上之說，大都可愛者不可信，可信者不可愛。……知其可信而不能愛，覺其可愛而不能信，此近二三年中最大

---

60孟澤：《王國維魯迅詩學互訓》（北京市：九州出版社，2007年），頁70。

61參陳鴻祥：〈王國維之號『人間』及其考辨〉，《齊魯學刊》（1988年）第三期，頁110-114。

62皆見〈叔本華之哲學及其教育學說〉，《王國維全集》第一卷，頁37-38。

63彭玉平：「《莊子》中的〈人間世〉乃是莊子表述其核心思想……莊子對人間世的判斷，與王國維當時對人世的判斷，稍加比勘，可以發現兩者有著驚人的一致性，……『人間』乃是『人間世』的簡稱，這應該是可以得到合理的解釋的。」見氏著：《人間詞話疏證》（北京市：中華書局，2011年），頁18。此說有見，但其蘊未盡；靜安與莊子都是直面人生苦難，遂能由此而化紅塵為超越道場，兩人的工夫之道容有不同，但他們的「人間世」就不免是充滿去就棲止的詭譎錯綜，與充斥著動輒得咎的無端暴力，亦有文明發展而遠離自然純樸的矛盾。於此，錢穆先生引陳于廷說：「莊子拯世，非忘世。其為書，求入世，非求出世也。」似更能夠彰顯人間世的雙面意涵；引見《莊子纂箋》（臺北市：東大圖書公司，1993年四版），頁27。

64參周策縱：《論王國維人間詞》（臺北市：時報文化出版公司，1986年），頁9。

之煩悶。而近日之嗜好，所以漸由哲學而移於文學，而欲於其中求直接之慰藉者也。……近年嗜好之移於文學，亦有由焉，則填詞之成功是也。[65]

王國維撰有〈論哲學家與美術家之天職〉一文，其論：「天下有最神聖、最尊貴而無與於當世之用者，哲學與美術是已。天下之人囂然謂之曰無用，無損於哲學、美術之價值也。」[66]那麼他之有志於哲學，後來又轉向填詞之為，可謂身歷此兩種「無用之學」；不過，從天眼所觀之哲學而至「求直接慰藉」之文學，兩者實有其相通之處：

夫哲學與美術之所志者，真理也。真理者，天下萬世之真理，而非一時之真理也。（頁131）

如此，他必然主張：「政治家之眼，域於一人一事；詩人之眼，則通古今而觀之。詞人觀物，須用詩人之眼，不可用政治家之眼。故感事、懷古等作，當與壽詞同為詞家所禁也。」[67]又第十三則說道：「詩至唐中葉以後，殆為羔雁之具矣。故五季北宋之詩除一二大家外無可觀者，而詞則獨為其全盛時代。」又第十七則有言：「今餔餟的文學之途已開矣，吾寧聞征夫思婦之聲，而不屑使此等文學囂然污吾耳也。」[68]顯然他企圖畫出一個更純粹也更絕對的文學場域，〈文學小言〉所作出的「抒情的文學」與「敘事的文學」之畫分，[69]乃因與西方對比之下，「敘事詩、史詩、戲曲……我國尚在幼稚之時代」，故才特別標舉本國固有「抒情文學」──尤其是不帶餔餟功利、自發而非應酬的，方能以純粹審美，抵達前述的天眼之觀與美麗之心的境界。

---

65 〈自序二〉，《王國維全集》第十四卷，頁121-122。

66 〈論哲學家與美術家之天職〉，《王國維全集》第一卷，頁131。

67 周錫山編校《人間詞話・未刊稿》，第三十九則，頁309。

68 分見《王國維全集》第十四卷，頁96、97。

69 〈文學小言〉第十四則，《王國維全集》第十四卷，頁97。

## （一）抒情之異響

　　或許為迎合彼時閱眾的觀看需求，一九〇六年六月《教育世界》刊出一張王國維的半身照，圖片上有「哲學專攻者社員王國維君」說明字樣，以圖代人，[70] 算是靜安另一次新的面世。照片裡的王國維配戴著眼鏡，[71] 在他略顯憂鬱、深邃觀看的背後，那又是怎樣的一種抒情主體呢？

　　龍峨精靈於〈觀堂別傳〉稱「先生填詞，最勤於搜句」，[72] 並記下了幾則王國維填詞的逸事，雖稱不上是本事，但是有助於體會王國維在〈自序〉裡提到的填詞之成功，亦頗得於現實環境之觸發。但在其「永觀」於外時，「一切景語皆情語也」，[73] 他「人間只有相思分」之情，遂得由「蠟淚窗前堆一寸」之景而反溯。[74] 此論基本上不脫傳統擬象取喻、情景相融之寫；署名樊志厚序的〈人間詞乙稿序〉則提到：「意境兩忘，物我一體。高蹈乎八荒之表，而抗心乎千秋之間。……非致力於意境之效也？[75]」可謂大力揄揚王國維的詞作。細察這些讚譽大抵都是停留在抒情傳統裡熟習批評，但他的人間詞亦頗有傳統所不能包覆者，卻未被細緻的梳理與抉發。這些舊中之新，可稱作是抒情之異響，那是王國維以其敏感的詩心察幾見微，[76] 先一步體現出抒情主體之破碎，隱喻了那將變未變的時代；以下即由此而論。

　　他的名作〈浣溪沙〉（天末同雲）亦在稱道之列。此作歷來論者甚多，

---

70　《王國維全集》第三卷之卷首頁錄有此像。

71　李約瑟認為歐洲人於一二八六年發明眼鏡之後不久，眼鏡就傳入中國。見氏著《中華科學文明史》（上海市：上海人民出版社，2002年）。

72　陳平原、王風編：《追憶王國維》，頁360。

73　《人間詞話・刪稿》，頁328。

74　〈蝶戀花〉，《王國維詩詞箋注》，頁483。

75　〈人間詞乙稿序〉，《王國維全集》第十四卷，頁683-684。

76　詩裡不僅能見微知著，例如季札觀樂而知土風；亦能察幾知際，如王夫之就說：「《易》有變，《春秋》有時，《詩》有際。寒暑之際，風以候之；治亂之際，《詩》以占之。極寒且燠，而暄風相迎；盛暑且清，而肅風相報。迎之也必以幾，報之也必以反。知幾知反，可與觀化矣。」〈論民勞一〉，《詩廣傳》收入《船山全書》（長沙市：嶽麓書社，1996年10月）第三冊，頁458。

但鄙意以為莫礪鋒先生的意見值得注意：

> 此詞主題就是在人間充滿嘻笑歡樂之時，別有一個傷心人卻以悲憫目光注視著自然界。[77]

莫氏的說法指出了此詞採取「別有一個傷心人」觀照──也許是從「失行孤雁」至「素手滰醢」，死亡太令人震驚──這「身在事外」的觀看角度，卻往往為其他論者所忽略。先將全詞徵引如下：

> 天末同雲黯四垂。失行孤雁逆風飛。江湖寥落爾安歸。　　陌上金丸看落羽，閨中素手試調醢。今朝歡宴勝平時。[78]

整體來說，全詞充滿孤寂與死亡陰影與暴力，不過直至詩末作者並沒有將之解決，似乎旨在客觀呈現。莫氏所說的別有一傷心人觀照，其實談的就是此詞敘述角度問題，不過由此再細察之，尚能更細緻看到其中還有未竟意蘊。[79]此闋的寫作，主要藉由一個他人眼光來引導讀者，而非抒情傳統裡熟習的「我」，而這眼光從首句開始，敘事者就帶領讀者先知道了雁之孤，隨即經歷了雁之亡，繼而敘述聲音又從他轉至我，透露出「歡宴」之歡的主觀情緒。一至五句敘事者因為身在事外，他的聲音基本上都是客觀的，只有到了「爾安歸」一句，或有一點憐憫與同情；而隨後第六句從客觀「他」，轉至主觀「我」的聲音，但談的是卻食雁之歡喜；這末句透露出只有當事者才能得知的主觀心理感受（歡宴勝平時），成為整闋詞裡唯一能夠確定的主觀口吻；不過很明顯的，由於說話者是食雁之人，反而加劇了死亡衝擊，死亡

---

77 見錢仲聯編撰：《元明清詞鑑賞辭典》（上海市：上海辭書出版社，2002年），頁1244。（此詩解執筆）莫礪鋒解讀顯得較為保守：「說不定這隻孤雁正是詩人自我的象徵，他獨自在人間踽踽而行，不知何處才是歸宿……看到別人正在嘻笑歡樂，更加深了他的孤獨和失落感。」

78 《王國維詩詞箋注》，頁430。

79 對於詩歌中聲音（voice）的討論，參艾略特（T. S. Eliot）〈詩的三種聲音〉，杜國清譯：《艾略特文學評論選集》（臺北市：田園出版社，1969年），頁115-138。

甚爾會讓讀者覺得前半闋孤雁孤飛失群（象徵某種追尋）不免顯得徒勞了。綜言之，從敘述視角（看到）與聲音的呈現（聽到）來考慮，此詞完全不從抒情安頓處來著眼，而從上下闋敘述聲音轉換來看，反而意在蓄積張力，從「天末同雲」到「今朝歡宴」的對照，加強上下闋之間的衝突感。

　　當然將首三句口吻讀作是孤雁主觀之語，似乎也亦無不可。細察這三句，若視之為孤雁的自忖自答，旨在反映出孤雁本身的不安與焦慮，自我問答也是內在惶惑猶疑的外現；但至少到了下半闋「看落羽」，則必然要轉為另一人的眼光。事實上這種視角隨意轉換，在敦煌曲子詞裡不是沒有先例；若果如此，全詞上下闋的發語者顯然有了更動，也就是從孤雁的我轉為食雁的他，這種變動讓整闋詞的敘述偏向敘事，而非感事；加之下闋是有節奏的畫面順序遞嬗：從「落羽」到「調醢」而至「歡宴」，情節在讀者眼前一一展開，不但讓讀者見證其死亡、甚且得知孤雁死後成為盤中飧，這視角之變動，可謂放大了殺戮的殘暴，孤雁的生命價值蕩然無存。[80]難怪葉嘉瑩／安易說她讀出了「血腥氣」，令人久久不歡——有其敏銳的詩心。[81]

　　綜上，無論採取那一種讀法，此詞顯然並不採抒情傳統裡的主觀表述口吻，也都涉及聲音與觀察視角之變動，而何以如此？這大抵因為下片裡孤雁無法見證、經驗自己的死亡，因為死者是不說話的，但是詩人為了凸顯出其由生至死的悲哀結局，死又是必須的，更何況全詩不止於「落羽」，尚有食雁的後續；[82]因之，詩人被迫採取與歷來不同的敘事（觀視）角度，遂必須從觀察者眼光來寫、或者先呈現「爾安歸」失群，再以末句「勝平時」歡

---

80 據陳永正的補註，王國維手稿本這兩句原作：「陌上挾丸公子笑，坐中調醢麗人嬉。」原來的這兩句更能看出王國維創作意圖；公子金彈射雁而笑，麗人手烹調味而嬉，對比在「天末同雲」仍努力「逆風飛」的孤雁，更讓孤雁之亡有其難以承受之輕，彷彿是上天對失群孤雁的惡意玩笑，由之使得那悲劇感裡更有幾分命運的捉弄，這是詩人對於新時代的一種察微知幾。陳註見《王國維詩詞箋注》，頁431。

81 《王國維詞新釋輯評》，頁105。葉氏的讀法可與上引莫氏對看。

82 這顯然是一個有心的設喻，基本上是企圖從詩學上解決或隱微反映現實上的困境，從而能得到象徵層面的解決。蕭艾就認為此詞既是作者的身世之感，也是被帝國主義宰割下的清廷寫照。也就是說，參《王國維詩詞箋校》，頁136。

宴，以一悲一喜的落差，形成「類戲劇」般的張力，讓全闋詞有一種異乎傳統表述的陌生與新穎。[83]也就是說，敘事者在此旨在做客觀展示，藉著敘述漸次開展、結局的明朗，作者隱身在人物行動之後，將大部分感受判定權交給讀者來完成；如此一來，讀者將被迫高度參與，經驗這他者的目光，繼而見證孤雁死亡與其所不及知的死後。回到上引樊志厚所謂「開詞家未有之境」之論，只能由此處來說才有著落；至於「意境兩忘，與物同體」之稱譽，則誠為虛語。[84]

　　孤雁失群、寒枝無著，做為古代士人高潔心志的自況，讀者實不陌生。而此詞不妨看作是接寫孤雁的（現代）結局（可視為另一種出走之後的現代娜拉）；再有上下片的觀視之差異，未能統一的視角意味著抒情已無法處理這樣的死亡事件，在「死之凝視」下，詩人無法化事為情，因之這樣的「多重觀點」與完整的事件展現，在精神上更偏向「敘事」，而非「感事」，已經偏離主觀的抒情一途，其暗合於小說一道了。其二，今日之宴所以更勝昔時

---

83 繆鉞的意見即著重在對讀者感受的更新：「〈浣溪沙〉詞是說，一個失行的孤雁在空中飛行時，被彈丸打落，作成嘉餚，供人歡宴，借以象徵人生不由自主的悲慘命運，托喻新穎，……使讀能在其暗示中領悟人生哲理。」見〈王靜安詩詞述評〉，收入《冰繭庵叢稿》（上海市：上海古籍出版社，1985年），頁242。又顧隨盛讚〈浣溪沙〉上片說：「靜安先生與前代詞人比，不一定比前人好，而真有前人沒有的東西。靜安以前人無此思想，無此意境。」又以「畸零兒」見《顧隨文集》（上海市：上海古籍出版社，1986年），頁774-775；描述王國維此闋詞所反映出的孤獨精神；其實他們都說對了，但也都錯了。王國維對此闋〈浣溪沙〉十分自得，他很清楚這樣的「新」，是前人所無的，繆鉞、顧隨也都看出來這一點；但他們都沒說出來的是，這不能一統的抒情視角，反映出一個先於時代的敏感心靈，也許孤雁仍舊揀盡寒枝不肯棲，但慘烈的死亡是他對未來的悲觀預言，讓一切誠為徒勞；而就孤雁作為古典詩詞的象徵語碼看來，其之死亡不妨也是士人進入現代後的一則自身寓言。

84 據趙萬里《王靜安先生年譜》所論，樊志厚語亦為王國維自撰；若果如此，這印證了伊格爾頓（Terry Eagleton）所論：「作為一首詩，它當然不知道自己是某種意識形態危機的產物，如果它知道，它就不存在了。」見氏著、文寶譯：《馬克思與文學批評》（臺北市：南方出版社，1987年），頁20。伊格爾頓論的是將 T. S. Eliot 所作〈荒原〉視為一種現代性的危機表述；移之以析出王國維〈浣溪沙〉所呈現出的現代體驗，亦十分契合。

的歡樂，乃是孤雁作為餐餚犧牲；如此「勝平時」之寫，讓讀者從經受血腥悲涼轉為食雁的歡喜，而其內在本質卻是「吃與被吃」的生存（競爭）問題；其三，孤雁之落羽、素手之調醯——魯迅的現代「觀砍頭」經驗已為論者熟知了[85]——此又是曲折的寫出一種當代感受。三者合觀，紅塵不離死亡，道場即是修羅，或者也隱喻著靜安的現代遭遇吧。

人間詞裡「涉及哲理」[86]書寫，令人印象深刻，論者咸認為是詞史上的新創，如：

> 人間事事不堪憑，但除卻、無憑二字。（〈鵲橋仙〉，頁464）
> 人間總是堪疑處，唯有茲疑不可疑。（〈鷓鴣天〉，頁468）

這些「突現」，攫住觀者的目光，帶來的感受五味雜陳，或至少能稱之是有意味的結束，以抒情詩眼光看來，本適足以獲得「篇終餘味」，「令人惘惘依依」。[87]事實上這樣的分析未竟其蘊，可借高友工先生對美典（Aesthetics）

---

85 魯迅在仙台醫校因為課間「幻燈片」事件，讓他受到很大震撼。先不說幻燈片本身就已經是飽含現代技術象徵，這場事件尚有三層的觀視意義可說：其一，因國族之別，魯論之眼自是不同於同班日本同學之看；再者這種被砍頭的屈辱感，也使他從看客的角度裡疏離出來；最後，這場觀看最終促使他棄醫從文，使他得到一個啟蒙者的主體位置。而王國維在〈浣溪沙〉裡也演繹了具有故事性的一場殺戮，視角與聲音之分歧、意義的失落，顯見抒情傳統已然無法安頓他的靈魂，這個主體位置正是本文討論的重點。

86 葉嘉瑩先生縱觀歷代詞史發展，提出歌辭、詩化、賦化之詞三類，並認為靜安詞偏向於賦化；此可與上文所析出的偏向戲劇、敘事的向度參看。繼而，其以「哲化之詞」為靜安詞定調，認為他的詞作「超越於現實情事以外，經由深思默想而將一種人生哲理轉為意象化……對於舊傳統而言，無疑是一種躍進和突破。」見〈論王國維詞——從我對王氏境界說的一點新理解談王詞的評賞〉，收入與繆鉞合著：《詞學古今談》（臺北市：萬卷樓圖書公司，1992年），頁369。此處要細究的正是這哲化之詞背後，其實是一個孤絕的現代個人，已全然不同於傳統的士人自我，葉先生的意見是建立在將王國維放在詞史的總結位置，但本文要處理的則是舊中之新，且這種新感覺其實是舊體所不能涵括的，這是新時代對傳統的洗禮；易言之，他非舊學的殿軍，而是新學的先鋒，儘管他還是以舊體詩詞來表達。

87 見錢鍾書《談藝錄》（臺北市：書林出版公司，1988年），頁199與頁309之補訂。

的討論，進一步釐清靜安詞末句突現到底有怎樣的現代哲理。高先生在論述美典時，認為律詩最能體現這樣的抒情企圖，這「形式的圓滿正反映了詩人所要表現的自足圓滿的理想世界。」[88] 而高氏進一步分析道，這一套美典在晚年杜甫手中完成，他在詩歌結尾體現出這樣的書寫境界：

> 一首詩的結尾已不再是一種理想化的生活境界的反映或重申，⋯⋯杜甫對抒情自我與宇宙大地──或者說更廣闊的歷史與文化背景──之間的關係經常作出客觀的估量。⋯⋯杜甫繪出了處於歷史背景中的自畫像。境況淒慘，語調悲愴，但結尾的意象依然引導讀者從一個比生活更寬廣的領域去看待他。⋯⋯其每一首的尾聯都廣為傳⋯⋯也許那是對杜甫困境最深刻、最卓越的表達之一。[89]

易言之，尾聯的超拔，讓全詩進入一種新的穎悟，也收束若斷或續意脈、曲折複雜的關係，使之結構一統，進入了詩人和諧的內在化心境，領受新的靈視（vision），開啟一個豁然頓悟的時刻。

移之以觀靜安詞；如以〈減字木蘭花〉（亂山四倚）為例：

> 亂山四倚，人馬崎嶇行井底。路逐峰旋，斜日杏花明一山。　　銷沈就裏。終古興亡離別意。依舊年年，迤邐驛綱度上關。

該詞敘述者採第三者的觀照角度，並非是身在此中的抒情之眼，而是出之以描摩寫事的客觀注視；易言之，這是一個以冷靜寫悲涼、以智慧寫困塞的觀察者，從而透出了其位居於高點的位置。書寫在此保持了美感距離，因此也比較容易化解（旁觀之）痛苦，在全詞保有一統的抒情口吻。本闋詞結構十分嚴謹，上片末句「斜日杏花明一山」恰為兩片過渡，句中「斜日」接續亂山、崎嶇的下沈之勢，同句「杏花」卻已從暝色中透出希望，繼之點逗出下片歸於哲思的觀照，實有其整體上結構考量，不純為秀句而已。下片「銷沈

---

88 高友工〈文學研究的美學問題（下）：經驗材料的意義與解釋〉，收入《美典：中國文學論集》（北京市：三聯書店，2008年），頁83。

89 高友工〈律詩的美學〉，前引書，頁258-259。

就裏。終古興亡離別意。依舊年年。迤邐驟綱度上關。」[90]將上片「亂山四倚」之寫，投入亙古無垠的時間之流，遂將原來「人馬崎嶇、路逐峰旋」現時之苦，轉為「依舊年年、迤邐驟度」的永恆平靜。此詞容或有不同理解，但無礙於從結構上客觀上來加以考慮，情思緜緜不隨終句而止，造成一種圓融和諧的藝境。

有別於〈減字木蘭花〉的旁觀冷靜，一旦詞人書寫自我，那切己的的思念、無由的傷感、重壓的氛圍；回到前引之詞，其結尾突現即不同於上詞之情調的一統：

> 沉沉戍鼓，蕭蕭厩馬，起視霜華滿地。猛然記得別伊時，正今夕、郵亭天氣。　　北征車轍，南征歸夢，知是調停無計。人間事事不堪憑，但除卻、無憑兩字。(〈鵲橋仙〉)
>
> 閣道風飄五丈旗，層樓突兀與雲齊。空明餘月連錢列，不照紅蕤倒井披。　　頻摸索，且攀躋。千門萬戶是耶非。人間總是堪疑處，惟有茲疑不可疑。(〈鷓鴣天〉)

末尾的突現皆以一種「領悟」出現，但那是怎樣的智慧觀照？細讀此二闋詞，皆以抒情我的觀視開始，接著詩人開始展示他的經歷：「猛然記得別伊時」、「頻摸索，且攀躋」；而終於「調停無計」之徒勞，或「是耶、非耶」的自疑；隨即出以空際神理般之穎悟臨現；但細察之，這並非是一種「解決」，也不若採取一種更高處的觀照來化解衝突（如上闋所示），而是一種接續前面無著、憂疑的情緒，甚至翻轉更為濃重稠濁——質言之，那不是靈視，卻是對「非我」之執著與肯認了。

因此，結尾的哲理突現，那只能說是一種「類」（Pseudo-）穎悟的表述，也許還稱不上是悖論（paradox），[91]因為「除卻無憑、茲疑不可疑」——那談不上啟蒙、也並未朗現真理，反而是臣服、陷落於理性判斷的

---

90 見《王國維詩詞箋注》，頁525。

91 布魯克斯（Cleanth Brooks）〈悖論語言〉，收入趙毅衡編選《新批評文集》（天津市：百花文藝出版社，2001年），頁353-375。

王國，現實沒有翻轉、爬升的可能，反墮入根深柢固的認知裡而牢不可出。王國維於〈釋理〉一文裡批評道：「所謂理者，不過理性、理由二義，而二者皆主觀上之物也。」因之那只是「吾人知識之普遍之形式……知力之一種」，「不能為直觀之概念……不過一幻影而已矣」！[92]靜安之接引叔本華的思想，即是要超越目／知力，翻轉可見現象，從而進入永恆的解脫王國；但此處賴以認識的，不免還是那「經驗之知」──正是他著力批判的。

可追問的是，既無超越，末句所謂（偽 Pseudo-）「哲學上的感受」何來呢？這是因為其語序本身隱含的問答悖反之故：「人間事事不堪憑，但除卻、無憑兩字」，以「無憑」而為「有憑」、以「茲疑」而為「不疑」，語序上確實是否定了前句，而這樣的否定，理論上可以推翻前見，藉以開展出新的語義，以遮為詮；[93]但弔詭在於：前句乃是一懷疑論，本質就已是否定的，因之對其之否定，在轉為後句之肯定同時，也就落入虛空──這正是周策縱先生所說的：

> 倘無憑為常真，則人間已非事事無憑，初視之，猶有可慰也；乃此常真而可憑者即為「無憑」之本身，於是此人生虛妄無常之可怕，乃愈達於極點！[94]

易言之，因為認識陷落於自我理性之中，其困境可謂毫無出路，笛卡爾（René Descartes）名言在此被改寫為：「我疑，故我在。」這個問題框架不正是王國維早年讀之而不能入──康德對人之界定；細究此論，那更像是一個以無家為家的異鄉人，一個漂泊遊走於傳統與現代之主體，顧隨所謂的「畸零兒」。[95]

---

92 〈釋理〉，《王國維全集》第一卷，頁27-29。

93 特里‧伊格爾頓（Terry Eagleton）：「在一個萬事無絕對的世界裡，甚至絕望也不是絕對的。」引自氏著、朱新偉譯：《人生的意義》（南京市：譯林出版社，2012年），頁61。可謂是在同樣句構裡對靜安悲觀之詞的改寫。希望與虛無正在同一層面，這樣的對立顯出王國維以有疑為不疑、以無憑為有憑，自也是一種理性的獨斷。

94 周策縱：《論王國維人間詞》，頁21。

95 顧隨語見《顧隨文集》，頁775。

王國維自己十分看重、也是名作〈蝶戀花〉（百尺朱樓）：

> 百尺朱樓臨大道。樓外輕雷，不間昏和曉。獨倚闌干人窈窕。閒中數
> 盡行人小。　　一霎車塵生樹杪。陌上樓頭，都向塵中老。薄晚西風
> 吹雨到。明朝又是傷流潦。[96]

「獨倚闌干人窈窕。閒中數盡行人小」，儼然是一唐宋詞中的典型思婦，但
下片忽然接以「一霎車塵生樹杪。陌上樓頭，都向塵中老。」試問「數
盡」、「獨倚」的思婦如何能曉「陌上樓頭，都向塵中老」？這一句排空橫
入，「陌上」、「樓頭」位置實有高低不同，但在此則同被感知，因之這已是
敘事者的觀照之眼了；原抒情我的聲音已然無法包容雙重視點，造成這樣
「塵中老」的「一霎車塵生樹杪」——那從天地遠方瞬時逼現的車塵，如羅
蘭·巴特之「刺點」，[97]向讀者襲來，正是一個視覺化的尖銳。而多重之視
點，突破了抒情的觀照；類穎悟式的結尾則將主體禁錮於現實之中，而所謂
的天眼——那由叔本華處引渡的觀念，終於也不免——

> 山寺微茫背夕曛。鳥飛不到半山昏。上方孤磬定行雲。　　試上高峰
> 窺皓月，偶開天眼覷紅塵。可憐身是眼中人。[98]

此詞上片皆極寫其高，因天眼對「遠近、前後、內外、未來」之所能
觀，固必以一極高位置來象喻，而鳥飛不至、行雲入定，則由時間（夕曛）
躍入空間（上方），將心眼轉為藝境，正是一超越之象。不過，下片首句的
「試」字已經預示了觀照的破滅，而「窺皓月」、「覷紅塵」，此肉眼上窺與

---

96 〈蝶戀花〉，《王國維詩詞箋注》，頁545；葉嘉瑩教授的解讀是幾家裡最好的，見《王
　國維詞新釋輯評》，頁337-341。

97 論者多措意於「薄晚西風吹雨到，明朝又是傷流潦」的無奈、絕望與悲哀；是以刺點
　提取前句之景，認明其「突如其來，卻多少具有潛在的的擴展力」之功。見巴特
　（Roland Barthes）著，許綺玲譯：《明室：攝影札記》（臺北市：臺灣攝影工作室，
　1997年），頁56。

98 〈浣溪沙〉，《王國維詩詞箋注》，頁424。

天眼下覷，不免是兩種殊途，必然產生絕大矛盾，也是上述所論詞中無法統一的兩種視點。「身是眼中人」，乃天眼所觀──此或為憂患人生之實情；但「可憐」二字冠於句首，卻為天眼所觀定下肉眼之調──詩人終究須由那高峰墜下；當真如「若是春歸歸合早，餘春祗攪人懷抱」之寫[99]，不免已有自絕之意，此可視為抒情主體的破滅。[100]

## （二）零星、零碎與飄零

靜安詞喜用「人間」一詞，不離人間為其一大特色。據周策縱先生所統計：「全部一百一十五闋中：『人間』凡三十八見。他如詩中……尚不計在內。」[101]這樣頻繁使用，自也招致「對作者才華不無懷疑」[102]之批評。然可進一步討論的是，「人間」於詞中並不孤出，統合觀之上下文，方始能夠理解其字義層上的架構，進而推知作者所營構的整全世界，非能僅止於逐條檢掇而已。

若然，即可發現「人間」多與「斜陽」、「日暝」、「西風」、「落日」、「霧月」、「天暮」、「雨」、「霜華」、「夜夢」、「冷月」、「秋風」、「殘月」、「落月」、「殘春」等自然風物伴隨；凡三十八見裡，只有五首是與「日曙」、「月嬋娟」、「素月」相佐，另約有三、四首並不具物候時節之表述。因之，那覷

---

99　〈蝶戀花〉（誰道江南春事了），《王國維詩詞箋注》，頁413；周策縱說此首應作遺囑來讀。

100　視覺是王國維遭遇現代的病徵，因病予藥，卻也成為他自我救贖的超越之道，因有天眼之為。不過，王國維欲將美學的天眼認識貞定於倫理學上的價值，但人畢竟是文化上的存有，然而此際他對中體基本上是格格不入的，他的〈釋理〉頗有去魅的現代意義，足見其與傳統之疏離，缺少可以依附的國體、制度，價值終究無著。而即使他襲用的是舊體詩詞，一樣的悲秋傷春，有相近取喻，但其內在卻已非傳統上的抒情主體，表現出來的就是視點分歧與無法化事於情，典型的現代畸零個體，表現出濃重懷鄉情緒。

101　周策縱：《論王國維人間詞》，頁65。

102　蔣英豪：《王國維文學及其文學批評》（香港：香港中文大學崇基學院華國學會，1974年），頁72。

得已身所在，與之「相伴」的紅塵世，大抵是一蕭瑟、淒冷、衰暮、闇黑所在；而此又皆是永恆自然之意象，在語義上與人間又是「相對」的──以永恆為友，「聊復浮生，得此須臾我。乾坤大，霜林獨坐，紅葉紛紛墮。」[103]豈非徒然映照出個人孤寂。人生倏忽固不能與永恆自然相擬，但那人世傷別離恨，卻又真實可感，直指詩人的存在悲劇。因之成為天眼中人的靜安，其身墜入紅塵，如同「辛苦錢塘江上水。日日西流，日日趨東海。」[104]寫出命定與徒勞；而那並非是「我身即我敵」、「大患固在我」[105]的叔本華式推演；或僅止於傾訴「厚地高天，側身頗覺平生左」[106]的格格不入，因為他是這樣孤獨──

> 新秋一夜蚊如市，喚起勞人使自思。試問何鄉堪著我？欲求大道況多歧。人生過處惟存悔，知識增時祇益疑。欲語此懷誰與共，鼾聲四起斗離離。[107]

奈何「嚴城鎖。高歌無和。萬舫沈沈臥。」[108]靜安顯是因為「無從語」，遂而靜默，而新秋蕭瑟為這樣的無語加深了寂寞。魯迅稍後也從「許多熟睡的人們」的鐵屋裡醒覺過來；[109]屈原亦有這樣的徬徨，他行吟澤畔，顏色憔悴，形容枯槁，歷經求女不得、上天不獲，一如靜安的「試問何鄉堪著我？」於是如屈子「忽臨睨夫舊鄉」，終於而向故國墜落。

於是他停留浮沈於修羅地、墮入人間世，無從閃躲那「蚊如市」嘈雜的

---

103 〈點絳唇〉，《王國維詩詞箋注》，頁490。「霜林獨坐。紅葉紛紛墮」有淒清、消逝之感，與王維「澗戶寂無人，紛紛開且落。」相較，後者雖是「無人」，但開與落的芙蓉花，帶來生命的流轉循環往復之感；靜安詞中有人，卻成為「紛紛墮」的見證者。

104 〈蝶戀花〉，《王國維詩詞箋注》，頁432。

105 〈偶成〉二首，《王國維詩詞箋注》，頁56-58。

106 〈點絳唇〉，《王國維詩詞箋注》，頁490。

107 〈六月二十七日宿硤石〉，《王國維詩詞箋注》，頁53。

108 〈點絳唇〉，《王國維詩詞箋注》，頁434。

109 魯迅：《吶喊‧自序》，收入《魯迅全集》第一卷（北京市：人民文學出版社，1991年5刷），頁419。

侵擾，[110]而又總是孑然孤身：

> 皋蘭被徑。月底欄干閑獨憑。修竹娟娟。風裏時聞響佩環。　　驀然深省，起踏中庭千個影。依舊人間，一夢鈞天只惘然。[111]

詩人隨著「皋蘭被徑」延伸而獨眺遠際；又聆賞「修竹娟娟」音聲交響；下片「驀然深省」來得突兀，引動詩人強大的精神能量，遂有「起踏中庭千個影」。由「閑」而「踏」，如此的翻轉，也迫使典故不再只是搜字覓句，而已成為「詩—人」高度互喻：「皋蘭被徑兮斯路漸」（〈招魂〉），呼喚著「魂兮來歸」，而下句「風裏時聞響佩環」，陳永正先生箋釋的只是「佩環」的其他出處（頁467），但聯繫上句皋蘭意緒，卻不若直以姜夔〈疏影〉：「想佩環、月夜歸來，化作此花幽獨。」指明那是對美好的企盼與終究無回的失落——也呼應、回扣著上句暗示對芳魂到來籲求。然而千影踏盡依舊無著，「一夢鈞天只惘然」則亟寫自己在夢與現實之間的依違往返，「惘然」指他在兩者之間迷失了，因為夢是如此之真實可感，卻讓現實虛幻了起來，兩者之間的界線已渺不可辨——看得出，靜安此詞已頗有棄世自遁之意了。

人間詞裡的「零星」雖只零星出現，頗能成為他失路無著，又無可堪語；欲得審美超越，而終於只能得之慰藉的象喻：

> 高城鼓動蘭釭炧，睡也還醒。醉也還醒。忽聽孤鴻三兩聲。　　人生只似風前絮，歡也零星。悲也零星。都作連江點點萍。[112]

「高城鼓動蘭釭炧」，時近凌晨，燈燼已殘，而斯人獨醒；點出那並非是一個時代的感覺結構，而是孤獨的醒覺。而欲睡不得、欲醉不得，讓他的感官在夜深裡反而異常敏銳，那孤鴻與斯人遂有了互喻關係。隨著孤鴻之號，引動他抒情聯想，那本是自古送迎往來的悲歡所在，寄寓著離人、迎客

---

110 參朱歧祥：〈〈靜庵詩稿〉讀〉，見氏著《王國維學術研究》（臺北市：文史哲出版社，1995年），頁167。

111 〈減字木蘭花〉，《王國維詩詞箋注》，頁467。

112 〈采桑子〉，《王國維詩詞箋注》頁403。

之悲歡，但「歡也零星，悲也零星」，如今卻悲歡兩失，飄散於零星的楊花裡，因其體微質輕，已然無法承載絲毫悲歡情感了。這樣的虛空，遂讓人生化為片片飛絮，凌亂而破碎，成為「零星」。

王國維對自己填詞之成功頗為自豪，曾言：「余之於詞，雖所作尚不及百闋，然自南宋以後，除一二人外，尚未有能及余者，則平日之所自信也。雖比之五代、北宋之大詞人，余媿有所不如，然此等詞人亦未始無不及余之處。」[113] 此處之自謙不免也是一種自信與自得；雖然如前所述，論者對靜安詞容有不同評價，但本文無意往此發展這個命題。此自述可見王國維之擇定填詞並非偶然，其又論：「詞之為體，要眇宜修，能言詩之所不能言，而不能盡言詩之所能言」；比對其他文體，又言「余所以有志於戲曲者，又自有故。吾中國文學之最不振者，莫戲曲若。」（頁122）有別於後者之救亡圖存的顯意識，詞之幽眇蘊藉，加之偏於短小體式（不喜長調），顯然比詩歌更「窄得多」，而得以成為他心目中純粹之抒情之體；[114] 但在他手中，抒情有了新的時代感，作為一個醒覺之人，除去漂泊孤獨、嗟時不逢、[115] 命運蹇仄、憂生憂世外，「歡也零星。悲也零星」還能是什麼？

此處楊花「人生只似風前絮」之明喻，當與另一闋〈水龍吟·楊花用章質夫蘇子瞻唱和韻〉共讀，方能盡顯箇中意蘊。靜安不主和韻、長調，連帶影響了他創作與批評取向，不過其非常欣賞蘇軾〈楊花〉之和作，認為超越了章質夫的原詞。而自己也不免和了一首〈水龍吟〉，雖然以「偶爾遊戲」寬之，不過「與晉代興」之句，洩漏了這是「別出心裁」的有意爭勝，[116]

---

113　〈自序二〉，頁122。

114　參王國維〈文學小言〉第十三則、十七則；分見《王國維全集》第十四卷，頁96、97。

115　如〈玉樓春〉：「今年花事垂垂過。明歲花開應更韶。看花終古少年多，只恐少年非屬我。　勸君莫厭金罍大，醉倒且拚花底臥。君看今日樹頭花，不是去年枝上朵。」見《王國維詩詞箋注》，頁427。

116　見《人間詞話‧未刊稿》第五則：「余填詞不喜作長調，尤不喜用人韻。偶爾游戲，作〈水龍吟〉詠楊花，用質夫、東坡倡和韻，作〈齊天樂〉詠蟋蟀，用白石韻，皆有「與晉代興」之意。余之所長殊不在是，世之君子寧以他詞稱我。」《人間詞話：匯編匯校匯評》，頁259。

而從相同取喻裡，見得詩人新出的九轉幽微之意：

> 開時不與人看，如何一霎濛濛墜。日長無緒，回廊小立，迷離情思。
> 細雨池塘，斜陽院落，重門深閉。正參差欲住，輕衫掠處，又特地、
> 因風起。　　花事闌珊到汝。更休尋、滿枝瓊綴。算來祇合，人間哀
> 樂，者般零碎。一樣飄零，寧為塵土，勿隨流水。怕盈盈、一片春
> 江，都貯得、離人淚。[117]

　　王國維此作上片仍不脫傳統格套，新意總在下片轉出。這或許源於他的
詞裡總有一個敘寫發展過程，是以能量必須逐漸蓄積，遂在最後才噴薄而
出，而這當與他有心設喻、運化典故、而長調又特別要求詩人有一思索安排
與轉折有關。對比孫康宜先生對李煜詞作的觀察：「一般而言，李煜會把一
首詞分成兩片，各自代表不同的抒情剎那。……抒情時刻幕幕相連。」[118]
王國維所作並不同於此，其詞作往往統合在「一事」框架裡，而衝突總在最
後才得到（一定程度上）解決。以此闋而言，上片寫女子未能及時觀花之嗔
怪心緒，下片則轉寫楊花闌珊委地，事件在此只有影影綽綽之迹，主要在渲
染情思與描摹物象，可謂融事於情，是一闋成功的抒情之作。

　　由滿枝瓊綴至花事闌珊，呼應上片觀看之蹉跎，而其後眼裡裡所見之點
點飛絮，則成為情之所象──引發「身世飄零」與「哀樂零碎」之感；最後
「一片春江，都貯得、離人淚」，顯然由蘇軾的「楊花點點，是離人淚」之
喻轉化而來，但進一步成為本詞「寧為塵土，勿隨流水」的擔憂，遂讓離愁
有了可感（而難以承載）的實質重量，且「怕盈盈」此一轉折，可謂「腸一
日而九回」，是「充我情之量而設身處地於對方」的一種懷想[119]──實又造
成讀者對於作者幽微情意之進一步體會。

　　細察「滿枝瓊綴」而至「者般零碎」象喻，不僅以神理狀物，置諸於歷

---

117　〈水龍吟〉有「楊花用章質夫蘇子瞻唱和均」小序，《王國維詩詞箋注》，頁414。
118　孫康宜著，李奭學譯：《詞與文類研究》（北京市：北京大學出版社，2004年），頁65。
119　唐君毅：《中國文化之精神價值》（臺北市：正中書局，2000年），頁347。

來詠物傳統而不遜；其還寫出一種無可收拾的消逝破滅，進而投射至「人間哀樂」，讓憂與歡兩皆無著（但並不是消失），散成了碎片。「人間哀樂，者般零碎」，並非是哀樂雙遣之達觀，而相較於抒情傳統「情之一字，所以維持世界」之真實信仰，這裡的零碎、零星，轉而有一種人生處於一種失重之漂浮，那是存在之絕大疑問；而抒情自我既化為風絮點點，詩人卻又有「寧為塵土，勿隨流水」的考慮，然而「春江離愁」既是太沈重而無法／能承載，這質清體微的風絮（只能）散入無情的寂滅天地（塵土），至於渺不可見。

那種如絮隨風飄零的狀態，預告了將至的國體鉅變，而這種悲慨，也意味著墜落之詩人內在早已先一步破體而成為碎片；從抒情詩傳統看來，這種破碎心境仍被文字保存下來，證明詩人尚能化事為情，以藝術來捕捉神思，傳統尚在，其實並未真正失去，惟主體之崩毀已然開始演繹，王國維自是以其憂鬱之性敏銳的預知世變至於末世——主體之飄零，即由亂離始，終而進入離散——「西風一夜吹人老」由此看來，說得大抵不差，只是稍輕了；[120]因為「耶穌基督卻是騎在炮彈上飛過來的」[121]，士人集體賴以生存的意識形態被徹底擊潰，靜安詞預告了中體最後的防線終將失守；[122]而「悲歡零星」、「這般零碎」，差為近此之實。[123]

---

120 這是梅家玲教授的名作，氏著：〈發現少年，想像中國：梁啟超「少年中國說」的現代性、啟蒙論述與國族想像〉，《漢學研究》19卷1期（2001年6月），頁249-276。

121 蔣夢麟：《西潮》（臺中市：晨星出版社，1985年），頁12。

122 黃錦樹：『「中學為體，西學為用」的表述，這樣對東西學術的理解，是會通的立場。很可能也是同時代士大夫對東西學術的基本理解，但其實也是讓步的底限。」見〈論中體——絕對域與遭遇〉，收入《文與魂與體：論現代中國性》（臺北市：麥田出版，2006年），頁數191。

123 王一川以生存的斷裂感、生活的飄零感、心理的創傷感來詮釋「斷零體驗」，用以描述蘇曼殊作於一九一二年的《斷鴻零雁記》主角三郎的身心狀態，見《中國現代性體驗的發生——清末民初文化轉型與文學》（北京市：北京師範大學出版社，2001年），頁387。

# 四 結語

　　一九一一年辛亥革命後，王國維隨羅振玉遷往日本，他的學術生產可謂進入了新的階段，也當另文評估。他早年傾心於叔本華，欲以建基於倫理學的美學代宗教，以淨化、解脫進行對國體身心之改造，而這樣的診斷遂讓已在的人間成為道場，不離人間讓他毫無喘息與遁逃的可能；但試問人又怎能脫離所在紅塵呢？是有「人間地獄真無間，死後泥洹枉自豪」[124]之嘆！而他對於美術能際斷生活之欲何以抱持這樣的熱情關注，也就不難理解，因那也是一種自我贖救之道，否則他必然要被永遠困在人間裡，因為生命存在就是悲劇，人間即是地獄。

　　王國維從哲學探求轉為文學之為，這樣的轉變自有其「可愛者不可信、可信者不可愛」的理由，轉變也許是一種撤退，因為他要求的是「直接之慰藉」，當他專力填詞並獲得絕大成功之時，得以在他認為更精純的抒情詩裡──因為化事為情──讓他可以在抒情之冥想（回憶）上駕馭現實，從而得到安頓、慰藉。而由哲學之高蹈迄於文學之抒情，他的人間詞作，回到傳統的按譜填詞的斷想片語形式，也可視為一種抒情之回歸，再次展示傳統生命之延續，不過但這樣的抒情效力，並非是傳統的頓悟靈視，而僅止於抒懷：

> 欲覓吾心已自難，更從何處把心安。詩緣病輟彌無賴，憂與生來詎有端。[125]

又，

> 算是人生贏得處。千秋詩料，一抔黃土，十里寒螿語。[126]
> 陋室風多青燈炧，中有千秋魂魄。似訴盡、人間紛濁。[127]

---

124　〈平生〉，《王國維詩詞箋注》，頁82。

125　〈欲覓〉，《王國維詩詞箋注》，頁92。

126　〈青玉案〉，《王國維詩詞箋注》，頁438。

不僅「千秋詩料」無法安頓之,「黃土」、「寒螿」、「千秋魂魄」又駸駸然墮於鬼氣森森之荒涼了,紛濁之世又何嘗不是鬼影幢幢之末世景觀。

從視覺隱喻而論,從〈叔本華像贊〉裡「天眼所觀,萬物一身」的超越之道,至於《人間詞裡》「偶開天眼覷紅塵,可憐身是眼中人」的自我救贖之失敗,檢視他早期詩詞之作,大抵是一抒情主體的焦慮徬徨,因而從他的抒情實踐裡,那不能一統於抒情我的音調,大抵是多重視點帶來主觀語調的雜音,回憶被當下事件突破,讓「事」駸駸然開始越界於「情」。這樣的情雖以穎悟式結尾突現,但內在實是理性獨斷、自我陷落,封閉了超越之路。王國維由現代大觀的驚詫,而終於死之凝視,而那種悲痛已經不能寫、或也不必寫了,這只能慰藉的文學,透出抒情之異響,或者預示了他後期學問的轉向。然,他所示範出的視覺感知,架接中西之天眼,也是彼際一種新的世界觀與認知方式,可看出一種新的觀視正在形成。最後,抒情主體終於哀樂無著而破碎四散,預示著傳統價值之崩毀,而進入現代之後,那是一個不折不扣的畸零之人,必然抒情無著、哀樂零星;進一步說,也許他其後之託身金石史地的國故之學,或者也是一種企圖招魂之舉,以及從事某種意義上的國體之再生吧!不過,這勢須另文探討。

──本文原刊載於《中正漢學研究》第27期(2016年6月),

頁55-89(有修訂)。

---

127 〈賀新郎〉,《王國維詩詞箋注》,頁446。

# 論西域物質文化在中晚唐詩中的投影
## —— 以瑪瑙器皿為例

李宜學

## 摘要

　　西域文化對中原影響深遠；尤其李唐一朝，胡風特熾。這似乎已是中國文學史、文化史、文明交流史上的常識。向達先生〈唐代長安與西域文明〉、〔美〕Edward Schafer（愛德華・謝弗，1913-1991）*The Golden Peaches of Samarkand: A Study of T'Ang Exotics*，更從學術的角度證實了上述印象。準此，唐人「胡化」之廣之劇，幾可定讞。然而，葛曉音先生〈論唐前期文明華化的主導傾向——從各族文化的交流對初盛唐詩的影響談起〉一文卻對此成說提出異議：初盛唐詩中罕見胡俗描寫，能進入詩人視野的西域新奇事物並不多，這反映了唐人對自身文化的信心：以中華禮教化成天下，所以，彼時的文化主導力量乃是「華化」，而非「胡化」。至其消長之機，則為安史之亂，士人懲於胡人叛變，深戒胡風，因此，詩歌中反映胡俗遂亦寖多。所論發人深省，但最後一個觀點未及展開論述。職是，本文乃欲賡續考察西域物質文化在中晚唐詩中的投影，並取徑「新史學」（New History）中「新文化史」（New Cultural History）之「物質文化研究」（material culture studies）為進路，尤借鏡其「物品的文化傳記」（cultural biography of things）與「物質藏品中的文化再現」（the representation of culture in material objects）此二觀點，討論西域器皿：一方面，藉中晚唐詩歌文本作為西域物質文化滲入中原的例證；二方面，透過物質文化的視角，重新解讀這些涉及西域器皿的詩歌文本，期能勾掘出前人較少留意的詮釋層面。惟限於篇幅，茲先以瑪瑙器皿為例，進行個案研究。

# 張岱與石的物我關係探索

## 龍亞珍

## 摘要

　　張岱言「人無癖不可與交，以其無深情也。」他有眾多癖好，且一往情深。而眾多一往情深的癖好中，「石」是其中極為特別且重要的一項。他以石為號，並用石、藏石、寫石，以石興寄，「石」對張岱而言，具有非比尋常的意義和象徵。本文是筆者探索人與玉石的物我關係系列論文之一，主要以張岱二夢和其詩文集為觀察文本，爬梳張岱與「石」之間，多面又多重糾結的「物我關係」內涵。以為張岱以「石公」為字號，有標幟文士品操的意義。其對所居園林各類園石的描寫，暗喻著張氏家風的變遷。其對明末江浙友朋園林的記敘品評，則每以石喻人，以園觀人。物我關係中，他視「石」為心友、知音，石是他坐對孤寂天宇時的靜默之侶。他夢想與營造的生壙——瑯嬛福地也為一石厂，是他一生最後埋骨與寄託的所在。而其人如石，與石同具「龍性難馴」的傲骨。

關鍵詞：張岱　張岱二夢　張岱詩文　石　石文化　園林

# 千里鏡、鹿毛筆、寄生螺
## ——徐葆光使琉詞中的航海經驗與異國見聞

廖肇亨

## 摘要

清代康熙 55 年出任琉球冊封副使徐葆光所著《中山傳信錄》一書公推為歷代使琉球錄的白眉之作,甚且譯成多種歐洲語文,是西方認識琉球最重要的典據之一,徐葆光詩文集過去僅知有《舶前集》存世,近年發現徐葆光《舶中集》、《舶後集》(三種合稱《海舶三集》,或慣稱《奉使琉球詩》)等著作。其中《舶後集》一書後附一組詞作,就自鳴鐘、望遠鏡、鹿毛筆等事物加以吟詠,從中可以看出徐葆光的航海時光與琉球經驗,可謂文化交流史與物質文化交融互攝的絕佳範例,饒富趣味。雖然目前琉球冊封使的研究已經汗牛充棟,以詞為中心的研究似仍不多見。以此觀之,徐葆光此組詞作也有文學史的特殊意義。本文擬以東亞交流史的觀點切入,就徐葆光此組詠物詞作的文化意涵加以探析。

# 明清之際曲牌俗唱初探

## ── 以《南詞新譜》、《九宮正始》為例

黃思超

中央大學中國文學系

## 摘要

　　明清兩代，大量編纂的曲譜，除了格律參考功能外，也錄下大量的例曲與曲論，時至當代，這些資料，成為一窺當時曲唱的途徑。曲牌考訂的說明，涵蓋大量與音樂有關的訊息，除了解釋文詞格律與音樂腔句外（包括句法、四聲、格律變化等），也記錄曲牌在當時有哪些創作、演唱的習慣，在這些記錄中，曲譜編纂者雖用「矯正」的觀點，糾正當時曲牌寫作或演唱的「錯誤」，並詳加說明填詞度曲要點，但所謂的「正確」與「錯誤」，通常涉及了「編譜觀點」與「俗唱習慣」的矛盾，這層矛盾，反映了三個問題：一、編纂者用什麼標準來判定格律的「正確」或「錯誤」；二、被曲譜訂正的「錯誤」，是否行之於當時，甚至影響後世，成為慣用的新格律；三、「錯誤」的習慣，是否反映了曲牌音樂與文字格律間某種鬆動可變的關係？

　　本文探討《南詞新譜》，《南曲九宮正始》這兩部觀點有異的曲譜，互見其中曲牌俗唱記述的細節，試圖歸納並探討明清之際曲譜中，被訂正的各種曲牌創作與演唱習慣。二譜對俗唱的描述，顯示曲牌這種文體，從產生的便是不斷變動，俗唱的鬆動可變與曲律的規範制定，是一連串不斷相互影響與妥協的過程，這是「內在」（曲腔本身的可變空間等）與「外在」（傳抄或演唱誤植等）兩種因素的交互影響，對此，曲譜編纂者所持的立場與方法，成為觀照曲牌俗唱的重要材料。

# 從《洛水悲》到《洛神》

## 李元皓

## 摘要

　　以「洛神」為題的古典戲曲，最早見於明雜劇《洛水悲》，後有清雜劇《瀟湘影》與京劇《洛神》，本文的主旨即在於探討從一條二百多字的〈洛神賦〉註文，如何進入戲曲，進入戲曲之後，經歷何種演變，而成今日所見的京劇《洛神》。從《洛水悲》到《洛神》，劇中涉及的情節，可說越來越簡。《洛水悲》的主題是求而不得的愛情，《瀟湘影》的主題是「事雖不正，情卻不淫」，《洛神》的主題是製作出「脫去一切人間事物」的神話戲曲。另一方面，表演設計卻踵事增華。所討論的脈絡，是以感甄故事裡的抒情線索為主。當代戲曲所注意的重心，跟古典完全不同，必定敘述曹氏兄弟爭嫡的權力鬥爭，跟甄后的愛情的通俗劇、情節劇走向。值此當代「新京劇」所標榜文學筆法，層層剖析，向內凝視的新美學，重新檢視《洛神》所承載的文人劇、抒情劇理念，尤具時代性的意義。

# 千古梨園未有之奇

## ──晚清汪笑儂《瓜種蘭因》對京劇的新實驗

### 侯雲舒

## 摘要

　　晚清對於傳統京劇而言，可謂是一個劇變的時間區段，不同的京劇演員都針對西方戲劇的傳入做出了不同幅度的因應策略，但如果要論此時對於京劇的新變用力最深，且在劇本創作及舞台演出均有表現者，由票友下海的老生演員汪笑儂，當是一個醒目的存在。1904 年，汪氏在上海創刊了中國第一本戲劇期刊《二十世紀大舞台》，同年汪笑儂於《警鐘日報》發表新劇《瓜種蘭因》，之後陳獨秀所主編之《安徽白話報》也予以轉載，此劇以波蘭史事為題材，首演於上海春仙茶園，為當時京劇舞台上演的第一部「洋裝京劇」，此劇編排與題材均已溢出傳統京劇的創作模式，並可以見出汪笑儂對於戲曲改良的重大跨越，是其對於京劇創新實驗的一個具體範本。本文即以《瓜種蘭因》為主題，探討此一劇中許多在編寫方面的創新實驗，以可見出此時期京劇的新變跨度之大，實前所未見。

# 石濤山水畫中的圖文關係與主觀經驗

## ——以《山水人物》冊頁、《黃山八勝圖》
## 與《廬山觀瀑圖》為例之說明

楊晉綺

## 摘要

本篇論文旨在從繪畫與文學的跨領域視角探討清初畫家石濤（1642-1708）《山水人物》冊頁、《黃山八勝圖》與《廬山觀瀑圖》作品中山水圖繪與畫作題詩／跋文之間的圖文對應關係，闡明石濤畫作中主觀經驗的具體內蘊以及詩圖互文的幾種意義類型；試圖陳述石濤如何藉由繪畫藝術活動表達其存在經驗與時空識感，拒絕將藝術視之為逃避現實的生活方式，或者單純地視之為一種純粹之審美探詢的實踐結果。繪畫藝術之於石濤，乃是探問生命存在與自我完成的一種具體存在形式。

# 語花芳情・散花禪情
## ——明清畫像文本的兩個抒情向度

毛文芳

## 摘要

　　清代文人畫像題裁多樣化，大抵以標榜政治功業、表徵倫理孝誼、形塑文化形象等符合主流價值的畫像為大宗。在主流題裁之外，有一類與逸樂有關的「郎與多麗」圖式：一位像主（郎）作為圖面核心，身旁一至多位美人（多麗）為配角陪侍，極易引發觀者無邊的綺想，成為清代文士表彰自我的一種鮮明特徵，可視為強調個人主義之近世文化的一項產出。筆者細繹晚明文人鍾情於「花」與「美人」的對應關係，推導其美感繫聯的理路與越位觀摩的手法運用，聚焦於明清「郎與多麗」圖式以「花」與「美人」取材之畫像文本，著眼於其符號性觀看及詩歌抒情演繹的繫聯關係，拈出「語花」及「散花」類型，分別探討知音芳情與解悟禪情兩個文人畫像文本的抒情向度，期能探知畫像文本於詩畫史之衍異與新變，藉以觸探近世文化的意涵。

# 左錫嘉〈孤舟入蜀圖〉題辭探析

卓清芬

## 摘要

　　晚清女作家左錫嘉（1831-1894）曾自繪自題〈孤舟入蜀圖〉，記錄在戰亂動盪的時代，孤身一人帶著八名幼兒，護送丈夫曾詠和夫家親族三口棺木返鄉的過程。〈孤舟入蜀圖〉題辭是女詩人遭逢生命中重大事件的自我記錄，刻鏤著太平天國之役中離亂、行旅的印記。從〈孤舟入蜀圖〉題辭的「自題」與「他題」，可以掌握清代女性的自我觀看/自我型塑和他人觀看/他人型塑的異同，以及圖像題辭所顯示的社會文化意涵。

　　左錫嘉在序文及自題詩中描摹自己守節、重義、體察親心、恪盡母職的自我形象，而他人觀看的角度，則賦予錫嘉才女、節婦、賢母、儒宗等多重形象。

　　〈孤舟入蜀圖〉題辭紀錄的不只是個人的生命史，也是家族史，更是紀錄時代巨變滄桑的社會史，形成了晚清的「詩史」特質，具有個人和家國的雙重意義。

# 文情、詩韻與史筆
## ──論《桃花扇》中孔尚任對侯方域詩文的借拈與改作

林芷瑩

## 摘要

　　孔尚任創作《桃花扇》，自言乃「考確時地，全無假借」，更作〈考據〉一文以示讀者，其中劇中主角侯方域本人的文字多篇是孔氏創作時的重要參考材料。本文試圖以侯方域的作品作為理解《桃花扇》的鑰匙，著重於〈李姬傳〉、〈贈人〉詩與〈左寧南傳〉等篇章，分析孔尚任如何在去、取與改作之間，寄寓其在文字之外的深意。

# 妖異、魑魅與鼠孽
## ——明清易代攸關家國之疾病隱語與身分認同

林宜蓉

國立臺灣師範大學國文系

## 摘要

　　易代氛圍之末世焦慮，與救亡圖存的精神企圖，無孔不入地浸潤了語言罅隙。這在明清之際自許遺民或懷想前朝的士子身上，尤為顯著。本文聚焦於這類士人，考察其自晚明以降的疾病書寫與末世書寫，分別梳理其義：首先，解析疾病書寫之象徵。先嘗試輻射式地勾勒遺民的「療疾／救國」隱喻網絡，博涉同期場域之疾病論述，藉以拆解錯綜複雜的話語策略，尋溯輾轉嫁接的象徵意源；其次，闡述末世書寫之隱喻。分析說話者對於災異現象的敘述與詮釋，運用了何種話語策略，迂迴接引了何種隱喻深旨；更進一步地，聚焦於「微物託寓」之詠物詩作，考察士子如何假卑猥微物等「妖孽語彙」，以寓家國宏義，形成明遺民式的「善罵」文化。

　　筆者視此二類書寫為攸關家國的時代隱語。值得思索的是，此中究竟有何文化象徵網絡，可作為「說話者／閱讀者」溯求意義、按圖索驥之佐？

　　經考，此種文化詮釋網絡，普遍存在於醫事典籍、史傳五行志中，提供了當時以及後世之「說話者／閱讀者」，書寫或詮釋易代遺民隱語的某種可能途徑。是以本文緒論，即先行標舉此一詮釋網絡，作為問題之揭竿揚幟，繼而探討明清易代遺民書寫的兩大議題：疾病書寫與末世書寫，考察說話者如何敘述「疾病」經驗？如何詮釋疾病之因？再者，又如何假妖異、魑魅與鼠孽等符碼，接引「見微知著」之天地宏旨與報應訓示？此種輾轉嫁接的隱

喻與精熟的敘述策略當中,所謂卑瑣微物、咒詛詈罵與「噍殺」戾氣,在當時又如何是一種時代的必要語調與姿態?此一隱語秘鑰,仍待研究者穿越末世叢林之晦暗霧霾,始能柳暗花明,得曲徑以通幽,一窺堂奧之妙。

# 張珍懷《清代女詞人選集》中的苦難與死別

金　鮮

## 摘要

　　張珍懷從《清代女詞人選集》嚴格甄選了六十四位清代女詞人，收錄 260 首詞，張珍懷高度評價當時受三從約束且無社會身分的女性們滿懷對詩詞的熱情進行創作，同情封建社會經歷各樣疾苦而只能依靠丈夫生活的現實，並且張珍懷高度評價那些反映社會現實和國家大事的女性詞。張珍懷在《清代女詞人》中關注女性的苦難，集中刻畫了因丈夫的錯誤的選擇而受苦的徐燦。張珍懷尤其關注失去丈夫寡婦的作品，收錄了被拋棄的女性或因出身貧寒飽受侮辱或在貧窮和疾病中掙扎的女性們的作品。總之，張珍懷自親身經歷的創傷與死別經歷入手，編選《清代女詞人選集》之時，自細處著眼深深體會清代女詞人所面臨的苦難與喪偶之痛。她將長時間無意識中潛在的壓抑與憤怒，投射於在貧窮和疾病中掙扎的女性，藉此吐露出自身一生的艱難困苦與被害意識。

# 世變中的賡續與新創：

## 梁啟超《飲冰室詩話》在詩話史中的定位與文化意義兼論「精神性／物質性」的對應態度

林淑貞

### 摘要

　　自梁朝鍾嶸（468-518）《詩品》開發詩論模式，迄宋代文人始大量書寫詩話，將詩論帶進品賞的場域中，評騭詩家、論述詩歌，蔚成風氣。到了晚清，梁啟超（1873-1929）與康有為（1858-1927）鼓吹變法，有百日維新，然而梁氏復以《飲冰室詩話》倡導詩界革命，究竟從詩話入手，對於變法革新有何提撕作用？有何關連性？可以帶動什麼樣的思維啟迪人心？本文旨在重新思考世變之中，何以梁氏以詩話作為發聲利器，其目的何在？在詩話史上可以開發什麼作用？在文化史上又具有何種意義？論述理序，一、先導引梁啟超存在處境及書寫《飲冰室詩話》的必要性。二、從形式結構論《飲冰室詩話》對傳統詩話之繼承，有摘錄式、風格式、印象式、述記本事、轉存詩作等方式；三、從義理內容論其對傳統詩話之承繼，有存錄時事、評騭詩家詩作、評論風格、人品與詩品關涉、注重詩史等項；四、論《飲冰室詩話》新創內容，有倡導新理想舊風格、中西長詩比較、強化詩歌與音樂關係、評騭中國結習等項；五、論《飲冰室詩話》之定位與意義，分從詩話及前人評論二視角檢視，再說明其欲衝抉羅網以報刊為載體之用心及道器辯證過程之擇取；結論歸攝其「舊風格新理想」欲衝抉羅網，創建新標杆的文化意義。

# 茅坤《唐宋八大家文鈔》與
# 「唐宋八大家」文學史地位的確立

鞏本棟

## 摘要

「唐宋八大家」之名醞釀於宋，而成於明茅坤《唐宋八大家文鈔》。茅坤針對明復古派的觀點，將道統與文統融合為一，明確提出「特以道相盛衰，時非所論」的觀點，進而認為能文與否取決於人的先天稟賦，文之工拙則取決於作者是否專一。這種對才性氣質的強調，深受王陽明心學的影響，而對創作專一的重視，則成為其文章評點的理論依據。茅坤選文以古文為主，而體兼駢散，其書實是一部以古文為主而兼收四六的文章選本。茅坤的文章評點，從「本色論」出發，充分肯定了八家文的文學史地位。其具體的評點，重視對作品的感悟，多用知人論世和比較之法，並不只是提點照應、勾乙截住的標示。受《唐宋八大家文鈔》的影響，晚明以降，各種唐宋八大家文章的選本層出不窮。通過自宋至清的眾多文章選本尤其是茅坤所編選的《唐宋八大家文鈔》的反覆不斷地的選擇和印可，「唐宋八大家」的文章及其在中國文學史上的地位，最終得以確立。每一選本的出現，都使得人們對八家的認識和理解加深一步，儘管其編選宗旨或有不同。

# 齊家之思

## ──《金瓶梅詞話》的淑世意識

### 李志宏

## 摘要

在中國小說史上,《金瓶梅詞話》的問世饒富意義。不過,關於《金瓶梅詞話》文化身分的認知問題,歷來研究觀點始終擺蕩在色情小說和世情小說之間,爭論不休。揆其原因,乃在於《金瓶梅詞話》一書的誨淫題材問題。但本文不擬參與上述爭論,而是採取症候式閱讀方式,將研究視角聚焦於《金瓶梅》寫定者如何通過取喻的敘述方式回應歷史的話語表現進行分析,藉以深入闡論小說敘述本身所寄寓的淑世意識。從「齊家」觀點立論,《金瓶梅詞話》一書著意深度描述西門慶所屬商人家庭的興亡盛衰,整體話語表現主要側重在「無父」家庭背景中揭示儒家父權宗法斷裂失序下的家庭危機。小說敘述除了關注西門慶因縱欲身亡而導致家庭衰亡之外,更有意在官哥兒死亡與孝哥兒幻化情節的敘寫方面,進一步表達家國存續面臨危機的政治關懷。最終,小說敘述以吳月娘因讀佛經而善終有報,並繼續維繫西門家業做結。這樣的結局安排,使得《金瓶梅詞話》整部小說隱含著以「家國新生」為念的淑世意識。

# 天眼所觀迄於悲歡零星

## ——論王國維的現代斷零體驗

### 曾守仁

## 摘要

　　王國維身歷清末而至民初，他遭遇的不是舊時「易鼎」而是全新「革命」，當被迫進入現代，既有價值崩毀，王國維的意義危機伴隨著他對現代體驗洶湧而至，因此本文回到一九一一年以前考察王國維的文、哲活動，探討他因遭遇現代而有什麼樣的中西調適與理論建構之努力。

　　在全新的現代之大觀裡，方法上先是借助視覺理論，突出他學問裡對「觀看」的側重。從〈叔本華像贊〉裡「天眼所觀，萬物一身」的超越之道，迄於《人間詞》裡「偶開天眼覷紅塵，可憐身是眼中人」自我救贖之失敗，本文揭開王國維遭遇現代極限經驗的驚詫，「人間」兼具的煉獄與道場的意義，以及詞作中雖承襲傳統體式、充斥著古典的象徵，究其實是一種死之凝視，透出現代的斷零經驗。

　　一九一一前王國維為學已然三變，然而天眼無功、抒情零星、主體飄零，已經說明他其內在其實是一個孤獨無家、懷鄉戀舊，終其一生都在追尋的現代主體，他早年的文哲活動不能單純視為傳統舊體的延續；而這樣的視覺經驗是一個孤獨先行者的容受與調適，無論結果為何，已經說明新的感知模式與世界觀的出現，這是一個全新的開始。同樣的，他日後託身於金石史地考證之學也應在這樣的現代體驗上去加以考慮。

彩圖一

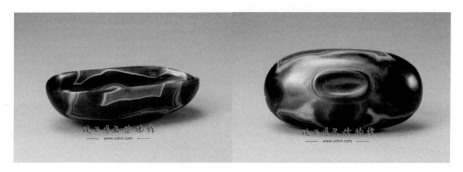

**陝西歷史博物館藏瑪瑙長杯**[1]


彩圖二

**陝西歷史博物館藏瑪瑙長杯**[2]

---

1 圖片引自陝西歷史博物館

　網址：http://www.sxhm.com/index.php?ac=article&at=read&did=10577。

2 圖片翻拍自董潔：〈淺析唐代瑪瑙器皿〉，頁72。

彩圖三

西安博物院藏瑪瑙缽[3]

---

3　圖片翻拍自李炳武主編，王長啟分冊主編：《中華國寶：陝西珍貴文物集成・玉器卷》（西安市：陝西人民教育出版社，1998年），頁271。

# 〔附圖〕

圖1　〔南宋〕馬麟繪〈靜聽松風
　　　圖〉（軸）（局部）

圖2　〔明〕陳洪綬繪〈自畫像〉
　　　（頁）

圖3　〔明〕陳洪綬繪〈何天章行樂圖〉（卷）
絹本，設色，25.3*163.2cm，現藏於蘇州市博物館

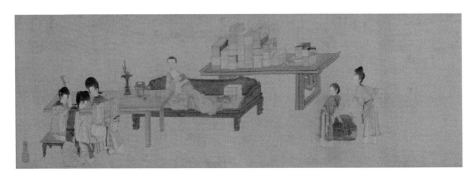

圖4 〔清〕禹之鼎繪〈喬元之三好圖〉
紙本，設色，107.1*36.5cm，現藏於南京博物院

圖5 〔清〕釋大汕繪〈迦陵填詞圖〉（版畫）／乾隆拓本
摺裝1函，頁首，現藏於北京大學圖書館古籍善本特藏室

圖6 〔清〕張辟寫照、陸遠補圖 　　圖7 〔清〕張辟寫照、陸遠補圖
　　《卞永譽畫像》（頁） 　　　　　　《卞永譽畫像》（頁）〈語花〉
　　　　　　　　　　　　　　　　　　　　〈追夢〉

圖8　〔清〕余集繪〈散花天女圖〉（軸）
紙本，設色，150*74cm，四川大學藏

圖9　〔南宋〕劉松年繪〈天女散花圖〉（頁）
絹本淺色40*58cm，臺北故.博物院藏

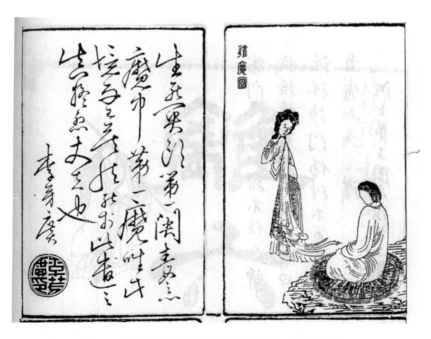

圖10　〔清〕釋大汕繪《行跡圖》:〈遣魔圖〉

圖11　〔清〕釋大汕繪《行跡圖》：〈浣華圖〉

圖12　〔清〕費丹旭繪〈姚燮懺綺圖〉（卷）
紙本設色，31* 128.6cm，北京故博物院藏

文學研究叢書・古典文學叢刊　0803013

# 物我交會——古典文學的物質性與主體性

主　　編　李瑞騰、卓清芬

責任編輯　游依玲

發 行 人　林慶彰

總 經 理　梁錦興

總 編 輯　張晏瑞

編 輯 所　萬卷樓圖書股份有限公司

　　　　　臺北市羅斯福路二段 41 號 6 樓之 3

　　　　　電話 (02)23216565

　　　　　傳真 (02)23218698

發　　行　萬卷樓圖書股份有限公司

　　　　　臺北市羅斯福路二段 41 號 6 樓之 3

　　　　　電話 (02)23216565

　　　　　傳真 (02)23218698

　　　　　電郵 SERVICE@WANJUAN.COM.TW

香港經銷　香港聯合書刊物流有限公司

　　　　　電話 (852)21502100

　　　　　傳真 (852)23560735

ISBN 978-986-478-124-9

2017 年 12 月初版一刷

定價：新臺幣 780 元

如何購買本書：

1. 劃撥購書，請透過以下郵政劃撥帳號：

　　帳號：15624015

　　戶名：萬卷樓圖書股份有限公司

2. 轉帳購書，請透過以下帳戶

　　合作金庫銀行 古亭分行

　　戶名：萬卷樓圖書股份有限公司

　　帳號：0877717092596

3. 網路購書，請透過萬卷樓網站

　　網址 WWW.WANJUAN.COM.TW

大量購書，請直接聯繫我們，將有專人為您
服務。客服：(02)23216565 分機 610

如有缺頁、破損或裝訂錯誤，請寄回更換

版權所有・翻印必究

Copyright©2017 by WanJuanLou Books CO., Ltd.

All Rights Reserved　　　　**Printed in Taiwan**

國家圖書館出版品預行編目資料

物我交會：古典文學的物質性與主體性 / 李
瑞騰, 卓清芬主編.-- 初版.-- 臺北市：萬卷
樓, 2017.12

　　面；　公分.--(文學研究叢書. 古典文學叢
刊)

ISBN 978-986-478-124-9(平裝)

1.中國古典文學 2.文學評論 3.文集

820.7　　　　　　　　　　　　106022764